위키드

SON OF A WITCH

by Gregory Maguire

WICKED

위키드

리르 이야기

그레고리 머과이어
임재서 옮김

민음사

차례

L. 프랭크 봄의 두 번째 오즈 소설 『환상의 나라 오즈』(1904)는
『오즈의 마법사』를 각색한 뮤지컬 무대에서
양철나무꾼과 허수아비를 연기한 배우 데이비드 C. 몽고메리와
프레드 A. 스톤에게 헌정되었다. .

그와 똑같은 마음에서 나는 이 책을 뮤지컬 「위키드」의
출연진과 제작팀에게 바치고 싶다. 뮤지컬 「위키드」는 내 동명의 소설을
각색한 작품으로 2003년 10월 할로윈 전야에 브로드웨이에서 공연을 시작했다.

우선 놀라운 상상력을 발휘해 준 위니 홀즈먼(각본)과
스티븐 슈워츠(작곡)에게, 그리고 그 상상력을 살아 있는 무대로
연출한 웨인 실렌토(안무)와 수전 힐퍼티(의상), 유진 리(무대),
조 맨텔로(연출), 스티븐 오레무스(음악감독),
케니스 포스너(조명 디자인), 마크 플랫(제작)에게, 그리고 그렇게
살아 있는 무대에 다시금 놀라운 상상력을 불어넣어 준 모든 유능한 출연진들,
그중에서 특히 크리스틴 체노웨스(갈린다/글린다)와 조엘 그레이(마법사),
아이디나 멘젤(엘파바)에게 이 책을 바친다.

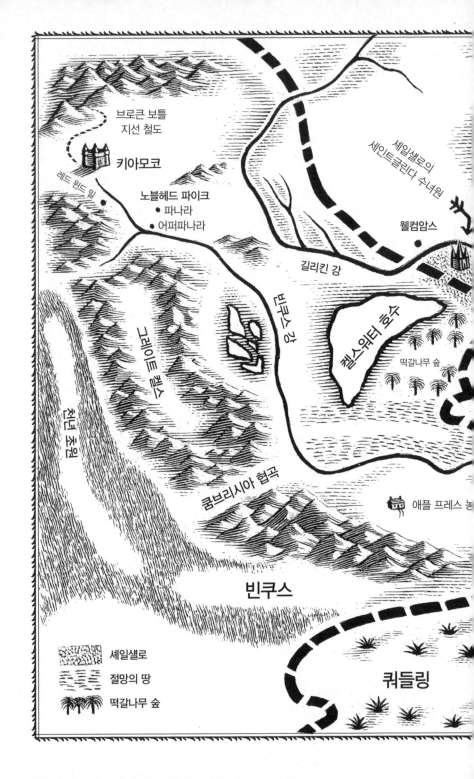

이 민주주의 나라의 백성들이
너무 소심한 시를 쓴다거나 혹은
너무 이 땅과 밀착한 시를 쓸 거라는 걱정은 하지 않는다.
오히려 내가 훨씬 우려하는 것은…
그들이 완전히 허구적인 세상만을 묘사할지도 모른다는 점이다.

—알렉시 드 토크빌, 『미국의 민주주의』에서

암소란 암소는 죄다 같아 보이고
호랑이란 호랑이도 모두 같아 보인다.
도대체 인간에게 무슨 일이 생긴 것일까?

—해리 멀리쉬, 『지그프리드』에서

자칼의 달 아래서

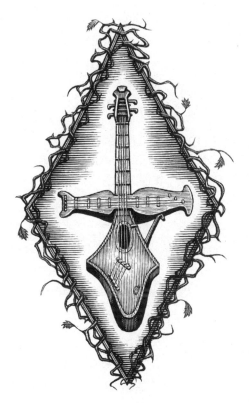

세인트글린다
수녀원

1

닥치는 대로 잔혹한 짓을 범한다는 소문은 헛소문이 아니었다. 오치 일행은 한낮에 젊은 여인의 시신 세 구를 발견했다. 선교에 나섰다가 끔찍한 일을 겪은 모양이었다. 수녀들은 성스러운 구슬 목걸이에 목이 졸리고 얼굴이 없어진 상태였다.

오치 맹글핸드는 등골이 오싹했다. 이번엔 승객들의 요구에 굴복했다. 그래서 말들이 목을 축이고 수녀들의 무덤을 얕게 팔 동안만 머물겠노라고 마부들에게 일렀다. 군데군데 버려진 농가들이 있어서 '절망의 땅'으로 불리는 이 관목이 우거진 평원을 서둘러 지날 생각이었다.

밤에 이동하면 적어도 가만히 앉아 당할 일은 없을 것 같았다. 하지만 길을 잘못 들면 낭패를 겪을지 몰랐다. 오치 일행은 초조했다. 그렇다고 밤새 가만히 앉아 말발굽과 창을 기다릴 수는 없는 노릇이었다. 그것은 모두에게 너무 가혹한 일이었다. 상인 일행을 이끌고 쉼 없이 앞으로 나아간다면, 그녀는 경계를 늦추지 않고 앞을 향해 눈을 부릅뜨고 있을 테니, 그러면 승객들의 이런저런 잔소리나 투정이나 불안감에 휘말리지 않을 수 있을 터였다. 오치는 스스로를 그렇게 위안했다.

오치는 높은 곳에 앉은 덕분에 남들보다 먼저 작은 협곡을 보았다. 해 질 녘의 소낙비에 불어난 개울이 어떤 시체의 주위로 흘렀다. 물에 묻은 살갗이 달빛을 받아 번득였다. 또 사람의 몸뚱이구나 싶은 생각에 오치는 두려움을 느꼈다.

승객들이 보기 전에 방향을 틀어야 했어. 오치는 그런 생각이 들었다. 이들이 얼마나 더 참아 줄까? 인간의 영혼을 위해 내가 할 수 있는 일은 아무것도 없다. 다시 무덤을 파면 최소한 한 시간은 걸리겠지. 기도할 시간도 필요할 테고. 그러면 제 소중한 목숨을 잃을까 봐 벌벌 떠는 승객들이 화를 내겠군.

자칼의 달이 지평선 위로 고개를 내밀었다. 대충 한 세대마다 우주를 떠도는 먼지들이 초승달 뒤로 모여 자칼 같은 모습을 이룬다고 해서 그런 명칭을 얻은 것이었다. 자칼의 눈썹과 주둥이를 닮은 모습이 오싹했다. 달이 몇 주일 동안 둥글게 살이 오르면 굶주린 하늘의 짐승도 사냥한 먹이를 포식한 양 뺨이 불룩해질 것이었다.

언제나 두려운 모습이지만 오늘 밤에 뜬 자칼의 달은 더 섬뜩했다. 이 두 번째 희생자 때문에 멈추지는 말자. 빨리 절망의 땅을 통과해서 승객들을 에메랄드 시에 데려다줘야 한다. 그녀는 미신에 굴복하고픈 심정을 억눌렀다. 무서운 것은 진짜 자칼이다. 밤하늘의 전조 따위에 안달하지 말자. 그녀는 그렇게 마음을 다잡았다.

어쨌거나 하늘에 빛나는 별들이 밤에 생기는 색맹을 완화시켜 주었다. 시체는 거의 광채가 날 정도로 창백했다. 오치는 누가 시체를 보기 전에 그래스 트레일 마차대의 방향을 틀어 시체로부터 멀어질 수도 있었다. 그러나 자칼의 달이 사람의 어깨와 뒤엉킨 다리를 너무 선명하게 비추는 바람에 차마 방향을 돌리지 못했다.

오치가 부관을 불렀다.

"너브, 고삐를 당겨. 언덕에서 사선 대형으로 정렬한다. 저기 빗물 안에 희생자가 또 있다."

이 소식이 뒤로 전달되자 공포의 외침과 볼멘소리가 터져 나왔다. 왜 멈추는 거지? 시체란 시체는 다 살펴볼 셈인가? 오치는 그런 소리에도 아랑곳하지 않았다. 고삐를 잡아당겨 말을 멈추고 마차에서 조심스레 내려왔다. 그녀는 알알한 엉덩이에 손을 댄 채 성큼성큼 시체 곁으로 걸어갔다.

시체는 얼굴을 바닥으로 향하고 엎드린 자세였는데 성기가 보이지 않았다. 젊은 청년 같았다. 허리춤에 걸린 천 조각 말고는 홀딱 벗은 알몸이었다. 저만치 장화가 떨어져 있을 뿐 어디서도 옷가지가 보이지 않았다.

이상하게도 암살당한 흔적이 없었다. 수녀들의 시체 주변도 마찬가지였다. 비록 그들은 더 건조한 시간에 바위투성이 땅에서 발견되긴 했지만. 난투가 벌어진 흔적도 보이지 않았다. 협곡 진창에 남아 있을 만한 다른 어떤 흔적도 찾아볼 수 없었다. 시체는 피도 묻지 않았고 아직 부패하지도 않았다. 살인은 바로 얼마 전에 일어난 듯했다. 어쩌면 오늘 저녁, 아니 겨우 한 시간 전에.

"너브, 시체를 일으켜 세워 얼굴을 벗겨 갔는지 보자." 오치가 말했다.

"피가 없어요." 너브가 대답했다.

"소나기에 쓸려 갔겠지. 자, 힘쓸 준비 해."

두 사람은 시체 양쪽에 서서 입술을 깨물었다. 오치가 너브를 바라보았다. 이건 겨우 다음 사건일 뿐이야, 마지막이 아니지, 그러니어서 이 일을 끝내자. 그렇게 말하는 듯한 표정이었다.

오치가 갑자기 고개를 끄덕이며 시체를 일으켜 세우라는 신호를 보냈다.

"하나, 둘, 셋!"

그들은 시체를 일으켜 세웠다. 애초에 시체의 얼굴은 빗물이 고인 웅덩이보다 겨우 몇 인치 높은, 움푹한 돌멩이 위로 푹 고꾸라져 있었다. 그런데도 얼굴은 약간 생채기가 나 있을 뿐 말짱했다.

"어떻게 이곳에 왔을까요?" 너브가 말했다. "이 사람의 얼굴은 왜 벗겨 가지 않았을까요?"

오치는 말없이 고개를 저었다. 그러고는 웅크리고 앉았다. 마차에서 몰려나온 승객들이 그녀 뒤편에 있는 언덕에 모였다. 수군대는 소리가 들려왔다. 시체를 파묻자고 하면 저들이 돌을 던져 나를 죽이려 들겠지. 오치는 그런 생각이 들었다.

자칼의 달은 이 좁은 협곡을 좀 더 자세히 들여다보려는 듯 좀 더 위로 떠올랐다. 음탕한 하늘의 야수!

"무덤을 또 팔 생각은 없소이다." 가장 말이 많던 북부 빈쿠스 출신의 부유한 상인이 불쑥 끼어들었다. "오치 맹글핸드, 그 청년의 시체든 당신의 시체든 우리는 또 무덤을 팔 생각이 없소. 시체를 파묻지 않거나 당신 시체도 벗 삼아 남겨두거나, 둘 중 하나요."

"어느 쪽도 할 필요 없습니다." 오치가 한숨을 내쉬며 말했다.

"누군지는 모르지만 가엾은 청년입니다. 무덤은 필요 없어요. 아직 죽지 않았으니까요."

2

머잖아 여행자들은 에메랄드 시의 응접실이나 선술집 등지에서 다시 만난 친지들에게서 그때까지 그들이 가까스로 피해 온 잔혹 행위에 관한 소식을 들었다. 소문은 무성했다. 스크로 부족과 유나 마타 부족의 싸움에서 마흔, 예순, 아니 백 명의 희생자가 생겼다는 소문이었다. 그들은 야만인이다. 서로 학살극을 벌여도 상관없는 야만인이다. 하지만 우리를 죽이는 짓은 용서 못해. 그들은 그렇게 생각했다.

물론 소문이 틀릴 수도 있었지만 결코 무시하고는 못 배겼다. 200명이 죽었다는 얘기, 아니 그 두 배가 희생됐다는 말이 떠돌았다. 아무 날이나 발견될 수 있다는 대량 학살 지역들에 관한 얘기도.

그러나 안전지대에 도착하려면 아직은 멀었다. 우선 달팽이처럼 느린 그래스 트레일 마차대를 다시 움직여서 절망의 땅을 통과해야 했다. 오즈의 다른 땅을 그처럼 아름답게 꾸며 주는 다채로운 지형(언덕과 산, 골짜기, 숲)이 이곳엔 부족하기만 했다. 신문지로 만든 펄프처럼 잿빛 투성이인 평지와 혈암이 있을 뿐이었다.

이런 풍광은 기운을 빠지게 했다. 부상당한 청년을 데려가야 한다는 사실도 한층 더 낙심천만한 일이었다. 승객들은 오치에게 신용 있는 현금으로 보수를 지불했다. 우가부처럼 멀리서 온 승객도 있었고 그레이트 켈스의 동쪽 기슭에서 일행에 합류한 승객도 있었다. 그들은 오치가 오로지 승객의 안전에만 신경을 써야 한다고 생각했다.

오치는 그들에게는 선택권이 없다는 사실을 상기시켰다. 오치는 떠돌이나 부랑자들이 여행을 방해하는 일은 없을 것이라는 말을 한 적이 없었다. 승객들이 동료 승객이나 공짜 승객이나 불청객이나 원주민에게 살해당하는 일이 생겨도 계약상으로는 오치에게 아무 책임을 물을 수 없었다. 오치는 지형과 원주민에 대한 지식을 십분 활용해서 상인 일행을 목적지까지 안전하게 인도하는 약속을 했을 뿐이다. 그래서 그녀는 접전 지역을 에두르는 새로운 노선을 택하지 않았던가. 덕분에 여태껏 아무 문제도 없지 않았는가.

일행은 부상당한 청년을 마차에 실었다.

오치는 객쩍은 허세를 부리기는 했어도 자신도 승객들이 느끼는 두려움을 고스란히 느끼고 있었다. 그래서 의식이 없는 청년을 데려가는 일이 기뻤다. 청년은 승객들의 적의를 알지 못한 채 가만히 잠들어 있을 뿐이지만 그들의 불안한 마음을 다른 데로 돌리게 했기 때문이다.

오치는 청년을 세 번째 마차에 눕히고 승객들에게 따뜻한 겨울옷을 가져오라고 했다. 오치는 두툼한 옷가지에 청년의 몸을 고치처럼 둘둘 말았다. 청년은 열은 없었지만 기가 빠져나가고 있는 것 같았다. 열이 없더라도 위험한 상태이긴 마찬가지였다. 너브가 하루 종일 노력한 끝에 청년의 입술 사이에 브랜디 몇 방울을 겨우 흘려 넣었다. 오치는 청년의 근육이 조금 부드러워진 느낌을 받았다.

하지만 확신할 수는 없었다. 그녀는 의사가 아니었다.

한 가지 분명한 건, 청년이 합류하자 그래스 트레일 마차대의 분위기가 바뀐 것이다. 이 가엾은 청년이 습격을 당해 사선(死線)을 넘나들고도 목숨을 잃지 않았다면 우리에게도 희망이 있지 않겠는가? 더욱이 그자들은 얼굴도 벗겨 가지 않았다. 승객들은 다소 마음이 놓였다. 저녁마다 피우는 모닥불 주위로 코맹맹이 기도 소리에 뒤이어 조용하고 평화로운 분위기가 찾아왔다. 마침내 노래를 부르는 이들도 다시 생겨났다.

우리는 할 수 있어. 충분히 그럴 자격이 있다. 삶은 우리를 배반하지 않았다, 그렇지 않은가? 우리는 구원받았다. 그럴 만한 이유가 있는 게 분명해. 별안간 이름 없는 신의 섭리에 감사하는 마음이 솟구쳤다. 그들은 자세를 바로 했다. 생기로 빛나는 눈가에 촉촉한 이슬이 맺혔다.

다시 한 주가 흘렀다. 일행은 북쪽의 유턴 지점을 나타내는 바위 이정표를 돌아 절망의 땅의 거대한 덤불숲을 뒤로하고 갈 길을 재촉했다.

늦여름 바람이 두 호수 사이에 긴 떡갈나무 숲의 이파리들을 흔들어댔다. 다람쥐들이 스카크 가죽으로 만든 마차 지붕에 도토리를 떨어뜨렸다. 두 호수는 수마일에 걸쳐 펼쳐진 떡갈나무 숲에 가려 보이지도 않았지만 대기는 무척 축축했다.

떡갈나무 숲이 좁아지면서 마침내 그들은 셰일샐로에 닿았다. 호두밭 한가운데에 세워진 오랜 정착지였다. 어슴푸레한 성곽이 정착지를 둘러싸고 있었다. 여섯 주 만에 처음 보는 돌로 만든 건축물이었다. 군데군데 생채기가 난 가파른 박공벽과 답답한 부속 건물들, 그리고 총안이 달린 흉벽 등이 보기 흉한 생김새로 떡하니 나타났지만 그 순간 그들은 에메랄드 시를 만난 것보다도 더 반가운 심정이었다.

"세인트글린다 수녀원이다. 정말 성스럽구나." 승객들이 웅성거렸다.

성안에 살고 있는 수녀들은 여러 신분으로 나뉘어 있었다. 일부는 침묵 서원을 하고 은둔 생활을 하였다. 또 일부는 종무(從務) 서원을 했는데, 바로 그들이 교리를 가르치고 병자를 보살피고 남쪽의 켈스와 에메랄드 시를 오가는 여행객들을 위한 숙박 시설을 운용했다. 그래스 트레일 마차대가 도착하자 아름다운 무늬가 새겨진 널찍한 성문이 활짝 열렸다. 깃에 빳빳이 풀을 먹인 수녀복을 입고 치아가 형편없는 중늙은이 수녀 세 명이 마중을 나와 있었다.

그들은 오치를 정중하지만 냉랭한 태도로 맞이했다. 여자들의 공동체에 속하지 않고 혼자 삶을 꾸려 가는 미혼 여성을 수상쩍게 생각하는 게 분명했다. 그래도 그들은 달콤한 장미고사리로 얼굴을 문지르는 전통적인 환영 의식을 치러 주었다. 장막에 가려 보이지 않는 네 번째 수녀가 서투른 솜씨로 환영곡을 연주했다. 갑자기 악기의 현이 끊기더니 수녀답지 않은 욕설이 들려왔다.

여행자들은 신경 쓰지 않았다. 그들은 거의 천국에 들어온 기분이었다. 안락한 침대와 따뜻한 음식, 목을 축일 와인, 그리고 자기들의 여행 이야기를 귀담아 들어줄 청중을 기대했으니까.

그러나 수녀들은 여행 이야기를 들어줄 겨를이 없었다. 부상당한 청년이 모든 관심을 독차지했다. 수녀들은 청년을 곧 한쪽 벽이 트인 방으로 옮겼다. 그리고 서둘러 들것을 챙겨 와 위층 진료소로 다시 청년을 옮겼다.

청년을 비밀 구역으로 막 옮기려는 순간, 아침 기도를 마친 원장 수녀가 사뿐히 다가왔다. 그녀는 오치에게 고개를 끄덕여 아는 체를

하고 다친 청년을 힐끗 보더니 손을 내저어 청년을 데려가라는 몸
짓을 했다.

원장이 오치에게 말을 걸었다.

"우리가 아는 청년 같아."

"그런가요?" 오치가 대답했다.

"내 기억력이 아직 쓸 만하다면." 원장 수녀가 말을 이었다. "그
대도 그 젊은이를 기억해야 마땅한데. 전에 데리고 간 적이 있으니
까. 15년 전? 아니 20년 전? 내 나이가 되면 세월의 흐름에 둔감해진
다오."

"20년 전이라면 어린아이였겠네요. 갓난아기 말이에요. 하지만
저는 수녀원에서 아기를 데려간 적이 없습니다." 오치가 말했다.

"아기가 아니었을지도 몰라. 그래도 그대가 데려간 것은 맞아. 그
애는 몇 년간 숙박소에서 일하던 수녀와 함께 갔으니까. 그대는 그
들을 아르지키 부족의 성채로 데려갔지. 키아모코 말이야."

"엘파바 말씀이세요?"

"이제 기억이 나는 모양이군. 그럴 줄 알았어."

"서쪽의 나쁜 마녀!"

"그렇게들 불렀지." 원장 수녀가 말을 가로막았다. "하지만 나는
그렇게 부르지 않았어. 원래 이름은 성 에이엘파바 자매였으니까.
하지만 내가 아무 이름으로라도 그녀를 부르는 경우는 아주 드물었
어. 에이엘파바 자매는 침묵 서원을 했기 때문에 말을 걸 일이 없었
거든."

"청년을 어린 시절부터 아셨군요. 그때 이후로도 보신 적이 있습
니까?"

"아냐. 하지만 얼굴을 잊진 않았어."

오치가 의아하다는 듯 눈썹을 추켜올렸다.

"보는 얼굴이 얼마 안 되니까." 원장 수녀가 이유를 설명했다. "아무튼 지금은 얘기할 때가 아냐. 먼저 의사 수녀를 불러 청년을 살피게 해야겠어."

"이름은 무엇이었나요?"

원장 수녀는 아무 대답 없이 사라졌다.

해가 지고 오치의 승객들이 잠자리에 들 무렵, 청년은 황제의 고해신부라는 둥 여자를 사고파는 산적이라는 둥 룬 족의 언어로 말을 한다는 둥 갈비뼈 하나만 빼고 뼈라는 뼈는 모두 으스러졌다는 둥 이러저러한 소문이 나돌았다.

소문들은 대개 서로 엇갈리고 앞뒤가 맞지 않았지만 그래서 더욱 흥미롭게 퍼져 나갔다.

3

혹독한 시절이었다. 그전에도 오즈는 혹독한 시절이었다.(비관적인 학생들은 '언제나' 그러했다는 말을 했다.) 회의를 주재하고 나서 진이 빠진 원장 수녀는 자기 방에서 흔들의자에 앉아 쉬고 있었다. 원장은 젊은 수녀들은 견디지 못할 엄격한 예복을 입고 몸을 이리저리 흔들며 생각을 가다듬었다. (그녀는 막연한 생각을 정연하게 가다듬고 싶을 때마다 옛날 일을 한 자락 떠올리곤 했다.)

이른바 마녀는 15년 전에 수녀원에 살았다. 오즈에서 라일락 새 잎 같은 초록색 피부로 태어난 아이는 아무도 없었다. 누가 그 사실을 잊을 수 있겠는가? 엘파바는 주어진 임무를 묵묵히 수행하며 혼자만의 세계에 갇혀 지냈다. 그녀가 살았던 기간이 5년인가? 6년? 7년? 원장 수녀는 오치 맹글핸드에게 그 말이 없던 수녀를 다시 문명 세계로 돌려보내는 일을 맡겼다. 조그만 아이도 그 수녀에게 딸려 보냈는데, 마녀에게 따뜻한 환영을 받진 못했지만 억지로 떠넘긴 것도 아니었다.

이름이 무엇이었지? 그리고 어디서 왔더라? 떡갈나무 뿌리 근처에서 자라는 버섯을 뒤지던 집시 무리가 버리고 간 아이였나? 원장 수녀는 청년의 고향을 기억하지 못했다. 좀 더 젊은 수녀들은 기억할지 몰랐다.

엘파바는 그렇게 떠났다. 그녀는 키아모코에서 참회와 고행의 나날을 보냈다. 원장 수녀는 이따금 자매들의 고해성사를 들었지만 엘파바는 한 번도 접견을 청해 오지 않았다. 엘파바가 범한 죄악은 이 재미없는 수녀원에서 대단한 흥밋거리로 회자됐을 거였지만 엘파바는 결코 입을 열지 않았다.

엘파바에 관한 소문이 조금씩 이 변경 지역까지 흘러 들어왔다. 수녀들은 엘파바가 무모한 행동거지와 뜻밖의 혈연관계 때문에 서서히 마녀가 되어 간다는 사실을 알게 되었다. (사람들 말대로 그녀는 동쪽의 사악한 마녀 네사로즈의 언니였다. 이름 없는 신의 사랑을 믿는 그들 중에 누가 감히 그런 사실을 알았겠는가?)

원장 수녀는 그 시절에 대한 경멸감을 떠올리는 것으로 기쁨을 느끼는 자신을 책망하며 한숨을 내쉬었다. 마침내 오즈의 마법사의 오랜 치세가 끝이 나고 그 늙고 매정한 사기꾼이 정체 모를 강장제를 광고하는 열기구를 타고 구름 저편으로 사라졌을 때 그녀는 기도하다 말고 펄쩍 뛰어오르며 손뼉을 쳤다. 그런데 얼토당토 않게 업랜드의 글린다 아르두에나가 갑작스레 권좌를 차지하는 일이 벌어졌다. 어수선한 상황이 정리될 때까지 맡기로 한 일종의 임시 수상직이었다. (정치적으로 말하자면 그녀는 돈만 많고 옷맵시만 세련된 무명 인사나 다름없었다. 마법사가 떠난 빈자리를 반짝이는 드레스 따위나 좋아하는 사교계의 부인이 차지할 거라고 누가 예상했겠는가?)

"형편없는 선택은 아니었어." 원장 수녀가 생각이 흐트러지는 것을 막기 위해 큰소리로 말하기 시작했다. "굳이 우리가 모시는 글린다 성녀를 생각하지 않아도 그래. 처프리 부인은 성녀의 이름을 따서 자기 이름을 지었지. 아니 이름을 바꾸었지. 갈린다라는 촌스러운 이름에서 글린다라는 좀 더 세련된 이름으로. 그건 영리한 짓이었어."

그러나 글린다가 세상에 널리 알린 이름은 하나뿐이었다. 집에서 키우는 애완용 개처럼! 그래도 그녀는 얼마 동안 공개 법정을 꾸역꾸역 열어 두었다. 덕분에 마법사 시대에 저질러 놓은 은밀한 악행들을 많이도 고쳐 놓았다. 아주 사려 깊은 예방접종인 셈이었다. 무엇보다도 방앗간에서 일하는 소녀들을 위해 학교를 지어 준 걸 잊으면 안 되지. 운영 비용이 많이 들긴 했어도 좋은 일인 것만은 틀림없었다. 수녀원의 노처녀가 보기에도 너그럽고 똑똑한 생각이었으니까. 그런데 이런 시각은 도대체 무슨 관점일까?

얼마 후에 글린다는 물러났다. 사람들은 정치가로는 아마추어에 불과한 그녀가 정부 일에 점점 싫증을 느끼고 모형 가구를 수집하는 일에 몰두한다고 생각했다. 그러나 더 정확하게 말하면 그녀는 밀려난 것이었다. 얼마 동안 꼭두각시 정부가 그녀를 대신했다. 자기를 허수아비라고 부르는 그 얼간이 말이다. 그가 진짜 허수아비가 아니며 심지어는 방문객인 도로시와도 아무 관련이 없다는 소문도 나돌았다. 그는 대중의 눈을 현혹하는 옷차림을 한 하릴없는 건달일 뿐이었다. 어쩌면 주말마다 뒷돈을 받았는지도 모른다. 하지만 누가 돈을 챙겨 주었을까? 글린다 측근이? 글린다의 훼방꾼이? 길리킨의 은행가들이? 누가 알겠는가? 결국 허수아비도 최근에 생긴 불미스러운 일로 쫓겨나고 허영으로 가득한 신성 황제가 그 자리를 차지했다.

엘파바가 빗자루를 타고 하늘을 날아간 후에는 오랫동안 평온한 날이 이어졌다. 적어도 겉보기에는. 잔혹 행위가 사라졌다. 그건 좋은 일이었다. 그러나 다른 잔혹 행위가 뒤를 따랐다. 어떤 병은 잠잠해졌지만 다른 병이 횡행했다. 그러더니 이제는 서쪽에서 스크로 부족과 유나마타 부족에게 심상치 않은 일이 생겼는지, 그들은 서로를 공격하는 정도를 넘어서 중립국 백성에게까지 해를 끼치고 있었다.

에메랄드 시 대성당을 장악한 아첨꾼들이 내보낸 나어린 수녀들도 그렇게 당하고 말았다! 감언이설이나 늘어놓는 그 아첨꾼들은 황제의 말이라면 죽는 시늉도 마다하지 않았다. 그들이 보낸 그 어리고 순진한 처녀들은 음식과 요양을 위해 이곳 세인트글린다 수녀원에 잠시 머문 적이 있었다. 원장 수녀는 그들의 얼굴을 지금 어디에서 볼 수 있을지 궁금했다. 그러나 그녀는 꿈속에서도, 배달된 소포 꾸러미 속에서도 그 얼굴들을 볼 일이 없기를 바랐다.

원장 수녀는 흔들의자에 앉아 잠이 들었다. 그러다가 관절이 저려 오는 바람에 신음 소리를 내며 잠에서 깨어났다. 그녀는 빈지문을 단단히 걸어 잠갔다. 이날 오후에 잠그려 했지만 상인 일행이 도착하는 바람에 잊어먹은 일이었다.

원장 수녀는 전용 화장실에 가서 깔깔한 잠옷으로 갈아입고 말갈기로 만든 침대 매트에 누워 서둘러 잠을 청했다. 피곤했다.

자칼의 달이 창밖에 모습을 보였다. 원장은 고개를 돌려 눈을 마주치지 않으려 했다. 칠팔십 년 전부터 배우고 자랐으며 한 번도 어기지 않은 습관이었다.

그녀의 마음은 곧장 길리킨의 퍼사 힐스에서 지낸 나날로 되돌아갔다. 지금 생활에 비하면 얼마나 신선하고 아름다웠던 날들이던가. 진주 열매 나뭇잎의 달콤한 맛! 비가 오면 아버지의 마차 지붕에 고이던 물! 어린 시절에는 비가 훨씬 더 많이 내렸다. 눈에서도 냄새가 났다. 모든 것에서 냄새가 풍겼다. 향기로운 냄새든 아니든 냄새가 난다는 것은 멋진 일이었다. 이제 그녀의 코는 아무런 냄새도 맡지 못했다.

그녀는 한두 차례 기도를 올렸다.

리르. 청년의 이름은 리르였다.

그녀는 잠에서 깨어날 때도 그 이름을 잊지 않게 해달라는 기도를 올렸다.

4

다음날 아침 오치 맹글핸드는 일행을 모아 에메랄드 시로 마지막 걸음을 옮기기 전에 너브를 데리고 수수하게 꾸며 놓은 조그마한 접견실을 찾았다. 거기서 그들은 원장 수녀와 의사 수녀, 그리고 약제사 수녀를 만났다.

원장 수녀가 자리에 앉자 다른 사람들도 앉았다. 그녀가 아침 차를 마시지 않았기 때문에 다른 사람들도 차를 마시지 않았다.

"이 청년을 돕기 위해서는 우리가 아는 사실을 서로 공유해야 합니다." 원장이 먼저 입을 열었다. "청년에 관한 온갖 소문은 다 알고 있어요. 먼저 의사 수녀님이 말씀해 보세요."

의사 행세를 하는 게 다소 미심쩍은 면이 있었으나 틀린 진단을 한 적이 거의 없는 뚱뚱한 수녀는 청년의 병세를 비관적으로 보았다.

"바깥 공기에 그리 오래 노출되지 않은 걸로 봐서 아무래도 당신이 발견하기 바로 직전에 그렇게 버려진 것 같구료."

오치는 아무 말도 하지 않았다. 의사 수녀가 틀렸다는 생각이 들었지만 전문가에게 반대 의견을 내는 것으로 이야기를 시작하고 싶지 않았다. 의사 수녀가 말을 이었다.

"말 그대로 산산이 부서졌어요. 어디서 어떻게 그렇게 심하게 다쳤는지는 내 알 바 아니지만 한 번도 본 적이 없을 만큼 지독하게 망가졌어요. 한쪽 다리는 여러 군데가 부러졌고 손목은 양쪽 모두 접질렸어요. 어깨뼈는 한쪽이 심하게 부서졌고, 갈비뼈도 많이 부러졌고, 손가락 네 개도 부러졌어요. 왼쪽 발도 뼈가 세 개나 부러졌고. 그러나 살갗을 뚫고 나온 뼈는 하나도 없어. 게다가 피도 흘리지 않았고."

오치는 소나기에 피가 씻겨 내려간 탓이라고 생각했지만 가만히 입을 다물고 있었다.

의사 수녀가 뒷목을 문지르며 얼굴을 찡그렸다.

"오랫동안 뼈를 맞추느라 내장 기관들은 미처 살펴볼 틈이 없었습니다. 겨우 얕은 숨을 쉬고 있는데 누런 콧물에는 피도 섞여 나옵니다. 아무래도 호흡에 문제가 있는 것 같아요. 약제사 수녀님도 한 말씀 하시지요."

"분비물 문제부터 얘기하지요." 약제사 수녀가 다소 들뜬 목소리로 말하기 시작했지만 의사 수녀가 말을 가로막았다.

"약제사 수녀님이 이제 말하겠지만 나는 이 양반의 추측에 대해 아무 의견이 없어요."

"심장은 어떤가요?" 두 수녀의 케케묵은 알력을 참지 못하고 원장 수녀가 물었다.

"잘 뛰고 있어요." 의사 수녀가 퉁명스럽게 대답했다.

"내장은요?"

"그 말은 정확하지 않아요. 비장 파열이나 패혈증이 아닌가 해요. 사지(四肢)와 타박상 부위에 이상한 색깔도 나타났고. 아직 제대로 살피지는 못했지만."

"색깔은?" 원장 수녀가 물었다.

의사 수녀가 입을 오물거렸다.

"에, 좀 피곤하군요. 밤새 쉬지 않고 일했거든요. 타박상 부위로 엷은 녹색이 퍼져 있고 그 가장자리는 연보랏빛을 띠고 있어요."

"내출혈인가요? 아니면 다른 병?"

"지금으로서는 혼수상태라고 할 수 있을 뿐이에요. 뇌사일지도 모릅니다만. 그 이상은 저도 모릅니다. 심장은 괜찮지만 혈색이 좋지 않아요. 아무래도 피가 잘 돌지 않는 것 같아요. 전부터 있던 증상 때문인지 아니면 내가 모르는 모종의 사건 때문인지 폐가 아주 심하게 상했습니다."

"결론을 내리자면?" 원장 수녀가 팔을 허공에 뻗으며 물었다.

"해 질 녘, 아니면 내일 아침에 죽을 겁니다." 의사 수녀가 결론을 냈다.

"기적을 바랄 수도 있지 않을까요?" 너브가 말했다.

오치는 코웃음을 쳤다.

"약제사 수녀님이 처방전을 마련할 겁니다." 의사 수녀가 말했다. 차라리 기도가 더 현명한 방법일지 모른다는 말투였다.

"당신은 기적이 일어나기를 기도해요." 약제사 수녀가 너브에게 말했다. "나는 다른 방법을 쓸 테니."

"약제사 수녀님, 더 할 말이 있나요?" 원장 수녀가 말했다.

약제사 수녀는 안경을 코끝으로 밀어내 벗은 다음 입김을 불어 앞치마 단으로 닦아 냈다. 그녀는 먼치킨 사람이었고 먼치킨의 농부 아낙만큼이나 유난히 깔끔을 떨었다. 약제사라는 직종에는 과히 나쁘지 않은 습성이었다. "난감한 일이 잔뜩 있습니다. 우리는 최선을 다해 청년을 편안하게 해 주었어요. 그렇게 하는 게 우리 임무지만 말이에요. 부목과 심을 사용해서 몸을 테이프로 단단히 동여맸어요. 하지만 청년이 살아나려면 일종의 동력 기능을 회복해야 합니다."

"무슨 뜻입니까?" 오치가 물었다. "나처럼 무식한 사람을 위해 분명하게 말씀해 주세요."

"신경이 아주 상한 게 아니면 앉을 수도 있고 손을 사용할 수도 있어요. 어떤 의미에서는 걸을 수도 있지요. 물론 이건 좀 힘들 거예요. 그래도 기적을 바랄 수는 있어요. 더 큰 문제는 박막(薄膜)에서 자꾸 진물이 흘러나온다는 사실이에요. 코는 말할 것도 없고 귀와 눈, 항문, 성기 등 다른 구멍에서도."

"약제소에서 미리 처방전을 마련할 기회가 있지 않았나요?" 원장

31

수녀가 재촉했다.

"맞아요. 하지만 겨우 시작일 뿐이니까. 정확한 것은 아무것도 모르겠어요. 여기 수녀원에서 일할 때나 에메랄드 시 난치병 환자 보호소에서 마트론의 보조로 일할 때나 듣도 보도 못한 증상입니다."

의사 수녀가 눈을 희번덕거렸다. 약제사 수녀는 자신의 신용을 과시할 기회를 결코 놓치는 법이 없었다.

"그래서 뭔가 짐작되는 거라도 있어요?" 원장 수녀가 물었다.

"무슨 진단을 내놓는다 해도 섣부른 거지요." 약제사 수녀는 동료들보다 앉은키가 작았기 때문에 자신을 불만스럽게 바라보는 동료를 곁눈질로 보려 해도 턱을 앞으로 주욱 내밀어야 했다. 그래서 그녀는 본의 아니게 공격적인 모습으로 비쳤다. "이 청년은 아마 고지 출신인 것 같아요. 진물이 나오는 증상은 갑작스러운 기압 변화로 동맥 기능이 마비되어서 생긴 듯하니까. 그런데 팰로스는 그레이트 켈스에 비하면 아주 낮은 지대인데."

의사 수녀가 '으음—' 하는 신음 소리를 냈다. 자기가 약제사 수녀의 추측을 어떻게 생각하는지 노골적으로 티를 낸 것이다. 그녀는 이야기를 빨리 끝내라는 표시로 허리를 곧추 세웠는데, 허리가 길었기 때문에 동료를 내려다보는 자세가 되었다. 의사 수녀가 동료에게 무언의 압박을 가할 때마다 취하는 자세였다. 원장 수녀가 끼어들었다.

"죽음이 임박했다는 의사 수녀님의 진단에는 동의하세요?"

약제사 수녀는 콧방귀를 뀌었다. 두 사람은 같은 의견을 내는 법이 없었다. 하지만 이번엔 어쩔 도리가 없어서 그녀가 고개를 끄덕였다.

"알아야 할 게 좀 더 있어요. 청년이 더 버틸수록 청년의 상태를 알아낼 기회도 많아지겠지요."

"청년의 고통을 줄이는 일과 직접 관련이 없는 것은 알아낼 필요가 없어요." 원장 수녀가 부드러운 말씨로 말했다.

"하지만 원장님! 그건 약제사인 내 임무예요. 청년이 앓는 병이 조만간 다른 사람들에게 옮아갈지도 모를 일이지요. 아무튼 병에 대해 좀 더 배울 수 있는 기회입니다. 여기서 발을 빼면 죽도 밥도 안 돼요."

"그 문제에 관해서는 이미 내 의견을 말했어요. 세심하게 살펴보도록 하세요. 이제 두 분께 묻겠어요. 우리가 청년을 위해 해 줄 수 있는 일이 있을까요?"

"일가붙이에게 알리는 일이죠." 의사 수녀가 말했다.

원장 수녀는 고개를 끄덕이고 눈을 비볐다. 그녀가 찻잔을 들자 다른 사람들도 주저 없이 따라했다.

"자매 한 명이 그를 위해 음악을 연주하게 할까요? 우리가 할 수 있는 게 고작 청년이 좀 더 편안한 죽음을 맞이하게 하는 일이라면 그거라도 하는 게 좋겠어요." 원장 수녀가 결론을 지었다.

"설마 어제 우리가 도착했을 때 하프 연주로 고통을 주었던 자매는 아닐 테지." 오치 맹글핸드가 중얼거렸다.

"하고 싶은 말이 있나, 오치?" 원장 수녀가 말했다. "음악 연주가 못마땅했다는 말은 빼고 말일세."

"이 말씀만은 드리고 싶습니다." 오치는 수녀들과 다른 의견을 내도 어쩔 수 없다고 생각하며 입을 열었다. "의사 수녀님은 우리가 청년을 발견하기 직전에 산적들이 버리고 떠났다는 말씀을 하셨지만 그곳 지형은 고르게 다진 파이 껍질만큼 평평했습니다."

33

"그게 무슨 말이지?" 원장 수녀가 물었다.

"청년은 의사 수녀님이 말씀하신 것보다 더 오래 누워 있었습니다. 만약 약탈자들이 우리가 오기 직전에 청년을 버렸다면 그자들을 못 봤을 리가 없다는 말이지요. 숨을 곳이 없었으니까요. 나무 한 그루도 없었습니다. 아시겠지만 밤에도 대낮처럼 밝았습니다. 멀리까지 내다볼 수 있었습니다."

"이상한데."

"혹시 성무(聖務)를 집행할 때 마법을 사용하십니까?"

"오치 맹글핸드, 우리는 유일교 수녀회야. 그런 질문은 삼가도록 해." 원장 수녀가 피곤한 목소리로 말했다. 그녀는 눈을 감고 늙고 굽은 손가락으로 이마를 문질렀다.

의사 수녀와 약제사 수녀가 오치를 보며 말없이 고개를 끄덕였다. 그래요, 우리는 마법이 필요할 때는 마법을 쓴다오. 하지만 우리가 할 수 있는 일은 얼마 없어요. 원장 수녀가 말을 이었다.

"지난 밤에 잠들기 전에 청년의 이름이 기억났어요. 바로 리르예요. 성 에이엘파바 자매, 아니 엘파바랑 수녀원에서 떠난 아이죠. 엘파바는 한 번도 신앙을 고백한 일이 없었어요. 의사 수녀님, 청년을 기억해요?"

"나는 엘파바가 떠날 즈음에 이곳에 왔는데……." 의사 수녀가 입을 열었다. "엘파바 트롭이라, 조금 기억이 나긴 해요. 내가 별로 좋아하지 않았지요. 어쩐지 그녀에게서 풍기는 분위기나 그 말없음이 거룩함보다는 적의를 띠고 있다는 인상을 주었어요. 이곳에 버려진 많은 고아들은 더 기억나지 않습니다. 아이들은 아주 아픈 경우가 아니면 내 흥미를 끌지 못하니까요. 혹시 그 아이도 몹쓸 병을 앓았었나요?"

"지금 그렇지요." 원장 수녀가 말했다. "지금도 꿈을 꿀 수도 있다면 꿈속에서는 여전히 어린아이일 겁니다."

"매우 감상적이시네요." 의사 수녀의 말이었다.

"이름을 말씀하시니 기억이 납니다." 오치 맹글핸드가 입을 열었다. "물론 아주 또렷이 기억나는 건 아닙니다. 좋은 시절에는 네다섯 노선을 운행했으니까요. 우리가 지금 12년, 15년, 아니 18년 전 이야기를 하고 있는 거지요? 꽤 많은 아이들을 속세의 상품 더미 위에 실어 데려갔고, 길에서 몇몇 아이들을 묻기도 했지요. 하지만 그는 매우 조용하고 어딘지 모르게 불안한 아이였어요. 마치 엘파바를 엄마인 양 그림자처럼 쫓아다녔습니다. 엘파바가 엄마였나요?"

"확실하지 않아요. 아주 모호해요." 의사 수녀가 말했다.

"상처 부위에 녹색이 나타났어요." 약제사 수녀가 다시 한 번 상기시켰다.

"약제사 수녀님, 저는 당황하면 얼굴을 붉혀요. 그렇다고 제가 홍당무와 친척인 것은 아니잖아요." 원장 수녀가 말했다. "주변에 좀 더 수소문을 해봐야겠어요. 엘파바를 기억하고 있는 나이 든 수녀님들은 대부분 돌아가셨고 다른 분들은 다시 어린 시절로 되돌아갔어요. 하지만 요리사 수녀님은 조리용 셰리주로 취하지만 않았다면, 아니 취했더라도 무언가 알겠지요. 그분은 늘상 주방 근처를 어슬렁거리는 아이들에게 음식을 나누어주니까요. 어쩌면 청년이 어디서 왔는지 기억하실지도 몰라요."

원장 수녀가 일어났다. 회의가 끝났음을 알리는 동작이었다.

"아무튼 리르가 마녀의 아들이든 집시 엄마가 버린 아이든 최선을 다하는 게 좋겠어요. 임종이 가까운 사람은 누가 낳은 자식인지가 중요치 않으니까요. 세상은 자궁입니다. 다음 세상이 우리가 다시 태어나기를 기다리는 자궁 말이에요."

원장 수녀는 그렁그렁한 눈으로 오치 맹글핸드를 바라보았다. 오치는 원장 수녀가 이승에서 해방되어 내세에서 다시 태어나기를 바란다는 인상을 받았다. 오치는 늙은 여인이 자기 이마에 갖다 대는 차가운 손을 가만히 받아들였다. 그것은 축복이자 용서, 어쩌면 작별 인사의 몸짓이었다.

"바람이 강합니다." 오치 맹글핸드가 말했다. "우리가 지금 출발하고 부근 여울이 아직 불어나지 않았다면 저녁 무렵까지는 길리킨의 강둑에 도착할 수 있을 것입니다."

"이름 없는 신이 그대의 앞길을 인도하리다." 원장 수녀가 중얼거렸다. 이미 다른 문제에 골몰하는 듯 시선은 자기 내부를 향하고 있었다. 실제로 그러했다. 오치는 구두 끈을 묶기도 전에 원장 수녀가 동료들에게 이렇게 말하는 소리를 들었다. "이제 여러분이 내가 계단을 오르는 일을 도와줘야겠어요. 다친 청년을 좀 보러 갈까 해요."

"만만찮은 노인네야." 오치가 너브에게 소곤댔다.

"이제 여기서 나가죠. 마녀의 아들과 한 지붕 아래에 있기가 싫어요. 거룩한 지붕이라 해도 말이에요." 너브가 대답했다.

5

옛날식으로 안뜰을 둘러싸게 지어진 수녀원은 수백 년 된 아주 낡은 건물이었다. 이 지방 특유의 메르트 양식으로 회반죽과 염료를

36

쓰지 않고 만든 납작한 석주(石柱)와 귀돌을 보면 이 방어용 성채 건설이 얼마나 긴급을 요하는 일이었는지를 알 수 있다.

계단을 한참 올라가야 닿는 진료소에는 의사 수녀가 공책과 교본을 보관하는 벽장이 비좁게 자리를 차지하고 있었다. 약제사 수녀는 처마 밑 남은 공간에 세워 둔 오크 장롱에 온갖 연고와 강장제, 설사약 등을 채워 놓고 있었다. (약제사 수녀는 여느 먼치킨 사람처럼 몸집이 작았다. 의사 수녀가 제대로 서 있기조차 힘든 이 비좁은 공간에서 똑바로 서서 일을 할 수가 있었다. 그러니까 이곳은 그녀의 전용 조제실인 셈이었다. 의사 수녀는 이걸 두고 끊임없이 불평했다.)

진료소에는 꽤 큼지막한 병실이 두 개 있었다. 오른쪽은 가난한 병자를 위한 방이었고 왼쪽은 병든 수녀를 위한 방이었다. 왼쪽 방의 견고한 문짝 뒤편으로 기묘하게 생긴 공간이 눈에 들어왔다. 이 방은 구석 탑의 박공지붕 아래에 위치했다. 그래서 방은 둥근 모양이었고 좁게 째진 창으로 세 방향을 내다볼 수 있었다. 진짜 벽이나 천장은 없었고 다만 비스듬히 얹어 놓은 서까래들이 원뿔형 공간 꼭대기에서 만났다. 침대에 누운 환자는 늑재에 가로놓인 지붕널을 볼 수 있었다. 이곳에 박쥐들이 살고 있었지만 환자들보다 더 깨끗했기 때문에 쫓겨나지 않았다.

마녀의 모자 속에 들어온 기분이군. 원장은 잠시 걸음을 멈추고 숨을 고르며 생각했다. 그러고는 커튼을 걷고 안으로 들어갔다.

리르. 그녀는 청년의 이름이 리르라고 확신했다. 청년은 죽은 듯이 누워 있었다.

"베개를 대지 않았나요?" 원장이 속삭이는 목소리로 물었다.

"목을 봐요."

37

"알았어요." 사실 볼 것은 별로 없었다. 사지를 부목으로 고정시키고 머리 부분만 빼고 넓은 붕대로 온몸을 칭칭 감아 놓았기 때문이다. 검은색 머리카락은 기름과 향료로 깨끗하게 빗겨 놓았다. 안대 사이에 난 작은 틈으로 감은 눈이 보였다. 속눈썹이 깃털처럼 길었다. "화상을 입은 것은 아니잖아요? 마치 화상 환자처럼 온몸을 감아 놓았군요."

"살갗에 염증이 나지 않게 할 필요가 있어요. 그래서 몸을 완전히 고정시킬 수 없어요."

글쎄, 꼭 그런 걸까? 원장 수녀는 의심이 들었다.

갑자기 그녀의 눈빛이 조금 전과 달라졌다. 그녀는 앞으로 몸을 숙이고 리르의 눈꺼풀이 만나는 곳을 유심히 살펴보았다.

그러고는 청년의 왼쪽 손을 들어 손톱을 들여다보았다. 피부는 스카크 치즈처럼 차고 습했다. 손톱에는 가늘게 금이 가 있었다.

"허리춤에 걸친 옷을 걷어 보세요."

의사 수녀와 약제사 수녀는 잠깐 눈을 마주치고는 원장 수녀가 시킨 대로 옷을 걷어냈다.

지금까지 원장 수녀가 남자의 몸을 알아야 할 이유는 없었다. 그런데도 그녀는 좋거나 싫은 기색을 내지 않았다. 그녀는 청년의 성기를 손에 쥐고 부드럽게 움직이고는 고환을 들어 올렸다.

"안경을 가져올걸 그랬군." 원장이 중얼거렸다. 그녀는 청년의 몸을 세우고 싶었다. "청년을 일으켜 봐요."

두 수녀가 그대로 따랐다.

"두 분이 나한테 얘기한 상처를 보려고 붕대를 풀라고 하지는 않겠어요. 두 분의 식견을 믿어요. 하지만 여기서 잠시 메모를 하기로 하지요. 그리고 나중에 정식으로 수녀원 일지에 적을 겁니다. 피부가 녹색이라는 증거는 못 봤다고 말이에요. 아랫것들이 우리가 이상한 사람을 숨겨 둔다고 수군대는 것은 용납하지 않겠어요. 두 분이 분별없이 그런 낌새를 보였다면 지금 당장 바로잡도록 해요. 아시겠지요?"

그녀는 대답을 들을 겨를도 없이 뒤로 돌아섰다.

시체처럼 축 늘어진 사람의 몸 치수를 재는 것은 어려웠다. 죽은 자의 표정은 고상하지 않았다. 그럴 필요도 없지만. 이 청년은 회복할 가망이 영영 없지는 않았으나 죽은 목숨이나 다름없었다. 청년의 운명에 대한 원장의 마음은 평온하지도 불안하지도 않았다.

그는 어린 청년이었다. 붕대로 칭칭 동여맸어도 젊은이답게 몸에서 싱싱한 기운이 뿜어났다. 이 청년은 고통을 겪으며 죽어 가고 있다. 어쩌면 그게 다행인지 몰라. 원장 수녀는 생각했다. 그러자 마음속에 자기는 오래 삶을 누려 왔고 아직도 살아 있다는 사실에서 오는 이기적인 기쁨이 차올랐다. 원장 수녀는 사경을 헤매는 이 불행한 청년보다는 사정이 나았다.

"원장 수녀님, 괜찮아요?" 의사 수녀가 물었다.

"소화 불량일 뿐이에요." 그녀는 정확한 원인을 말하지 못했다. 그리고 돌아서서 나갔다. 이제 요리사 수녀를 만나는 일과 긴급한 일과를 처리할 일이 남았을 뿐이다. 약제사 수녀가 이부자리를 정리하고 의사 수녀가 청년의 맥을 짚는 동안 원장 수녀가 한숨을 쉬었다. "우리는 할 일을 하면 됩니다. 그 이상은 필요 없어요."

두 수녀가 몸을 세우고 원장 수녀의 말을 들었다.

"네."

원장은 마음이 평온하지도 불안하지도 않다는 생각이 또 들었다. 청년의 정신은 마치 딴 곳에 있는 것 같군. 몸은 살아 있되 정신은 이곳에 없다. 어떻게 이런 일이 있을 수 있지?

신성모독 아니면 사특한 과학 때문이겠지. 그렇게 생각하고는 관절염으로 고생하는 다리로 최대한 빠르게 병실을 빠져나갔다.

6

원장 수녀는 오래전에 요리사 수녀를 감독하는 일을 포기했다. 우선은 요리법에 관심이 별로 없었다. 게다가 위장이 엉터리 주방에서 만든 조악한 음식으로 너무 오랫동안 혹사를 당하는 바람에 식욕이 모두 사라지고 말았다. 오직 영혼을 살찌우려는 욕구만이 오랜 세월을 견디고 살아남은 거였다.

원장 수녀는 수녀원 주방 문턱에 이르자 욕지기를 느꼈다.

수녀원은 쿼들링으로 통하는 길목에 있기 때문에 결혼하기 힘들 만큼 용모가 시원치 않거나 마음씨가 괄괄하거나 혹은 선생님이나 가정교사, 간호사 같은 수수한 직업조차 택하기 힘들 만큼 머리가 아둔한 쿼들링 소녀들이 잘 들어왔다. 때로는 가족이 그들을 다시 빼내 갔고 더 자주는 소녀들이 도망을 쳤다. 그러나 적어도 자기 집에서 지낼 때보다는 오래 살았고 잘 먹었다.

그러나 소녀들은 수녀원에서 대체로 고분고분하게 지냈다. 주방 보조 역할도 썩 잘해 냈다. 원장 수녀는 요리사 수녀를 찾다가 한 쿼들링 소녀가 회복실 층계참에 앉아 있을지 모른다는 생각이 났다.

"요리사 수녀님?" 원장 수녀가 이름을 불렀다. 그러나 쉬어서 갈라 터진 목소리가 나왔다. "요리사 수녀님?"

아무 대답이 없었다. 원장 수녀가 훌쩍 부엌 안으로 들어갔다. 양지 바른 한쪽 구석에서 몇 명의 소녀들이 말없이 앉아 맨무릎으로 밀가루 반죽을 이기고 있었다. 이런 농부들의 습성은 대개 눈살을 찌푸리게 했지만 원장 수녀는 수녀들을 못 본 체 지나쳤다. 지금은 체벌을 할 때가 아니라고 생각해서였다.

리큐어 수녀가 세이버서클 브랜디를 담은 자줏빛 유리병을 하나씩 흔들며 사닥다리 위에 앉아 있었다. 그녀는 콧노래를 흥얼거리며 몸을 이리저리 흔들었다.

"저런!" 원장 수녀가 혀를 끌끌 차고는 계속 걸어갔다.

점심거리가 준비된 식품 저장실에는 역겨운 냄새가 진동했다. 빵, 몰디꽃 뿌리, 스카크 치즈 덩어리, 푸른 올리브 열매 등 원숭이도 먹지 않을 음식이었다. 이런 음식을 매일 먹어야 한다면 더 고상한 일에 마음을 쓰기가 그렇게 어렵지 않다는 게 원장 수녀의 소견이었다.

바깥문은 열려 있었다. 저장실 밖으로 나가자 벽으로 둘러친 과수원에서 진주 열매 나무의 가지들이 바람에 흔들렸다. 원장 수녀는 나무들 사이로 걸어가며 신선한 공기를 들이마시고 연분홍에서 노란색으로 물들어 가는 나뭇잎의 완연한 가을빛을 바라보았다.

우물 근처의 초록빛 풀밭에서 몇몇 수녀들이 앞치마를 펼쳐 놓고 그 위에 앉아 있었다. 중풍에 걸린 노파 수녀를 휠체어에 태워 소풍을 나온 것이었는데 그들은 친절하게도 노파의 무릎에 타탄 숄을 얹어 주었다. 원장 수녀보다 늙고 허약한 노파 수녀는 그것을 흘끗 보더니 아침 햇살에 눈을 가리기 위해 이마로 가져갔다. 젊은 수녀두 명은 진주 열매 껍질을 벗기고 있었다. 나머지 한 명은 악기를 뜯고 있었는데, 치터(평평한 공명통 위에 삼사십 개의 현을 얹은 악기)나 덜시머(현을 작은 망치로 두들겨 연주하는 악기)처럼 서로 수직을 이루는 두 축에 현을 얹어 만든 일종의 현악기였다. 그녀가 현을 퉁겨서 내는 소리는 선율이 없는 북소리 같았다. 악기 조율을 제대로 하지 않았거나 연주자가 재능이 없거나 연주 방법이 낯설었던 탓이리라. 다른 수녀들은 단조롭고 둔탁한 소리를 싫어하기는커녕 즐겁게 듣고 있었다.

원장 수녀가 다가오자 그들은 풀밭에 일감을 팽개치고 벌떡 일어났다. 나어린 쿼들링 소녀들이었다.

"하던 일을 계속하렴." 원장 수녀가 말했다.

"원장님, 건강하세요."

늙은 수녀는 고개를 끄덕일 뿐 얼굴은 들지 않았다. 시선이 악기를 연주하는 소녀의 손가락에 머물고 있었다.

"나는 요리사 수녀님을 찾고 있다." 원장 수녀가 말했다.

"버섯 저장실에서 버섯 수프에 쓸 재료를 모으고 계세요. 제가 가서 모셔 올까요?" 한 수녀가 대답했다.

"아니다." 원장 수녀가 수녀들을 한 명씩 바라보며 말했다. "너희들, 올해가 첫 해지?"

"쉿!" 노파 수녀가 손가락을 입에 댔다.

원장 수녀는 입을 다물고 싶지 않았다.

"너희들 모두 교단에 들어온 거니?"

"쉿! 그가 오고 있어."

"수녀님, 저는 볼 일이 있어요." 원장 수녀가 말했다. 휠체어에 앉은 늙은 수녀가 주름 진 손을 들어 올렸다. 오른손에는 지문도 손금도 없었다. 마치 징벌의 불꽃으로 개성이 깨끗이 말소되는 벌을 받아 어떤 정체성과 이력도 읽기 어려운 손이 되어 버린 것 같았다. 이런 손을 가진 늙은 수녀는 오직 한 명뿐이었다.

"야클 수녀님, 무슨 일인가요?"

늙은 수녀는 대답도 하지 않았고 고개를 돌리지도 않았다. 단지 갈고리처럼 굽은 손가락으로 하늘을 가리켰다. 원장 수녀는 뒤로 돌아섰다. 신성한 경전에서 선동적인 예언에 이르기까지 온갖 로맨스와 민담이 하늘에서 내려온 손님을 이야기했다. 하늘이라면 결코 무시할 곳이 아니었다.

그러나 야클 수녀가 가리킨 것은 하늘이 아니라 한 나무였다. 어떤 형체가 나무 아래로 식기 진열대에 우아하게 진열된 숙녀용 부채 같은 화려한 물결무늬를 그리며 내려오고 있었다. 황동빛 깃털이 흩어지고 붉은 빛이 번쩍였다. 서양배 모양의 두상에 박힌 황금빛 눈이 번득였다.

붉은 피닉스였다! 깃털을 보아서는 수컷이었다. 피닉스는 거의 멸종 직전에 이를 정도로 사냥을 당했다는 소문이 나돌았다. 마지막 남은 피닉스 무리는 오즈의 땅 바로 남쪽에 살고 있었다. 그러나 그곳 습지대는 마르기 시작했고 너비가 11킬로미터나 된다는 밀림은 아직도 여행자들을 거부했다. 피닉스는 바람에 길을 잃었거나 병에 걸린 탓에 땅에 내려온 것 같았다.

피닉스는 세 번째 소녀가 연주하는 악기 한가운데에 내려앉았다. 음악에만 정신이 팔려 있던 소녀는 놀라서 얼굴을 들었다. 피닉스가 목을 길게 빼고 황금빛 눈으로 원장 수녀를 바라보았다.

"유능한 아이를 찾는다면……." 피닉스(말을 하는 것으로 보아 분명 피닉스였다!)가 말했다. "이 소녀가 제격이군. 한 시간이나 지켜봤지만 오로지 음악에만 집중하고 있더군요."

여자들은 아무 말도 하지 않았다. 새가 말하는 것은 진기한 일이 아니었지만 사람에게 말을 거는 경우는 매우 드물었다. 피닉스는 얼마나 멋진 생물인가! 꼬리 깃털은 칠면조처럼 부챗살로 펴져 있었지만, 온몸에 돋아난 촘촘하게 감긴 위장 깃털을 가벼이 펼치면 제 몸을 숨길 수 있는 고사리 잎새 모양의 신비로운 방을 만들어 냈다. 실제로 공중을 나는 성숙한 수컷 피닉스는 광채가 나는 공으로 보였다.

"혹시 이곳에 데려온 청년을 알고 있나요?" 놀란 마음을 가라앉히며 원장 수녀가 물었다.

"나는 어떤 청년도 알지 못합니다. 당신네 종족과는 어울리지 않죠. 나는 붉은 피닉스입니다." 피닉스는 이렇게 덧붙였다. 마치 그들이 제 말을 제대로 이해하지 못한다는 듯이.

원장 수녀는 어떤 형태의 허영심도 용납하지 않는 사람이었다. 그는 악기를 연주한 소녀 쪽으로 몸을 돌렸다.

"이름이 뭐지?"

소녀는 고개를 들었으나 대답은 하지 않았다. 쿼들링 사람답지 않게 혈색이 좋지 않았다. 얼굴에 누런빛이 감돌았다. 도토리 모양의 얼굴선에 알맞게 자리 잡은 이목구비가 보기 좋았다. 넓은 이마와 약간 튀어나온 광대뼈, 아기처럼 통통한 볼, 작고 단단한 턱이 예쁘장한 용모를 만들었다. 수녀들의 용모에 별로 신경을 쓰지 않는 원장 수녀도 깜짝 놀랐다.

소녀는 수녀가 되기에는 너무 예뻤다. 그렇다면 바보임에 틀림 없었다.

"저 애는 말이 별로 없어요." 수녀 한 명이 말했다.

"이곳에 온 지 석 주 됐어요." 다른 수녀가 덧붙였다. "저 애는 우리가 알아들을 수 없는 방언으로 속삭이듯 기도를 해요. 아무래도 저 애는 목소리를 크게 낼 수 없는 것 같아요."

"이름 없는 신은 무슨 소리든 들을 수 있지. 애야, 너는 어디서 왔지?"

"요리사 수녀님이 아실 거예요." 처음 말한 수녀가 대답했다.

"일어나거라." 원장 수녀가 말했다. "붉은 피닉스가 너를 골랐어. 너는 별로 말은 안 하지만 우리가 하는 말은 알아듣겠지? 그렇다면 내가 원하는 아이로구나." 원장이 소녀에게 손을 내밀었다. 소녀가 마지못해 일어났다. 붉은 피닉스는 풀밭에 앉아 이를 잡기 시작했다.

"향기로운 물 한 사발을 가져오게 할까요? 우리가 자비를 베풀 일이라도 있나요? 당신네 종족은 이곳을 방문한 적이 별로 없어요. 사실은 한 번도 없었다오."

"나는 단지 이곳을 지나던 참이었습니다. 서쪽에서 회의가 있어서 가는 중이지요. 그런데 음악 소리가 들리길래 땅으로 내려오게 되었죠."

"음악을 좋아해요?"

"내가 음악을 좋아했다면 이곳에 내려오지 않았을 것입니다. 저 소녀는 연주를 잘하는 편이 아니니까요. 나는 음악을 좋아하지 않아요. 음악은 내 연마 장치를 고장 나게 하지요. 나는 다만 이런 악기를 다시 볼 수 있을지가 궁금했어요. 소녀가 연주하는 음악은 지금은 거의 잊어버린 오래전 일을 떠오르게 합니다. 원장님의 호의에는 감사합니다만, 저는 쉬고 싶을 따름입니다."

붉은 피닉스는 수녀복인 연회색 치마를 입고 수줍게 서 있는 음악가 소녀를 바라보았다.

"이 애는 뭔가 알 수 없는 아이로군요." 붉은 피닉스가 말했다.

"잡아라!" 요리사 수녀가 뒤쪽에서 덫을 들고 뛰쳐나오며 소리쳤다. 그리고 정말로 잡았다.

피닉스는 꽥꽥 비명을 지르며 손아귀에서 벗어나려고 발버둥을 쳤다. 깃털에 파묻힌 눈이 일그러졌다. 비명 소리는 끔찍했다.

"피닉스 스테이크! 내가 요리법을 알아냈지!" 요리사 수녀가 소리쳤다.

"놓아주게." 야클 수녀가 말했다.

야클 수녀가 말할 순서가 아니었기 때문에 원장 수녀는 마음이 언짢았다. 그녀는 이런 생각을 하고 있었다. '요리사 수녀가 피닉스 스테이크를 요리할 작정이군, 버터 한 덩이, 타라곤 겨자, 작은 햇감자를 곁들여 프라이팬에 지글지글 익히는 피닉스 스테이크 말이야.'

"놓아줘요." 야클 수녀보다 더 엄숙한 목소리로 원장 수녀가 말했다.

"쳇! 15분 동안이나 이 새를 살금살금 쫓아다녔는데. 요통이 심해 겨우 잡았더니 이제 놓아주라고요?"

"내 권위에 거역하지 말아요."

"원장님의 판단력을 의심하는 거예요." 요리사 수녀가 착 가라앉은 목소리로 말했다. 그녀는 덫을 풀어 주었다. 피닉스가 악담을 퍼부으며 하늘로 순식간에 솟아올랐다.

"그는 회의에 참석하러 가던 중이었어." 야클 수녀가 말했다.

"이제 됐어요. 이 일은 더 이상 거론하지 말아요. 요리사 수녀님, 이 수녀가 누군지 알아요? 어디서 왔지요?"

요리사 수녀는 눈앞에서 기회를 놓친 것이 못내 분한지 씩씩거리며 이를 갈았다.

"이름은 캔들이고 잠시 삼촌이 이곳에 맡기고 떠난 아이로군요. 그는 1년 후에 오겠다고 했어요. 이 애는 그때쯤 수녀가 되거나 삼촌이 다시 데려가거나 하겠지요. 아무튼 내가 데리고 있겠다고 했어요. 다른 아이들과 잡담을 나누는 일이 없기 때문에 말썽도 안 피우고 소뼈로 우려내는 육즙도 만들 줄 알지요. 지금은 축제용 불고기를 만드는 소스 수녀님 곁에서 일하게 했어요."

"데리고 가도 되지요?"

"차라리 붉은 피닉스를 놓아줄 수 없냐고 말하시지. 물론 그것도 안 된다고 대답하겠지만."

"우리는 동물을 먹지 않아요. 저도 시대가 변한 줄은 알고 있어요. 하지만 수녀원 설립을 허가하는 문서에 분명히 그런 조항이 적혀 있어요. 우리는 말을 할 줄 아는 생물은 먹지 않아요. 요리사 수녀님, 만약 저 몰래 도살 행위를 하는 게 목격된다면……."

"이 애를 놓치긴 싫어요." 요리사 수녀가 소녀를 바라보며 대답했다. "하지만 이 애가 마음을 어지럽히는 저 도밍곤도 함께 가져간다면 수락하겠어요."

"오호라, 그게 도밍곤이라는 악기로군. 책에서 읽은 적은 있지만 본 적은 없었지. 애야, 이리 오거라, 도밍곤도 가지고 말이야." 원장 수녀는 그 심술궂은 입술로 보일 수 있는 가장 부드러운 미소를 띠며 소녀에게 손을 내밀었다.

소녀가 일어섰다. 그리고 태연히 원장 수녀의 손을 잡았다. 다른 소녀들이 킥킥거렸다. 저봐, 저렇게 단순하다니까.

"내가 수녀님을 찾아온 것은 옛날에 이곳에 머물렀던 한 수녀를 기억하는지 여쭙고 싶어서였어요. 살갗이 녹색인 엘파바라는 별종 처녀를 기억하세요?."

"내가 오기 전인가 봐." 요리사 수녀는 퉁명스럽게 대꾸하고 자리를 떴다.

야클 수녀가 콧잔등을 긁으며 하품을 했다.

붉은 피닉스는 아직도 하늘에서 꽥꽥거리며 비명을 지르고 있었다. 이제는 안전한 수녀원 탑 주위를 빙글빙글 돌며 모욕당한 심신을 추스르고 있었다. 마치 진료소 위를 떠도는 핏덩이처럼 보였다.

"수녀원에 청년이 있다는 말이야?" 야클 수녀가 물었다. 눈곱이 낀 흐리멍덩한 눈을 들어 원장 수녀를 바라보았다. 이마에 얹어 있던 솔이 흘러내렸다. "빗자루도 가져왔어?"

7

원장 수녀는 점심식사 후에 오래 휴식을 취할 필요가 있었다. 계단이 너무 많았다. 관절에 가하는 고행인 셈이라고 할까. 하지만 그녀는 좀 더 힘을 냈다. 캔들이 알아서 부축을 해 주었는데 이것은 그녀가 구제 불능의 바보는 아니라는 좋은 징조였다.

이제 태양은 머리 꼭대기에서 빛나고 있었다. 방은 이미 더워졌고 정오의 그림자에 잠기기 시작했다. 청년은 누워 있던 그대로 미동도 없이 이상한 침묵에 감싸여 가만히 누워 있었다. 약제사 수녀와 의사 수녀가 방 안에 일거리를 가지고 들어와 있었다. 덕분에 원장 수녀와 캔들은 두 사람이 일을 하는 동안 옆에 있을 수 있었다. 약제사 수녀는 약초를 빻고 있었고 의사 수녀는 일지에 증상을 기록하고 있었다. 두 수녀는 침대 양쪽에 걸터앉아 있었다.

"이 수녀를 알아요?" 원장 수녀가 물었다.

두 수녀는 가타부타 말이 없었다.

"도밍곤이라는 악기를 연주하고 채마밭에서 일하는 소녀예요. 이 악기에 대해서는 들어 본 적은 있지만 본 적은 없었지요. 캔들은 음악에 조금 재능이 있어요. 오랫동안 리르를 보살피면서 좀 더 솜씨를 연마하겠지요. 의사 수녀님과 약제사 수녀님이시다. 인사드려라. 식당이나 예배당에서 두 분을 뵌 적이 있을 거야."

인사를 하는 게 정식 수녀의 의무는 아니었지만 캔들이 먼저 인사를 하지 않자 약제사 수녀는 사교상의 무례를 피하기 위해 갑자기 고개를 까닥하여 알은체를 했다. 이 몸짓은 여러 가지를 의미했다.

원장 수녀가 나이가 많은 두 수녀에게 말했다.

"두 분께 새로 온 손님을 돌보는 것보다 더 시급한 일이 있어요. 조금 다른 일을 맡길까 해요."

"원장님!" 의사 수녀가 대답했다. "원장님의 식견을 문제 삼고 싶은 생각은 없어요. 하지만 순전히 원장님에 대한 존경의 표시로 이 말은 하고 싶어요. 원장님이 수녀원의 정신을 다스린다면 나는 여기 사는 이들의 영혼을 보살피는 사람이라고."

"필요한 조치에 대해 말하자면……." 약제사 수녀가 말하기 시작
했지만 원장 수녀가 손을 들었다.

"반대 의견은 듣지 않겠어요. 캔들은 영혼이 단순한 아이예요. 하
지만 여기 앉아서 청년을 지켜보게 하겠어요. 이 아이는 내 말을 이
해해요. 청년이 말을 하게 되면 누군가한테 알리라고 일러 두지요.
여기서 악기를 연주하면 솜씨도 좀 나아지겠지요. 이게 제 바람이에
요. 제 말뜻을 아시겠지요?"

그녀는 두 손을 컵 모양으로 오므렸다. 이것은 '이렇게 되길 바랍
니다.' 혹은 말하는 사람의 표정에 따라 '그만하면 충분해, 이제 당
신 얘기는 듣고 싶지 않아.'를 뜻하는 오래전부터 내려오는 의례적
인 몸짓이었다.

그러나 약제사 수녀는 가만히 물러서지 않았다.

"나는 이 애를 잘 알고 있어요. 말썽이 생기면 어쩔 줄 몰라할 아
이예요. 원장님은 지금 심각한 실수를 범하고 있어요."

"이런 경우는 아주 드문데, 이번엔 약제사 수녀가 옳아요." 의사
수녀가 거들었다. "상처가 덧나기라도 하면, 아니 합병증이라도 생
기면……."

"나는 두 분께 다른 일을 맡기고 싶어요." 원장 수녀가 말을 가로
막았다. "내 의지를 시험하는 두 분의 고집이라면 충분히 해내실 수
있을 거예요. 아무튼 두 분이 즉시 하셔야 할 일이에요."

그들은 불쾌하고도 호기심 어린 표정을 지으며 하던 일을 멈추었다.

"두 분께 며칠 전에 이곳에 묵은 적이 있는 에메랄드 시에서 파
견한 세 명의 어린 선교사에 관한 얘기는 아직 하지 않았어요. 그들
은 매복 공격을 당하고 살해당했는데 아무래도 얼굴이 벗겨진 것

같아 두려워요. 누가 왜 그런 짓을 했는지 알아내야 해요." 원장 수녀는 이렇게 말하고 돌아섰다. "어쨌든 저녁식사 때까지 묘약 제조를 끝내고 봉인 마법 주문을 강화하세요. 지금은 저를 따라오세요. 점심을 먹는 대신 잠깐 눈이나 붙여야겠어요. 그리고 점심 기도가 끝나면 내 방에 모이세요."

원장 수녀는 그들의 전문 분야를 배우지 않았다. 그런데 그녀는 어떻게 자기들이 금지된 봉인 마법을 사용한다는 사실을 알고 있는 것일까? 아마도 그래서 그녀가 원장 수녀인 모양이라고 그들은 추측했다. 원장은 의술에 대해서는 몰랐지만 여자에 대해서는 잘 알았던 것이다.

원장 수녀의 말을 따르는 수밖에 없었다. 몇 걸음 앞장서 걸어가는 원장은 희미하게 미소를 지었다. 의료 수녀들은 선량하고 믿음직했다. 그저 이곳에 사는 다른 이들처럼 호기심이 많았을 뿐이다. 원장 수녀는 리르를 안팎에서 괴롭히는 일이 무엇이건 이 중늙은이 수녀들이 보이는 쓸데없는 관심이 없다면 리르가 병을 회복하건 죽음을 맞이하건 좀 더 편안해질 수 있을 거라는 심산이었다.

원장 수녀는 잠시 걸음을 멈추고 숨을 돌렸다. 빌어먹을 계단이 너무 많아. 원장 수녀가 헐떡거리는 동안 두 수녀는 공손한 태도로 가만히 서 있었다. 여자들의 의지는 대단한 법이야. 이 두 사람이나 나나. 이들을 위험에 몰아넣는 끔찍한 선택을 하고 말았어. 하지만 누군가 그 일을 해야 한다면 이들이 제격이지. 원장은 그들의 안전을 마음속으로 빌었다.

하지만 나는 왜 소중한 자매들을 사지(死地)로 밀어 넣어야 하는 거지? 대성당 수사들이 젊고 순진한 선교사들을 안내인도 붙이지

51

않은 채 황야로 내보냈기 때문이지. 오치 맹글핸드도 없었어. 그저 신앙과 순진함, 그리고 어리석음이 낳은 만용만 갖고 덤볐던 거야. 우리한테 도움을 바라다니, 빌어먹을 에메랄드 시 같으니라고. 정부에 꼼짝없이 굴복한 대성당의 망할 아첨꾼들 같으니라고!

그녀는 악담을 퍼부은 일을 마음속으로도 회개하지 않았다. 이유가 마땅하다면 남몰래 욕하는 게 무슨 대수겠느냐라는 심정이었다.

8

캔들은 리르에게 곁눈질조차 하지 않았다. 그녀는 팔걸이 없는 의자에 앉아 오른쪽 손가락에 댄 완충용 패드로 악기의 상단 현을 부드럽게 문질렀다. 하단 현이 희미하게 떨리면서 은은한 배음이 생겨났다. 소리는 거의 들리지 않았다. 소리라기보다는 공기의 떨림이었다.

빛이 서서히 사위어 갔다. 하늘에 떠 있던 얇은 구름도 깨끗이 씻겼다. 방 안이 약간 쌀쌀해졌다.

캔들은 프렛[현악기의 지판 돌기] 위에 놓은 손가락을 아무렇게나 놀렸다. 그녀는 솜씨 좋은 연주가였다. 부엌에서 일하는 수녀들이 생각하는 것보다 훨씬 더 솜씨가 좋았다. 게다가 재능도 있었다. 하지만 도밍곤은 중요한 부품이 빠져 있었다. 그래서 그녀가 바라는 만큼 굉음을 울리지 못했고 광포한 소리나 예리한 소리를 내지 못했다. 이 정도로는 위안을 줄 수 없었다. 그녀도 알고 있었다. 그러나 그녀는 목이 두 개인 도밍곤을 손에서 떼지 않고 손가락에 신경을 집중하여 둔중한 소리를 냈다. 방금 전에 하늘을 나는 붉은 피닉

52

스를 보았다. 그 피닉스를 땅에 내려오게 한 건 분명 그녀의 연주였
다. 그렇다면 그런 일을 다시 할 수 있지 않을까? 아니 그 이상도 할
수 있었다.

위험한 여행

1

도밍곤 연주는 계속되었다. 의식이 없는 리르는 아무 소리도 듣지 못했지만 음악은 그에게 영향을 미쳤다.

✦✦✦

당시에 그는 키아모코 성에 살고 있었지만 마녀가 죽을 때는 곁에 없었다.

마녀가 유모, 겁쟁이 사자와 함께 그를 부엌에 가두었기 때문이다. 반쯤 실성한 노파 주제에 어디서 그런 놀라운 묘안을 생각했는지 유모가 달걀만 한 스튜 냄비의 자루로 문설주의 썩은 부분을 쑤셨다. 리르와 겁쟁이 사자도 경첩 부위를 후벼 팠고 어느 순간 문짝이 무겁게 떨어져 내렸다.

마녀의 눈원숭이 치스터리가 그들보다 앞질러서 탑 꼭대기 마녀의 방으로 계단을 나는 듯이 올라갔다. 그러나 도로시가 이미 내려오는 중이었다. 얼굴은 눈물로 얼룩덜룩했고 가슴에 품고 있는 불에 탄 빗자루에서는 악취가 났다.

"마녀는 죽었어." 도로시가 흐느꼈다.

리르는 가슴이 아팠다. 마음 아프지 않을 사람이 누가 있겠는가? 그는 층계에 앉아 도로시의 어깨를 감싸 안았다. 리르는 열네 살이었다. 누구에게나 첫사랑의 설렘은 어색하고 서투른 감정으로 다가올 테지만 이번 것은 더욱 특별했다. 그처럼 다정한 사람은 한 번도 못 본 것 같았다. 그녀는 세상을 불쌍히 여겨 하늘에서 내려온 성녀였다.

소녀는 충격을 가누지 못하고 아무 말도 하지 않았다. 리르는 얼마 후에야 그녀가 무엇 때문에 우는지 알게 되었다. 마녀가 죽은 것이다. 어린 시절의 추억이 깃든 사람이자 자기가 가장 무서워했던 사람, 자기를 키운 사람이고 또한 자신의 감옥지기이며 현명한 친구인 마녀가 죽은 것이다. 누군가는 마녀가 엄마라고도 했지만 증거는 없었다. 그가 물어보아도 마녀는 아무 대답도 해 주지 않았다.

마녀는 죽었다. 이제 영원히 다른 세상으로 가 버렸다. 유모는 마녀가 죽은 자리를 먼저 살펴보고는 리르가 흉벽으로 올라가지 못하게 막았다.

"신실한 자의 눈을 멀게 할 장면이야. 내가 나이 든 할망구라는 게 고마운 일이지. 리르, 너는 아직 어린애야. 그냥 잊어 버려." 유모는 열쇠를 주머니에 넣고 목소리를 떨며 이상한 노래를 불렀다. 어린 시절에 귀에 익은 장송곡이 저도 모르게 흘러나온 것이다. "다정한 릴라인, 자비의 어머니, 피살자의 수의, 망자의 숄……."

유모가 믿는 이교 신은 모호한 구석이 있었다. 하지만 그가 무슨 근거로 그런 말을 할 수 있겠는가? 그는 너무 어린 나이에 수녀원을 떠났기에 유일교 교리를 배울 기회가 없었다. 신앙심이 옅은 젊은이가 보기에 유일교의 교리는 모순 덩어리였다. 모든 이에게 자비를 베풀되 이교도는 용서치 마라. 가난은 고귀한 것이지만 교황은 어느 누구보다 부자여야 한다. 이름 없는 신은 멋진 세상을 창조하고 순종치 아니하는 인간을 그 안에 가두고 어떤 대가를 치르더라도 보호해야 마땅한 성욕의 불씨로 인간을 희롱하였다.

유모의 말로 가늠하면 럴라인 신앙은 엉터리 종교였다. 럴라이나가 오즈의 생성을 바라고 벌인 간지럽고 에로틱한 수작들이 낳은 두서없는 에피소드들뿐이었다. 리르는 속으로 말도 안 되는 엉터리라고 생각했지만, 그만큼 단순하고 기억하기 쉬운 논리였다.

어쩌면 그는 단지 신앙에 대해 아무런 느낌이 없었는지도 모른다. 신앙이란 나면서부터 배우지 않으면 결코 알아들을 수 없는 언어와 같으니까. 그러나 이제 그는 믿음을 갖고 싶었다. 신앙의 한 조각이라도 붙들고 싶었다. 엘파바가 죽었기 때문이다. 세상이 나뭇가지 하나 부러진 정도만 변했다는 듯이 굴기 위해서는 신앙이 필요했다. 그러나 그것은 옳지 않은 듯했다.

갑자기 잔혹한 기억이 떠올랐다. 벌에 쏘인 상처처럼 아픈 기억이었다. 마녀는 채찍질을 하며 그를 몰아붙이고 있었다.

"마법사의 군인들이 가족을 모두 납치하고 너만 버려두었다는 거냐? 너한테는 쓸모라고는 조금도 없기 때문에? 그래도 너는 그들을 따라갔고 그들은 너를 피해 달아났다는 거지? 너 정말 그렇게 쓸모가 없냐?" 마녀가 소리를 질렀다. 그래도 리르는 마녀가 자기에게 화가 난 게 아니라 성을 떠나 있는 동안 성에 살던 다른 가족들이 겪은 비극에 겁을 집어먹고 있다는 사실을 알고 있었다. 또한 그는 군인들이 자신을 별 볼일 없는 존재로 여겨서 살려 두고 떠난 일에 마녀가 안도하고 있다는 사실도 알고 있었다. 그러나 쓸모없는 사람 이라는 비난은 기분을 언짢게 했다.

"빗자루는 내가 가져가겠어." 마침내 리르가 입을 열었다. "빗자 루를 함께 묻을 거야."

"나도 필요해. 마녀가 죽은 걸 증명해야 하거든. 그것 말고는 달 리 증명할 길이 없어." 도로시가 말했다.

"내가 네 대신 들고 갈게."

"함께 갈 생각이야?"

리르는 주위를 둘러보았다. 성채의 안뜰은 어느 때보다 조용했 다. 마녀의 까마귀들은 죽었다. 늑대들도 죽었고 벌들도 죽었다. 헛 간 지붕에 떼 지어 모여 있는 날개 달린 원숭이들은 슬픔에 넋이 나 가 있었다. 리르는 산기슭의 레드밀 정착촌이나 바람 없는 구릉지 이곳저곳에 오두막을 지어 살고 있는 아르지키 주민들과 일체 접촉 이 없었다.

그러므로 키아모코에 그를 잡아 두는 것은 유모밖에 없었다. 그 러나 유모는 나이가 많은 터라 조만간 멍하니 아무 말도 듣지 못하 는 상태가 될 게 뻔했다. 일주일만 지나면 마녀가 죽은 사실도 잊어 버릴 게 분명했다. 게다가 유모는 정신 상태가 아주 좋은 날에도 리 르가 어디서 왔는지조차 기억하지 못했다. 리르를 보살필 만한 처지 가 아니었다. 유모를 남겨 두고 떠나는 일은 전혀 문제가 안 됐다.

"너와 함께 가겠어." 리르가 말했다. "그래야겠어. 그리고 빗자루는 내가 가져갈 거야."

출발하기에는 이미 늦은 시각이었다. 그들은 분주하게 제 할 일을 했다. 리르는 원숭이들에게 먹이를 갖다주었고 도로시는 유모에게 식사를 차려 주었다. 유모는 눈물을 흘리며 배가 고프지 않다고 말했으나 자기 몫을 먹어 치우고는 사자 몫까지 깨끗이 해치웠다.

도로시는 설거지를 한 후에 사자의 목에 아늑하게 몸을 기댔다. 도로시의 마음이 편안해진 만큼 사자의 마음도 고요하게 가라앉았다. 리르는 마녀의 방으로 올라가 방 안을 둘러보았다. 벌써 마녀가 그곳에 살았던 적이 없는 것처럼 느껴졌다.

리르는 『그리머리』 마법책이 생각났다. 한 번도 그 책을 읽지는 못했다. 마녀가 책을 어디에 뒀든 그대로 두기로 했다. 날개 달린 원숭이는 마법 주문을 외울 수 없고 유모는 눈이 나빠서 그 이상야 룻한 책을 읽을 수 없을 게 분명했다. 가져가기에는 너무 무겁기도 했다.

책들도 제 나름의 인생을 살게 마련이다. 제 운명에 맡기기로 하자. 그는 그렇게 생각했다.

방을 나가기 위해 몸을 돌리는 순간 엘파바의 검은 망토가 눈에 띄었다. 입기에는 다소 낡아 보였다. 단은 실이 풀렸고 깃은 좀이 먹었다. 그래도 천이 두꺼웠고, 이제 곧 날이 추워질 터였다. 그는 좁은 어깨에 망토를 걸쳤다. 망토가 너무 컸기 때문에 팔뚝 부위를 매듭으로 묶었다. 거대한 날개가 달린 바보 같은 박쥐 모습이겠군. 하지만 개의치 않았다.

지평선에 푸르스름한 얼룩이 생겨났다. 먼 곳의 부족들이 일찍이 마녀의 죽음을 예상하고 엘파바에게 바칠 봉헌물을 그녀가 죽은 날이 저물기도 전에 불에 태우는 것 같았다.

　그는 망토 깃에서 마녀의 냄새를 맡고 처음으로 눈물을 흘렸다.

　리르는 치스터리에게 작별인사를 하지 않았다. 마녀가 가장 총애
하던 날개 원숭이는 이제 알아서 살게 내버려둘 작정이었다. 왜 하
필 마녀는 그에게 말을 가르쳐서 자신이 죽은 일을 더욱 비통하게
느끼게 했던 것일까?

　겁쟁이 사자와 늘상 짖어대는 토토가 허수아비와 양철 나무꾼이
랑 길에서 머뭇거렸다. 그들은 도로시를 기다리고 있었다. 리르는
허수아비와 양철 인간을 보고 섬뜩한 기분이 들었다.

　도로시는 건성으로 이런저런 질문을 던지며 길을 잃지 않는 데
온 신경을 썼다. 리르는 도로시에게 예닐곱 해 전에 엘파바랑 수녀
원에서 떠나 왔고 그때 이후로는 키아모코 인근을 벗어난 일이 없
는데 자기가 어떻게 길을 잃었는지 알겠냐고 물었다. 도로시야말로
바로 얼마 전에 아주 넓은 땅을 돌아다니지 않았던가.

　"그래. 하지만 여기까지는 날개 달린 원숭이가 데려다줬어." 도로
시가 뽀로통하게 말했다. "이정표를 눈여겨볼 만큼 머리가 잘 돌아
가지 않았을 뿐이야. 아무튼 우리는 아래쪽으로 내려가고 있어. 이
길이 맞을 거야."

　"키아모코에서는 어느 방향으로 가도 내리막길이야." 리르가 대
답했다.

　"그런 자신감이 좋아. 다음엔 너에 대해 얘기해 주렴."

　리르는 어린 시절에 대한 기억이 남들과 같지 않았다. 기억은 모

호하고 흐릿해서 아무 감정도 불러일으키지 않았다. 어떤 순간도 명확하게 기억나지 않았다. 어쩌면 그런 순간이 전혀 없을는지 몰랐다. 그러나 사물에 대한 느낌만은 기억이 났다. 중간 문설주를 칸막이로 둔 회랑 유리창을 통해 비스듬하게 들어온 빛이 말없는 수녀들의 그림자를 고요하게 돌바닥에 새겨 놓던 일, 아스파라거스 크림 수프 냄새와 단풍나무 시럽 냄새가 촉촉이 대기를 적시던 일, 눈(雪) 냄새가 공기 속을 떠돌던 일. 그리고 언제나 엘파바 곁에 붙어 있었다는 기억. 그녀가 털실을 짜고 있는 방 안에서 부러진 목각 오리 인형으로 놀아도 핀잔을 듣지 않았다.

"네 엄마였니?" 도로시가 물었다. "네 엄마였다면 정말 미안해. 그렇지 않아도 미안한 건 똑같은데, 네 엄마였다면 더욱 미안하다는 뜻이야."

여자 아이들의 직설적인 말투는 당혹스러웠다. 리르는 그런 말투가 낯설었다. 마녀는 감정을 감추는 법이 없었지만 그것을 설명한 적도 없었다. 마녀와 사는 일은 성미가 고약한 애완동물과 한 집에서 사는 것과 같았다.

리르는 솔직한 대답을 하고 싶었지만 아는 게 별로 없었다.

"처음부터 함께 있었어. 아기였을 때라 어떻게 수녀원에 가게 됐는지는 몰라. 아무도 말해 주지 않았어. 마녀 아줌마도 입을 다물기만 했어. 그 시절에 만난 다른 여자들도 기억이 나. 특히 찬장 수녀나 과수원 수녀처럼 몇몇 놀기 좋아하던 누나들과 성 그레이스나 리넷 등 이름이 있던 수녀들. 그런데 엘파바가 수녀원에서 나갈 때가 되자 그들이 내 옷가지를 꾸려 주었어. 누가 내 몸을 번쩍 들어 마차에 태웠지. 우리는 어떤 일행에 합류했어. 그래서 이곳저곳을 들르면서 켈스를 거쳐 여기 키아모코까지 오게 된 거야."

"길을 아주 잘못 들었구나." 도로시가 사람이 살지 않고 소나무와 옹기소나무만 자라는 구릉지와 바위 부스러기가 굴러다니는 산비탈, 그리고 라벤더 싹이 돋아나는 울퉁불퉁한 산허리를 둘러보며 말했다.

"그녀는 외딴 곳에 가고 싶어 했어. 게다가 그곳에는 피예로가 살고 있었지."

"네 아빠?"

리르는 아빠에 대해서도 엄마에 대해서만큼 확신이 없었다.

"피예로는 마녀에게 어떤 의미가 있는 사람이었어. 하지만 나는 잘 몰라. 그를 만난 적이 없거든. 마녀가 내 곁에 앉아서 속을 터놓는 장면이 상상이나 가?"

"마녀에 대해서는 아무것도 상상할 수 없어. 누가 그럴 수 있겠니?"

리르는 더 이상 말하고 싶지 않았다. 마녀는 바로 얼마 전에 죽었다. 그녀를 잃은 충격은 이제 겨우 옅어지기 시작했다. 그러자 분노의 감정이 생겨났다.

"대체로 우리는 남서쪽으로 가고 있어. 그 다음에는 쿰브리시아 협곡를 동쪽으로 가로지를 거야. 그때 일행을 이끌던 오치 맹글핸드에게서 들어서 알고 있지. 이곳저곳에 여러 부족이 살고 있어." 리르가 설명했다.

"우리는 수마일을 오는 동안 사람은 그림자도 구경 못했어." 도로시가 말했다.

"그들은 너를 보았어. 그래야 했을 거야. 그들이 하는 일이니까."

"우리를 염탐하다니 기분이 썩 좋진 않네. 우리는 붙임성이 아주 좋은데 말이야." 도로시가 억지로 다정한 표정을 지으며 말했다. 어떤 부족의 정찰병이 지금 도로시의 모습을 보았다면 오히려 그냥 숨어 있기로 했을 법한 표정이었다.

얼마 후에 비가 내리기 시작했다. 리르는 이미 수다스러운 잡담으로 변한 대화를 그만두게 되어서 마음이 놓였다. 장대 같은 비가 쏟아졌다. 비를 피할 만한 양치기 오두막이나 덤불숲이 보이지 않았다. 그렇다고 그냥 진창에 주저앉을 수는 없는 노릇이었다. 그들은 속옷까지 흠뻑 젖으며 빗속을 터덜터덜 걸어갔다.

언덕 꼭대기가 뿌연 빗줄기에 감싸이고 모든 이정표가 시야에서 사라지자 그들은 길에 대한 자신감을 잃었다.

"리르, 아무래도 네 방향 감각을 믿지 못하겠어." 양철 나무꾼이 조심스럽게 말했다.

"닉 초퍼! 너는 정말 심장이 없구나!" 도로시가 말했다.

"오호, 불쌍한지고. 나는 외톨이로구나. 비가 이렇게 쏟아지면 내 몸은 녹이 슬 거야. 이런 생각 해본 사람 있어? 아무도 없지?"

"제발 우는 소리 좀 그만 내. 나는 싸움에는 끼고 싶지 않아. 노래나 부르자." 사자가 말했다.

"싫어." 모두가 한목소리로 대답했다.

"사자야, 만약 네가 용기를 갖게 되면 무엇을 하고 싶어? 마법사가 네 소원을 들어준다면 말이야." 허수아비가 화제를 바꾸기 위해 끼어들었다.

"장사나 해볼까? 아니면 순회공연단에 들어갈까? 제길, 내가 어찌 알겠어. 그저 내 갈 길을 가는 거지. 좀 더 맘에 맞는 사람들을 찾아볼 생각이야." 사자가 대답했다.

"너는?" 허수아비가 양철 나무꾼에게 물었다.

"심장을 갖게 되면 내가 무엇을 할 거냐고? 줄곧 잃어버리느라 바쁘겠지." 양철 나무꾼이 코웃음을 쳤다.

그들은 계속 지껄였다. 리르는 그들이 처음 마법사를 만나는 자리에 없었기 때문에 대화에 끼지 않았다. 어느새 모두가 말문을 닫자 그가 입을 열었다.

"허수아비, 이제 네가 대답할 차례야. 뇌를 가지면 너는 무엇을 할 거지?"

"지금 생각하는 중이야." 이렇게 대답한 허수아비는 더 이상은 입을 열지 못했다.

"토토!" 갑자기 도로시가 비명을 질렀다. "토토가 없어졌어!"

"볼 일을 보러 갔을 거야." 사자가 말했다. "우리끼리 얘기지만 토토도 이젠 혼자서 일을 볼 때가 된 거야. 네가 토토를 얼마나 사랑하는지 잘 알아. 하지만 거기에도 한계가 있어."

"길을 잃고 말 거야." 도로시가 울부짖었다. "아주 쉬운 길도 헤매는 개란 말이야. 너도 알지만 토토는 영리한 개가 아냐."

한동안 어색한 침묵이 흐른 후에 양철 나무꾼이 말했다.

"내 생각에는, 우리 모두 그 사실을 알고 있어."

"나는 무엇이든 정확하게 하는 게 싫어." 허수아비도 한마디 보탰다. "하지만 네가 가죽끈도 사지 않을 만큼 인색하게 굴지 않았다면 이런 말썽도 겪지 않았을 거야."

"저기 있다!" 도로시가 조그만 비탈을 가리키며 소리쳤다.

그 멍청한 개는 고대의 나그네를 위한 럴라인 신전처럼 보이는 건물 밑둥에 이제 막 배설을 끝마치는 중이었다. 이교의 여신상이 거센 비바람을 맞으며 먼 곳을 응시하고 있었다. 여신이 사람과 똑같은 크기라면 여신상은 등신대로 만들어졌다고 할 수 있었다. 비바람으로부터 조각상을 보호하기 위해 지붕이랍시고 만들어 놓은 것은 본채에 기대어 짓는 별채의 간이식 지붕에 불과해서 폭우를 피해 기어 들어갈 공간이 나오지 않았다. 잠시 동안 사자 어깨에 몸을 기대 생각에 잠겨 있던 리르가 검은 망토를 신전의 뾰족한 지붕에 매달았다. 그리고 마녀의 유품인 불에 탄 빗자루를 장대로 삼아 검은 천막을 급히 세웠다. 사자의 갈기에서 지독한 김이 올랐다. 일행은 이제 장대 같은 비를 피할 수 있게 되었다.

"이 망토는 보기보다 크구나. 게다가 물도 스며들지 않아." 도로시가 말했다.

"아마도 마녀가 방수 마법을 걸었을 거야. 물을 싫어했으니까." 리르가 말했다.

"나도 알아."

"누가 물을 싫어한다고?" 양철 나무꾼이 한마디 보탰는데 양철 마디마다 끼익 소리가 났다.

"마녀에 대해 좀 더 말해 줘." 도로시가 말했다.

리르는 대꾸하지 않았다. 리르는 도로시와 마음이 통한다는 느낌을 받았지만 너무 오래 또래 친구를 사귄 적이 없었다. 엘파바와 처음 도착한 키아모코에서 피예로의 세 아이들이 자기들의 작은 모임에 끼어 주기는 했지만 싫은 티가 역력했다. 진짜로 자기와 놀아 준 아이는 노르라는 여자애밖에 없었다. 그렇다고 해도 노르에게 리르는 토토가 도로시에게 의미하는 것 이상은 아니었다. 제가 상전 노

65

롯을 하는 데 필요한 친구였을 뿐이다. 처음 맞은 럴라인마스에는 노르가 생강빵 생쥐의 꼬리를 선물하기도 했는데, 아무도 그에게는 생강빵 생쥐를 만들어 줄 생각을 하지 않았기 때문이다.

노르 말고는? 노르와 이르지와 다른 가족들이 모두 레드밀 마을에 주둔한 마법사 군대에게 납치를 당한 후로는 아무도 그와 놀아 주지 않았다. 분명 그는 용감하게 군대를 추적했다. 하지만 소용이 없었다. 군인들은 그를 따돌렸다. 리르는 할 수 없이 키아모코로 되돌아왔고 마녀가 내지르는 날카로운 비명 소리를 들어야 했다. 마녀는 그가 질풍 부대의 체리스톤 사령관과 친하게 지내는 것을 막았고 몸에 이가 들끓는 레드밀 마을의 아이들과도 사귀지 못하게 했다.

그래서 리르는 외로운 삶을 살았다. 그나마 다행인 것은 배를 곯지 않았고 옷도 따뜻하게 입은 점이었다. 리르는 허드렛일을 맡아 했다. 말 못하는 날개 원숭이들만이 그가 곁에 앉아도 그를 피하지 않았다. 그 이상의 유년 시절이 있었던가? 도로시에게 이야기를 해 주려고 기억을 더듬었지만 어린 시절은 빈약하고 엉성했다. 그는 많은 부분을 입에 담고 싶지 않았다.

최근에 마녀는 평소보다 수면 장애를 불평하며 신경질을 부리는 일이 잦았다. 마녀의 유모였으며 또한 마녀 어머니의 유모이기도 했던 유모는 벌써 여든 살이 훌쩍 넘었고 조리 있는 대화가 불가능한 늙은 할멈이었다. 리르는 주로 혼잣말을 하며 지낼 수밖에 없었는데, 스스로 생각해도 자신은 말주변이 엉망이었다.

도로시의 호기심은 별로 진지해 보이지 않았다. 억지로 꾸민 호기심 같기도 했다. 자기의 삶이나 마녀에 대해 정말 알고 싶은 것인지, 아니면 시간이나 축낼 생각으로 호기심을 보인 것인지 알 수 없었다. 어쩌면 제 목소리를 들으며 마음을 굳게 다잡고 싶었는지도 모른다. 그런 의심이 들었다. 정말 알고 싶은 정보라면 저렇게 대놓고 물어보기가 꺼려지는 게 인지상정일 테니까. 그가 마녀의 아들이든 아니든, 엘파바랑 너무 오랫동안 같이 지내는 바람에 그녀에게서 약간의 편집증을 물려받았는지도 모를 일이다.

리르는 초조하게 눈알을 굴리며 어떻게 하면 이야기 주제를 바꿀까 고심했다. 수녀원의 아기 시절이나 키아모코의 유년 시절은 말하고 싶지 않았다. 이제 그는 가족을 모두 잃고 도로시 일행에 일종의 불청객, 이곳의 험악한 지형을 제대로 알지 못하는 안내자로 끼어든 처지였다. 그는 제가 맡은 일에만 정신을 집중하고 싶었다.

그래서 사자가 "이게 무슨 소리지?"라고 입을 열었을 때 그는 기뻤다.

"밤이 오고 있어." 양철 나무꾼이 말했다.

"밤이 오는 소리가 세상의 종말을 알리는 천둥소리와 같단 말이야? 한 번도 그런 적은 없어. 쉿. 모두 조용해. 이건 천둥소리가 아냐. 무슨 소리일까? 쉿, 조용히 해!" 사자가 말했다.

"너만 말하고 있어." 양철 나무꾼이 말했다.

"조용히 하라고 했잖아!"

그들은 모두 입을 다물었다.

거센 빗줄기가 교향악을 연주했다. 저만치서 저음으로 낮게 깔려오는 쏴아쏴아 하는 빗소리에 플롭, 플롭 하는 빗물 떨어지는 소리가 독창 가수의 노래처럼 섞여 있었는데, 그 소리가 리르에게는 마녀 아줌마 엘파바 트롭의 트롭, 트롭 하는 소리로 들렸다.

"빗소리가 도밍곤 소리처럼 들리지 않아?" 허수아비가 물었다.

쉿, 사자가 앞발을 입에 댔다. 사자의 찡그린 얼굴은 조금도 무섭지 않았다. 사자 잠옷을 입은 덩치 큰 어린아이처럼 보였다.

어느 순간 그들도 사자가 들은 소리를 들었다. 그들이 무언가를 알아내기도 전에 럴라인 여신상 밑둥의 돌덩이 하나가 한쪽으로 움직였다. 땅 위로 발 하나가 불쑥 솟아났다. 오소리인가? 비버? 밤색 털이 부슬부슬한 말하는 동물이었다. 그것은 계곡그라이트보다 몸집이 더 큰 산그라이트였다.

"버릇없이 재잘거리며 럴라인 신전을 모욕하다니. 용기가 참으로 가상하구나!" 산그라이트가 말했다. 말을 할 때마다 턱살이 안장 주머니처럼 출렁거렸다.

"용기라면 내가 갖고 싶은 것인데." 사자가 말했다.

"우리는 폭우를 피하고 있는 중이에요. 이곳에 머물 수 있게 은혜를 베풀어 주세요." 도로시가 말했다.

그라이트가 위협적인 앞니와 송곳니를 드러냈다.

"무슨 일입니까? 우리는 아무 짓도 안 했어요." 리르가 말했다.

그라이트가 단숨에 그들을 공격해서 쫓아버릴 궁리를 하는 듯 주변을 둘러보았다. 그러나 그런 생각을 했던 게 아니었다.

"바로 아래에 내가 사는 셋방, 그렇게 부르는 게 좋겠지, 내 방이 있어. 너희들은 너무 무겁단 말이야. 내 방 천장을 허물고 말 거야."

"뭘 짓기에는 좋은 장소가 아닌데." 그라이트의 이빨이 전혀 두렵지 않은 양철 인간이 말했다. "이건 럴라인에 대한 모욕이야."

"그럴지도 모르지. 하지만 나는 땅 속 깊이 굴을 팠어. 만약 모든 게 무너지면 너희들도 땅 속에 묻혀 굶어 죽을 거야. 너희들의 시체

썩는 냄새는 럴라인의 영령에 아무런 호소도 발휘 못해. 럴라인이 아무리 세상을 불쌍히 여긴다고 해도 말이다."

"폭풍우는 영원히 계속되지 않아요." 도로시가 말했다.

그라이트가 조금 앞으로 나왔다.

"나에게는 미침병이 있을지도 몰라. 미리 경고하는데 나는 먼저 물어뜯지, 그 전에 질문 따위는 하지 않아."

사자가 한숨을 쉬며 간이천막 밖으로 몸을 내밀었다. 빗물이 마치 사자 조각상에서 흘러나오는 샘물처럼 사자 몸에 주룩주룩 흘러내렸다.

"쥐 따위가 우리를 쫓아내게 하지는 않을 거야. 네가 물어뜯는다면 나도 물어뜯겠어. 너만 미침병이 있는 게 아냐. 썩 꺼져."

"쓸 만한 천막이군." 그라이트가 얼굴을 찡그렸다. "내 눈은 예전 같지가 않아. 이건 뭐지?"

"망토예요. 왜 묻는 거죠?" 리르가 말했다.

"마녀의 망토로군. 믿을 수 없어. 어디서 얻었지?" 그라이트가 다그쳐 물었다.

"내가 가져왔어요." 리르가 말했다.

"바보로군. 해 지기 전에 마녀가 네 목을 딸 거야."

"마녀는 죽었어요." 도로시가 자못 자랑스럽게 말했다.

그라이트의 눈이 휘둥그레졌다. 그가 도로시에게 얼굴을 들이밀었다. 도로시는 흠칫 놀라 뒤로 물러섰다. 그는 제 종족 중에서도 잘생긴 편이 아니었다.

"마녀가 죽었어? 정말이야?"

모두 고개를 끄덕였다.

"이런, 정말 충격인데." 그라이트가 앞발을 맞잡고 불안한 듯 앞뒤로 흔들었다. "정말 충격이군. 마녀가 죽었어?"

바람이 소프라노의 선율로 응답했다. 마녀는 죽었다!

"여기서 나가!" 그라이트가 차가운 목소리로 말했다.

"당신이 좋아할 줄 알았어요." 도로시가 말했다.

그러자 그라이트는 통렬한 반박을 했다.

"우리는 마녀를 상당히 존경하고 있어! 그녀가 우리를 믿고 단 한마디라도 했다면, 언제라도 적잖은 동물들이 에메랄드 시의 정문까지 곧장 진군했을 거야. 그러니 너흰 우리에게서 평안을 구할 수는 없을 거야."

"마녀는 내 친구였어요. 우리를 암살자로 여기지 말아요." 리르가 말했다.

"너는 애송이야. 마녀는 물론이고 마녀의 망토조차 제대로 돌보지 못하는 풋내기라고." 그러고는 도로시에게 고개를 돌렸다. "내가 친구들을 부르기 전에 살인자 계집애랑 그 공모자들은 여기서 꺼지는 게 좋을 거다." 그라이트는 그들의 주장을 입증하는 증거라도 찾으려는 듯이 코를 킁킁거리며 축축한 대기의 냄새를 맡았다. "마녀가 죽다니. 그럴 리가 없어. 나스토야 여왕이 귀를 기울일 때까지 기다려라. 마법사가 들을 때까지 기다려라."

그는 혼자 생각에 깊이 빠져 들었다. 그러고는 럴라인 여신상을 우러러보았다. "우리를 인도하소서! 한마디라도 말씀을 해 주소서!"

아주 가까운 곳에서 천둥이 울렸다. 그라이트를 제외한 모두가 진저리를 쳤다.

"부디 우리가 이해할 수 있는 언어로 말해 주소서."

그러나 폭풍우, 아니 자연의 위력에 내재한 럴라인은 침묵했다. 얼마 후에 가까운 곳에서 엄청난 폭우가 쏟아지고 다른 곳에서 또 천둥소리가 울렸다. 그라이트가 말을 이었다.

"나의 적들에게 안락을 베풀 까닭은 없다. 바로 너희들 말이야. 너희는 잔혹한 악당이지만 또한 나이가 어린 풋내기로구나. 아마도 후회할 날이 오겠지. 나는 마법사의 군대가 빈쿠스 강 둔덕에 진을 치고 있다는 말을 들었다. 마법사의 군대를 찾아가거라. 그들이 너희를 보호해 줄 것이다. 너희에게 하는 마지막 충고다."

"마법사 군대가 우리를 보호한다고? 오즈의 마법사는 위험인물이야." 리르가 쏘아붙였다.

"물론 그렇지. 폭군이며 영주지. 너희가 뭐라 부르든 상관없다. 그냥 대장이라고 할까. 너희는 서쪽 나라의 저항을 분쇄하라고 그를 부추긴 셈이야. 이봐 친구들, 마녀가 죽었다는 소식은 금방 퍼질 거야." 그가 '친구'라고 말할 때마다 다정한 느낌은 전혀 없었다. "기회가 있을 때 보호를 받도록 해. 엘파바 트롭의 사망 소식이 이곳에 퍼지면 너희는 아주 힘든 시간을 겪게 될 테니. 다음에 무슨 일이 벌어질지에 대해서는 말하지 않겠다. 난 이미 충고했어. 내 말을 명심해."

"나는 마법사의 군대한테 몸을 맡길 생각 없어. 동쪽에 군대가 있다면 우리는 원래 계획대로 서쪽으로 우회하여 쿰브리시아 협곡으로 지나가는 게 좋을 거야. 갈 길이 멀지만 보다 안전하겠지." 리르가 말했다.

"빨리 가는 게 좋겠어." 도로시가 불안한 목소리로 말했다.

"그래, 빨리 떠나는 게 좋을 것이다." 산그라이트가 거들었다. "나는 너희를 좇는 추격대에 합류하지 않겠지만 그렇다고 친구들에게 내가 오늘 알게 된 사실을 감출 생각도 없다. 구름이 걷히고 있어. 노블헤드 파이크의 구불구불한 산길로 내려갈 생각이었다면 이미 지나쳤어. 다시 뒤로 돌아가야 해. 어둡기 전에 강 유역에 도착하기는 힘들어. 검은 버드나무 아래에서 몸을 숨기거라. 길이 평지에 이르러 고지의 습지대를 에두르는 곳에서 버드나무 숲을 발견할 수 있을 것이다. 그곳은 안전해."

"고마워요." 도로시가 진심으로 말했다.

"바보 같은 소리 하지 마. 무엇 때문에 그에게 감사하는 거야?" 리르가 말했다.

"너는 배신자다." 그라이트가 사자에게 말했다. "부끄러운 줄 알아. 내가 너라면 조금도 방심하지 않을 거다. 동물은 변절자를 좋아하지 않아. 네가 좀 더 사자답다면 너도 무슨 말인지 잘 알겠지."

"나는 아무 짓도 안 했어! 부엌에 갇혀 있었어!" 사자의 꼬리가 예닐곱 번이나 흔들렸다.

‡‡‡

그라이트는 제가 말한 대로 그들을 밀고했다. 이튿날 아침 도로시 일행이 몸을 씻기도 전에 스크로 부족의 정찰대가 검은 버드나무 숲에 나타났다. 거의 벌거벗은 몸으로 안장도 없이 연한 자줏빛 말을 탄 그들은 마치 안개 속을 거니는 켄타우로스처럼 보였다. 스크로 족 정찰대는 말 한마디 없이 버드나무 숲 주위를 빙빙 돌았다.

도로시 일행은 그 안에 꼼짝없이 갇히고 만 것이다. 서로 통하는 언어가 없었기 때문에 협상을 시도할 가망도 없었다.

오즈의 언어들. 리르는 그런 것을 생각해 본 적이 없었다. 공용어는 어디서나 통하는 듯 보였다. 도로시조차 이상한 억양이나 별 어려움 없이 말을 했다. 산악 부족 아르지키의 방언은 목을 반쯤 굴려 소리를 내는 특징이 있었지만 그 차이가 리르에게 별다른 인상을 주지는 않았다. 그는 아르지키 방언을 이해할 수 있었다.

그렇다면 고립 생활을 하는 산그라이트가 공용어로 분명하고 정확하게 말을 하는 데 비해 스크로 부족은 오직 그들만 이해하는 언어로 말하는 이유가 무엇일까?

마녀는 마지막 순간까지 날개 원숭이들에게 말하는 법을 가르치기 위해 애를 썼다. 마치 언어를 배우면 언젠가는 그들의 생명을 구하는 데 도움이 될 수 있을 거라는 듯이. 너무나 많은 일이 언어와 관련되어 있었다. 무엇보다도 마법 주문의 언어! 사물을 변이시키고 숨은 것을 드러내고 드러난 것을 숨기는 마법 주문이 그러했다.

리르는 자신도 언어에 재능이 있기를 바랐다. 엘파바가 끈기와 인내를 갖고 마법을 익혔듯이 자신도 마법 주문을 외울 능력이 있었으면 좋겠다는 생각을 했다. 그러면 스크로 족을 단숨에 얼려 버리고 일행은 안전하게 그곳을 빠져나갈 수 있을 텐데. 하지만 이것은 그가 바랄 수 없는 일이었다.

스크로 부족의 정찰대는 도로시 일행에게 혐오스러운 말린 고기와 구운 옥수수 뭉치를 던져 주었다. 그곳에서 기다릴 심산임이 분명했다. 하루하고 반나절이 지난 후에 스크로 족 여왕이 아주 느리게 움직이는 이동식 숙사(宿舍)를 타고 도착했는데, 이것은 조정만 잘하면 노블헤드 파이크의 서쪽 능선도 어렵지 않게 넘을 수 있는 가마였다.

여왕 일행에는 통역관이 하나 있었다. 리르는 가마의 낡은 휘장 안에 몸을 숨기고 있는 여왕에게 알현을 요청했다. 그는 화술에 능하지 않았다.

"내가 원하는 것은 우리가, 에―, 좀 빨리, 에―, 그러니까, 나의 친구 도로시가 안전하게 에메랄드 시에 갈 수 있기를 바랍니다. 마법사와 만나기로 했거든요. 그런 다음에 외국 어딘가로 떠난다고 합니다."

그리고 자기도 그녀와 함께 가겠다는 말을 덧붙일까 하다가 그만두었다. 내가 같이 가도록 해 줄까? 안 그러면 난 어디로 가야 하지?

통역관은 스크로 부족의 장신구를 주렁주렁 매달고는 있었지만 명색이 시즈 대학에서 공부한 주름살 많은 노신사였다.

"좋아. 꾸물거릴 필요는 없지. 우리도 시간을 축내고 싶진 않다. 우선 여왕님께서 심신을 가라앉힐 시간을 드리기로 하지. 여왕님께서 준비가 되시면 자네한테 일러 주겠네."

도로시가 말했다.

"내가 살던 곳에는 왕족이라고 해서 특별히 중요하게 생각하지 않았어요. 이 여왕님은 누구신가요?"

통역사는 아무 대답 없이 자리를 떴다.

"정말 무례한 사람이군." 도로시가 말했다. "그건 그렇고 이 여왕은 대체 누굴까? 혹시 누구나 얘기하는 오즈마 공주일까?"

리르가 입을 열었다.

"마지막 오즈마는 오래전에 어린아이였을 때 마법사가 정권을 잡은 후에 납치되었어. 유모 얘기로는 그 소녀가 최면 상태에서 동화 속 공주처럼 마법이 풀릴 때까지 절대 자라지 않는 마법에 걸렸다는 거야. 나중에 그녀는 백성의 안위를 위해 반역을 일으켰고 권력자를 쓰러뜨린 다음에 왕정을 제자리로 돌려놓았어. 마녀 아줌마는 언제나 그 사실을 비웃었지. 궁전 지하에 가면 유골 저장소에서 오즈마 티페타리우스의 유해를 찾을 수 있을 거야. 그녀 조상들의 유해도 그곳에 있지."

"나는 오즈마를 믿어." 허수아비가 신념에 찬 목소리로 말했다.

어리석은 바보로군. 리르는 그렇게 생각했지만 아무 말도 하지 않았다.

스크로 족 여왕은 오래 기다리게 하지 않았다. 태양이 머리 꼭대기에 이르렀을 때 수행원들이 구겨진 녹색 카펫을 펼쳤다. 곰팡이가 슬어 지저분한 베개가 카펫 위에 놓였다.

"여왕님이 앉으실 때까지 모두 일어나 있거라." 통역관이 얼마 남지 않은 머리카락을 격자 무늬로 정돈하며 말했다. "여왕님이 앉으신 후에 앉거라."

여왕은 신하 여섯 명의 부축을 받아 침실에서 나왔다. 근육은 엄청난 무게를 지탱하는 데 소용이 없었고 잔뜩 찌푸린 커다란 얼굴은 축 늘어져서 살이 몇 겹으로 포개졌다. 늙은 스크로 족의 여왕은 곁에 서 있는 수행원들의 몸을 모두 합친 것만큼 몸집이 컸는데 마치 수펄 무리에 둘러싸인 여왕벌처럼 보였다.

얼굴에 녹색과 자주색 얼룩이 마치 어떤 의식을 위한 무늬처럼 새겨 있었다. 그러나 향긋한 베티베리아향초와 수련 향내도 동물의 냄새를 완전히 감추지 못했다.

"나스토야 여왕님, 출신을 모르는 도로시 게일과 그녀의 친구들인 사자와 허수아비, 양철 신사, 그리고 여왕님께서 얼마 전에 얘기를 들으신 그 소년이 여왕님께 알현을 여쭙니다." 통역관이 오즈 말로 말했다. 그런 후에 스크로 족의 언어로 그 말을 반복했다.

"안녕하세요." 도로시가 공손하게 예의를 갖춰 인사했다.

나스토야 여왕은 땅으로 내려와서 비스듬하게 누운 자세로 도로시 일행을 유심히 살펴보았다. 허리가 기이하게 길어서 마치 여분의 척추 뼈가 더 있는 듯했다.

신하들이 노란 방석으로 여왕의 무릎과 팔꿈치를 받쳤고 여왕이 뒤로 넘어가지 않게 등 뒤에 방석을 겹겹이 쌓아 올렸다. 통역관이 여왕의 생애를 화려한 언어로 읊기 시작했으나 여왕이 가로막았다. 여왕의 목소리는 북소리처럼 낮게 울렸는데 비강(鼻腔)이 멜론 몇 덩이를 넣어 둘 만큼 넓은 듯했다.

"나는 불신의 고통에 빠져 있다." 여왕이 통역관을 통해 말했다. "마녀가 까마귀를 보내 도움을 구한 사실만 알고 있을 뿐. 까마귀들은 나한테 도착하기 전에 야행성 로크(코끼리도 낚아챌 만큼 커다란 전설의 새) 무리가 모두 잡아먹었지."

"로크들이 모두 잡아먹었다면 여왕님께서는 마녀가 까마귀들을 보낸 사실을 어찌 아셨나요?" 리르가 물었다.

"야행성 로크는 말을 못하는 짐승이지. 하지만 나를 위해 순찰하는 잿빛 독수리가 그 장면을 목격했어. 독수리가 한 까마귀에 들러붙은 로크를 쫓아 버렸는데 그 까마귀가 가까스로 마녀의 싸움 소식을 독수리에게 전할 수 있었다. 내가 남부 아르지키 부족의 회의를 막 끝마칠 무렵에 독수리가 내게 그 소식을 전해 주었지."

"마녀 아줌마도 회의가 열린다는 소식을 들어야 했을 텐데요. 그녀는 스스로를 명예 아르지키 부족이라고 생각했으니까요." 리르가 말했다.

"전략이나 외교에 대해서는 너한테 강의를 들을 생각이 없다. 나는 마녀를 초대했으니까. 하지만 내 초대장이 마녀에게 전달됐는지는 알 수 없어. 여동생이 죽어서 슬픔에 잠겨 있었다고 들었으니까."

"마녀 아줌마는…… 마지막에…… 심신이 좀 불안했어요." 리르가 여왕의 말에 동의했다. "마녀 아줌마가 당신을 위해 얼마나 많은 일을 했을지는 모르겠어요. 일부러 짬을 냈을지도 의문이고요. 사실 아줌마는 은둔자였거든요. 자기 세계에 파묻혀 지냈어요." 그는 마녀가 자기한테도 관심이 없었다는 기억이 났다.

"내가 마녀의 주의를 끌었다면 강제로 일을 맡겼을 테지. 그녀는 바보가 아니었어. 에메랄드 시의 대법관들이 먼치킨랜드의 식량에 엄청난 세금을 부과하자 그들은 독립해서 자유 국가를 세웠지. 서쪽에 살고 있는 우리도 그에 못잖은 일을 할 것이다. 하지만 유나마타 족과 동맹을 맺으려는 나의 시도는 실패로 끝이 났다. 아르지키 부족은 앞으로도 고립된 생활을 누릴 수 있을 것이다. 고집불통의 언덕배기 녀석들! 하지만 우리 스크로 부족은 결코 에메랄드 시의 학정을 묵과하지 않을 것이며 우리의 초원이 약탈당하는 꼴을 그냥 두고 보지 않을 것이다. 마법사는 켈스의 동쪽 구릉에 군대를 집결하고 있다. 나는 그가 어떻게 일을 벌일지 잘 알고 있지. 알겠느냐, 요 강아지 같은 녀석아."

여왕이 탄식했다.

"마녀는 분명 도움이 될 수 있었어! 하지만 너무 늦었어. 그 이상한 여인이 죽었다는 소식은 산그라이트에게서 들었다. 에파바." 통역이 발음을 잘못했다.

"엘파바예요." 리르가 지적했다.

"살인자가 이곳에 있느냐?" 여왕이 물었다.

"그건 사고였어요. 죽일 생각은 없었어요." 도로시가 말했다. 그녀는 땋은 머리 한 다발을 입에 넣고 질겅질겅 씹었다.

"고인은 묘한 인물이었다. 딱 한 번 만나 보았지만 그녀의 체력은 정말 대단했다. 죽을 사람처럼 보이지 않았는데."

"그런 사람이 어디 있겠어요?" 도로시가 말했다.

"여기 있잖아. 난 매일 조금씩 죽어 가고 있어. 특히 한 방에 기분 나쁜 얼굴이 있으면 말이야." 사자가 중얼거렸다.

여왕은 통역관을 통해 계속 말했다.

"너희는 엄청난 위험에 빠져 있다. 나 때문이 아니다. 너희는 마녀를 죽이고 마녀의 물건을 훔친 자들이다. 적어도 내가 보기엔 그래. 하지만 마법사와 손을 잡았다는 게 더 나쁘지."

리르가 입에서 침을 튀기며 반박했다.

"마법사와 손을 잡다니요?"

"사실은 오즈의 마법사가 마녀를 죽여달라고 내게 부탁했어." 도로시가 사실을 밝혔다. "이미 엎질러진 물이야. 마법사가 부탁한 건 사실이야. 거짓말하고 싶진 않아. 하지만 난 전혀 그럴 의도는 없었어. 사고로 그녀의 여동생을 죽이게 된 일을 용서받고 싶었을 뿐이야. 그런데 옆에 물 한 동이가 있었지 뭐야. 하지만 그렇게 될 줄 내가 어떻게 알았겠어? 캔자스에는 마녀가 살지 않거든. 마녀에 대해서는 들어 본 적도 없단 말이야."

"이런, 네가 그만 실수를 해 버렸구나." 리르가 도로시의 말을 막았다. "제 말 좀 들어 주세요, 나스토야 여왕님. 저는 태어나서 줄곧 마녀 아줌마와 함께 살았어요. 그러니까 도둑질은 문제가 안 돼요. 나는 마녀와 가장 가까운 피붙이예요."

"그게 무슨 소리지?"

리르는 대답할 수 없었다. 여왕이 대답을 재촉했다.

"증명할 수 있나?"

리르는 어깨를 으쓱했다. 피부가 엘파바처럼 초록색도 아니고 피예로의 아이들이나 그의 미망인처럼 황토색도 아니었다. 리르는 창백한 편이었다. 자세히 들여다보면 절대 마녀의 인척으로 믿기 어려웠다.

"상관없어. 아무튼 나는 너를 죽일 생각이 없으니까. 절대 아니지. 하지만 다른 누군가는 그런 짓을 할지 모른다. 내가 막을 수 있을지는 모르겠다. 최근에 내 전략이 실패한 데서 알 수 있듯 우리는 아르지키 부족을 마음대로 조종할 수 없다."

"마법사의 군대가 우리를 해치려는 이유가 무엇인가요?" 리르가 물었다. "마녀는 죽었어요. 아르지키를 통치하는 피예로 집안도 모두 죽었고요."

"그 딸도?" 여왕이 물었다.

"노르 말인가요? 그 애에 대해 들은 얘기가 있나요? 저한테도 얘기해 주세요." 리르가 무심코 대답했다.

"나는 귀가 밝지." 여왕이 대답했다. 하지만 하던 말을 계속했다. "마녀가 죽었다는 사실을 증명할 수 있나?"

"다시 살려 놓기라도 하라는 말씀인가요? 그걸 원한다면 차라리 지금 우리를 죽이세요." 리르가 비웃었다.

여왕은 일어서고 싶다는 뜻을 표했다.

"목이 문제야. 골치 아픈 생각을 하니까 목이 뻣뻣해 죽겠군."

신하 아홉 명이 달려들어 여왕의 비대한 몸을 일으켜 세웠다. 이어 그들은 난간 기둥만큼 두꺼운 보석 박힌 지팡이 한 쌍을 갖다주었다. 그녀는 지팡이에 몸을 의지한 채 리르를 뚫어지게 바라보았다.

"너 같은 애송이와 협상 따위를 할 생각은 없지. 그래도 내가 너한테 원하는 게 무엇인지 궁금하지 않나?."

여왕은 어깨에 걸친 거울 장식이 달린 숄을 내려뜨리고 검정색의 굵은 머리카락 매듭에 꽂아 둔 검은 상아 빗 세 개를 땅바닥에 떨어뜨렸다. 대기는 무겁고 축축하게 가라앉았다. 어쩐지 요사스러운 분위기가 감돌았다. 여왕은 눈을 감고 낮은 소리로 웅얼거렸다. 매듭진 머리카락이 스르르 풀리더니 반질반질한 윤기를 내며 등허리로 흘러내려 땅에 흰색 똬리를 틀었다. 여왕이 입고 있던 볼품 없는 무명 가운은 허리춤으로 내려와 페플럼(치마의 주름 장식)이나 버슬(엉덩이를 불룩하게 만드는 허리받이)처럼 보였다. 그러더니 뱀이 허물을 벗듯 스르르 흘러내렸다.

리르는 소녀든 할머니든 여자의 알몸을 본 일이 없었다. 네댓 살 무렵의 노르가 구리 욕조에 몸을 담근 모습을 본 게 유일했다. 벌거벗은 여왕은 보기에 섬뜩했다. 은색 털이 흔적만 남은 사타구니, 살이 접힌 우묵한 음부, 나이와 중력으로 납작하게 늘어진 가슴.

"맙소사." 도로시가 저도 모르게 탄식을 내뱉었다.

만약 이게 마법이라면 지금은 주문을 외는 시간이었다. 여왕의 코가 길어지고 뺨의 역청색 살갗이 두꺼워지며 늘어졌다. 얼굴 주름의 째진 틈처럼 보였던 눈은 길쭉한 알 모양에서 동그란 구슬 모양으로 변했다. 이마와 머리와 뺨과 턱, 그리고 무섭게 생긴 코에서 털이 비죽비죽 솟아났다. 그리고 넓은 귀, 성능이 아주 좋을 것 같은 귀에서도.

코끼리를 닮은 얼굴이 코끼리 아닌 몸에 위태롭게 얹혀 있었다.

"미리 경고를 할걸 그랬군. 내가 꼬마 아가씨를 놀라게 한 모양이야."

도로시는 앞치마에 얼굴을 묻고 구역질을 하고 있었다. 토토는 발작을 일으키고는 어디론가 뛰쳐나갔다.

"변신을 할 때는 우아함을 갖출 겨를이 없다."

리르는 믿을 수 없다는 듯이 아무 말도 하지 못했다.

"나는 코끼리다." 나스토야 여왕이 말했다. "마법사가 동물을 학살하기 시작할 때부터 나는 인간의 모습으로 숨어 지냈지. 스크로 부족은 나의 지혜와 장수 능력을 존경하여 나를 숭배한다. 그들이 나를 보호하고 천년 초원에 거처를 마련해 준 대가로 나는 그들의 여왕 노릇을 하고 있어. 코끼리들은 영생을 자랑하지만 나는 내가 죽는다는 사실을 알고 있어. 그러나 인간도 아니고 코끼리도 아닌 이런 어정쩡한 모습으로 죽기는 싫다. 나는 코끼리의 모습으로 죽어야 해. 그래서 도움이 필요하지."

"제가 어떻게 도움이 될 수 있나요?" 리르가 물었다. 나는 아무일도 못 할 텐데요. 그는 속으로 그렇게 덧붙였다.

"나도 몰라." 나스토야 여왕이 말했다. "엘파바 트롭에게 도움이 필요하면 언제든 말을 하라고 한 적이 있어. 그러면 나는 내가 가진 모든 자원을 그녀에게 내줄 생각이었어. 그 반대 경우가 생길 거라고는 꿈에도 생각 못했지. 그녀의 동물에 대한 지식과 타고난 마법의 재능이 필요할 때가 오리라는 것을 말이다. 그런데 이미 늦었다. 내가 말을 꺼내기도 전에 네 친구가 내 유일한 희망을 죽여 버렸어."

"도로시도 몰랐어요." 리르가 말했다.

"어쨌든 모든 살인은 어떤 형태든 간에 희망을 죽이는 거야."

"역겨워 죽겠군." 사자가 양철 나무꾼의 귀에 속삭였다. "여왕이 말을 할 때마다 속이 메스꺼워."

"저에게는 마법 주문을 외는 재주가 없어요. 여왕님이 그걸 원하신다 해도 어쩔 수 없는 일이죠." 리르가 말했다.

"그걸 네가 어떻게 아느냐? 노력은 해보았느냐? 마법을 공부한 적은 있느냐?"

"저는 배우는 데 소질이 없어요. 게다가 별로 흥미도 없고요."

어디선가 커다란 코가 획 하고 날아들었다. 여왕의 코가 리르의 뺨을 움켜쥐었다. 턱과 머리를 단숨에 으깰 수도 있었다.

"흥미를 가져라. 흥미를 갖거나 도움을 구해라. 엘파바에게 한 짓으로 죽고 싶지 않다면, 어디든 가서 누구에게든 도움을 청하거라. 마법책 『그리머리』가 있지 않았느냐? 엘파바에게도 친구들이 있지 않았느냐? 시간은 얼마가 걸리든 상관없다. 하지만 내게 돌아와야 한다. 나는 이대로 죽을 수는 없다. 절대 그럴 수는 없다. 죽기 전에 이 거추장스러운 변장을 모두 벗어야 한다."

"저를 다른 사람과 혼동하고 있어요. 저보다 더 유능하고 제가 한 번도 만난 일이 없는 다른 누군가와 말이에요."

"이것은 부탁이 아니야. 명령이다. 나는 코끼리의 일원이다." 그녀는 리르의 턱에서 코를 들어 올리더니 그의 얼굴 앞에서 콧김을 불었다. 리르의 눈이 놀라서 휘둥그레졌다. 콧김 한 방에 앞머리 일부가 단숨에 뽑혀 나갔다. "네 말대로 네가 마녀의 인척이라면 무엇을 할지 알 수 있을 것이다. 마녀는 언제나 그럴 수 있었지."

"언제나는 아니에요. 슬프게도 지금은 도움이 될 수 없으니까요." 도로시가 여왕을 도와준답시고 끼어들었다.

"대가는 충분히 치르겠다." 여왕은 오직 리르에게만 말하고 있었다. "네가 찾고 있는 어린 친구, 피예로의 딸 말이다, 그 애에 대한 소식을 듣기 위해 언제나 귀를 열어 두겠다. 노르. 노르라고 했지? 해답을 알아내서 내게 돌아오너라. 그동안 알게 된 사실을 모두 말해 줄 테니."

리르는 아무 말도 할 수 없었다. 양손을 내밀어 손바닥을 내보였다. 자기도 무슨 뜻인지 모르는 몸짓이었다. 부탁을 받아들일까? 아니면 내가 마땅한 인물이 아니라고 항변할까? 하지만 리르가 무슨 생각을 하는지는 상관없었다. 여왕은 더 이상 그들에게 볼 일이 없었다. 그녀는 연약한 인간의 몸에 얹혀서 위태롭게 흔들리는 육중한 코끼리 머리를 뒤로 돌렸다. 여남은 명의 신하들이 달려와 여왕을 부축했다. 그들은 치욕을 막아 주기라도 하듯 여왕의 거대한 엉덩이를 감추었는데 사실 치욕이라는 단어가 여왕에게는 의미가 없었다. 비록 절반만 사람인 꼴이지만 몸이 썩어 가는 마법에 걸린 여왕에게 그런 추접한 모습이 잘 어울려서 부끄러움을 운운하기가 이상할 정도였다.

†††

"아무도 인질로 잡히지 않았어." 사자가 기쁨에 넘쳐 말했다. "나
는 내가 인질이 되는 줄 알았어. 그랬다면 정말 무서웠을 거야."

"여왕은 나를 믿었어." 리르가 말했다.

그들은 햇빛이 희미하게 비치는 잔뜩 찌푸린 하늘 아래로 터벅터
벅 걸어갔다. 마법사의 군대를 피하기 위해 그레이트 켈스의 서쪽
기슭으로 움직였다. 평지에 솟은 옥수수 창고처럼 산들이 초원 위로
삐죽 솟아 있었다. 어디에서 평지가 끝이 나고 어디에서 구릉이 시
작하는지 연필로 그릴 수 있을 것 같았다.

일행은 쉴 만한 곳을 찾아 휴식을 취했다. 여행하기에 나쁜 계절
은 아니었다. 그들은 천년 초원의 가장자리로 이동했는데, 개미처럼
일렬 종대를 지어 초원 지대를 가로질렀다. 몇 주가 흐른 뒤에 쿰브
리시아 협곡으로 이어지는 초목 지대에 닿았다. 고지대에 위치한 기
름진 골짜기인 쿰브리시아는 중앙 켈스를 통과하는 가장 빠른 길이
었다.

리르는 예전부터 이 길을 희미하게 기억하고 있었다. 공기는 축
축하고 팽팽했다. 땅은 썩어 가는 식물로 뒤덮여 있었다. 나스토야
여왕이 유나마타 부족과 대(對) 마법사 동맹을 맺지 못했다면, 당연
히 유나마타 족의 영토까지 보호하겠다는 제안도 못 했을 것이다.
유나마타 족은 언제나처럼 숨어 있었다.

빈쿠스 강과 에메랄드 시 방향으로 이어지는 내리막길 너머의 세
상은 비정하고 황량해 보였다. 계절은 나날이 바뀌고 있었다. 간혹
보이는 농가는 허술하기 이를 데 없어서 거의 버려진 듯했다. 초가
지붕은 곰팡이가 슬어 보기가 흉했고 정원은 초목이 없어 휑뎅그렁

했다. 농부들이 빵을 주기는 했으나 표정이 시무룩했다. 어떤 주민도 그들을 집안에 들이지 않았고 이불 같은 것을 내주지 않았다. 헛간 구석이나 비둘기 똥이 덕지덕지 묻은 담요가 그들이 바랄 수 있는 최고의 잠자리였다. 그런데도 오랜 걸음으로 피곤에 절은 그들은 꿈도 없이 깊은 잠에 곯아떨어졌다.

리르에게는 에메랄드 시에 도착하는 데 며칠, 혹은 몇 주가 걸릴지는 문제가 아니었다. 하루에 몇 시간을 걸어야 안락한 잠을 잘 수 있는지가 중요했다. 그것은 단순한 잠이 아니었다. 풍요로운 안식이며 행복한 적멸(寂滅)이었다. 잠 속에서 리르는 끊임없이 당신, 당신, 당신이라고 외치는 듯한, 심장의 단조로운 고동 소리를 잊을 수 있었다. 리르는 엘파바에 대한 기억을 떨칠 수가 없었다. 그것은 그가 있는 줄도 몰랐던 폐부 깊숙한 곳의 박막을 압박했다. 나는 당신이 미워요. 아줌마는 나를 떠났어요. 그래서 나는 당신이 더욱 미워졌어요.

켈스 봉우리가 점점 작아졌다. 잡목만이 자라는 평지가 자갈밭 위로 넓게 펼쳐졌다. 지평선에 떡갈나무 숲이 모습을 드러냈다. 떡갈나무 숲이 숨을 쉬는 소리와 바람이 나뭇잎을 흔드는 소리가 들려왔다. 리르는 이렇게 말하고 싶었다. 보세요. 당신이 너무나 증오했고 그래서 뒤에 남기고 떠난 세상을 보라고요. 정말 이상하지 않아요? 나는 왜 그런지 알겠어요.

리르는 이 말을 할 수가 없었다. 도로시가 엠 아주머니와 헨리 아저씨와 아무래도 상관없는 농부들에 관해 재잘거리는 통에 어떤 생각도 하기가 힘들었다. 엘파바를 생각했다. 엘파바를 느꼈다. 엘파바. 당신이 없는 세상에서.

나는 어떻게 살아야 하나요?

85

✛✛✛

켈스는 훌륭한 건축가가 구상해서 정확하게 쌓아 올린 인위적인 건축물처럼 보였다. 반면에 에메랄드 시는 첫눈에도 살아남기 위해 용을 쓰는 생명체가 이러저러하게 변태한 모습으로 보였다. 리르는 이렇게 큰 도시를 본 일이 없었다. 그래서 도시가 지평선에 모습을 드러내자 리르는 당황했다. 당황하고 겁을 집어먹었다.

"겁먹지 마." 도로시가 리르의 손을 잡으며 말했다. "농장 위에 농장을 겹겹이 쌓아 둔 마을이라고 생각해."

"바로 그런 게 무섭지 않아?"

"여기서 나 자신을 찾을 거야." 양철 나무꾼이 말했다.

"나는 나 자신을 잃어버릴 거야." 사자가 말했다.

"긴장할 것 없어. 자연스럽게 행동해." 도로시가 말했다.

"그런 걸 연기라고 하지." 양철 나무꾼이 말했다.

"이보게들, 우리는 운이 좋았어." 허수아비가 꼭두각시 인형극을 선전하는 공연단 일행을 가리켰다. 그들은 경비병들을 즐겁게 해 주고 있었다. 소란이 벌어지는 동안 이 괴상한 행색의 '노란 벽돌길 비정규군'과 리르는 경비병에게 들키지 않고 서쪽 관문을 빠져나갔다. 그들은 넓은 광장으로 나왔다. 스카크 똥 냄새가 코를 찌르는 것으로 보아 수송할 짐승을 가두는 우리 역할을 하는 장소였다. 여기저기에 분주하게 화물을 실어내고 명세서를 작성하는 움직임이 보였다. 화강암으로 지은 창고가 우리에 면해 있었다. 곰들(지금은 말을 하지 않았지만 어쩌면, 말하는 동물일지도 모른다.)이 곡물 부대와 화물 상자를 나르고 있었다.

"이봐!" 작업반장들이 소리를 질렀다. 어떤 작업반장은 키가 자

86

기들이 부리는 일꾼의 3분의 1밖에 안 되는 먼치킨 사람들이었는데, 그들이 휘두르는 채찍에서 시뻘건 핏물이 튀겼다.

"우리는 여기서 고깃덩어리군, 고깃덩어리야." 사자가 신음소리를 내며 말했다. "나만 그렇게 느끼는 건 아니겠지. 어쩐지 너무 훤한 데를 나돌아다니는 느낌이야."

"사자 말이 맞아. 이 골목길로 몰래 빠져나가자." 리르가 말했다.

"나는 좀 더 큰 소동이 벌어질 거라고 생각했어. 내 말은 어쨌든 마녀는 죽었고 그 소식이 전해졌을 것이라는 뜻이야."

도로시는 한 손으로는 자기 코를, 다른 손으로는 토토의 코를 움켜쥐었다.

"캔자스 닭장도 이렇게 지독하진 않아."

그들은 죽어 가는 사이프러스나무들이 늘어선 넓은 길을 가로질러 상업 지구를 통과했다. 나무 일부는 부싯깃으로 쓸 요량인지 반으로 쪼개진 채 땅에 쓰러져 있었다. 성공한 군사 작전을 기념하는 분수대 주위로 판자나 유포 따위를 철망으로 엮어 지은 간이주택들이 빽빽이 들어찼다. 저녁밥 짓는 고약한 냄새가 코를 찔러 왔다. 공중 화장실로 쓰이는 분수대의 고장난 분출구에서 물이 조금씩 새어 나왔다.

"우웩!" 도로시가 구역질을 했다. "지난번에 왔을 때는 이쪽으로 지나가지 않았어."

"깨끗한 길로 안내받았겠지." 리르가 말했다. 도로시가 고개를 끄덕였다.

도로시 일행이 지나가자 대로 주변에 사는 주민들은 문에 차양처럼 걸어 놓은 숄 뒤로 몸을 숨기거나 신문지로 얼굴을 감추었다.

"우리가 문둥이라도 된다는 것 같군." 리르가 말했다.

"우리가 너무 깨끗해서일 거야. 그들을 부끄럽게 할 테니까." 도로시가 말했다.

리르는 도로시가 깨끗하다는 생각은 들지 않았다. 하지만 그녀의 눈빛은 맑았고 걸음걸이는 경쾌했다. 아마도 이 점이 깨끗함보다 더 중요하게 작용했을 것이다.

"경찰이 한 짓 때문에 지레 겁을 먹은 건지도 몰라. 우리가 어느 편인지도 모를 테고." 리르가 말했다.

"글쎄. 우리 꼴을 보라고. 밀짚 인간, 양철 인간, 애완용 강아지처럼 머리에 리본을 달고 있는 사자에다 조그만 계집애와 사내애, 시큰둥한 강아지야. 누가 우리를 정부 측 인사로 보겠어. 우리는 너무……." 양철 나무꾼이 적당한 단어를 찾지 못했다.

"유별나다고?" 도로시가 물었다.

"변장술이 엉망이라고?" 사자가 물었다.

"괴상하다고?" 양철 나무꾼이 물었다.

"우스꽝스럽다고?" 리르가 물었다.

"다 해당해." 허수아비가 결론을 내렸다. 하지만 가난한 주민들은 도로시 일행의 기묘한 행색을 보고도 믿음이 생기지 않은 듯 그들을 피하기만 했다.

일행이 마법사의 궁전 앞 대광장에 이르렀을 때 리르는 적이 망설였다. 마녀는 오즈의 통치자를 경멸했다. 그래서 리르는 마법사 앞에 나서는 게 마음에 걸렸다.

"계집애처럼 굴지 마. 그런 겁쟁이 짓은 나만으로도 충분해." 사자가 말했다.

리르는 "두려워서가 아냐."라고 말했지만 두려움도 조금은 섞여 있었다. 분노도 섞여 있었다. 분노란 얼마나 유능하고 유연한 감정인가. 자기를 남겨 두고 세상을 떠난 마녀에게도, 마녀의 죽음을 뒤에서 조종한 마법사에게도 리르는 똑같이 분노를 느꼈다. 하지만 리르는 도로시에게는 오직 피곤함만을 느꼈다. 어쩌면 마음속으로는 그녀에게도 남몰래 분노를 느끼고 있었는지도 모른다. 하지만 그것은 결코 밖으로 드러나지 않았다. 만약 도로시에게도 분통을 터뜨린다면 세상에서 자기 곁에 남을 사람이 없을 테니까. 거의 아무도, 아니 정말로 아무도 남지 않을 터였다.

"뭘 그렇게 꾸물대는 거야. 이번 기회를 놓치면 너는 바보야. 마법사는 네 소원을 들어줄 거야. 그는 그럴 능력이 있어." 도로시가 말했다.

리르는 불현듯 엘파바와 나눴던 대화가 떠올랐다.

"리르, 마법사가 너의 소원을 들어준다면 너는 뭘 바라겠니?"
"아버지."

"그는 산타클로스와 같아." 도로시가 눈을 반짝이며 말했다.
"무슨 말인지 모르겠어."
"산타클로스를 몰라? 쾌활한 할아버지 요정 말이야! 신기한 마술을 부릴 줄 알지. 크리스마스 날마다 착한 아이에게 푸짐한 선물을 갖다주는데, 나쁜 아이한테는 양말에 석탄을 집어넣지. 캔자스는 석탄이 부족해서 한 번은 내 양말에 돼지 똥을 잔뜩 채워 넣었지 뭐야. 나는 남자애처럼 펑펑 울었어. 헨리 아저씨는 내가 돼지우리 앞에서 너무 신나게 노래를 불러서 받은 벌이라는 거야. 돼지가 변을 못 볼까 봐 걱정이 많았단다, 이게 바로 그 증거로구나, 하고 아저씨는 말씀하셨어."

"오즈의 마법사가 네 양말에 돼지 똥을 집어넣었어?"

"아니! 바보처럼 굴지 말고 내 말을 잘 들어 봐. 마법사가 산타클로스 같다는 말이니까. 그는 아주 인정이 많은 사람이야. 같이 가서 너도 소원을 말해. 무엇 때문에 망설여? 더 좋은 생각이 있어?"

리르는 마음이 흔들렸다. 마법사가 선물을 나누어준다면 자기라고 받지 못할 이유가 무엇이겠는가? 이제 그는 고아였다. 자기가 누구인지, 어디에서 왔는지 말할 필요는 없었다.

"마법사는 너에게 많은 빚을 지고 있어." 도로시가 확신을 갖고 진지하게 말했다. "네가 없었으면 우리는 살아 돌아오지 못했을 거야. 길에 숨어 있는 무서운 유나마타 부족이나 스크로 부족 여왕인 메스꺼운 코끼리 괴물을 생각해 봐. 나는 무서워서 오금이 저렸어."

"어쩌면 나도 소원을 말하겠지."

"리르, 마법사가 너의 소원을 들어준다면 넌 뭘 바라겠니?"

"아버지."

마법사가 아버지나 어머니를 줄 수는 없겠지만 노르의 소식은 말해 줄지도 모른다. 나스토야 여왕은 노르의 생존 가능성을 일깨웠다. 아니면 마법사가 잃어버린 『그리머리』를 갖고 있을지도 모른다.

그 책만 있으면 나스토야 여왕이 변장을 벗는 데 도움을 주는 방법을 알아낼 수 있을 것 같았다. 어쨌든 오즈의 마법사만큼 힘이 세진다면 그것도 멋지고 훌륭한 일이 될 거라고 리르는 생각했다. 실로 그는 여자들 품에서만 자란 응석받이이며 아직 남자들 세계를 구경하지 못한 풋내기였다.

"이제 출발한다. 너도 가고 싶으면 따라와." 도로시가 말했다. 리르는 마녀의 망토를 그들이 앉아 있던 황량한 카페의 한쪽 구석에 놓인 장식 꽃병 밑에 숨겼다.

도로시가 궁전 경비대의 주의를 끄는 방법은 간단했다.

"나는 도로시예요. 도로시 알죠?"

경비대 초병들은 멍하니 바라보기만 했다. 대신들이 소집되고 단숨에 알현 절차가 이루어졌다.

"너는 들어가지 못한다." 알현 대신이 리르를 보고 말했다. "애초의 계약 사항에 없다."

"나는 마법사에게 도움을 구하러 왔어요." 리르가 말했다.

"썩 물러가거라."

도로시는 어깨를 으쓱하고는 생긋 웃으며 앞치마를 쫙 펼쳤다.

"안달하지 마, 리르. 한 시간도 안 걸릴 거야. 우리는 마법사를 만나기만 하면 돼. 그가 우리의 소원을 들어줄 거야. 오늘 밤 아까 그 카페에서 만나서 내 환송 파티에 대해 의논하기로 하자."

"정말 떠날 생각이야?" 리르가 물었다.

"물론이지." 도로시가 주저 없이 대답했다. "이것은 작별 접견인 셈이야. 그렇지 않으면 이런 모욕을 감수할 내가 아니지. 나는 마녀를 죽이겠다는 말을 한 적이 없어. 그래도 내가 죽이고 말았어. 아무튼 나는 마법사에게서 보상을 받을 거야."

그는 입술을 깨물었다.

"나도 같이 가도 될까?"

"너한테는 캔자스가 불편할 거야. 하긴 누구라도 그렇겠지. 그리고 너는 그 괴상한 코끼리 할멈의 마법을 풀어 주기로 했잖아. 내 땋은 머리 괜찮아?"

도로시가 리르에게 아무렇지도 않게 가벼운 입맞춤을 해 주었다. 어리석은 믿음으로 가득한 그녀가 등을 돌리고 친구들을 허겁지겁 따라갔다. 그들이 안으로 들어가자 의전실 문이 쾅 하고 닫혔다.

리르는 몸을 돌려 카페로 갔다. 가진 돈을 다 써 버렸기 때문에 커져 가는 불안과 이루지 못한 희망을 곱씹으며 가만히 기다릴 수밖에 없었다. 도로시는 영영 돌아오지 않았다. 그는 다시는 도로시를 볼 수 없었다.

도로시는 별로였다. 천진하고 다정한 소녀였으나 어쩐지 젠 체하는 구석이 있었다. 처음엔 숭고하게 느낀 다정함도 어느새 값싼 동정이 아닌가 싶었다. 그녀는 양철 나무꾼에게는 기름칠을 해 주었고 소심한 사자에게는 위로를 해 주었다. 허수아비에게는 금 본위제와 은 본위제의 차이점을 두뇌가 없는 그도 알아듣기 쉽게 설명해 주었다. 고약한 냄새를 풍기는 토토도 찡그리는 기색 없이 안아 주었다. 이렇게 보면 리르의 운명을 걱정한 것도 그녀가 베푸는 또 하나의 착한 적선에 불과했는지도 모른다.

그러나 도로시는 한 걸음 한 걸음 빈쿠스 강으로 가는 길 내내 씩씩하고 용감했다. 에메랄드 시 전역에 종소리가 울려 퍼졌다. 리르는 용기를 내서 아무에게나 그 이유를 물어보았다. 아무도 도로시를 언급하지 않았다.

"마법사가 물러났다." 사람들은 이렇게 대답할 뿐이다. "나쁜 마녀는 죽었고 마법사는 물러났다. 다른 착한 마녀가 임시로 오즈를 다스릴 거다."

"도로시가요? 도로시는 어떻게 됐나요?" 리르가 물었다. 그러자 그들은 "도로시가 누구지?"라고 되물었다. 도로시 숭배열은 아직 오즈에 뿌리를 내리지 못한 것이다.

오래전 일이 떠올랐다. 리르는 키아모코의 헛간에서 노르와 노르의 오빠들과 놀고 있었다. 피예로와 사리마의 아이들은 짓궂었다. 그들은 리르에게 건초 더미를 지탱하는 목재 위에 올라가 앉으라고 시켰다. "거기서 뛰어내려 봐. 재미있을 거야." 그들이 말했다. 아마도 그 말이 맞았을 것이다. 마넥으로 짐작되는 아이가 리르가 제대로 자리를 잡기도 전에 목재의 균형을 무너뜨리지만 않았다면. 리르는 순간 균형을 잃고 짐차 귀퉁이로 건너뛰었다. 잘못해서 헛간 돌바닥에 떨어지면 머리가 으깨질 것만 같았다. 목재가 쓰러지면서 리르를 덮쳤지만 그를 죽이지는 못했다.

그러나 심장에 큰 충격을 받았다. 잠시 동안 숨을 쉴 수가 없었다. 허파가 숨을 쉬고 심장이 뛰는 게 느껴졌다. 그러나 곧 죽을 것만 같았다. 이르지와 노르의 얼굴이 그를 내려다보았다. 리르는 바닥에 누운 채 억지로 숨을 쉬려 했다. 웃고 있는 그들의 얼굴이, 가벼운 걱정으로 찡그린 그들의 얼굴이 눈에 들어왔다.

리르는 짧은 생애가 그렇게 끝나는가 싶은 순간에 세상이 남긴 마지막 인상은 너무나 아름다웠다는 기억이 났다.

이르지와 노르가 머리에 쓴 왕관 사이로 부서져 내리는 빛은 여러 겹을 포개 놓은 지느러미처럼 보였는데, 아이들의 밝은 표정이 들보와 거미집과 옹이구멍과 감아 놓은 밧줄과 흩어진 깃털과 하나로 연결되어 있었다. 모든 사물이 어떤 전체의 일부분이었다. 전에는 왜 이런 장면을 못 보았던 것일까, 이제 내가 죽으면 다시는 이런 장면을 못 보겠지…… 라고 생각했다.

그러나 리르는 죽지 않았다. 숨통이 트였고, 그런 다음에는 아파서 울었다. 모든 게 산산이 조각났다. 자기를 고약한 장난질 대상으로 놀려먹은 마넥에게 분노를 느끼면서도 세상은 하나로 연결되었다는 깨우침의 순간을 잃어버린 점에 대해 마음이 괴로웠다. 조각들은 서로 연결되었다. 깊고 깊은 곳에서는 어떤 모순도 없었다. 복잡할지언정 모순은 없었다. 오직 연결만이 있었을 뿐.

이제 리르는 에메랄드 시의 문 닫은 푸줏간 문간에 쭈그려 앉아 키아모코의 헛간에서 겪은 일을 가만히 회상했다. 얼마 전에 만난 도로시는 훌쩍 떠났다. 풀 길 없는 난제에 빠져 든 기분이었다. 숨을 쉴 때마다 산산조각난 현실만을 깨닫곤 했다.

리르는 뭔가에 부딪히는 줄도 모르고 몸을 세차게 뒤흔드는 바람에 어깨에 시퍼런 멍이 들었다. 손으로 쑤실 때마다 멍든 부위가 아팠고 아프라고 일부러 쑤셨다.

리르는 아무 데도 갈 곳이 없었고 아무것도 할 일이 없었다. 밤이나 낮이나 거리를 헤매는 다른 인간 말종들처럼 정처없이 방황했다. 물건을 슬쩍 했고 동전을 구걸했으며 체면이나 위생 따위는 생각하지 않고 사람들 앞에서 아무렇게나 행동했다.

밤마다 리르는 카페로 되돌아갔다. 그를 애태우는 불안은 쓸데없는 기우일지 몰랐고 도로시가 작별인사라도 할 겸 카페에 오지 않을까 하는 기대가 들어서였다. 그런데 그게 행운이었다. 닷새째 되는 날 신문을 읽는 척하며 버터빵 부스러기에 눈독을 들이고 있을 때 누가 그의 어깨를 쳤다. 카페 주인이 경찰을 부른 모양이라고 생각하고 몸을 돌렸다.

"아직 여기 있구나. 그럴 줄 알았어." 허수아비였다.

"도로시는?"

"갔어." 허수아비가 한숨을 쉬었다. "너도 갈 줄은 알고 있었잖아. 도로시는 방문객이었어. 그런 사람들은 우리처럼 이곳에 머물 수 있는 부류가 아냐."

"네가 그걸 어떻게 알아? 어쩌면 너는 그들을 초대해야 할지도 몰라."

허수아비는 짐짓 우쭐대는 태도를 보였다. 그게 그의 유일한 대답이었다.

"아주 짧은 시간에 많은 일이 변했어. 최선의 길이기를 바라지만 중간에 추한 꼴도 보게 되겠지. 이 말을 해 주는 게 현명한 일이겠구나. 내가 너라면 이 도시에서 떠날 거라는 얘기야."

"나를 원하는 사람은 아무도 없어." 리르가 코웃음을 쳤다. "아무도 나를 찾아올 리 없어! 아무도 내가 누군지 몰라. 심지어는 나 자신도 내가 누군지 모르겠어. 마녀가 내 엄마라고 킬킬거리며 수군대는 사람들 때문에 내가 위험하다는 뜻이야?"

"그런 뜻은 아냐. 마녀에게 자식이 있는지, 있다면 그게 누군지 어느 누가 알기나 한대? 관심도 없을 거야. 내 말은 이 지역의 정화 작업에 대한 거야." 허수아비는 똑바로 몸을 세우고(그는 허수아비 치고는 이상하게도 다리를 절었다.) 밤의 취객들이 더러운 큰길을 허청거리는 모습을 장갑을 낀 뭉툭한 손으로 가리켰다. 땅바닥에서 추잡한 짓을 벌이고 있는 한 쌍의 10대 남녀 주위로 사람들이 모여들었다. 누더기를 걸친 구경꾼들이 그들에게 음식 찌끼와 달걀을 집어던졌다. 어디선가 날아든 돌멩이가 빈 맥주병을 산산조각 냈다. 한 아기가 애처롭게 울고 있었다.

"무슨 일이지?"

"마법사는 떠났어. 도로시도 갔어. 글린다 처프리 부인이 좀 더 영구적인 질서가 마련될 때까지 정부를 맡아달라는 끈덕진 요구를 받아들였지."

"글린다! 나도 들어 본 이름이야. 마녀 아줌마가 간혹 얘기해 주곤 했어. 그분이라면 좋은 일을 하지 않을까?"

"착한 일을 하고 집 안을 청소하려면 훌륭하고 힘센 빗자루가 필요해." 허수아비가 말했다. "그러니까 내 말은……."

허수아비가 이쪽저쪽으로 눈을 돌렸다. 땅에 누워 숨을 헐떡이며 쾌락의 신음을 뱉어내던 10대 남녀가 군중의 시선을 사로잡고 있었다. 허수아비가 허리띠에 손을 집어넣어 장대를 꺼내 들었다. 아니, 그것은 막대기, 빗자루의 자루였다. 마녀의 빗자루였다. 아하, 저것 때문에 다리를 절었던 것이로구나.

허수아비는 빗자루를 리르에게 건네 주었다.

"아무도 원하지 않았어. 아무도 필요가 없다는 거야. 어차피 쓸모가 다해서 버려졌을 거야."

리르는 묵묵히 빗자루를 받았다. 이제는 세상에 존재하지 않는 집으로 가져갈 또 하나의 유품인 셈이었다.

"무슨 말이야? 세상이 더욱 더럽게 변한다는 뜻이야? 여기도 충분히 더러운 것 같은데."

"글린다의 영전 축하 행사를 벌이기 위해 도시 빈민을 이주시킬 필요가 있어. 무엇보다도 글린다는 성격이 깔끔해서 깨끗한 걸 좋아해."

"순식간에 많은 걸 알게 됐구나. 두뇌가 잘 돌아가는 모양이구나?"

"결국에는 글린다 부인이 물러나고 똑똑한 허수아비에게 옥좌를 물려준다는 소문도 있어." 허수아비가 자부심을 보이며(어쩌면 비웃는 어조로) 말했다. 그래서 목소리가 이상하게 들렸다. "마법사 문제를 깨끗이 처리한 후에 말이지. 이제 마법사가 떠났으니까 마법에 걸린 오즈마를 어느 동굴로 옮길 거라는 얘기도 있어. 나한테는 우스꽝스럽고 허망하게 들려. 하지만 난들 정부에 대해 뭘 알겠어? 한 평생 얻은 것보다 지난 며칠 동안 알게 된 정보가 더 많을 뿐이야."

"똑똑한 허수아비가 왕이 된다? 너를 말하는 거니?" 리르가 믿을 수 없다는 듯 말했다. "미안해, 내 말은……."

"나, 혹은 나 같은 다른 누군가겠지. 솔직히 말해 인간에게 허수아비들은 모두 똑같아 보이잖아. 괴상한 일이야. 왜냐하면 우리가 사실은 인간보다 더 개성적이거든. 하지만 우리는 인간을 본떠서 만들어졌기 때문에 사람들은 우리에게서 자기 자신만을 보고 있어. 거울은 어차피 다 똑같잖아."

"왕이 되고 싶어? 이제는 똑똑해졌으니까?"

"그래, 나는 이제 똑똑해. 그래서 원하는 것은 함부로 말하지 않아." 허수아비가 말했다. "아무튼 이곳에서 빠져나가자."

리르는 무거운 망토를 팔뚝에 둘둘 감고 불에 탄 빗자루를 손에 들었다.

"좋은 생각이라도 있어?"

"우선 여기서 나가는 거지. 여기는 있을 곳이 못 돼." 허수아비가 모여든 인파를 가리키며 말했다. "저런 일을 보기에는 너는 너무 어려."

"네가 나보다 더 어려."

"나는 이미 날 때부터 나이가 들었지. 원래 그렇게 생겨먹은 거라고."

"나는 어떻게 태어났는지 몰라. 그게 바로 내 문제지."

그들은 운하를 건너 좀 더 한적한 거리로 갔다. 밤에 거룻배와 너벅선을 묶어 두는 부두에 앉아 휴식을 취했다. 밥 짓는 연기와 콩과 감자를 끓이는 냄새가 대기를 떠돌았다.

"도로시가 보고 싶어." 리르가 말했다.

"마녀가 보고 싶은 게 아니고?" 허수아비가 말했다.

"보고 싶은 만큼 밉기도 해."

"너는 그렇게 생각하는구나."

"너는 네 걱정만 해. 내 일은 상관하지 마." 리르가 화를 냈다. "네가 마녀에 대해 뭘 알아? 마녀 아줌마? 엘파바 트롭? 그녀는 나의…… 나의 마녀였어!"

허수아비는 신경 쓰지 않았다.

"이제 시작한다. 자, 들어 봐." 허수아비가 손을 추켜들었다. 더러운 거리에서 커다란 소음이 들려왔다. 수백 마리의 말발굽 소리가 지축을 울렸고 산발적으로 들리던 외침이 비명소리로 바뀌었다. "바로 이 순간을 오래 기다렸어." 그는 리르를 가장 가까운 배 안으로 밀어 넣었다.

수염을 기른 한 늙은이가 뭉툭한 손으로 뜨거운 스튜 냄비를 들고 허수아비에게 휘둘렀지만, 허수아비는 장갑을 낀 손으로 냄비를 막아내고 남자를 더러운 운하에 빠뜨렸다.

"밧줄을 풀고 배를 밀어." 허수아비가 말했다. "이 근방은 곧 불길에 휩싸일 거야."

2

캔들은 도밍곤을 내려놓고 휴식을 취했다. 손가락이 붉게 부어올랐다. 캔들은 아주 열심히 연주했다. 청년(리르라고 했던가?)은 얕은 숨을 고르게 쉬고 있었다. 그러나 그는 캔들이 연주를 시작한 후로도 몇 시간 동안 손가락 하나 까딱하지 않았다.

문간에서 나는 소리에 캔들이 뒤를 돌아보았다. 원장 수녀라고 생각했지만 표정이 언짢은 요리사 수녀가 들어왔다.

"누구는 팔자가 아주 좋구나. 종일토록 편하게 앉아서 일하다니." 별로 악의가 담긴 말은 아니었다. 그녀는 다친 젊은이에게만 눈길을 주었다. 아직 청년이 온 첫날이 저물지도 않았건만 수녀들은 호기심을 억누르지 못했다. "별로 볼 것도 없군."

캔들은 목으로 가르랑 소리를 냈다. 불만이 있다는 소리인가? 요리사 수녀는 고개를 갸우뚱했다. 캔들은 가르침을 잘 따르는 아이였다. 물론 소녀다운 한계가 있기는 했지만, 말을 못 듣는 것도 아니었

99

고 이해 못하는 것도 아니었다. 캔들은 마치 목구멍에 사탕을 넣어
둔 것처럼 작은 소리로 말할 뿐이었다.

요리사 수녀는 축제용 불고기의 품질을 가늠하기라도 하듯 코를
킁킁거렸다. 안이 비치는 얇은 이불은 알몸이나 다름 없는 청년의
몸에 연보랏빛 그림자를 드리웠다. 이불은 올이 촘촘해서 온기를 잘
보존했고 무게가 가벼워서 진료할 때 손쉽게 들출 수 있었다. 저녁
이 되자 얼굴 살갖에 생긴 피멍 든 물집이 영광의 메달, 아니 피하
지방에 서식하는 거머리 떼처럼 보였다.

"네가 잘하고 있는지 보러 왔다." 청년을 실컷 구경한 후에 요리
사 수녀가 입을 열었다. 그녀는 캔들 쪽으로 몸을 돌렸다. "옛다. 누
구나 제 몫은 해야 하는 법이다."

그녀는 앞치마 주머니에서 붉은색 깃털을 꺼냈는데, 아스파라거
스 수술 모양의 하늘하늘한 술이 가두리를 장식하고 있었다.

"걱정할 일 아니다. 자발적인 희생이었어." 요리사 수녀가 말했
다. "뜰에서 혼자 양파를 썰고 있는데 붉은 피닉스가 다시 나타났지.
무언가에 공격을 받았는지 심한 상처를 입었더군. 목에서 피가 나고
말은 한마디도 못 했어."

캔들은 어깨를 으쓱하고는 제 가슴을 손으로 쾅쾅 쳤다.

"의사 수녀와 약제사 수녀는 동물을 치료하는 일을 싫어해. 하지
만 그게 문제가 아냐. 어차피 그들은 다친 피닉스를 치료할 수 없었
다. 원장 수녀님이 점심 후에 두 분을 어딘가로 보냈지. 얼굴이 잘린
수녀들 사건을 조사하는 임무를 맡겼던 거야. 그러니 나로서도 어쩔
수 없는 일이었다."

캔들은 손을 뻗어 피닉스의 깃털을 만졌다. 요리사 수녀가 말을

이었다.

"피닉스는 목숨이 다한 상태에서 다시 찾아온 거였다. 제 스스로 칼깃을 뽑아서 내게 주었지. 백조는 죽을 때 노래를 부른다. 피닉스도 마찬가지야. 하지만 그는 노래를 부를 수 없었어. 그러니 네가 그를 위해 음악을 연주하거라. 오늘 저녁 메뉴는 그에 대한 존경의 뜻으로 피닉스 가슴살로 정했다."

요리사 수녀가 앞치마 주머니에 양손을 집어넣고 앞으로 불쑥 내밀었다.

"피닉스 가슴살이야. 나이 드신 즉결 심판 수녀님이 발작을 일으키지 않도록 아주 얇게 잘라서 병아리처럼 보이게 했지. 저녁 식사를 알리는 종소리가 들리면 꼭 내려오거라. 이 근방에서 피닉스를 보기란 여간해선 드문 일이야. 다른 동물도 그렇지만."

요리사 수녀는 잠시 동안 머뭇거리며 캔들이 붉은 깃털을 손에 쥐는 것을 지켜보았다. 깃털은 길이가 60센티미터 정도였고 아직도 팽팽했다.

"괜찮지? 나는 이곳에 계속 머물러 있지는 못한다. 피닉스를 위해 만가를 연주하거라. 그는 회의에 참석하지도 못하고 제 동료를 다시 만나지도 못했어. 네 연주를 아주 좋아했지. 그를 존중한다면 선물을 받아 두는 게 좋겠구나."

캔들은 도밍곤을 만든 장인(匠人)이 자신의 악기를 연주할 때의 모습이 어떠했는지를 애써 기억하려 했다. 그때 그녀는 음악이나 사랑에, 아니면 둘 다에 취해 정신이 황홀하고 몽롱하여 악기의 구성을 제대로 살피지 못했었다. 어렴풋이 피닉스 깃털이 꽂혀 있었다는 기억이 났다. 장인은 그것을 악기에서 제거했다. 피닉스 깃털은 결코 쉽게 얻을 수 있는 게 아니었다. 그런데 그것을 공짜로 얻은 것이다! 캔들은 이제 연주하는 법을 제대로 익힐 수 있었다.

그녀는 몸을 구부려 도밍곤의 하단 공명판 한쪽 끝에 있는 텅 빈 새김눈에 깃털을 꽂았다. 마치 처음부터 도밍곤이 바로 그 깃털을 꽂고 있었던 것처럼 정확하게 들어맞았다. 캔들은 깃털을 부드럽게 어루만져 팽팽하게 세웠다. 공명판 끝에는 깃털을 단단하게 죄는 걸쇠, 즉 스프링 경첩에 달린 가죽 이빨이 있었다.

캔들은 요리사 수녀로서는 음미할 수 없는 미묘한 떨림에 귀를 기울이며 줄감개를 돌려 악기를 조율했다. 그러고는 요리사 수녀에게 양손을 내저었다. 그만 가보세요.

"너희는 둘 다 은혜를 모르는군." 요리사 수녀가 퉁명스럽게 말했다.

계단을 내려가던 중에 솜씨 좋은 전문가가 연주하는 훌륭한 악기 소리가 들려왔다. 요리사 수녀는 갑자기 학창 시절이 떠올랐다. 지금처럼 뚱뚱보 아줌마가 아니라 테스타네 여학교를 다니는 날씬한 소녀이던 시절 벽을 의지해 몸을 가누어야 했던 때가 기억났다. 열세 살이었고 초경을 치르고 있었다. 새벽에 차가운 3층 실험실에 들렀다가 방으로 돌아가는 길에 그녀는 교장 사택 지붕에 앉은 붉은 피닉스를 보았다. 새벽빛에 비친 싱싱한 나무들은 새순이 돋고 있었고 새는 따뜻한 돌에 새겨 놓은 붉은빛 칠보 세공처럼 보였다. 뜻밖에 사랑스러운 느낌이 차오르고 마음이 환해졌다. 주방으로 가려고 계단을 내려가던 요리사 수녀는 그렇게 오래 잊었던 기억이 떠오르자 다시 한 번 마음이 환해졌다. 어쩌면 그날 밤 맛보게 될 최고의 성찬을 기대해서였는지도 모른다.

남쪽계단

1

원장 수녀는 진료소에 들르는 게 일과가 되었다. 그러나 그곳의 장면을 좋아하지는 않았다. 젊은이는 별반 차도를 보이지 않았다. 누런 땀방울이 테레빈(송진) 기름처럼 몸에 송글송글 맺혔다. 살갗은 차가웠다. 그러나 청년은 아직 숨을 쉬고 있었다.

"식은 땀을 많이 흘리면 좀 닦아 내거라." 캔들에게 이렇게 말하고 몸소 시범을 보여 주었다.

소녀는 청년의 몸에 손대는 걸 주저했지만 시키는 대로 따라했다.

원장 수녀는 자신의 행정가다운 수완에는 성스러운 직관은 포함되지 않는다고 생각했다. 그녀는 상식론자였다. 이름 없는 신이 두뇌는 쓰라고 준 것이지 악마의 덫이니 무시하라고 준 것은 아니라고 생각했다. 그녀는 생각을 명료하게 하여 스스로를(그리고 가능하면 다른 사람들도) 고양시키려고 노력했다.

그러나 음악가를 부를 생각을 품게 한 것은 자애로운 인정이기도 한 만큼 성스러운 직관이기도 했다. 캔들을 선택한 것은 잘한 일이었다. 성품이 얌전하고 조용한 데다 악기를 다루는 솜씨도 나날이 좋아졌다.

원장 수녀는 리르에게 생긴 일(뼈가 부러지고 피멍이 든 일)이 그녀가 조사 임무를 맡긴 두 수녀에게도 일어날지도 모른다는 걱정은 하지 않았다. 얼굴이 벗겨지는 참상을 당한, 에메랄드 대성당에서 파견한 어린 수녀들은 싱싱한 젊음을 지녔고 젊은이답게 그 젊음의 덧없음에 대해 무심했다. 이것은 침대에 누워 있는 청년도 다를 바가 없었다. 그러나 의사 수녀나 약제사 수녀는 처지가 달랐다. 오랜 세월 헌신적이고 고된 노동으로 지친 두 사람은 피부가 삭아 늘어진 늙은이였다. 젊음의 싱싱한 아름다움을 해치려는 자들이 주목할 리가 없었다. 게다가 두 사람 모두 의학을 공부했기에 관찰력이 남달리 예민했고 설사 무슨 일이 생기더라도 자신들을 보호할 능력이 충분했다.

귀가 잘 들리지 않는 원장 수녀도 수리한 도밍곤의 음악이 멀리까지 울려퍼지는 소리를 들을 수 있었다. 수녀원 전체가 부드러운 음악 소리로 가득 채워졌다. 리넨플랙슨 수녀는 "만가 조로군, 빌어먹을, 캔들이 젊은이에게 마지막 숨을 재촉하는 거야, 좀 더 활기 찬 음악을 연주해야 할 텐데."라고 말했지만, 다른 사람들은 모두 조용히 숨을 죽였다. 수녀원 전체가 알지 못할 마법에 걸린 듯했다. 그들은 어떤 일이 벌어질지 초조하게 기다렸지만 음악 덕분에 더욱 인내심을 발휘할 수 있었다.

무덤지기 수녀가 마지막을 준비하며 주름진 수의를 다림질하고 단지에 성유(聖油)를 채워 넣었다.

캔들은 원장 수녀가 생각하는 것보다 더 눈이 밝았다. 음악에 따라 리르의 호흡이 달라지는 것을 알아챘다. 리르는 편안하게 잠을 자는 사람처럼 고르고 규칙적으로 호흡했는데 간혹 거친 숨을 토해 냈다. 피닉스 깃털을 꽂아 제 명예를 찾은 도밍곤은 캔들의 손길에 섬세하게 반응했다. 아름다운 화음이 대기에 진동했다. 환자가 너무 흥분한 듯 보이면 캔들은 다시 길고 느린 선율로 청년을 고요한 상태로 돌려 놓았다. 그러나 그런 상태가 너무 오래 지속되면 청년이 마지막 깊은 숨을 토하고는 다시는 숨을 들이쉬지 않을까 봐 두려웠다. 그러면 캔들은 피치카토 주법으로 현을 퉁기다가 엄지로 일정하게 현을 때리면서, 그렇게 죽음과 화음을 번갈아 내며 청년의 폐를 깨우고 심장을 자극했다.

캔들은 리르를 인도하고 있었다. 그녀도 그 사실을 알고 있었다. 다만 그가 어디에 있는지를 몰랐다.

✦✦✦

리르는 허수아비와 함께 훔친 너벅선을 타고 에메랄드 시의 수로를 따라 어딘가로 가는 중이었다. 마녀가 죽은 지 일이 주가 지났을 때였다. 운하를 따라 늘어서 있는 저택들의 창이 냄새 고약한 운하 위로 사다리꼴 문양의 황금빛을 비추었다. 저택들은 길가보다 한 층 높은 곳, 방책으로 막은 마굿간과 견고한 정문보다 한 단계 높은 곳에 있었다. 리르와 허수아비는 서로를 보다 말다 하면서 배를 몰았다.

"어찌할 셈이야? 어디로 가고 싶어?" 허수아비가 물었다.

"갈 곳은 없어. 키아모코로 돌아가지는 않을래. 그럴 이유가 없어. 늙은 유모만 있을 뿐이야."

"유모에게는 책임감을 느끼지 않아?"

"지금 나에게 묻는 거지? 한마디로 말해 그런 건 없어. 치스터리가 알아서 잘하겠지."

"눈원숭이? 나도 그렇게 생각해. 아무튼 도로시 이야기는 끝이 난 셈이로군. 그런 아이는 다시는 못 보겠지."

"좋은 일이기도 해. 동화 같은 이야기는 이제 작별이야. 별로 깔끔한 작별은 아니었지만."

"급히 출발해서 그래. 글린다가 서둘렀거든."

층계 난간 위로 연회 불빛이 희번덕거렸다. 열린 문으로 마음을 뒤흔드는 음악이 새어 나왔다. 어떤 악기에 다양한 목소리가 곁들인 소리인지, 가까이 모여 있는 악기들이 내는 소리인지는 분명치 않았지만 한동안 뇌리에서 떠나지 않는 음악 소리가 주음과 화음이 어우러져 운하 위로 퍼져 나오고 있었다.

허수아비가 입을 열었다.

"도로시에게 너무 집착하지 마. 기약 없는 동경만 있을 뿐이니까. 떠난 사람은 떠난 사람이야."

"이제 뇌를 갖더니 정말 똑똑해졌구나. 나만 빼고 다들 마법사의 선물을 받았어. 모두 갈 곳도 있고."

"내게 안내 지도를 구할 생각일랑 하지 마, 리르. 네가 스스로 생각해야 해. 네 친구 노르를 찾는 건 어때? 나스토야 여왕은 노르가 아직 살아 있다고 생각하는 것 같던데. 너도 그 애를 찾을 수 있지 않을까?"

"먼저 일거리를 알아봐야겠어. 내 몸 하나 건사할 방법을 찾아야지. 아니면 소매치기들이 하는 짓을 보고 배우거나. 물론 노르를 찾고 싶어. 하지만 날고 싶기도 해. 누가 도와주지 않으면 전혀 불가능한 일이겠지만."

"나는 별로 도움이 안 될 거야."

"윗선에 줄을 대고 있어서 그렇겠군. 권력자와 착 달라붙어 있으니까."

"나대로 할 일이 있어. 약속을 지켜야 해. 우선 여기서 빨리 나가자."

"글린다라는 여자가 너를 우두머리로 지명한 줄 알았어. 내가 이런저런 잡다한 소식을 듣는 거리에서는 다들 그렇게 얘기하더라고."

"글린다 부인은 나를 믿지 않아. 반년 정도 다스리고 밀짚 인간에게 자리를 넘겨 줄 거라는 얘기는 들었지. 하지만 그게 누굴까? 어차피 허수아비는 다들 거기서 거기야. 누가 낫고 못나고가 없지. 허수아비가 바람에 찢겨 날아가면 농부는 금방 다른 허수아비를 만들지. 중요한 건 새를 쫓는 일이지 누가 그 일을 하는지가 아니니까."

"수녀원에서도 종종 그런 말을 들었어. 한 수녀가 죽고 저승으로 가면, 다른 수녀가 그 수녀의 자리를 차지한다고. 창유리를 바꿔 끼우는 것처럼 말이야. 중요한 건 일이다, 그 일을 하는 사람이 아니다, 뭐 그런 뜻이지."

"아무튼 내 계획에 관해서는 따로 조언을 들을 사람이 있어. 나는 에메랄드 시에 남고 싶지 않아. 이것만은 분명해. 하루는 유명 인사로 각광을 받다가 다음날이면 감옥으로 끌려가기 일쑤지."

그들은 둑으로 올라가면서 이 문제를 생각했다. 이곳에서 층을 이룬 수문 시스템이 수위를 급격히 낮추었다. 물이 격자 창살로 된 운하의 철문으로 빠르게 빠져나갔다. 위쪽에서 에메랄드 시의 무장 경비병들이 화로 근처에 모여 담배를 피우고 있었다.

"눈에 띄지 않는 게 좋겠어." 허수아비가 말했다.

"저기서 뭣들 하고 있는 거지? 운하를 지키는 중인가?" 리르가 속삭이듯 물었다.

"글쎄. 잘 모르겠어. 어쩌면 남쪽계단을 지키는 중일지도."

"남쪽계단? 그게 뭔데?"

허수아비가 우울한 표정을 지었다. "경비가 삼엄한 감옥이야. 정말 아무것도 몰라? 여기 온 지 일주일밖에 안 된 나도 알고 있는데."

"운하의 철문을 지키는 이유가 뭘까?"

"난들 알겠어? 감옥을 해방하려는 움직임이 일어날까 봐 두려운지도 모르지. 지난 수십 년 동안 저곳에서 수많은 동물들이 살인범이나 아동 성추행범, 강간범, 정치범들과 함께 생을 마감했다더군."

"마법사는 떠났어. 이제는 문을 열어도 괜찮지 않을까?"

"살인범과 강간범들이 거리를 활보하게 하고 싶어?"

"아니, 그건 아니지만. 내 말은 정치범들 얘기야."

허수아비가 눈살을 찌푸렸다. "꿈 같은 소리군. 이 시점에서 누가 누군지 가릴 사람이 어디 있겠어? 다들 제 목구멍에 풀칠하기 바빠."

"그건 그래. 억압받는 동물이라면 네 말에 동의할 거야. 그런데 그들이 움직이기 시작했어? 아니면 가만히 엎드린 채 무슨 일이 벌어질지 지켜볼 뿐인가?"

"자, 이제 안전한 곳에 왔어. 남쪽계단까지 너를 데려가지는 않겠어. 그곳 동물에 관해서는 너 혼자도 알아볼 수 있을 거야. 이제 뱃머리를 돌리겠다."

허수아비는 배를 돌릴 공간이 나올 때까지 너벅선을 뒤로 몰았다. 배가 지나는 길이 가장무도회가 열리고 있는 저택의 난간 바로 아래였다. 아까보다 허물 없는 웃음 소리가 가까이 들렸는데 듣기에 거북했다. 음악 소리도 더 쩌렁쩌렁 울렸다. "요즘에는 축하할 일이 많아. 줄을 잘 선 사람들 얘기지만. 아무튼 좋은 일이지. 승리의 축하 잔치라고나 할까."

"마법사의 퇴위를 축하하는 건가?" 리르가 물었다.

"마녀의 죽음을 축하하는 거지." 허수아비가 말했다. "저 봐! 글린다의 저택이야!"

리르는 고개를 숙였다.

"리르!"

"글린다는 나를 몰라."

리르는 화물을 싣는 배 뒤쪽에 약간 솟은 갑판으로 허겁지겁 올라갔다. 목을 길게 빼니 엉덩이를 발코니의 돌 난간에 기대고 서 있는 한 여인이 보였다. 무도회장 불빛이 풍성하게 감아 올린 곱슬머리에 다이아몬드 티아라를 얹은 그녀의 황금빛 머리카락을 비추었다. 얼굴을 다른 방향으로 돌리고 있어서 나이를 짐작하기 어려웠고 표정도 제대로 살필 수 없었다. 글린다는 단정하고 정정해 보였지만 슬픔인지 절망인지 권태인지 모를 어떤 이유로 어깨를 축 늘어뜨리고 있었다. 그녀는 손수건으로 코를 가볍게 문질렀다.

리르는 아무 말도 하지 않았다. 글린다를 큰 소리로 부르지도 않았다. 그가 글린다 처프리 부인에게 아는 척할 이유는 없었다. 마녀 아줌마는 무심코 지나가는 말투로만 글린다에 관한 얘기를 했을 뿐이었다. 때로는 마지못한 존경을 담은 말투였지만 주로 못마땅한 기색이 역력했다. 리르가 글린다를 바라보는 동안 운하로 어떤 소리가 메아리쳤다. 파티에서 울리는 시끌벅적한 소리와 대조를 이루는 비밀스럽고 가냘픈 선율이 들려왔다. 글린다 부인은 돌아서서 양손으로 난간을 잡고 아래로 몸을 기울였다. 그들이 탄 배는 보행자용 다리 아래를 지나고 있었다.

"제기랄!" 허수아비가 쉿소리를 냈다. 그는 온몸의 무게를 삿대에 실어 배를 그림자 아래에 머물게 하였다. "들켰다!"

"누구냐?" 글린다가 소리쳤다. "거기 누구지? 내가……."

리르는 대답을 하고 싶었다. 그 순간 허수아비가 장갑 낀 손으로 리르의 입을 꽉 막았다. 리르는 팔꿈치로 허수아비를 밀치려고 용을 썼다. 하지만 글린다가 야회복 어깨 장식을 매만지고 다시 자기 생각에 빠지기 전에 허수아비의 손아귀에서 빠져나올 만큼 힘이 세지는 못했다.

"왜 이러는 거야?" 허수아비가 놓아 주자 리르가 화를 냈다.

"너야말로 왜 그러는 거야?" 허수아비가 말했다. "너 때문에 들키지 않으려 했는데 너는 정부측 우두머리에게 신호를 보내려고 했어. 그렇게 저들의 주의를 끌어야겠어?"

"나는 아무 신호도 보내지 않았어!"

"글린다는 그때 어떤 육감을 느낀 게 분명해. 고개를 돌리고 너를 보았어."

"그녀는 내가 누군지 몰라. 내가 존재한다는 사실도 모른단 말이야!"

110

"알았어. 그 얘기는 그만두자."

2

글린다 수녀원에서 나온 첫날 어둠이 깔리자 의사 수녀와 약제사 수녀 사이에 그동안 쌓여 온 반감이 누그러졌다. 두 여인은 스카크 뼈로 뼈대를 세우고 방수 차양을 설치했다. 그들은 담요 아래로 몸을 집어넣었다. 떡갈나무 숲 저편에서 늑대들이 목을 길게 뽑아 내는 한밤중의 청승맞은 울음소리가 들려왔다. 그러자 두 수녀의 기도 소리는 말과 흐느낌이 엉망으로 뒤섞인 울부짖음으로 변했다. 만약 이름 없는 신이 그 소리를 들었다면 두 수녀가 갑작스레 방언을 한다고 생각했을 것이다.

"어린 선교사 세 명의 얼굴이 벗겨진 게 아주 최근인데도 원장은 우리를 내보내는 게 별로 위험하지 않다고 생각했어." 다음날 아침 약제사 수녀가 말했다. 대기는 축축했고 바람은 불지 않았다. "나는 모든 면에서 원장을 믿어." 그녀가 힘있게, 그러나 믿음이 실리지 않은 말투로 덧붙였다.

"위험하든 아니든 우리가 할 일은 뻔해." 의사 수녀가 입을 열었다. "스크로 부족을 찾아서 대화를 하는 거지. 물론 유나마타 족도 만나야 해. 우리는 어린 선교사들이 겪은 참극을 반드시 조사해야 해. 이름 없는 신에 대한 믿음만 확고하면 위험한 일은 안 겪겠지."

"선교사들은 믿음이 약해서 그런 참극을 겪었다는 말인가?" 약제사 수녀가 물었다.

차양을 접고 있던 의사 수녀의 입술이 가늘어졌다.

"비겁함은 이번 일에 도움이 되지 않는다고 원장은 말했어."

"비겁함은 모호한 특성이지. 나는 비겁한 점이 많은 사람이야. 그래서 이 모험을 하면서 비겁함을 내게 유리하게 이용하는 법을 배우고 싶어. 비겁함이든 자기혐오든 모든 재주는 이름 없는 신이 주신 거니까." 약제사 수녀의 말씨가 부드러워졌다.

노새들은 잎새가 없는 가냘픈 나무들 사이로 무거운 발걸음을 옮겼다. 엄폐물이 거의 없었다.

"원장이 우리를 내보낸 건 공격을 받았을 때 서로 치료를 잘해 줄 거라 생각해서겠지."

"그것도 살아남았을 때 얘기지. 뭐, 우리 재주가 이 황량한 벌판에서 아주 쓸모가 있다는 점만은 나도 인정해. 어쨌든 나는 서부 유나마타 족의 사투리를 말할 줄 알아."

"철마다 셰리주를 많이 마신 탓이겠지."

그들은 큰 소리로 웃었다. 그러고는 아무 말 없이 발걸음을 이어 갔다.

"이제 리르는 캔들의 책임이 됐어. 조금 우스운 일이지. 그 애가 우리가 못하는 일을 할 수 있겠어?" 약제사 수녀가 침묵을 참지 못하고 다시 입을 열었다.

"허튼소리야. 리르의 관심을 끌 수만 있다면 그 애는 리르에게 젊음과 매력을 다시 찾아 줄 거야. 살아갈 이유도 줄 수 있고. 당신이나 내가 할 수 없는 일이지. 오랜 혼수상태에서 깨어나서 눈앞에서 우리를 본다고 생각해 봐. 당장 양동이를 걷어찰걸."

약제사 수녀는 입을 꾹 다물었다. 그녀는 자신의 외모에 어느 정도 자신이 있는 편이었다. 적어도 얼굴은 아직 볼 만했다. 그러나 애석하게도 몸이 땅딸막했다.

"아마도 캔들은 원장 수녀만이 감지할 수 있는 어떤 재능을 타고 난 모양이지." 그녀가 심란한 듯 말했다.

"무슨 재능?" 의사 수녀가 안장 위에서 자세를 바꾸며 동료에게 눈길을 주었다. "설마 마법 같은 걸 말하는 것은 아니겠지? 수녀회에서 마법은 분명 금지된 것이잖아."

"그런 말 하지 마. 아쉬울 때는 우리도 마법을 쓰잖아. 우리가 마법에 능하다는 얘기는 아냐. 굳이 자네한테 지금이 위험한 시기라는 사실을 말해 줄 필요가 있어? 아마 원장 수녀는 소년을 살리는 데 그런 재능이 필요하다고 생각했겠지."

의사 수녀는 몸을 곧추세우면서 자신은 원장 수녀의 의중을 헤아리고 싶은 마음이 없음을 알렸다. 약제사 수녀는 마법 얘기를 꺼낸 것을 후회했다. 그녀는 짐짓 쾌활한 듯 말을 이었다.

"아무튼, 캔들이 어떤 아이인지는 감이 오질 않아. 마법을 부릴 줄 아는 아이이든 상식을 갖춘 아이이든 나한테는 다 새로운 소식이지."

"음악 재능은 없는 게 분명해." 의사 수녀가 빈정댔다. "그 애가 수녀원에 들어온 날을 똑똑히 기억하고 있어. 주방에서 어느 수녀 아이의 몸을 꿰매는 중이었지. 아무에게나 물 좀 달라는 말을 부드럽게 했는데, 돌아보니 캔들이 어깨에 삐걱거리는 도밍곤을 석궁마냥 메고 있더군. 노망 난 야클 수녀는 방금 전에 자기가 우족편〔송아지의 발을 끓여 만든 육즙 젤리〕으로 만들어 낸 사람인 것처럼 그 애의 손을 슬며시 잡으면서 '쿼들링의 집시 삼촌이 우리에게 맡긴 아이야.'라고 말했지."

"야클 수녀는 오랫동안 말을 하지 않았잖아."

"그래서 내가 그 일을 아주 또렷하게 기억하는 거야."

"쿼들링 삼촌을 보았어?"

"창가로 가서 보니까 채마밭을 거쳐 서둘러 빠져나가고 있었어. 그에게 소리를 질렀지. 알다시피 수녀를 들일 때는 일정한 절차가 있으니까. 하지만 그는 걸음을 멈추지 않았어. 단지 어깨 너머로 제가 살아 있으면 1년 안에 돌아오겠다고 대답하더군. 요즘에는 이 먼 북쪽 지방에서 쿼들링 사람들을 보는 일이 드물지. 그 불쌍한 소녀는 아마 천애 고아일 게야."

"그래, 쿼들링 어를 말하는 사람도 없지."

"그것을 쿼아티라고 부르던가. 아무튼 캔들이 그래서 말이 없나? 아니면 단지 주변에 모국어로 말할 사람이 없어서 그런 걸까?"

"몰라."

원장 수녀가 리르를 보살피는 사람으로 캔들을 고른 것은 아마도 그런 침묵과 자제력 때문이었을 것이다. 두 수녀는 서로 요란하게 으르렁대며 지낸 일을 후회하기 시작했다. 그들은 수다와 다변(多辯)이라는 자신들의 결점을 생각하며 침묵 속에 빠져 들었다.

이후 며칠 동안 그들은 청다람쥐와 대머리해오라기, 개미들을 만났을 뿐이다. 해오라기들은 이끼류가 뒤덮은 땅을 서성이며 드물게만 하늘로 날아올랐고 개미들은 여느 때처럼 땅바닥만을 기어 다녔다. 그들은 넷째 날 어스름이 깔릴 무렵에야 오즈의 가장 큰 호수인 레스트워터의 후미진 곳에서 외로이 살아가는 이교도 물소를 만날 수 있었다.

"이런, 이런." 수녀들이 다가오자 물소가 저음으로 탄식을 내뱉기 시작했다. "설마 이번에도 둘이 짝지어 다니는 선교사의 목소리는 아니겠지! 이번에는 아니겠지! 나는 내 몸에서 나오는 배설물을 땅에 묻어, 누가 말을 시킬 때만 말을 하지, 잠을 자기 전에는 쉰 번이나 무릎을 핥아. 운명을 달래기 위해 더 이상 무슨 일을 할 수 있겠어? 나는 절대 개종을 하진 않을 거야! 알아듣겠어? 이 문제는 그렇다 치고. 분명히 말해 두는데, 해가 지기 전에 나는 죄를 범할 거야. 나도 어쩔 수 없어. 아마 나는 너희들이 귀찮게 전도를 권하지도 못할 만큼 막돼먹은 존재일걸." 물소는 우울함과 희망이 반씩 섞인 눈길로 수녀들을 자세히 살펴보았다.

"우리는 전도를 위해 나온 사람이 아니에요. 그럴 시간이 없어요." 약제사 수녀가 말했다.

"누가 당신한테 신경이나 쓴대요? 지옥에 가고 싶으면 가요." 의사 수녀가 쾌활하게 말했다.

이 말은 정곡을 찔렀다. 물소는 그제야 미소를 지었다.

"그쪽 방향에서 내 불멸의 혼을 건드릴 작정 없이 누가 오는 경우란 드물거든." 물소가 말했다. "나는 늘 내 일신을 걱정했지. 영혼은 개개인의 소유라고 생각했어. 하지만 조심하지 않으면 제 의지에 반해서 누군가의 지배를 받게 마련이지."

"그런데 이거 어떡하나, 우리는 수녀들인데." 약제사 수녀가 말했다.

물소가 주춤했다.

"설마 그럴 리가. 아니라고 말해 줘. 당신들은 아주 멋지고 훌륭한 옷차림을 했는걸. 누구나 힐끔 보기만 해도 그걸 알아챌 수 있을 거야."

"잘난 체는 그만하시지." 의사 수녀가 퉁명스럽게 쏘아붙였다. "이 옷은 여행할 때 입는 아주 단정한 옷이야."

"어련들 하시겠어." 물소가 빈정대며 말했다.

"이봐요, 우리는 당신을 개종시킬 수도 있어요. 그런 식으로 나오면."

"미안, 미안! 이제 착하게 굴지. 진짜 속셈이 뭐요?"

그들은 물소에게 자초지종을 이야기했다. 물소는 젊은 선교사들에게 닥친 참극에 대해 아무것도 몰랐고 리르나 리르의 불운에 대해 들은 바가 전혀 없었다. 하지만 너무 높이 날아서 그 정체를 확인할 수는 없었지만 하늘을 나는 생물로 이루어진 정예 부대를 본 적이 있었다.

"뭔가 잘못됐군. 나는 새들이 서쪽에서 회의를 연다는 얘기는 들었지만, 높이 날아가는 용감한 새들은 별로 못 봤거든."

"우리가 지금 당장 하늘을 순찰할 수는 없으니까. 우리가 찾는 것은 스크로 족이나 유나마타 족이라오." 의사 수녀가 말했다.

"스크로 족은 이렇게 동쪽 멀리까지 오는 경우가 드물어. 어쨌거나 유나마타 족의 작은 무리는 만날 수 있을 거야. 아직 이동하지 않았다면 말이야. 쿰브리시아 협곡 아래쪽에 있어. 오늘 아침에 계곡에서 미역을 감는 그들을 만났지. 서로에 대해서는 신경을 껐어. 그들은 이름 없는 신과 아무 관련이 없으니 나를 괴롭힐 일이 없고 나 역시 그들을 집적댈 이유는 없어. 그들은 거기서 토템 기둥을 씻거나 머리를 감거나 하던데, 어떤 여자는 그 더러운 물에서 아기를 낳더군. 도대체 아기 낳는 일에 관해서는 종잡을 수가 없는 족속이야. 탄생 축하로 파이프 담배를 돌려 가며 맛있게 빨고는 햇볕 아래서 한 시간가량 취해 뻗어 있더니, 주섬주섬 짐을 챙겨서 떠났어. 남서쪽으로 가는 것 같았지. 겨우 수십 명 정도야."

"만약 다시 보게 되면 우리가 찾는 중이라고 말해 주게." 의사 수녀가 말했다.

"야호! 그들이 기뻐서 날아오르겠군." 물소가 느릿느릿한 말투로 점잔을 빼며 이야기했다. "이봐 친구들, 그들을 만나고 싶다면 그런 얘기는 안 하는 게 좋을 거야."

수녀들은 걸음을 옮기기 시작했다. 그러나 물소가 시야에서 사라지기 전에 약제사 수녀가 뒤로 돌아서서 물소에게 소리쳤다.

"당신 이름을 묻는 걸 잊었군요!"

"수다스러운 동물만 이름을 가지고 있지!" 물소가 쾌활하게 대답했다. "30년 동안 이 드넓은 오즈의 땅에 진정한 동물은 없었어. 내게는 이름이 없으니까 나는 전도 대상이 될 수가 없는 거지."

잠시 후 물소가 시야에서 사라지고 그의 목소리만이 희미하게 들려왔다.

"나를 찾아야 한다면 내가 대답을……."

"별난 친구군." 약제사 수녀가 말했다.

"그는 살아남았어, 황야에서 살아남은 말하는 동물이지." 의사 수녀가 새삼 일깨웠다. "그건 결코 쉬운 일이 아니었을 거야. 마법사가 추방령을 내린 이후에 동물들은 동화를 거부했어. 그들이 겪은 일을 생각하면 아무도 그들을 비난할 수 없어."

"광신자 무리에게 시달렸다는 얘기로 들리는군."

"사실이잖아. 어쨌든 황제는 독실한 신자이고 모든 백성이 신앙의 은총을 누리기를 바라고 있으니까."

　늑대들의 처량한 울음 소리가 더욱 기승을 부린 어느 날 밤이었다. 회색 구름 사이로 희미한 달빛이 비치고 신비로운 기운으로 가득한 새벽녘이었다. 수녀들은 벌써 위험천만한 '절망의 땅'에 이르렀다. 얼마 후에 그들은 겨울 골풀 자리를 짜고 있는 유나마타 족 일행을 만나 건달 흉내를 내며 스스럼없이 다가갔다.
　"어이(Hail)." 약제사 수녀가 유나마타 어로 소리쳤다. "내가 실수로 지옥(hell)이라고 말했나? 안녕? 유나마타 부족? 우리는 평화의 사자야."
　"뭐라고 말한 게야?" 의사 수녀가 물었다. "어째 좀 으스스해 보이는데."
　약제사 수녀는 "저들의 부족 신에게 인사를 하는 중이야."라고 대답하고는 유나마타 어로 소리쳤다. "나는. 좋은 사람, 착한 사람. 착하고 선량한 인간 여자. 나는. 좋은 사람. 도서관은 어디지요?" 마음이 불안해서 기껏 이런 단어밖에 생각나지 않았다.
　"어째 저들은 즐거워 보이는데." 의사 수녀가 말했다.
　"존경심이겠지." 약제사 수녀가 대답했다. 하지만 즐거움은 적의보다 확실히 나았다. 그녀는 마음이 놓였고 쉬운 단어들을 더 많이 기억해 냈다.
　유나마타 부족은 다른 종족과 교류를 안 하기로 유명했다. 유목민이었으나 스크로 부족과 달리 기마 생활을 하지 않았다. 내핍 생활에도 나름대로 단련이 돼 있어서 짐을 나르는 데 필요한 동물만

118

조금 키웠을 뿐 발로 돌아다녔다. 대체로 쿰브리시아 협곡이나 남쪽 켈스의 숲지대에서 숨어 지냈다. 그런 유나마타 부족이 이 너른 벌판에서 무엇을 하고 있는 것일까?

더러운 동물 빈민가를 수의사로 방문하는 일을 매우 싫어했던 의사 수녀는 유나마타 부족에게서 동물의 성향을 감지했다. 유나마타 족은 마치 조상 중에 거대하고 유순한 개구리가 있는 것 같은 생김새였다. 물론 아주 옛날 얘기일 것이다. 손가락 사이에 물갈퀴 같은 것도 달려 있지 않았고 날름거리는 긴 혓바닥도 없었다. 그들은 온전히 인간이었다. 그러나 가죽처럼 질긴 피부와 좁고 길쭉한 팔다리, 입 속으로 거의 말려 들어간 듯한 얇은 입술을 가진 양서류 인간이었다.

그들의 우스꽝스러운 모습을 보고 웃음을 터뜨릴 수는 있다. 그러나 그렇게 웃어 버리면 칼로 난도질을 당할지도 모른다. 흥분하면 무시무시한 적으로 돌변하기 때문이다. 유나마타 부족은 칼 쓰기에 능했다. 단단한 마호가니 자루에 언월도처럼 휘어진 날을 붙인 치명적인 칼로 주로 나무 위에 밤에 거처하는 둥지를 지었지만, 바로 그 칼은 돼지를 베거나 수사 신부를 요절 내는 데 쓰일 수도 있었다.

약제사 수녀는 자신들이 유나마타 족에게 해를 끼치거나 그들을 개종시킬 의도로 파견된 것이 아니라는 뜻을 전하기 시작했다. 물소처럼 유나마타 족도 개종을 강요할 종족으로 에메랄드 시 대성당의 과녁이 되어 있었다. 유나마타 부족은 아무 대변인도 내세우지 않고 가만히 듣고만 있었다. 몇몇이 번갈아 가며 재치 있는 답변을 했을 뿐이다. 약제사 수녀는 이런 말을 동료에게 어렵사리 통역해 주었는데 자신이 잘못 이해하고 있는 건 아닌지 불안했다. 그녀는 유나마타 어의 미묘한 문법을 잊었다는 이유로 순교자가 되는 어이 없는 꼴을 당하고 싶지 않았다. 유나마타 어에 가정법과거완료가 있었던가?

"꽤 유창하게 말하는군." 의사 수녀가 한 시간쯤 후에 말했다.

"내가 할 일을 할 뿐이야. 지금은 우리에게 저녁이라도 대접할 맘이 있는지 알아보는 중이야. 가만히 좀 있어 봐." 약제사 수녀가 대답했다.

"설마 금주론자들은 아니겠지. 감기 기운이 있는데."

마침내 대화가 끝나고 유나마타 족이 식사를 준비하기 위해 물러서자 의사 수녀가 물었다.

"잘됐어? 자네의 득의만만한 표정을 보니 적어도 우리 얼굴을 벗겨 내려고 칼을 갈지는 않겠군. 마음 좀 그만 졸이게 분명히 말해 주게나."

"저들은 그저 넌지시 암시만 했어. 얼굴 도둑질에 대해서는 아무것도 모르고 다만 그 증거만은 보았다고 하더군. 분명히 스크로 족의 짓이라고 했어. 스크로 족은 전통적으로 왕에 대한 충성심이 강한 종족인데 지금 그들의 여왕은 최근 10년 동안 몸이 쇠약해진 나스토야라는 늙은 여인이라는 거야. 우리가 주어진 임무를 제대로 수행하려면, 나스토야 여왕을 찾아서 악랄한 위법 행위를 항의해야 해. 유나마타 족은 스크로 족이 분명 황제와 한 패라고 했어."

"우스운 얘기군. 스크로 족이 황제와 한 패라면 왜 황제의 사절들을 도륙했겠어? 유나마타 족이 거짓말하는 건 아닐까?"

"저들을 봐. 어디 거짓말하게 생겼어?"

"멍청한 소리. 저들도 당연히 거짓말을 할 줄 알지. 아무리 얌전한 고양이라도 새 한 마리쯤은 단숨에 죽일 수 있는 걸 몰라?"

"나는 유나마타 족을 믿어." 약제사 수녀가 말했다. "충분히 복수할 능력이 있는 종족이기 때문이지. 그런데 지금은 자칼의 달이 뜨는 계절, 조심하고 신중해야 하므로 자중(自重)의 서약을 했다고 하더군. 자칼의 달 아래에서 태어난 아기들은 복덩이로 취급받는대. 물론 레스트워터에서 태어난 아이들은 그보다 더한 복덩이로 여겨지고."

"제대로 알아들은 게 맞아? 오즈 어디서나 자칼의 달이 뜬 계절은 위험한 시기로 통해."

"어쩌면 일종의 속죄 의식을 치르는지도 몰라. 그들은 늙은 부인을 언급했는데, 그녀는 영혼을 거둬들이는 여신이야. 이름이 쿰브리시아 비슷하게 들렸어. 학교에서 배운 고대 전승의 쿰브리시아, 기억이 나지? 태곳적 마녀 쿰브리시아 말이야. 모든 악덕과 원한의 원천."

"유일교 수녀원에 들어오면서 그런 것들과는 작별을 고했지. 자네가 그 따위 싸구려 아편을 기억하다니 놀라워." 의사 수녀가 말했다.

"밥이나 얻어먹을 수 있을지 모르겠군. 저것 봐, 담배 한 모금은 빨 수 있겠어." 유나마타 족 대표가 부족이 공동으로 사용하는 파이프 담배를 들고 그들에게 다가오고 있었다.

"불결해." 의사 수녀가 싸늘하게 내뱉었다. 그러나 그녀는 억지로라도 웃음을 보이며 그런 야만적인 관습을 참아 내기로 마음먹었다.

3

한편, 수녀원에서는 캔들을 비롯한 누구도 도밍곤의 진면목을 이해할 수 있을 만큼 악기에 조예가 깊지 못했다. 도밍곤은 쿼들링 켈스 출신의 한 장인이 잘 말린 굴뚝새나무로 만든 악기였는데, 캔들은 어느 해 여름 축제에서 처음 도밍곤의 연주 소리를 들었다. 장인이 손가락이나 활, 그리고 평소에는 턱수염에 끼워 두는 유리 에뮬란트로 직접 연주했다. 캔들은 이제 깃털이 도밍곤에 꽂혀 있었다는 사실을 기억해 냈지만, 당시에는 단순한 장식물로만 여겼다.

캔들은 그 장인을 사랑한다고 생각했다. 그녀는 어둠이 내리기 전에 그와 잠을 잤지만 며칠 후에 자신이 진짜로 사랑한 것은 음악임을 깨달았다. 그녀는 도밍곤의 연주 소리에서 어떤 부추김, 무언가를 기억하고 밝혀내라는 부추김을 느꼈다. 어쩌면 목소리가 작고 가늘었기 때문인지도 모른다. 그녀는 소리를 내지를 수 없었다. 말을 하는 것보다 음악을 연주하는 게 낫겠다는 생각이 들었다. 캔들은 도밍곤을 사달라고 삼촌을 끈덕지게 졸랐다. 놀랍게도 삼촌은 캔들의 말을 들어주었다.

캔들은 단순한 아이가 아니었다. 몸이 약해서 조용한 아이가 되었을 뿐이다. 그녀는 교회 종소리를 들으며 그 뜻을 헤아렸고 양파의 얇은 껍질이 탁자에 떨어지는 모습을 가만히 지켜보았으며 벌레가 매끄러운 속껍질에 둥글게 남겨 둔 더러운 흔적을 유심히 살폈다. 모든 사물은 말을 했다. 그 뜻을 새기는 것은 캔들의 몫이 아니었다. 사물이 메시지를 보내는 현상을 가만히 지켜보았을 뿐이다.

그래서 캔들은 다른 소녀들보다 조용한 아이가 되었다. 세상이 세상으로 보내는 메시지는 결코 부족함이 없었다. 그녀는 단지 거기에 가만히 귀를 기울였을 뿐이다.

캔들은 일주일가량 손가락이 아플 때까지 도밍곤을 연주하면서 점차 건강을 회복하는 리르의 몸에서 전해지는 언어에 귀를 기울였다. 캔들이 일찍부터 남자들을 경험한 일은 그렇게 유별난 일이 아니었다. 쿼들링 사람들은 성에 스스럼이 없었다. 육욕을 경험한 일은 그녀에게 상처를 남기지도 않았고 지나친 흥미를 유발하지도 않았다. 그녀는 단지 성을 통해 인간의 몸에 대해, 욕망의 느닷없는 분출뿐만 아니라 그 망설임과 주저함에 관해 조금 알게 되었을 뿐이다.

진료소에서 캔들은 악기로부터 환자에게로 시선을 돌리는 순간 어떤 새로운 소식이 전해진다는 느낌을 받았다. 캔들이 알아듣는 언어는 냄새로 전달되는 희귀 언어였을까? 아니면 떨리는 눈꺼풀의 신비로운 문양이나 땀방울에 새겨진 상형문자였을까? 캔들은 알지 못했다. 그러나 리르의 몸이 체온이나 상태나 색깔에 아무 변화가 없다는 것만은 분명했다. 하지만 그는 지금 중대한 순간을 넘기는 중이었다. 멀쩡하게 깨어나거나 단숨에 죽거나 둘 중 하나였다. 중간은 없었다.

캔들은 원장 수녀에게 가야 할지, 아니면 가만히 리르의 곁을 지켜야 할지 판단이 서질 않았다. 그녀는 만약 자리를 뜬다면, 원장 수녀를 찾아 조언을 듣는 20분 동안 도밍곤을 바닥에 놓아 둔다면, 리르를 영원히 잃어버릴 것 같은 불안감이 들었다. 리르의 마음이 지금 어디에 있든 그는 지금 의식 불명이었다. 오직 음악만이 그를 깨어나게 할 유일한 희망이었다.

캔들은 아무 일도 없는 양 의자에 앉아 손가락에 피가 날 때까지 잔잔한 왈츠를 연주했다. 파란 하늘은 점차 흐릿해졌고 별들이 하늘

에 드문드문 떠올랐다. 이어 자칼의 달이 창안을 들여다보고 창에
비친 제 모습을 지켜볼 때까지 서서히 밤하늘로 솟아올랐다. 캔들이
도밍곤을 연주하며 리르를 그의 기억 속으로 조용히 이끄는 동안
자칼의 달도 그 모습을 지켜보며 귀를 기울였다.

✢✢✢

"그곳에 있는 게 분명해." 리르가 말했다.

"누구? 어디? 엘파바?" 허수아비가 물었다.

"아니. 노르 얘기야. 내가 알던 소녀. 어떤 사람들 말대로 마녀가
진짜 내 엄마이고 피예로가 내 아빠라면, 노르는 내 이복누이지."

"남쪽계단에? 바로 그 애가?"

"그러지 말란 법 있어?"

허수아비는 대답을 하지 않았다. 힘센 오즈의 마법사가 대단치도
않은 어린 소녀를 감옥에 가둘 이유는 없다고 생각하는 모양이었
다. 아니면 그냥 가볍게 살해를 했거나 아무렇게나 떠돌다 굶어 죽
게 거리에 내던졌다고 생각하는지도. 키아모코에서 노르가 납치당
한 게 언제였지? 2년 전인가? 3년 전? 하지만 나스토야 여왕은 노르
가 살아 있을지도 모른다는 암시를 했다.

그들은 운하 주위를 좀 더 돌아다니면서 선술집 옆에 처박힌 썩
은 나무 등치 아래에서 쉴 곳을 찾아냈다.

"더 이상은 너와 다닐 수 없구나." 허수아비가 말했다. "마녀의
빗자루를 너한테 줬으니까 내 할 일은 다한 셈이야. 앞으로 잘 지내.
더러운 거리의 소탕 작업에 희생되지 않도록 조심해. 나는 나대로

갈 길이 있어. 가능하면 이 골칫거리 도시의 성문 밖에서 너를 다시 봤으면 좋겠어. 너도 원한다면 말이야."

"나는 가지 않겠어." 리르가 말했다. "노르 없이는 아무데도. 아니 그 애에게 무슨 일이 생겼는지 알기 전에는."

그들은 발을 떼기가 마땅찮은 듯 네거리에 우울한 표정으로 앉아 있었다.

"저것 좀 봐." 리르가 선술집 벽에 지저분하게 쓰인 낙서를 가리켰다. '행복한 결말도 결말은 결말이다.' "너는 네 일을 다 했고 도로시에게 한 약속을 지켰지. 나는 빗자루를 가졌어. 하지만 나는 안전한 곳에 가지 못할 거야. 무슨 말을 하고 싶냐고? 나는 행복한 결말에 이르지 못할 거라는 느낌. 아, 물론 내겐 행복한 시작도 없었지. 마녀는 죽었고 도로시는 떠났어. 저 늙은 나스토야 여왕은 내게 도움을 구했지. 마치 내가 할 수 있는 일인 양! 엘파바가 할 수 있었을 테니까 나도 할 수 있으리라는 거지."

"너는 엘파바가 한 약속을 지킬 필요가 없어. 네가 아들이 아니라면 아무런 책임감도 느낄 필요가 없지."

"하지만 노르를 찾아야 해. 그건 나 자신에게 한 약속이야."

허수아비가 머리를 감싸 쥐었다.

"양철 나무꾼은 남을 배려하는 법을 배우러 떠났어. 불쌍한 녀석. 사자는 더 심한 우울에 빠져 있지. 비겁함은 그의 유일한 특색인데 이제는 가엾게도 평범한 사자가 되어 버린 거지. 안됐지만 둘 다 너를 도와줄 수 없는 처지야. 너는 혼자서 이곳을 빠져나가야 해. 이제 다시 시작이야."

"다시 시작? 나는 먼저 시작한 적이 없어. 게다가 나는 나가고 싶은 마음이 없어. 나는 안으로 들어갈 거야."

허수아비가 손으로 가슴을 누르며 고개를 저었다.

"남쪽계단으로." 리르가 말했다.

"무슨 말인지 알아. 이제 나는 바보가 아니니까." 허수아비가 말했다.

"네가 내 곁에 있어 줬으면……."

그러자 허수아비가 퉁명스럽게 말을 잘랐는데, 어쩌면 다정함을 표시하고 싶었는지도 모른다. "나를 찾을 생각일랑 하지 마. 찾지 못할 거야. 아는 척도 삼갔으면 좋겠어. 나는 네 이야기에 속하지 않아, 리르. 이게 마지막이야."

그렇게 그들은 요란한 작별 인사도 없이 헤어졌다. 그들의 우정은 불에 탄 빗자루보다도 크지 않았고 그것보다 더 앞날이 밝지도 않았다. 리르는 허수아비의 모습이 천천히 시야에서 사라질 때까지 건성으로 그 빗자루를 흔들었다. 그게 마지막이었다.

리르는 출렁이는 너벅선에 앉아 선술집의 열린 창문으로 새어 나오는 웃음 소리를 들었다. 맥주 냄새, 그리고 구토한 오물과 벽에 싸갈긴 오줌 냄새가 났다. 달은 구름에 가려 보이지 않았다. 구슬픈 가락의 왈츠가 악취가 진동하는 운하 위로 머뭇머뭇 흘러나왔다.

✝✝✝

다음 날 아침 리르는 전날 밤 지나친 적이 있는 저택의 하인 출입문에 모습을 나타냈다.

"우리는 적선 따위는 안 한다. 석탄 나르는 일꾼도 더는 필요치

126

않다. 그러니 네 엉덩이를 걷어차기 전에, 썩 꺼져라."

"죄송하지만 저는 먹을 거나 일자리를 구하는 게 아닙니다, 선생님."

하인이 씩 웃었다.

"알랑방귀 뀌는 놈이군. 선생님이라고 한 번 더 불러 봐, 똥 나오게 패 줄 테니까."

리르는 이해가 되지 않았다.

"결례를 범할 생각은 없었어요. 저는 단지 어떻게 하면 글린다 부인을 만날 수 있는지 알고 싶어요."

리르는 비웃음을 짓던 그에게서 금방 발길질이 날아오겠거니 생각했지만, 하인은 오히려 깔깔 웃었다. 목소리에 담긴 적의도 누그러졌다.

"이런 맹꽁이를 봤나! 몰라봐서 미안하군. 이봐 친구, 텐메도의 지방 군주 애버릭 경도 부인의 관심을 끈 적은 없어. 글린다 부인은 눈코 뜰 새 없이 바쁘셔. 마법사의 궁전에서 치러야 할 일이 한두 가지가 아니거든. 아, 이젠 백성의 궁전이군. 아니 그렇게 되어야지. 그렇게 될 거야. 왜, 부인 앞에 몸을 던져서 어머니라고 부르기라도 할 참이냐? 이미 많은 아이들이 그런 짓을 하려 했지. 거룻배에 실어다가 켈스워터 호수에 빠뜨리기 전에 썩 꺼져."

"저한테 엄마 같은 건 없어요. 당연히 글린다 부인도 제 엄마가 아녜요." 리르는 빗자루를 들어 하인의 얼굴에 대고 흔들었다.

"그건 뭐지?"

"뒷문의 한 소년이 마녀의 빗자루를 가지고 왔다고 글린다 부인께 말씀드려요. 도로시가 준 거라고 해요. 시간은 얼마나 걸려도 상관 없어요. 여기서 기다리겠어요."

"그 막대기 말이냐? 타다 남은 빗자루로군. 불쏘시개로도 못 쓰
겠는걸."

"사연이 많아요. 진짜 마녀의 빗자루니까요."

"정말 귀찮은 녀석이군. 여기서 하루 종일 너랑 노닥거릴 시간 없
다. 까놓고 얘기하지. 그 빗자루로 마법을 보여 봐. 그럼 나도 너를
도와줄 테니까."

"저는 마법을 부릴 줄 몰라요. 그리고 빗자루는 마법 지팡이가 아
니에요. 그냥 빗자루예요. 바닥을 쓰는 빗자루 말이에요."

"그걸로 바닥을 쓸면 검댕 자국만 남겠군. 그걸 치울 사람은 또
나일 테고. 냉큼 물러가거라. 썩 꺼져."

리르는 다시 빗자루를 들어 앞으로 쑥 내밀었다. 하인은 제복에
검댕이 묻을까 봐 뒤로 움칠 물러섰다. 리르는 무슨 일이든 기다리
기로 작정했다.

그의 직감은 맞아떨어졌다. 하인은 리르와 한 얘기를 떠들고 싶
은 유혹을 참지 못했던 것이다. 정오가 되기 직전에 하녀 한 명이
앞치마 끈을 졸라매고 입가에 묻은 음식 부스러기를 털어 내며 밖
으로 나왔다.

"들꿩은 역시 맛있어. 너 아직 여기 있구나. 다행이야!" 그녀가
재빨리 지껄였다. "그 하인은 멍청한 짓을 해서 한 달치 월급이 날
아갔지. 어서 들어가자. 부인께서 기다리신다. 이런, 냄새가 지독하
군. 씻기는 하는 거냐? 저기 우물에서 네 더러운 겨드랑이랑 그 능
글맞은 얼굴을 깨끗이 씻어라. 여기는 여염집 아낙이 아니라 글린다
부인께서 사시는 곳이다. 냉큼 뛰어가지 못해! 부인께서 기다리신

128

다니까."

리르는 부인의 응접실로 안내되었다. 행실을 바로하고 아무것도 건드리지 말라는 말을 들었다.

리르는 이곳저곳을 둘러보았다. 한 번도 본 일이 없는 방석 의자며 연달아 놓여 있는 똑같은 의자가 눈에 띄었다. 곳곳에 방석이 깔려 있었고 작은 탁자 위에 싱싱한 꽃과 반짝반짝 빛이 나는 수정 구슬들이 있었다. 별 볼 일 없는 기념품 따위라는 생각이 들었는데 무엇을 기념한 건지는 알 수 없었다.

벽난로에는 향긋한 나무가 타고 있었다. 바깥 시민들이 돌처럼 딱딱하게 굳은 빵을 녹이기는커녕 손을 데울 화로조차 없는 터에 이렇게 잘 지어진 저택에서 낮에 불을 피우는 이유가 궁금했다.

리르는 바깥 공기를 들이기 위해 창가로 가서 창문을 열었다. 전날 밤에 허수아비랑 돌아다닌 운하가 내다보였다. 고급 주택의 지붕들도 한눈에 들어왔다. 거의 궁궐 같아 보이는 호화로운 저택들이었다. 굴뚝 통풍관과 옥상 정원과 반구 천장, 뾰족탑들 너머로 두 채의 거대한 건물이 우뚝 솟았다. 도시 한가운데 위치한 마법사의 궁전과 바로 오른쪽으로 남쪽계단이라는 감옥의 가파르게 솟은 푸른색 성벽이었다.

리르가 많은 책을 본 것은 아니지만 창가에 비친 풍경은 마치 책에서 본 그림 같았다. 리르가 본 유일한 책인 『그리머리』 마법책의 그림, 그것도 멀리서 본 그림 말이다. 동판화로 새긴 듯한 지붕들은 수많은 인공 언덕처럼 보였다. 여기저기에 울긋불긋 솟아 있는 그

지붕들은 다채로운 색감과 원근감으로 눈을 즐겁게 했다.

얼굴마다 나름의 사연이 깃들어 있듯 지붕마다 나름의 이야기가 서려 있을 것이다.

리르는 자신이 이곳까지 올 용기를 냈다는 사실이 믿기지 않았다. 하지만 달리 다른 생각은 떠오르지 않았다. 분명 나스토야 여왕은 자기를 도와주면 노르 소식을 알아보겠다는 약속을 했다. 하지만 일을 거꾸로 할 수는 없는 노릇이었다. 여왕이 노르에 관해 알아보려면 에메랄드 시의 소식을 죄다 쓸어 담아야 할 테지만 그는 벌써 이곳에 와 있었다. 나스토야 여왕은 자기 문제를 스스로 처리하는 수밖에 없었다. 에메랄드 시 전체가 리르의 눈앞에 있었다. 이제 그는 아무것도 거칠 것이 없었고 자기가 원하는 바를 온전히 얻을 심산이었다.

"글린다 부인이시다." 남자의 목소리가 들려왔다. 리르가 뒤로 돌아섰을 때는 이미 문이 닫히는 중이었고 글린다 부인이 가까이 오고 있었다.

마치 축제용 장식 나무가 보석으로 치장한 슬리퍼를 신고 성큼성큼 걸어오는 듯했다. 글린다 부인은 리르가 본 어느 누구보다도 옷차림이 화려했다. 그는 움칠 뒤로 물러설 뻔했지만 글린다 부인이 엘파바의 친구라는 사실에 용기를 얻었다.

"안녕." 피콜로로 비눗방울을 불어 대는 듯한 목소리로 글린다가 리르에게 고개를 까딱 숙이며 인사를 건넸다. 이런 인사는 한쪽 무릎을 꿇고 정중하게 인사하는 것과 같은 상류층의 예절인가? 답례로 자신도 머리를 숙여야 하는지 몰라 리르는 잠시 머뭇거렸다. 하지만 그는 뻣뻣이 서 있었다. "리르라고 했지?"

"네, 부인."

그는 평생 아무에게도 '부인'이라는 말을 쓰지 않았다. 어디서 그런 말이 튀어나왔는지 자신도 알지 못했다.

"리르가 왔다고 하더니 정말이군. 나는 잘못 들은 줄 알았지. 좀 앉으렴." 그러나 글린다는 리르의 옷 상태를 제대로 보게 되자 마음을 고쳐먹었다. "내가 앉아도 되겠지? 요즘에는 통 쉬지를 못했어. 몸이 아주 뻐근해."

"괜찮습니다." 리르는 계속 서 있어야 한다는 것을 깨달았지만 부인 곁으로 가까이 다가섰다. 글린다는 박하사탕 줄무늬가 새겨진 방석 의자에 앉았다. 그런 다음에 등에 댄 베개를 조정하고 푹신하게 몸을 기댔는데, 간혹가다 발을 들어 올렸다. 다리가 저린 모양이었다.

"내게 보여 줄 물건을 가지고 있다는 소릴 들었다. 보통 물건이 아니라지? 그 수의에 감싼 물건 말이다. 빗자루군, 마녀의 빗자루. 빗자루? 서쪽나라의 사악한 마녀의 빗자루?"

"저는 그렇게 부르지 않았어요."

"그건 어떻게 얻었지? 내가 들은 바로는 도로시 게일이 빗자루를 들고 전리품마냥 자랑하고 다녔다는데."

"도로시는 떠났다던데요."

"그래." 목소리에 권위가 실려 있었다. 피곤에 지치고 유감스러운 기색이 역력했지만 함부로 대하지 못할 위엄이 서려 있었다.

"늙은 오즈마가 떠난 것처럼 떠난 건가요? 아주 영원히 가 버린 건가요? 피곤하세요?"

"떠난 사람은 떠난 사람이지. 하기는 오즈마는 언젠가 돌아올지도 모르지. 나도 숨을 죽이고 있지만은 않겠지만."

"도로시도 돌아올까요? 아니면 돌아오지 못할 만큼 너무 먼 곳으로 가 버린 건가요?"

"너는 방금 만난 부인에게 너무 무례한 질문을 던지는구나." 글린다가 리르를 날카롭게 쏘아보았다. "그리고 너는 아직 내 질문에 대답하지 않았다. 엘파, 아니 마녀의 빗자루는 어떻게 얻었지?"

"저한테는 엘파바라고 말씀하셔도 돼요." 리르가 품에서 빗자루를 꺼내 글린다에게 내보였다.

글린다는 빗자루를 보지 않았다. 그녀는 마녀의 망토를 뚫어지게 바라보았다. 그녀가 몸을 일으키더니 망토로 손을 뻗었다.

"이것은 내가 어디에서도 알아볼 수 있지. 엘파바의 망토. 이걸 어떻게 얻었지? 이 살인마, 아니 도둑놈, 대답하거라. 그렇지 않으면 남쪽계단에 집어넣을 테다."

"반가운 말씀입니다. 어쨌든 저는 그곳에 갈 생각이니까요. 맞아요, 이건 마녀의 망토예요. 왜 아니겠어요? 성을 떠날 때 가지고 왔어요. 나는 그녀의……." 아들이라는 말을 리르는 하지 못했다. 자신도 확신이 없었기 때문이다. "나는 그녀의 조수였어요. 도로시와 함께 성에서 이곳으로 왔어요. 마녀가 녹았을 때 남은 것이라곤 고작 빗자루뿐이었어요. 도로시가 떠난 후에 허수아비가 제게 가져다 주었지요. 다른 사람은 아무도 갖고 싶어 하지 않았으니까요."

"불에 탄 막대기에 불과해. 불 속에 집어 던지거라."

"싫어요."

글린다는 빗자루로 손을 뻗었고 리르는 그것을 움켜쥐었다. 그녀는 일어서는 데 도움이 필요했다.

"얘야, 내 눈을 똑바로 보거라. 너는 누구냐? 키아모코에는 어떻게 가게 되었지?"

"저도 몰라요. 정말이에요. 하지만 저는 분명히 마녀의 시중을 들었어요. 도로시가 에메랄드 시에 안전하게 도착한 것도 보았어요. 저는 부인의 도움이 필요해요."

"내 도움이 필요하다고? 무슨 이유로 말이냐? 네가 빈틈을 뚫고 이곳을 빠져나가는 데 필요한 빵이나 돈, 가짜 증명서 말이냐? 필요한 게 있으면 말하거라. 왜 내 도움이 필요한지도 말하거라. 내가 할 만한 일을 생각해 보마. 너도 알고 있는 엘파바를 기억하는 의미에서 말이다." 그녀가 고개를 버쩍 들었다. 별안간 눈에 맺힌 눈물 방울이 요란하게 색칠한 가짜 속눈썹에 떨어지지 않게 하기 위해서였다. "엘피 아줌마를 아신다고요?"

리르는 값싼 슬픔에 빠지고 싶지 않았다.

"저는 몇 년 전에 마법사의 군대가 납치해 간 어떤 소녀에게 무슨 일이 벌어졌는지를 알고 싶어요. 그 애는 우리가 그곳에 도착했을 때 키아모코에 살고 있었어요."

"우리?"

"마녀와 저……."

"마녀와 너라." 글린다는 다시 손을 뻗어 망토를 붙잡고 사향초나 히솝풀인 양 그것을 문질렀다. "그 애는 누구지?"

"이름은 노르예요. 한때 아르지키의 족장이었던 피예로와 그의 아내 사리마의 딸이죠. 그날 같이 납치당했어요. 피예로는 아시죠?"

"그래, 알고 있다." 글린다는 그에 대해 별로 말을 하고 싶어 하지 않는 게 분명했다. "내가 네 문제에 신경을 써야 할 이유는 뭐지?"

"노르는 그의 딸이었어요. 그 애는 제……." 이복누이라는 말을 이번에도 하지 못했다. 역시 확신이 없었기 때문이다. "제 친구예요."

글린다는 손을 뻗어 까맣게 탄 빗자루를 움켜쥐었다.

"나도 아는 친구들이지."

"그 친구분들은 자식이 있었어요." 리르가 조심스럽게 말했다. "친구분들을 도와주실 수 없다면 그 자식들이라도 도와주세요. 혹시 자식이 있으세요?"

"없다. 처프리 경은 애를 별로 안 좋아했지." 그녀는 생각을 다시 했다. "아니, 그는 너무 늙었다. 늙고 부유하지. 관심이 온통 다른 데 있어." 글린다는 탁자들 사이로 돌아다녔다. "네가 말한 소녀가 왜 잡혀 갔는지 나는 모른다. 아니 잡아갈 만큼 그렇게 위험한 아이였다면 지금까지 살아 있을 리도 없겠지."

"다들 마법사가 떠난 줄 알아요. 그렇다면 마법사의 적을 감옥에 가둘 필요는 없지 않아요? 아직 그 애가 살아 있다면 당장 풀어 줘야 해요."

글린다의 속옷에서 명주 망사가 바스락거리는 소리가 났다.

"네가 거짓말하지 않는다는 걸 내가 무슨 수로 알지?" 그녀가 입을 열었다. "지금은 배신이 난무하는 시대야. 나는 어른이 되어서는 살롱과 극장에서만 시간을 보냈어. 욕심 많고 심술궂은…… 장관들과 이렇게 부대끼며 지낸 적은 없단 말이다." 글린다는 결국 하고 싶은 말을 했다. "벌레 같은 놈들. 학교 다닐 때도 여자애들은 여간내기가 아니라고 생각했지. 그런데 여기서는 냉담한 표정 뒤에는 언제나 굉장한 야망이 도사리고 있어. 아마도 권력에 대한 야망이

134

겠지. 게다가 이른바 나의 충성스러운 내각에는 너를 내게 보내 거짓말을 꾸며 내고 내 목을 쥐고 흔들려는 작자가 한둘이 아니지. 네 말을 믿으려면 더 많은 증거가 필요해. 그건 마녀의 망토가 아닐 수도 있어. 물론 내가 단지 슬프기 때문에 보고 싶은 것만 보려는 것인지도 모르지. 하지만 그것도 마녀의 빗자루가 아닐지 몰라. 리르, 내게 속 시원히 털어놓거라. 빗자루는 왜 그렇게 타 버린 거지?"

"저도 잘은 몰라요. 사실 저는 아줌마가 죽는 모습을 보지 못했어요. 유모와 도로시 등이 하는 말을 들었을 뿐이에요. 저는 아래층에 갇혀 있었어요. 빗자루가 왜 불에 탔는지 저는 몰라요."

"거짓말이 아주 입에 붙었구나!" 글린다가 소리쳤다. "빗자루를 불에 태우고 거짓말을 꾸며 내는 짓은 누구라도 할 수 있는 일이다!" 그녀는 자기 가슴을 주먹으로 쾅쾅 치고는 방 안을 가로질러 뛰어가서 탁자들을 뒤집고 사기 인형들을 깨뜨렸다. 그러고는 빗자루를 불 속에 던졌다. "봐라, 내가 못 할 줄 알았지? 이건 아무것도 아니야."

"불에 태우든지 말든지 맘대로 하세요." 리르가 대답했다. "망토도 가져가서 태우세요. 아니면 그걸로 고행복(苦行服)을 만들어 아름다운 야회복 아래에 받쳐 입으시든가요. 상관 없어요. 저는 노르를 찾아서 감옥에서 데리고 나오기만 하면 되요. 갖고 싶으면 다 가지세요. 저는 다시 돌아와서 부인의 시중을 들겠어요. 어차피 노르에 관한 수수께끼를 푼 다음에는 무엇을 할지 아무런 계획도 없으니까요."

글린다는 등받이 없는 의자에 무너지듯 주저앉아 울기 시작했다. 그녀를 안아 주고 그녀에게 어깨를 대 줄 남자가 필요했다. 리르는 남자가 아니었고 귀부인이 얼굴을 묻고 울음을 터뜨릴 만한 어깨를 가지고 있지도 않았다. 그는 눈알을 이리저리 굴리고 손을 비비 꼬면서 멍하니 서 있을 뿐이었다.

"글린다, 저것 좀 보세요." 리르는 너무 흥분한 나머지 호칭을 까먹었다.

글린다가 눈을 들어 그가 가리키는 쪽을 바라보았다.

불은 여전히 너울너울 타고 있었다. 알 수 없는 물리 현상에 따라 굴뚝 연통에서 옛날의 민요조 가락이 흘러나왔는데 마치 누군가 지붕 꼭대기에서 악기를 연주하는 것 같았다. 그 소리는 마음에 위안이 될 뿐 아니라 어떤 명령을 내리기도 했다. 그것은 불 속에 내던져진 빗자루를 보라는 명령이었다. 빗자루는 허여멀건한 화염 줄기에 휩싸인 어떤 통나무 위에 놓여 있었는데 전혀 불에 타지 않았다.

"지겨운 오즈……." 글린다가 말했다. "리르, 그것을 꺼내거라. 다시 꺼내."

"내 손이 탈 거예요!"

"그렇지 않아." 글린다는 리르가 이해할 수 없는 언어로 몇 마디를 흥얼거렸다. "내가 터득한 몇 안 되는 마법 주문 가운데 하나지. 남편이 아침마다 불에 탄 토스트를 집어달라고 할 때 아주 요긴하게 쓴단다. 남편에게 아침을 챙겨 주는 것은 아내의 도리니까 말이야. 가서 빗자루를 집어 오렴."

리르는 시키는 대로 했다. 글린다의 말이 맞았다. 빗자루는 불에 타지도 않았을 뿐 아니라 손을 대도 뜨겁지가 않았다.

"이미 충분히 불에 탄 빗자루라서 더는 타지 않겠다는 뜻이군……. 잘 간직하거라." 글린다가 말했다. "너를 의심한 건 잘못이었다. 네가 누구고 어떻게 그것을 얻었건, 이건 마녀의 빗자루가 분명해. 이제 네가 한 말을 믿을 수밖에 없구나."

글린다는 어깨를 으쓱하고 미소를 지어 보였다. "엘피라면 어떻게 해야 할지 알 텐데!" 그녀가 거의 울음이 섞인 목소리로 말했다.

"아시는 만큼 말씀해 주세요." 리르가 최대한 부드러운 목소리로 말했다.

"나는 남쪽계단의 죄수 명부를 볼 권한이 없단다. 네가 말한 아이, 노르 말이다. 그 아이가 오래전에 살해된 게 아니라면 그곳에 있을 거야. 명부가 있는지도 정확히는 모른다. 다만 누군가 너를 들여보낼 수는 있겠지. 그 애를 찾을 수 있을지, 찾는다 해도 너나 그 애가 그곳에서 빠져나올 수 있을지는 나도 모르겠다. 한 가지 일러 주고 싶은 게 있다. 엘파바를 잊지 않은 마음에서 그 정도는 해 줄 수 있단다."

"저를 누가 도와줄 수 있을까요? 부인의 친구분?"

"아니다. 엘파바의 유족이지. 안타깝게 세상을 떠난 서쪽 나라의 나쁜 마녀 엘파바 트롭의 가장 가까운 피붙이란다."

"엘파바의 여동생은 죽었어요!" 리르가 말했다. "네사로즈는 도로시의 집에 깔려 어이없이 죽지 않았나요?"

"그래, 맞다. 그런데 모르고 있었구나. 엘파바가 얘기를 안 했나? 남자 형제도 하나 있단다. 셸이라는 남동생이지."

4

다시 정신을 차린 의사 수녀와 약제사 수녀는 얼굴이 그대로 붙어 있는 걸 확인하고 안도했다. 하지만 어디에도 짐을 나르는 노새들은 보이지 않았다. 노새가 먹을 먹이나 유나마타 원주민들도 감쪽같이 사라졌다.

"제길, 머릿속에 무슨 펌프가 있는 모양이군." 의사 수녀가 고사리 밭에 먹은 것을 잔뜩 게운 다음에 말했다.

"자칼의 달이 이곳까지 내려와 코를 쿵쿵대겠군." 약제사 수녀가 옷 매무새를 가다듬었다. "축하 의식용 담배 탓일 거야."

"그게 바로 유나마타 족이 도시를 짓거나 수학을 발명하거나 마법사에게 굴복하지 않는 이유지."

"그렇게 기막힌 담배가 있다면 누가 도시나 황제 따위가 필요하겠어?"

그들은 뜨거운 햇빛을 받으며 느릿느릿 걸어갔다.

"무엇을 해야 할지 생각해 보자." 의사 수녀가 말했다.

"그래. 유나마타 부족의 얘기가 맞다면, 스크로 부족이 얼굴 도둑질을 했다는 말인데. 그들을 찾으려면 고생깨나 해야겠군."

"우리가 할 일이지."

"음."

그들에겐 두 가지 길이 있었다. 하나는 켈스 기슭으로 더 깊숙이 들어가서 스크로 부족에게 자신들이 온 것을 알리는 것이고 다른 하나는 수녀원으로 돌아가서 임무에 실패했다고 주장하는 것이다.

수녀들은 누군가에게 애정을 쏟고 경건한 신앙 생활을 하고 남을 배려하고 육욕을 멀리하며 영적인 구원을 갈망하는 자신들의 직분에 걸맞는 자질이 무슨 사절 역할 따위에는 어울리지 않는다는 사실을 잘 알고 있었다. 수녀원은 세상이라는 무대에서 살아가는 사람들이 잠깐 쉬어 가는 중간역 역할을 하는 곳이기 때문에, 좋은 수녀들은 여느 수도사들 못잖게 마음이 너그럽고 관대하다고 스스로 자부하고 있었다.

그런데도 의사 수녀와 약제사 수녀는 스크로 부족의 드넓은 야영지를 보고 놀라움을 금할 수 없었다. 씨족의 숫자가 천이 넘었다. 아니 거의 1500에 달하는 듯했는데, 그들 각각의 신체적 특징은 동물지학자의 구미를 끌 만큼 다채로웠다. 이 유목민들의 야영지는 종사하는 일에 따라 천차만별이었다.

가축을 돌보는 일을 맡은 계급은 겨울나기를 위해 방목하던 거대한 양 떼를 우리 안에 집어넣어 새끼 치는 일을 준비했다. 다른 계급은 양털로 벽지와 양탄자를 만드는 일이 전문이었다. 눈썹이 짙고 가느다란 턱수염을 길게 늘어뜨린 한 무리의 젊은이들이 이리저리 바쁘게 뛰어다니며 사람들을 감시하고 가르쳤다. 늙은이들은 놀라울 정도로 부드럽고 능숙하게 아이들을 돌보았다.

떠들썩한 야영지 한복판에 탑처럼 높은 천막이 우뚝 솟아 있었다. 그 주위에 놓인 꽤 많은 놋쇠 항아리에서 나무딸기와 사향 내음이 풍겼다. 수녀들은 그 냄새가 예배용 향내가 아니라 손님 맞이용 향내임을 금방 알아차렸다. 여왕의 천막에서 나는 지독한 악취를 중화시키는 향이었던 것이다.

수녀들은 먼저 후추 수프를 대접받고 코와 머리를 개운하게 씻어

낸 후에야 기도를 하며 마음을 가라앉힐 수 있었다. 그들이 어느 천막으로 안내되어 스크로 부족의 사절을 만난 것은 땅거미가 질 무렵이었다.

"앉으시죠." 그는 수녀들에게 자리를 권하고 자신도 앉았다. 이제 막 노인의 문턱에 들어선 뚱뚱한 남자였는데, 내적 환시(幻視)에 괴롭힘을 당하는 것처럼 한쪽 눈에 경련이 일었다. 피부가 고급 위스키처럼 맑고 투명했다. "어디 불편한 점은 없었는지 모르겠군요. 편히 쉬셨습니까?"

수녀들은 고개를 끄덕였다. 실로 그들의 방문은 그닥 놀랍게 받아들여지지 않았고 그들은 지금까지 정중한 대접을 받았다.

"다행이군요. 무척 다행입니다." 그가 말했다. "황제가 신성한 곤봉으로 우리 같은 이교도를 억지로 개종시키려고 하는 요즘처럼 뒤숭숭한 시절에도, 우리는 전통과 관습을 자랑스레 지키고 있지요. 손님에게 융숭한 대접을 하는 것은 우리의 전통 가운데서도 아주 귀중한 덕목입니다. 저는 솀 오토코스라고 합니다."

"오토코스 경, 말솜씨가 보통이 아닙니다." 의사 수녀가 대담한 말을 했다.

"스크로 족치고는 그렇다는 말씀이군요." 그가 별 악의 없이 대답했다. "시즈 대학교에서 학위를 받았지요. 물론 지금보다 세상이 평안했던 시절 얘기입니다. 고대와 현대의 다양한 언어들을 공부했지요."

"통역관이 될 생각이었군요?"

"그런 건 중요치 않습니다. 현재 저는 여왕님의 수석 통역관입니다. 두 분은 여왕님을 알현하기 위해 위험을 무릅쓰고 우리 부족의 땅에 오신 거지요?"

수녀들은 스크로 족의 본거지가 여기보다 한참 더 서쪽인 그레이트 켈스의 반대편 기슭에 있다고 생각했지만 괜한 트집을 잡고 싶지는 않았다.

"네." 의사 수녀가 대답했다. "알아봐야 할 일이 있어요. 최근에 만연한 얼굴 도둑질을 누가 한 짓인지 조사하는 중입니다. 여왕께서 알현을 허락하신다면 우리는 볼일을 마치고 금방 이곳을 떠날 수 있을 거예요. 여왕께서도 우리를 만날 준비가 되어 있는지요?"

그는 아무 대답 없이 가볍게 손뼉을 쳤다. 따라오라는 뜻이었다. 그들은 야영지 한복판에 세워진 여왕의 숙사로 남자를 따라갔다.

"여왕님은 아무도 기억하지 못할 만큼 오랜 세월 동안 심신이 평안치 못하셨습니다." 오토코스 경이 걸음을 옮기면서 말을 건넸다. "가벼운 담소도 버거워하십니다. 그래서 여왕님을 자극하는 말은 통역하지 않을 생각입니다. 그리고 대화는 10분 이내로 끝내 주셨으면 합니다. 그 이상은 곤란하지요. 제가 일어서면 두 분도 일어나셔야 합니다."

"선물이라도 가져왔어야……" 약제사 수녀가 낮게 중얼거렸다.

"수녀님!" 의사 수녀가 날카롭게 소리쳤다. "우리는 세인트글린다 수녀원의 수녀예요. 어떤 외국의 여왕에게도 공물 같은 건 바치지 않아요!"

"아니, 내 말은 그저 과자나 재미있는 소설이라도." 약제사 수녀가 어설프게 해명했다.

"과자나 소설은 여왕님께 필요치 않습니다." 오토코스 경이 말했다. "여왕님께 불경을 범할 생각은 추호도 없지만, 아무튼 두 분께서는 입으로 숨을 쉬도록 하세요. 소맷자락으로 코를 막는 것도 무례한 짓은 아닙니다. 그러나 구역질은 절대로 삼가야 합니다. 무척 화를 내실 테니까요."

수녀들은 서로 눈짓을 주고받았다.

여왕의 막사 내부는 어둡고 축축했다. 오슬오슬 한기까지 느껴졌다. 여덟 개 내지 열 개 정도의 육중한 석관이 뚜껑에 난 구멍으로 뿌연 수증기를 뿜어 냈다. 얼음을 넣어 둔 모양이군. 의사 수녀는 그렇게 생각했다. 만년설로 뒤덮인 켈스 고지대에서 가져온 얼음이겠군. 차가운 냉기로 썩은내를 가라앉히겠다는 발상. 그런데 무거운 얼음을 켈스 봉우리에서 가져오는 일은 보통 일이 아닐 텐데……어쩌면 요즘 같은 때에 고향에서 이렇게 멀리 나온 것도 좀 더 완만한 켈스의 동쪽 비탈을 통해 얼음을 가져오기 위해서였겠군.

어둠에 좀 더 일찍 적응한 약제사 수녀는 의사 수녀의 팔꿈치를 꼬집으며 낮은 탁자에 수북히 쌓여 지독한 악취를 풍기는 더러운 빨랫감을 가리켰다. 빨랫감이 한쪽으로 느릿느릿 굴러 움직이더니 눈을 떴다.

"여왕 폐하, 비천하디 비천한 두 수녀를 소개하옵니다." 오토코스 경이 모국어로 말하는 것을 깜박 잊고 공통어로 말했다. "수녀님들, 나스토야 여왕님이 여러분의 배알을 허락하셨습니다."

여왕은 아무런 몸짓도 취하지 않았다. 한마디도 말을 하지 않았으며 눈조차 깜박이지 않았다. 오토코스 경이 말을 이었다.

"여왕님은 두 분의 건강이 어떤지 물으시고는 이곳까지 온 것으로 보아 아주 튼튼한 여인네들이라고 말씀하십니다. 그리고 두 분의 용기를 치하하십니다. 리르 소식은 들어 보셨습니까?"

142

수녀들은 서로를 바라보았다. 하지만 막사 내부가 어두웠기 때문에 표정까지 읽을 수는 없었다.

"리르?" 약제사 수녀가 소곤거렸다. 그녀는 앞서 들은 대로 소맷자락으로 코를 움켜쥐고 싶었다.

"자기가 엘파바의 아들임을 부인하는 소년 말이오. 그 소년 때문에 이곳에 온 것이 아니오? 리르 소식을 알리러 온 게 아니란 말이오? 리르는 어디 있소?"

약제사 수녀가 입을 열었다.

"거 참, 신기한 일이군요. 저는 한 번도……."

그러나 의사 수녀가 말을 가로막았다.

"우리는 스크로 부족이 무슨 이유로 무기도 없는 여행자들의 얼굴을 벗겨 갔는지 알아보려고 온 것이오."

오토코스 경이 입을 오므렸다. 기뻐서 그런 건지 곤란해서 그런 건지는 알 수 없었다.

"다시 말합니다. 리르 소식을 들어 봤습니까?"

"우리가 한 말을 당신의 여왕에게 통역하지 않을 작정이라면 우리가 계속 대화를 할 필요가 있을까요?" 의사 수녀가 말했다.

오토코스 경이 눈에 경련이 이는 듯 잠깐 눈을 감았다 떴다.

"훌륭하신 수녀님, 나스토야 여왕께서 방문객을 맞는 것은 몇 주에 겨우 한 번 있을까 말까 한 일입니다. 여왕님의 시간을 빼앗지 마시오. 두 분이 무슨 말을 할지 기다리고 계십니다."

"우리는 리르를 보았어오. 네, 분명히 봤지요!" 약제사 수녀가 더이상은 참지 못하고 실토했다. "며칠 전 여기서 그리 멀지 않은 곳에서 발견되어 우리 수녀원으로 옮겨졌습니다. 몸이 많이 상했는데 회복될지는 모르겠어요."

"수녀님!" 의사 수녀가 고함을 질렀다.

약제사 수녀가 날카로운 눈빛으로 동료를 쏘아보았다. 그렇게 빡빡하게 굴 필요가 있느냐는 눈짓이었다.

오토코스 경이 몸을 돌려 나소토야 여왕에게 말을 했다. 여왕이 처음으로 동요하는 듯했다. 얼굴이 부르르 떨렸다. 기름때가 번들거리는 옷에 감싸인 여왕의 몸이 끊임없이 삐걱거리며 경련을 일으키고 있었다. 눈이 휘둥그레지고 거무튀튀한 눈물 방울이 코 주위의 주름에 고였다. 극심한 고통을 겪는 모습이었다. 말을 할 때마다 빨랫감을 닮은 여인네의 굵고 낮은 목소리가 짤막하게 들려왔는데 울림은 없었다. 겨우 몇 마디를 했을 뿐이었다. 아마도 스크로 부족의 언어는 발성법이나 발음에 따라 다양한 의미를 전달할 수 있는 모양이었다.

"일어나지 않은 것을 용서하시오." 오토코스 경이 여왕이 한 말을 통역하기 시작했다. "나는 오래전 오즈의 마법사가 노골적으로 동물 억압 정책을 펴기 시작하면서 내린 결정에 따라 부자연스럽게도 몸이 둘로 나뉜 늙고 병든 신세라오. 이제 내 천성의 한 부분은 거의 죽은 목숨이나 다름 없고 다른 부분은 살기 위해 도움을 구하는 형편이라오."

"저는 외과 수술을 배웠고 제 동료는 약제술을 배웠습니다만."

오토코스 경이 의사 수녀를 바라보며 말을 이었다.

"나는 리르라는 소년에게 한 가지 임무를 맡기고 10년 동안 그가 돌아오기만을 기다리고 있는 중이오. 10년이란 세월은 여인에게는 처녀가 중년 부인이 되고 중년 부인은 쭈그렁 할멈이 될 만큼 오랜 기간이오. 하지만 코끼리에게는 찰나에 불과하다오. 동물들은 충성심이 가상하지만 인간은 언제나 변덕스럽기 그지없소. 리르는 엘파바가 남긴 피붙이라고 생각해서 나는 그 애를 주욱 믿었소. 내가 처한 궁지를 해결할 묘안을 찾아낼 거라는 희망을 품고 있었소. 그리고 나는 인내심이 많다오. 코끼리는 원래 참을성이 풍부하지요. 그런데 당신들이 내게 와서 그를 만났다고 말을 한 거요. 기특도 하여라! 리르도 결국 나한테 돌아오겠지요?"

"몸이 정상이 아닙니다." 의사 수녀가 대답했다.

"몸이 정상이 아니었습니다." 약제사 수녀가 의사 수녀의 말을 정정했다. "나아지고 있을 겁니다. 우리는 지금 수녀원에서 나와 여행을 하는 중입니다. 그래서 얼마나 호전됐는지는 말씀 드릴 수 없습니다."

"그는 왜 나한테 오지 않은 거요?"

"무슨 일을 겪었습니다." 의사 수녀가 말했다. "우리도 잘은 모릅니다. 아마 우리 선교사들을 공격한 자들의 소행인 듯싶습니다. 지금은 혼수상태에 빠져 있는데 어쩌면 영영 깨어나지 못할지도 모릅니다. 어떤 자들이 그를 공격했는지 안다면 좀 더 나은 처방을 내릴 수 있을 것입니다. 오토코스 경, 아까 내가 한 질문을 여왕께 전하시오!" 그녀가 불쑥 소리를 질렀다. "이번 일과 상관이 있단 말이오!"

이번에는 오토코스 경이 의사 수녀의 말을 따랐다. 그는 나스토야 여왕에게 무슨 말인가를 중얼거렸다.

"우리는 수녀들의 얼굴을 벗겨 내지 않소. 쥐나 양도 마찬가지지. 우리는 우리가 당한 대로 앙갚음하는 못난 족속이 아니란 말이오. 야만적인 유나마타 족을 찾아서 왜 그런 짓을 저질렀는지 알아내야 할 거요."

"유나마타 족은 아닙니다." 의사 수녀는 이렇게 큰 소리로 말하면서 처음으로 어떤 확신을 느꼈다. 지금까지는 긴가민가 하는 상태였다. "그들은 그런 짓을 할 족속이 아닙니다. 여왕께서는 백성들이 여왕님의 몸 상태에 슬픔을 느끼는 와중에서도 손님을 환대하는 전통을 잊지 않을 것이라고 확신할 수 있습니까?"

"그대가 말하는 나의 백성들은 실제로는 나의 백성이 아니오." 나스토야 여왕이 말했다. "그들은 오랫동안 나를 숭배하고 나를 여왕으로 추대했소. 몸이 이토록 쇠약해지고 있는데도 내가 물러나는 것을 바라지 않을 것이오. 그들은 당신네 관할 교구민들보다도 더 자비심이 풍부한 백성이오. 짐에 대한 갸륵한 충성심으로 반은 시체나 다름없는 여왕의 통치를 바라는 이들이 어찌 힘없는 여행자에게 해코지를 한단 말이오?"

"어린 선교사들은 이교도들을 개종시키기 위해 이곳에 온 것입니다." 의사 수녀가 실토했다. "황제가 직접 보냈다고 들었지요."

"우리 중에서 황제의 광신적인 행각을 좋아하는 자는 아무도 없소이다. 그러나 개종을 시키려는 의도가 살인을 하고 몸을 훼손할 이유가 되지는 않소. 그대들이 찾는 살인자들은 스크로 부족에는 없소. 이런 문제로 쓸데없이 시간을 허비하지 마시오. 유나마타 족이 아니면 다른 자들일 거요. 아니면 다른 무엇이거나. 어쩌면 병에 걸린 걸지도 모르잖소."

"어떤 병에 걸려도 얼굴이 저절로 벗겨지진 않습니다." 약제사 수녀가 단호하게 말했다.

"그렇게 잘 안다면 내 병은 어떤 건지 말해 보시오." 나스토야 여

146

왕이 말했다.

"먼저 여왕님의 몸을 살펴보아야 합니다." 의사 수녀의 말이었다.

"이제 됐습니다." 오토코스 경이 가로막았다. "그런 야만적인 말은 통역하지 않겠습니다. 여왕님께서 물러나라고 하십니다. 그만 떠나시지요."

그러나 여왕은 통역관에게 몇 마디를 더하고 그는 가만히 듣고만 있었다. 그는 여왕에게 머리를 조아렸다.

"여왕님이 다시 한 번 리르라는 소년이 어디에 있는지 물으셨습니다. 아시다시피 여왕께서는 같은 말을 세 번 할 정도로 말이 많으신 분이 아닙니다."

"그는 더 이상 소년이 아닙니다. 그리고 아까 다 말씀을 드리지 않았습니까?" 의사 수녀가 소매로 코를 막았다. 직업상 살이 썩어 가는 냄새를 너무 잘 알았다. "리르는 여기서 엿새나 여드레 거리에 있는 곳에서 혼수상태로 누워 있어요. 당신네가 꺼리는 에메랄드 시에서 꽤 가까운 곳이지요."

오토코스 경이 매섭게 쏘아붙였다.

"우리는 바보가 아니오. 그의 몸이 어디에 있는지는 알고 있소. 당신들이 말해 줬으니까. 우리가 알고 싶은 건 그게 아니오."

두 수녀는 그를 보며 멍하니 눈을 깜박였다.

"그는 어디에 있소?" 오토코스 경이 한 번 더 말했다. "그는 어디에 있소?"

"그건 우리도 모릅니다." 약제사 수녀가 대답했다. "우리는 그걸 알 정도로 재능이 뛰어나지 않습니다."

나스토야 여왕이 몸을 부르르 떨었다. 시녀들이 조르르 달려 나와 땀과 분비물로 흠뻑 젖은 숄을 걷어 갔다.

"도와드릴까요?" 약제사 수녀가 갑자기 말했다.

"나서지 마시오." 오토코스 경이 막았다.

"내 맘이오. 왜, 내 얼굴이라도 벗길 작정이오? 의사 수녀님, 물한 그릇, 그리고 레몬이나 리몬첼리나 파슬리프룻이든 뭐든 시트론즙이 필요해요. 그리고 여느 때처럼 약간 희석한 식초도."

나스토야 여왕이 눈물을 흘리기 시작했다. 고약한 포도주 냄새가코를 찔러 왔다. 눈물이 약제사 수녀의 손바닥에 떨어졌다. 손이 탈정도로 뜨거웠다. 하지만 수녀는 하던 일을 멈추지 않았다.

"방금 여왕님이 낮게 웅얼거리며 무슨 말씀을 하셨죠?" 그녀가분노로 납빛이 된 채 믿을 수 없다는 표정으로 입에서 거품을 물며자신의 턱수염을 움켜쥐고 있던 오토코스 경에게 물었다.

결국 그는 제 일에 미쳐 제멋대로 구는 이 고집 센 여인에게 굴복하고 말았다.

"차라리 얼굴이 벗겨지길 바란다고 하셨소."

"우리는 그런 짓을 할 수 없어요." 약제사 수녀가 말했다. "자중의 서약을 했기 때문이오. 하지만 여왕님을 좀 더 편안하게 해드릴수는 있어요. 의사 수녀님, 저 베개 좀 제대로 받쳐요. 머리가 편안하게. 목을 좀 봐요. 이 가냘픈 척추에 이렇게 무거운 머리가 얹어있다니! 빌어먹을 식초는 어디 있는 거야?"

5

캔들은 도밍곤을 내려놓고 잠깐 손을 쉬기로 했다. 공명통에서 둔탁한 소리가 났다. 캔들은 그 구멍이 마치 자궁 같다는 생각이 들었다. 거기서 태어나는 비밀을 어찌 말로 표현할 수 있으랴!

캔들은 가만히 자신을 되돌아볼 여유가 없었지만 너무 피로했다. 잠깐 짬을 두고 자신이 한 달쯤 전에 이곳에 도착했을 때를 회상하기로 했다. 야클 수녀님이라는 분이 오후의 햇빛을 받으며 벤치에서 졸고 있었다. 캔들이 다가오자 화들짝 놀라 고개를 들었다. 그러고는 주름진 손을 뻗어 기지개를 켜면서 캔들을 가만히 바라보았다. 신중하고 엄숙한 표정이었으나 어딘지 모르게 세상사에 담을 쌓은 초연한 인상이었다. 캔들은 분명 그렇게 느꼈다. 캔들은 삼촌의 꾀임에 이끌려 이곳에 오게 되었다. 삼촌은 더 이상 캔들을 곁에 두고 싶어 하지 않았다.

"네가 하는 짓을 보면 곧 임신을 할 게 뻔해. 아직 엄마 준비도 안 된 어린아이 주제에 말이야. 어린애랑 또 그 어린애가 낳은 아기를 데리고 돌아다닐 수는 없다."도밍곤을 사 준 것은 일종의 거래가 아닌가 싶었다. 1년 동안 수녀원에 있거라, 그러면 악기는 네 것이다. 악기는 네 맘대로 써도 좋다. 세월이 좋아지면 너를 데리러 오마. 이제 우리는 고향인 습지대에 볼 일이 없다. 북쪽에서는 신세를 망치고 말 거야. 사람들은 너를 못 잡아먹어 안달일 거다. 다 네가 칠칠치 못해서 그렇다. 네 작은 목소리를 비웃기만 할 테지. 그러니 여기서 지내거라. 내가 어디에 있건 나를 기억하거라.

이렇게 기억력이 비상한 것도 캔들의 또 다른 재주였지만, 이제 그녀는 삼촌이 아닌 다른 사람의 곁을 지켰고 삼촌은 별 의미가 없는 존재였다.

캔들은 리르의 손을 잡았다. 끈적했다. 안색이 다소 창백해졌나?

아니면 해가 저물어 가고 자칼의 달이 평소보다 늦게 뜨는 탓일까? 그림자가 길어지고 짙어졌다. 그에 비해 리르의 피부는 햇빛에 말린 뼈처럼 희었다.

그녀는 악기를 다시 집어 들어 브리지(줄받침)를 침대 오른쪽 귀퉁이에 기대 세웠다. 리르의 오른쪽 귀에서 15센티미터도 안 되는 곳에서 그녀의 손가락이 최고 음역으로 미끌어져 대위법적 앙상블을 연출하며 신들린 듯 춤을 추었다.

그동안 리르는 어디에 있었을까?

✛✛✛

글린다 부인이 리르에게 말했다.

"네가 그 불에 탄 빗자루를 버려 두고 갈 리는 없겠지만, 그것을 나팔총마냥 어깨에 둘러메고 광장을 걸어다니면 웃음거리밖에 안 된다. 그게 아니더라도 금방 눈에 띄겠지. 차라리 변장을 하고 다니거라." 글린다는 계단통에 잠시 멈춰 서서 거울을 보며 티아라를 매만졌다. "나는 변장술에 능하지 않단다. 그래도 할 만큼은 해보자."

리르는 그녀를 따라 대리석 계단을 내려갔다. 주위가 쥐 죽은 듯 조용했다.

"내가 등만 돌리면 다들 담배 한 모금 빨려고 자리를 비우기 일쑤야. 그나저나 주방이 어디더라? 여기를 지나야 하나?"

글린다는 어쩌다가 손님들의 외투 등을 걸어 두는 별실로 들어섰다. 거기서 한쪽 구석에 난 작은 방의 문을 열자 하인 두 명이 오락가락에 빠져 있는 모습이 눈에 들어왔다.

"실례했네." 그녀는 문을 닫고 자물쇠를 채웠다. "풀어달라고 난리법석을 떨겠지. 그러면 누군가 알아서 열어 줄 거야. 혼 좀 나야 돼. 그나저나 주방은 어디 있는 거야?"

"방금 이쪽을 지나가지 않았나요?"

"어리석은 소리. 처프리 경은 우리가 결혼하기 오래전부터 이 집을 가지고 있었어. 내가 직접 음식을 만들지는 않아. 아까 말한 토스트 말고는 요리에는 전혀 손을 대지 않지. 그건 아침 먹는 방에서 만들었지만. 찾았다."

돌계단이 반층 아래의 동굴 같은 새하얀 주방으로 이어졌다.

하인 열두어 명이 식탁에 둘러앉아 잡담에 빠져 있느라 글린다가 온 것도 눈치 채지 못했다.

"글린다 부인이세요." 구두닦이 소년이 놀라서 소리쳤다. 그제야 그들은 찜찜한 표정으로 벌떡 일어섰다.

"내 집에서 아는 척을 해 주니 고맙군." 글린다가 싸늘하게 말했다. "자고 있는 새에 우리를 죽이려는 기막힌 계획이라도 세우고 있나? 그렇다면 방해하고 싶지는 않은데. 자네들만 괜찮다면, 아무나 잠깐 시간 좀 내줄 수 있을까?"

아까 리르를 만난 하인과 하녀만 빼고 모두 사방으로 흩어졌다.

"구두닦이와 치수가 비슷할 거야." 글린다가 리르를 가리키며 말했다. "처프리 가문의 하인 제복을 입혀 주게. 구두도 좋은 걸로 하나 신겨 주고 어깨에 둘러메는 가죽 가방도 하나 찾아 주게. 왜, 처프리 경의 손님들이 사냥할 때 쓰는 길쭉한 화살통 있잖아. 이 지저분한 빗자루는 거기에 넣어 두면 딱 맞겠군."

"글린다 부인, 무슨 말씀이신지?" 하인이 말했다. "집 안에 그런

가방은 없습니다. 목베거홀 같은 시골에나 가야 찾을 수 있는뎁쇼."

"일일이 내가 다 챙겨야 해? 친구들은 없어? 그걸 빌려 줄 이웃 하나 없느냐는 말이야? 가게들은 문 닫고 장사 안 해? 내가 직접 돈 자루를 입에 물고 시장터를 터덜터덜 돌아다녀야 하겠어?"

하인이 어디론가로 재빨리 사라졌다. 하녀는 무슨 말인가를 하려는 듯 입을 우물거렸다.

"아무 말 하지 마. 입 다물어. 임시직일 뿐이니까. 그래봤자 겨우 하루뿐이지. 이제 이 애를 좀 먹여. 몇 주 동안 제대로 된 밥을 못 먹은 것 같아. 그리고 내가 말한 대로 준비를 마치면 다시 노란 응접실로 보내게."

글린다 부인은 리르를 남겨 두고 계단을 올라갔다.

"주방이 여기 있었군!" 그녀가 믿지 못하겠다는 듯 투덜거렸다.

"냉큼 그 누더기를 벗고 저기 가마솥 방에서 몸을 씻어. 그 더러운 몰골로 멋진 제복을 더럽게 하고 싶지는 않아." 하녀가 말했다. "이제 음식을 좀 가져다 주마. 우리 하인들 몫에서 떼 주는 것이니까 고마운 줄 알아라. 여기 처프리 경의 영지에서는 굶주린 거렁뱅이들을 돌보는 일은 거의 없단 말이다."

"어디로 가는 중인가요?" 리르가 마차의 창문 밖을 내다보았다.

"머리를 집어 넣어라. 하인은 바깥을 보는 게 아니다."

리르는 길바닥보다 1.5미터 높은 곳에 앉아 있는 기분이 묘했다. 익숙지 않은 경험이었다. 마차는 덜컹거리며 석조 아치문 아래에서 멋진 제복을 입고 위력을 과시하는 기병대 앞에서 잠시 멈춰 섰다.

이어 상인들의 행렬을 지나친 다음에는 더러운 거리를 더욱 속력을 높여 내달렸다. 양 길가에 나란히 심어 놓은 나무들이 보기 흉한 모습이긴 했지만 빈민촌이 철거된 거리는 처음 모습대로 깨끗하고 단정해서 애초부터 군사 훈련장으로 쓰인 장소로 보였다.

뜨내기들은 모두 어디로 갔을까?

"어디로 가는 거예요?"

"궁전으로 간다." 글린다가 말했다. "네가 고개를 숙이고 입을 다물어야 하는 장소다. 두려운 모양이로구나?" 중년 부인이 소년에게 묻기에는 너무 사사로운 질문 같았다. 글린다도 알았을 것이다. "이곳에 처음 왔을 때는 나도 겁이 났다. 엘파바도 같이 왔었지. 지금의 너보다는 몇 살 더 먹었을 때였지. 여러 모로 우리는 순진했었다. 아무튼 나는 그랬다. 그리고 무시무시한 오즈의 마법사를 만난다는 생각에 무서웠어. 신물이 나는 바람에 위장이 거의 녹아날 지경이었으니까."

"무슨 일이 있었는데요?"

"무슨 일이 있었더라?" 그녀는 스스로에게 물음을 던졌다. "다 옛날 얘기지. 우리는 마법사를 만나고 각자의 길로 헤어졌지. 엘파바는 말하자면 지하 세계로 간 셈이고…… 나는 얼결에 세상의 주목을 받게 되었지." 그녀가 한숨을 내쉬었다. "의도는 좋았지만 결과는 그저 그랬어."

"지금은요?" 리르가 궁금해서가 아니라 자기한테 관심이 쏠리는 것을 원치 않아서 던진 질문이었다.

"이제는 내가 열쇠를 쥐고 있지. 한동안은 세력가들을 대변하는 여왕 후보로 내가 거론될 거야. 구미가 당기는 일이야."

"세력가들은 옥좌를 차지할 자격이 있나요?"

"엘파바가 할 법한 질문이군. 그리고 어린 네가 뿌루퉁하게 입을 내밀고 하기에는 좀 어리석은 질문이고. 전에 엘파바가 했던 많은 트집처럼 쉽게 대답하기 어려워. 난들 어떻게 알겠어?"

글린다는 한숨을 쉬었다.

"고개를 집어넣으라고 얘기했지. 그래, 나는 불안하다. 대부분의 사람들이 그렇다는 것을 너도 곧 알게 될 거다. 그걸 감추는 법을 배울 뿐이지. 아니, 좀 더 현명하다면 그런 두려움은 공익을 위해 사용하는 법을 터득하지. 사람은 초조하면 좀 더 주의를 집중하는 법이니까. 너도 알겠지만 나는 정부의 힘든 일을 맡고 싶지 않았다. 다들 내가 깨끗이 청소할 필요가 있다고 말하지. 집 안을 깨끗이 청소하듯 말이야! 마치 내가 전에도 청소를 해본 적이 있다는 듯이 말하더구나. 하지만 얘야, 그러면 하인들은 무슨 할 일이 있겠어? 그냥 장식품인가?"

글린다는 어떻게 보면 혼잣말을 구시렁거리는 것이었으나, 리르의 기운을 북돋기 위해서도 꽤나 애를 쓰고 있었다. 리르는 고개를 돌렸다. 난데없는 친절함에 당황했지만, 글린다가 문제삼지 않을 만한 각도로 바깥을 내다보느라 정신이 없었다. 궁전에 가까운 건물들이 눈에 들어오기 시작했다. 어떤 거대한 관청 건물 외벽에 역사적으로 유명한 오즈마들의 모습을 그 특징적인 면을 강조해서 돋을새김한 대리석 화판이 붙어 있었다. 거룩하면서도 우스꽝스럽게 보였다. 에메랄드 시의 비둘기들은 그것들에 눈곱만큼의 존경심도 보이지 않았다.

"마법사의 궁전에는 왜 가는 거죠?"

"지금은 백성의 궁전이라지." 글린다가 냉소했다. "백성들이 궁전으로 무엇을 할지 나는 전혀 몰라." 그녀가 손톱을 물어뜯었다. "궁전에는 남쪽계단으로 가는 비밀 통로가 있지. 궁전의 반역자들을 쥐도 새도 모르게 잡아가는 통로이기도 해. 물론 일반 죄수들이야 다들 보란 듯이 저 우람한 성벽 아래의 지옥 같은 감옥으로 철제 승강기를 타고 내려가지. 남쪽계단은 지하에 있단다. 오즈에서 가장 난공불락인 감옥이지. 승강기를 타고 들어간 자들은 아무도 그렇게는 못 나온다."

"어떻게 나오는데요?"

"소나무 관에 실려서."

그녀는 정향 기름과 감나무 뿌리로 만든 향낭(香囊)을 양쪽 귓불에 대고 토닥거렸다. 궁전 직원이 마차 문을 열 때쯤에는 좀 더 당당하고 위엄 있는 모습이 되어 있었다. 턱을 치켜세운 그녀의 오른손에 누군가 보석으로 장식한 왕홀을 쥐어 주었다. 눈에서는 리르가 처음 보는 강인한 눈빛이 번득였다.

"글린다 부인이시다." 직원들이 중얼거렸다. 그녀는 못 들은 체하지 않고 가볍게 고개를 끄덕이며 걸어갔다.

리르는 한 번도 느껴 본 적이 없는 두려움을 품고 글린다의 뒤를 졸졸 따라갔다. 리르는 뭐라고 항의하기도 전에 길거리로 쫓겨나서 두들겨 맞을 거라고 생각했다. 하지만 글린다 부인의 후광이 두어 걸음 뒤편까지 영향을 미친 탓인지 아무도 리르를 막아서지 않았다. 리르는 누구의 제지도 받지 않고 궁전의 문턱을 넘어섰다.

궁전은 미로와 같았다. 리르는 순식간에 방향감각을 상실했다.

글린다와 리르는 궁전 직원의 안내를 받아 웅장한 계단을 올라가 궁형 복도로 의전실과 응접실을 지나갔다. 그들은 계단과 복도를 몇 번 더 거친 다음에 마침내 열두어 명의 직원들이 등받이 없는 의자에 앉아 일하고 있는 길고 더러운 방을 통과했다. 직원들은 초조한 듯 잉크를 튀기며 무언가를 쓰고 있었는데, 다행히 글린다의 아름다운 푸른색 드레스를 더럽히지는 않았다.

창문이 달린 벽 너머에 책상 하나와 의자 몇 개가 달린 사무실이 있었다. 직원들을 감시하기에 좋은 위치였다. 깔끔한 인상의 한 남자가 의자 등받이에 몸을 깊숙이 기대고 의전용 장화를 책상 위에 올려놓은 채 신문을 읽고 있었다. 군도(軍刀)가 양치류 식물이 자라는 화분의 흙에 꽂혀 있었다. "사령관." 글린다가 말했다. "우리가 왔소. 얼마간이라도 존경심을 보이시오. 그런 척이라도 하든가."

그는 과장된 예의를 차리며 벌떡 일어섰다. 리르는 눈을 깜박이며 멍하니 바라보았다. "체리스톤 사령관!"

"만난 적이 있니?" 글린다가 말했다. "거, 참 우습구나."

"나는 아무 기억이 없는데." 사령관이 눈살을 찌푸리며 말했다.

"키아모코에서요. 당신은 레드밀 마을에 주둔한 질풍 부대의 사령관이었어요. 당신의 병사들이 피예로의 미망인인 사리마와 그녀의 자매들, 그리고 아이들을 납치했잖아요."

체리스톤 사령관은 부드러운 미소를 지으며 리르에게 손을 내밀었다.

"납치라니? 우리는 그들을 위해 보호 처분을 내렸을 뿐이야. 자기들이 숨겨 준 마녀의 사악함을 그들이 어찌 알 수 있었겠어?"

"당신은 그들을 얼마나 잘 보호했나요?"

"이런, 꼬맹이가 침을 뱉네." 체리스톤 사령관이 소맷자락을 닦아 내며 말했다. "맘에 들어. 하지만 좀 삼가렴. 내가 가진 가장 좋은 제복을 더럽히면 안 되지." 그는 침착하고 냉정했다. 화가 난 것 같지는 않았다.

리르는 글린다를 바라보았다.

"저를 이 사람한테 데려온 거예요? 노르를 납치한 바로 이자에게 넘겨주려고요?"

"쓸데없는 소리. 우리한테 아무 짓도 못 해." 글린다고 말했다. "그리고 난들 어떻게 알았겠어? 그가 너한테 갚아야 할 빚을 졌다고 생각해라. 이제 그는 너를 도와줄 사람이다. 내가 그렇게 하라고 시킬 테니까." 그녀는 체리스톤 쪽으로 몸을 돌렸다. "사령관, 내가 좀 꾸짖었어요. 그나저나 내가 보낸 전갈은 받았어요? 이 아이는 피예로의 딸을 보고 싶어 해요. 그 애가 아직 살아 있다면 말이죠. 장교이자 교도소장으로서 그 정도는 해 줄 수 있지 않겠어요?"

"그 나름의 생리가 있는 곳이 감옥이지요." 체리스톤 사령관이 대답했다.

꽤 만족스러운 표정이군. 리르가 속으로 그렇게 생각했다.

"애야, 나는 너를 기억하지 못한다. 내가 맡은 부대가 어디 한두 군데여야지. 그런데 나는 남쪽계단을 자청해서 들어가겠다는 사람은 처음 본다. 분명히 말해 두지만 네가 거기서 나올 수 있다는 보장은 없다. 죽어서든 살아서든 말이야. 네 무덤이 될 수도 있어."

"내 이름은 리르예요." 그는 앞서 글린다가 보여 준 모습을 기억하며 턱을 추켜올렸다. "우리는 만난 적이 있어요. 나는 당신을 좋아했죠. 당신은 아주 멋있었어요."

"나름대로 멋지게 보이려고 애를 썼지. 아무튼 키아모코에서 그 골치 아픈 부족의 신망을 얻기 위해서는 다른 방법이 없었다."

"사리마는 어떻게 됐나요?" 리르가 물었다. "피예로의 미망인 말이에요."

"다 죽었다. 어디서 어떻게 죽었는지는 몰라."

"아이고, 또 말다툼인가. 골치 아픈 얘기는 그만하지." 글린다가 말했다. "꼭 지긋지긋한 토론에 열을 올렸던 시즈 대학교로 돌아간 기분이야. 아이고, 두통이야. 강장제가 필요해. 아무튼 사령관은 내 부탁을 들어줄 거라 믿어요."

"부인의 청이 없었다면 이곳에 오지도 않았을 것입니다." 사령관이 대답했다. "너도 준비됐지?"

"네." 리르가 대답하고 몸을 글린다 쪽으로 향했다. "이 바보 같은 옷을 벗어야 하나요?"

"뭐, 남쪽계단을 발가벗고 들어가려고? 별로 권하고 싶지 않다." 체리스톤 사령관이 말했다. 글린다는 손을 내저었다. 그러고는 손을 입에 넣고 손가락을 깨물었다. 이 귀여운 버릇이 몸에 자연스레 밴 것인지 일부러 배워 익힌 것인지는 분명치 않았다.

"맙소사. 앞으로 너를 다시 볼 수나 있을는지…… 너를 보면 엘파바가 생각나는구나." 글린다가 겨우 입을 열었다.

"저에겐 엘파바의 재능이 없어요. 그리고 저는 별로 슬퍼할 만한 인물도 못 돼요. 저를 믿으세요." 리르가 담담하게 대답했다.

"힘은 그녀의 일부에 불과했어. 그녀는 용감했지. 너도 그렇구나." 글린다가 말했다.

"용기는 배울 수 있는 거예요." 리르가 글린다를 위로하며 말했다.

"용기는 어리석은 거지." 체리스톤 사령관이 말했다. "내 말을 믿어."

소년은 글린다에게 키스를 하거나 손을 잡기 위해 앞으로 나서지 않았다. 키아모코에서는 오직 유모만이 키스를 하는 사람이었다. 리르가 무슨 짓을 해서 유모의 애정을 얻은 것은 아니었다. 그래서 그는 덤덤하게 말했다.

"그럼 안녕히 계세요. 제 걱정은 마세요. 알아서 잘할게요."

그들은 서로를 바라보았다. 갑자기 리르는 마음이 약해졌다. 아까 하인이 말한 부끄러운 짓을 할지도 몰랐다. 노르의 삶은 그냥 제 운명에 맡기고 리르 자신은 누군가를 엄마로 삼고도 싶었다. 엘파바라도 그렇게 하지 않았을까! 이렇게 눈물을 글썽이며 자신을 염려하는 글린다가 있으니 말이다.

그녀도 똑같은 생각을 하며 그를 바라보는 것 같았다. 그러나 그 순간은 금방 지나갔다.

"잘할 수 있을 거다." 글린다 부인이 리르를 보며 말했다. "서두르거라. 네 빗자루를 잊지 말고."

"제 빗자루가 아니에요."

"네 거야."

6

방 안이 갑자기 추워지고 어둠이 몰려왔다. 한층 거세진 바람은 겨울이 오고 있음을 알렸다. 캔들이 창문을 닫으려고 일어났다. 자칼의 달은 충만하게 빛났으나 성좌를 이룬 하늘의 별들도 어느새

빛을 잃기 시작하고 곧 원래대로 제각각 흩어질 것이다.

캔들은 처음으로 창문을 모두 닫았다. 그런데 하나가 완전히 닫히지 않았다. 팔뚝만 한 굵기의 담쟁이 줄기 하나가 창가 모서리 너머로 자라 있었다. 캔들은 틈새로 들어오는 냉기를 막기 위해 여분의 모포를 창문에 걸었다.

리르에게 다시 돌아온 그녀는 깜짝 놀랐다. 리르의 이마를 짚어 보니 몸이 차가웠다. 혈압이 점점 떨어지는 듯했다.

그녀가 감당할 수 없는 심각한 상태인 듯싶었다. 캔들은 악기를 바닥에 내려놓고 요리사 수녀나 원장 수녀를 부르러 뛰어가려 했다. 그런데 길이 막혀 있었다.

복도에 베일로 모습을 감춘 누군가가 서 있었다. 캔들은 깜짝 놀라 주춤주춤 물러섰다.

베일이 바닥에 떨어졌다. 정신이 반쯤 나간 노파 수녀, 수녀원의 최연장자인 야클 수녀였다. 여기서 무엇을 하는 거지?

"너는 아무 데도 못 간다." 야클 수녀가 말했다. "필요한 조치를 취할 사람은 여기에 아무도 없어."

캔들은 도밍곤을 집어 들고 그것으로 야클 수녀를 위협했다. 그러자 야클 수녀는 생각보다 훨씬 빠른 몸놀림으로 어두운 그림자 속으로 사라지고는 문을 걸어잠갔다.

캔들이 문을 쾅쾅 두드리고 어깨로 냅다 부딪혔지만 떡갈나무를 곧은결제재 방식으로 잘라 낸 목재를 서로 엇갈리게 붙여서 만든 육중한 문은 꿈쩍도 안 했다. 리르는 점점 더 몸이 약해지고 있었다.

그녀는 방 안의 다른 곳으로 눈길을 돌렸다. 의술을 배우지 않은 캔들은 벽장을 열어 보았으나 죄다 모르는 것뿐이었다. 약초를 빻는

데 쓰는 큼지막한 사발과 공이, 기록하는 데 쓸 종이와 잉크 단지, 새 펜촉을 끼운 펜 몇 자루, 그리고 끈적한 연고가 있었다. 맨 아래쪽 선반에는 쥐 시체가 있었다. 열쇠도 몇 개 나왔으나 방의 유일한 열쇠 구멍에 맞는 것은 하나도 없었다.

캔들은 자리에 앉아 정신을 집중하려고 가벼이 손을 놀려 악기를 빠르게 연주했다. 그녀는 다시 리르의 맥을 짚어 보고 이마를 덮은 머리카락을 뒤로 쓸어 넘겨 주었다. 머리가죽도 차가웠다.

캔들은 겉옷을 벗어 창가에서 흔들기로 했다. 소리를 질러서는 사람들의 주의를 끌 수가 없었지만 옷을 흔들면 채마밭에 있는 누군가 볼지도 몰랐다. 그러나 그만 바람이 불어와 옷을 낚아채 가고 말았다.

결국 캔들은 주어진 형편에 의지할 수밖에 없었다. 그녀는 가장 깨끗한 펜촉을 골라서 돌로 된 창턱에 날카롭게 갈았다. 그리고 리르의 왼팔에서 부목을 떼어 내고는 손이 높이 올라가게끔 도밍곤 날개 부분에 팔을 얹어 놓았다. 자기 손이 떨지 않게 해달라는 기도를 했는데 이렇게 급박한 순간에도 기도로 많은 것을 바라지는 않았다. 그녀는 리르의 이두근을 마치 도밍곤인 양 가볍고 경쾌하게 문질렀다. 이어 펜촉을 해부용 칼로 삼아 그의 팔꿈치 안쪽 부근을 깔끔하게 절개했다.

그녀는 리르의 피를 사발에 가득 받아 내 창가로 뛰어가서 밖으로 뿌렸다. 자칼의 달이 떠 있었다. 네가 피를 원한단 말이지, 여기 있다. 캔들은 두 번째, 세 번째로 피를 모아 뿌린 다음에야 이 이상한 짓을 멈추었다. 그녀는 리르의 팔을 묶어 출혈을 그치게 했다.

얇은 시프트드레스만 걸치고 있는 캔들은 몸을 덜덜 떨면서도 다시 악기를 집어 들었다. 손이 떨리는 바람에 음이 고르지 못했으나 연주를 멈추지는 않았다.

✝✝✝

글린다가 자리를 뜬 이후로 체리스톤 사령관은 리르에게 낮잠 자는 개를 대하듯 무관심했다. 그는 다시 신문에 얼굴을 박았다. 가끔 혼잣말을 웅얼거렸다. 리르는 등받이 없는 의자에 앉아 기다렸다. 곧 무슨 일이 있을 것만 같았다. 신문지를 쥐고 있는 사령관의 단정한 손톱을 바라보며 그가 못마땅한 듯 입을 웅얼거리거나 혀를 차거나 콧방귀를 뀌는 소리를 가만히 듣고만 있었다. 그는 유능하고 과묵한 직업 군인이었다. 리르에 대한 무관심도 그에게 어울리는 태도로 보였다. 침착하고 냉정한 체리스톤은 속을 짐작하기가 힘든 사내였다. 노르와 그 가족을 납치한 것은 바로 이 남자의 명령에 따른 일이었다. 그러나 그는 자신을 경멸하는 리르를 안중에도 없다는 듯이 굴었다. 리르는 조금씩 의심이 들었다. 어쩌면 키아모코의 통치자 가문에는 그가 아는 것보다 더 많은 비밀이 숨어 있을지도 모른다는 생각이 들었다.

궁전의 평일 업무가 끝나고 수많은 공무원들이 집으로 돌아간 뒤에야 사령관은 자리에서 일어났다.

"너를 데려갈 사람이 금방 올 거다. 아, 저기 온다."

예민하고 신중해 보이는 잘생긴 젊은이가 허겁지겁 방으로 들어왔다.

"단 1초도 늦지 않게 달려오느라 혼났어요. 제기랄. 궁전 직원들은 이제 일을 허투로 한다니까! 마법사가 물러난 뒤로는 다들 긴장이 풀어졌어요." 그는 재킷을 벗어 책상에 올려놓았다. "아시죠? 브리클레인의 의류 상인에게서 산 건데 멋지지 않아요? 먼치킨 양털로 만든 암시장 물건이에요. 저는 옷이 달랑 그것뿐이죠. 두툼한 게 아주 좋아요."

"군인치고는 쓸 돈이 많아 보이는군." 사령관이 냉담하게 말했다.

"그 여자는 그다지 젊지 않았고 저도 뭐 별로 까다로운 편은 아니니까요. 그만하면 충분히 거래가 되지요. 서로 흡족하게 주고받았죠. 제길, 배고파 죽겠네. 이 애가 바로 그 애로군요. 체리스톤 장군님, 크럼핏이나 버터롤 좀 있어요?"

"얘가 리르야. 자네가 아래로 데려가야 할 애지. 잘 도와주게. 자네도 따로 신경 쓰는 문제가 있다는 걸 아니까 아주 열심히 도와줄 거라는 기대는 안 해. 그래도 노력은 해 주게. 착한 아이 같으니까."

젊은이가 리르를 힐끗 쏘아보았다.

"저 아래에서 저랑 똑같은 걸 하기에는 좀 어려 보이는데요."

"좀 그렇지." 체리스톤 사령관이 말했다. "하지만 좋은 일은 기다리면 생기는 법이니까. 나오기 전에는 관능적인 청년이 되겠지. 다시 나올 수만 있다면 말이야. 리르, 이쪽은 셸이다."

"마녀의 남동생인가요?" 확인이 필요하다는 생각이 들었다.

"바로 이 사람이지." 셸이 턱을 추켜올리며 말했다. 리르는 그가 마녀와 닮았는지 분명하게 느껴지지 않았다. 다만 수완이 좋고 약삭빠른 남자로 보였다. "이제 내려갈까?"

리르는 그가 자신을 알아보는지 궁금했다. 리르에 대한 얘기는 들어 본 적이 있었을까? 어쩌면 자기 조카일지도 모르는 소년에 대해?

"네."

체리스톤 사령관은 조끼에 쌓인 먼지를 툭툭 털어 냈다.

"나오는 것은 여느 때랑 같네, 셸. 리르, 행운을 빌마."

그는 두 사람을 사무실에 남겨 두고 자리를 떴다. 셸은 리르를 좀
더 자세히 살펴보며 무슨 냄새를 맡는 듯 코를 킁킁거렸다. 그러고
는 어깨를 으쓱하며 말했다.

"나는 이제 한바탕 축제를 즐길 준비를 마쳤다. 너도 남쪽계단에
들어갈 준비가 됐지?" 리르가 고개를 끄덕였다.

셸은 부서 간에 오가는 서류를 모아 두는 작은 방으로 들어갔다.
리르는 그가 어디에 어떻게 손을 놀렸는지 제대로 못 보았지만, 순
식간에 전체가 나무로 된 어떤 장치가 비밀 궤도를 따라 스르르 미
끄러졌다. 그 뒤에서 평범하게 생긴 문이 나타났다. 셸이 열쇠를 가
지고 있었다.

"이런 곳 때문에 남쪽계단이라는 이름을 얻은 거로군요?" 시커먼
허방 속으로 내려가는 난간도 없는 나무계단을 가리키며 리르가 물
었다.

"나도 몰라. 생각 안 해봤어. 이제 가자. 다리는 튼튼하겠지? 계단
을 조심해야 한다."

"아저씨의 누나는 순교자였나요?" 리르가 되도록 순진한 표정을
지으며 말했다.

"어떤 누나?" 그가 이렇게 되물었지만 리르가 채 대답도 하기 전
에 말을 이었다. "순교는 신앙이 있어야 하는 일이지. 네사로즈는
다른 가족이 숨도 못 쉴 만큼 답답하게 신앙심이 강했어. 엘파바는
뭐 아무래도 상관 없다는 태도를 보였지만, 그게 진심인지 아닌지는

164

나도 알 수 없었고. 그들이 순교자라는 생각을 하려면 일단 나도 믿음이 있어야 하는데, 나는 그런 게 없다. 아버지가 믿는 유일교의 교리도 믿지 않아. 이런저런 얼빠진 축제일로 달력을 어지럽히는 온갖 종교도 나는 믿지 않지. 집안 때문에 반역자로 낙인 찍히지 않기 위해 내가 할 수 있는 일이란 건 고작 환상적인 춤솜씨를 보여 주는 것이었어. 다행히 나는 정부가 하는 일에 별 관심이 없었고 춤에도 꽤 소질이 있었단다. 리르야…… 그러니까 그건…… 아니다, 말을 삼가는 게 좋겠다. 소풍 나온 여자애들처럼 나불거리면 안 되겠지? 알아듣겠지?"

리르는 아무 대답도 하지 않았다. 창문 틈새로 불어오는 바람에서 이상한 음악 소리가 났다. 그는 셸에게 그 묘한 소리를 들었는지 묻고 싶었지만 잠자코 입을 다물었다.

계단을 내려갈수록 더욱 오싹한 한기를 느꼈다. 어느 순간 리르는 손으로 벽을 짚어야 했다. 어둠 속에서 길을 찾기 위해서이기도 했지만 다리가 자꾸 무너지는 듯해서 중심을 잡아야 했기 때문이다. 여기저기에 끈적한 식물이 자라는 벽은 축축하고 미끈둥했다.

어느새 계단을 내려가는 발걸음 소리가 크게 울리기 시작하더니 갑자기 아래쪽에서 밝은 불빛이 비쳐 왔다. 마침내 그들은 어두운 복도로 이어지는 돌바닥에 도착했다.

"보통은 여기서 몸을 풀어 준다." 셸은 리르에게 시범을 보여 주었다. 리르는 셸이 알려 준 대로 근육을 가볍게 주물렀다. 몸을 다 풀자 셸은 바닥에 쌓여 있는 나무더미에서 곤봉 모양의 나무를 하나 집어 들고는 벽에 매달린 횃불로 불을 붙였다. "너도 똑같이 해. 우리가 영원히 함께 있을 리는 없으니까. 불빛이 필요해. 이것은 철

나무 가지로 만든 거라서 아주 오래 탄단다.”

“만약 아저씨와 떨어지게 되면 저는 어떻게 길을 찾아야 하죠?”

“몰라. 네가 똑똑하길 바랄 뿐이지.” 셸의 태연한 태도는 잔인하기까지 했다. “여기서 나간 사람은 거의 없지. 경비병들이면 모를까.”

리르는 만약을 대비해서 모든 것을 기억하려 애를 썼다. 하지만 셸이 무슨 생각을 하든 그의 곁에서 떨어지지 않겠다고 마음을 먹었다.

길은 눅눅하고 더러웠다. 때로는 유황내 나는 바람이 코를 찔러 왔다. 횃불은 우윳빛 돌로 만든 아치형 복도를 환하게 밝혀 주었다. 벽 일부는 벽돌을 쌓아 만들었는데, 지은 지가 아주 오래된 탓인지 깨진 곳이 많았다.

그들은 부서진 시멘트와 사방에 흩어진 자갈들을 밟으며 계속 걸어갔다. 리르는 잠시 숨을 고르며 셸에게 어떻게 말을 해야 할지 생각했다. 셸은 20대 후반이나 30대 초반으로 누가 봐도 멋쟁이 남자였다. 스스로를 순진한 촌뜨기로 알고 있는 리르도 그 정도는 충분히 알 수 있었다. 하지만 눈빛이 날카로웠고 몸가짐도 예의를 차릴 때나 스스럼 없이 대할 때나 늘 세련되었다. 엘파바보다 키가 컸는데 까다로운 누이와 달리 유순하고 무난한 성격으로 보였다.

리르는 결국 물어볼 틈을 놓치고 말았다. 복도는 아래로 이어지는 낮은 계단이 나오는 곳에서 끝이 났다. 그들은 이제 남쪽계단의 외곽에 도착한 것이었다. 남쪽계단은 감옥이라기보다는 지하 도시에 가까웠다. 수레를 끄는 소리, 사람들이 웅성거리는 소리가 들려왔다. 멀리서 누가 현악기를 연주하고 있었다. 누군가는 요리를 하고 있는 게 분명했다. 뜨거운 팬에 달구는 지독한 베이컨 기름 냄새가 풍겨 왔기 때문이다.

"이제 자비로운 목동께서 회진을 시작하신다." 셀은 모자를 벗어 아무 바위턱에나 걸어 놓았다. 노란색 고수머리가 어둠 속에서 불쑥 튀어나왔다.

"노르한테 데려다 주는 거죠?"

"너를 중앙의 등록계원에게 데려다 주기로 약속은 했다만, 먼저 몇 군데 들를 곳이 있다." 셀은 어깨에 맨 가방을 툭툭 쳤다. "내 호의가 필요한 사람들이 좀 있지. 네 일을 먼저 처리하느라 그들을 치료하는 일을 늦출 수는 없다. 싫으냐?"

리르는 싫었다.

"아니, 괜찮아요."

계단을 좀 더 내려가서 모퉁이를 돌자 지상의 에메랄드 시 운하처럼 기름이 둥둥 떠 있는 더러운 수로가 나타났다.

"자, 뛸 수 있으면 뛰어." 셀이 버려진 어선으로 뛰어오르면서 말했다. 그 순간 그는 꽤 들뜬 모습이었다.

마침내 좁은 수로는 좀 더 넓은 운하로 이어졌다. 이곳저곳에서 기둥과 버팀목이 암반 천장을 지탱하고 있었다. 운하 양편에는 맹꽁이 자물쇠로 잠긴 문들이 돌벽 중간중간에 박혀 있었다. 문들은 층계참이나 감방 사이로 난 길에 면한 경우도 있었지만 운하와 바로 맞닿은 경우가 많았다.

점점 더 악취와 소음은 심해졌다. 오래지 않아 리르와 셀은 양동이로 저녁거리를 운반하고 다시 오물을 실어 나르는 회색 옷을 걸친 일꾼들을 지나쳤다.

"촌뜨기 꼬마가 시골 냄새를 맡으며 코를 찡그릴 거라고는 생각 안 했는데." 셸이 조그만 어선을 정박시키면서 말했다. "여기서 기다리면서 배를 지키거라. 내가 자선을 베푸는 사이에 배를 도둑맞은 일도 있다." 그는 가방을 열어 오줌 색깔의 용액이 가득한 작은 주사기를 꺼냈다. 깨끗한 천으로 주사기 바늘을 닦아 내더니 제대로 작동하는지 확인하려고 피스톤을 몇 번 가볍게 눌렀다. "이제 준비 완료군." 셸은 리르를 곁눈질로 바라보았다. "고통받는 이들을 도와주려면 겸손해야 한다."

셸은 능숙한 솜씨로 문에 달린 자물쇠를 열고 안으로 들어가 문을 닫았다.

리르는 셸 곁에서 떨어지지 않겠다는 생각을 하고 있었지만 따라갈 용기가 나지 않았다. 그는 문에 난 창문으로 안을 바라볼 만큼 키가 크지도 않았다. 하지만 문지방과 문 사이에 약간 틈이 있었고 어선 바닥에 납작 엎드리니 안에 있는 사람들의 움직임이 눈에 들어왔다. 셸은 횃불을 벽기둥에 걸어 둔 모양이다. 달래고 어르는 목소리, 아니 최면을 거는 듯한 목소리가 나지막히 들려 왔다. 그러나 죄수는 뒷벽에 몸을 기댄 채 맨발을 스커트 아래로 숨기려 들었다. 여자 곁에 바짝 붙을 때까지 셸의 구두가 점점 다가섰다. 여자는 흐느껴 울면서 발을 스커트 아래로 더욱 집어넣었다. 받아 주기 힘든 자선이로군. 리르가 생각했다. 셸이 규칙적으로 발꿈치를 들었다 내렸다 하기 시작했다.

리르는 누가 다가오는 소리를 듣고 뒤로 돌아섰다.

"거기 누워서 뭐하는 게냐?" 열쇠 꾸러미를 든 손을 바닥까지 늘어뜨린 뚱보 유인원이었다. 악취를 막기 위해 싸구려 향수로 온몸을 덕지덕지 바르고 더러운 오셀롯(고양이과 동물) 털로 만든 목줄을 걸고 있었다.

"저는 방문자예요." 리르가 말했다. "글린다 부인의 허락을 받았어요. 셸이라는 남자와 같이 왔는데 그는 지금 안에서 환자를 돌보고 있어요."

"아프긴 그자도 마찬가지지. 아니, 제일 아픈 사람일걸." 유인원이 말했다. "어쨌든 이곳에선 글린다 부인의 명령이 통하지 않아. 이곳은 이곳 나름의 질서가 있으니까. 지하 도시의 시장에게서 통행증은 받았니?"

"지금 받으러 가는 길이에요. 하지만 셸이 이곳에 먼저 들러야 한다고 해서."

"그는 알아서 하게 내버려두고 네 것은 내가 조치해 주지. 따라오거라."

"싫어요."

그래도 유인원이 고집을 꺾지 않자 리르는 셸을 여러 차례 큰 소리로 불렀다. 셸이 화를 내며 밖으로 나왔다.

"왜 내 아이를 건드리는 거요?"

"이런, 자네 아인가? 나를 두 번 놀라게 하는데, 셸."

"잠시 내가 맡은 아이요. 그를 내버려 둬요, 텅클."

"우리의 평온 양(孃)에게 주사를 놔 주는 중이오?" 텅클이 열쇠를 짤랑거렸다.

셸은 주사기를 다시 가방에 넣었다.

"당신이 나를 방해했지. 이제 다음 환자에게 가 볼 셈이오."

"저 친구는 혼자 축제를 즐기는 자야. 나라면 가깝게 지내지 않

169

을 거다. 자비를 베푸네 하면서 저렇게 잔뜩 흥분해 있는 꼴을 보라고."

셸은 별로 화를 내지 않았다.

"이제 그만 꺼지시지, 텅클. 우리도 여기 규칙쯤은 알고 있으니까. 우리는 지금 시장에게 가는 길이야. 별로 서두를 건 없지. 당신도 한 방 봐 줄까?"

"어림없는 소리. 셸 선생, 한 달에 한 번 위에 올라가는 나도 재미 볼 줄은 알아. 그러니 자네의 별난 취향은 사양하겠어." 유인원은 수로에 침을 뱉으며 그들을 보내 주었다. "꼬마야, 뒤를 조심해."

셸은 목소리를 조금도 낮추지 않고 리르에게 말했다.

"텅클. 부역자. 마법사가 동물 학대 정책을 펴는 동안에 주구 노릇을 하기로 하고 제 목숨을 건졌지." 셸은 여전히 아무 감정이 실리지 않은 목소리로 말했다. 그런 식으로 말하는 게 합당하다는 듯이.

"지하 시장의 사무실은 얼마나 멀어요?" 리르가 조심스럽게 물었다.

"한두 군데, 아니 세 군데만 들르면 된다." 셸이 대답했다. "내 호의를 필요로 하는 사람들이 많아. 고르고 골라서 들르는 거다. 공정해야 하니까. 모두에게 잘해 줄 수는 없는 노릇이지, 그렇지 않아?" 그는 옷깃에 솔질을 하고 자선 사업을 할 준비를 마쳤다.

리르는 시간이 얼마나 흐른 뒤에 지하 도시의 본부에 이르렀는지 알 수 없었지만, 멀리 배를 몰아갈수록 남쪽계단은 점점 덥고 냄새나고 시끄럽고 밝은 곳이 되었다. 셸은 두세 군데를 더 들렀고 여느 때처럼 젊은 여인들을 보살폈다. 리르는 애원하고 때로는 흐느껴 울고 한 번은 셸에게 악담을 퍼붓는 여자들의 목소리를 들을 수 있었다. 그러나 리르는 그들을 볼 수는 없었고 보고 싶지도 않았다.

시간이 갈수록 셸은 정신이 혼곤해지고 그의 맞춤옷은 너저분해졌다. 그래도 그들은 마침내 목적지에 도착했다. 감독실은 높다란 천장 바로 아래에 호젓하게 위치했는데, 이곳에서 리르는 밝은 불빛으로 암반 구조나 위에서 떨어지는 돌멩이가 굳어 만들어 낸 기묘한 촛대 형상들을 볼 수 있었다.

지하 감옥의 시장은 표백한 리넨처럼 피부가 창백하고 핼쑥한 남자였다. 오랜 세월 햇빛을 보지 못한 사람 같았다. 장물아비처럼 손가락마다, 심지어 엄지 손가락에도 여러 개의 반지를 끼고 있었다. 이름은 샤이드였다.

"자네 또 누군가를 바른 길로 인도하는 중이구먼." 그가 셸에게 쾌활한 목소리로 말했다. "자네가 어린애의 행실에 관심이 있다니 참 낯설어."

"사람은 할 수 있는 일을 하는 법이니까." 셸이 대답했다.

"할 수 있는 사람과는 다 한다는 게 자네의 좌우명 아니었나? 괜한 소리니 신경 쓰지 말게. 그나저나 별처럼 빛나는 우리의 여신께서는 어찌 지내시나?"

"건강하긴 한데 고충이 많아요. 위쪽은 엉망진창이에요. 곧 알게 되겠죠."

"자네는 늘 빈정거리는 말투군." 샤이드는 맥주와 말라 비틀어진 카스티포드 프라이를 권했다. 리르는 거절했지만 셸은 허겁지겁 먹어 치웠다.

"요 몇 년 동안 어수선한 세월을 겪다 보니 이만 하면 위쪽에서도 최고 영양식이에요." 빵을 입안 가득 우물거리며 셸이 말했다. "마법사가 그렇게 떠난 일은 정말 뜻밖이었죠. 오랫동안 권좌에 앉아 있었는데 말이에요. 뒤에서 축출 음모를 꾸민 사람이 아주 많았다면 다음에 무슨 일을 해야 할지 어떤 신호가 있어야 할 텐데 별소식이 없어요. 글린다 부인, 우리의 매력적인 들러리 상전인 글린다 부인이 이것저것 검토는 하고 있지만 그 양반 머리에 뇌가 있는지나 모르겠어요. 노동조합은 어느 때고 반란을 일으킬 성싶지만 민병대는 저 사교계의 명사를 여왕으로 모실 준비가 안 돼 있지요. 그러니 왕실을 지지하는 경비대만 사납게 날뛰면서 어중이떠중이들이 폭동을 일으킬 법한 지역을 깨끗이 청소하고 있는 거죠. 글린다는 그걸 도시 재건 사업이라고 생각해요. 정말 흥미로운 시절이에요. 다들 상대편의 힘을 가늠하면서 힘으로 휩쓸겠다는 심산인 거죠. 당연히 많은 이들의 목이 떨어지겠죠. 순서만 문제일 뿐. 누가 먼저 웃고 누가 나중에 웃느냐, 누구의 웃음이 단두대 칼날에 날아갈 것이냐, 뭐 그런 문제."

"그리고 자네는 계집애와 부인네들의 침상에 몰래 들락거리고……."

"여자들은 처음에 웃는 것도 아니고 마지막에 웃는 것도 아니지만 제일 신나게 웃는 건 분명해요."

"나는 여기서 조용하게 살고 있지." 샤이드가 리르를 보며 말했다. "위쪽 동네의 소문을 내게 알려 주는 것은 네 아빠가 하는 좋은 일 중에 하나란다. 내가 단 하나의 영혼이라도 믿을 수 있다면 북쪽의 계단으로 갈 수 있을 테지만 나는 아무도 믿지 않아. 제 뱃속만 아는 위쪽 놈들이 이곳 친구들을 기억하는 순간, 설마 그러기야 하겠냐마는 만약 그렇다면, 나는 해가 밝기도 전에 쫓겨나서 정오쯤에는 피를 흘리며 쓰러져 있겠지. 이 자리를 뜰 수 있다는 생각은 해본 적이 없어. 지금은 더군다나 아니지. 이 흥미로운 시절을 견뎌 내길 바란다면 그건 있을 수 없는 일이야."

"우리 아빠가 아니에요." 리르가 차갑게 말했다.

"그래? 닮았다고 생각했는데." 지하 시장 샤이드가 말했다. "그렇다면 더 가엾은 일이군. 이제는 견습생도 키우나, 셸?"

셸은 하품을 하고 맥주를 들이켰다.

"아니요. 이 꼬맹이를 당신한테 데려다 주기로 글린다 부인과 약속을 했지요. 어떤 죄수를 찾고 있대요."

"우리는 모두 누군가를 찾고 있단다." 샤이드가 점잔을 빼며 느릿느릿하게 말했다. "사람들은 내가 어쩌면 끝내지도 못할 수색 작업을 시작하라고 아주 후한 보수를 지불하곤 하지." 그가 보석으로 잔뜩 치장한 손을 자랑스레 내보였다. "너도 하나쯤 보태 주련?"

"그 애는 당신의 침묵이나 도움을 사지 않아요." 셸이 퉁명스럽게 내뱉었다. "정신 차려요, 샤이드. 아니면 당신의 은밀한 부업을 당국에 보고할 거요. 마침 글린다 부인도 보석에 아주 관심이 많지요. 당신보다는 부인에게 더 어울리는 취향 아니오? 그러니 부인이 듣고 싶지 않을……."

"이름은?" 샤이드가 말을 잘랐다.

"노르였어요." 리르가 대답했다. "노르. 대충 열여섯 살쯤 됐을 거예요. 키아모코 성에서 질풍 부대에 납치를 당했어요. 빈쿠스 강에 주둔하던 질풍 부대 말이에요."

"이름이 귀에 익지 않구나. 하지만 이곳엔 좀 특별한 손님들도 있지. 개중에는 눈에 띄기가 싫어서 일부러 몸을 낮춘 이들도 있어. 우리는 물론 그런 바람을 존중해 준단다."

"그 애의 아빠는 아르지키의 족장이었어요."

"왕족이란 말이냐? 음, 만약 그 애가 이곳에 있다면 비밀 장소에 있겠군. 설마 그 애에게도 자네들만의 특별한 위안을 베풀진 않았겠지?" 샤이드가 손마디를 꺾어 우두둑 소리를 내며 말했다. "지비디, 녹색 명부 두 개를 가져와. 아니다, 미안하지만 황토색으로 가져오거라. 윙키 소녀니까."

"아직 어려요." 셸이 말했다. "아니, 좀 덜 여물었다고나 할까. 나도 나름의 기준이 있어요, 샤이드."

벽장에서 귀가 썩어 가는 요정이 나와서 삐걱거리는 선반을 뒤지기 시작했다.

"고마워, 지비디." 샤이드가 아무 억양 없이 말했다. 제 할 일을 마친 요정은 다시 벽장 속으로 들어가서 문을 닫았다.

"그 애를 명부에 기록할 때의 상황이 기억날 텐데요. 내 누이가 최근까지도 살았던 바로 그 성이었죠." 셸이 말했다.

"아, 그 키아모코 성 말이군. 내가 이렇게 머리가 둔하다니까." 샤이드가 안경을 코끝으로 내리고 눈을 가늘게 떴다. "내 전 마누라는 나를 두고 언제나 마음이 넓은 사내라고 했지. 마누라의 빌어먹을 운명은 좀 안됐지만 말이야. 모든 사람의 이야기는 내게 감명을 줘. 그러니 어느 게 누구 얘기인지 좀 헷갈려. 누가 먼저랄 것도 없이 다 내 마음을 아프게 하니까." 그가 싱글거렸다. "그런 게 우리 부부 문제의 일부였지. 하지만 뭐 어쩔 수 있나."

그는 안경 위로 눈길을 들어 올리고 처음으로 셸을 뚫어지게 바라보았다.

"자네 누나들 얘기는 유감이야, 셸. 둘 다 그렇게 일찍 세상을 뜨다니 안됐어. 그것도 쉬운 일은 아닌데."

"별로 친한 사이도 아니었어요." 셸이 손톱을 뜯으며 대답했다.

"네사로즈가 죽으니 먼치킨랜드는 반란에 휩싸였지. 아무리 신심이 두터워도 먼저 총칼로 다스렸어야 했어."

"정치 강의는 그만하시죠. 나는 급히 갈 데가 있어요, 샤이드." 셸이 말했다. "이 애는 당신에게 남겨 두고 갑니다."

"어느 불쌍한 과부들이 자네의 호의를 애타게 기다리는구먼, 알았어, 알겠다고……."

마침내 리르도 모든 것을 알아챘다. 나는 정말 바보로구나!

"환자들하고 자고 다니는 거예요?" 그가 불쑥 내뱉었다. "아니, 제 말은…… 그러니까……."

"환자라……." 샤이드가 생각에 잠기는 표정을 지었다. "멋진 표현이야."

"나는 그들을 보살피는 거란다." 셸은 미안하거나 부끄러운 기색이 없었다. 그는 가방을 가볍게 쳤다. "내가 베푸는 위안은 다들 아주 고맙게 받아들이는 거야. 물론 그들도 감사 표시를 하고 싶어 하지. 하지만 감옥에 갇힌 여인네들이 줄 게 달리 뭐가 있겠어? 공짜 자선은 싫다는 거지. 예의 바른 사람들이니까. 그래서 자기들 능력만큼 내게 보답을 해 주는 것뿐이다. 그들이 감사할 기회를 거절할 만큼 나는 막돼먹은 인간이 아니야. 공정한 거래 같지 않아?"

만약 내 삼촌이 맞다 해도 같이 다니지 않겠어. 잊어 버리자. 새로운 계획이 필요해. 금방 생각해 낼 거야.

"역겨워요." 리르가 입을 열었다. "정말, 구역질이 나요. 역겹고 구역질나고 토할 것 같아요. 도저히 믿을 수 없군요. 짐승 같은 짓이라고요."

"저런, 짐승 같다는 말은 내가 좀 더 사나운 짓을 해야 듣는 줄 알았는데." 셀이 웃음을 터뜨렸다. "샤이드, 이번주 안에 끝내면 좋겠어요."

"소년은 맡겨 두고 가게." 샤이드는 두 번째 명부로 눈을 돌렸다. "아무것도 눈에 띄지 않는군. 그 애가 여기 있는 게 확실해?"

"저야 아무것도 몰라요. 다만 처음 시작하는 장소로는 이곳이 당연하다는 생각은 하죠." 셀은 일어나서 옷매무새를 가다듬고 리르에게 손을 내밀었다. "이보게 친구, 이제 작별이군. 앞으로도 즐겁게 보내렴."

리르는 손을 물어뜯을까 생각했지만, 셀은 또 다른 농담이나 할 게 뻔했다. 소년은 자기 손을 그냥 겨드랑이에 끼워 넣었다.

"다시 만나게 되겠지. 물론 여기 지하에서 말이야. 출소 허가증을 얻는 게 쉽지는 않거든. 멋진 꿈 꾸거라, 리르."

그는 몸을 빙글 돌려 달음질치듯 사라졌다.

"젊은이라 힘이 넘치는군." 샤이드가 한숨을 내쉬고는 다시 장부 책장을 넘겼다. "아직까지는 이렇다 할 만한 단서를 찾지 못했다. 그런데 그 애 이름이 뭐라고 했지?"

자칼의 달이 뜨는 마지막 날 저녁, 절망의 땅 서쪽에서 스크로 부족의 양치기들은 양 떼를 평소보다 일찍 우리에 집어넣기 위해 개들을 풀었다. 다른 일꾼들은 메꽃 줄기로 우리 주변을 멀리까지 아우르는 이중 울타리를 세웠다. 구름이 가리지만 않았으면 하늘의 야수인 자칼의 달이 어느 때보다 환하게 세상을 비추었을 터였다. 썩은 고기를 노리는 자연의 청소부들에게도 멋진 밤이 되었을 것이다.

의사 수녀와 약제사 수녀는 할 수 있는 일을 다한 셈이었다. 여왕을 좀 더 편안하게 해 주었는데, 정작 신하들은 엄두를 내지 못하던 일이었다. 여왕은 기분이 좋아졌지만 그녀가 잠든 동안 천막 안의 분위기는 험악했다. 스크로 부족은 자부심이 강한 종족이었고(그렇지 않은 종족이 있겠냐마는) 외국인의 의료 행위를 의심했다.

통역관은 최대한 정중하게 그런 속내를 내비쳤다.

"이제 두 분은 떠나는 게 좋겠습니다." 쉠 오토코스 경이 말했다. "이미 드릴 말씀은 다 드렸습니다. 여러분 동료들의 얼굴을 벗겨 간 소행에 대해 우리는 아무것도 모릅니다. 자비를 베푸는 게 두 분의 소명이라면 훌륭하게 완수하신 셈입니다. 나스토야 여왕께 많은 은혜를 베풀었으니까요. 더 이상 이곳에 머물 이유는 없습니다. 지금 떠나지 않으면 두 분께 위험이 닥칠 것입니다."

"낯선 손님을 환대하는 게 전통이라고 한 것 같은데." 의사 수녀가 전에 통역관이 한 말을 상기시켰다.

"네, 맞습니다. 스크로 부족은 낯선 손님을 환대합니다." 오토코스 경이 말했다. "그러나 며칠 이곳에 머문 두 분은 더 이상 낯선 손님이 아닙니다. 좀 더 편안한 사이가 되었지요. 그래서 가족처럼 허

물 없이 대하는 겁니다. 두 분께 기꺼이 음식을 제공하겠습니다만,
내일 아침에는 출발을 하셨으면 합니다."

의사 수녀가 대답했다.

"우리는 댁한테 유나마타 족이 얼굴을 벗겨 갈 무리가 아니라는
걸 아직 충분히 납득시키지 못했어요. 누가 범인인지도 모르는데 이
렇게 우리를 사지(死地)로 내모는 이유가 무엇입니까?"

"두 분은 훌륭했습니다. 그래서 호위를 붙여 드릴 생각입니다."
오토코스 경은 이렇게 말하고 자리를 떴다.

"뻔뻔하긴!" 약제사 수녀가 말했다. "그만 가 보라는 소리군. 기
분이 언짢아."

"야만인이 되고 싶어?" 의사 수녀가 그녀의 먼치킨 출신 동료에
게 매정한 목소리로 물었다.

"그들은 매력적인 이교도 무리(adorable heathen)야." 약제사 수녀
가 다소 거칠게 대답했다.

"그래. 하지만 그들이 손님들의 얼굴을 벗겨 내는 짓에 대한 역겨
움까지 억누른다면 그런 매력도 사라질 테지. 어쨌든 자네도 어릴
때는 버릇없는 귀염둥이(adorable heathen)였지만 그것을 극복하지
않았나."

"그런 말장난은 사양하고 싶군."

두 수녀는 마치 상전의 명령을 어기고 사이가 틀어지는 것처럼
보였다. 그러나 나스토야 여왕이 마지막으로 그들을 접견하겠다는
의사를 전해 왔다. 그녀는 이제 간이 침상에서 일어나 앉을 수 있을
만큼 몸 상태가 좋아졌다.

"내가 앓고 있는 병을 충분히 진단하였소?" 여왕이 솀 오토코스

를 통해 말했다. "마법사의 동물 학살을 피하기 위해 나는 오랫동안 숨어 지냈소. 어떤 마녀의 주문을 받아 내 본 모습을 감추면서 말이오. 나는 본래 코끼리요. 그리고 코끼리로 죽음을 맞이하고 싶소. 하지만 보다시피 이렇게 인간의 몸으로 갇혀 있는 저주스러운 운명이라오. 한때는 순식간에 변신하는 능력도 갖고 있었지만, 세월이 흐르고 병이 도지면서 그런 능력을 잃어버리고 이제는 이렇게 갇힌 신세가 된 것이오. 나는 내 안의 코끼리가 죽어 간다는 두려움, 아니 일부는 이미 죽었다는 두려움을 느끼고 있소. 누가 나를 도와주면 나는 그 부분을 되살릴 수 있을 거요. 10년 전에 마녀의 아들에게 도움을 부탁했지만 그는 감쪽같이 사라지고 말았소. 당신들은 진귀한 의술로 내가 다시 기운을 차리게 해 주었소. 이제 내가 간곡한 청을 하나 하리다. 그 아이를 이곳으로 데려오거나 보내시오. 몸을 다치게 해서는 안 되오. 물론 그 아이가 나를 도와줄 수 없을지도 모르오. 하지만 요즘같이 험난한 시절에는 마법을 부리는 자는 눈을 씻고 찾아도 없소. 그 아이가 나를 도와줄 만한 유일한 사람이 아닌가 싶소."

"정말로 그를 엘파바의 아들이라고 생각하십니까?" 의사 수녀가 물었다.

"망토와 빗자루를 가지고 있었으니까." 나스토야 여왕이 말했다. "물론 아들이 아닐 수도 있소. 하지만 마녀의 인생에 대해 상당한 신경을 쓰더군. 뭔가 배운 바도 있지 않겠소? 나로서는 다른 방법이 없기도 하오."

"우리는 그 청년이 깨어 있는 모습을 본 적이 없습니다." 약제사 수녀가 솔직히 마음을 털어놓았다. "지금 청년이 어떤 상태인지도 모르는 상황에서 그를 이곳으로 보내겠다는 약속을 하기는 힘듭니다. 아직은 말입니다."

"그 아이가 나를 도와주는 대가로 보답을 해 주겠노라고 약속했었지." 여왕은 조금씩 숨을 헐떡이기 시작했다. 오토코스가 여왕의 말을 더듬더듬 옮겼다. "나는…… 내가 들은 얘기를…… 에메랄드 시의 거리에서 주워 온 얘기를…… 그에게 전해 주고 싶소."

"그렇게 해 주시면 아주 좋아할 것입니다." 의사 수녀가 말했다. "깨어난다면 말이지요."

"마법사가 동물을 위협하는 바람에 나는 할 수 없이 인간으로 변하고 말았소. 덕분에 목숨은 구했지만. 이제 난폭한 신성 황제께서 우리의 영혼을 모두 내놓으라 하니 나는 동물로서 죽음을 맞이할 생각이오. 누구의 봉헌도 받지 않는 고독하고 자부심 많은 동물로서. 부디 나를 위해 그를 이리 보내시오. 서둘러야 하오. 타고 갈 수컷 스카크 두 마리와 숲까지 당신들을 곁에서 지킬 표범 한 마리를 내주겠소. 걸어가거나 노새를 타고 가는 것보다 훨씬 더 빨리 갈 수 있을 거요. 군인들이나 늑대 등에게 기습을 당하지 않으면 해 뜰 무렵에는 그곳에 닿을 거요. 표범은 숲 가장자리에서 여기로 돌아오지만 스카크는 당신들이 계속 타고 가시오. 그때쯤이면 자칼의 달도 기세가 한풀 꺾일 거요."

수녀들은 고개를 끄덕이고 출발하기 위해 몸을 일으켰다. 나스토야 여왕을, 그녀가 죽든 살아남든, 코끼리의 모습으로든 인간의 모습으로든, 다시 볼 날이 있으리라는 생각은 들지 않았다. 더 이상 얘기를 늘어놓아서 여왕을 피곤하게 하고 싶지 않았다. 하지만 여왕은 그들이 막 접견 장소를 나가려는 참에 마지막으로 할 말을 꺼냈다.

"친구들." 여왕이 그들을 불렀다. 수녀들은 뒤로 돌아섰다. "두 사람은 나에게 친절하게 대했소. 내가 그 정도도 모를 만큼 죽은 목숨은 아니라오. 당신들은 이름 없는 신의 이름으로 어찌 그렇게 할 수 있었소? 그 신의 대리자들은 우리를 그토록 못살게 구는데 말이오?"

"이름 없는 신이 황제의 자손라도 된답니까?" 의사 수녀가 설명을 했다. 그녀는 이교도가 유일교의 다소 애매한 교리를 이해하기는 어려울 것이라는 걱정이 들었지만, 여왕을 바보 취급하고 싶지는 않았다.

"이름 없는 신은 요즘 에메랄드 시에서는 이러저러하게 불리고 있습니다만 본래 이름이 없습니다. 우리도 다른 누구와 마찬가지로 그분의 이름으로 행할 수 있을 따름이지요."

"굳이 믿고 싶은 마음이 안 드는군." 나스토야 여왕이 나직이 중얼거렸다. "아무튼 삶은 무척 아름다운 거요, 우리는 삶을 믿고 있지. 그러니 그 문제는 그냥 덮어 두기로 합시다."

스카크를 타고 가면 훨씬 빠르고 신나는 여행이 될 것이었다. 여왕이 내준, 골반뼈가 큼지막한 두 마리의 스카크는 다른 스카크 종류보다 뒷다리가 더 길었다. 표범이 검정 기름띠처럼 그 주위를 휙휙 소리를 내며 끊임없이 휘돌았다.

오토코스 경이 야영지 외곽까지 수녀들을 안전하게 배웅했다. 약제사 수녀는 작별의 손을 흔들어 주는 사람이 너무 적어서 실망했다.

"두 분 주위를 배회하는 놈들이 있을 것입니다." 오토코스가 말했다. 두 수녀는 서로를 불안하게 바라보았다. "하늘에서 말입니다."

"독수리 말인가요?" 약제사 수녀가 물었다. "나스토야 여왕의 썩은 살 냄새를 맡은 걸까요? 여왕의 몸이라면 독수리 떼가 포식하고도 남을 몫이겠군요."

"독수리보다 높이 떠 있는 놈들이지요." 오토코스가 말했다. "인식 법칙에 따르면, 독수리보다 당연히 몸집이 커야 합니다. 게다가 독수리는 먹잇감이 죽기를 기다려서 접근하지만, 그놈들은 다짜고짜 공격합니다. 말하기조차 두려운 놈들이지요. 바로 '용'입니다."

"용은 일단 희귀한 데다 성질도 유순해요." 의사 수녀가 차갑게 말했다. "사나운 용은 신화에나 나옵니다."

"신화는 현실이 되곤 하지요." 오토코스가 말했다. "나는 단지 조심하라는 말씀을 드리는 겁니다."

"이제 막 당신네 보호지를 떠나려니까 우리 마음을 편안하게 해 주고, 참 친절하시군요." 의사 수녀는 화가 난 듯 보였다.

"표범을 내드리지 않았습니까. 어떤 적도 너끈히 물리칠 녀석이지요."

"그럼 여기서 작별 인사를 합시다." 의사 수녀가 말했다. "우리에게서 배운 바가 있기를 바랍니다."

약제사 수녀는 스크로 부족의 베 짜는 이에게 비싼 값을 주고 구입한 숄에 코를 대고 훌쩍였다.

쉡 오토코스는 그들이 떠나는 모습을 지켜보았다. 수녀원까지 별 탈 없이 무사히 도착해서 여왕이 부탁한 일을 잘 처리해 주기를 바랐다. 그 이상은 바랄 게 없었다. 이름 없는 신이 그들의 삶을 주재

182

하든 말든 그건 오토코스의 관심사가 아니었다.

자칼의 달이 숲 위로 주둥이를 불쑥 내밀었다.

리르는 창백하고 핼쑥했다. 출혈은 멎었지만 심장은 요동을 쳤다. 캔들은 목을 가다듬고 도와달라는 소리를 목청껏 외치려 했지만 가냘픈 소리만 흘러나왔다.

안 돼, 이 불쌍한 청년을 그냥 내버려 두어선 안 돼. 이렇게 차갑게 식게 해서는 안 돼.

캔들은 도밍곤을 내려놓고 청년의 어깨를 주무르기 시작했다. 부목과 가죽띠를 떼어 내고 팔과 다리를 안마했다. 쌀쌀하던 기운이 어느새 뼛속까지 시린 추위로 변했다. 여분의 담요는 잠긴 문 너머의 복도에 있었다. 캔들은 오랫동안 의식 불명인 청년의 내부에서 무엇인가가 요동한다는 느낌을 받았다. 그것은 청년을 덮쳐 오는 사신(死神)과 맞서 싸우고 있었다. 숨이 조금씩 잦아들더니 한동안 숨을 쉬지 않았다.

다시 그런 순간이 오자, 캔들은 청년의 이마 위로 고개를 숙이고 수염이 새로 돋아난 뺨을 양손으로 움켜쥐었다. 그렇게 코를 맞대고 청년의 입에 숨을 불어넣으며 입을 맞추었다.

"자, 네게 보여 줄 곳이 있다." 샤이드가 말했다. "여기 앉아 조그만 글자만 들여다본다고 문제가 해결되지는 않지. 지비드, 내 지팡이 어디 있지? 내가 자주 가 본 곳은 아니지만 그렇게 멀지도 않다.

가자."

요정이 벽장에서 지팡이를 들고 나왔다. 샤이드가 가까스로 몸을 일으켰다. 오랜 세월 책상 앞에 앉아 일한 탓인지 엉덩이가 지독하게 찌그러져 있었다. 자세가 엉거주춤했지만 그는 아까와는 다른 눈높이에서 리르를 찬찬히 뜯어볼 수 있었다.

"총을 가져와서는 안 되지." 그가 엄한 목소리로 말했다. "이 꼬마야, 지비디에게 그걸 맡겨 두거라, 지금 당장."

"총이 아니라 빗자루예요."

"어디 보자."

리르는 가방을 열고 불에 탄 빗자루 끝을 살짝 보여 주었다.

"다 꺼내 봐. 나팔총을 숨긴 게 아닌지 어디 확실히 좀 보자."

리르가 빗자루를 꺼내 샤이드에게 건넸다.

"거의 망가졌구나. 그래도 새 살이 돋고 있어." 샤이드가 다시 돌려주며 말했다.

"뭐라고요?"

리르는 다시 묻지 않았다. 자신도 볼 수 있었기 때문이다. 빗자루 손잡이에 어린 마디가 몇 개 생겼는데, 그중 두 개가 벌어지며 그 사이에서 나무토막에 꽂힌 진귀한 송곳마냥 푸르스름한 이파리가 얌전하게 돋아 있었다.

"이럴 리가 없는데!" 리르는 깜짝 놀랐다. "어떻게 이런 일이!"

"다시 집어 넣어." 샤이드가 말했다. "20년 동안 녹색 이파리를 못 본 사람도 있어. 설마 그런 일로 지금 질질 짜지는 않겠지? 다른 사람들 생각도 해 줘야지. 이런 일에는 자비가 가장 중요한 덕목이지." 그는 가운뎃손가락에 낀 조잡한 에메랄드 반지에 정중하게 키스를 했다.

그들은 수로 쪽이 아닌 방향으로 출발했다. 지하 도시의 상점가로 쓰이는 넓은 길로 걸음을 옮겼다. 남쪽계단의 경제를 돌아가게 하는 일터가 주로 위치한 이곳은 좀 더 사람 냄새가 나는 장소였다. 그러나 가게나 매장을 운영하는 것은 대개는 아침을 예술의 경지로 승화시킨 요정들이었다. 여기저기서 눈에 띄는 심술궂은 표정의 난쟁이들이 묘한 대조를 이루었다. 거리에서 들리는 소음은 일상적인 잡담이나 수다였다. 얼마 후에 리르는 뭔가 낯설고 기묘한 구석을 알아차렸다. 어느 방향에서도 음악 소리는 들리지 않았다. 하긴 감옥에서 누가 음악 따위를 연주하겠는가?

동굴 도시의 지붕들은 머리 위로 높이 솟아서 어둠 속으로 사라졌다. 지상의 건물들처럼 기와지붕을 얹은 대부분의 건물은 지주 없이 서 있었다. 마치 죽은 자의 도시 같았다. 얼마 후에 리르는 그 이유를 깨달았다. 남쪽계단에서 가장 오래된 구역이었던 것이다. 모든 게 낡고 쇠잔했다. 그런데 갑자기 동굴 안의 깜깜한 어둠이 약간 다른 종류의 어둠으로 바뀌었다. 바람에 실려 온 구름들이 아득한 옛날부터 빛나던 시큰둥한 별들 사이로 드문드문 떠 있었고 달은 보이지 않는 밤이었다. 그들이 닿은 곳은 남쪽계단의 중심부였다. 지형이 두레박 모양으로 생겨서 에메랄드 시를 처음 세운 사람들에게 천연 감옥으로 보였을 법한 곳이었다.

"별은 언제 봐도 섬뜩해." 샤이드가 말했다. "그래서 내가 이곳으로 오는 걸 싫어하지."

그들은 더 아래로 내려가는 계단을 찾았다. 샤이드는 한두 번 길을 물었고 지비디를 보내 건물에 새긴 표시를 알아보게 했다. "여기

일 거다." 그가 말했다. "이곳은 동물 구역이니까 악취를 참아야 할
게다. 알다시피 동물들은 위생 관념이 엉망이니까."

위에서 바람이 불어와 냄새는 생각만큼 지독하지 않았다. 어쨌든
리르는 너무 흥분해서 냄새 따위에 신경을 쓸 겨를이 없었다. 어느
틈엔가 그는 깡충깡충 뛰는 자신을 발견했고 한 번은 샤이드의 손
을 꽉 쥘 뻔하기도 했다. 셸이 건달이고 글린다가 아름답기만 한 백
치라고 한들 무슨 상관인가! 어쨌든 그들은 자기를 도와준 셈이 아
니던가. 리르는 마침내 이곳에 도착했다. 그의 유일한 벗이자 동무
이며, 만약 수군대는 사람들 얘기가 맞다면 그의 이복누이이기도 한
소녀, 쥐를 친구로 삼았고 그에게 생강빵을 나누어 주었으며 회초리
로 맞을지 모를 때에도 침대에서 깔깔거리며 웃던 소녀를 이제 그
는 곧 만나게 될 터였다. 그는 노르를 감옥에서 해방시켜 줄 생각이
었다. 그런 다음에는…… 그런 다음에는…….

하지만 그 이상은 생각할 수 없었다. 세상이 지금처럼 비참하지
않았던 시절, 엘파바가 로브를 입고 서쪽 성 주위를 씩씩거리며 돌
아다니던 시절, 아늑한 집이 있던 시절에 그가 알았던 소녀를 만나
는 것으로도 그는 족했다.

지비디가 안절부절 못하며 불안하게 앞뒤로 뛰어다녔다.

"왜, 무슨 일이야?" 샤이드가 물었다. "고양이가 네 혀라도 물고
갔어? 하하." 그가 리르를 향해 몸을 돌렸다. "실제로 그랬지. 저 녀
석이 그래서 말을 못 해. 시간이 지나면 금방 자라지만 한동안은 피
묻은 토막만 달고 다녀야 하지."

그들은 어느 건물로 급히 들어갔다. 응접실이라기보다는 가축 우
리 같은 곳이 나왔다. 암퇘지가 밀짚 위에 누워 새끼들을 따뜻하게

껴안고 있었는데 대부분 죽은 듯했다. 놀랍게도 아주 작은 녀석 한 마리가 살아남았지만 이런 세상에서는 그 생명이 오래갈 수는 없다.

샤이드가 리르도 의아하게 느낀 사실을 말했다. "여자애가 있을 만한 장소가 아닌데. 내가 무슨 생각을 했더라? 옳거니, 여기 당신, 우리는 인간 여자애를 찾고 있소. 노르라는 여자앤데, 명부에는 이 어울리지 않는 곳에 있다고 적혀 있더군."

"이 녀석은 발육 부진이라서." 암퇘지가 눈을 감은 채 말했다. "일부 숙소 관리자들은 나와 내 새끼들 틈에서도 그 애가 별로 불쾌해하지 않을 거라는 판단을 내린 게지요."

"지금은 어디 있소?"

"힘만 있다면 재미있는 이야기를 들려줄 텐데." 암퇘지가 말했다. "지금은 새끼들을 위해 힘을 모으는 중이라서 조금 힘들다우. 사실 그 여자애의 이야기는 재미있다우. 그런데 일주일이나 열흘쯤 전에 허리 고기가 필요하다고 해서 백정들이 쓸 만한 고기를 고르러 이곳에 내려온 걸 아시우? 위쪽에서는 축제를 여는 모양이던데. 마법사가 떠난 걸 축하하는 거유?"

샤이드가 리르를 곁눈질로 바라보았다.

"우리는 축제 음식으로 쓰려고 동물을 희생하지는 않소, 그러니 그런 시시한 얘긴 그만두라고." 그가 황급히 말했다. "아무래도 당신은 새끼를 낳고서 혼이 빠진 모양이야." 그가 손가락에 낀 반지들을 돌렸다. 어떤 것은 보석이 손바닥 쪽을 향하게 하고 어떤 것은 바깥쪽을 향하게 했다.

"하여간." 그녀가 말했다. "혼이 빠져서 그런지 어쩐지 늙은 뿔돼지 부부가 생각나는구먼요. 엉덩이 살코기로 쓰려면 어차피 내년보다는 올해가 나왔어요. 자기들도 살 날이 얼마 안 남은 걸 알고 있었으니까. 하나는 도망치다가 뿔을 부러뜨렸지요. 뼈도 튼튼하고 뿔도 날카로운 게 쓸모가 있었는데, 이 일에 대한 보고서는 읽지 못하셨수?"

"일처리가 좀 늦소. 작업량도 끔찍하게 많고. 도대체가 구멍 난 곳을 메우는 자가 없어. 지비디도 거의 쓸모가 없지. 아무튼 내가 알고 싶은 건 그 여자애의 행방이오."

"지금 말하니까 들어 보슈. 뿔돼지 부부는 스스로 목숨을 끊기로 약속하고는 남정네가 먼저 마누라를 죽이고 자기도 목숨을 끊었지 뭐유. 부부는 그들을 도살장으로 실어 내간 바로 그 낡은 문짝 위에서 일을 치렀다우. 뭐랄까, 남쪽계단의 형편 없는 삶에 대한 마지막 항변인 셈이랄까."

"제일 좋은 게 아니면 다 거기서 거기야." 샤이드의 말이었다.

"간수들은 시체가 그냥 썩게 내버려 두었고 우리 이웃들도 참을 수 있을 만큼 그냥 내버려 두었지요. 그냥 시간이나 벌어 볼 요량으로. 뿔돼지의 내장이란 게 사람의 구멍이란 구멍은 모조리 파고 들어가길 좋아하는 구더기를 키우는 곳이 아니유, 특히 바람이 통하지 않는 곳에서는⋯⋯."

"그만하시오."

"남쪽계단은 바람이 별로 통하지 않아요."

"듣고 싶지 않소."

"그래, 할 수 없이 당신 동료들이 시신을 위쪽으로 실어 갔지요. 달리 뭐 어쩔 도리가 없었으니까."

"큼지막한 들통 가득 맛 좋은 여물을 또 갖다 줄 테니 계속 말해 보게." 샤이드가 은근한 목소리로 말했다.

"그런데 그 가엾은 노르라는 여자애는 참말로 기막힌 머리를 가졌더만요. 하긴 머리가 잘 돌아가지 않는다고 의심한 적도 없지만 말이유. 그 여자애가 뿔돼지 시체가 누워 있는 문짝으로 올라가더니 시체를 끌어당겨 제 몸을 덮지 뭐유. 몸의 구멍들을 다 막았기를 빌기나 해야지. 하긴 그 전에 한 번은 양초 심지를 씹는 모습을 본 일이 있는데, 아마도 그걸 부드럽게 이겨서 구멍을 막는 걸로 쓸 모양이었나. 아무튼 시체로 몸을 숨겨서 며칠 전에 밖으로 실려 나갔다우. 우리의 행복한 집을 떠난 후로 그 애가 무슨 일을 겪었는지는 나는 모르오."

"내가 알 바도 아니지." 샤이드는 리르를 힐끔 쳐다보았다. 리르는 얼굴에 핏기가 모두 가신 채 몸을 덜덜 떨며 억지로 울음을 삼키고 있었다. "몹시 힘들어 보이는군. 그럴 필요 있어? 여자애는 여기서 나갔다는 얘기야. 네가 인정하지 않으려 했지만 여기 없는 게 틀림없어. 울지 말아라, 요 맹추 같은 녀석." 그러고는 "지비디, 저 작은 놈."이라고 말했다.

"안 돼, 안 돼." 암퇘지가 일어나려고 버둥거렸다. 그러나 요정은 기민하고 재빠른 솜씨로 밀짚단 위로 올라가 암퇘지가 방어 자세를 취하기도 전에 꽥꽥거리는 새끼돼지를 낚아채 왔다. "이 나쁜 놈들!" 암퇘지가 울부짖었다.

"내가 그만 신경을 쓰지 못했구먼. 너무 태만했소. 이 녀석은 당신을 귀찮게만 할 거요." 샤이드가 요정의 손에서 꽥꽥 울어 대는 새끼돼지를 낚아채어 기둥을 향해 집어 던졌다. 그의 의도는 적중했다. 새끼는 핏물을 사방에 튀기고는 쿵 소리를 내며 여물통에 떨어졌다.

리르는 이 장면에 충격을 받아 울타리 쪽으로 넘어졌다. 암퇘지가 미친 듯이 울부짖으며 샤이드에게 덤벼들었지만 그는 껄껄 웃으며 때마침 암퇘지를 잡아 끌었다.

"이런 장난질은 앞으로도 계속될 거야. 친구들에게 꼭 말해 두라고." 샤이드가 암퇘지에게 말했다. "돼지가 고자질쟁이가 되는 것은 그리 나쁜 일이 아니지. 우리는 모두 우리 일을 할 뿐이야. 당신이나 나나 들판에 핀 조그만 데이지꽃이나. 그렇지 않소?"

8

표범은 예정된 장소까지 따라왔다가 돌아갔다. 이제는 떡갈나무 숲이 두 수녀의 머리 위를 뒤덮었다. 수녀원을 떠나 있는 짧은 기간 동안에 바람이 마지막 남은 나뭇잎들을 떨어뜨렸다. 자칼의 달은 지평선으로 떨어지면서도 여전히 스카크의 높은 엉덩이에 올라타 숲 속을 지나는 수녀의 모습을 지켜보았다. 이름 모를 생물들이 그들을 쫓아오며 머리 위에서 맴돌았다.

"잠시 소변을 볼 수 있을까?" 어느 시점에서 약제사 수녀가 말했다. "먼치킨 여인들은 오줌보가 남들만큼 크지 않거든."

"새벽녘이면 겨울 늑대들이 나올 거야. 그러니 입 닥치고 오줌보나 꽉 붙들고 있어. 아니면 안장에다 싸든가."

9

이미 수많은 죽음을 목도한 캔들은 리르가 곧 죽을 운명임을 알아차렸다. 그녀는 계속해서 리르에게 숨을 불어넣으며 입을 맞추었고, 온기를 유지하기 위해 몸을 문질렀다. 얼굴이 얼음장처럼 차가웠다. 캔들은 뇌를 살리기 위해 자기 속옷을 벗어 리르의 머리에 터번처럼 둘둘 감았다. 가끔은 자정 기도를 드리는 수녀가 있는가 싶어 문에 발길질을 했지만, 그것도 오래하지는 못했다. 리르 곁에서 떨어질 수가 없었기 때문이다. 그가 점점 어딘가로 멀어지고 몸이 차가워질수록 그녀는 공포에 질려 온몸이 뜨거워졌다. 캔들은 리르의 몸 위로 올라가 자신의 온기로 그를 구하려 했다. 리르의 눈을 뜨게 하기 위해 고양이처럼 입맞춤을 하고 눈썹을 핥았다. 리르의 눈이 어떤 모습인지조차 알지 못한 채 발가벗은 몸으로 아내라도 된 것처럼 그의 몸 위에 납작 엎드렸다.

✢✢✢

리르는 비틀거리며 샤이드에게서 도망을 쳤다. 아무 죄 없는 새끼돼지의 눈물을 외면하고 그것을 기억하지 않으려 했다. 아무 이유 없이 그런 짓을 저지르다니! 이유가 있어서 잡아간 노르에게는 도대체 무슨 짓을 했겠는가?

"여기서 길을 잃어버려도 다 네 책임인 줄 알아." 샤이드가 소리를 질렀다. 별로 놀란 기색도 없었다. "너는 멀리 가지 못한다. 너를 도와줄 사람은 아무도 없어. 헤맬 만큼 헤맨 후에 다시 본부로 오너라. 그러면 따뜻한 음식을 내주마. 글린다 부인의 손님인 너를 박대

할 이유는 없으니까. 나는 그렇게 못된 인간이 아냐. 내 사랑스러운 전 마누라가 늘 말했듯이 나는 친절한 사람이야."

리르는 허청이며 뛰어갔다. 무릎이 꺾여 넘어질 뻔했지만 가까스로 중심을 잡고 다시 뛰어갔다. 셸이랑 처음에 들어온 수로 쪽으로 어떻게 가야 할지 몰랐다. 그는 불이라도 나서 이곳을 생지옥으로 만들기를 바라며 횃불을 내던졌다. 하지만 횃불은 한두 번 땅바닥에 구르고는 운하 속으로 떨어졌다. 그것은 물 속에서 칙칙 소리를 내며 꺼졌고 막대는 굵은 똥마냥 물 위에 떠올랐다.

그러나 주위는 생각만큼 어둡지 않았다. 그는 주변을 둘러보았다. 아무 특징 없는 건물들이 늘어선 조그만 광장이었다. 몇몇 문에는 빗장이 걸려 있었는데 창고 건물인 듯싶었다. 행인들이 거의 없었고 사위는 고즈넉했다. 밤하늘에 흩뿌린 별들만이 스산하게 빛났다.

이제 아무것도 남지 않았다는 생각만이 들었다. 살아야 할 이유도, 기다릴 사람도, 기억할 일도 남지 않았다는. 별들이 차갑게 빛나고 있었다. 하지만 그는 밤하늘에 넓게 펼쳐진 별들의 그물망 너머 새로운 세상으로, 여기보다 위험할지는 몰라도 여기만큼 혐오스럽지 않은 세상으로 갈 수 있게 뛰어오를 수는 없었다. 별은 그런 그를 비웃고만 있었다. 그것은 별의 숙명이었다.

바람이 막힌 데 없는 이곳에 휘몰아치자 리르는 제 몸을 꼭 껴안았다. 그리고 망토를 담요처럼 끌어당기고 빗자루를 새끼돼지인 양 움켜쥐었다. 리르는 제 의지로써 빗자루에 생명을 줄 수 있었다. 뜨겁고 애타는 눈물이 흘러내렸다. 그것은 우주에 단 하나뿐인 온기였다.

빗자루가 한두 번 경련을 일으켰다. 그러자 리르는 빗자루를 가방에서 꺼냈다. 빗자루가 스스로 몸을 흔들며 그의 손안에서 점차 단단해지는 것 같았다. 먼지를 쓸어 본 지 오래된, 뻣뻣한 단으로 묶인 낡고 더러운 밀짚이 초록빛으로 물들며 팽팽한 생기를 되찾고 있었다. 별빛만이 반짝이는 희미한 어둠 속에서도 그는 분명히 그 색깔을 확인할 수 있었다. 부들이나 목초 씨앗 같았는데, 무슨 식물인지 그는 알 수 없었다.

리르는 아무 생각 없이 빗자루에 다리를 걸치고 몸을 밀착시켰다. 그러자 빗자루는 지옥에서 불어오는 바람을 타고 밤하늘로 날아올랐다.

10

문에 열쇠를 꽂는 소리가 들리자 캔들은 정신을 차리고 그의 얼굴에 흩어져 있던 제 머리카락을 주워 담고 리르의 몸에서 내려왔다.

야클 수녀가 빙그레 미소를 짓고 있었다. 다른 수녀들은 야클 수녀가 누구나 기억할 수 있을 만큼 오랫동안 망녕기에 사로잡혀 있다고 말했지만 어쩐지 정신이 말짱해 보였다. 몸이 불편한 늙은 수녀는 캔들이 마음을 가라앉히고 있을 때 마치 그녀에게 사생활의 자유를 허용하기라도 하듯 슬며시 문을 잡아당기며 고개를 내려뜨렸다.

리르가 몸을 움찔하며 한숨을 토해 냈다. 눈은 여전히 감은 채였지만 양쪽 눈꺼풀이 가냘프게 실룩거렸다. 그리고 한 손을 꽉 쥐었다가 놓았다.

자칼의 달이 다음 세대를 기약하며 모습을 감추고 원장 수녀가 돌아온 의사 수녀와 약제사 수녀와 함께 진료소를 향해 계단을 오르고 있을 때 리르와 캔들은 어디론가 사라졌다.

군대에서

성격은 이제 신용을 잃었다기보다는 가볍게 잊혀진 개념이 되었다. 한때 그것은, 사람들이 오직 삶을 통해서만 자기 자신이 된다는 것을 의미했다. 이를테면 건포도를 씹어 먹거나 개를 산책시키거나 구두끈을 묶거나 합창단에서 노래를 부를 때처럼 이미 자기한테 익숙한 어떤 일을 할 때 다행히 자기 자신을 의식하게 되면 깨우침을 얻는다는 의미. 별안간 나는 알토 성부에서 엉터리 음정으로 노래하는 소녀라거나 개를 좇아 뛰어가는 소년이라는 의식이 생긴다는 얘기인데, 실로 기묘하게도! 개는 개 자신을 볼 수 없지만 나는 나 자신을 볼 수 있다. 그러니 내가 뜨거운 몸을 식히려고 선창가에서 발을 박차고 호수에 뛰어든다면, 나는 여름 호수의 유리처럼 잔잔한 수면에서 고립무원의 존재가 되는 것이지만, 다른 한편으로는 비상과 입수 사이의 그 짧은 순간, 내가 미처 호수로 곤두박질하기도 전에, '뜨거움'과 '호수'와 '나'라는 개념은 나 자신에 대한 나의 낡은 생각과 견해를 산산이 깨뜨리며 의식의 의식 안에서 하나로 수렴하는 것이리라.

이상이 한때 우리가 믿었던 학설이다. 이제는 우리가 언제 어떻게 자기 자신이 되는지, 아니 다른 무엇이 되는지조차 중요한 문제로 취급되지 않는다. 우리가 어떻게 형성되는지에 관한 학설만이 꼬리에 꼬리를 물고 등장하는데, 이것들의 유일한 공통점은 개인의 책임을 방기한다는 점이다.

우리는 단지 타임 드래곤이 꿈꾸는 다음 소재에 불과하니, 그것에 대해 우리가 할 수 있는 일은 아무것도 없다.

우리는 심술궂은 럴라인의 기기묘묘한 스케치이고 어릿광대이며 장식물이니 라벤더 줄기나 번개 자락보다도 더 죄스러운 존재는 아니다. 그것에 대해 우리가 할 수 있는 일은 아무것도 없다.

우리는 이름 없는 신이 조종하는 상황윤리의 실험물이다. 이름 없는 신은 언제나 정체를 드러내지 않는 데다 실험의 폭이나 그 성공 및 실패 가능성조차 감추고만 있어서 그것에 대해 우리가 할 수 있는 일은 아무것도 없다.

우리는 스스로 변신을 거듭하는 화학적 변화의 연속이며, 스스로 꼬여 있는 유전자 실타래이고, 스스로 화(火)를 돋우는 신경증의 심지다. 그것에 대해 우리가 할 수 있는 일은 아무것도 없다. 아무것도.

오래전부터 오즈의 가난뱅이 구역에서는 서쪽의 사악한 마녀 엘파바 트롭이 어미 뱃속을 나올 때부터 현명했고 이미 성품이 형성되었으며 어느 정도 자신의 정체성을 의식했다는 소문이 파다했다. 그렇지 않다면 입안에 돋아난 치아가 아기 진주가 아니라 뱀의 이빨일 까닭이 없다는 그럴듯한 설명이 뒤따랐는데, 어떤 이들은 아기가 태어나자마자 이빨의 위력을 유감 없이 발휘했다고 주장했다. 마녀는 세상이 썩었다는 걸 일찌감치 깨닫고 자궁에 들어앉을 때부터 이빨을 자라게 하여 썩은 세상을 대면할 만반의 준비를 갖추었다는 것이다.

아무튼 이런 말들이 오고갔다.

누구나 마녀나 성녀로 태어나는 것은 아니다. 모든 사람이 재능이나 심술궂은 성미나 성스러운 축복을 받고 태어나는 것은 아니다. 대체로 사람들은 명확한 인성(人性)을 갖고 태어나지 않는다. 우리는 대개 희미한 모순의 수원(水源)이다. 생각으로는 멋지고 아름답다. 그것도 운이 좋을 때나. 하지만 우리가 그런 생각을 살(肉)로서 실현하는 순간 그것은 따분하고 애석한 일이 될 뿐이다.

부잣집 여자 가정교사들은 아이가 잔혹하고 추악한 세상 꼴을 보지 못하게 하고 아이의 순진성을 지켜야 한다고 주장하곤 한다. 그러나 엘파바를 키운 유모와 같은 시골 노파나 아줌마들은 아이를 품 안에서 응석받이로 키우지 않았다. 그들은 럴라인마스 축일에 병아리들에게 닥치는 운명을 아이들도 알게 하는 게 낫다고 믿었다. 간접적으로나마 약한 자와 산만한 자, 그리고 불운한 자에게 떨어지는 심술궂은 운명을 있는 그대로 보이는 게 낫다고 믿은 것이다.

하지만 어느 쪽 교육 방침도 공통의 가정을 깔고 있었으니 그것은 아이의 성장과 변화가 주어진 조건에 대한 반응이라는 견해였다. 그러나 우리는 거꾸로 아이에게 반응하는 것이 세상의 숙명이라고 주장할 수도 있다. 남다른 개성 때문이든, 악마적인 아름다움이나 길들여지지 않는 야성 때문이든, 아이들은 세상 속으로 아장아장 걸어

들어가 세상을 망쳐 버리고 아무것도 양보하지 않는다. 끝없이 양보하는 쪽은 오히려 세상이다. 세상은 그렇게 굴복함으로써 스스로를 갱신하고 쇄신한다. 바로 여기에 비밀이 있다. 살기 위해 죽는 것.

우리는 사람들이 삶으로부터 물러나는 방식을 천 가지도 넘게 헤아릴 수 있다. 우연한 변화란 본래가 유독하고 꼴사나운 것이라는 듯이. 천운을 믿기보다는 자신의 연민에 충실했던 엘파바는 최소한 그 문제와 씨름은 했었다. 그녀는 헤치고 나아갔고 목소리를 높였으며 스스로 문제아가 되었다.

반면 쿼들링 소녀 캔들은 세상이라는 책을 읽고 그 뜻을 새기는 학자 같은 아이였다. 그러나 그녀는 아직 세상의 본성을 깨우치지 못했으며 앞으로도 영원히 그러할 것이다. 엘파바와 캔들의 차이는 초점의 깊이, 그러니까 큰 그림을 보느냐 작은 그림을 보느냐의 문제였을까?

리르는 똑똑한 아이가 아니었다. 사춘기의 끝 무렵에 이르러서도 자기 존재의 역설을 별로 생각하지 않았다. 그는 노르나 이르지나 마넥보다도 눈원숭이 치스터리와 더 비슷한 처지라고 생각했다. 치스터리는 언어 감각은 엉망이었으나 꾸준함만은 대단했다. 리르는 불평도 하지 않고 할 일을 잊어버리지도 않고 허드렛일을 했으며 기본적인 욕구만 충족되면 더 이상은 바라지도 않았다. 열네 살이 되어서도 리르는 치스터리보다 바라는 게 적었다.

그러나 리르는 노르가 별들에게 말을 걸고 계곡에 흐르는 물소리에 맞춰 노래를 부르고 동물이든 동물이든 생명체는 모두 사랑한 사실을 기억했다. 노르는 개암나무 숲에서는 하나의 개암이 되었는데, 리르는 그런 생각을 하면서도 막상 자신이 생각을 한다는 사실을 깨닫지는 못했다. 저 어리석은 노르는 별종이었다. 그냥 평범한 소녀가 아니었다. 오히려 인간의 무한한 가능성을 가진 드문 사례였다. 그녀는 공감의 상상력을 가지고 있었다. 하지만 리르는? 그는 셈조차 제대로 하지 못했다.

아이들은 흔히 부모의 모습에 비추어 자신을 가늠한다. 부모를 흉내 내기도 하고 온갖 노력으로 부모를 닮지 않으려 들기도 한다. 부모의 정체를 정확히 몰랐던 리르는 누구를 닮은 건지 알 수 없었다. 분명히 엘파바는 아니었다. 마지막 시기에 구부정하니 어깨를 굽힌 채 짜증을 내며 책상이며 벽이며 창턱이며 할 것 없이 마구마구 할퀴어 대던 엘파바는 여자라기보다는 흥분해서 몸을 덜덜 떠는 전갈 같았다. 쉬고 있을 때도 손가락은 짐승의 발톱처럼, 아니 흐트러진 꽃잎처럼 뒤틀렸고, 언제나 손을 벌려 내밀면서 앞에 잡히는 것은 무엇이든 움켜쥐었다. 겁 많고 소심한 리르는 전혀 달랐다.

가장 무력하고 가장 비참한 처지의 동물조차도 인간들에게는 잘못을 저지르는 방식이 무척 많지만 젊음을 유지하는 방식은 비교적 적은 편이라고 생각했다. 사실 젊은이들은 세상을 편견 없이 이해할 줄 알고 세상에 대해 끝도 없는 갈증을 느끼기 때문에 무슨 짓을 해도 용서받아야 한다.

타락한 어둠의 자궁에서 유황내 나는 바람을 타고 밤하늘로 솟구친 리르는 거대한 입을 떡하니 벌리고 있는 남쪽계단의 상공을 날고 있었다. 그는 가장 높은 망루보다도 더 높은 공중에서 빗자루에 걸터앉아 하늘을 나는 자신을 느꼈다. 바람의 방석에 밀려 몸이 한

쪽으로 기울자 그는 본능적으로 다리를 꽉 조이고 손으로는 빗자루를 힘껏 움켜잡았다. 오직 리르와 바람과 창공과 별만이 존재했다. 너무나 뚜렷하고 생생한 느낌이었다. 그 순간 그가 이름을 알지 못하는 어떤 증상이 그런 느낌을 더욱 강렬하게 만들었다. 고소공포증! 갑자기 '리르다움'이 다른 누구도 아닌 바로 그에게 덮쳐 온 것이었다.

'리르다움'이 무슨 뜻인지 리르는 알지 못했지만, 비웃음을 흘리며 싸늘한 독설을 퍼부을 엘파바가 그 순간 곁에 없다는 게 슬펐다. 마녀의 심술궂은 말은 그를 아프게 후벼 팠을 터였지만, 그런 아픔조차도 이제 그는 음미할 수 있을 것 같았다. 이제는 아픔을 견딜 수 있기 때문에? 아니, 아픔을 다른 걸로 바꿀 수 있기 때문이다.

아픔을 느끼는 리르야말로 리르의 참모습이었다.

뜨겁고 불안정한 상승 기류를 타고 밤하늘로 솟아 오르는 법을 익히고 있는 사람은 다른 누구도 아닌 리르 자신이었다.

에메랄드 시가 입을 벌린 채 그를 올려다보았으나 아무것도 이해하지 못했다. 그는 활활 타오르는 불꽃에서 떨어져 나간 재투성이 먼지였다. 바람은 지독히도 강하게 불었다. 어깨에 걸친 망토가 바람에 날려 힘차게 펄럭였다.

리르도 도시를 내려다보았다. 거의 아무도 그런 식으로 도시를 내려다보지는 못했을 터다. 물론 엘파바는 분명 예외였으리라! 운 좋게도 저 진귀한 피닉스에 올라탄 사람들도…… 하늘에서 내려다보는 도시는 매끈한 기와를 얹은 웅장한 저택과 시커먼 숯검댕을 묻힌 허름한 주택들이 수백, 수천 채가 빼곡히 들어찬, 누군가 기막힌 솜씨로 만든 모형 도시 같았다. 이제 그는 에메랄드 시가 나지막한 언덕에 세워진 모습을 볼 수 있었다. 시내를 길게 관통하는 대로와 구불구불한 산책길, 벌집마냥 복작거리는 거리와 운하, 공원과 광장, 천 개의 마굿간과 1만 개의 뒷골목, 그리고 싯누런 빛을 껌벅거리는 10만 개의 유리창이 한눈에 들어왔다.

노르를 구하지 못한 슬픔과 뜻밖의 비상이 가져온 충격, 무엇부터 손을 대야 할지 모르는 혼란스러움에 리르는 숨을 쉴 때마다 한층 더 리르다운 리르가 되었다.

그는 에메랄드 시의 상공을 선회하면서 땅으로 내려가면 반쯤 죽은 목숨으로 살아가야 하는 건 아닌지 두려웠다. 어느 누가 비행(飛行) 없는 삶을 살 수 있단 말인가?

‡‡‡

그렇게 리르의 소년 시절은 시작했다. 전에 겪은 일은 리르가 아닌 다른 사람이 겪은 듯이 전혀 새로운 소년 시절이 시작된 것이다.

그래도 용기를 내서 도로시와 함께 오즈를 횡단하는 여행에 발을 들인 것은 잘한 일로 느껴졌다. 그런데 그것은 정말 용기였을까? 기만과 배신이 난무하는 드넓은 세상에 대한 단순한 무지가 아니었을까?

빗자루는 조그만 운하의 자갈 선창 위로 그를 내려놓았다. 바람은 강하게 불어왔고, 뜨내기 일꾼들이 울타리에서 벗겨 낸 나무토막과 판자로 모닥불을 피워 불을 쬐고 있었다. 아무도 그가 내리는 모습을 보지 못했다.

우쭐대고 싶은 마음은 없었다. 그래도 그는 뭔가 진기한 감정을 느꼈다. 노르가 살아서 탈출했다는 소식에 그는 오싹 소름이 돋았다. 험한 꼴을 당하며 온갖 고초를 겪었겠지만 살아 있는 것만은 분명했다.

잠시 선창가를 따라 걸어가던 리르는 날이 추운 것을 새삼 느끼고 골목길로 바람을 피해 들어갔다. 잘 곳을 찾아 두리번거리며 걸음을 옮길 때마다 어깨에 들쳐 멘 빗자루가 들썩였다. 마치 그에게 축하 인사라도 건네는 듯 점점 더 세게 들썩였다. 그러나 이것은 어리석은 생각이었다. 그는 발에 용수철을 단 사람처럼 펄쩍펄쩍 뛰며 걷고 있었다.

뜀뛰기 놀이를 하는 아이처럼 리르는 기쁨에 넘쳐 예닐곱 번을 잇달아 폴짝폴짝 뛰었다. 창가로 누군가 그 모습을 내다보면 영락없는 얼간이 취급을 했겠지만, 그는 개의치 않았다.

시장터의 담벼락에 기대 하룻밤을 달게 자고 난 후에도 리르는 마음이 차분하게 가라앉지 않았다. 그렇다고 무슨 새로운 계획이 생긴 것도 아니었다. 그는 메니핀 광장에 있는 글린다 부인의 저택으로 걸어갔다. 어쩌면 부인은 이미 체리스톤 사령관을 만났을지도 모른다. 그리고 사령관은 남쪽계단에서 몰래 빠져나간 노르가 어떤 형편인지 알고 있을지도 모른다. 그것도 아니라면 글린다 부인이 혹여 구두닦이나 양자를 들일 생각을 하는지도.

전에 리르에게 말을 걸었던 하인이 부인은 가난한 농군들에게 자선을 베풀러 레스터워터 근처에 있는 처프리 경의 시골 영지에 갔다는 얘기를 들려주었다. 때때로 아낌 없이 베푸는 일은 그녀에게 큰 기쁨이었다. 그런 선행은 글린다의 날카로운 신경을 무디게 해주었고 결혼 생활을 좀 더 행복하게 해 주었다. 그녀는 볕 좋은 오후에 들꿩 사냥을 하며 우정을 쌓거나 운명 공동체임을 자각하라는 취지로 각료들을 몽땅 데리고 떠났는데, 굳이 그런 게 아니더라도 그녀를 골치 아프게 하는 대신 한두 명이 잘못 날아든 화살을 맞을 수도 있다는 은밀한 희망을 품고 있었다. 들꿩(grouse)만이 아니라 불평꾼(grouse)도 쏘아 떨어뜨릴 필요가 있었으리라.

하인은 글린다 부인의 사정을 속속들이 안다든 듯이 이런 이야기를 들려주었다. 그러나 부인이 언제 돌아올지는 아는 바가 없다고했다. 그리고 자신은 부인이 저택을 비우는 동안 길들이기가 어려운 개로 소문 난 사나운 브래트와일러를 키우느라 정신이 없다고 했다. 그나저나 네가 입고 있는 그 제복을 벗어라, 얼마 못 가 검댕을 잔뜩 묻히고 다닐 게 뻔하다, 그렇게 해서 처프리 집안의 명예를 욕되게 할 수는 없다…….

리르는 기쁘게 하인의 말을 들었다. 지하 저장실에 버려 둔 낡은 옷이 리르 앞에 던져졌다. 리르는 옷을 꾸역꾸역 입으면서 난데없는 자부심이 들었다. 비행 후에 몸이 부쩍 자란 느낌이었다.

앞으로는 좋은 날들이 있을 것만 같았다. 리르는 그날을 미리 음미하듯 서너 번 심호흡을 했다. 대기는 신선했고 맥박은 빨라졌다. 어쩐지 저 약삭빠른 셸처럼 유들유들하고 빈정대길 좋아하는 사내가 된 기분이 들었다. 범죄도 저지를 수 있을 것 같았다. 어쩌면 거리에서 만난 아무에게나 농을 걸고…… 여자를 보면 윙크도 하고 입술도 훔칠 수 있을 것만 같았다. 다른 사람들이 하는 일을 자기라고 못 할 건 없다는 생각이 들었다. 머잖아 말이다.

우선은 근처 교회에서 울리는 카리용〔스물세 개 청동 종으로 구성된 악기〕 소리에 저도 모르게 교회의 널찍한 계단으로 발걸음이 움직였다. 수녀들이 기도하는 모습은 희미하게 기억이 났지만 예배하는 모습은 떠오르지 않았다. 아침에 이미 자부심을 느낀 터라 이제는 겸허한 신도가 되는 것도 괜찮겠다 싶었다. 무엇에라도 납작 몸을 엎드리고 자신을 노르 근처로 인도한 이름 없는 신에게 감사하고 싶었다. 다음에 해야 할 일을 신에게 묻고도 싶었다.

문이 활짝 열려 있었고 이제 막 예배가 시작되는 참이었다. 무슨 축일인가? 에메랄드 시의 교회들은 언제나 이렇게 신도들로 북적거리는 걸까? 교회 입구에서 어깨를 꼿꼿이 세운 신사들 사이로 넓고 밝은 회랑이 눈에 들어왔는데, 어떤 목사가 연단에 서서 황홀경에 취하기라도 한 듯 주의를 집중해서 듣고 있는 수많은 청중에게 열변을 토하고 있었다.

"저는 우리의 이름 없는 신께서 우리에게 신념과 인내를 요구하신다고 확신합니다. 저는 우리의 이름 없는 신께서 우리에게 순종의 특권을 허락하셨다고 확신합니다. 이 불확실한 시대를 맞이하여 우리가 아무런 의심도 하지 못하는 것은 바로 확실성의 가치입니다. 이름 없는 신께서는 우리에게 바로 그 확신이라는 은혜를 베푸신 것입니다."

참 많이도 확신하는군…… 리르는 생각했다. 저렇게 확신할 수 있다면 얼마나 마음이 평화로울까? '우리의 이름 없는 신'을 혀를 굴려서 발음하는 꼴이 차라리 '우리의(our)' 대신에 '나의(my)'라고 말하는 게 더 나을 것 같군. 저렇게 자신만만하니 말이야. 사람들은 시도 때도 없이 '오 마이 갓'이라고 말하지만 보통 그 말의 의미는

'염병할'이지. 목사는 좀 더 나은 뜻을 의미했겠지만.

리르는 까치발을 하고 고개를 들이밀었다. 설교자는 사람 좋게 생긴 나이 든 남자였다. 잘생긴 얼굴도 못생긴 얼굴도 아니고 기억에 남을 만한 인상도 아니었지만, 여기 모인 열성 신도들에게, 아니 설교에 열렬한 관심을 쏟고 있는 청중에게 이름 없는 신을 설명하는 그 열의만으로도 얼굴에는 광채가 났다. 그는 마치 살아 있는 꼭두각시로 보였다. 연단 뒤편의 채색한 유리창에서 반사된 빛이 귓불로 흘러내린 머리카락을 붉게 물들였다. "이름 없는 신께서 마녀로부터 우리를 구원하신 일에 대한 감사의 축제는 계속되어야 합니다. 우리가 마법사의 학정으로부터 독립을 쟁취하고 마녀의 위협으로부터 구원받은 일은 모든 오즈 시민들에게 위대함을 성취할 새로운 기회가 될 것입니다. 이제 미스 그레일링이 찬가 11장 「하나의 진리, 오직 하나인 진리」로 우리를 인도합니다."

리르는 자기가 제대로 들었는지 확신이 서지 않았다. 교회 안은 발 디딜 틈 없이 붐볐고, 사람들이 찬가를 부르려고 일어나면서 치맛자락이 바스락거리고 구두로 바닥을 구르는 소리가 들려왔다. 그는 찬가 11장을 몰랐지만 후렴구는 아주 단순했다.

> 우리는 오직 하나인 진리만 듣는다네
> 그건 바로 당신의 거룩한 비밀 계획
> 두려운 것은 아직 많지만
> 우리가 믿을 것은 오직 그뿐이네

합창대가 알아들을 수 없는 가사로 노래를 불렀고 다시 후렴 합창이 시작되었다. 이번에는 리르도 따라하려고 했는데, 갑자기 문지기가 그의 목덜미를 잡고 그를 출입문 바깥으로 끌고 나갔다.

"네 녀석이 무슨 짓을 하려는지 알고 있다." 문지기가 말했다. "여기 돈은 모두 헌금 쟁반으로 들어갈 돈이다."

"저는 소매치기가 아니에요." 리르가 대답했다.

"그래? 예배에 참석할 복장이 아닌데." 문지기가 정곡을 찔렀다. 시끄럽게 기도에 열을 올리고 있는 도시의 신도들에 비해 리르는 농부처럼 보였다. "다시 안에서 너를 보면 뒷줄에 앉아 있는 경찰을 부를 테다."

"죄송해요." 리르가 말했다. 그러나 계단에서도 찬가 소리는 들을 수 있었고 어쨌거나 향료나 향수 냄새가 섞이지 않은 바깥 공기가 훨씬 더 신선했다.

교회의 널찍한 계단 아래에는 몇몇 아이들이 얼쩡거리고 있었다. 나이가 제일 많은 아이도 리르보다 너댓 살 아래로 보였는데, 그들은 리르를 자기들과 한 패라고 생각하는 듯했다. "너희들은 안 들어가니?" 리르가 아이들에게 물었다.

"못 들어가게 해." 한 아이가 대답했다. "들어가고 싶지도 않아."

"그럼 여기서 뭐하는 거야?"

"예배가 끝나면 자선 동전을 던져 주지, 바보야."

"아, 그렇군. 춥지 않아?"

"안 추워." 앞니가 하나 빠진 어린 소녀가 대답했다. "우리는 몸을 따뜻하게 하려고 많이 싸워."

"노래 좋지 않아?" 리르가 말했다. "여기서도 들리지?"

"찬가는 몰라."

리르는 찬가를 흥얼거리며 몇 계단 아래로 내려왔다. "우리는 오직 하나인 진리만 듣는다네……." 목소리가 밝았다. "당신의 거룩한 비밀 계획……."

아이들은 '당신의 거룩한 비밀 계획'이라는 부분을 좋아했다.

"그게 뭐라는 거야?" 앞니 빠진 여자애가 물었다.

"바보, 비밀이라잖아." 나이가 좀 더 많은 사내애가 말했다.

"조용히 해." 리르는 아이들에게 신앙의 기쁨을 전해 주는 게 행복했다. "당신의 거룩한 비밀 계획…… 알겠어? 다 다 다 어쩌구저쩌구, 우리가 믿을 것은 오직 그것뿐이네. 이제 다른 노래가 나온다. 모두 조용!"

"너는 거렁뱅이 목사 같구나." 좀 더 나이가 많은 소녀가 말했다. 그러나 합창이 다시 흐르자 그 애도 노래를 불렀고 다른 아이들도 장난스럽게 따라 불렀다. 그때 문지기가 경찰과 함께 나오는 바람에 아이들은 사방으로 흩어졌다.

"고마워 죽겠군. 덕분에 노래를 배운 대신 아침은 굶게 생겼어." 대장인 듯한 아이가 말했다. "얘들아, 오즈마 분수대 근처로 비둘기 먹이나 훔치러 가자."

"분명 그곳에 가면 먹을 게 꽤 있을 거야." 리르가 말했다. "마법사가 물러났거든."

아이들이 뛰면서 한바탕 웃음을 터뜨렸는데, 영양이 부실한 아이들도 그렇게 호탕하게 웃을 수 있다니 놀라웠다.

"뭐라고? 마법사가 이젠 자기 몫을 안 먹기 때문에? 그런지 어떤지 가서 보겠어."

리르는 풀 죽지 않고 주변을 어슬렁거렸다. 간판에 '의식 불명자 진료소'라고 적힌 조그만 건물이 눈에 띄었다. 간판 아래에 가위로 데이지꽃 한 다발을 싹둑 자르는 그림이 새겨진 나무판이 달려 있었다. 이번에는 정문 앞에 얼쩡거리는 멍청한 짓 대신 다른 출입구를 찾을 때까지 뒷골목에서 서성거렸다. 리르가 문을 두드리자 자줏빛 물방울 무늬의 망토를 두른 젊은 여자가 나왔다. "저는 아르지키 소녀를 찾고 있어요. 열여섯 살쯤 됐는데, 얼마 전에 감옥에서 나왔어요. 건강이 아주 안 좋을 거예요. 혹시 여기에 오지 않았나요?"

"우리는 늙은 환자만 돌봐."

"그렇다면……." 리르가 용기를 내서 말했다. "제가 여기서 일을 하면 안 될까요?"

"하인을 부릴 만한 돈은 없다."

"돈은 필요 없어요. 그냥 먹을 거나 가끔 주시고요, 잘 곳만 있으면 되요. 온갖 도움이 필요한 늙은 유모를 보살핀 적이 있어요. 방법을 알고 있다고요. 저는 그런 게 아무렇지도 않아요."

"멍하니 누운 환자들한테는 필요한 게 많지 않다. 자기들한테 좋고 나쁜 게 뭔지도 몰라. 하긴 그런 게 축복이겠지."

"그렇겠네요. 저는 그냥 일거리가 있나 해서요." '제 인생은 오늘 다시 시작했어요.'라고 덧붙이고도 싶었지만 심술궂어 보이는 표정이 그런 말에 귀 기울여 줄 것 같지 않았다.

"네가 법무관이 우리를 염탐하라고 보낸 아이라고 해도 나는 놀라지 않는다." 여자가 대답했다. "우리는 환자들을 치료할 뿐이야. 유언이나 유서는 취급하지 않아. 수도 없이 그런 혐의를 벗었지. 쓸데없이 우리를 괴롭히지 말거라. 마법사 정권이 물러났으니 이젠 좀 숨통이 트여야 하지 않아?"

"저는 궁전에서 보낸 사람이 아니에요." 기분이 조금 상했지만 괜히 뿌듯했다. 내가 벌써 그만큼 나이가 들고 유능해 보이는 걸까?

"가지 않으면 고양이를 풀어 놓겠다." 여자가 소매를 걷어붙였다. 왼팔에는 종기를 앓은 자국이 딱지로 남아 있었다. "거세된 놈인데도 성깔이 보통이 아니지." 은근히 겁을 주는 목소리였다. 리르는 집 안에 고양이가 있다면 아마 그건 고양이일 거라는 생각이 들었다. 그는 뒤로 물러섰다.

"잠시 들어가서 몸이라도 데울 수는 없을까요?" 그가 다시 입을 열었으나 여자는 이미 문을 닫고 들어간 뒤였다.

다시 며칠이 지났다. 오즈마 분수대 주위의 비둘기 떼에게 말라 터진 빵조각을 던져 둔다는 얘기를 듣게 된 것이 그나마 다행이었다. 리르는 근근이 끼니를 때웠다. 다른 거렁뱅이들처럼 몸이 잽싸지는 못했으나 긴 다리 덕분에 그럭저럭 제 몫을 챙길 수 있었다. 밤이면 망토를 이불 삼아 남들보다 따뜻하게 잘 수 있었다.

리르는 노르에 관해 묻고 다녔지만, 에메랄드 시는 떠도는 아이들로 넘쳐났고 오즈의 건전한 시민들한테 거지 아이들은 눈앞에 보여도 누가 누군지 알 수 없는 익명의 존재일 뿐이었다. 아무도 혼자 떠도는 아르지키 소녀를 알아볼 리 없었고, 리르는 당국에 신고하기 전에 꺼지라는 말만 들었다.

간혹 나스토야 여왕 생각을 했지만 그가 해 줄 수 있는 일은 없었다. 아무 소원이나 들어준다는 저 유명한 오즈의 마법사가 늙은 코끼리 여왕을 도와달라는 리르의 부탁을 들어주려고 다시 돌아올 리도 만무했다.

리르는 절대 겁을 먹지 않겠노라고 마음을 먹고 먼치킨 사람들의 작은 키를 빗대 '먼치킨 쥐구멍'이라고 불리는 남문 바로 안쪽의 군대 막사 주변을 얼쩡거렸다. 에메랄드 시민군은 확실히 다리 밑에 사는 빈민들보다는 잘 먹었다. 리르는 시민군에 입대하면 굶주림도 면하고 앞으로 할 일을 생각할 짬도 벌 수 있으리라는 계산이 섰다.

리르는 낡은 망토를 마대 자루에 꼭꼭 눌러 집어넣고, 연병장에서 자유 훈련 중인 병사들과 구스볼(야구와 비슷한 놀이)을 하며 한창 법석을 떨고 있는 젊은이 무리에 합류했다. 젊은이들이 바란 건 고작 크래커 한 점이나 동전 한 닢, 담배 한 가치 정도였지만 리르는 그 이상을 원했다. 그는 가만히 때를 기다리며 마음을 굳게 먹었다.

어느 날 오후 켈스로부터 갑작스레 폭풍우가 불어닥쳤다. 모두가 비를 피할 만한 곳을 찾아 사방으로 흩어졌다. 리르는 한 사람이 겨우 들어갈까 싶은 비좁은 아치길로 몸을 피했다. 벌써 그곳에 들어와 있는 군인은 기껏해야 리르보다 한두 살 많아 보였다. 두 사람은 비를 피하는 동안 이야기를 나누었다.

그는 시민군 군악대의 소적(小笛) 연주병이라는 직책에 자부심이 대단했는데, 군에 지원하려면 어떻게 해야 하는지, 모병 장교의 마음에 들려면 어떻게 말해야 하는지 소상히 일러 주었다.

"부모가 누군지 모른다고 말하면 안 돼. 장교들은 늘상 신경이 곤두서 있다고. 군대에 지원하는 고아들이 실은 시민군에 잠입해서 반란을 꾀할 첩자라고 생각하는 거야. 부모들이 그렇게 하라고 보냈다는 거지. 네가 정말 고아라면 거짓말을 해. 얼마 전에 열두 번째 동생이 태어나서 가족이 목구멍에 풀칠하기도 어렵다고, 그래서 돼지 우리 같은 집에서 쫓겨났다고 말해. 장교들도 이해할 거야. 이 근방에도 굶주린 사람들로 넘쳐 나니까."

얼마 후에 리르는 그의 조언을 그대로 따랐다. 멋지게 통했다. 얼굴이 반쪽인 다른 소년들도 여덟 명이나 똑같은 얘기를 늘어놓았지만, 영리하게 대답한 리르에게만 입대 허가가 떨어진 것이다. 그는 군번과 휴대용 침대, 숙소, 전표, 이등 후보병이라는 직위 등을 배정받았다. 아침부터 저녁까지 주방에서 감자 껍질을 벗기는 임무도 맡았는데, 시민군은 노상 감자만 먹는 게 아닌가 싶었다.

그래도 리르는 이제 군인이 된 것이다! 군인! 합법적인 적(籍)을 둔다는 게 그렇게 좋은 일인지 몰랐다. 군복은 얼룩이 깨끗이 지워지지 않은 데다 소매 한쪽은 값싼 천으로 짜깁기된 중고였지만 리르한테는 멋지고 훌륭한 군복이었다. 꼭대기에 붉고 푸른 술장식이 멋지게 달려 있고 챙이 빳빳하게 살아 있는 모자도 얻었다. 보급병은 또 장화 한 켤레를 가리켰는데, 뒷굽이 주저앉은 채였고 앞부리가 살짝 벌어졌지만 큼지막해서 발이 편했고 양말을 두세 겹 덧신을 수 있어서 한기를 막아 주었기 때문에 그런대로 쓸 만했다.

가끔은 아치길에서 리르에게 조언을 해 준 친절한 병사가 눈에 띄었지만 그 병사는 다른 사단 소속이었다. 리르는 마음 편한 익명의 상태로 남고 싶었기 때문에 소속 사단에서든 어디에서든 친구를 사귀지 않았다.

어느 날 아침이었다. 리르는 연병장에서 감자 부대를 짐마차에서 끌어내리다가 체리스톤 사령관이 브룸 마차를 타고 도착하는 모습을 보았다. 사령관은 지치고 피곤한 기색이었다. 리르는 뒤로 물러서서 침묵을 지켰지만 근처에 줄곧 머물렀다. 그는 사령관이 어느 무장한 중사와 이야기를 나누는 모습을 지켜보았다. 체리스톤은 사기 컵으로 커피 한 잔을 마시고, 새로운 화장실인지 막사인지 모를 어떤 건물의 건축 장소를 둘러보았다. 그러고는 설계 두루마리를 옆구리에 낀 채 작업반장 숙소로 들어갔다.

그는 한 시간쯤 후에 장갑 낀 손가락 사이에 시가를 끼우고 다시 나타났다. 리르가 체리스톤 사령관에게 다가가서 아직 앙금이 남은 불만을 삭이면서 정중하고 조심스럽게 인사를 했다. 사령관은 아직 그를 도와줄 여력이 있는 사람이었다.

"그래, 그래." 사령관이 무심하게 대답했다. 리르는 혹시 체리스톤이 자신을 기억하지 못하는 게 아닐까 싶었지만, 사령관은 리르가 하는 말을 가만히 듣고는 남쪽계단에서 시체를 치우는 일에 관해 좀 더 자세히 알아보겠노라고 약속했다. "자네도 손을 놓고 있어서는 안 되네. 나는 나대로 할 일이 많아. 도시 방어에 필요한 일이 한두 가지가 아니거든."

"그런가요? 하지만 지금은 전시가 아니잖아요? 곧 평화가 온다고 생각했는데."

"자네의 고명하신 후견자인 글린다 부인은 모든 일이 술술 풀린다고 생각해. 아니, 그렇게 되길 바라는 거겠지. 하지만 불안한 정치 상황을 봐서는 경제에 새로운 자극이 필요해. 그리고 전쟁의 위험이야말로 소비를 진작시키는 커다란 자극제야. 국고를 늘리는 마찰 요법이라고나 할까."

리르는 무슨 뜻인지 이해할 수 없었다. 하지만 뭔가 일이 터질 것만 같았다. 이후 수주일 동안, 아니 수개월 동안 리르는 건설 현장에서 흙을 파서 나르고 그런 다음에는 거대한 주춧돌을 놓는 힘든 작업을 시작한 건장한 군인들에게 감자 요리를 먹이는 일을 했다. 그는 체구가 작은 덕분에 큰 돌을 나르는 대신 주방 일을 맡게 된 점을 다행으로 생각했다. 하지만 좀 더 시간이 흐르자 비록 외진 산간에서 별 볼 일 없는 유년 시절을 보냈지만 자신이 그렇게 둔한 녀석이 아님을 천천히 깨닫기 시작했다.

물론 그런 자부심을 느낄 만한 이유는 없었다. 특히 국가적 문제에 관해서는 영락없는 촌뜨기처럼 꿀 먹은 벙어리가 되기 일쑤였는데, 실로 그는 배움이 짧았고 말을 해본 경험이 적었다. 시사 문제가 나오면 아는 게 거의 없었기 때문에 감히 의견을 내놓질 못했다. 아무도 막사 안에서 신문 쪼가리를 돌려 읽지 않았고 병사들은 식사 시간이면 주로 매춘부와 성병에 관해 시시껄렁한 농담만 주고받았다.

리르는 오랫동안 엘파바 곁에서 지내면서 어떤 자질을 얻었다는 생각이 들었다. 그녀가 뼛속 깊이 지니고 있던 힘이나 육감 같은 것은 아니었다. 이해력도 아니었다. 그건 듣는 능력, 즉 예민한 귀였다. 그렇다면 그도 마법 주문을 외는 법을 익힐 수 있지 않을까? 물론 거기에는 뛰어난 언어 능력이 필요했는데, 엘파바가 언어 능력이 남달랐던 것은 분명했다. 비록 엘파바는 그 능력을 드물게만, 그것도 마지못해 사용했지만 말이다. 아무튼 마법 주문이란 결국 음절을 그럴듯하게 발음하는 재주가 아니면 무엇이겠는가. 그렇게 하여 새로운 단어를 만들어 내고…… 모호한 구절을 명확하게 발음하고…… 올바른 이름을 불러 주는 것…… 그리하여 어떤 변화를 일으키는 재주가 아니면 무엇이겠는가.

빗자루로 한바탕 하늘을 날긴 했지만 리르는 아직 제가 마법의 재능을 타고났는지 확신이 서지 않았다. 하늘을 나는 묘기를 부린 것은 리르 자신이 아니라 빗자루였다. 그는 단지 빗자루에 걸터앉았을 뿐이다. 눈곱만큼이라도 어떤 육감이나 재능이 있다고 생각했다면, 쥐를 잡아채는 고양이처럼 그것을 움켜쥐었을 것이다. 하지만 그는 기본적인 부분에서도 다른 식당병들에게 뒤지는 둔한 친구였다. 언제쯤 변소에 가야 할지조차 미리 생각하지 못하는 팔푼이였다.

그는 입 안에 돌을 넣어 둔 것처럼 말을 우물거렸다. 스스로도 제가 부끄러움을 잘 타고 멍청하다고 생각했다. 그런데 이제 자신이 멍청하지 않다는 의심이 조금씩 들기 시작했다. 그렇게 굼뜬 인간이 아닐지도 몰랐다. 단지 배움이 짧았을 뿐이라고 자위했다. 그렇다고 배우지 못할 사람은 아니기를 바라면서.

체리스톤 사령관은 노르 일로 리르를 찾지 않았다. 몇 주가 더 지난 후에도 사령관은 아무런 낌새도 보이지 않았고 부관을 통해 무슨 얘기를 전해 오지도 않았다. 리르는 시민군 내에 한 가지 소문을 내기로 했다. 그는 남쪽계단에서 '뿔돼지 부부가 마법을 부린다는 죄목'으로 살해당했다는 소문을 퍼뜨렸다. 시체는 마법 능력이 다른 수감자들에게 감염되기 전에 재빨리 치워졌다고. 이게 과연 가능한 얘기일까? 그런데 마법 이야기에 굶주려 있던 식당병들은 그 이야기를 마치 복음처럼 빨아들였다. 리르는 제가 꾸민 이야기가 어떤 반박에 부딪히고 그 덕에 뿔돼지가 실제로 처리된 방식, 나아가서는 노르의 행방까지도 알게 되기를 바랐다. 그러나 진상을 아는 일은 더디기만 했다.

겨울은 얼음장 같은 추위를 동반하여 매섭게 들이닥쳤다. 찬물에 감자를 씻다 보니 손이 벌겋게 부어 터지며 동상에 걸렸다. 눈이 무시로 내렸다. 바깥에서 얼어죽거나 굶어죽지 않으면 다행이었다. 때를 기다렸다. 건설 현장에서 일하는 동료들에게 음식을 준비하는 일을 맡은 게 기쁠 따름이었다. 그들은 이제야 겨우 육중한 돌을 현장에 옮기는 일을 마쳤지만 이렇게 추운 날에도 추위에 무방비로 노출된 채 세우고 설치하는 일, 납땜을 하고 석회 바르는 일을 해야 했다.

병사들은 조만간 늘어날 신병을 수용할 큼지막한 막사를 짓는 중이라고 추측했다. 아니면 지금 한창 개발 중인 방어용 대포를 넣어둘 창고를 짓는 모양이라고 생각했다. 추위가 풀리는 동안 가파른 지붕에 널을 얹었다.

눈이 녹을 무렵에 내부 공사가 신속하게 진행되었다. 얼마 후에 두터운 털옷에 성직복을 받쳐 입은 유일교 목사가 건물 계단에 모습을 보였다. 그는 향단지에서 향을 피우고 거룩한 몸짓을 취하며 이름 없는 신을 불렀다. 아직 공사가 끝나지 않은 건물은 대성당으로 봉헌되었다.

대성당은 럴라인마스 무렵에 그럭저럭 건물 기능을 할 수 있었다. 럴라인 이교는 이미 인기가 시들했다. 글을 모르는 시골 무지렁이들을 빼고는 누군가는 오즈를 창조했다고도 얘기하는 요정 럴라인을 숭배하는 이는 드물었다. 그렇지만 유서 깊은 럴라인마스 축일은 여전히 성행했다. 축제 기간이면 궤짝마다 돈이 넘쳐났던 까닭에 서민 문화에 조용히 흡수되었기 때문이다.

다행히 럴라인마스는 마법사가 떠나고 벌써 반년이나 공석이 된 지도부에 대한 사람들의 불안감을 다른 데로 돌렸다. 오즈 각지에서 리르를 제외한 모든 병사들에게 럴라인마스 선물이 도착했다. 리르는 유일교 신앙이 몹시 두터운 부모님이 이교의 관습을 완강히 거부한다는 이야기를 미리 꾸몄지만 거짓말을 할 필요는 없었다. 아무도 침대에 선물이 없는 이유를 묻지 않았으니까. 리르 주변은 온통 금색 종이로 싼 선물 꾸러미며 조잡한 장신구며 쓸 만한 옷가지, 정향 냄새가 풍기는 조그만 돈지갑 등으로 어수선했다. 그는 노르가 생강빵 생쥐의 꼬리를 선물한 일이 기억났다. 입안에 침이 고였다. 꿀꺽 침을 삼켰다.

대성당은 동시에 1000명을 수용할 만큼 넓었다. 모든 병사가 럴라인마스 당일에 엄격한 유일교 예배에 참석했다. 리르는 앞줄에 앉은 체리스톤 사령관을 보았다.

방문 목사는 꼴사납게 입술을 실룩거리며 연단 위로 올라 설교를 시작했다. 나지막히 읊조리는 기도 소리가 점차 가늘어지더니 작금의 풍기 문란을 나무라는 장광설이 불을 뿜기 시작했다. 병사들 대부분은 설교가 시작하자마자 서로의 어깨에 기대 잠에 빠져 들었지만, 설교란 걸 들어 본 일이 없는 리르는 자세를 바로하고 귀를 기울였다. 목사는 왼쪽 중앙의 신도석에서 나오는 뜨거운 시선을 느끼고 설교에 더욱 열을 올렸다.

목사는 성서대 양끝을 손으로 잡고 좌우로 흔들었다. "모든 장소에서, 심지어는 군대가 여러분에게 제공한 단정하고 깨끗한 숙소 내에서도 마법이 횡행한다는 괴상한 소문이 나돌고 있습니다! 밀 더미에 숨은 바구미나 고기에 들러붙은 구더기처럼 말입니다!" 목사의 우렁찬 목소리나 마법 운운하는 얘기에 비몽사몽 헤매던 청중이 아침 잠에서 깨어났다.

목사는 사특한 이단의 준동을 비난하기 위해 에메랄드 시에서 끊임없이 나도는 소문을 언급했다.

"마법의 매력은 거짓 믿음에서 나옵니다. 그것은 군중을 미혹하는 겉만 번지르르한 쾌락의 종교입니다. 물고기를 치마로 바꾸고 깃털을 먼지떨이로 바꾼답니까? 모두 얼빠진 오락이며 사기꾼의 허튼 술수입니다! 차라리 물고기를 생선 필레로 바꾸어 여러분의 굶주린 어머니께 드리라고 하십시오. 그렇다면 우리는 마법을 칭송하겠습니다. 자선의 마법이라 부르겠습니다."

리르는 박수갈채를 보낼 준비를 했다. 하지만 아무도 별다른 동요를 보이지 않았기에 들었던 손을 가만히 무릎에 내려놓았다.

"그것은 시대가 암울할 때마다 생겨나는 도시의 전설일 따름입니다. 오즈마가 다시 돌아와서 빈곤한 자를 다스릴 거라는 둥, 향긋한 염소 치즈를 넣은 둥근 토스트가 사막에 가득 떨어져서 굶주린 자를 배불리 먹게 할 거라는 둥, 뿔돼지들이 자신을 희생하여 남쪽 계단 거주민들에게 마법의 권능을 부여하여 그들이 감금 상태를 잘 견딜 수 있게 했다는 둥!"

리르는 자리에서 갑자기 뛰어오를 뻔했다.

"아닙니다. 사실이 아니에요." 목사가 말을 이었다. "오래전에 납치된 오즈마는 죽어서 무덤에 묻혀 있습니다. 뼈도 이미 반쯤은 먼지로 변했을 것입니다. 둥근 토스트는 굶주림의 최후 단계에서 보게 되는 헛것, 사막의 신기루일 뿐입니다. 게다가 생각만큼 맛이 좋지도 않습니다. 남쪽계단에서 뿔돼지가 죽으면 무연고 묘지로 실려가서 화장됩니다. 그러니 아무것도 남을 턱이 없습니다. 남쪽계단의 수감자들에게 눈곱만큼도 위안을 줄 수 없습니다. 수감자들은 오히려 비통한 심정을 이름 없는 신께 의탁하고 사특한 믿음에 대해 용서를 빌어야 합니다."

무연고 묘지. 리르는 그 말을 기억에 새겼다. 그래도 더 알아 둘 게 있을지 몰라 마지막까지 목사의 설교에 귀를 기울였다. 얼마 동안 목사의 설교는 거침없이 이어졌다. 목소리가 성당에 우렁차게 울려 퍼졌는데, 마치 요전날 밤 리르가 걸터앉은 빗자루를 하늘로 솟구치게 한 바람처럼 리르의 몸과 마음을 둥둥 뜨게 만들었다.

예배가 끝나자 리르는 용기를 내서 앞으로 나갔다. 그가 목사의 소매를 붙잡았다. 목사는 연단 아래에서 보았을 때보다 나이가 들어 보였다. 늙은 목사가 피곤한 기색으로 리르를 돌아보았다.

두 사람은 몇 마디를 나누었다. 리르는 설교에 감동을 받았다는 얘기를 전하면서 마녀의 죽음을 대가로 키아모코에서 탈출한 일은 이름 없는 신이 리르를 보살핀 덕이냐고 큰 소리로 물었다. 목사는 다소 격하게 반응했다.

"왜? 혹시 누가 마법을 부리는 장면을 본 건가, 아니면 그런 사실을 아는 게야? 이곳에서? 군대 영내에서? 사악한 힘이 자네를 유혹하고 있나? 말해 보게, 어서."

리르는 깜짝 놀라 뒷걸음질을 쳤다. 바보같이 내 정체를 밝히다니! 리르는 고개를 저었다. 그러고는 실례했다는 말을 남기고 자리를 떴다.

아직 밖으로 나가기에는 추운 날씨였다. 그러나 날은 가고 태양은 운행하는 법. 리르는 한겨울이 지나면 무연고 묘지에 가기로 했다. 무슨 수를 써서라도.

시간은 더디 흘렀지만 마침내 그날이 왔다. 리르는 약간의 편법을 써서 짧은 여행을 할 수 있었다. (애당초 리르는 군에 지원할 때 어머니가 아프고 아버지는 몸이 불편하다는 이야기를 꾸며 댔었다. 이제 반 년 동안 군에 복무한 그는 집에 빵 한 덩이, 동전 몇 푼이라도 가져가겠다는 핑계로 휴가를 얻어 냈다.) 그가 지어낸 뿔돼지 이야기는 효력이 있었다. 뿔돼지 전설은 마치 스캔들처럼 도시 주민들 사이에 삽시간에 퍼져 나갔다. 순례자들이 뿔돼지를 태운 장작더미 주위로 모이기 시작했다. 정부에서는 무연고 묘지의 화장터를 파괴해야 했다. 이 무서운 장소에 우후죽순으로 천막을 치고 눌러앉은 불법 점유자들은 최근에 그곳에서 무슨 일이 있었는지 거의 알지 못했고, 뿔돼지 부부나 남쪽계단에서 도망친 죄수에 대해서는 아무것도 몰랐다.

그러나 리르는 기지에 돌아와서도 그다지 마음이 괴롭지 않았다. 만약 노르가 도살된 돼지 시체에 몸을 숨겨 남쪽계단에서 몰래 빠져나갈 만큼 기지와 용기를 갖추었다면, 어떻게든 이 추운 겨울을 보낼 따뜻한 장소도 찾아냈을 거라는 안도감이 들었다. 그들의 재회는 여기가 아닌 다른 곳에서 이루어질 모양이었다.

그는 이름 없는 신을 믿고 싶었다. 이름 없는 신이 거룩한 비밀 계획으로 노르를 만날 마땅한 때와 장소를 예비해 놓았다고 믿고 싶었다. 리르로서는 이제 주어진 임무에 충실하며 때를 기다리는 수밖에 없었다. 감자를 깎으며 코와 눈을 맑고 크게 열어 둔 채 이름 없는 신이 마땅한 때와 할 일을 일러 줄 때까지 기다리는 수밖에 없었다.

나스토야 여왕을 돕는 일은 가능할 것 같지 않았다. 군대에서 마법을 배울 수는 없는 노릇이었다. 여왕에게는 무슨 말을 해야 할지,

어떻게 해야 그 불편한 몸이 평안해질지 알지 못했다. 어쩌면 이미 죽었을지도 모른다.

✛✛✛

리르는 병영 침상에서 남몰래 하는 새로운 버릇이 생겼다. 자위 같은 것은 아니었다. 사실 조악한 이불로 몸을 가린 채 혼자 끙끙대는 짓은 여럿이 모인 공동 숙소에서는 위험천만한 일이었다. 동료들은 누가 몸이 달아 이상한 짓이나 하지 않을까 해서 눈에 불을 켜고 지켜보고 있었다.

그런 게 아니었다. 리르의 은밀한 버릇은 옛일을 추억하거나 근심에 사로잡히거나 가끔은 기어 들어가는 목소리로 기도를 드리는 일이었다. (리르는 목사가 기도 방법은 전혀 알려 주지도 않으면서 병사들에게 기도의 가치를 왜 그토록 강조했는지 의아했다.)

리르는 곯아떨어진 동료들이 풍기는 독한 악취에 파묻혀서 제가 가진 자질들을 하나하나 짚어 보고 군 생활을 통해 어떻게 그런 자질을 발전시킬지 생각했다.

우선 정직함을 꼽을 수 있었다. 그리고 예의 바른 태도. 무엇보다 감각의 즐거움에 탐닉하지 않는 엄격함을 빼놓을 수 없었다. 이런 성격으로 그는 자위에 빠지지 않을 수 있었다.

리르는 또 자신이 존경받을 만한 사람이 되었다는 자부심이 들었다. 그런 것이야말로 군인다운 모습이 아닌가. 키아모코에 살 때는 결코 존경받을 만한 아이가 아니었다. 무지하기 짝이 없었고 사소한 일에도 겁을 집어먹기 일쑤였다. 이제는 그런 옛날의 리르가 아니었다.

군대의 생명은 엄한 '규율'이었다. 엄격함, 복종, 공정한 사고가 군을 지탱하는 주된 덕목이었다. 엘파바에게 그런 덕목이 하나라도 있었던가? 그녀는 감상에 빠져 허우적거리거나 분노와 슬픔으로 마음을 추스르지 못할 때면 어김없이 시간 관념이 엉망이 되었다. 한밤중에 커피에 탈 크림을 찾으러 지하 저장실 문을 쾅쾅 여닫는 바람에 다른 가족을 깨운다거나 해 질 녘에 하프시코드 건반에 빵가루를 흘리며 늦은 점심을 먹는다거나, 아니면 날씨나 시간에 상관없이 방금 전에 리르가 삶은 달걀을 준비해 놓았는데도 성문 밖으로 총총 빠져나가거나 했다. 한밤중에 바로 그 '책'을 큰 소리로 읽으며 무슨 일이 생기는지, 제 발음이 어떤지를 확인하며 혼자 흥분하곤 했는데, 그러다가 옷장 위에서 잠든 치스터리를 깨우는 것은 당연지사였다. 충동적이고 이기적이었다. 한없이 이기적이었다. 리르가 어찌 그런 면을 몰랐겠는가?

엘파바는 물론 자기 자신에게는 충실했지만 그게 본인에게도 좋은 일이었는지는 확실치 않았다. 아니, 다른 누구에게는 좋은 일이었을까? 리르가 기억하는 한, 며칠 밤 뜬눈으로 옛일을 가만히 회상해 본 결과, 마녀는 리르에게 그저 몸이나 성하게 있으라는 것 말고는 바란 게 없었다.

그리고 분명한 일은 리르에게 순종을 요구하지 않은 점이었다. 그런데 과연 어느 누가 회초리로 맞아 가며 크지 않고도 순종하는 법을 배울 수 있겠는가. 그는 홀로 내팽개쳐진 채 노르와 노르의 오빠들이랑 먼지 낀 복도만 서성거렸다. 읽을거리도 거의 우연히 접하게 되었다. 옷도 사리마의 자매들, 공상에 빠지며 툴툴거리는 게 일이었던 그 노처녀들이 챙겨 주었다. 리르는 이제는 얼굴도 잘 기억나지 않는 키아모코의 어른들이 자신의 미숙함에 책임이 있다는 생각이 들었다.

그래도 리르는 좀 더 마음을 넓게 먹자고 스스로를 다그쳤다. 엘파바가 아이를 키우는 일에 대해 무엇을 알았겠는가? 동료들이 포근하고 안온한 엄마 얘기, 회초리를 든 후에는 반드시 다정하게 안아 주었던 엄마 얘기를 늘어놓을 때마다 엘파바에게는 엄마다운 면이 조금도 없었다는 생각이 들었다. 이것은 엘파바가 엄마가 아니라는, 엄마일 리 없다는 증거로 확실해 보였다. 그녀는 굉장한 힘을 가지고는 있었지만 사나운 코뿔소보다도 모성애가 없었다.

사나운 코뿔소도 새끼를 낳을 수는 있다라는 속삼임이 마음 깊은 곳에서 그가 멈추라고 할 때까지 들려왔다.

한 달이 지나고 또 한 달이 지났다. 리르는 줄곧 군사 훈련을 받았다. 총을 쏘는 법, 총검에 찔리지 않고 총을 들고 뛰어가는 법, 대형을 유지하며 행진하는 법 등을 익혔다. (승마술은 배우지 않았다. 자비로 말을 구입할 수 있는 군인들만 말을 탈 수 있었기 때문이다.) 그리고 머리를 멋지게 빗어서 거리에서 처녀들의 마음을 사로잡는 법, 때맞춰 예의 바르게 인사하는 법(그래야 할 이유는 배우지 못했지만), 감자 껍질을 빨리 벗기는 법도…….

다만 한 가지 이상한 것은 시민군이 방어해야 하는 위험의 정체가 모호하다는 점이었다. 지휘관들도 외부의 위협에 대해 별 말이 없었다. 병사들은 숙사나 식당에서 편히 쉴 때면 그 문제를 이야기했다.

어떤 병사들은 단지 에메랄드 시민들에게 마음의 평화를 제공하기 위해 시민군이 존재한다고 생각했다. 길거리의 어중이떠중이들이 반란을 일으키거나 남쪽계단에서 수감자들이 도망을 친다거나, 아니면 어느 날 갑자기 혜성이 떨어져 궁전을 불태우거나 하면, 시민군이 짠 하고 등장해서 도시의 질서를 회복한다는 얘기였다.

다른 병사들은 시민군이 도시의 경찰 병력이 아니라 수비군이라고 주장했다. 먼치킨랜드는 마법사가 궁전에서 떠나기 전에 이미 독립을 선언하고 자유 국가를 세웠다. 오즈의 수도 시민들을 먹이는 거대한 경작지는 물론이고 에메랄드 시의 주요 식수원인 레스트워터가 고스란히 먼치킨랜드 영내에 위치했기 때문에 양국 간의 마찰은 외교적 공방으로 그쳐야 했다. 실로 에메랄드 시가 먼치킨랜드의 신생 정부에 공격을 가할 가능성은 전무했다. 전면적인 내전이 벌어지면 수도의 식수 및 식량 공급이 마비될 게 분명했다.

그러나 만약 먼치킨랜드가 군대를 키운다면? 그 군대가 에메랄드 시를 침략한다면? 그때는 시민군이 나서서 침략군을 가볍게 쫓아내야 했다. 따라서 훈련은 중단 없이 지속되었고, 방어 시설이 속속 들어섰으며, 스파이들도 먼치킨랜드의 현황을 염탐하기 위해 바삐 움직인다는 얘기가 나돌았다.

리르는 '스파이'를 발음했다. 멋지고 섹시하고 위험한 소리로 들렸다.

그러나 그는 병사들에게 수시로 훈련을 받는 진짜 이유는 알려주지 않는 게 좋은 방침이라고 생각했다. 정보는 그것을 해석할 지능이 있는 사람이 다뤄야 하는 것이고 자신은 그런 사람이 아니라고 판단했으니까.

어느 날 아침 리르는 다섯 명의 다른 동료들과 함께 부대장의 호출을 받았다. 그들은 깨끗이 몸을 씻고 예복을 입으라는 명령을 들었다.

"궁전 수행반이다." 부대장이 말했다.

궁전 수행반! 얼마나 멋진 말이냐! 그는 한 계단씩 위로 오르고 있었다. 한눈팔지 않고 악착같이 군 생활을 한 보상을 받은 것이다.

다른 동료들과 함께 차출 장소에 모였을 때 리르는 자신이 왜 뽑힌지 알게 되었다. 수행반으로 뽑힌 여섯 명은 키와 몸집이 엇비슷한 말쑥한 청년들이었다. 머리카락이 두 명은 금발, 두 명은 밤색, 나머지 두 명은 목탄 색깔이었다. 리르는 목탄 부류였다.

"자네들은 글린다 부인과 처프리 경을 의전국까지 수행하는 일을 맡게 된다." 부대장이 말했다. "두 고명한 부부는 그곳에서 '정의의 질서' 예식을 치르게 돼 있다. 글린다 부인에게는 공직에 봉사한 그간의 노고를, 처프리 경에게는 그분 나름의 공헌을 치하하는 뜻으로 마련된 자리다. 시민군 병사가 두 분에게 감사패를 전달하는 이유서 깊은 행사에 참석하는 것은 대단히 명예로운 일이다. 그러니 정신 바짝 차리고 몸가짐을 단정히 하거라. 눈은 정면을 향하고 턱은 치켜들고 엉덩이는 집어넣고 어깨를 곧게 세워야 한다. 평소처럼 말이다."

부대장이 금발의 병사 한 명을 채찍으로 후려갈겼다.

"멍청한 녀석, 여기가 마굿간인 줄 알아? 당장 입 안에서 질경대는 고무 토막을 뱉어 내지 않으면 이빨을 몽땅 부러뜨릴 테다."

머리카락이 목탄 색깔인 것도 쓸 만한 일이군. 리르가 속으로 생각했다.

이제 리르는 글린다 부인을 다시 보게 될 터였다. 그것만은 틀림없었다. 비록 부인과 더 많은 일을 함께하지는 못했지만 조금이나마 인연을 맺고 이야기 한 자락을 같이 엮은 건 사실이었다. 오즈의 수석대신으로서 부인은 많은 일을 알고 있을지 모른다. 어쩌면 그가 노르를 찾던 일을 기억하고 체리스톤은 접근조차 못 하는 고급 정보를 알고 있을지도 모른다.

궁전에서 체리스톤 사령관이 리르에게 눈을 맞추고 윙크를 보냈다. 리르와 다섯 동료들은 흰색 제복을 입고 흰색 구두를 신고 황금빛 깃털을 꽂은 반(半)투구를 쓴 눈부신 모습으로 측랑 입구에 인간 벽지처럼 서 있었다.

글린다 부인이 왕홀을 흔들어 환호하는 청중에게 답례를 하며 남편보다 한두 걸음 앞장서 걸어왔다. 부인은 리르가 그녀를 처음 봤을 때처럼 엄숙한 표정으로 턱을 꽂꽂이 추켜세운 자세로 걸어 들어왔는데, 눈에서는 광채가 났다. 고풍스러운 메타나이트 의상과 코발트와 다이아몬드로 장식한 티아라로 한껏 성장(盛裝)한 그녀는 화사한 오렌지 향의 훈기를 풍기며 의젓하게 걸음을 옮겼다. 체리스톤 사령관이 처프리 경이 탄 휠체어를 밀며 따라왔다. 처프리 경은 마치 한 번 떨어진 목을 누군가 손이 굼뜬 사람이 다시 붙여 놓은 양 묘한 각도로 고개를 떨어뜨린 채 어깨 장식에 침을 질질 흘리고 있었다. 노련한 간호사처럼 처프리 경을 돌보던 체리스톤 사령관이 침을 닦아 냈다.

의식은 처프리 경의 건강 상태를 감안하여 약식으로 치러졌다. 그는 임종이 얼마 안 남은 듯했다. 사람들은 이 부부가 정부에 기여한 공적을 치하하는 이 뜻 깊은 행사를 서둘러 치르고 있었다. 만약 리르가 감사의 연설을 제대로 들었다면, 처프리 경은 몇 년 전에 정부를 파산 상태에서 구해 낸 교묘한 회계 관리법을 창안한 공을 세웠다. 글린다 부인은 다소 일찍 물러난 감이 있지만 눈부신 매력으로 수석 대신 임무를 무리 없이 치러 낸 공을 세웠는데, 그 보상은 앞으로도 몇 년간 줄곧 그녀에게 돌아갈 것이었다.

글린다는 대중 앞에서 얼굴을 붉히지 않는 법을 몸에 익힌 게 아니라면 연설을 전혀 듣고 있지 않는 게 분명했다.

행사가 끝나 갈 무렵, 리르의 초록색 눈빛이 생기를 잃어 갈 때, 갑자기 식장에서 신사숙녀들의 옷주름이 바스락거리는 소리가 나더니 일순간 정적이 흘렀다. 리르는 옆문 쪽으로 고개를 돌렸다. 아리따운 두 처녀의 부축을 받아 허수아비가 들어오고 있었다. 그는 술에 취한 듯, 아니 근육이 마비된 듯 몸을 제대로 가누지 못했다. 양손을 허리에 댄 채 눈동자를 삶은 달걀처럼 이리저리 굴리고 있었다.

리르는 처음에는 이것이 장난인 줄 알았다. 성극(聖劇)에 등장하는 어릿광대처럼 허수아비가 웃음거리로 나온 줄 알았다. 하지만 코넷(금관악기) 소리가 울려퍼졌고 고관대작들이 허수아비의 등장에 갈채를 보냈다. 허수아비는 한쪽 무릎을 꿇고 정중하게 인사를 했는데, 동작이 너무 굼뜨고 서툴러서 몇몇 시민군 병사는 비웃음을 흘렸다. 허수아비는 아무 말 없이 몸을 이리저리 흔들고만 있었다. 앞으로는 주름 다발을 이루고 뒤로는 거품처럼 부풀어 오른 명주 망사를 걸친 글린다 부인이 의젓하게 무릎을 굽혀 인사를 했다.

허수아비는 퇴장했다. 리르는 코웃음을 쳤다. 이곳에 등장한 허수아비는 분명 가짜였다. 키아모코에서 리르와 함께 걸어온 그 허수아비가 절대 아니었다. 어떻게 그런 사실을 모를 수 있단 말인가? 아니면 이들도 공모자인가? 어쩌면 그들 눈에는 허수아비는 모두 똑같아 보이는지도 모른다.

이미 남쪽계단이라는 가공할 허방을 본 적이 있는 리르로서는 진짜 허수아비의 행방을 짐작하기가 어렵지 않았다. 아니 어쩌면, 순전히 짐작이지만, 진짜 허수아비는 용의주도하게 어디론가 사라졌는지도 모른다. 리르는 허수아비가 감옥에 있든 모습을 감추었든 그에게 행운이 있기를 바랐다.

리르는 시국에는 별 관심이 없었다. 병영 내부의 음모 이상에는 관심을 기울일 겨를이 없었다. 민간 세계가 스스로 벌이는 익살극은 그와는 상관 없는 일이었다. 글린다 부인은 자발적으로 물러난 것인가? 아니면 힘을 합친 적대 세력에게 떠밀린 것인가? 이런 질문이 머릿속에 떠올랐지만 그것을 쓸데없는 궁금증으로 치부하면서 마침내 그는 어른다운 냉담함을 처음 느꼈다. 그것은 좋은 일이었다. 그럴 때가 됐으니 말이다.

어찌 됐든 그는 글린다 부인의 눈에 띄지 않았고 오즈의 허울뿐인 다음 우두머리에게도 눈길을 받지 못했다. 이는 그가 처해 있는 고립의 실상을 일깨웠다. 그는 노르 소식을 알기 위해 글린다에게 접근하고 싶지 않았다. 다시 자기를 소개하는 굴욕을 감수하고 싶지 않았다.

병사들은 처프리 경과 글린다 부인이 점심을 대접받는 동안 옆방으로 안내되어 맛없는 크래커를 먹었다. 그들은 예복에 얼룩이 묻지 않도록 물 외에는 아무것도 마시지 말라는 명령을 들었다. 리르는 글린다 부인의 예쁜 장신구 노릇을 한 것에 화가 났다. 그는 물도 마시지 않았다.

부부가 다시 마차에 오르는 동안, 리르는 그들에게 눈길조차 주지 않았다. 이미 임무가 끝난 마당이었기에 그녀가 자기를 발견해서 아는 체를 하게 놔두었다. 그러나 부인은 그렇게 하지 않았다.

✦✦✦

1년이 지나고 다시 1년이 흘렀다. 해가 바뀌면 아무것도 전과는 똑같지 않았지만 변한 것도 별로 없었다.

그는 병사들이 서로 어울리는 모습을 관찰하며 군에 들어온 지 오랜 후에야 자신이 남자들의 행동을 처음 겪는다는 사실을 깨달았다. 키아모코는 적어도 어른들의 경우는 여자들만 있는 곳이었고 오래전에 잃어버린 남편이자 연인이며 아버지인 피예로의 그림자는 실제가 아니라 환영이었다. 리르는 남자들이 어떻게 말하고 농을 치며 서로를 믿거나 믿지 못하는지 배운 바가 하나도 없었다.

군 생활은 일종의 복마전이었고, 리르는 열심히 적응했다. 공식적인 동호회나 친목 모임에 그는 뻣뻣한 태도로 참석했다. 리르는 맡은 임무에 충실하며 규칙적인 생활을 하였고 거기서 보람을 느꼈다. 리르는 잘 들어 주는 사람으로 통했다. 리르는 자신의 이상한 출생 내력을 무심코 떠벌이고 싶지 않았고 말하는 것보다 듣는 것이 더 쉬웠을 뿐이다.

리르는 제 얘기를 하지 않는 데 익숙해졌다. 휴가를 얻어도 이용할 생각을 하지 않았다. 한 번은 동료 후보병이 길리킨의 시즈 대학교 북쪽에 있는 고향의 농장에 함께 가자고 했다. 리르는 구미가 당겄다. 떠나기 전날 밤에 그 동료는 술을 좀 많이 들이켰다. 그는 중풍에 걸린 늙은 아버지나 자기와 결혼한 착한 여자 등에 대해 줄창 떠벌이기 시작했다.

"그들은 모두 나를 자랑스럽게 생각해. 시민군에 들어온 일은 우리 가족 누구도 하지 못한 아주 훌륭한 일이거든."

특별할 것도 없는 집안이로군. 리르는 속으로 생각했다.

"오! 어머니가 해 주신 애플타르트만 봐도 눈물이 나." 그가 말했다. 실제로 그는 눈물이 그렁그렁했지만, 리르의 눈은 돌멩이처럼 차가웠다. 다음날 아침에 리르는 이 골칫덩이 동료에게 생각이 바뀌었다며 혼자 가라고 말했다.

"너는 네가 얼마나 좋은 기회를 놓치는지 모를 거야."

"그래도 할 수 없어."

고향에 갔던 동료는 체크 무늬 천으로 감싼 애플타르트를 가지고 돌아왔다. 맛이 좋았다. 어떤 면에서 보면 맛이 너무 좋았다. 리르는 그렇게 맛있는 음식은 처음 먹어 보았다. 그리고 그는 맛 좋은 음식만 보면 분노가 치밀었다.

몇 주 뒤에 어느 장교의 라이플총이 선반에서 사라지는 일이 발생했다. 리르는 그 장교와 은밀히 만날 약속을 잡았다. 그는 군의 명예를 지키기 위해 사실을 털어놓을 필요가 있다고 말했다. 리르는 교묘한 말로 길리킨 출신의 그 후보병에게 혐의를 두었다. 그 병사가 며칠간 아무와도 어울리지 않고 혼자 지냈다고 얘기했다. 병사는 일주일 동안 자백을 거부했고, 결국 군복이 벗긴 채 불명예 제대를 당하고 말았다.

훗날 사람들은 그가 결국 고향에 돌아가지 못하고 스스로 목숨을 끊었다고 말했다. 어느 집 뒷뜰에서 검은색 느릅나무에 목을 멘 것이다.

멍청한 녀석. 리르는 생각했다. 군대에서는 안주거리밖에 안 되는 얘기지. 그렇게 불쌍하고 가엾게 죽으면 누가 알아주기나 한대?

리르는 성당에 앉아 있었다. "신념보다 더 강한 것은 없습니다." 목사의 설교 소리가 쩌렁쩌렁 울렸다. 그것은 허약함에 대한 경고의 소리였는데, 생각해 보니 이름 없는 신이 리르의 행동을 용인하는 것처럼 들렸다. 리르는 양심의 가책을 느끼지 않는 게 당연하고 정당한 일로 여겨졌다. 장교의 총은 다른 곳에서 발견되었다. 엉뚱한 사물함에 잘못 보관했던 것이다. 부대 전체가 그 문제에 대해 침묵했다. 아무도 리르에게 왜 그런 진술을 했는지 묻지 않았다. 아무도 잘못을 인정하고 싶지 않았던 것이다.

아직 어른이 되지 못한 젊은이는 경박한 일에 탐닉하면서 자신의 내적 능력을 함부로 낭비하고픈 유혹에 빠져 그 능력을 훼손하기 십상이다. 이러한 증상은 특히 가면으로 참모습을 가리고 살아가는 이들에게는 여지 없이 감염된다. 인간 여왕의 몸으로 둔갑한 채 살아가는 코끼리와 조잡한 삼중관(三重冠)을 머리에 얹고 화려하게 치장한 허수아비처럼. 마녀의 모자나 마법사의 쇼비즈니스, 성직자의 영대, 학자의 가운, 군인의 예복 등등. 어떻게 하면 나의 참모습을 알고 살아가는가라는 질문을 피하는 백 가지 방식.

다시 럴라인마스 축일이 다가오자 리르는 대성당 꼭대기의 망루에서 홀로 감시하는 초병 임무를 자원했다. 그는 임무 교대를 거절하고 럴라인마스의 만찬에도 근무를 섰다. "내 임무는 내가 결정해. 내가 맡겠어." 그는 교대하기로 되어 있던 후보병에게 이렇게 말했다. 후보병은 기뻐하며 다시 축하연 자리로 되돌아갔다. 리르는 그가 감사의 뜻으로 몰래 가져온 맛없는 맥주를 아무렇게나 쏟아 버리며 묘한 쾌감을 느꼈다.

다시 1년, 아니 2년이 지났다. 마침내 리르가 속한 중대가 출정한다는 소식이 알려졌다. 하지만 어디로 가는지는 아무도 몰랐다.

"자네들은 알 필요 없어." 파견국에서 나온 중사가 서류를 넘겨보며 말했다. "자네들의 우편물은 새 주소로 전송될 거네."

"이제…… 군대를 움직일 순간인가요?" 누군가 대담하게 물었다.

"떠나기 전에 시내에서 하룻밤 즐기도록 해. 각자 전표 여섯 장을 받아가도록. 아침 점호 시간까지 돌아오지 않으면 자네들은 군법회의 직행이고 자네들 가족은 벌금을 문다."

리르는 벌금을 물 가족이 없었고 군법회의에 회부되어도 아무도 그를 수치스럽게 여기지 않을 터였지만, 스스로 부끄러운 짓을 삼갈 줄 아는 예절쯤은 알고 있었다.

달이 가고 해가 가면서 시민군은 전통을 우대하고 혁신에 저항하는 집단이 되었고 리르는 자신이 얼마나 성장했는지 모를 지경이 되었다. 이제 맥주 몇 잔 정도는 마실 나이가 되긴 했는데, 그게 왜 빌어먹을 일이었냐면, 다음엔 도대체 무슨 일을 겪을지 알 도리가 없었기 때문이다.

그는 각반 한 쌍, 제복 상의, 조끼 등 민간인 옷을 동료들에게서 빌렸다. 군에 들어올 때 입은 누더기들은 이미 몸에 맞지 않았다. 낡은 망토 말고는 모든 옷이 몸에 맞지 않았고, 그는 동료를 비롯한 누구 앞에서도 망토를 걸치고 돌아다닐 생각이 없었다.

그는 빗자루와 망토를 사물함 안에 넣어 두고 호기심 어린 눈으로부터 감추었다. 더 이상은 쓰라린 기억을 주워담으려고 사향내 나는 주름진 망토에 얼굴을 파묻지 않았다. 과거는 생각하고 싶지 않았다. 노르에 대한 기억은 도로시와 치스터리와 유모, 그리고 가장 오래된 엘파바에 대한 기억 사이에 끼여 마치 접은 망토에 넣어 둔 메마른 봉투처럼 납작해지고 색이 바랬다. 그런 기억들은 이제 그에게 아무런 소용이 없었다. 모두가 장애물이었다. 오랜 지인들(그가 가족이나 친구라고 부를 수는 없는 사람들)이든 다른 누구든 꿈에서도 볼 일이 없었다.

유쾌하게 잘 놀 줄 아는 동료들은 즐거운 시간을 보낼 장소를 알고 있었다. 스크럼펫 광장의 선술집이 제격이지, 치즈와 베이컨을 곁들인 템프토스와 화끈한 여인네들로 유명한 곳이야. 바닥엔 톱밥이 깔려 있고 맥주는 김이 빠졌으며, 음료를 대접하는 요정은 듣기 거북한 목소리를 내는 중성적 존재였다. 술집은 과히 듣던 대로였는데, 출정 소식이 알려진 탓인지 손님이 빽빽이 들어찼다. 출정을 앞둔 군인들이란 본래 지갑을 펑펑 열고 바지도 쉽게 내리며 때로는 혀도 잘 놀린다는 게 상식이듯, 사기꾼과 수상쩍은 여인네와 밀정 등 온갖 부류가 바텐더의 주의를 끌기 위해 젊은 사내들과 겨루고 있었다.

고독한 감금 상태(천성 탓이든 자기 선택에 의해서든 그는 외톨이였다.)를 오래 겪은 터라 리르는 술집의 풍경에 겁을 집어먹지는 않았으나 정신이 어지러웠다. 그는 긴장을 풀려고 애를 썼다. 지금 이곳에서 그의 어깨를 짓누르는, 아니 생각해 보니 언제나 그의 어깨를 짓눌렀던 긴장의 족쇄를 홀가분한 마음으로 깨뜨리게 해달라고 이름 없는 신에게 빌었다.

모든 사람이 출정의 목적지와 이유를 알고 싶어 했다. 테이블마다 온갖 의견이 분분했는데, 한 가지는 옳아야 했지만 어느 게 옳은지는 알 길이 없었다. 쿼이어에 남아 있는 쿼들링 주민들이 반란을 일으킨 게 아닐까? 아니다, 먼치킨랜드를 침공해서 다시 합병하려는 최종 결정이 시의적절하게 내려진 게지. 아냐, 아냐, 그렇게 신나는 일이 아니라고. 외국 물에 대한 의존도를 낮추고 에메랄드 시에 물을 넉넉히 공급하려고 스칼프스 계곡에 깊숙한 저수지를 파는 지루한 토목 공사를 벌일 계획일 뿐이야. 무슨 소리, 그런 게 아냐, 절대 아니지, 그보다 훨씬 더 굉장한 일이야. 오즈마를 숨긴 동굴이 발견된 거야, 이제 그녀가 돌아와서 이 오즈 땅을 다스릴 거라고, 그러면 저 멍청한 허수아비는 배나 실컷 채울 수 있겠지. 하하! 그것 참 재밌군. 배를 채우는 허수아비라.

리르는 빌려 입은 재킷 안으로 몸을 더욱 웅크리고 누군가를 기다리는 사람처럼 행동했다. 동료들이 그를 피한 것은 아니었다. 앞으로 한동안은 같이 지낼 사람임을 분명히 인식하고 있었다. 그들은 사방에서 웃고 떠들며 아무하고나 신나게 농지거리를 주고받았다. 리르는 주머니가 털리고, 엉덩이를 찰싹 때리고, 앞치마 끈이 풀리고, 맥주가 쏟아지고, 양초가 껌벅거리고, 쥐가 어둠 속에 웅크리고, 요정이 맥주잔 쟁반을 들고 사뿐히 뛰어다니는 모습을 가만히 지켜보았다.

요정이 맥주를 다시 채우려고 리르의 잔을 집어 들면서 말했다.

"3오즈펜스입니다. 남쪽계단에서 나온 후론 어떻게 지냈어요?"

리르가 고개를 홱 돌렸다. 글린다가 자신을 못 알아보고 한갓 수행원으로만 여겨서 리르는 그녀를 미워하고 있던 터였다. 그런데 이제는 그가 이 요정을 못 알아본 것이다. 물론 리르는 딱 한 번 만났을 뿐이다! 이런 게 변명이 될까?

리르는 겨우 이름을 생각해 냈다. "지비디?"

"맞아요. 오래 얘기할 시간은 없어요. 돈궤에 돈이 찰랑거리고 있거든요."

"어떻게 나왔어요? 아무도 못 나온다고 생각했는데······."

"아무도? 하하. 당신도 나왔잖아요. 그런 뜻으로 한 말은 아니었겠지만. 그리고 그들 얘기가 맞다면 당신이 찾던 소녀도 나왔을 겁니다. 어쨌든 사람들은 이런저런 방법으로 빠져나오니까요. 몰래 나오거나 날아서 나오거나 다들 제각각이겠지만. 나는 뇌물을 썼어요. 오래전에 지하 시장이 합법적으로 소유한 것으로 보기에는 너무 유별난 반지 하나를 눈여겨 두었지요. 샤이드는 나를 죽이지 못해 안달일 거예요. 하지만 요정을 누가 찾겠어요?" 그는 헬륨으로 가득 찬 존재처럼 공중으로 펄쩍 뛰어올랐다. 사실이었다. 요정들은 거의 무게가 나가지 않았다. 그래서 잡기만 하면 아주 쉽게 죽일 수 있었다. "아무튼 이제는 이렇게 지상으로 올라와서 합법적인 고용자의 신분으로 묶여 있어요. 정신 없이 바쁘고 피곤해요. 샤이드는 친구도 없고 빛도 없고 아름다움도 없는 아래 남쪽계단에서 벌처럼 자유로워요. 우리 둘 중 누가 더 자유로운 걸까요?"

그는 대답을 기다릴 겨를도 없이 다른 쪽으로 고개를 돌리고 새된 소리를 질렀다. 그가 다시 맥주를 채우기 위해 돌아와서는 이렇게 덧붙였다.

"당신이 군인이 되리라고는 상상도 못했어요."

"한 길 사람 속을 누가 알겠어요?"

"그만큼 얕다는 얘기 아닌가요?" 어떤 악의가 있는 말은 아니었다. 그는 이를 드러내고 싱긋 웃었다. 요정들은 집고양이처럼 웃는 법을 알았다. 그 모습이 리르를 당황스럽게 했다. "이 맥주는 내가 마십니다."

"아니, 내가……."

"신경 쓰지 말아요. 이 나라의 번영이 당신의 두 어깨에 달려 있어요. 나는 마지막 손님이 부를 때까지 깨어 있다가 바닥에 깔린 오물을 자루 걸레로 닦아 내기만 하면 되요." 그가 귀를 실룩였다. 지난번에 봤을 때보다는 상태가 양호해 보였다. "당신이 찾던 소녀는 어떻게 탈출했는지 들어서 알고 있지만 당신은 어떻게 빠져나왔는지 모르겠네요. 아래에서는 지금도 그 얘기를 해요. 다들 어리둥절해하고 있어요."

리르는 얼굴을 찡그렸다. 하늘을 날았던 일을 기억하고 싶지 않았다. 굉장한 경험이었지만 땅에 내려온 후에 멀미가 났다.

"그래. 그 소녀는 찾았나요?"

"내 일은 내가 알아서 해요."

리르는 요정의 기분을 상하게 할 의도로 말했지만, 요정은 괘념치 않았다. 지비디는 자못 쾌활하게 응수했다. "당신은 자기 일과 남의 일을 칼같이 구분하는 법을 아는 참 드문 사람이군요." 요정이 자리에서 벌떡 일어났다.

리르는 잔을 비웠다. 맥주 기운이 올라왔다. 얼근히 취해 기분이 좋으면서도 몸이 무겁게 가라앉았다. 이런 느낌은 익숙지 않았다.

밤새도록 자리에 앉아 어깨를 웅크린 채 어지럽게 돌아가는 인간사의 어릿광대짓을 지켜보고 싶은 마음도 들었다. 하지만 반 시간쯤 후에 소변을 보러 일어났다.

비틀거리며 테이블로 돌아오는 도중에 한 병사와 부딪쳤다. 병사가 뒤를 돌아보았다. 리르는 그가 누군지 금방 알아보았다. 요전 날 공놀이를 하다가 함께 폭풍우를 피한 적이 있던 병사였다. 리르에게 시민군에 입대하는 방법을 일러 준 바로 그 병사. 그는 리르가 일부러 아는 척을 했다고 생각했다.

"너로구나."

"그래." 리르가 대답했다. "어쩌다 보니까, 고맙다는 인사도 제대로 못 했어. 귀중한 정보를 알려 주었는데 말이야."

"혹시 군에서 나가고 싶어? 유감이지만 그건 이미 늦었어." 그는 미끈하고 호리호리했다. 맑은 버터 빛깔의 긴 머리카락을 이마 위로 쓸어 넘겨서 목덜미 근처에서 단정하게 묶고 있었다. 떠들썩한 열기로 후덥지근한 술집에서도 민간인 정장 차림이었는데 어깨에는 장교 기장을 달고 있었다. 힐끗 보니 소(小)메나시에였다.

"리르." 리르가 말했다.

"그런 녀석들이 있어. 스스로 못 견디는 거지." 하급 장교가 말했다. "리이르, 많이 마셨어?"

"많이 마시지는 않았어."

"잠깐 앉아 봐. 설마 내 옷에다 쏟아내진 않겠지."

소메나시에는 아가씨 두 명에게서 작은 테이블을 빼앗았다. "트리즘이야." 그는 자기를 소개했다. "트리즘 본 카발리쉬."

"리르." 그는 '리르 트롭'이라고는 말하지 않았다. 그것이 본명에 가장 가까운 이름이었는데도 말이다. 공식적으로는 키아모코(Kiamo Ko)의 두 번째 단어를 성으로 차용해서 리르 코를 병적(兵籍)에 올렸지만 지금은 그 이름조차 말하지 않았다. 소메나시에는 신경 쓰지 않았다.

"우리가 어디로 가는지 알고 있어?"

"잠자코 기다리는 중이야. 하지만 설령 내가 목적지를 안다 해도 그걸 너에게 알려 주면, 반역이지." 트리즘이 맥주 한 모금을 길게 들이켰다. "하지만 나도 몰라."

그들은 오래 사귄 친구들처럼 화기애애한 침묵 속에 빠져든 취객들을 가만히 지켜보았다. 리르는 트리즘의 태생에 대해 묻고 싶지 않았다. 그런 걸 물으면 자기도 곤혹스러운 질문 공세를 되돌려 받을 테니까. 그래서 그는 트리즘에게 소메나시에가 무슨 임무를 맡느냐고 물었다. 언젠가 자신도 소메나시에가 될지 몰랐다. 언젠가는. 소메나시에. 그리고 또 언젠가는 오리털을 뽑겠지. 취기가 도니 별 생각이 다 들었다.

"방어력 증강 사업이지." 트리즘이 대답했다. "그렇게 말할 수 있겠지."

"무슨 말인지 모르겠군. 새로운 검술인가?"

"아냐. 나는 지금 '사육'하는 일을 맡고 있어."

리르는 뭐라고 말해야 할지 몰랐다. 사육이 무슨 뜻인지 감이 오지 않았다.

"동물을 조련하는 일이야." 트리즘이 설명을 해 주었는데, 술집의 소음에 묻혀 그가 말한 게 동물인지 동물인지, 지각이 있는 생명체인지 지각이 없는 생명체인지 분간이 되지 않았다. "군사용으로 훈

런시키는 거야." 트리즘이 확실한 말을 해 주었다. "자네 참 둔하구
먼. 아니면 나랑 사랑에 빠진 건가?"

"맥주 왔습니다." 지비디가 다시 술을 쏟아 부으며 말했다. "이
친구 잔을 더 채워도 될지 모르겠습니다. 실례지만 이 친구를 숙소
까지 데려가실 수 있나요?"

"미안해. 맥주 때문이야." 리르가 구역질을 하며 말했다. "잠시
바람 좀 쐬야겠어."

"너는 네 몸 하나도 건사 못 해?" 트리즘의 목소리에는 리르가
제 몸 하나쯤은 가눌 수 있어야 한다는 질책이 담겨 있었지만, 그래
도 그는 친절하게 리르가 일어서는 것을 도와주었고 몸을 부축했다.

"자, 지나갑니다, 길 좀 비켜 줘요. 이봐, 맥주 대장, 정신 차려."
리르는 자기가 지난번에 궁전에서 봤던, 늙어서 바구미가 낀 허수아
비가 된 기분이 들었다.

비틀거리며 겨우 옆문으로 빠져나간 그들은 스크럼펫 광장에서
전속력으로 내려오는 마차에 치일 뻔했다. 마차는 겨우 멈춰서 손님
을 내려 주었다. "정지, 정지. 너는 조국이 필요로 하는 사람이야, 그
렇게 미끌어지다간 마차 바퀴에 깔리겠어." 트리즘이 리르를 끌어
당기고 몸을 똑바로 세웠다.

마차 문이 활짝 열리더니 최신식 재킷을 입은 남자가 내렸다.

"언제나 비루하고 고독했던 내 짧은 생애가 이제는 술에 취한 꼴
까지 보이는구나." 리르가 혀 꼬부라진 소리로 중얼거렸다. "이건
불공평해. 불공평하다고."

마차에서 내린 말끔한 남자는 셸이었다.

"이거 놀라운걸." 셸이 기쁜 목소리로 말했다. "언젠가 네가 나타

날 줄 알았어! 이봐 젊은 친구, 시내에서 한잔 걸쳤구나. 척 보니 바깥 바람 쐬러 나온 장교 나으리들 같네. 아주 보기 좋아."

"나는 초병이에요."리르가 신음 소리를 내며 몸을 꼿꼿이 세우려고 버둥거렸다.

"머리 조심하게. 언젠가는 필요할 게야. 그동안 어디에 있었어? 늙고 악독한 샤이드는 당황해서 어쩔 줄 몰라하던데. 너한테 무슨 일이 있었는지 전혀 모르는 눈치더라고. 샤이드는 네가 운하에 빠져 죽었다고 생각했지. 그런데 얼마 후엔가 자살한 시체들과 똥덩어리가 운하 끄트머리의 격자 창살문으로 삐죽이 솟아 올랐는데, 너는 없었지. 누군가는 네가 물에 녹았다고 말하면서 체로 오물을 걸러내더군. 하하. 재미있는 광경이었어."

"나는 노르를 찾고 있었어요."리르가 말했다. 그럴 수만 있다면 현실의 아주 조그만 매듭이라도 붙잡고 싶은 심정이었다.

"물론. 나도 기억하고 있어. 그 아이도 몰래 빠져나갔지. 그 애 소식을 우연히 읽게 되었어. 가만 있자, 그게 어디 있더라……."

"두 사람의 재회를 제가 방해해서는 안 되겠군요."트리즘이 걸음을 옮기기 시작했다.

"저런, 두 젊은 친구를 떼어 놓을 생각은 없었어."셸이 말했다. "젊은이들, 젊음은 한때야. 그러니 마음껏 누리라고. 내일이면 굿바이라고 들었어. 나도 여기서 한가하게 노닥거릴 시간은 없네. 입술에 기름칠도 좀 했으니 이제 다음 일을 하러 가야지. 한 시간밖에 남지 않았어. 입을 맞춘다거나 간지러운 얘기를 늘어놓지는 않겠네. 잘 가게, 젊은 친구들. 내 마차를 빌려서 빨리 집으로 돌아가고 싶으면 조금만 기다리게. 금방 돌려보낼 테니까. 나도 한때는 젊었어. 생생히 기억하지. 자, 그럼."

"선생님!" 트리즘이 날카롭게 외쳤다. "저는 시민군 장교입니다!"

"그리고 나는 서쪽의 사악한 고자질쟁이지." 셸이 말했다. "아무튼 나는 좀 도움이 되고 싶었을 뿐이야. 대단치는 않은 일이야. 마부, 한 시간 남았어. 그러니 너무 기분 내서 달리지는 말게. 병원에서 인생 종치고 싶진 않으니까. 자정까지만 왕궁에 돌아가면 돼. 필요한 돈만 지불하면 유쾌하고 신나는 놀이가 기다리는 곳이지."

"노르요!" 한참을 지나서 마침내 리르가 다시 노르 얘기를 꺼내자 셸이 되돌아왔다. "그래 그 애는 어디 있어?"

"내가 아저씨의 개인 비서예요? 저도 몰라요. 먼치킨래드의 콜웬그라운드에 있는 건 아닐까요?"

"그럴 리 없어. 거기는 적성국(hostile state)이니까." 트리즘이 목소리를 높였다.

"모습을 보니 자네야말로 적대적인 상태(hostile state)군. 그렇게 빈정대지 말게, 소메나시에. 나는 여기저기 돌아다니는 게 일이야. 하지만 분명히 거기는 아냐. 어쩌면 시즈일지도 모르겠군. 시즈가 맞나? 정확한 장소는 기억이 안 나. 리르, 나 좀 그만 괴롭히거라. 나를 못 잡아먹어서 안달인 표정이구나. 이제 가야겠다."

"셸!" 리르가 불렀지만, 그는 망토 자락을 휘날리며 마차에 올라타고는 문을 쾅 닫았다.

"아무래도 너를 숙소까지는 데려갈 수 없겠어. 혹시 그러길 바랐어?" 트리즘이 입을 열었다.

"아냐. 그냥 저 사륜마차가 좀 아쉬울 뿐이야."

"저런 사람한테는 장화 한 켤레도 빌릴 생각 없어. 벼락출세한 건

달이 분명해. 승합마차를 부르든가 아니면 어디 앉을 데라도 찾아보자."

그들은 술집 앞에까지 걸어갔다. 스크럼펫 광장은 횃불로 환하게 밝았다. 트리즘이 마부를 불렀다. 승합마차가 다가오는 동안 리르의 눈에 벽에 페인트로 휘갈긴 낙서가 들어왔다. 그는 술을 깰 셈으로 눈에 초점을 모았다. 글자의 마모 상태를 보건대 네 명의 서로 다른 사람이 각기 다른 때에 휘갈긴 낙서였다.

엘파바는 살아 있다!

오즈마는 살아 있다!

마법사는 살아 있다!

그리고 그 바로 아래는 다음과 같이 적혀 있었다.

모두 살아 있다, 우리만 빼고.

트리즘이 리르를 마차 안에 밀어 넣고 마부에게 돈을 치르면서 목적지를 일러 주었다. 그러고는 리르가 고맙다는 말을 하기도 전에 술집 안으로 사라졌다. 리르는 곰팡이가 슨 방석에 깊숙이 몸을 기댔다.

모두 살아 있다, 우리만 빼고. 노르는 시즈 어딘가에 있을지 모른다. 시즈. 그게 어디지?

리르는 노르를 찾고 싶었다. 아니, 찾아야 했다. 지금 당장 마차에서 뛰어내려 그녀를 찾으러 가야 했다. 그는 자리에서 일어나려 했지만, 몸을 일으키는 순간 반투명 유리창 저편의 세상이 마치 지진이 일어난 학교 뒤뜰에 있을 때처럼 흔들리고 뒤집혔다. 마차가 병영에 그를 내려놓자 발이 알아서 침대로 찾아갔고 머리는 알아서 통증을 피하면서 중요한 일을 기억하려고 애를 썼다.

다음 날 아침 그가 반쯤 짐을 꾸렸을 때 노르에 관한 셸의 말이 기억났다. 두통으로 머리가 쪼개지는 가운데 그 문제를 놓고 고심했다. 앞으로 어떻게 해야 할까? 짐을 싸다 말고 망토에 시선이 갔다. 남겨 두고 갈까? 과거는 모두 고이 접어서 이곳에 두고 가야 하는 것일까? 리르는 당장 결정을 내리고 싶지는 않았다. 머리가 너무 아팠다. 아무 생각 없이 낡은 물건들을 꾸리는 게 더 마음이 편했다. 빗자루의 자루 부분을 천으로 묶어서 여자들 물건처럼 보이게 하는 게 차라리 홀가분했다. 이것들을 버리는 문제는 나중에 생각하자. 언제라도 좋은 생각이 떠오르겠지. 아무 생각이라도 떠오르면 그것을 실행할 용기도 마법을 부린 듯이 불끈 솟아나겠지!

체리스톤 사령관은 그날 새벽에야 새로운 임무를 통지받은 모양이었다. 제복에 빵가루를 묻히고 깃에 핀도 꽂지 않은 후줄근한 모습으로 출정을 위해 종대로 늘어선 부대 앞에 도착했다. 턱에는 희끗희끗한 수염이 돋아 있었다. 잔뜩 화가 난 표정이었다. 그는 목이 잠긴 목소리로 지시 사항을 전달했다. 아무도 감히 질문을 하지 못했다. 군목이 도착하자 체리스톤 사령관은 탁 트인 하늘 아래에서 치르는 예배 의식에 동참하지 않았다. 그것은 이름 없는 신에게 임무의 성공을 기원하는 예배였다. 그 성공이 무엇을 의미하든 간에.

"한 시간 후에 출발한다." 사령관이 말했다.

그렇다면 그 다음은 어디란 말인가? 리르는 맥이 풀려 있었다. 기운이 좀 났으면 좋겠다는 생각이었다. 아침부터 귀를 먹먹하게 하는 시끄러운 소리가 가라앉을 때까지 잠깐이라도 머리를 식히고 싶었다.

드디어 가방 정리를 끝마쳤다. 리르는 여느 동료들과 달리 개인 서적, 명문 가족을 새긴 동판화, 아버지의 훈계나 어머니의 걱정, 여자친구의 속삭임 등이 담긴 편지들을 가지고 있지 않았다. 그래서 군인이라면 으레 가지고 다니는 행낭이 없는 셈이었으나 오히려 그런 점을 자랑스럽게 생각하기로 마음먹었다.

리르는 대성당 옆뜰에서 기다렸다. 가짜 부모에게서 그는 무엇을 받았던가? 피예로가 정말로 자기 아버지라고 해도 리르는 그에게서 아무것도 받은 게 없었다. 이복 누이로 짐작되는 노르 말고는 행동의 본보기이든 지혜로운 조언이든 두툼한 지갑이든 축복이든 뭐든 아무것도 받은 게 없었다.

엘파바가 엄마라면 그보다는 많이 받은 게 분명했다. 하지만 무엇을 받았던가? 그녀는 주어진 운명을 거역했고 역사를 제 식으로 해석했으며 역사의 물줄기를 제 뜻대로 바꾸려 했다. 그리고 무시무시한 오즈의 마법사를 쓰러뜨리기 위해 과감하게 행동했다. 그래서 그녀는 무엇을 얻었던가? 어느 일에나 맹렬하게 매달렸지만 성과는 미미했다. 이것은 무슨 교훈을 주는 이야기인가?

엘파바는 리르에게 많은 말을 하지 않았다. 말을 할 때도 리르는 안중에 두지 않았다. 어느 날 점심 무렵에 엘파바는 리르보다는 자기 자신에게 분통을 터뜨렸다. "잘하든 못하든 네가 다 해라." 마녀는 만들다 만 수란(水卵)을 바닥에 내동댕이치고는 책과 마법이 있는 탑 꼭대기로 황급히 올라갔다. 그런 게 그녀가 남긴 유산이었다. 별로 많지도 않은.

그래서 리르는 조언의 부재를 하늘의 뜻으로 여겨야 했을 것이다. 발길 닿는 대로 가는 거야. 그곳에 가면 또 다른 길이 나오겠지. 운명이 나를 노르에게 이끌지도 몰라. 이곳까지 나를 이끌었듯이.

수동적으로 살아가는 것은 쉬운 일이다. 어찌됐든 머리에는 부담을 주지 않으니까. 그는 어지럽던 심사를 그렇게 정리하고 홀가분한 마음으로 집결 장소에 모였다.

대열을 지어 북소리에 맞춰 행진한다는 생각에 가슴이 벅차올랐다. 병사들은 어깨를 활짝 폈다. 그들은 이제 진짜 군인이 된 것이다. 때맞춰 부는 바람에 깃발과 휘장이 힘차게 펄럭였다. 모든 게 영광스럽고 일사불란했다.

시민군의 네 개 중대는 이제 '제7의 창(the Seventh Spear)'이라는 별칭을 얻었는데, 그것은 리르가 들어 본 일도 없는 동화에 나오는 어떤 마법의 무기를 딴 이름이었다. 부대는 아침 빵을 굽는 달콤한 냄새 사이로 대형을 유지하며 행진했다. 에메랄드 시의 상점 주인들이 유리창의 덧문을 열고 보도를 물로 씻어 내고 있었다.

이렇게 출정하는 군대에 섞여 있다니 얼마나 영광인가! 리르는 매일매일 군화를 번쩍번쩍 닦아 내고 동료들에게 재치 있는 말대답을 하는 문제에만 골몰하며 지내면서 자신이 얼마나 변변찮은 존재가 됐는지를 깨닫지 못했다. 시민군의 문화는 단정한 미소와 깔끔한 용모가 나라의 안녕에 가장 중요한 요소라고 생각하도록 리르를 세

뇌시켰다.

리르는 마치 에메랄드 시를 처음(어쩌면 마지막으로) 보는 듯한 기분이 들었다. '제7의 창' 부대는 그 이름에 걸맞게 수도를 관통해서 서쪽 문을 향해 나아갔다. 서쪽 문은 리르가 처음 이곳에 도착해서 들어온 관문이었다. 그들은 아직도 예전 이름대로 불리는 마법사의 궁전을 지나갔다. 반구 천장과 부벽에서 반질반질 윤이 났다. 햇빛에 반사된 대리석 건물은 똑바로 보기 힘들 정도로 눈이 부셨다. 알을 품고 있는 거대한 암탉의 형상이었다. 이렇게 북쪽에서 바라보니 남쪽 계단은 암탉의 웅크린 어깨 뒤로 더 무시무시한 생김새로 보였다.

그 밖에 다른 곳, 적어도 이 거리만은 장사치들이 분주하게 아침을 열며 사람들의 눈길을 잡아 끌었다. 벌써부터 일터로 나가는 사람들을 맞이하는 카페들. 책과 도기, 그리고 모자나 옷을 꾸미는 깃털 모양의 장식품 등을 늘어놓은 판매대들. 나무 그늘이 드리운 산책길에 펼쳐 놓은(요즘에도 서쪽 지방과 수도의 교역이 계속되고 있음을 말해 주는) 빈쿠스 산 전통 융단들. 응접실 가구를 장식하는 데 쓰이는 길리킨 제 꽃무늬 비단이나 라벤더와 라임 향수. 그리고 수정 램프가 달린 샹들리에가 튼튼한 오크나무 가지에 매달려 있고 백조처럼 우아하게 접혀 있는 리넨 냅킨과 딕시하우스 제 그릇과 은 식기로 식탁을 꾸며 놓은 만찬 장소.

나라를 다스리는 고위층들은 저렇게 사치스러운 장소에서 밥을 먹는구나! 병사들은 더 결연한 걸음걸이로 행진했다. 수도의 활기찬 모습은 그들의 대의에 명분(생명)을 주었다.

제7의 창 부대는 모퉁이를 돌아 계속 서문을 향했다. 리르가 도로시와 그 친구들이랑 지난 적이 있는 집하장이 나왔다. 부대는 체리스톤 사령관이 와인 상인과 마지막 가격 협상을 벌이는 동안 행진을 멈추었고 병사들에게는 대형에서 벗어나도 된다는 허락이 떨어졌다. 간밤의 과음으로 기진맥진한 리르는 좀 더 밝은 거리로 걸어갔다. 그는 버려진 곡물 창고의 외벽에 등을 기댔다. 한쪽 발꿈치를 벽에 댄 채 눈을 감고 고개를 들어 햇빛을 쬐기 시작했다.

벽의 따뜻한 기운이 등에 전해졌다. 인생의 중대한 순간을 마주하고 있다는 묘한 기쁨이 솟아났다. 리르는 가볍고 경쾌한 마음으로 공상에 빠져 들었다. 생각은 자유로이 움직이며 옥수수 창고의 갈라터진 석고 벽을 타고 올라갔다. 그러자 2층 창문에서 자신을 내려다보는 듯한 기분이 들었다. 저기에 내가 있구나, 말쑥하고 단정한 청년 병사, 잠시 쉬고 있는…… 듬직하니 넓은 어깨, 바람에 흩날리는 목탄색 머리카락, 앞으로 쭈욱 뻗은 무릎, 여기서 보니 아주 늠름하구나. 제국의 임무를 수행하는 젊은 병사, 멋지다.

바로 그 순간, 몽상이 영원을 포함하는 찰나에, 관심의 초점은 뒤로 물러났다. 리르는 거리의 그 젊은 병사가 시야에서, 그리고 마음에서 사라진다는 느낌을 받았다. 그리고 저 높은 곳의 어느 은밀한 방에서 그를 내려다보고 있었을 두 사람은 다시 서로에게 애정어린 시선을 던졌다.

분명 햇빛 때문일 거야! 아니, 맥주 때문이겠지! 리르는 더럽고 추잡한 생각을 하고 있었다.

"모두 제자리로!" 체리스톤이 소리를 질렀다. 그들은 그렇게 했고 리르도 그렇게 했다.

부대는 서문을 통과한 다음에 남쪽으로 방향을 틀었다. 병사들도 그 정도는 태양을 보고 알 수 있었다. 그들은 사령관의 알 수 없는 변덕에 따라 외딴 시골길을 지날 때는 좀 더 느슨하고 자유롭게 행진했다. 밤에는 야영을 하며 마른 렌즈콩과 이국적인 셀러리로 배를 채웠다. 병사들은 오즈의 애국가와 이름 없는 신에 대한 찬송을 번갈아 불렀고 체리스톤 사령관이 잠자리로 물러나고야 음탕한 노래로 흥을 돋우었다.

부대는 길리킨 강을 건너 자갈밭 투성이인 황무지에 다달았다. 키 작은 단풍나무와 연필나무가 듬성듬성 자라고 있었다. 한 번은 물을 얻기 위해 사막의 오아시스와 같은 어느 수녀원에 멈추었는데, 병사들은 젊은 수녀들이 몸을 숙여 물통을 들어 올릴 때 헐렁한 수녀복 아래로 드러나는 사랑스러운 몸매를 보리라 기대했지만, 그들의 갈증을 풀어 준 수녀들은 뽐낼 만한 몸매가 없는 바싹 마른 노파들뿐이었다.

리르는 누군가 자기를 알아보는 떨리는 순간을 기대했다. 어쩌면 엘파바랑 오래전에 떠난 바로 그 수녀원일지도 몰랐다. 하지만 알 수 없었다. 수녀원이란 어차피 거기서 거기였고, 수녀들도 쌍둥이처럼 닮아 보였으니까.

"여기서 남쪽이나 서쪽으로 간다면, 노란 벽돌길로 가는 게 더 빠르지 않겠어?" 일부 병사들은 그렇게 생각했다. 하지만 독립을 선언한 먼치킨랜드가 통행증을 내주지 않았다.

다른 병사들은 남쪽과 동쪽으로 통하는 노란 벽돌길은 대부분 먼치킨랜드의 영내를 지나기 때문에 '제7의 창' 부대의 마지막 목적지가 신비에 싸인 서쪽 나라, 음모과 매혹적인 이국 풍물과 마법과 성이 난무하는 낭만의 땅, 즉 쿰브리시아 협곡이나 천년 초원, 아니면 크본알타일 거라고 추측했다. 지평선 너머의 것은 무엇이나 그들을 매혹했다.

부대는 동쪽 빈쿠스 지역으로 들어가서 켈스워터와 레스트워터 사이에 자리한 떡갈나무 숲을 통과했다. 빈쿠스 강을 건넌 후에는 급경사를 이루고 있는 남쪽 둔덕에서 잠시 휴식을 취했다. 남서쪽으로 20킬로미터 정도 떨어진 그레이트 켈스에서 발삼나무와 전나무 향이 희미하게 번져 왔다. 좀 더 가까운 저지대 초원에서는 자작나무 숲이 시체를 감싼 사슬 갑옷처럼 어른거렸다. 수백 마리 새 떼가 목이 아프게 지저귀며 대담하게도 낮게 날아갔다.

마침내 체리스톤 사령관이 저 드넓은 빈쿠스 지역으로 가는 주요 통로인 쿰브리시아 협곡이 아니라 남서쪽 방향을 가리켰을 때, 그들은 하늘이 노랗게 보였다. 부대는 산악 지대를 에두르며 남쪽의 쿼들링 나라를 향해 나아갔다.

목적지는 이제 분명해졌다. 하지만 그곳으로 가는 이유는 아직 모호했다.

왜 하필 쿼들링 나라인가? 제7의 창 부대가 야영을 하기 위해 행진을 멈추었을 때 병사들은 오즈의 최남단 지방에 대한 기억을 늘어놓았다. 쿼들링은 늪지와 불모지로 가득한 황량한 땅, 한때는 불그스레한 혈색이나 생선 비린내로 유명한 습지 사람들, 권력에 눌려 몸을 납작 엎드린 사람들이 여기저기 흩어져 살던 땅이었다. 마법사가 루비를 긁어모으느라 습지대의 물을 모두 퍼내는 바람에 그들 대부분은 삶의 터전을 잃고 말았다. 에메랄드 시에서는 쿼들링 가족을 심심찮게 볼 수 있었다. 씨족끼리 모여 사는 경우가 흔했고 주류에 동화되려는 노력을 하지 않았다. 에메랄드 시에서 주로 시장터 한 귀퉁이에서 쓰레기 치우는 일을 하며 살았는데, 재미있게도 쓰레기가 쓰레기 나르는 일을 했던 것이다.

하지만 쿼들링의 대도시인 쿼이어와 오벨스에는 사람들이 좀 더 남아 있지 않을까? 노란 벽돌길의 남쪽 지선은 쿼이어에서 끝이 났고 오벨스는 그 너머 까마득히 먼 곳에 있었다. 쿼이어는 지주로 지탱되는 수상가옥의 도시였고, 오벨스는 진창으로 질퍽한 마을이었다. 제7의 창 부대 행정국이 병사들에게 반드시 고무 장화를 지참하라고 지시한 것은 따라서 잘한 일이었다.

날씨는 화창했고 햇빛은 맑았으며 분위기는 유쾌했다. 이따금 주인 없는 농장과 귀족 영지가 병사들을 맞이했다. 한번은 젖소만 키우는 축사를 만나 우유의 향연을 맛보았다. 우유를 그냥 마셨고 커피에 실컷 부었으며 심지어는 마음껏 얼굴에 흩뿌렸다. 우유 푸딩, 치즈타르트, 크림커스터드, 민물가재 수프 등으로 배를 채웠는데, 에메랄드 시에서 본 호화로운 정찬 차림이 부럽지 않았다. 그들은 살랑거리는 버드나무 아래에서 왕처럼 먹고 마셨으며 흡족하고 느긋한 표정으로 고개를 끄덕였다.

하루는 리르와 몇몇 하급 병사들이 골짜기에서 신선한 물을 퍼오는 심부름을 했다. 그들은 단지에 물을 가득 채워 놓고 휴식을 취했다. 다른 대화 주제가 모두 바닥나자 리르가 버니와 앤손비에게 에메랄드 시의 새로운 방어 계획, 이른바 동물 조련에 관해 물었다.

공교롭게도 앤손비와 버니는 잠깐 동안 에메랄드 시의 동물 조련 부서에서 근무한 적이 있었다. 엔손비는 수의과에서 일을 했고 버니는 에메랄드 시 바깥의 농부들과 법률 계약을 맺는 일을 도왔다.

"다들 쉬쉬하고는 있지만 누구나 한마디씩 하는 일이지." 앤손비의 말이었다.

"나한테는 안 하더라고." 리르가 정색을 하고 말했다.

"그렇다면 나도 뭐, 별로 말할 입장은 아니……."

"용이야." 버니가 끼어들었다. "조그마한 나는 용들."

"용이라고?" 리르가 말했다. "말도 안 돼. 용은 신화에나 나오잖아? 거대한 타임 드래곤이니 뭐니 하는 그런 것 말이야."

"유래는 내가 알 바 아니지." 앤손비가 입을 열었다. "하지만 내가 분명히 말하는데, 이 두 눈으로 똑똑히 봤어. 꽤 덩치가 컸어. 날개 폭이 침대 길이 정도 되지. 잔인한 데다 통제하기가 힘들어. 요 몇 년 동안 그놈들을 조련하는 부서가 따로 있었어."

군 생활을 하는 동안 앤손비와 버니는 소메나시아 트리즘 본 카발리쉬를 만난 일이 있었다. 그들은 그가 좀 쌀쌀맞고 교만하다는 점 말고는 별다른 촌평을 하지 않았다. 물론 일은 잘했다고 했다.

"어떤 일을 했는데?"

앤손비가 대답했다.

"글쎄, 뭐랄까, 일종의 동물 최면술사라고 할까? 목소리가 아주 부드럽고 평온해. 그는 흥분한 용을 최면 상태로 유도할 수 있어. 그런 다음에는 용의 머리를 손으로 감싸 안지. 이건 정말로 위험한 일이야. 용의 날카로운 부리는 단숨에 팔뚝을 뚫고 핏줄을 갈고리처럼 낚아채 끊어 낼 수 있거든. 나는 그런 장면을 직접 보았어. 정말이야. 물론 카발리쉬한테는 아냐. 그는 용을 침착하게 다룰 줄 알거든. 용이 흡족한 듯 가르랑거리면 조련사들은 용에게 어떤 암시를 걸지. 아마도 용의 중추신경이나 방향감각을 교란해서 조련사 마음대로 조종하는 것이겠지. 아니면 단지 그 사나운 짐승을 달래서 길들이는 건지도 몰라. 아무튼 그 일이 끝나면 잠깐 동안은 용을 말로 조종할 수 있어. 매잡이가 매를 부리고 양치기가 양을 다루는 것과 같아. 앞으로, 뒤로, 회전, 정지, 위로, 아래로, 공격 따위 명령을 내리는 거지."

"후퇴는?"

"후퇴에 관해서는 모르겠어. 공격하는 용이니까."

리르가 눈을 감았다.

"나는 용을 떠올릴 수가 없어. 잡지 삽화나 선전물에서 본 공상적인 모습밖에 생각이 나지 않아. 그리고 하늘을 나는 용이라고 했지! 굉장하군. 약간 겁도 나는데."

앤손비가 말했다.

"트리즘 본 카발리쉬는 그 뭐더라, 아무튼 서쪽의 그 늙은 여자, 그 사악한 마녀 말이야, 아무튼 그 여자가 나는 원숭이들을 길렀다는 얘기를 듣고 누군가 그런 아이디어를 제안했다고 하더군. 그런데 그 여자 이름이 뭐였지?"

아무도 대답하지 않았다. 바람이 쏴 하니 불어왔다. 나뭇잎들이 서로 몸을 비비며 서걱거렸다.

"일어나자. 이제 그만 가는 게 좋겠어." 리르가 태연하게 말했다. "물이 꽤 무겁군. 들고 가려면 버겁겠어. 그래도 이젠 충분히 쉬었으니까."

"네가 대장이냐?" 다른 동료들이 그렇게 쏘아붙쳤으나 악의는 없었다. 그들은 옷에 묻은 먼지를 털고 야영지로 서둘러 발걸음을 옮졌다.

부대는 며칠간 정착촌은 말할 것도 없고 고독한 운둔자조차 만나지 못했다. 국경 표시도 없었지만, 그들은 풍경의 변화를 보고 쿼들링 나라에 도착한 줄은 알고 있었다. 조금씩 땅이 낮아졌다. 며칠 동안 풀이 무성하게 자란 습지를 몇 군데 통과했다. 일이 마일 지날 때마다 땅이 손가락 한 마디씩 낮아졌다. 풀은 초록빛에서 서양배의 누런 빛깔로 변해 가더니 마침내는 바래고 바랜 흰색으로 바뀌었는데, 마치 한여름에 들판에 서리가 내려앉은 듯했다.

밤에는 모기 떼가 기승을 부렸지만, 왜소한 사초나무에 매단 그물 침대에 누워 아무런 보호막도 없이 잠을 청해야 했다. 날아다니는 달팽이들이 밤마다 물컹 하고 둔탁하게 얼굴에 떨어졌다. 병사들이 내쉬는 습한 숨결이 끌어들인 모양이었다. 그래서 밤마다 야영지는 코와 뺨과 입을 괴롭히는 벌레들의 공습에 병사들이 내지르는 욕설과 날카로운 비명소리로 가득했다.

"이곳에 사람이 안 사는 것은 당연해." 한 번은 버니가 참지 못하고 그런 말을 했다.

"옛날에는 그렇지 않았어. 쿼들링 사람들이 살았지." 리르가 반박했다.

"거대한 뒷간 같아. 아직도 이곳에 남겠다는 주민들이 있다면 나머지 오즈 사람들이 바보라고 놀려먹겠지. 아니면 사람도 아닌 짐승이라고 할 거야. 마법사가 그들을 여기서 쫓아낸 것은 잘한 일 아닐까?"

그러나 벌레와 모기 떼가 적병일 리는 없었다. 제7의 창 부대 병사들은 상황이 더 열악해질 것이라고 짐작했다. 실제로 그러했다. 그들은 도대체 왜 이런 형편 없이 궂은 날씨에 괴로운 행군을 계속해야 하는지 묻고 싶었다.

부대는 반 마일쯤 더 내려간 후에야 이 지방 특유의 저습지와는 달리 물기가 다소 빠져 있는 수림 지대에 도착했다. 체리스톤 사령관은 병사들이 장화를 벗고 발을 말려도 좋다는 허락을 내렸다. 여든 명은 가려워서 못 견디겠다는 듯 발가락 사이를 마구 긁어댔고 물에 젖어 퉁퉁 부은 살갗이 눈송이처럼 바람에 날렸다.

체리스톤 사령관이 임무에 관해 말하기 시작했다. "내 추측에 의하면 우리는 쿼이어 외곽에서 그리 멀지 않은 곳에 있다. 에메랄드 시민들은 보통 쿼이어를 후미진 시골 동네로 생각한다. 오즈의 수도에 비하면 그건 맞는 말이다. 하지만 북부인들에게 병합되기 전에는 그 나름의 역사를 가진 유서 깊은 도시다. 현대에 들어와서는 대개 총독이 부임해서 이곳을 다스렸다. 지금은 아니다. 세상이 조용한 시절이었다면, 지금쯤 총독 관저에서 이 지방 언어인 쿼아티를 통역할 사람을 우리에게 보내 주었을 것이다. 유감이지만 지금은 그런 걸 기대할 처지가 아니다. 혹시 자네들 중에 남모르는 언어 박사가 있나?"

아무도 앞으로 나서지 않았다.

"역시 내 생각대로군. 쿼아티는 배우기 고약한 말이지만, 열심히만 하면 익히기가 어렵지 않다고 들었다. 몇 주일 내로 자네들 중에 유창하게 말하는 병사들도 생기리라 확신한다. 때가 되면 아주 도움이 될 것이다."

'몇 주일 내'라는 말은 병사들을 당혹케 했다. 게다가 사령관은 '때가 되면'이라는 말까지 꺼냈다. 그렇다면 이곳에 오랫동안 눌러 앉겠다는 말인데, 도대체 무슨 목적으로?

체리스톤 사령관이 상황을 설명하기 시작했다. 총독은 이미 납치되고 총독 부인도 사라진 것으로 보인다. 퀴어어에서는 너 나 할 것 없이 누가 그런 짓을 저질렀는지 모른다고 시치미를 떼고 있다. 이번 사태에 대한 이곳 주민들의 무관심한 태도는 에메랄드 시의 허수아비 내각에 상당한 불안감을 주고 있다. 쿼들링 사람들은 총독이 있든 없든 평온한 일상이 계속될 거라고 믿고 있다. 그건 상당히 불쾌한 일이다.

제7의 창 부대가 할 일은 지역민들을 친구처럼 도와주고 공공질서를 유지하고 무엇보다 범인을 색출해서 벌을 주는 것이다. 만약 총독 부처를 찾아 구할 수만 있다면 금상첨화이겠지만 그는 이제 꼭 필요한 인물이 아니다. 그에겐 더 이상 그렇게 무거운 임무가 주어지지 않았다. 어쨌든 제7의 창 부대는 총독의 복위를 목적으로 하지 않는다. 그래도 우리의 힘을 얼마간이라도 보여 주면 대단한 효과를 볼 것이다.

"이제 우리는 도시로 들어간다. 총독 관저를 다시 접수하고 질서를 회복한다." 사령관이 말했다. "약간의 유혈 사태가 생길지도 모른다."

병사들은 고개를 끄덕였고 무기를 움켜잡았다.

"이름 없는 신께 절하고 우리가 '올바른 통치'라는 신성한 임무를 얼마나 잘 수행하는지 이름 없는 신께 보여드리자."

이것이, 굳이 말하자면, 그들이 한 일이었다.

실망스럽게도 그들은 총독 관저를 탈환하면서 피 한 방울 흘리지 않았다. 동쪽 베란다에서 베틀을 짜고 있던 합죽이 노파가 목걸이에 매달린 녹슨 열쇠를 간단히 넘겨 주었다. 뚱뚱한 주름투성이 노파였지만 걸음걸이는 사뿐하고 경쾌했다. 날이 저물기도 전에 손자뻘 되는 10대 아이들이 거리에 나타나서 베틀을 끌고 갔다. 그들은 아직도 김이 나는 향미(香米)밥을 큼지막한 쟁반 가득 남겨 놓았고, 베란다 바닥에 붉은 꽃들을 흩뿌려 놓았는데 달빛에 비쳐 핏물이 튀긴 자국처럼 보였다.

이렇게 하여 애초에 병사들이 기대한 대규모 군사 작전은 사회 구조 활동 비슷한 일로 변질되었다. 용두사미가 따로 없었다. 지배 체제의 구축은 쿼들링의 토착 문화가 복종과 환대와 친절을 바탕으로 한 것이었기 때문에 한층 더 종잡기 어려웠다.

"생각했던 것보다 어려운 일이겠군." 체리스톤 사령관은 그렇게 말했다.

거창하고 위압적으로 지어진 총독 관저는 제7의 창 부대원 전부를 수용할 수 있을 만큼 거대했다. 그러나 낡고 오래된 건물이라 여기저기 손댈 곳이 많았다. 벽이나 천장에 바른 석고는 군데군데 금이 가 있었고 백도제는 곰팡이가 슬어 보기가 딱할 정도였다. 정원은 황량하기 이를 데 없어서 처치 불능이었다. 총독은 도대체 얼마 동안이나 자리를 비웠단 말인가? 아니면 그는 단지 정부의 재산을 관리하던 불운한 집사였던 것일까?

주민들이 값싼 가격으로 모기장을 대량 공급했다. 병사들은 모기장을 천장 고리에 매달고 모기장 하나마다 몇 개씩 짝을 지은 간이 침상들을 덮게 했다. 창틀에 못을 박아 창문에 모기장을 설치했고 부엌 문에서 정원 후미에 있는 변소까지 일종의 그물 복도를 만들었다. 그제야 병사들은 밤에도 모기에 물릴 걱정 없이 마음 편히 그 좁은 공간을 걸어다녔다.

체리스톤 사령관의 예상대로 일부 병사들은 쿼아티를 익혔다.

쿼들링 나라에는 눈이 내리지 않았다. 후덥지근한 날씨에 습한 밀림 지대만이 무성했다. 시간은 나른하고 지루하게 흘러갔다. 부대가 도착한 지 얼마나 흘렀을까? 3년? 4년? 학교를 다시 열었고 지역 의사들의 진료 행위를 돕기 위해 진료소를 지었다. 일부 병사들은 규정을 어기고 총독 관저에서 나가 쿼들링 처녀들과 어울렸다. 이것은 점령 작전이 진행되는 동안 금지된 일이었지만 체리스톤 사령관은 눈을 감아 주었다. 그 자신도 내연의 처를 따로 두고 있는 터라 불편한 규정을 빡빡하게 강요할 생각이 없었던 것이다.

리르는 아침마다 체리스톤 사령관의 외부 집무실에서 업무를 보았다. 서류를 복사하고 정리하고 이런저런 사소한 규정을 위반한 병사들을 보고하는 일이었다. 종종 사령관이 내부 집무실을 비울 때면 안으로 들어가서 길리킨 와인의 포장지로 쓰인 바싹 오그라든 철 지난 신문들을 주욱 펼쳐 읽곤 했다. 허수아비의 불운한 사고(비커에 넣어 둔 라이터 기름이 하필 '그곳에 있었'다니! 가혹한 운명의 반전은 알다가도 모를 일이었다.)에 뒤이어 황제가 권좌에 올랐다는 기사가 적혀 있었다.

"대관식에 초대라도 받고 싶은가?" 갑자기 사령관이 안으로 들어왔다. 리르는 정신 없이 기사를 읽다 말고 화들짝 놀라 뒤를 돌아보았다.

"옛날 소식이 그래도 무소식보다는 낫겠지." 일주일에 한 번 정도는 침울한 목소리로 그런 말을 했다. "아니다, 차라리 이런 변방에 있는 게 더 낫겠어. 네가 아는지 모르겠지만 여기엔 자유로움이 있잖아. 그렇지 않아?"

"오늘 저녁에 손님이라도 오시면 샘물에 담가 둔 하이메도 산 백포도주를 내놓고 싶으신 거죠?"

"별걸 다 기억하는구나. 네가 없으면 나는 어찌할꼬. 알아서 잘해라."

"네." 리르는 이미 알아서 잘하고 있었다.

하루는 페르구엔 산 시가를 담은 조그만 상자가 도착했다.

"길리킨 은행가들에게 축복을! 내가 또 횡재를 했다는군." 사령관이 편지를 읽으며 말했다. "역시 시즈의 회계사들은 돈벌이의 귀재들이야. 쥐를 학살해서 떼돈을 만진 모양이다. 너도 한 대 피울래? 구미에는 안 맞을 게야."

"담배는 아직 안 배웠습니다."

"혼자 피우는 건 재미가 없어. 지도는 내려놓고 나랑 베란다로 나가자." 그것은 명령이었고 리르는 그 명령에 따랐다, 기꺼이.

페르구엔 시가 연기에서 나무 열매와 고기 냄새가 섞여 났다. 불쾌하지는 않았으나 폐에 뜨거운 향이 들어가니 기침이 나왔다.

"근사하지 않아? 인생이 말이다." 체리스톤이 다른 의자에 장화를 신은 다리를 올려 놓으며 말했다.

"대장장이라면 금방 익숙해지겠어요. 저한테는 약간 고기 타는 냄새가 납니다."

"좋아하게 될 거다. 그런데 리르, 고향 소식은 종종 듣고 있나?"

리르는 동료들과의 사적인 대화나 이렇게 상관이 갑작스레 던지는 질문에 익숙지 않았다. 그는 폐부 깊숙이 연기를 빨아들여 숨을 멈추고 무슨 대답을 할지 생각했다.

"별 건 없습니다."

"무소식이 희소식이지."

감정의 수학은 리르가 감당하기 힘든 문제였다. "매일매일 아침부터 저녁까지 제 일을 할 뿐입니다, 사령관님. 그게 제 삶이고 저는 거기에 만족합니다."

"기특하구나. 아주 착실해. 내가 모른다고 생각하지 말거라." 체리스톤 사령관이 눈을 감았다. "너 같은 아들이 있다면 참 행복했을 거야. 나의 다정한 웬디나는 딸들만 낳아 주었지."

"보고 싶으시겠어요."

"여자애들이야." 그가 이도 저도 아닌 말을 했다. 리르는 정확히 무슨 뜻인지 감이 오지 않았다. '여자애들이야, 그러니 신경 쓸 필요 없다는 뜻일까? 아니면 여자애들이야, 당연히 보고 싶지. 왜 안 보고 싶겠냐는 뜻일까?'

"이렇게 이야기가 나온 김에 좀 무례한 질문을 드리고 싶습니다, 사령관님."

"물어봐."

"그렇게 자식도 가진 분이 어떻게 키아모코 성을 급습해서 피예로의 미망인과 아이들을 끌고 가실 수 있었습니까?"

"오, 또 그 문제로군! 너라면 그럴 수 있지. 때와 장소가 달랐어. 나 자신도 다른 사람이었을 게다, 리르. 이렇게 가족을 남겨 두고 근무지로 떠나 오면, 매일 가족 생각이 나지. …… 가족의 의미가 새삼 크게 느껴져. …… 불확실한 시대에는 가족을 생각하는 것만으로도 기운이 난다. 지금 너한테 말하지만 나는 키아모코 작전을 좋아하지 않았어. 하지만 나는 명령을 지키고 임무에 충실한 군인이야. 그런 군인이 된 걸 좋아하지. 너도 그렇다고 본다."

사령관이 한마디를 덧붙였다.

"게다가 나는 정부 대표로서 최선을 다했다."

"노르를 보신 기억은 나십니까? 그 소녀 말입니다."

"물론 봤지. 그냥 시골뜨기가 아니었다. 많이 성숙한 아이였지. 네가 묻는 게 그런 거라면 용감한 아이였다고도 말하고 싶구나. 하지만 자신이 무슨 일을 겪는지 이해하지는 못했다, 아마도."

아마도라니! 이런 무책임한 말이 있나! 그녀가 이해하지 못한 것은 당연했다. 이해할 수 없었으니까. 산골 오지에서 과부 엄마와 다섯이나 되는 노처녀 이모들 사이에서 자란 여자애가 군사 작전에 대해 뭘 알겠는가?

"아직도 그 문제로 골머리를 썩는구나."

그래도 예전보다는 덜했다. 운명의 개입을 기다리는 일이 그만큼 덜 힘들었다.

"가끔 생각이 나요."

"너는 어린애처럼 나에 대한 원망을 품고 있는 것 같군. 충분히 그럴 수 있지. 그때 너는 어렸고 의무나 명예에 대해서는 아무것도 몰랐으니까."

"지금도 제가 명예를 아는지는 모르겠습니다."

사령관은 오랫동안 침묵을 지켰다. 리르는 자신이 다소 무례하게 굴었나 싶었다. 아니, 사령관이 자신이 한 말을 단순한 과장으로 생각하는 건 아닌지 싶었다. 마침내 그가 눈을 떴다.

"소메나시에로 진급하는 건 어때?"

리르는 얼굴이 화끈 달아올랐다.

"아직은 자격이 없습니다."

"자네라면 충분해. 그만 한 명예를 얻을 자격이 있지. 나는 문장가가 아니라서 명예가 무엇인지 설명하지는 못해. 하지만 명예를 아는 사람은 단번에 알아볼 수 있지. 네 얼굴에서도 그런 모습을 볼 수 있다." 그는 거의 수줍은 표정으로 리르를 보며 씽긋 웃었다. 기후 탓인지 치아가 누렇게 변색되었다.

궁전을 장악한 새 지도부가 총독 관저의 늑장 처리에 불만을 표하고 제7의 창 부대가 애당초 맡은 임무를 빠른 시일 내로 완수할 것을 요구하는 전갈이 도착했다.

체리스톤 사령관이 리르를 향해 몸을 돌렸다. 두 사람은 대체로 냉정한 척 예의를 지켜 대화를 나누었지만, 양쪽 모두 상대를 실제로도 어느 정도는 존중했다. 리르는 체리스톤 사령관이 궁전에서 최전선으로 파견한 군인이면서도 그 체제를 비판하는 종잡을 수 없는 태도를 보였기 때문에 간혹가다 그를 경멸하는 심정이 들었지만 제7의 창 부대가 신봉하고 그 역시 동의하는 충성과 복종과 미덕이라는 세 가지 덕목을 실천하는 데 소홀함이 없었다. 그리고 그는 진급을 하고 제복에 더 멋진 리본 장식을 달게 된 일을 감사하게 여기는 심정이었다.

일부 동료들은 리르의 진급에 분개했지만 사령관의 취지를 모르는 바는 아니었다. 리르는 젊은이치고는 보기 드물게 신중했다. 어느 면으로 보아도 위험스러운 외톨박이가 아니었지만 주책 없이 앞으로 나서는 경우가 드물어서 동료 병사들과 적절히 교제했으며 임무와 상관 없이는 쿼들링 사람들과 어울리지 않았다. 그는 군 생활에 발을 들여 놓은 이후에 줄곧 군인의 모범이었다. 쿼들링 지역 사회에 특별히 아는 사람도 없었기 때문에 사령관의 집무실에서 일한다는 자부심을 느끼는 데도 별 거리낄 것이 없었다.

"앉거라. 내 생각을 말해 주마." 어느 날 오후에 체리스톤 사령관이 말을 꺼냈다. 리르는 가만히 서 있었다.

벵다는 워터슬리프라는 넓은 강가에 자리한, 쿼이어에서 남서쪽으로 20분 거리에 있는 작은 지역이었다. 벵다 지역은 마법사가 지하 수면을 헤집고 수세기 동안 내려온 생활 방식을 파괴하기 전에는 쿼들링 나라에 얼마 없는 건조한 지대인 워터슬리프의 양쪽 둔덕에서 번영을 누렸다. 강의 양안에는 다리가 놓여 있었다. 세월이 흐르면서 나무들은 베어졌고 토양은 썩어 갔다. 둔덕은 점차 낮아지며 진창 속으로 가라앉았다. 벵다 주민들은 서서히 마을을 떠나거나 다리로 모여들었다. 이제 벵다 지역은 워터슬리프를 오르내리며 쿼이어와 남부의 여러 지점들을 운행하는 나룻배와 어선으로부터 통행료를 징수해서 먹고 사는 처지가 되었다.

"물론 불법이지." 체리스톤 사령관이 말했다.

"벌금을 물리겠다고 위협하면 그만두지 않을까요?" 리르가 물었다.

"가능성은 반반이다. 그냥 굴복할 기회를 주고 싶지는 않아. 그들이 저항하는 게 우리한테는 더 유리하지. 네가 분위기 좀 훑어보고 그들의 반응을 떠 보면 좋겠어."

"저는 그 일에 적합하지 않습니다." 리르가 완강하게 말했다. "죄송합니다만, 그런 일은 사령관님이 직접 하시는 게 낫지 않을까요?"

"내가 입을 열면 생각을 주입하는 셈이 돼." 사령관이 피곤한 목소리로 대답했다. "일은 자네 같은 하급 군인이 나서야 더 잘 풀리네. 리르, 네 도움이 필요해. 이 문제가 나한테 흥미 있다는 얘기를 주민들 사이에 좀 퍼뜨리게."

리르는 그렇게 하고 일주일 후에 돌아왔다. 벵다 주민들은 쿼들링 기준으로 보면 충분히 반항적이었지만 금지 명령을 내리거나 세금을 부과하면 꼬리를 내릴 것 같았다.

"그렇게 순순히 나오면 안 되지." 사령관이 팔꿈치를 긁었다. "아무래도 강제 집행을 해야겠어. 우리가 이곳에 도착한 이후에 그들이 벌어들인 액수의 세 배를 벌금으로 물린다고 해. 그러면 그들은 거지가 되고 저항을 하겠지. 그들이 어떻게 나올지 다시 알아봐."

리르가 돌아왔다. 그는 사령관의 정확한 의도를 알지 못했기 때문에 그들의 속내를 정확히 파악하지 못했다고 말했다.

"속내, 속내, 바로 그게 핵심이야!" 사령관이 고함을 질렀다. 리르는 가벼운 목례를 하고 물러났다.

벵다 주민들은 세 배의 벌금도 기꺼이 낼 것이며 다리 거주자들의 통행료 징수도 금지시키겠다는 답변이 돌아왔다.

"빌어먹을." 체리스톤 사령관은 다시 리르를 다리 거주자들에게 보내 공식적인 비난 성명을 전달하고 앞서 말한 세 배의 두 배를 벌금으로 물리겠다고 협박했다.

"어림없는 소리." 그제서야 벵다 주민들이 거절했다. 아직은 그럴 형편이 안 된다는 얘기였다.

그들은 그동안 모은 돈을 내주었지만 나머지 엄청난 잔액을 지불할 날짜에 대해서는 아무런 약속도 하지 않았다.

"그걸로 충분해." 사령관이 말했다. "리르, 이 지역 전체에 그들이 반항한다는 소문을 퍼뜨려. 에메랄드 시에도 알려져야 해. 그렇지 않으면 이 진흙투성이 쿼들링처럼 내 평판도 엉망진창이 되고 말 거야."

리르는 할 수 있는 일을 다했다. 식당이나 술집에서, 심지어는 변소에서도 벵다 주민들에 대한 악담을 늘어놓았다. 그러나 병사들한테 쉽게 먹히지는 않았다. 제7의 창 부대는 이미 군기가 느슨해져 있었다. 사령관은 제정신이 아닌 것은 말할 것도 없고 건방지고 오만한 권력자가 되고 말았다는 것이 대다수 병사들의 생각이었다.

"첩에게 봉급의 3분의 1을 떼 줄 수도 있잖아. 그 여자가 벵다 사람들에게 그걸 갖다주게 말이야." 이런 식으로 그들은 말했다. "도대체 그 가난한 작자들을 못 잡아먹어 안달인 이유가 뭔지 모르겠어. 인생 참 고달프게 하는구먼."

"인생을 고달프게 하는 것도, 그런 고달픔을 피하는 것도 우리가 할 일은 아냐. 우리는 그저 명령에 따를 뿐이지." 리르가 말했다. "다들 벌써 지쳐 떨어진 거야? 우리가 배운 규율은 그런 게 아니잖아."

"그냥 해본 소리야. 심각하게 생각하지 말라고."

체리스톤 사령관은 리르의 어깨에 팔을 두르고는 벵다 마을을 불사르는 임무를 맡겼다.

"오늘 밤이다." 그가 말했다.

리르의 얼굴이 돌처럼 굳어졌다.

"사령관님, 이런 날씨에는 불을 붙이기가 쉽지 않습니다. 어디에나 습기가 들어차 있습니다."

"이미 에메랄드 시에 보급품을 요청해 두었다." 사령관이 말했다. "그래서 길리킨 산 마야꽃 줄기로 만든 타르를 여섯 양동이나 확보해 두었지. 우기에도 끄떡없이 불에 타는 물건이다. 어둠이 내리면 다리 기둥에 타르를 칠할 수 있을 게다. 끝에 가까운 기둥부터 시작하는데 높은 곳에 칠해야 한다. 중심에 접근할수록 낮은 곳에, 수면에 가깝게 칠해야 한다. 그리고 양끝에 동시에 불을 붙여야 해. 불길이 양끝에서부터 조여들게 말이다. 그렇게 하면 벵다 녀석들은 어느 쪽으로도 도망칠 수 없을 게다. 그냥 중앙에 몰려들겠지. 타르를 낮게 칠한 기둥이 잿더미가 되기 전까지는 생각을 하거나 도움을 구할 짬이 있을 거다."

"도와줄 사람이 있을까요?" 리르가 물었다. "쿼이어에서 20분이나 걸리는 곳입니다."

"20분 안에 누군가 구조 요청을 듣고 제 시간에 도착해서 궁지에 처한 그들을 보게 될 거야. 이 점이 중요해. 우리가 시간을 잘 맞췄는지 한 번 지켜보자."

"구경하러 제 시간에 도착한다고요? 도와주는 게 아니고요?"

"리르, 거기는 다리야. 물에 뛰어들면 돼."

"사령관님. 외람된 말씀이지만, 밤에 워터슬리프에서는 아무도 수영을 할 수 없습니다. 낮에도 물론 위험하지만 말입니다. 강 깊은 곳에는 치명적인 뱀장어들이 살고 있고 밤에는 먹이를 찾아 악어들이 돌아다닙니다."

"내가 그놈들을 풀어 놓은 건 아니지." 사령관이 말했다. "자네 목소리에서 어쩐지 반역의 냄새가 나는군."

"그렇지 않습니다, 사령관님." 리르가 말했다. 하지만 돌아서서 나가는 동안 그는 마음이 괴로웠다.

벵다 주민들에게 사전에 계획이 새어 나가는 것을 방지하려면 곧바로 작전을 시작해야 했다. 리르는 앤손비와 버니, 그리고 몇몇 다른 병사들을 끌어모았다. 그는 에메랄드 시 최고 사령부의 계략을 알고 있었지만 그들에게는 아무 말도 해 주지 않았다. 그들은 검은색 옷을 입고 모기망을 둘러친 모자를 썼으며 얼굴에 진흙을 발랐다. 그리고 아무에게도 임무에 관해 말하지 않았다.

"납치된 총독에 관한 일이야." 누군가의 등쌀에 밀려 리르가 아무렇게나 둘러댔다. "단서가 나왔어. 우리는 납치범들을 찾아낼 거야. 하지만 그들이 어떤 낌새를 눈치 채게 해서는 안 돼. 금방 도망칠 테니까."

여느 때처럼 서녘 하늘에 검붉은 노을 빛이 번지면서 날이 빠르게 저물었다. 밤이 되자 수많은 벌레들의 날개 소리가 하늘을 뒤덮었다. 리르 일행의 솜씨를 감상할 수십억의 관객들이었다.

"따라야 할 지침을 말해 주겠어. 중요한 것부터 얘기하지. 이건 비밀 임무야." 리르와 동료들은 그가 이번 임무를 위해 징발한 너벅선 옆에 모여들었다. "너희들을 뽑은 것은 모두 이곳에 여자친구가 있기 때문이다. 되도록 빨리 일을 끝내고 여자친구들한테 돌아가 침대로 뛰어들고 싶을 거야. 오늘은 좀 색다른 시도를 해봐. 두 사람 모두에게 잊을 수 없는 밤을 만들어. 미리 알리바이를 마련해 두라는 얘기야."

"하지만 성관계를 했다고 하면 지탄을 받지 않을까?" 앤손비가 말했다.

"그렇게 해야 퀴들링 사람들이 속죄양을 요구해도 너희들은 보호받을 수 있어. 섹스에 관해 조언이 필요한 사람은 앤손비에게 물어봐. 앤손비, 여섯 번째 비장의 체위에 관해 얘기해 줘." 리르가 윙크를 하며 말했다. "어떤 막사에서는 인어 아가씨라도 숨 넘어가게 하는 기술로 통한다지."

리르는 여자와 사귄 일이 없었다. 그래서 성에 관해서는 백치나 다름없고 답답한 촌놈처럼 미적댄다는 평판을 들었다. 동료들은 별로 기쁜 기색이 아니었다.

"우리는 알리바이를 마련한다고 치고." 잠시 후에 버니가 입을 열었다. "그러지 못한 친구들은 어떻게 되지?"

"어차피 재수가 없는 처지이긴 마찬가지야." 리르가 말했다. "시간 문제지. 어쩌면 그들이나 우리나 이번엔 불운을 피할 수 있을지 몰라. 자, 이제 출발한다."

일단 어둠이 내리자 퀴들링 주민들은 수상한 배가 지나가거나 말거나 모기 떼를 피해 수상가옥 안으로 들어갔다. 밤하늘에 달이 뜨지 않는 계절이었다. 사령관은 이미 이 점을 계산에 넣어 두었을 것이다. 그래서 시계가 흐렸다. 작전 수행에 도움이 될 터였다.

뻥다에서 반 마일 북쪽에 이르렀을 때 리르가 배를 대라는 신호를 보냈다. 그는 다리 양끝에 위태롭게 걸터앉은 마을을 손짓으로 가리켰다. 벌집처럼 빽빽이 들어찬 창문에서 불빛이 새어 나왔고 저녁을 먹으며 나누는 잡담 소리가 들려왔다.

먼저 입을 연 사람은 버니였다.

"사람들이 죽을지도 몰라."

"확실치는 않지만 그 점도 미리 염두에 두었을 거야. 유감스럽지만 어쩔 수 없는 일이지."

"하지만 여자들과 애들이 있잖아." 버니가 말했다. "애들이 통행세나 세금하고 무슨 상관이야? 애들은 아무 죄가 없잖아?"

"애들은 자라서 적군이 되지. 그래도 죄가 없어? 여기서 이 문제를 따질 생각은 없어. 지금은 도덕철학을 듣는 시간이 아니니까. 우리는 군인이고 이건 명령이야. 앤손비, 솜즈, 키퍼, 너희들은 반대쪽 끝을 맡아. 나머지는 이쪽에서 시작한다. 이 물건들 받아. 타르와 솔, 그리고 부싯돌이야. 칼도 받아."

"칼은 무슨 소용이지?" 버니가 물었다.

"기둥에 네 이름이나 새겨라, 이 바보. 칼이 무슨 소용이냐고? 필요할 때 쓰면 되잖아. 다들 준비됐지?"

"나는 못 하겠어."

"이름 없는 신께 성공적인 임무 완성을 빌자." 4초간 침묵이 흘렀다. "출발."

그들은 장대로 너벅선을 밀면서 고깃배들 사이로 나아갔다. 밤에 몰래 통행세를 내지 않고 지나가려는 선박들을 막기 위해 다리 아래에 설치한 긴 방책에 묶어 놓은 배들이었다. 병사들은 갑자기 퀴들링 노인 한 명이 자기 배 바닥에서 일어나는 바람에 깜짝 놀랐다. 부인의 잔소리를 피해 나온 모양이었다. 그들은 손으로 노인의 머리를 움켜쥐고 입을 틀어막았다. 그러고는 노인을 삼베 자루에 집어넣어 자루 주둥이를 틀어막고 강물 속에 던져 넣었다.

체리스톤 사령관이 시간을 기막히게 정한 게 분명했다. 마을 아이들은 저녁밥을 먹었지만 아직 잠자리에 들지 않았다. 군인들은 타르 역청을 바르기 시작하면서 바로 머리 위 골풀 자리를 깐 마루바닥을 통해 아이들의 웃음소리와 우는 소리, 달래고 어르는 소리를 들을 수 있었다. 조용히 불을 낼 준비를 하는 그들에게는 이러한 소음이 훌륭한 방어막이 되어 주었다.

리르는 일을 마치면 재빨리 퇴각해야 한다고 생각했다. 불길에서 도망치는 벵다 주민들에게 들키지 말아야 하는 것은 물론이고 군인들도 끔찍한 장면을 목격하지 못하게 할 필요가 있었다. 모든 학정은 거칠고 야만적이지만 방화는 무엇보다도 난폭한 짓이었다.

"점화. 오른쪽. 왼쪽." 그가 입 모양으로 지시를 내렸다. 양쪽 모두 떨리는 손으로 철망으로 둥글게 말아 놓은 기름 헝겊을 쥐었다. 칼 끝을 헝겊에 꽂아 놓고서 부싯돌을 켰다. 칼은 다른 동료들이 미리 타르를 발라 놓은 곳에 닿을 만큼 길이가 길었다.

한쪽이 다른 쪽보다 먼저 일을 끝냈다. 앤손비가 서두르다가 칼을 너무 빨리 빼는 바람에 불이 붙은 헝겊 뭉치가 위험하게 떨어져 나왔기 때문이다. 앤손비는 가까스로 몸을 피했고 헝겊은 강물 속으로 치지직 소리를 내며 들어갔다.

작업은 깔끔하게 종료되었다. 불이 나무 기둥에 완전히 옮겨 붙고 밤이 지옥의 불빛으로 달아오르기 전에 두 배는 모두 20미터 넘게 뒤로 물러섰다. 딱딱 소리를 내며 무섭게 타오르는 기둥과 위태롭게 흔들리며 금방이라도 무너져 내릴 것 같은 다리는 마치 9미터 높이로 솟구친 불기둥으로 세워진 문처럼 보였다. 마야꽃 타르는 그만큼 굉장했다! 사람들의 비명소리가 귀청을 찢었고 불에 타는 나무들이 강물에 떨어지면서 불바다를 이루었다.

이제 그들은 현장에서 충분히 벗어났고 다른 파견대가 현장에 도착해서 상황을 객관적으로 기록할 일만 남아 있었다. 하지만 그들이 탄 너벅선 두 척은 오래 묵은 사초의 엉킨 뿌리에 걸려들고 말았다. 게다가 병사들은 화재 현장을 바라보는 것을 그만둘 수가 없었다. 창에서 창으로, 집에서 집으로 뛰어 다니며 더러운 종려잎 지붕 위로 올라가는 벵다 주민들이 훤히 보였다. 어떤 이들은 가구를 강물에 집어 던지고 그 위에 올라타려고 했지만 성공한 사람은 소수였다. 쿼들링의 가구는 대부분 골풀로 짠 것이라 힘이 약하고 물에 뜨지 않았기 때문이다.

불 붙은 종려잎 뭉치 하나가 별똥별처럼 깜깜한 어둠을 가르며 강물 위로 떨어졌다. 아니, 고요히 침묵하는 강물이 불타는 알파벳 모음을 집어삼켰다. 아니, 불새가 이름 모를 깜깜한 호수로 스스로 곤두박질하고 있었다.

리르는 자신이 은유에 취해 있다는 생각이 들었다. 이젠 자리를 피할 때가 온 것이다. "가는 게 좋겠어. 이번 임무는 모두 망쳐 버렸다. 완전히 엉망으로 만들었어."

"도대체 이 작전의 취지가 무엇이었지?"

"작전은 원래 간접적으로 목적을 달성하는 법이야. 사교춤 강습이 아니라 작전이라고 불리는 이유가 바로 그거지." 리르가 이렇게 주위섬겼으나 목소리에는 기운이 없었다. 그는 장대에 온몸을 실어 너벅선을 움직였다. "너희들이 오늘 밤에 가지 않으면 여자 친구들의 침대는 차가울 거야. 제 시간에 돌아가지 않으면 새벽이 오기 전에 누군가 자네들 자리를 차지하고 말걸. 하긴 나보다 잘 알겠지. 조심해."

리르 자신도 눈을 똑바로 뜨고 벵다 다리 상류에서 무엇인가 내려오지 않는가 해서 주위를 둘러보았다. 그러나 강이 불에 타며 분노로 날뛰는 괴물이 아닌 다음에야 그럴 리는 없었다. 다리에서 출발한 배도 없었고 다리 밑을 통과하려다 제지당한 배도 없었다. 불붙은 나무들만이 잇달아 강물 위로 떨어졌고 사람들도 떨어졌다.

불바다 속으로 머뭇거리며 뛰어들 태세인 한 남자와 한 여자가 사이에 여자 아이 하나를 붙들고 있었다. 아이의 옷에는 이미 불이 옮겨 붙었고 부모와 이웃들이 그 불을 끄느라 정신이 없었다. 모두들 입을 크게 벌리며 비명을 지르고 있었지만, 누가 무슨 소리를 내는지 분간이 되지 않았다. 아이의 부모는 기울어 가는 다리에 억지로 몸을 지탱한 채 옷에 붙은 불을 끄기 위해 아이를 그네처럼 뒤흔들며 강물로 집어던지려는 참이었다.

리르는 일고여덟 살 때 했던 놀이가 기억났다. 이르지와 마넥이 노르를 그렇게 붙잡고 흔들었고 그런 다음에는 그를 흔들었다. 하지만 그때는 키아모코의 그레이트 켈스의 눈 덮인 구릉지였고 그의 생명이나 그녀의 생명을 구하려고 그랬던 것이 아니었다.

부모가 손을 놓자 소녀는 몸을 비틀며 팔을 뒤로 뻗었다. 마치 물에 빠져도 홀로 차디찬 밤공기를 가르며 헤엄을 쳐서 다시 부모의 품으로 돌아올 수 있을 것처럼. 그들 뒤편에서 맹렬하게 타오르는 불길은 벌써 그들의 다리를 붙잡았고 등을 타고 올랐다. 소녀는 어린 새처럼, 시뻘겋게 달아오른 구릿빛 새처럼 바들바들 떨었다. 어느 순간 그 아이는 강물 속으로 떨어졌다. 그나마 아이를 살려 내려는 부모의 안간힘이 겨우 힘을 발휘해서 아이는 기름이 번져 이글이글 타오르는 구역을 피해 첨벙 빠졌다. 다른 사람은 대부분 그쪽으로 떨어졌지만.

리르는 배에서 뛰어내리며 어깨 너머로 소리쳤다. "기지로 돌아가! 이건 명령이야!" 그는 동료들이 명령을 듣는지 확인하려고 고개를 돌리지 않았다. 그리고 소녀를 찾아 나섰지만 헛일이었다. 리르는 소녀를 볼 수 없었다. 헤엄을 쳐서 뭍으로 갔는지, 차디찬 강물속으로 가라앉았는지, 아니면 화재에 희생된 부모 곁으로 헤엄쳐서 돌아갔는지 볼 수 없었다.

총독 관저는 어느 때보다 경비가 삼엄했다. 그러나 리르는 아무문제 없이 야경꾼과 암호를 교환하고 안으로 들어갔다. 앤손비와 버니를 비롯한 동료 병사들은 지시를 어기고 여자들 품안으로 기어들어가지 않았다. 그들은 막사에 몸을 숨겼다. 아무래도 동료와 함께 있는 게 마음이 편했던 모양이다. 리르는 그날 밤 영내 밖에는 아무도 없었다는 사실을 깨달았다. 다른 군인들은 영내를 벗어나지 말라는 명령을 받았던 게 분명했다. 기지를 지키기 위해서였을까? 아니면 병사들의 안전을 위해서? 이는 방화 임무를 맡은 군인들만이 유일하게 군대의 보호를 받지 못한 처지였음을 의미했다. 이제야 리르는 모든 걸 분명하게 깨달았다. 마을을 불태우는 임무를 맡은 그들은 말 그대로 '봉'이었다. 혹시 화재 소식이 마을에 퍼지고 주민들이 보복을 하기 위해 희생양을 찾아 돌아다니기라도 한다면, 그런 상황에서 그들은 꼼짝없이 고립되어 발가벗은 마을 처녀들과 침대에서 뒹굴고 있어야 했다.

"시대의 영웅이 오셨구먼! 어디 있었어?" 솜즈가 물었다.

리르는 소녀를 찾지 못했다고 말했다. 불빛이 너무 강렬해서 화재 현장을 자세히 살펴볼 수가 없었다.

"우리는 위스키를 마시고 서로 등을 두드려 주면서 기운을 차렸어. 다리는 이제 역사가 되었군! 자네도 이리 오게, 대환영이야!"

"역사. 단 한순간에 역사가 되었군." 리르가 말했다. "먼저 할 일이 있어."

리르는 중앙 안마당 쪽으로 튀어나온 위층 베란다를 통해 아래 우물 근처에서 서성이는 군인들 눈에 띄지 않고 그림자에 몸을 숨겨 살금살금 움직였다. 순식간에 리르는 침대맡 트렁크 안에 보관하던 몇 가지 물건과 작은 가방을 손에 쥐었다. 그리고 창문에서 뛰어내린 것처럼 보이기 위해 장화를 창턱에 올려놓았다. 곰팡이가 슨 낡은 망토와 빗자루는 등에 지고 신선한 물을 담은 병은 어깨에 둘러멘 채 뒷계단으로 민첩하게 내려가 마른 식품 저장실을 통해 밖으로 나갔다. 이어 총독 관저의 담장을 타고 넘어갔다. 실제로 담장을 타고 넘기도 했지만, 그것은 또한 군대와 작별하는 상징적 행위이기도 했다.

마녀의 빗자루는 신속하게 이동할 수 있는 수단이었지만, 리르는 마음이 너무 무거워서 자신이 땅을 박차 오르고 날아오르는 모습을 상상할 수 없었다. 아니, 설령 그랬다고 해도 바닥에 몸을 던져도 될 만한 높이밖에 오르지 못했을 것이다.

리르는 걸었다. 발자취를 감추고 발걸음 소리를 죽이며 걸어갔다. 북쪽으로 간다는 생각밖에 없었다. 태양의 움직임으로 방향을 가늠했다. 너무 서쪽으로 벗어났다 싶으면 다음날은 줄창 동쪽으로 걸어갔다.

퀴이어를 떠난 것은 초봄이었다. 그것도 달력상으로만 그랬다. 계절의 자연스러운 순환이 그곳엔 없었다. 습지대에서는 썩고 꽃 피고 열매 맺고 씨앗이 트고 다시 썩는 일이 1년 내내 동시에 일어나는 까닭이다. 벌써 오래전에 이러한 기후는 리르의 몸에 제2의 살갗처럼 달라붙어서 몇 주일 동안 쉼 없이 걸어가서 마침내 길이 오르막이 되고 이따금 마른 풀이 자라는 언덕에 발을 들여 놓게 된 후에야 리르는 거기서 벗어날 수 있었다.

애초에 그는 늪고양이가 불쑥 튀어나와 공격을 하거나 잠을 자는 동안 악어가 자신의 팔다리를 냉큼 물어뜯는 일도 있겠거니 생각했지만, 그의 존재를 의식한 유일한 생명체는 모기였다. 리르는 불평 없이 모기 떼에 몸을 내맡겼다. 천 일 동안 하루에 천 번이나 피를 빨리고 그리하여 몸 안에서부터 바짝 말라붙어 죽어 가는 자신의 모습을 상상했다. 그것도 비행은 비행이었다! 강한 바람이 불어 한 줌 먼지 같은 몸뚱아리를 들어 올리고 그리하여 그의 전 존재가 작은 벌레가 되어 공중에서 사방으로 흩어져 사라질 것이었다.

몇 주일 동안 걷다 쉬다 하며 길을 갔다. 일부러 음식을 구하지는 않았지만 도덕이나 인간사와 무연한 자연은 리르에게 구원을 베풀었다. 그린베리와 땅콩, 이따금 보이는 습지 사과, 나무 뿌리 등으로 배를 채웠다. 어느 때보다 그는 야위었지만, 영양 섭취가 부족한 것은 아니었다. 헛것을 보거나 설사로 고생하지는 않았으니까.

오즈의 지리에 대한 리르의 감각은 제한된 것이었으나 대략 오즈의 남쪽에서 북서쪽으로 언월도처럼 휘어 올라간 산맥만은 뚜렷하게 인식하고 있었다. 리르는 노란 벽돌길을 통해서든 아니든 쿼들링 켈스를 통과할 필요가 있었다. 일단 산맥 너머 북쪽에 이르면 서쪽으로 방향을 틀어 왼쪽으로 산을 끼고 계속 걸어가야 했다. 그러면 조만간 빈쿠스의 너른 초지로 통하는 주요 통로인 쿰브리시아 협곡에 이를 터였다. 하지만 그는 서쪽에서 그레이트 켈스가 얼음 덮인 봉우리를 불쑥 내밀 때까지 계속 걸어가기로 했다. 빈쿠스 강에 이른 후에는 중앙 켈스의 계곡에서 흘러내리는 아찔한 폭포에 닿을 때까지 강을 따라 주욱 올라갈 생각이었다. 폭포를 끼고 위로 올라가 빈쿠스 강 상류의 가장 오른쪽 지류를 따라, 이어 노블헤드 파이크의 가운데 능선을 타고 계속 걷다 보면 어느새 그는 고향에 돌아온 몸이 될 터였다.

물론 그곳은 고향이 아니었다. 그곳에 고향이라 할 만한 곳은 없었다. 리르는 단지 키아모코로 돌아가는 것이었다.

리르는 걸어가면서 아무 생각도 하지 않으려 했다. 세상은 다양하고 다채로웠으나 모든 게 자신을 비웃는 듯했고 공허하게 느껴졌다. 그는 쿼들링 켈스는 통과했다. 이제 뜨거운 여름 날씨도 고비를 지나 견딜 만하게 되었다. 과일 나무들이 꽃을 피우고 벌들이 햇빛 밝은 오후에 부지런히 날아다니는 북쪽 비탈로 들어섰다. 그러나 그것은 음악이 아니라 소음이었다. 리르는 숲 속 은자의 창고에서 향내를 음미하기 위해서가 아니라 주린 배를 채우기 위해 단풍나무 수액을 훔쳤다.

어느새 사람살이의 흔적이 다시 나타나기 시작했다. 군데군데 농장이 눈에 들어왔다. 길가에서 마주한 신전은 럴라인에게 봉헌된 신전인지 이름 없는 신에게 봉헌된 신전인지 알아볼 수 없었다. 리르는 아무 관심도 두지 않았으며 예배를 드리러 멈추지도 않았다. 리르는 사람을 피했고 피할 수 없으면 입을 다물었다. 농장 아이들이 우유를 갖다 주거나 헛간 다락에 담요까지 내주었지만, 식탁으로 초대하지는 않았다. 설령 초대했더라도 받아들이지 않았을 것이다.

하루는 채찍을 휘두르며 뿔이 넷이나 달린 젖소를 몰고 가는 늙은 여자를 만났다. 사내아이가 곁에서 그 노파를 따랐는데, 노파를 무서워하는 기색이 역력했다. 소년이 리르를 절망적인 시선으로 바라보았다. 늙은 여자가 소년에게 채찍을 휘두르며 매섭게 꾸짖었다.

"저 사람을 그렇게 쳐다봐도 소용 없다, 팁. 엉뚱한 걸 보고 있으면 길바닥에 넘어질 거야. 게다가 너는 지금 젖소를 타고 가는 것도 아니니 아무 생각 마라. 네가 맘에 드는 사람을 만나 우울하게 눈알을 굴리라고 이 먼 길을 온 게 아니야."

"이 길은 어디까지 이어집니까?" 리르가 노파에게 물었다. 딱히 궁금해서라기보다는 노파가 소년에게 채찍질을 그만두게 하려는 뜻이 컸다.

"길리킨까지. 우리는 눈발이 날리기 전에 도착하려 하는데 그럴 수 있을지 모르겠수다." 노파가 퉁명스럽게 대꾸했다. "당신이 관심이나 있겠소만."

"암소가 걸어가기에는 너무 먼 거리로군요." 리르가 말했다.

"뿔 넷 달린 젖소에서 나오는 우유는 품질이 좋지. 어떤 요리에는 아주 쓸모가 많다오."

"나를 이 군인 아저씨에게 파세요. 그러면 할머니는 집에까지 혼자 소를 타고 갈 수 있어요." 소년이 말했다.

"너처럼 쓸모 없는 애를 판다는 생각은 꿈에라도 해본 적이 없어." 노파가 대답했다. "길리킨의 선량한 시민들이 손상된 상품을 넘긴 죄로 내 통행증을 빼앗을 게야. 그러니 입 닥치고 있어, 팁, 안 그러면 혼내 줄 테다."

"나는 아이들을 사지 않습니다." 리르가 말했다. 그는 소년의 눈을 똑바로 쳐다보았다. "나는 아무도 구해 줄 수 없단다. 너 스스로 자신을 구해야 해."

팁은 아랫입술을 깨물며 입을 다물었지만, 눈은 여전히 리르를 쏘아보았다. 소년은 이렇게 힐난하는 것 같았다. 너 스스로 자신을 구해야 한다고요? 무얼로 그런 말을 증명하실 셈인가요, 군인 아저씨?

노파가 입을 열었다.

"그 빗자루라도 내줄 생각이 있다면 내 체면 상하는 일쯤은 감수할 수도 있는데 말이우. 아주 멋진 물건이구먼."

리르는 대답 없이 그들을 지나쳤다. 이삼 킬로미터 걸어간 후에 걸음을 멈추고 장화끈을 묶었다. 고개를 돌려 뒤를 바라보니 노파와 암소와 소년이 북쪽으로 방향을 틀어 초원 위를 걷고 있었다. 에메랄드 시, 그리고 그 너머의 길리킨으로 가는 가장 좋은 길은 켈스워터와 레스트워터 사이의 떡갈나무 숲을 뚫고 이어지는데, 이제 그는 자신이 쿰브리시아 협곡에서 그리 멀지 않은 곳에 있다고 추측

할 수 있었다. 그 추측은 맞았다.

때는 한여름이고 리르가 있는 곳은 빈쿠스 강의 둔덕이었다. 리르는 강물에 몸을 담갔다. 모기 전염병은 이제 그의 등뒤에 가로막혀 더 이상 그를 위협하지 못했다. 그것은 그레이트 켈스의 사면(斜面)을 타고 불어오는 미풍, 마치 투명한 멜론 조각처럼 주변을 배회하는 바람에 막혀 그에게 접근할 수 없었다. 이 부근의 빈쿠스 강은 넓고 얕았다. 뜨거운 햇빛 아래에서도 물은 얼음장처럼 차가웠는데, 천 개나 되는 실개울이 소나무가 우거진 산비탈을 타고 흘러내리며 강물을 차갑게 식힌 탓이었다.

여전히 동물은 보이지 않았다. 춤추듯 뛰어다니는 산조랑말도, 10년, 20년 동안 길에 출몰하던 거북도 보이지 않았다. 새들만이 조금 눈에 띄었으나 너무 멀리 날아서 알아보기 힘들었다. 마치 그가 북쪽과 서쪽으로 움직일수록 그에게서 풍기는 악취가 동물들을 어딘가로 숨게 만들었다는 듯이.

어느 날 저녁 리르는 머리카락을 깎고 싶었다. 머리가 자라 눈을 덮었다. 군대에서 보급받은 칼은 나무 뿌리 껍질을 벗기는 데 썼던 터라 날이 무뎠다. 돌로 칼을 갈아 보았으나 소용이 없었다. 결국 리르는 칼을 내동댕이치고 머리가죽에서 피가 나서 눈에 흘러내릴 때까지 머리카락을 뿌리째 잡아당겼다. 머리 모양이 엉망이 되었다. 그는 피가 막혀 있는 눈물길(누관)을 뚫을 것이라고 생각했고 잠시 동안 어떤 편안함을 기대했지만, 그런 사치는 허용되지 않았다. 리르는 얼굴을 닦고 머리를 뒤로 묶었다. 무거운 머리에 생기는 땀과 습기를 그대로 참아 내기로 했다.

산은 가까이 다가갈수록 위압적인 자태를 드러냈고 화강암과 발삼나무 냄새가 풍겨 왔는데, 여느 것과 달리 그 냄새만은 분명했지만 여느 것과 마찬가지로 리르에게 위안을 주지는 못했다. 산은 꼬박 100만 년 동안 자란 모습이었다. 여름은 흘러갔고 해는 나날이 일찍 저물었다. 어느 날은 바람결에 여우가 사는 기미를 눈치 채고 여우를 보고 싶은 갈증을 느꼈다. 먹이를 찾아 쏜살같이 내달리는 여우를. 그러나 여우는 보지 못했다.

세상은 아름다우면서도 냉담했다. 가끔은, 몇 주일 만에 처음으로 리르는 생각이라는 것을 했다. 가끔은 이 불가사의한 세상이 나는 밉다. 집처럼 아늑하다가도 어느 순간 냉담하게 속내를 감추는 이 세상이.

리르는 빈쿠스 강이 기껏해야 길이가 이삼 킬로미터밖에 안 되고 폭은 좁기만 한 몇 개의 작은 호수 옆으로 흐르는 지역으로 들어섰다. 거기에는 어딘지 모르게 편안하고 익숙한 분위기가 서려 있어서 하나의 풍경화를 보는 듯했다. 물은 고이지 않고 흘러 신선했다. 물고기 한 마리 보이지 않았으나 리르는 물고기 떼가 보이지 않은 어딘가에 몰려 있다는 상상을 했다. 낙엽송과 자작나무, 그리고 필우드라는 호리호리한 나무가 멀리 보이는 호숫가에 연분홍빛 음영을 드리웠다. 쿼이어를 떠난 후에 처음으로 리르는 북쪽으로 향하는 발걸음을 멈추었다. 그는 하루 동안 주위를 둘러보았다. 풍경이 묘하게도 그의 기분을 상쾌하게 만들었지만, 그는 그런 기분에도 더 이상 익숙지 않았다.

다섯 호수 중에 중앙에 자리 잡은 호수는 다른 호수들보다 부채를 더 닮은 모양이었는데, 폭이 좁아지는 남쪽 끝에서 보면 낮은 언덕으로 이어진 달걀 바구니 모양의 널찍한 경치가 시원하게 펼쳐졌다. 빛이 사선으로 비추어서 한 언덕이 다음 언덕에 어여쁜 그림자 무늬를 드리웠다. 리르는 남쪽 호안(湖岸)에서 필우드가 무성하게 자라고 화강암 노대 같은 게 수평으로 베고 지나가는 야구장 두어 개 크기만 한 둥글고 완만한 언덕을 발견했다.

나무 아래로 자라는 목초는 고르게 베어졌고 알갱이 모양의 똥이 떨어져 있는 걸로 봐서 근처에 반추동물 무리가 어슬렁거리며 풀밭을 말끔하게 베어 먹은 모양이었다. 덕분에 주변에서는 기분 좋은 시골 농가 같은 분위기가 배어났다.

리르는 나무에 등을 기대고 앉아 호수를 바라보았다. 남쪽에서 불어오는 바람에 물이 찰랑거렸고 물결 꼭대기마다 반짝이는 빛이 호수에 줄무늬를 만들었다.

리르는 집처럼 편안한 기분이 들었다. 경치가 아름다워 무엇이든 견딜 수가 있었고 주변에 아무도 없었다. 피안의 피안. 리르는 이곳을 네서하우(Nether How)라고 이름 붙였다. 여기서 '하우'는 언덕을 뜻하는 고어인데, 어떤 장소에 단지 그곳에 잠깐 동안 '엉덩이 (nether how)'를 붙이고 쉬었다는 이유로 그런 이름을 붙이는 것은 얼마나 대단한 허풍인지!

리르는 눈을 감고 예전에 한두 번 그랬듯이 백일몽에 잠겨 들었다. 리르는 꾸벅꾸벅 졸며 처음보다는 훨씬 더 남자다운 모습으로, 그러나 여전히 대부분의 젊은이들처럼, 아니 그들보다 더 갈 길을 잃은 모습으로 앉아 있는 자신을 보았다. 별다른 직업도 없고, 실수하는 것 말고는 타고난 재주도 없으며, 배울 사람도, 믿을 사람도,

의지할 천부의 능력도 없는…… 게다가 미래를 볼 길도 없는.

리르는 필우드 나뭇잎이 나부끼는 곳으로 올라갔다. 누렇게 물들기 시작한 나뭇잎은 가을이 왔음을 알렸다. 그 아래에 앉아 있는 자신을 보았다. 엉망이 된 머리카락과 무릎과 땅에 꽂힌 듯한 발을 보았다. 숨을 멈출 수만 있다면, 풀밭 속으로 조용히 가라앉아 네서하우의 일부분이 될 수도 있을 것 같았다. 그렇게 짐승들을 불안하게 하는 그의 영혼이 몸을 떠나면, 이곳에서 풀을 뜯는 산양이나 호수 스카크나 다른 어떤 동물이나 마침내 두려움을 극복하고 그의 몸뚱아리 주변을 깨끗이 뜯어먹을 터였다.

이제 리르의 관심은 가까이 존재하나 어쩐지 멀리서 어렴풋이 느껴지는 다른 형상에게 돌아갔다. 그것은 지팡이와 어떤 책을 손에 들고 자줏빛 우단 망토를 걸친 노인이었다. 노인은 안개를 뚫고 오는 사람처럼 하늘에서 모습을 드러냈다. 처음에는 몸의 균형을 잃은 것처럼 보였고 지팡이로 땅을 두들기며 발이 어디 있는지를 찾는 듯했다. 우스꽝스럽게 생긴 모자를 머리에 쓰면서 모자에 끼었는지 눈썹을 잡아당겼다.

리르는 노인이 무슨 말을 하고 있다고 생각했으나 목소리는 들리지 않았다. 수상쩍은 노인, 정신이 말짱한 듯하면서 동시에 미친 것 같은 노인만이 유령처럼 네서하우의 언덕을 올라오고 있었다. 노인은 졸고 있는 리르의 몸 가까이 다가왔다. 나뭇잎 사이에 숨은 리르의 혼은 그 장면을 가만히 지켜보았다. 어쩌면 학자인지도 모를 노인은 호기심이 일었는지 잠깐 걸음을 멈추고 리르가 등을 기대고 앉아 있는 나무를 찬찬히 살펴보았다. 이어 노인은 시선을 들어 올려다보았다. 하지만 노인은 나무에 기대 쉬고 있는 리르와도, 위에 있는 리르와도 눈을 맞추지 않고 몸을 돌려 언덕을 내려가기 시작했다.

사람을 피하는 좋은 방법이야. 리르의 영혼이 다시 몸 안으로 들어갔다. 아니, 짧은 몽상이 끝이 나고 이 아름다운 장소에서도 느껴지는 세상에 대한 서글픈 느낌이 한층 더 강하게 차올랐다.

리르는 네서하우를 떠났다. 호수의 우안을 따라 북쪽으로 올라갔다. 순간 몽상에 잠겼을 때는 눈치 채지 못했던 어떤 것이 기억에 되살아났다. 그건 노인이 가져온 책, 마녀, 엘파바가 주문을 욀 때 사용한 『그리머리』 마법책 말이다!

리르는 딱 한 번 『그리머리』 마법책을 본 적이 있었다. 하지만 그때는 도로시와 키아모코를 떠나서 늙은 코끼리 할망구, 그 콧수건 여왕인지 뭔지 모를 여자를 만나기 전이었다. 노르를 찾는 데 도움을 주고 새로 알게 된 사실이 있으면 기꺼이 알려 주겠노라고 약속했던 그 괴이한 코끼리 할멈 말이다.

오직 진짜 바보만이 가질 법한 오만과 자신감으로 리르는 혼자서 노르를 찾아 나섰다. 그래도 그건 영리한 짓이었어. 리르는 속으로 중얼거렸다. 썩 잘한 일이었지. 아무에게도 속내를 비치지 않고 이런 곳에 왔으니 말이야.

그래도 그건 잘한 짓이었다. 적어도 자기 자신과는 등을 돌리지 않고 대화를 나누었으니 말이다.

리르가 여행을 마치는 데는 두 달이 더 걸렸다. 그는 서두르지 않았다.

한 번은 빈쿠스 강에 다시 발길이 닿았을 때 산등성이를 따라 길게 펼쳐진 우람한 너도밤나무 숲에서 경계심을 잔뜩 품은 채 홀로 서성이는 사슴을 보았다. 늦은 오후의 희미한 햇살과 하늘에 낀 구름으로 사위는 어둑했다. 사슴은 지나가는 리르를 가만히 지켜보았다. 꽁무니를 빼고 도망치지도 않았고 그를 공격하지도 않았다.

마침내 익숙한 풍경이 눈에 들어왔다. 퀠스 구릉지에 형성된 조그만 정착촌, 아르지키 부족의 마을이었다. 어떤 마을들은 파나라, 어퍼파나라, 호밀빵 바위, 레드 윈드밀처럼 이름이 있었고 또 어떤 마을들은 이름조차 없었다. 늦가을이자 초겨울이었다. 고지에서 내려온 양 떼가 우리에 시끄럽게 모여 있었다. 여름내 몰두했던 밧줄 꼬기 작업이 모두 끝이 났는지, 염색한 스카크 실타래들이 햇볕을 쬐며 말뚝 위에 널려 있었다. 착색을 촉진하는 데 쓰이는 식초 냄새가 리르의 코를 찔러 왔다.

아르지키 주민들은 노블헤드 파이크에서 내려오는 리르를 아무 말 없이 지켜보았다. 누군가는 그를 알아보았겠지만 아무도 아는 체를 하지 않았다. 그가 도로시랑 키아모코를 떠난 지 어언 10년이 흐른 뒤였다. 그의 내부에서는 모든 게 변했다. 그는 껍데기를 깨고 나와 자신의 부족함을 깨달았지만 아르지키 주민들은 10년 전이나 다름 없이 둔감했다.

리르 역시 아무도 알아보지 못했다.

리르는 고개를 들어 산중턱에 우뚝 솟은 낡은 급수장을 바라보았다. 취수장은 꽤나 보기 힘든 지점에 위치해 있는 데다 구름마저 그 위로 빠르게 움직이는 바람에 한참이나 고개를 꺾고 올려다보던 리르는 현기증을 느꼈다. 이곳에 다시 오게 되다니! 감개무량했다. 한때는 아르지키 족장 가족의 보금자리였고, 그 후에는 사악한 서쪽 마녀의 은거지였던 키아모코에 다시 돌아온 것이다.

흙벽에 쌓인 눈이 녹아 돌벽에 주룩주룩 흘러내렸다. (고산 지대는 벌써 늦여름이면 험악한 날씨가 찾아오곤 했다.) 지붕은 벌써 심각하게 훼손된 듯 보였다. 까마귀들이 처마에서 갑자기 날아올랐고, 입만 크게 벌리고 있는 퇴창(벽에서 튀어나온 창문)은 부서진 지 오래였다. 하지만 굴뚝에서 연기가 피어났다. 누군가 살고 있는 게 분명했다.

그는 길에서 소년과 함께 암소를 몰고 가던 여자를 만난 이후로는 한마디도 하지 않았다. 아직도 말을 할 수 있을지조차 자신이 없었다.

망루는 지키는 이 하나 없이 버려져 있었고 의전용 도개교는 위로 들려 있었다. 문루(門樓) 문은 활짝 열려 있어서 눈발이 마음대로 날아들었다. 지금 살고 있는 사람이 누구든 방어 따위는 안중에도 없는 게 분명했다.

리르는 빗자루를 단단히 움켜쥐고 벌써 몇 주일째 입어 너덜너덜해진 망토를 바짝 죄었다. 망토는 한기를 막는 데 요긴했기 때문에 요 몇 년 동안 거추장스럽지만 가지고 다닌 게 다행이라 생각했다. 고맙고 다행한 일이지. 아무튼 나는 이제 전쟁을 피해 집으로 돌아왔다. 집이 뭐든 간에. 리르는 가파른 계단으로 문루에 올라가 그곳을 통해 안마당으로 들어갔다.

처음에는 어떤 변화도 느끼지 못했다. 그러나 이것은 그가 눈물로 흐릿해진 기억의 눈으로 살펴보았기 때문이다. 노르도 이곳으로 왔을지 몰라. 내가 줄곧 바라고 있던 일이잖아. 어쩌면 그런 희망이 나를 끝끝내 살게 한 건지도 몰라. 아직 살아 있다면 노르도 나처럼 이곳으로 돌아왔을 거야. 어쩌면 고기파이를 뜨거운 오븐에 집어넣고 내가 자갈을 밟으며 걸어오는 소리에 몸을 돌리고 있는지도 모르지.

리르는 손등으로 눈을 비볐다. 집은 거의 폐허로 변해 있었다. 실용적으로 설계된 단단한 가두리 장식은 멋대로 방치되어 마모된 지 오래되었고, 자갈밭은 마른 이파리로 뒤덮여 있었으며, 사람 크기만한 여남은 개의 묘목들이 새로 손님이 들어올 때마다 흥분하는 파티 손님들처럼 가지를 떨며 뎅그러니 서 있었다. 위쪽에서 덧문 하나가 쿵 소리를 내며 닫혔다. 담쟁이덩굴이 예배당 벽을 뒤덮었고 몇몇 부서진 창문으로 어린 나무들이 가지를 드리웠다.

조용했으나 고요하지는 않았다. 모든 사물이 소리 없이 사각거렸다. 바로 그 순간 레드 윈드밀 마을에서 요람에 누워 잠든 아기가 울기라도 했다면 그 소리도 똑똑히 들렸을 법했다. 리르는 양팔을 크게 벌린 채 한 발을 축으로 해서 천천히 몸을 돌렸다. 안에서부터 우러나오는 감정이 자신을 마음껏 유린하도록.

리르가 한 바퀴를 다 돌았을 때, 원숭이들은 바깥 계단의 나무들 아래에 모여 창문을 덮은 누런 나뭇잎들 사이로 그를 빠끔히 쳐다보고 있었다. 리르가 눈이 흐려 있을 때 어딘가에서 나타난 모양이었다. 부르르 몸을 떨며 날개를 꽉 붙잡고 있는 녀석도 있었고 두려움에 똥을 싸지르는 녀석도 있었다. 도대체가 위생에는 신경을 쓰지 않는 무리였다.

"리르?" 가장 가까운 곳에 있던 원숭이가 입을 열었다. 원숭이가 땅바닥에 손을 질질 끌며 걸어왔다. 오랫동안 무거운 날개를 달고 살아오는 바람에 척추가 구부러진 것일까? 아니면 단지 나이 탓?

"치스터리." 리르가 조심스럽게 말했다. 확신할 수 없었기 때문이다. 자기를 알아보았기 때문인지 치스터리의 얼굴이 환하게 밝아졌다. 치스터리가 다가와서는 리르의 손을 잡고 끈적한 애정을 담아 키스를 퍼부었다.

"그러지 마." 리르가 말했다. 그와 치스터리는 손을 잡고 15년, 아니 18년 전에 처음 엘파바 트롭과 성에 도착했을 때처럼, 일그러진 문을 통해 천장이 높고 어쩐지 불길한 기운이 느껴지는 소박한 계단홀로 들어갔다.

노르가 성에 없다는 사실은 금방 알게 되었다. 그러나 키아모코 성채를 새삼 느끼는 순간 노르에 대한 기억이 귓가에 치밀어 올랐다. 마치 노르가 아이처럼 내지르는 비명소리와 타닥타닥 걸어가는 발걸음 소리라도 들린 것 같았다.

그러나 가만히 분위기에 젖어 있을 수는 없었다. 무엇보다 원숭이들이 내지른 똥 냄새가 유년의 기억을 망쳐 놓았다. 리르는 걸음을 옮길 때마다 주의해서 바닥을 살펴야 했다. 위생을 위협하는 지뢰밭이 곳곳에 숨어 있었다.

유모가 아직 살아 있는 모습을 보고도 놀라지는 않았다. 이제 유모는 아마 아흔 살도 넘었을 터였다. 후각이 오래전에 달아났기 때문에 악취에 괴롭힘을 당하지 않은 듯했다. 잠자리나 낮에 입는 실내복도 청결함과는 거리가 멀었다. 유모는 보닛을 쓰고 침대에 똑바로 앉아 구슬로 장식한 돈지갑을 양손에 꽉 쥔 채 리르를 맞이했다. 전혀 놀라는 기색이 없었는데, 마치 리르를 지난 10년 동안 부엌에서 우유 한 잔을 마시고 돌아온 사람처럼 대했다.

"어서 오시게, 그런데 누구시더라, 아무튼 아주 훌륭한 모습이구려." 유모가 움푹 패고 바싹 쪼그라든 뺨을 내밀며 말했다.

"안녕하세요. 제가 유모를 보러 왔어요." 리르가 말했다.

"그런 사람도 있고 아닌 사람도 있다우."

"리르예요."

"그래, 그래, 물론 알고 있다우." 그녀가 좀 더 몸을 바르게 펴고 그를 바라보았다. 그러고는 침대 곁에 놓아 둔 테이블에서 나팔형 보청기를 집어 들었다. 말라 붙은 햄샌드위치가 떨어졌다. 그녀가 못마땅한 표정으로 그것을 집어 들고 한 입 크게 베어 물고는 보청기를 다시 귀에 대고 말했다. "그런데 이름이 뭐라고?"

"리르예요." 그가 말했다. "기억하세요? 엘파바랑 같이 있던 소년 말이에요."

"엘피는 이제 내려오는 법이 없어. 탑 꼭대기에 틀어박혀 공부만 너무 열심히 해. 애들은 쫓아 버리라고 내가 늘 말했는데 내 말을 듣지 않아. 그런데 위에 올라가 볼 테유? 그럼 비참한 늙은이한테도 신경 좀 쓰라고 하시우."

"저를 기억 못 하세요?"

"무서운 사신(死神)이라고 생각했지. 하지만 머리 모양만 그렇게 생겼네."

"리르, 리르예요."

"그래, 그래. 그런데 그 애한테는 무슨 일 있었어? 멍청한 아이였지. 평생 가도 가르치기 힘든 애였어. 그래도 지금은 사람 꼴이 좀 되었겠지." 유모는 손을 깍지 낀 채 얌전히 서 있는 치스터리에게 눈길을 돌렸다. "너도 알지, 그 애는 글도 못 썼어. 분명히 그랬어. 하긴 나도 이젠 글을 읽지 못하지만."

리르가 등받이 없는 의자에 앉아 유모의 손을 잡았다.

"치스터리, 셰리주 남은 것 좀 있어?" 리르가 갑자기 물었다.

"병에 든 술은 그대로 남아 있어. 우리는 손끝 하나 대지 않았거든." 리르는 당연한 일이라고 생각했다. 그리고 치스터리의 말솜씨가 몰라볼 정도로 좋아진 것을 새삼 느꼈다. 이젠 가르치는 사람이 없는데도.

치스터리가 먼지 낀 병을 하나 가져왔다. 오래된 B급 조리용 브랜디였지만 다른 기능과 마찬가지로 미각이 오래전에 손상된 유모는 행복한 표정으로 홀짝홀짝 술을 들이켰다.

잠시 동안 선잠을 자고 난 후에 깨어난 유모는 아까보다 정신이 말짱했다. 눈도 예전 모습을 되찾았다. 그때만큼 눈동자가 휙휙 돌아가지는 않았지만 그때 못지않게 총기가 번득였다.

"바로 너로구나. 벌써 이렇게 자라다니." 유모가 말했다. "아직 다 자란 건 아니지만. 그래도 시간은 충분하지."

"리르예요." 그가 다시 이름을 상기시켰다. 그는 유모의 정신이 말짱할 때 할 얘기를 다 끝내고 싶었다. "유모, 우리가 언제 이곳에 왔는지 기억하세요? 엘파바 아줌마와 저 말이에요."

유모는 얼굴을 찡그리는 것과 거의 동시에 대답했다.

"모르겠는걸. 내가 더 늦게 왔거든. 내가 왔을 때는 이미 네가 있었지."

맞다. 그 사실을 잊은 것은 리르 자신이었다.

"엘파바를 맡아 키우셨잖아요. 유모였으니까요. 엘파바가 모든 얘기를 했을 거예요."

"별로 말을 많이 하지는 않았어." 유모가 말했다. "엘피의 엄마 얘기가 더 재밌어. 멜레나 말이야. 지역 사회에서 모르는 사람이 없을 만큼 멋진 아가씨였지. 내 말이 무슨 뜻인지 알 게다. 남편인 프렉스에게는 안된 일이었지. 지금 생각하니까 그는 좋은 사람이었어. 좋은 사람답게 아주 잘 견뎌 냈지. 나를 유일교 신자로 개종하려고 무던히도 애를 썼어! 이름 없는 신이 이 유모한테도 관심이 있다는 듯이 말이야. 터무니없는 얘기지."

리르는 종교 얘기는 하고 싶지 않았다. "한 가지 꼭 알고 싶은 게 있어요. 아시면 바로 대답해 주세요. 이제 나는 어른이 됐으니까요. 엘파바가 제 엄마인가요?"

"엘바파도 모를 거야." 방금 떠오른 기묘한 생각에 놀라기라도 한 것처럼 유모의 입이 동그랗게 벌어졌다. "갑작스러운 충격을 받아서 수개월 동안 꿈도 없는 잠을 잤어. 아니, 그랬다는 거야. 잠에서 깨어나 건강을 회복하고는 수녀 일을 도와주었어. 나중에 그곳을 떠나서 이곳으로 오게 됐지. 그때 수녀들이 너를 자기한테 맡겼다는구나. 엘파바가 아는 것도 이게 전부야. 혼수상태에서 너를 낳았을 가능성도 있다고 생각하더구나. 물론 가능한 일이지. 그런 일은 어디서건 생기게 마련이니까."

"왜 수녀들한테 저에 관해, 아니 자신에 관해 묻지 않았을까요?"

"대답이 중요치 않다고 생각했겠지. 이렇게든 저렇게든 네가 태어난 건 틀림없는 사실이니까 그런 건 별 의미가 없었을 거야."

"저한테는 중요해요."

"우리 엘피는 착한 여자였어. 성녀는 아니었지만." 신랄한 말이었지만 또한 엘파바를 감싸는 말이기도 했다. "잘못은 잘못대로 덮어 두렴. 누구나 따뜻한 엄마가 될 수는 없는 일이야."

"제가 자기 아들일지 모른다고 생각했다면 누가 아버지인지에 대해서는 말하지 않았나요?"

"그런 말은 입 밖에 뻥긋하지도 않았지. 너도 기억할 게야. 그런데 지금 생각하니까 내가 아주 옛날에 피예로라는 남자를 본 적이 있는 것 같아. 너는 그 사람을 별로 닮지 않았어. 솔직히 말하면 너는 네사로즈 아들이라고 해야 오히려 더 잘 어울려. 엘파바의 여동생 말이다. 동쪽의 사악한 마녀라고들 수군댔지. 만약 네가 엘피의 아들이면 피부가 녹색이어야 해. 그렇지 않아? 수수께끼 같은 일이야. 술 더 없어?"

리르는 술을 따라 주었다.

"네사로즈도 키우셨나요? 그리고 어린 남동생도? 셸 말이에요."

"그들의 아버지 프렉스는 네사로즈를 맡기기에는 내가 너무 이교에 빠져 있다고 생각했어. 우리의 공정한 어머니 럴라인에 대한 신심이 너무 강하다는 거였지. 프렉스는 아이를 독실하게 키우고 싶어 했어. 피부색이 섬뜩한 엘파바는 당연히 그런 아이가 될 수 없었지. 네사로즈는 순교자로 태어난 아이였어. 불쌍하게도 몸이 불구였잖니. 혐오스러울 정도였지. 그렇게 그 애는 순교자로 살고 죽었던 거야. 집이 날아와서 머리 위로 쿵 떨어지기 전에 자기한테 무슨 일이 닥칠지 잠깐이나마 이해할 짬이 있었다면 행복하게 죽었을 거야."

"저는 만난 적이 없어요."

"저승에서 보게 될 테지. 그곳에서 너를 기다리고 있을 거야. 너를 착한 사람으로 만들어 주려고 말이야."

"셸은요? 저도 한두 번 만난 일이 있어요."

"아, 놀기 좋아하는 그 망나니 같은 녀석 말이로구나. 늘 말썽만 피우고 다녀서 남아나는 옷이 없었단다. 불쌍한 프렉스가 그 아이를 쫓아다니느라고 혼났지. 학교에서도 영 가망 없는 아이였어. 망아지처럼 날뛰는 장난꾸러기였지. 선생님들을 골탕 먹이고 여선생님들의 치마나 들추고 다녔어. 지금은 와인 맛을 볼 줄 아는 말쑥한 청년이 되었다는구나. 아버지에게 입버릇처럼 거짓말을 했는데, 그런 걸 보면 무대 체질을 타고난 모양이야. 물론 나중에 제 일을 하는 데는 그런 모든 기질이 아주 도움이 됐지만 말이다."

"무슨 일을 하는데요? 치료하는 일인가요?"

"그런 말은 들어 본 적이 없어. 첩보 활동이 맞을 거다. 살금살금 돌아다니며 남몰래 복수를 하거나 정보를 팔아 넘기는 일이지. 일스워터에서 우가부까지 다니며 여자들하고 노닥거리기도 하고."

남쪽계단에서 본 셸의 행동을 생각하면 충분히 그럴 법한 얘기였다. 그는 정치범들에게서 정보를 빼내고 덤으로 성행위까지 하고 돌아다니는 것이었다.

"그녀가 죽었다는 것은 알고 있어." 유모가 창밖을 내다보며 힘없이 말했다. "죽고 말았지. 하루에 한 번은 나도 그 사실을 기억해. 어찌 됐든 너는 엘피의 아들일지 몰라. 네가 스스로 판단하는 건 어때?"

"엘파바 아줌마에게서는 비참한 운명 말고는 받은 게 없어요. 물론 거기에도 나름의 행복이 있었지요. 아이 적에 뭘 알았겠어요? 하지만 제게는 정말 아무것도, 빗자루와 망토 말고는 아무것도 남기지 않았어요. 아무런 단서조차도 남기지 않았는걸요. 저는 재능도 없어요. 엘파바처럼 분노할 힘도 없어요. 마법을 부리는 재능도, 집중력도 갖지 못했어요."

"너는 아직 젊어. 그리고 그런 일에는 시간이 필요한 법이지. 나는 예순이 훌쩍 넘을 때까지 뜨개질도 못 했어. 하지만 그 이후에는 뜨개질에 너무 열중한 나머지 의자에서 굴러 떨어진 적도 있어."

"경우가 다르잖아요." 리르가 반박했다. "유모는 재능이 있었던 거예요. 아시잖아요."

"혼자 남았다는 생각이 든다면 말이다. 하지만, 그런 걸 느끼지 않는 사람이 어디 있겠어? 우리는 모두 재능을 타고났을 거야. 단지 그걸 모를 뿐이야."

"쓸모 없는 재능은 아무 소용 없어요."

"노력은 해보았니? 마법책이라도 읽어 보려고 한 적은 있어? 내 기억으로는 엘파바도 열심히 배워야 했어. 학교에도 다녔지. 시즈 대학교에서는 장학금도 받았어."

"치스터리도 이제는 말을 썩 잘하네요." 잠시 후에 리르가 말했다.

"내 말이 그 말이야." 유모가 잔을 비웠다. "몇 년 동안 노력해서 마침내 말을 배운 게지."

리르는 방 안을 거닐었다. 창문은 초가을의 강한 바람을 막기 위해 모두 닫아 둔 상태였다. 리르는 계곡에서 바람이 어떻게 불었는지를 생생하게 기억했다. 가끔은 계곡에 쌓인 눈을 구름으로 올려

보낼 만큼 강한 바람이 불었다. "잘 지내시죠?"

"잘 지냈었지." 유모가 리르의 말을 정정했다. "치스터리가 가끔 보러 와. 더러운 농부들도 더러운 음식을 가지고 오는데, 한 마을 사람으로 지내려면 먹어 줘야 해. 나는 그냥 시키는 대로 할 뿐이야."

"다른 사람은요?"

"오랫동안 적적했어. 도로시와 너, 그리고 다른 친구들이 온 이후엔 아무도 안 왔어. 도로시는 이제 그렇게 꺼이꺼이 우는 짓은 안 하지? 내가 장담하는데, 이젠 수녀원에 들어갈 만큼 자랐을 거야. 아니면 손아귀가 억센 남편이 필요하든가. 그 애는 엉덩이를 좀 맞아야 한다니까."

"도로시가 돌아왔어요?"

"그랬어?" 유모는 정신이 다시 오락가락 하기 시작했다.

"제가 엘파바 방으로 올라가서……." 리르가 조심스럽게 말했다. "어떤 물건을 찾으면 가져도 되는 거죠?"

"뭘 찾는데?"

"책이에요. 아마도."

"엘피가 언제나 골똘히 들여다보던 그 두꺼운 책은 아니겠지?"

"맞아요, 그 책이에요."

"차라리 안 보이는 데 숨겨 놓았으면 너한테 좋을 거야. 엘피도 별로 쓸 만한 비법을 얻지 못했어. 한 번은 엘피가 비둘기 한 마리를 잡아서 마법을 걸려고 시도한 적이 있었지. 배달 비둘기(傳書鳩)로 키울 작정이었던 거야. 엘피가 창문에서 비둘기를 놓아 주었어. 비둘기는 쌩 하고 날아갔지. 하지만 엘피가 '이제 돌아와!'라고 소리치니까 비둘기가 홱 몸을 돌리고는 자살하는 연인처럼 바닥으로

곤두박질치더니 풍향기에 그대로 꽂히더구나." 늙은 유모가 한숨을
쉬었다. "우스꽝스러운 일이었지."

"잠시 갔다 올게요. 꼭 다시 올게요."

"파이에만 들어가 있지 않으면 비둘기는 아무래도 상관 안 해. 하
지만 불쌍한 노르는 마음이 찢어졌어."

"노르라니요?" 리르가 조심스럽게 물었다.

"이곳에 살던 어린 소녀 있잖아. 너도 기억할 거야. 다른 이들과
함께 살았던 여자 아이 말이야." 유모는 점점 정신이 혼미해졌다.
피예로의 세 아이들 이야기를 할 만한 상태가 아니었다.

"제가 책을 찾으면 어떻게 할까요? 아무도 가져가지 않았으면 제
가 가져도 되죠?"

"엘파바한테 물어봐야 해."

"만약 엘파바가 그곳에 없다면요?"

"그럼 어디에 있어?" 유모가 말했다. "어디에 있어? 엘피는 어디
에 있는 거야? 엘피!" 그녀가 갑자기 울부짖기 시작했다. "내가 부
르는데 왜 오지 않아? 나는 어쨌든 한평생 너를 위해, 그리고 품행
이 칠칠치 못한 네 엄마를 위해 봉사한 사람이야. 엘피!"

방 한쪽 구석에서 세탁물을 정리하고 있던 치스터리가 날아왔다.
그는 손을 내저으며 리르를 방에서 몰아냈다. 리르는 비틀거리며 방
에서 나갔다.

리르는 처음 몇 주 동안 키아모코를 정리하는 데 힘을 쏟았다. 먼
저 원숭이들에게 위생 관념을 일깨웠다. 원숭이들은 리르의 도움으

로 바람으로 활짝 열린 창문들을 닫아 걸고, 바람이 불지 않을 때면 지붕을 고쳤다. 리르는 앞마당에서 나무들을 모두 없애려 했는데, 막상 일을 시작하자 슬픔이 치밀어 올랐다. 늦가을 바람에 앙상한 가지를 드러낸 나무들이 마치 벗들이 모인 듯한 인상을 주었기 때문이다. 리르는 나무를 모두 없애는 대신 가지만 치기로 마음을 먹었다. 담쟁이덩굴과 이끼와 조그맣게 가꾼 나무 숲으로 뒤덮인 안마당은 금방이라도 초록색으로 물들 것 같았다. 엘파바 트롭이 새록새록 떠올랐다.

리르는 엘파바의 꼭대기 방으로 올라갈 엄두가 나지 않았다. 악마적인 사랑에 빠진 연인처럼 슬픔에 정신을 잃고 높은 창문에서 스스로 몸을 던질까 봐 두려웠다.

리르는 유모를 찾아가서 건강을 돌보고 주변을 깨끗이 치웠다. 그리고 식당 찬장에서 돋보기와 오래전에 쓰인 먼지 낀 두 권의 소설책을 찾아냈다. 『신실한 목사의 저주』와 『이교도 무리에 있는 여인』이었다.

"쓰레기야." 유모는 단번에 판결을 내렸지만, 책을 펼치더니 재미있게 읽기 시작했다. 확실히 유모는 읽는 법을 잊은 게 아니었다. 단지 시력이 안 좋았을 뿐이었는데, 이젠 돋보기가 도움이 됐다.

리르는 누렇게 물들며 어느새 여위고 가냘프게 변해 가는 가을 풍경을 바라보았다. 치스터리나 다른 원숭이들과 가깝게 지내지는 않았다. 고독하고 외로웠지만, 그렇다고 원숭이들과 어울려 지낼 수는 없었다. 원숭이들은 자기 구역, 즉 낡은 축사나 헛간 다락, 곡식 창고에 머물렀고, 리르는 노르가 어렸을 때 쓰던 방에서 잠을 잤다. 날이 점점 더 일찍 저물었다. 어둠 속에서 잠자리에 들 때면 자신이 열두 살인지 스무 살인지 분간이 되지 않았다.

가을비가 내리기 시작한 지 며칠 후에 백조가 쫓기듯 안마당으로 들어왔다. 백조는 나흘 동안 계단 아래에서 끙끙 앓았다. 리르는 백조에게 우유와 끼니를 갖다 주고 가슴에 묻은 피를 닦아 내는 것을 도와주었다. 백조는 습격자의 이름을 말하지 않았다. 사실 이름이 무엇인지 백조도 몰랐다. 백조는 쿰브리시아 협곡에서 새들의 회의를 소집했으며 궂은 날씨에 길을 잃고 말았다는 얘기를 했다.

"무슨 회의인가요?" 리르가 물었다.

백조는 사람하고 말을 하는 일에 익숙지 않았고 더 이상은 말을 하지 않으려 했다. 하지만 죽음이 가까워 오자 마음을 열었다.

"위험이 닥치고 있어. 아직도 모르겠느냐? 날개를 가진 생물로서 우리는 지금까지 지상 생물에게 닥치는 가혹한 운명을 피할 수가 있었지. 하지만 이제는 우리도 그렇게 고립된 생활을 하며 자만심을 부린 대가를 치르게 되었구나."

백조는 죽기 전에 치스터리에게 몇 마디 말을 더했다. 같은 날개 달린 생명체로서 속엣말을 할 수 있는 어떤 동질감을 느낀 모양이다.

그들은 한 치 앞도 안 보일 만큼 억수같이 퍼붓는 비를 맞으며 아름답고 부드러운 백조의 시체를 과수원 땅 속 깊이 파묻었다. 치스터리와 리르는 백조를 존중하는 마음에 침구 안에 넣어 두면 좋았을 깃털도 뽑지 않았다. 비록 둘 다 그런 생각을 하긴 했을 거라고 리르는 추측했지만.

"그녀는 백조들의 여왕이었어." 치스터리가 말했다. 그녀의 마지막 소원은 치스터리가 나는 원숭이로서 새들의 회의에 그녀 대신 참가해서 개막 연설을 해 주는 것이었다.

치스터리가 기억을 더듬으며 조심스럽게 입을 열었다.

"그녀는 유나마타, 아르지키, 스크로, 우가부세지 등 빈쿠스의 여러 부족에게 닥친 위험이 들판에 사는 먼치킨랜드 주민과 동굴에 사는 스칼프스 주민을 위협하는 것과 관련이 있다고 얘기했어. 이름은 다르지만 서로 관련된 슬픔이고 재난이라고 했지. 재난, 슬픔, 위험, 위기…… 그런 말을 했는데, 동물들도 쿼들링 사람들 못잖게 그런 걸 겪게 된다는 거였어. 새들은 단지 가장 늦게 당했을 뿐이지 위험이 가장 적은 것도 마지막으로 당하는 것도 아니라고도 했어. 하지만 새들은 모든 것을 보았고, 정보를 공유하기 위해, 본 것을 말해 주기 위해, 경보를 울리기 위해 모이는 중이라고 했어."

"치스터리, 네가 무슨 말을 하는지 모르겠다."

치스터리는 한숨을 쉬었다.

"나는 백조 여왕이 한 말을 그대로 옮길 뿐이야. 무슨 뜻인지는 내게 묻지 마! 아이고 머리야! 여왕은 이렇게 말했어. '이것은 세대의 문제도, 종(種)의 문제도, 부족의 문제도 아니다. 그러니 각자가 알아서 해결할 문제가 아냐.'" 치스터리는 머리가 터질 것 같은 모습이었다. 그는 이런 심각한 얘기를 해본 적이 없었다. "'벼락 출세한 황제는 자칭 신의 제1의 창이다. 황제는 그 창으로 전 세계를 겨누고 있지. 여기에는 아무런 구별도 없다. 우리에게 남은 길은 오직 저항뿐이다.'"

"그래서 너는 회의에 참석할 생각이야? 어디라고 했지?"

"쿰브리시아 협곡의 동쪽 입구. 나는 안 가겠어." 치스터리가 잘

라 말했다. "나는 새가 아냐. 나는 어쩌면 원숭이도 아냐. 굳이 말하
자면 원숭이야. 게다가 내 날개로는 그렇게 멀리까지 날아가기도 힘
들어. 나는 잠을 자려면 근사한 잠자리와 뜨거운 코코아 한 잔이 필
요해. 아침에는 혼자서 가려운 데도 긁어 줘야 해. 그렇게 하지 않으
면 몸이 개운치가 않아. 깔끔한 일은 아니지."

리르는 차마 치스터리를 위험한 일로 내몰 수가 없었다. 어쨌든
치스터리는 그들 종족의 우두머리였다. 다른 원숭이들은 치스터리
처럼 말을 배우지도, 지적 능력을 키우지도 않았다. 어쨌든 그는 엘
파바의 가르침을 받은 원숭이였다.

마녀라면 어떻게 했을까? 리르는 알 수 없었다. 리르가 치스터리
한테 끈질기게 이 질문을 던지자 그는 참지 못하고 소리를 질렀다.

"나 좀 내버려 둬! 그걸 내가 어떻게 알아?"

"항상 나보다 너를 더 좋아했어." 리르가 매섭게 쏘아붙였다.

"리르, 솔직히 말하면 이런 얘기를 하느니 차라리 변기 청소나 하
는 게 낫겠어." 치스터리가 자리를 떴다. 리르는 치스터리가 마녀의
편애에 대해 아무런 반박도 하지 않은 걸 알아차렸다. 빈틈 없는 녀
석.

리르는 유모가 제정신인지 보려고 계단을 오르기 시작했다. 하지
만 유모는 와인병을 손에 쥔 채 잠들어 있었다. 리르는 유모를 그냥
놔두고 계단을 계속 올라가서 마침내 마녀의 공부방이자 침실이며
은신처인 남서쪽 탑 방에 이르렀다.

냉기가 감돌고 끈적한 먼지가 낀 것 말고는 리르가 10년 전에 떠
났을 때와 크게 다르지 않았다. 동쪽으로 난 널찍한 창들이 모두 닫
혀 있어서 방은 어두침침했다. 사방에 쥐 배설물이 묻어 있었다. 고

양이가 없는 성이니 충분히 예상할 수 있는 일이다.

리르는 덧문을 걸어 잠그고 있던 빗장을 젖히기 위해 온 힘을 쏟아야 했다. 마침내 빗장이 삐걱삐걱 움직였다. 창문을 조금만 열었다. 그래도 발을 잘못 디뎌 정강이를 까이지 않을 만한 빛이 들어오기에는 충분했다. 사실 리르는 낮은 서랍장에 걸려 넘어지면서 마녀가 죽기 직전에 모아 둔 어린 로크의 날개뼈를 산산이 조각 내고 말았다.

리르는 방이 수레바퀴처럼 돌아간다는 느낌을 받았다. 하지만 정작 돌고 있는 건 그 자신이었다. 단숨에 방 안의 물건이 모두 한눈에 들어왔다. 지난번에도 『그리머리』 마법책을 찾았지만 허탕이었다. 이제 그는 예전보다 키가 더 컸고 눈도 더 밝았다. 어쩌면 어느 선반 위에 놓여 있거나 찬장 꼭대기에 얌전히 보관된 책을 찾을 수도 있을 것 같았다.

그러나 책은 보이지 않았다. 아니, 리르 자신이 보고 싶어 하지 않았는지도 모른다. 출생의 어두움만을 확인하는 꼴이 될지도 모르니까. 엘파바는 책을 읽으며 재빨리 움직이는 글자들을 해독할 수 있었지만 다른 사람은 아무도 그렇게 하지 못했다. 리르는 쿼아티에 능통했지만 마법의 낯선 언어를 터득하는 것은 전혀 다른 문제였다. 열 살이 되기 전에는 신발끈조차 매지 못했던 아이였으니까.

리르는 별 기대 없이 가구들을 옆으로 치우고 창가 의자에 놓인 곰팡이 핀 방석을 들쳐 보았다. 옷장은 잠겨 있었지만 이가 빠진 찻잔 속에서 곁쇠를 발견하고 겨우겨우 빗장을 열었다.

옷장 안에는 옷이 몇 벌 걸려 있었는데, 주로 마녀가 좋아하던 검정색 옷이었다. 선반 같은 것은 없었고 비밀 바닥 아래에도 『그리머리』 마법책은 보이지 않았다. 달랑 구두 한 켤레만 있을 뿐. 리르는 구두를 꺼내 자세히 살펴보았다.

손질이 잘된 부드러운 가죽을 자르고 깁어 만든 고급 구두였는데, 가죽이 접힌 부분에만 속눈썹만 한 금이 가 있었다. 리르는 신사용 구두라는 걸 알아차렸다. 엘파바가 신사용 구두를 옷장 안에 보관하고 자물쇠로 잠가 두었다?

리르는 구두 안을 만져 보았다. 한 짝은 비어 있었다. 다른 한 짝에서 손바닥만 한 구겨진 종이가 하나 나왔다. 리르는 그것을 창가로 가져가서 무릎에 대고 폈다.

노르를 그린 스케치였다. 분명했다. 뺨을 엉망으로 그렸고 눈이 지나치게 붙어 있었지만, 바람에 머리카락을 나부끼며 해맑은 모습으로 고개를 살짝 기울인 모습이 영락없는 노르였다. 스케치를 그린 사람은 먼저 조심스럽게 윤곽을 그린 다음에 드라이포인트 기법으로 음영을 넣듯 윤곽선 주위에 커피 색깔을 덧칠해 놓았다. 어쩌면 일부러 커피를 흘리고 손가락으로 문질렀는지도 모른다. 엘파바가 그린 것일까?

리르는 종이를 뒤집었다. 뒷면에는 조야한 필체로 휘갈겨 쓴 메모가 적혀 있었다.

피예로의 노르
아빠 F가 떠나기 전에
그린 나, 노르

그렇다면 엘파바가 피예로의 유품으로 이 그림을 보관했다는 얘기다. 그리고 어쩌면 엘파바 나름으로는 노르를 기특하게 생각했기 때문에 보관했는지도 모른다. 노르는 용기 있는 아이였으니까.

리르는 더 이상 그런 생각을 하지 않으려고 고개를 돌렸다. 창으로 들어오는 빛을 받아 유리 사발 모양의 장식품이 반짝였다. 공처럼 둥글었다. 리르가 먼지를 닦아 내자 그것은 햇빛을 받아 오색으로 반짝이는 빗방울처럼 밝게 빛났다.

리르는 다리가 다섯 달린 의자를 발견했다. 다리마다 난쟁이, 요정, 인간, 새, 코끼리를 새겨 놓은 등받이 없는 의자였다. 리르는 의자를 끌어당겨 앉고는 양손으로 턱을 괴었다.

리르는 턱을 이리저리 돌리면서 유리공에 비친 자신의 모습을 비스듬히 살펴보았다. 엘파바처럼 턱선은 날카롭고 코는 비뚤어지고 뾰족한가? 피부색이 셸을 닮았나? 도대체 누구의 노력이, 아니 누구의 우연한 사고가 나를 세상에 나오게 한 것일까? 내가 그럴 만한 가치가 있는 사람일까? 가치가 있다면 누구한테? 리르는 사랑스러운 제 모습을 뜯어보며 처음 나가는 파티를 준비하는 소녀처럼 이리저리 자세를 취했다. 사랑스러움 따위에는 관심이 없었고, 어떤 자질이 있을까 싶어 눈여겨 찾고 있었다. 자기만이 가지고 있는 어떤 장점, 어떤 재능 같은 것을 말이다.

리르는 마녀가 아직 살아 있어서 무슨 얘기라도 해 주길 바랐다.

태양 아래로 구름이 흘러갔다. 사물의 윤곽이 잠시 흐려지면서 방이 흔들린다는 느낌을 받았다. 유리공이 어두워졌다가 다시 밝아졌다. 리르는 낡은 유리공을 손에 쥐었다. 군데군데 긁힌 자국이 있고 금이 가 있었다. 누군가 유리판을 가열하여 얇게 펴서 둥글게 말아 임시방편으로 만든 수정 구슬 같았다. 아직까지 깨지지 않은 것이 신기하기만 했다. 리르는 수정 구슬을 손에 들고 이리저리 돌리며 뭔가 신기한 형상이 나오기를 기대했지만, 새로운 각도를 잡을 때마다 실망만 느꼈다. 아무려나.

리르는 얼굴을 숙이고 수정 구슬에 입김을 불어넣었다. 그리고 재빨리 손가락으로 자기 이름을 썼다. 글자가 사라지면서 알 수 없는 형상이 나타났다. 구슬에 비친 자신의 모습도 뚜렷한 윤곽을 잃고 안개처럼 흐릿해졌다. 흔들리는 꽃잎을 닮은 얼룩덜룩한 형상이 나타났다. 어느 순간 그것도 사라졌다. 리르가 본 것은 옷장의 상단을 두르고 있는 장식띠도, 벽과 천장이 만나는 선도 아니었다. 그는 채광창과 낡아 금이 간 석고 벽과 나무 상자 위에서 무언가를 골똘히 지켜보는 흰 고양이를 보았다. 한 남자가 거울 가장자리에서 나타나 허겁지겁 웃옷을 벗었다. 그는 검고 아름다웠다. 리르는 남자의 아름다움을 모르지 않았다. 남자는 한 여자를 품에 안아 벽 쪽으로 데려가서는 몸을 굽혀 그녀에게 키스를 했다. 그런 후에 몸을 돌려 널찍한 창문을 활짝 열었다. 그러자 키아모코 성채에서는 결코 볼 수 없었던 빛의 홍수가 거울 속 방 안으로 가득 밀려 들어왔다. (쿼들링 나라로 향하던 젊은 병사 리르는 햇볕 아래에서 몽상에 잠긴 적이 있었다.) 그들의 모습은 방 안에 밀려 들어온 눈부신 빛의 홍수에 잠겨 분명하게 보이지 않았다. 여자가 뒤로 물러서는가 싶더니 어느 순간 창가에서 사라졌다. 여자는 팔을 뻗어 남자를 안고 있었다. 얼굴은 보이지 않았다. 팔은 녹색이었다.

리르는 거울을 부드럽게 내려놓았다. 흰 고양이에게 '쉿! 이건 사적인 일이야.'라고 말하듯 고개를 돌렸지만, 흰 고양이는 당연히 거울 속에만 있었다.

엘파바. 엘파바와 피예로. 지금의 리르보다 나이가 많지 않았을 옛날의 엘파바였다. 그리고 남자는 피예로, 분명 피예로였다. 비록 흐릿한 기억의 빛으로, 그리고 거울에 비친 모습으로 보았을 뿐이지만, 피예로의 피부에 새겨진 푸른색 다이아몬드 문양을 잘못 볼 리는 없었다. 노르는 자기 아버지의 푸른색 다이아몬드 무늬를 침이 마르게 자랑하곤 했다.

리르는 더 이상 보고 싶지 않았다. 그는 너무 억압적으로 살아온 터라 음탕한 호기심을 마음껏 채우는 것조차 두려웠다. 하지만 그는 젊었고 또한 정상이었다. 당연히 그 장면으로 고개가 돌아갔다. 다행히도 거울 안의 상황은 다시 흐릿해졌고 어쨌거나 이제는 다른 장면이었다. 그가 너무나 잘 알았던 마녀, 옛날보다 더 사납고 옹졸하고 참을성이 없는, 그러나 더욱더 집중할 줄 아는 마녀였다. 마녀는 『그리머리』 마법책의 페이지를 거칠게 뒤적이며 무언가를, 그녀가 도저히 찾을 수 없는 무언가를 열심히 찾고 있었다. 그러다가 책을 '쾅' 하고 닫았는데, 너무나 세게 닫는 바람에 받침 위에 놓인 유리공이, 그것은 단지 기억 속의 장면일 뿐인데도, 흔들리며 덜그럭거리는 듯했다.

마녀는 몸을 돌려 구부러진 팔을 하늘로 들어 올렸다. 입을 벌려 뭐라고 말하는 듯했지만 리르는 아무 소리도 들을 수 없었다. 빗자루가 빗단을 바닥에 끌며 힘차게 달려왔다. 마녀는 그것을 한 손으로 억세게 움켜쥐고 강모(剛毛)를 묶어 놓은 빗자루 끝부분에 단단히 걸터앉았다. 빗자루와 마녀는 한 몸이 되어 넓은 창을 통해 날아올랐다. 그레이트 켈스는 십수 년 전에도 지금처럼 라벤더와 얼음으로 뒤덮여서 부채꼴로 펼쳐져 있었다. 리르는 단 몇 초 만에 상승 기류를 타고 불가능한 목적지를 향해 날아가는 마녀를 알아볼 수 있었다.

리르는 이날 오후 다행히도 정신히 나가 있는 유모에게 작별 인사를 했다.

"지옥에나 가." 이 말은 충고였다. "그곳엘 가면 길가에 좋은 자리나 잡아 줘."

치스터리가 리르를 배웅하며 몇 번이고 "네가 이 일을 맡을 필요는 없어."라고 말했다.

"엘파바라면 했을 거야." 리르가 대답했다.

"너는 엘파바가 아냐. 그럴 리가 없지. 그러니 그렇게 애쓰지 않는 게 좋아."

"무엇을 애쓴다는 말이야? 마녀처럼 되는 것? 아니면 나 자신이 되는 것? 여기엔 차이가 있어. 당연히 차이가 있지. 하지만 지금 나는 빗자루를 가지고 있어. 나 말고 누가 그 일을 할 수 있겠어?"

치스터리가 어깨를 으쓱했다.

"백조 여왕이 새들의 회의를 주재해서 세상의 날개 달린 생물에게 눈앞에 닥친 재난을 알려야 했다면, 누가 그곳에 갈지 너는 잘 알 거야. 바로 엘파바야. 엘파바라면 당장 빗자루를 타고 날아갔을 거야. 그런 일에 적임자니까. 그래서 내가 그녀 대신 가는 거야. 나는 물론 그녀와 기질이 다르겠지. 그래도 내겐 빗자루가 있어. 나밖에 갈 사람이 없어."

"바람처럼 사라져라." 치스터리가 말했다. "저녁거리라도 챙겨 줄까?"

리르는 피예로의 구두를 신어 보았다. 어쨌든 자기 손에 들어온 구두가 아닌가?

어쩌면 아닐지도. 리르는 구두를 벗어 다시 옷장 안에 넣었다. 하지만 노르를 그린 스케치는 얌전하게 접어서 바람에 날려가지 않도록 망토 안주머니에 집어 넣었다.

리르는 마녀의 낡은 공부방 창턱으로 올라가서 빗자루가 제 역할을 기억하리라는 믿음을 품고 몸을 날렸다. 추락할지 몰라 눈을 꼭 감았는데, 처마 밑에 모여 있던 까마귀들이 깜짝 놀라 비명을 질렀다. 빗자루는 엉거주춤 날아 올랐지만 순식간에 아래로 내려앉으며 빙글빙글 돌거나 좌우로 심하게 요동을 했다. 몇 초 지난 후에도 노블헤드 파이크에 쿵 하고 떨어지지 않자 그제야 리르는 눈을 떴다. 이렇게 높은 곳에서 바라본 풍경은 명료하지 않았다. 산은 흰색, 밤색, 회색, 녹색으로 알록달록하게 물든 진흙이 산마루 위로 휩쓸려 가는 것처럼 보였다. 가늘게 이어지며 반짝반짝 빛나는 은색 줄기는 계곡을 따라 흐르는 강이었다. 눈으로 보이는 먼 곳까지 켈스의 봉우리들이 북쪽으로 구불구불 이어졌다. 그 너머의 지평선은 설탕 알맹이처럼 흰색이었는데, 햇빛을 무색하게 할 정도로 밝게 빛났다.

남쪽의 쿰브리시아 협곡은 아직은 산에 가로막혀 시야에 들어오지 않았지만, 이렇게 높이 날다 보면 찾기가 어렵지는 않을 터였다.

리르는 대체로 남쪽 방향으로 빗자루를 조종하여 생애 두 번째로 키아모코를 떠났다. 뒤도 돌아보지 않았는데, 설령 그랬더라도 바람에 나부끼는 검은 망토가 시야를 방해했을 것이다. 동쪽으로는 아직은 보이지 않는 에메랄드 시와 그 너머의 모든 지역이 자리하고 있을 터였다.

남쪽으로는 푸른 빛이 감도는 갈색 평지가 펼쳐졌다. 아득히 멀리 있던 켈스워터가 벌써 눈에 들어온 것일까? 그렇다면 바로 아래가 네서하우와 빈쿠스 강 서쪽의 다섯 개 호수라는 얘기였다. 그러나 아래를 내려다볼 용기가 없었다. 앞만 바라보는 것도 겨우 참아낼 수 있을 만큼 오금이 저려 왔다.

리르는 이제 막 모습을 드러낸, 기묘한 주둥이를 가진 달을 보았다. 유모는 그게 자칼의 달이며 오래 살아 왔지만 한 번 더 자칼의 달을 보는 게 소원이라는 말을 한 적이 있었다. 리르에게는 이번이 처음, 그가 기억하는 한 처음이었다. 자칼의 달은 안으로 들어오지 말라는 명령을 어기고 문지방에 코를 걸친 개처럼 남동쪽 지평선에 주둥이를 내밀었다. 차갑고 무심한 표정으로.

바람이 묘기를 부리며 때로는 비탄에 잠긴 사람의 숨소리를, 때로는 글리산도로〔빠르게 미끄러지듯이〕 연주하는 아름다운 현악기 소리를 리르의 귓가에 속삭여 왔다. 사람살이의 흔적이 전혀 보이지 않았기에 세상은 더욱 아름다워 보였는데, 그렇다면 바람이 인간의 음악 소리를 내는 것은 얼마나 이상 야릇한 일인가? 아니, 어쩌면 인간의 음악은 사람들이 생각하는 것보다 바람 소리를 더 많이 닮은 게 아닐까?

오른쪽으로 서너 개의 어두운 형체가 켈스 너머로 서쪽에서 다가오고 있었는데, 햇빛과 하늘에 가느다란 줄무늬를 그린 구름층에 가려 명확하게 보이지 않았다. 리르는 구름들이 흩어지고 정체불명의 비행 물체가 다가오기 전까지는 그 낯선 물체에 관심을 두지 않았다. 생각보다 몸집이 컸는지 여전히 그것들은 꽤나 멀리 떨어져 있었지만, 그러나 점점 더 속도를 내며 초원에 풀어 놓은 사냥개처럼 리르에게 곧장 날아오고 있었다. 사냥개에 쫓기는 여우 꼴이 된 그는 어느 순간 그것들에게 포위되고 말았다.

리르는 마치 빗자루를 마음대로 조종할 수 있는 양, 아니 빗자루가 몸의 일부이기라도 한 것처럼 엄지손가락으로 빗자루의 자루 부분을 찍어 눌렀고 그와 동시에 빗자루는 빠르게 하강했다. 리르는 커다란 생물들이 잠시 동안 속도와 고도를 조절하느라 애를 먹겠거니 생각했는데 그 생각은 틀리지 않았다. 놈들은 민첩하지 않았다. 하지만 아래쪽 대기는 숲의 기운과 수증기로 자욱하고 두터웠다. 사냥새들은 기민한 동작은 하지 못했지만 무거웠기 때문에 하강 속도가 빨랐다. 놈들은 무서운 속도로 리르를 향해 곤두박질했다.

리르는 아래로 아래로 내려갔다. 한 번 하강할 때마다 조금쯤 앞서 내려간다 싶었지만, 단 몇 분 만에 따라잡히고 말았다. 어느새 네 마리 새들은 하늘에서 그를 에워쌌다. 두 마리는 앞과 아래에서 위협했고 한 마리는 왼쪽에서 압박했다. 나머지 한 마리는 눈이 아니라 육감으로 느낀 것인데 바로 위에 바짝 붙었다. 리르는 지상의 평지를 따라 질주하는 한 쌍의 그림자를 보고 그놈이 빠르게 다가오는 것을 알았다.

갑자기 옆으로 빠지면서 지그재그로 날려는 시도를 한다고 해도 잃을 건 없었다. 운만 좋으면 그에게 미사일처럼 날아드는 두 마리가 서로 부딪쳐서 의식을 잃게 할 수도 있었다. 하지만 빗자루는 그렇게 민감하게 반응하지 않았다. 조금씩 위로 솟구치거나 속도를 늦추는 것은 별 도움이 되지 않았다. 아래로 내려갈수록 빗자루의 반응 속도는 느려졌고 대기의 저항은 강해졌다.

지평선 위에 떠오른 자칼의 달이 노려보고 있었다. 리르가 바닥으로 추락할 때 자칼의 달은 위로 솟아올랐으니, 이제 둘의 상대 위치는 뒤바뀐 셈이었다. 그것은 먹이를 노리며 웅크린 포식자였고 그는 쥐구멍으로 도망가는 먹잇감이었다.

첫 번째는 날카로운 발톱에 의한 공격이었기에 리르는 독수리, 거대한 독수리가 아닌가 싶었다. 두 번째는 이빨 아니면 부리에 의한 공격이었는데 그건 중요하지 않았다. 두 번째 공격을 가한 녀석은 가뿐하게 옷 매듭을 풀 듯 순식간에 망토를 벗겨 갔다. 리르는 팔로 공격하려고 방향을 틀었고 나는 용을 정면으로 마주했다. 어림잡아서 말만 한 크기의, 검은색과 금색이 어우러진 날개와 붉은색이 아니라 검은색이 배인 사나운 금빛 눈을 가진 용이었다.

다른 용이 리르에게 접근했고, 두 마리가 리르를 재빨리 낚아채고는 서로 치고받았다. 리르의 옷가지가 갈갈이 찢어졌고 비명 소리가 터져 나왔다. 용들은 한참 동안 그를 괴롭히다가 마침내 빗자루에서 떨궈 내고는 전리품을 가지고 유유히 사라졌다.

사도 황제

하나 더하기
하나는 둘 다

1

리르는 죽어야 할 갖가지 이유가 있었지만, 음악이 그것을 막았다. 도밍곤의 선율은 그를 매혹하기보다는 귀찮게 옭아맨 그물이었다. 머리가 겨우 돌아갈 때면 그는 이렇게 생각했다. 그러나 이런 생각도(정확히 가늠하지는 못했지만) 몇 시간, 아니 며칠 후에나 겨우 명확히 떠오른 생각이었다.

하늘에서 추락하기 전에 무슨 일을 겪었는지 기억이 희미했고, 그때 느낀 감정도 이제는 흐릿했다. 불타는 다리에서 던져지는 소녀를 보고 경악했고, 남쪽계단에서 본 셸의 행각에 치를 떨었으며, 초가을의 너른 들판에 홀로 있는 사슴을 멀리서 보며 위안을 느꼈지만, 그때 느낀 공포와 역겨움과 위안도 축제 날 받는 싸구려 선물처럼 모두 기억 저편의 일로 흐릿하게 사라졌다. 감정이란 뻔하고 뻔한 휴대용 기분 전환 장치이며 인생의 자잘한 재미이니 필요한 순간마다 기분을 우쭐하게 하거나 무겁게 가라앉게 하는 거짓 환영일

313

뿐이었다.

그러나 리르가 깨어나면서 기억도 되살아났고 고통과 슬픔 또한 먹먹하게 되새겨졌다. 리르는 깨어나서, 빌어먹게도, 자신이 아직 살아 있음을 깨달았다. 그렇게 높은 데서 떨어지고도 평안한 죽음을 바라지 말아야 했다는 말인가? 쓸모 없는 리르가 다시 행진을 해야 한다는 말인가?

물론 그는 지금 행진을 하고 있지는 않았고, 단지 어떤 소녀가 자신을 데려다 놓은 제분소인지 산업 전진 기지인지 모를 이곳에 누워 몸을 뒤척이며 더러운 담요만 걷어차고 있었다.

소녀는 이름이 캔들이라고 했다. 그녀는 쿼아티로 말을 했다.

그녀가 바깥의 우물에서 물을 가져왔다. 리르는 도르레로 두레박을 내리고 올리는 소리를 들었다. 소녀는 또한 호두와 습지 사과를 갖다 주었는데, 처음에는 지독하게 설사만 해댔지만 일단 그렇게 장을 깨끗이 청소한 다음에는 기운을 차리는 데 도움이 되어 오래지 않아 몸을 일으켜 앉을 수 있게 되었다. 그 다음에는 일어나서 들통에 오줌을 누었고, 그 다음에는 창가로 걸어가서 유리에 달라붙은 먼지를 떨리는 손으로 닦아 내고는 손바닥만 한 깨끗한 틈을 만들어 밖을 내다보았다.

리르가 잠을 잔 방은 돌로 지은 건물들이 알맞은 각도로 서로 잇대어 세워진 조그마한 복합 건물의 부엌에 딸린 방이었다. 캔들과 바짝 늙은 수녀가 그를 끌고 가 태운 세탁물 짐마차가 마당에 뎅그렇게 놓여 있었다. 이제 당나귀는 마차에서 자유로이 풀려나 근처 과수밭에서 풀을 뜯고 있었다. 며칠 후에 주변을 살피러 나간 캔들이 암탉 한 마리를 들고 돌아왔고, 암탉은 새집이 편안해지자 아침마다 달걀을 낳아 주었다.

"여기는 주인이 따로 있는 농장인가요?" 리르가 캔들에게 물었다.

"지금은 아니에요." 캔들이 거의 기어 들어가는 목소리로 말했다. "숲에 사과나무들이 자라고 헛간에는 술통이 많아요. 예전에는 사과술을 담아 두던 통이었을 거예요. 하지만 지금은 무슨 일에 쓰려는지 거기에 이상한 장치를 해 놓았어요. 그리고 큰 헛간에는 기계 더미가 쌓여 있어요. 커다란 망치로 난장판을 해 놓았던데 왜 그런 짓을 했는지는 모르겠어요. 몸이 나아지면 한 번 둘러보고 당신 생각을 말해 줘요."

과수밭과 풀이 무성하게 자란 초지 너머는 온통 숲이었다. 낮이면 수많은 황갈색 이파리들이 바람에 나부꼈는데, 오후가 되면 더 밝게 빛났지만 나날이 더 많은 이파리가 바닥에 떨어졌고 태양도 점점 더 땅으로 가라앉았다. 밤이면 올빼미들이 기분 나쁜 울음을 울었고 나뭇가지들이 끊임없이 부는 바람에 흔들리며 기침소리를 냈다.

리르는 낮에는 주로 잠을 잤고 밤에는 캔들이 깊은 잠에 빠져 들면 잠에서 깨어 옆에 누워 있었다. 캔들은 불안한 기미를 보이지 않았다. 그래도 캔들의 달콤한 꿈을 방해할까 봐 악기를 연주할 수는 없었다. 도밍곤이라는 그 악기는 성상처럼 벽에 걸려 있었다.

"왜 나를 구해 주었나요?" 리르가 캔들에게 물어보았다. 그녀는 쿼아티로도 크게 다른 뜻일 리가 없을 터인데도 '구해 준다'는 단어가 무슨 뜻인지 모른다는 듯 아무 대답도 하지 않았다. "당신은 누굽니까?" 이것은 앞서 던진 물음을 다른 방식으로 물은 것이었다. '캔들'이라는 짤막한 답변이 돌아왔는데 리르는 적잖이 마음이 놓이는 듯싶었지만 불안감이 완전히 가시지는 않았다.

그래서 이렇게도 물어보았다.

"우리는 왜 그곳에서 도망쳤습니까?"

"늙은 수녀님이 떠나라고 하셨어요. 조만간 그들이 당신을 쫓아올 거라고 하셨어요."

"그들이라니 누구를 말하는 겁니까?"

"제가 잘못 들었나 봐요. 아무튼 당신은 아주 위험한 상황에 놓였다고 하셨어요. 이런 곳에 버려진 가옥이 있다는 얘기를 들은 기억을 하시고 당나귀한테 길을 맡기신 거예요."

"나는 여전히 위험한 상황에 있습니까? 그렇다면 당신이 나를 그냥 죽게 내버려 두었으면 차라리 안전할 뻔했군요."

"내가 무슨 수로 당신을 살리거나 죽이거나 하겠어요?" 그녀가 말했다. "내 능력 밖의 일이에요. 나는 음악을 연주하고 당신은 과거를 기억한 거예요. 음악이라면 그렇게 할 수 있어요. 당신의 기억은 당신에게 속하지 나와는 아무 상관이 없어요."

하지만 리르는 점차 몸이 나아지면서 의구심이 깊어졌다. 많은 기억들이 필사본의 여백을 장식한 주석처럼 캔들이 연주한 도밍곤의 선율로 채색되어 있었다. 그는 유리창에 비친 제 모습이 낯설었고 밤마다 촛불을 창틀에 놓고 지금의 제 모습을 살펴보았다. 수염이 까칠하게 돋았고 핏기 하나 없이 핼쑥한 게 영락없이 몸이 마비된 환자 같았다. 그녀의 연주가 그의 과거를 살아온 그대로 기억하게 했던 것일까? 음악으로 그를 황홀하게 위안하며 그에게 거짓 과거를 심어 놓은 건 아닐까?

그가 다른 사람이고 그가 이곳이 아닌 다른 곳에 있을 가능성도 배제하지 못했다. 어쩌면 그는 실성하고도 제가 실성한 줄 모르는지도 모른다. 황제니 용이니 빗자루니 다 거짓 환영이고, 그 전의 키아모코나 오래전에 거기서 납치된 노르도 단순한 망상일지 몰랐다. 군대가 쿼들링 나라의 수도 쿼이어를 점령한 일도, 부모가 불타는 다리에서 딸을 내던진 일도 꿈일지 몰랐다. 캔들이 혼수상태에 빠진 그에게 거짓 기억을 주입하여 더 중요한 다른 일을 잊게 한 건 아닐까?

그러나 캔들은 쿼아티로 말을 했고 리르도 쿼아티로 말을 했다. 그녀의 연주 솜씨가 아무리 뛰어나도 혼수상태에 빠진 그에게 전혀 새로운 언어를 통째로 가르칠 수는 없는 노릇이었다.

2

리르가 몸을 가눌 수 있게 된 첫날 밤에 두 사람은 의자를 문간에 내다 놓고 밤하늘에 뜬 별을 바라보았다.

"당신에 관해 말해 줘요." 리르가 말했다.

캔들이 촛불을 밝혀 근사한 분위기를 만들었다. 그리고 어디서 났는지 모를 와인병을 꺼냈다. 기분은 더 좋아졌다.

"야클 수녀님이 주셨어요. 다른 것들도 수녀원 저장실에서 슬쩍해서 쥐어 주셨지요."

그들은 코르크 마개를 따느라 조금 애를 먹었지만, 병을 따고는 다리를 꼬고 앉아 손잡이가 부러진 머그잔으로 와인을 마셨다.

캔들이 제가 살아온 과거를 말해 주었다. 리르는 자신이 단 몇 주가 아니라 몇 년 동안 혼수상태에 빠져 지냈음을 말해 주는 무슨 실마리라도 얻어 들을까 해서 열심히 귀를 기울였다. 그녀가 벵다의 다리에서 강물로 내던져진 쿼들링 소녀이고 그 소녀가 자라서 신비한 힘으로 다른 누구가 아닌 바로 자신의 생명을 구해 준 것이길 바랐다. 그렇다면 어떻게든 그는 보답을 하고 싶었다. 쿼이어 마을에서 저지른 잘못을 보상하고도 싶었다.

이러한 바람을 마음에서 떨쳐 내기란 쉽진 않았지만, 캔들이 살아온 내력을 들으려면 속에서 아우성치는 죄책감을 잠잠히 가라앉혀야만 했다.

캔들은 마을 크기를 따지지 않으면 오즈 전체에서 가장 남쪽에 위치한 오벨스라는 마을에서 자랐다. 그녀가 묘사한 바로는 마을이라기보다는 소금물이 첨벙거리는 습지에서 크는 갈대나무로 지은 오두막 몇 채가 듬성듬성 모인 곳이었다. 어릴 적에는 창으로 곤들매기를 잡았다. 쿼들링 나라의 대부분 지역이 그렇듯 그녀가 살던 마을도 마법사가 다스리던 시기에 경제가 시들해졌다. 그녀 생각으로는 마을도 한때는 번영을 누렸던 것 같은데, 큰 것은 높이가 6미터나 되는 화강암 석재를 나선형으로 쌓아 올린 거대한 계단식 건축물이 버젓이 존재했기 때문이다. 살아 있는 사람은 그 누구도 말을 타고 1.5킬로미터나 올라야 겨우 꼭대기에 이를 수 있는 그러한 거대한 건축물이 왜 생겼으며 어떻게 세워졌는지 알지 못했다. 주변 어디에서도 화강암은 나오지 않았다. 주민들은 그물을 걸어 놓고 물고기를 말리는 장소로 사용했다.

더 이상은 캔들도 할 말이 없었다. 아버지는 오래전에 세상을 떠났고 어머니는 평범한 아낙과는 달리 제멋대로이고 충동적이었다. 먹을 건 언제나 부족했고, 몇몇 친척들은 모든 걸 운에 맡기고 방랑의 길을 떠났다. 그녀도 삼촌이랑 세상을 떠돌면서 도밍곤을 익혔다.

"수녀원에는 어떻게 들어왔지요?" 리르가 물었다. "쿼들링 사람들은 유일교 신도가 아니지 않습니까?"

"쿼들링 사람들은 대체로 종교 문제에 관해서는 무덤덤한 편이에요." 캔들이 대답했다. "다른 전통을 보고도 마음을 상하는 일이 드물어요. 하지만 남부 쿼들링은 조금 예외예요. 오벨스 사람들은 여러 세대 전에 한 선교사와 그의 추종자들이 마을에 들어왔을 때 유일교의 한 분파로 개종했어요. 증조할머니한테 들은 얘기예요. 전도에 병적인 무리들은 우리 마을의 기후나 토양에 적응하지 못하는 게 보통이에요. 솔직히 말하면 그들이 영향을 미친 사실이 놀라울 뿐이죠. 하지만 그들은 성공을 했고 덕분에 저는 다양한 유일교 교리를 배우며 컸어요. 그래서 예배당이나 수녀들의 독실한 신앙에 별 거부감이 안 들었던 거예요. 병든 사람을 보살피는 일도 마찬가지고요. 시간을 보내기에는 그만 한 일도 없지만 말이에요."

"나에게 저…… 도밍곤을 연주해 준 것이로군요. 어디서 얻었나요?"

"삼촌 선물이에요." 캔들은 짧게 대답하고 악기나 삼촌에 관한 질문에 더 이상은 대답하지 않으려 했다.

"내 간호를 정말 잘해 주었어요." 리르는 자신의 목소리에서 아쉬움 같은 걸 느꼈다. "공기를 가르며 바닥으로 곤두박질하고 당신은 상상도 못하는 속도로 땅이 내게 달려들던 모습을 생생히 기억합니다. 바람과 땅이 온통 갈색으로 범벅이 되어 있었어요."

"그렇게 높은 곳에서 떨어졌다면 저도 당신을 구할 수 없었을 거예요. 당신의 상상은 실제보다 과장된 것일 테죠."

"뼈가 부러졌는걸요. 이제는 다 나아서 움직일 수 있어요. 목숨을 잃을 만큼 출혈이 심하지는 않았나 봐요."

"처음 당신을 치료한 수녀님들이 솜씨가 좋으셨던 거예요. 아무튼 저는 당신이 어떻게 하늘을 날게 되었는지가 아직도 궁금해요." 캔들이 말했다.

리르는 캔들이 숲에서 가져온 야생 오렌지 껍질을 벗겼다. 달콤한 향내가 코를 찔러 왔다. "제가 깊은 잠을 자면서 몸을 회복하긴 했지만 기억나지 않는 게 많아요."

"빗자루는 어떻게 됐는지 기억하세요?"

"땅에 떨어졌겠지요. 잘은 모르겠어요. 이유는 모르겠지만 용들이 가져갔을지도 모르죠."

캔들은 더 이상 묻지 않았다. 질문을 한 쪽은 리르였다. "그곳에서 나를 데리고 나온 이유가 무엇인가요? 야클 수녀라는 분은 왜 우리를 탑 안에 가두었다가 내보내 준 것일까요? 무슨 말씀 안 하셨어요?"

"야클 수녀님은 정신이 오락가락 하는 분이라고들 했어요. 수녀원에 들어간 지 얼마 안 됐지만, 그분이 말썽을 피운다거나 무슨 말씀을 하리라고는 상상도 못했어요. 어쩌면 당신이 오고 나서 변화가 생긴 듯해요. 그게 광증이 도진 건지, 무슨 신비한 기운으로 머리가 다시 맑아진 건지는 잘 모르겠어요. 어쩌면 우리가 그렇게 갇힌 일도……."

"그만합시다."

캔들은 아쉬움이 남았지만 리르에게 미소를 지었다.

"쿼들링 말을 다시 하게 돼서 기뻐요. 수녀원에서는 저를 단순한 아이라고 생각했지만, 별로 신경은 쓰지 않았어요. 그냥 나는 단순하다고 생각했죠. 그리고 목소리가 작아서 사람들 앞에서 얘기하기가 힘들었어요. 음악도 음악이지만 말을 다시 하니까 정말 기뻐요."

"연주하는 재주는 어떻게 배웠어요?"

"누구나 그런 재주쯤은 가지고 있어요. 오벨스 출신의 쿼들링 사람들이 그렇다는 얘기예요. 물론 재주는 저마다 달라요. 이렇게 말해도 될지 모르겠지만, 우리는 환각을 일으킬 수 있어요."

"미래를 볼 수 있다는 말인가요?" 리르가 그녀의 손을 잡았다. "우리의 미래는 어떻게 될까요?"

캔들은 얼굴을 붉혔는데, 리르는 얼굴을 붉힐 줄 아는 쿼들링 사람을 처음 보았다.

"그런 뜻이 아니에요. 미래가 아니라 현재를 볼 줄 안다는 얘기였어요."

"그럼 현재에 대해 말해 봐요."

"이미 그렇게 했는걸요." 그녀가 장난스럽게 입을 뿌루퉁하게 내밀었다. "당신 옆에서 날마다 도밍곤을 연주했잖아요. 당신에게 현재를 말해 준 거예요."

"당신은 기억을 돌려주었을 뿐입니다. 그건 과거입니다."

캔들이 리르의 생각을 고쳐 주었다.

"기억은 현재의 일부분이에요. 기억은 우리의 뼈와 근육을 연결해 주고 심장을 뛰게 하면서 우리를 안에서부터 지탱하는 버팀목이에요. 기억은 우리의 몸과 마음을 잡아 주고 우리가 누군지 알게 해요. 기억이 없다면 우리는 마치(그녀는 주변을 둘러보았다.) 이 오렌지 껍질이나 씨처럼 조각조각 흩어지고 말 거예요."

"나를 위해 다시 연주해 줘요."

"연주하는 거 지겨워요." 그녀가 말했다. "아무튼 지금은 그래요."

그들은 안으로 들어가기 전에 천장이 높은 헛간을 살펴보았다. "내일 날이 밝으면 다시 봐야겠군요." 리르가 잠시 사방을 둘러보고는 말했다. "이건 인쇄기 같은데요."

"이렇게 외진 곳의 낡은 농장에 그런 게 있다고?"

"선동적인 책자를 인쇄했는지도 모르죠. 누군가 이 기계들의 쓰임새를 싫어한다는 표시를 도끼와 망치로 화끈하게 해 놓았군요."

"사과술을 짜는 기계로 책자를 인쇄했다는 말이네요."

"둘 다 프레스는 프레스죠. 그러니 이곳은 애플 프레스 농장인 셈입니다."

그들은 잠자리에 들었다. 캔들은 금방 잠이 들었고 리르는 그녀를 따뜻하게 감싸 안았다. 리르가 혼잣말을 했다. 나는 더 이상 군인이 아니고, 이 여자는 내가 본 쿼들링 소녀가 아니야. 남자라면 으레 그렇듯 그는 몸 한 부분이 뻣뻣해졌지만 애써 욕구를 다스렸다. 캔들은 그를 구해 준 사람이지 연인이 아니었다. 게다가 그는 전염병에 감염되었을지 몰랐고 그녀를 위험에 빠뜨리고 싶지 않았다.

캔들의 숨결에서 달콤한 양상추 냄새가 나고 가슴이 달빛을 받으며 고요히 오르내리자 그는 더 이상 참지 못하고 조용히 가슴에 입을 맞추었다. 그리고 돌아누웠다. 평생 익숙했던 슬픔에 잠기는 데는 일이 분 동안 쿼이어의 불타는 다리를 떠올리는 일로 족했다.

3

대낮에 들여다본 헛간은 상태가 생각보다 훨씬 엉망이었다. 예전에는 젖소 축사였던 뒷방에 식자공들이 교정쇄를 넣어 두던 상자들이 바닥에 함부로 어질러져 있었다. 기름칠이 잘된 오크 장롱의 새까만 철제 선반에 놓아 둔 인쇄기의 휠이나 추, 드럼 따위가 최근에 칼이나 도끼로 난자당한 꼴이 아주 엉망이었다. 잘린 쇳조각에서 날카로운 빛이 났다.

핏자국은 보이지 않았다. 이곳에 모여 인쇄기를 돌리던 낯 모르는 사람들은 공격의 낌새를 눈치 채고 제 시간에 몸을 피한 모양이었다.

리르는 화로에 쌓인 숯검댕을 헤집었다. 타다 남은 양피지 조각을 몇 장 꺼낼 수 있었다. 그는 글자를 가리켰지만 캔들은 읽지 못한다고 얘기했다.

"'사도의 경건함'이라는 제목이군요." 리르가 말했다. "그 아래에는 '추한 자의 미덕'이라고 적혀 있어요."

"추한 게 미덕이라니 알 수 없는 말이네요. 그건 불행한 일인데요."

글자가 너무 작아서 리르는 열어 놓은 문간으로 가져갔다.

"딱히 문제 삼을 구석이 없는 종교에 관한 글이에요."

"인쇄기는 그보다 더 선동적인 책자를 인쇄하는 데 쓰였을 거예요."

"그럴지도 모르죠." 리르는 양피지에 묻은 검댕을 닦아 내고 글자를 읽었다. "사도는 특별한 재주를 자랑하지 아니한다. 이름 없는 신이 그러한 겸허함을 어여삐 여겨 그에게 흔들림 없는 신념의 은혜를 베풀었다."

"아까 말했잖아요." 캔들이 말했다. "우리는 이미 개종했어요. 더 이상은 교리문답을 할 필요가 없어요."

캔들은 장작을 모으러 밖으로 나갔고 몇 시간 후에 염소를 끌고 돌아왔다.

"근처 농장을 작살 내려고 아주 작정을 했어요? 도밍곤을 가지고 다니는 이유도 그런 거요?"

"이 언덕에서 더 올라가면 농장이 몇 개 나와요. 아침에는 돌보는 이가 아무도 없어요. 하지만 당신 말이 맞아요, 혹시 근처에 노인이 살고 있다면 악기를 연주해서 아침 잠을 좀 더 자게 하니까요."

"그 사람들을 가난하게 만들지 말아요."

"다시 돌려줄까요?"

염소 젖을? 방금 만든 치즈를? "아닙니다." 하지만 그들은 이곳에서 무엇을 하고 있는 것일까? 휴식을 취하는 중인가? 도대체 무엇 때문에?

"잿더미에서 건져 낸 쪼가리들을 자세히 읽어 봤어요." 리르가 캔들에게 말했다. "이 회보는 아무래도 포교용 유인물이 아닌 것 같아요. 오히려 그 반대예요. 처음에는 잘 보이지 않지만 자세히 뜯어 보면 사도에 대한 반감이 눈에 띄어요. 영리한 수사법입니다. 일부 독자는 속이겠지만 제대로만 읽으면 누군지 알 수 없는 이 사도에게 반감을 품게 됩니다. 그리고 그게 누구든 이 글을 싫어하는 사람들이 출처를 찾아내서 감정을 마음껏 표현해 놓은 것일 테지요."

"설마 다시 오지는 않겠지요?"

"다시 올 필요가 있겠어요? 염소 때문에?"

캔들이 눈을 크게 떴다.

"혹시 염소 젖을 짜는 법에 대해 알아요?"

"빗자루를 타고 나는 법은 알지요." 리르가 소매 자락을 걷어올리며 말했다. "염소 젖을 짜는 법도 배울 수 있을 겁니다." 하지만 그는 빗자루를 타고 하늘을 나는 일이 더 쉬운 일이었음을 알게 되었다.

4

드디어 캔들이 리르에게 말했다.

"날씨가 점점 추워져요. 겨울을 여기서 지내려면 장작을 더 모아야 해요. 그렇게 할 수 있겠어요?"

리르에게 어려운 부탁은 아니었다. 그는 갈색으로 물든 골짜기를 돌아다니면서 인쇄기가 설치된 농장은 이미 한 세대쯤 전에 버려진 곳임을 알게 되었다. 10년 넘은 큼지막한 나무들이 이미 초지의 일부를 점령했고, 숲 속 깊은 곳에 열십자로 교차하는 돌벽은 이곳이 얼마 전까지만 해도 방목지였음을 말해 주었다.

리르는 저녁을 먹으며 자신이 무엇을 보았는지 이야기했다.

"오벨스 말고는 땅을 어떻게 이용하는지 잘 몰라요." 캔들이 대답했다. "숲에서 그 돌벽을 보고 이끼처럼 자랐다고 생각했어요."

"돌벽을 자라게 하는 돌의 힘이라! 농장도 그런 식으로 지으면 얼마나 좋을까요! 헛간의 씨앗을 뿌리고 거기에 물을 뿌려 주면 농장이 생기고, 달걀을 심으면 닭장이 생기고, 아침마다 오믈렛을 먹을 수 있겠군요."

"양 우리는 어떻게 만들어야 할까요?"

"새끼양의 꼬리만 있으면 되겠지요."

"끔찍해요."

"그렇지도 않아요. 양치기들은 파리에게 물리지 않게 하려고 새끼양의 꼬리를 잘라 내는 게 다반사예요."

캔들은 이런 말장난을 좋아하지 않았다. 그녀가 도밍곤을 집어들었다. 리르는 다른 제재를 생각하느라 여념이 없었고 캔들을 짓궂게 괴롭혔다.

"수녀원을 자라게 하려면…… 무엇을 심어야 할까요?"

캔들은 도밍곤으로 우울한 가락을 연주하기 시작했다.

"기도하는 사람을 심어야겠죠." 그리고 저도 모르게 대답을 하고 말았다. "군대는 무엇을 심어야 할까요?"

"어이쿠, 한 방 먹었네요. 제7의 창 부대에서 들은 얘기로는 용의 이빨을 심어야 한답니다." 리르도 '제7의 창'이라는 부대 이름이 유래한 민담을 들은 적이 있었다. 그는 캔들이 대꾸를 하자 기분이 좀 나아졌다. "멜로디를 키우려면?"

"멜로디를 억지로 키울 수는 없어요." 캔들은 장난스레 한마디 덧붙였다. "임시표를 심어야 해요."

음악 용어 같았는데 리르는 이해하지 못했다.

"기억을 키우려면 어떻게 해야 할까요? 마법의 농부님, 한 번 말씀해 보시죠."

"기억을 키운다, 기억을 키우려면…… 모르겠어요. 기억을 키우고 싶은 사람도 있대요?"

"문제를 조금 쉽게 하죠. 좋은 기억, 행복한 기억을 키우려면?"

리르는 어서 대답을 하라는 투로 어깨를 으쓱했다.

"무엇을 심든 상관 없어요. 하지만 반드시 사랑을 곁들여야 해요."

캔들은 곡조를 발랄하게 바꾸었고 손가락을 벌려 여러 화음을 동시에 연주하는 가락으로 마무리했다. 음악 소리가 나무에서 퍼지는 일곱 가지 빛깔로 대기를 진동했다. 당나귀가 스스로도 놀란 표정으로 능숙하게 곡조를 뽑아 냈고 염소는 고개를 까닥거렸다.

캔들이 아름다운 선율로 화답했다.

그러자 암탉이 마치 제 나이나 처지에도 무도회 초대장을 받은 게 놀랍다는 표정으로 뒤뚱뒤뚱 다가왔다. 닭은 종달새처럼 지저귀며 소네트를 한 행 한 행 읊었지만 리르는 무슨 뜻인지 알아듣지 못했다.

캔들이 팽팽한 음조를 저음으로 연주했다. 염소가 입을 벌려 낮은 목소리로 노래를 부르기 시작했다. 유료 관객이 있었다면 야유를 받았을 목쉰 음색이었으나 헛간 안마당의 간이 공연에서는 빼 놓아서는 안 될 훌륭한 알토 음이 되어 주었다.

이어 퀴들링 소녀 캔들이 퀴아티로 시골살이의 지혜를 담은 노래를 불렀다. 리르는 노래도 듣고 뜻도 헤아리느라 정신이 없었다. 그는 가사를 이렇게 추측했다.

"기억하지 못하는 사람은 노래도 못 한다네." 동물 중창단은 웅장한 합창으로 마무리를 하려 했지만 그들로서는 무리였기에 공연은 지리멸렬하게 막을 내리고 말았다.

"동물한테도 노래를 부르게 할 줄 알다니, 놀랐습니다."

"악기가 훌륭할 따름이에요." 캔들은 겸손하게 자신을 낮추었다.

"노래를 기르려면 음표를 심어야 해요."

　다음날 그는 땔감을 더 모으기 위해 산으로 갔다. 기운을 차리자 지난번보다 더 높은 언덕으로 올라갔다. 멀리서 갈색으로 물든 숲이 흐릿하게 보였다. 그 방향으로는 떡갈나무 숲이 있었고 다른 쪽으로 고개를 돌리니 퀠스 봉우리가 어렴풋이 눈에 들어왔다.
　아직 기력이 충분히 회복하지 않은 터라 리르는 제가 들고 갈 정도만 옮기고 나머지는 하루이틀 뒤에 다시 가지러 올 생각이었다. 그러나 그런 생각을 말하기도 전에 캔들이 먼저 입을 열었다.
　"우리가 수녀원을 떠난 지 한 달 됐어요. 당신이 하늘에서 떨어진 건 그보다 2주 전이었고요. 저는 최선을 다해서 당신을 간호했고 여기서 함께 겨울을 날 생각이었어요. 하지만 그건 전제가 잘못된 생각이었어요. 당신이 여기 남을지를 먼저 물어봤어야 했던 거죠. 그런 다음에 여기서 홀로 겨울을 날지 아니면 수녀원으로 되돌아갈지를 결정해야 했어요."
　"내가 왜 떠난다고 생각합니까?" 리르가 의아한 표정으로 물었다.
　캔들은 분위기를 밝게 하려고 애를 썼다.
　"사람을 키우려면 그냥 아이를 심기만 해서는 안 돼요. 수확도 잘 해야 해요. 당신은 아직 회복이 덜됐어요. 그렇지 않아요?" 리르가 대답을 하지 않자 캔들이 덧붙였다. "당신은 떠날 이유가 없다고 하셨죠. 하지만 여기에 머무를 이유도 없는걸요?"
　"당신한테 빚진 게 많아요."
　"아무것도 빚지지 않았어요." 그녀는 진심인 듯 보였다. 시비를 걸거나 생색을 내는 표정이 아니었다. "원장 수녀님이 맡기신 일을 열심히 했을 뿐이에요. 물론 수녀원에서 당신을 이리로 데려와서 더 위험한 상태에 빠뜨린 건 제가 월권을 한 경우였어요."

"여기서 내가 무슨 위험에 빠져 있다는 말입니까? 느릅나무가 마법의 힘으로 가지를 뻗어 내 숨통을 조이기라도 한답니까?"

"6주 전에 당신은 심한 공격을 받았어요. 분명 이유가 있을 거예요."

"빗자루 때문이에요. 다른 이유는 없어요."

"당신은 빗자루를 타고 날 줄 알아요."

"개미도 독수리에 올라타는 재주쯤은 가지고 있지요."

캔들은 수긍하지 않았으나 더 이상 말다툼을 벌이고 싶지는 않았다.

"당신은 어디를 가고 있었어요. 어디로 가는 길이었는지 기억해요?"

"어떤 회의에 가던 길이었어요. 쿰브리시아 협곡 동쪽 입구에서 열리는 새들의 회의. 공식 개막일이나 진행 시간에 대해서는 아는 바가 없어요. 이미 끝났을지도 모릅니다."

캔들이 자리에 앉았다.

"수녀원에서 들은 얘기로는 우리는 지금 켈스의 동쪽 사면에서 그리 멀지 않은 곳에 있어요."

"그렇지 않아요. 빗자루를 타고도 몇 시간을 가야 해요. 걸어가면 며칠 걸릴 겁니다."

"당나귀를 타고 가면 되죠."

"노래하는 당나귀라면 2주쯤 걸릴 테죠. 아주 게으른 녀석이니까."

"당신은 아직 몸이 약해요. 당나귀라도 타고 가야 해요."

"이곳에서 나를 몰아낼 작정입니까?" 오히려 리르는 누가 자기 대신 결정을 내려 주는 게 마음이 편했다. 어쩌면 캔들은 리르가 자기를 버릴 생각이 없다는 말을 직접 듣고 싶었는지도 모른다.

캔들의 생각은 거기서 더 나아갔다.

"당신이 단 하루라도 저랑 같이 머물고 싶어 하는지 모르겠어요. 하지만 결정은 당신이 해야 해요. 이끄는 대로 끌려가지 말고 원하는 대로 하세요. 당신을 데려오기는 했지만 여기 잡아 둘 생각은 없어요."

"여기 머물겠어요."

"먼저 호기심을 풀어야죠." 캔들이 눈을 똑바로 뜨고 말했다. "당신은 아무 이유 없이 공격을 받았어요. 이유가 궁금하지 않으세요? 새들의 회의가 무엇 때문에 열리는지, 당신이 그곳에 가지 못하면 어떤 일이 생길지 당신은 모르고 있어요. 다른 일을 결정하기 전에 그 문제를 먼저 알아봐야 해요."

"나는 이제 전처럼 이타적인 사람이 아닙니다. 노력할 때마다 쓴 맛만 보았어요. 일찍이 실패를 겪어서 이젠 넌더리가 납니다."

"그렇다면 이기적으로 행동해요. 당신 친구를 본 적이 있냐고 새들한테 물어봐요. 노르 말이에요."

리르는 캔들이 이처럼 너그러운 모습을 보이는 게 믿기지 않았다. 그는 이미 캔들을 사랑했지만, 그녀를 은인이나 여자로 사랑하는지, 아니면 그냥 친구나 잠시나마 외로움을 달래 주는 벗으로 사랑하는지는 분명치 않았다. 어쩌면 다 해당되는지도 몰랐고 하나하나가 누군가를 사랑해도 될 이유인지 알 수 없었다. 아니, 그가 사랑을 몸소 경험한 일이 있었을까? 이게 사랑이다 싶은 감정을 느낀 일이 있었던가? 거의 없었다.

리르는 캔들이 옳은 말을 한다고 생각했고 그녀가 자신에게 해답을 준다고 여겼다.

"장작이 필요해요. 당신이 도와주면 좋겠어요." 그녀가 말했다. "겨울 동안 이곳에 머물고 봄이 되면 다른 곳으로 갈 생각이에요. 저장해 둔 과일과 버섯 말고도 볕 좋은 땅에서 야생으로 자라는 감자에다 염소와 암탉에서 얻는 것도 있을 테니 굶어죽지는 않을 거예요. 땅주인에게 발각이 되거나 말썽이 생기면 수녀원으로 돌아가면 되죠. 삼촌이든 당신이든 그곳에서 저를 찾을 수 있을 거예요. 그렇지 않으면 그냥 그곳에 머물 생각이에요. 친절한 수녀님들이 계신 곳이니까 문제 없이 잘살 수 있을 거예요."

리르는 좀 더 기운을 내서 장작을 모았는데, 그렇게 일을 하자 근육이 불어났고 걸음걸이에도 힘이 생겼다. 첫 서리가 내리고 굴뚝에서 밤낮으로 연기를 피워 낼 무렵 그는 떠날 준비를 마쳤다.

리르는 캔들에게 필요할지 모른다는 이유로 당나귀를 타고 가지 않으려 했다.

"무엇에 필요하다는 말이에요?"

"염소보다는 나은 친구일 겁니다." 리르는 떠나는 날 아침에 캔들을 품에 안고 다정하게 입을 맞추었다. "나는 사도의 선행 같은 건 들을 필요도 없어요. 당신보다 내게 잘해 준 사람은 본 적이 없으니까요."

"당신은 세상을 많이 돌아다니지 않은 게 분명해요." 캔들이 사랑스럽게 그를 나무랐다. "소중한 리르, 부디 몸 조심해요. 그리고 절대 용기를 잃지 말아요."

"우리는 연인인가요?" 리르가 용기 있게 물었다.

"우리는 하나와 하나예요." 캔들이 말했다. "쿼들링 식으로 말하면 하나 더하기 하나는 그냥 둘이 아니라 둘 다예요."

오랫동안 리르는 돌아서서 숲에 둘러싸인 애플 프레스 농장 위로 뭉게뭉게 피어오르는 말랑말랑한 연기를 바라보았다. 그가 돌아오길 기다리며 그녀가 자신을 심어 놓은 장소 위로 불의 숨결이 물음표처럼 떠 있었다.

새들의 회의

1

숲 속 농장에서 쿰브리시아 협곡에 이르는 길은 비교적 짧은 편이었으나 걸음을 옮길 때마다 오즈 땅을 떠돌던 다른 때와는 달리 뼈와 관절이 시려 왔다.

아마도 나이가 든 탓이리라. 이제 겨우 스물셋, 아니 스물넷이니 늙은 것은 아니지만, 그래도 나이가 들기는 들었다. 물론 어른처럼 느낄 만한 나이는 아니지만, 어른처럼 보이고 느긋함과 경솔함을 구별할 줄 아는 만큼은 나이를 먹은 것이다.

그래서 신중했다. 걸리는 돌멩이 하나에 발을 헛디디거나 풀밭도 생각보다 미끄럽지 않을까 해서 땅만 바라보고 걸음을 옮겼다. 자신감과 체력은 더디게만 회복되었다.

어쨌든 회복을 하긴 했고 마침내 그는 쉬지도 않고 두 시간 내내 걸을 수 있었다. 지평선을 향해 시선을 고정한 채 키 큰 소나무나 고지대의 목초지나 화강암 노두(露頭)를 잇달아 목적지로 삼고 자신을 다독이며 열심히 걸어갔다. 머잖아 켈스가 뚜렷이 시야에 들어오고 봉우리 사이로 가파르게 이어진 쿰브리시아 협곡이 '용기 있으면 들어와 보라.'는 도전장을 내밀 듯 웅장한 모습을 드러냈다.

리르는 어릴 적에 오치 맹글핸드의 그래스 트레일 마차대에 끼어 여행을 했던 일, 그리고 승객들이 나누던 이야기를 머릿속에 떠올렸다. 오즈의 태곳적 전설에 나오는 사악한 마녀 쿰브리시아! 쿰브리시아는 옛날 옛적의 전설에나 나오는 선악으로 판단하는 게 무망한 인물이었다. 쿰브리시아는 착한 영혼을 파괴하기 위해 지옥에서 나온 마귀 할멈도, 가혹한 시기에 세상의 갈증을 풀어 주러 내려온 거유(巨乳)의 천사도 아니었다. 아니 어쩌면 둘 다였는지도 모른다. 하나 더하기 하나는 둘 다이므로. 쿰브리시아는 태연자약하게 사람들을 희롱하며 마을을 파괴하고 목숨을 앗아가는 끔찍한 지진처럼 아무도 알 수 없는 그녀만의 비밀스러운 의도를 좇아 행동했다. 인간에게는 한순간의 행운이 다음 순간에는 재난이 되기도 하지만, 쿰브리시아에게 행운이나 재난이 무슨 의미가 있겠는가. 전설에서 그녀는 오직 자기만 아는 사납고 부도덕한 여자였다. 굴복시킬 수도, 잘못을 인정하게 할 수도 없는.

그리고 영원히 알 수도 없는.

공정하게 말한다면 이름 없는 신도 마찬가지 아니겠는가.

때로 유모는 오지아드나 다른 어떤 기이한 전설에서 나왔음 직한 자장가를 부르곤 했다.

쿰브리시아가 단지를 젓고 국자를 핥네

식탁을 차리며 눈물 한 컵을 쏟네

아기가 없는 불길한 요람 곁에서 기다리네.

아직도 기다리네. 영원히 기다릴 수 있네.

이름 없는 신이 그러하듯이.

2

쿰브리시아 협곡으로 들어가는 길은 오르막이 되기 전에 골바닥을 따라 몇 차례 급격하게 꺾이기 때문에 절벽이 눈앞에서 길을 트는가 싶으면 뒤를 막아서곤 했다. 계절은 더디게만 변해서 갈색 나뭇잎들은 아직 땅에 떨어지지 않았다. 잎새들을 흔들어 떨어뜨릴 만큼 강한 바람도 불지 않았다.

청명한 하늘은 나뭇가지와 잎새들에 가려 반짝이는 모자이크처럼 잘게 나뉘었다. 켈스의 서쪽 구릉지에 닿고 동화에 나오는 상상의 바다처럼 드넓게 펼쳐진 천년 초원에 이르려면 이 고지대의 협곡을 며칠 동안 걸어야 할까? 기억이 뚜렷하지 않았다. 새들이 이 비밀 장소에서 회의를 여는 장소를 어떻게 찾아야 할지 난감하기만 했다.

그러나 여럿이 모일 만한 장소를 찾아야 한다는 사실만은 분명했다. 산이 성벽처럼 가로막았고 협곡에는 나무가 무성했다. 이곳은 유나마타 부족이 한 해의 태반을 보내는 은거지였고, 엘파바와 리르가 여러 해 전에 은신처를 찾아 키아모코 성채로 가기 위해 선택한 길목이었다.

리르는 시간이 날 때면 과거를 회상했다. 그래서 그는 엘파바가 이곳을 허겁지겁 찾아와야 했던 이유를 얼마나 이해했을까? 거의 이해하지 못했다. 하지만 엘파바가 나중에 치스터리로 불리게 된 어린 눈원숭이를 구해 준 날은 선명하게 기억이 났다. 엘파바가 조그만 호수를 얼게 만들고 불쌍하게 떨고 있는 어린 원숭이를 구하러 얼음 위를 미끄러지듯 내달릴 수 있었던 건 타고난 재능이나 힘 덕분이었을까? 아니면 남다른 집중력 덕분이었을까? 그것도 아니라면 단순한 동정심?

리르가 기억하기로는 '발이 닿는 순간 물은 얼음이 되었고, 세상은 그녀의 요구에 순응했다.' 어떻게 그런 일이 가능했던 것일까? 믿지 못할 기억의 장난이나 어린아이다운 낭만적 과장벽이 기억을 그렇게 윤색한 것은 아닐까? '호수는 얼음이 되고 아기 원숭이는 구조되었어.' 정말로 그녀는 물 위를 걸었거나 아니면 호수가 얼음이 된 것이리라.

아니, 그녀가 지닌 능력과 관련해서 가장 중요한 사항은 '아기 원숭이를 구한' 사실이 아닐까?

리르는 작은 호숫가에서 휴식을 취하며 침묵의 다양함을 새삼 깨우쳤다. 그것은 만물이 숨을 죽이는 소리였다.

호수 저 멀리로 조그만 섬이 보였다. 섬 중앙에 매듭가지 나무가 무성했는데, 대여섯 그루가 가까이 붙어서 직경이 대략 삼사 미터가량의 내부 공간으로 통하는 여러 개의 문처럼 똑바로 직립해 있었다. 나무들이 회의 장소를 그렇게 보호하고 있었고 새들은 그 안에서 숨을 죽이고 있었다.

리르는 새들이 달아날까 봐 그들을 소리쳐 부르지 않았다. 하지만 새들은 이미 그의 존재를 눈치 챈 듯했다. 저 둥글게 말아 올라간 잎새들 뒤에서 얼마나 많은 눈이 자신을 지켜보며 깜박이고 있었을까? 그들은 그를 향해 무섭게 돌진하지도, 겁에 질려 지저귀지도 않았다. 두려워서 바보가 된 모양이군, 리르는 생각했다.

마침내 리르가 덤불숲으로 헤치고 나아가며 그의 몸무게를 지탱할 만한 쓰러진 나무둥치를 하나 발견했다. 리르는 그것을 물가로 끌고 가서 호수에 밀어 넣었다. 얼음 위를 걷는 일은 바라지도 않았다. 그는 나무둥치에 올라 몸의 균형을 잡고 지팡이로 바닥을 밀며 나아갔다. 헤엄을 칠 줄 알았지만, 그러기 위해선 물에 들어가기 전이나 후에 옷을 벗어야 하고 그렇게 하면 회의에 참석하는 차림으로는 점잖지 못하다는 인상을 줄 테니까.

새들은 참을성 있게 기다렸다. 리르는 가까이 다가가면서 그들이 자기를 기다린다는 느낌을 받았다.

예감은 틀리지 않았다. 볏을 둥글게 세운 절벽독수리가 리르를 맞이하며 환영 인사를 했다.

"네가 빗자루 소년이로구나." 그가 말했다. "아직은 풋내기이지만. 우리는 네가 바다에 추락한 사실을 알고 있었다. 붉은 피닉스가 상처를 입고 돌아가기 전에 저 멀리 적진을 통과하며 많은 정보를 소리쳐 알려 주었지. 우리는 네가 올 줄 알고 있었다. 이제 도착했구나."

절벽독수리는 현명하게도 가슴 깃털을 부풀리며 잠시나마 숨을 돌렸다.

"오지 못할 뻔했어요." 리르가 말했다. "게다가 여기 오는 일도 제 생각은 아니었죠."

절벽독수리는 입술을 일그러뜨리며 비웃는 표정을 지었다.

"인간은 역시 연약한 종족이군. 그래도 너는 이곳에 왔다. 빗자루 타는 소년."

"지금은 빗자루를 가지고 있지 않아요." 리르가 새들이 볼 수 있게 지팡이를 땅에 내려놓았다. "걸어왔어요. 그런데 당신은 이름이 있나요?"

절벽독수리가 대답을 하는지 보기 위해 다른 새들이 나뭇가지 한두 개씩 건너뛰며 가까이 다가왔다. 그들은 몸집이 컸다. 되새와 지빠귀, 부리로 깃털을 다듬는 데 정신을 팔고 있는 굴뚝새만 몇 마리 섞여 있을 뿐, 대개는 독수리와 야행성 로크, 그리고 머리 뒤에서 선홍빛 후광이 빛나는 젊은 피닉스들이었다. 아홉 마리 백조는 여전히 여왕을 기다리고 있었고, 눈 먼 늙은 왜가리는 왼쪽 다리가 뒤틀린 모습이었다. 그 밖에 다른 새들도 각자 한 자리를 차지하고 있었다.

"백조 여왕께 무슨 일이 생겼는지 알고 있습니다." 리르는 백조를 땅에 묻은 일과 여왕 대신에 오게 된 사정을 어눌하게 얘기했다.

절벽독수리는 이 소식을 듣고도 아무런 동요도 일으키지 않았지만, 백조들은 흰색 목이 둥글게 말릴 때까지 머리를 숙이고 공업용 배플에서 나는 기묘한 소리를 내며 날개를 떨었다.

"나는 이번 회의를 주재하는 의장이다." 절벽독수리가 말했다. "이곳까지 와 주어서 고맙다."

리르는 경칭을 어떻게 사용해야 할지 몰랐다.

"의장님이라고 불러야 하나요? 아니면 그냥 새님이라고 부를까요?"

절벽독수리는 털을 곤두세웠다.

"나는 키노트 장군이다. 이름은 중요치 않다. 네 이름도 마찬가지다. 우리는 작전을 수행하는 군인이지 군인들이 마시는 차가 아니야."

"다시 돌아갈 마음은 없지만 저도 한때는 군인이었어요. 그리고 내 이름은 리르입니다. 이름이 중요하건 그렇지 않건 이름을 불러주세요. 저는 빗자루 소년이 아닙니다."

키노트는 고개를 숙여 날개 밑에 숨은 이를 잡았다.

"미안하네. 여기는 이가 들끓는 곳이야, 리르."

그것은 일종의 양보였다. 그제야 리르는 노여움이 가라앉았다. 그는 앉아도 되겠냐고 물을 참이었다가 곧바로 그럴 필요가 없음을 깨달았다. 그는 자리에 앉았고 새들은 가지에서 더 가까운 곳으로 내려왔다. 대부분 바닥에 조그마한 빵이 떨어지는 소리를 내며 단단한 덤불 위에 내려앉았다.

키노트는 새들의 중대 현안으로 떠오른 문제를 신속하게 말하기 시작했다. 회의에 참석한 새들은 일흔 내지 여든 마리 정도였는데, 그들은 자리를 떠나기를 두려워하고 있었다. 그들이 이곳에 모인 이유는 하늘의 위험한 생명체에 대한 대책을 논의하기 위해서였지만, 바로 그 위험한 생명체가 그들을 구석으로 몰아붙이고 땅에서 떠나지 못하게 한 것이다. 안전하게 하늘을 날아다니려면 무엇보다 날쌘 비행 솜씨가 필요했다.

"날쌘 비행 솜씨가 필요하다면 사람을 잘못 고른 셈입니다." 리르가 말했다.

"어리석은 소리 하지 말게." 키노트가 싸늘하게 쏘아붙이고 말 이었다.

그는 중요한 대목을 말할 때마다 날개를 힘차게 펄럭이며 논점을 강조했다. 황제 치하의 생활 환경이 참을 수 없는 지경에 이르른 까닭에, 또한 황제의 나는 용 부대가 하늘의 안전을 위협하고 새와 새들을 궁지로 몰아넣고 비행과 이주와 집회의 생득권을 방해하는 까닭에, 새들은 회합을 열기로 했지만 슬프게도 앞서 말한 무시무시한 적군에게 포위된 형편이고, 그렇기 때문에 몰래 이곳까지 겨우 들어온 대표 새들은 홀로든 힘을 합쳐서든 적군과 맞서 싸울 능력은 안 된다는 결론을 내렸다. 그래서 도움이 필요하다. 그것도 아주 빨리.

"저는 백조 여왕의 죽음을 알리러 왔을 뿐입니다." 리르가 말했다. "엘파바라면 그렇게 했을 테니까요. 그것 말고는 저는 별 도움이 되지 않을 것입니다. 만약 여러분이 저만 바라보고 있었다면 낭패도 그만 한 낭패가 없을 겁니다."

"우리 새들은 동물들과 달리 인간과 친하게 지내는 편이 아니었다." 장군이 대답했다. "인간은 동물 식용 금지조차 그처럼 손쉽게 어기는 마당에 새들을 먹으면 안 된다는 조항은 얼마나 가볍게 위반하겠느냐. 우리가 말하는 생물인지 알릴 겨를도 없이 함부로 사냥감이 되고 말 것이다. 배고픈 농부들이 새들에게 그런 예의를 지킬 까닭이 있겠느냐. 그래서 우리는 쓰레기 같은 인간들이 거의 없는 이곳에서 모임을 갖기로 했다. 내가 너무 지나친 말을 했다면 사과하마."

"그렇게 빨리 사과하실 필요는 없어요. 아직 저를 잘 모르시잖아요." 리르가 말했다. "그런데 왜 저한테 도움을 구하시는 겁니까?"

"인간은 대부분 하늘을 날지 못하지만 너는 하늘을 날았다." 키노트가 간단하게 대답했다. "우리가 만난 인간 중에 너처럼 독특한 재주를 가진……."

"그래요, 저는 하늘에서 균형을 잡을 줄 압니다. 그래서 어떻다는 거죠? 하늘을 날 수 있는 힘을 가진 것은 제가 아니라 빗자루예요. 엘파바의 빗자루 말입니다."

"날개는 깃털이 없으면 힘을 발휘할 수 없다, 리르. 날개와 깃털은 함께 힘을 합쳐서 날아오를 수 있는 거란다."

"아무튼 저는 더 이상 빗자루를 가지고 있지 않습니다. 소식 못 들으셨습니까? 그래서 이제는 날 수가 없어요. 그러니 저는 이 일에 적당한 사람이 못 됩니다."

"너는 용에게 공격받았지. 그렇지 않은가? 아니라면 내가 잘못 들었나?"

"맞습니다. 하지만 그건 용과 저의 문제입니다. 여러분하고는 상관이 없는 일입니다."

"놈들은 우리를 '새대가리'(바보)라고 부른다." 키노트가 격노했다. "우리 새들과 하늘을 나는 소년에게는 힘을 합쳐야 할 공통의 대의가 있다, 알겠느냐, 이 멍청한 얼간(dodo)아."

"저는 반대합니다." 꾸벅꾸벅 졸고 있던 도도새(Dodo)가 잠에서 깨어나면서 말했다.

"미안하네. 자네한테 한 말이 아니었어. 잘 듣게, 리르. 너는 분명 우리를 도와줄 의향이 있었다. 그게 아니라면 이곳까지 올 이유가 없지."

"다른 누군가의 권유로 왔어요." 리르는 캔들을 생각했다.

"다른 누구의 권유라고? 비참한 소식을 전해 주고 곤경에 빠진 우리를 비웃으라는 권유란 말이냐? 네가 쫓기고 빼앗기고 거의 죽임을 당할 뻔한 것처럼 네 하늘의 친구들이 쫓기고 학대받고 자유롭게 모일 기회를 박탈당하는 모습을 구경하라는 권유란 말이야?
어디 한번 말해 보거라. 집으로 걸어가서 신나는 구경이라도 한 듯
이 저녁 시간에 재미있게 재잘거릴 셈이냐?"

"저를 그렇게 마음이 메마른 사람으로 몰지 마세요. 장군님이 안
그러셔도 충분히 그런 심정이 드니까요. 그런데 장군님께 여쭙고 싶
은 게 있어요. 저는 지난 몇 년 동안 줄곧 어떤 소녀를 찾고 있었어
요. 장군님이 도와주실 수 있을 거예요. 여러 곳을 다니시니까."

"이제 우리는 하늘을 자유롭게 날아다닐 수가 없다. 얼빠진 놈,
아까 분명히 말하지 않았느냐?" 키노트가 노여움에 얼굴이 달아올
랐다. "날마다 우리 숫자가 줄어들고 있는 마당에 네 개인적인 일을
도와줄 여력이 있겠느냐?"

"그렇다면⋯⋯." 리르는 어깨를 으쓱했다. "어쩔 도리가 없군요.
아무래도 제가 여러분이 관련된 이번 분쟁을 제대로 이해하지 못한
것 같아요. 슬픈 일이지만 저와는 아무 상관이 없어요. 설령 상관이
있더라도 저는 힘이 없어요. ⋯⋯ 저는 엘파바가 아니에요."

조그마한 굴뚝새가 앞으로 깡충 뛰어나와 키노트에게 말했다.

"장군님, 괜찮으시면 제가 실례해도⋯⋯."

"실례한다는 말을 하지 말라고 했잖아! 부탁 같은 건 절대로 하
지 마! 얼마나 더 가르쳐야 알아먹어? 얼간이!"

"죄송합니다, 장군님. 그것도 제발 용서해 주세요. 아무튼 젊은이
는 좀 더 생각을 하고 싶어 하는 모양입니다." 굴뚝새가 리르에게 몸
을 돌려 새된 목소리로 재잘대기 시작했다. "젊은이, 이 일은 우리
새들한테만 관련된 일이 아니라우. 용들은 인간에게도 재앙이에요.
힘없는 처녀들의 얼굴을 벗겨 가는 만행까지 저지르다니! 부끄러움

도 모르는 녀석들! 그건 젊은이도 마찬가지야. 선량한 마음으로 우리를 도와줄 수 없다 해도 젊은이 종족에게 그런 일이 닥치지 못하게 노력은 해봐야 안 되겠수?"

"얼간이 아줌마, 말 잘했어!" 키노트는 미안한 기색을 보이는 대신 놀랐다는 표정으로 말했다.

"그들은 유일교 선교사라는 말을 들었어요." 리르가 어깨를 힘없이 늘어뜨리며 말했다. "무서운 얘기예요. 하지만 저는 수녀가 아닙니다. 심지어는 제가 유일교도인지조차 헷갈려요."

"다음은 누구 차례일까? 그들은 젊은이의 형제를 죽일 거야. 그래도 '그는 눈이 회색이고 나는 초록색이야, 그러니 나한테는 상관없는 일이지.'라고 말할 셈이유?" 굴뚝새가 말했다. "그들은 이미 젊은이를 공격했다고 들었다우. 벌써 잊어먹은 거유?"

"아마도 공격받을 이유가 있었나 보죠."

"맙소사." 키노트가 중얼거렸다. "누가 우리를 구한단 말인가. 하지만 이 괴짜 녀석은 아니지."

굴뚝새는 포기할 생각이 없었다.

"아마도 그럴 이유가 있었는지 몰라요. 하지만 그렇다면 저 용들은 젊은이의 영혼을 속속들이 안다는 뜻이 아니우? 만약 용들이 황제의 축사에서 날아오른 거라면 어쩔 셈이유? 놈들은 말하는 용이 아니라우. 추한 자의 황제가 기르는 녀석들이지! 그래도 젊은이는 젊은 수녀들이 그런 짓을 당할 이유가 있었다고 주장할 셈이유? 얼굴을 그렇게 끔찍하게 벗겨 갔는데도! 정말 지독한 짓이었잖수!"

"누구 얼굴을 벗길지 하는 문제는 제 소관 사항이 아니……."

"아니지." 키노트가 차갑게 말했다. 그는 몸을 바짝 세우고 마치 리르의 눈을 쪼고 싶기라도 한 표정으로 그를 노려보았다. "그래, 자네의 소관은 아니지. 이름 없는 신이나 그의 화신인 황제에게 맡겨 둘 일이겠지. 오즈에 사는 다른 모든 생물을 희생하면서까지 에메랄드 시를 방어하기 위해 시민군을 육성한 황제의 수하들에게 모든 걸 내맡기자고. 아니면 상관의 말이라면 무턱대고 따라하는 아랫것들에게 우리 운명을 맡겨야겠지. 사실 용들이 인간을 죽이는 건 아니지. 인간을 죽이는 것은 인간 자신들이야. 용들이 활개 치는 세상에 아무 보호도 없이 다니다가 목숨을 잃는 거라고. 너는 역겨운 녀석이야."

"저는 용들이 왜 그 수녀들을 공격했는지 전혀 몰라요."

"네가 아무 생각이 없다는 건 점점 더 분명해지고 있어. 용들은 유나마타 족과 스크로 족 사이에 분쟁을 일으키기 위해 수녀들을 공격한 거야. 그 인간 부족들 사이에는 천 세대가 지난 후에야 겨우 평화 조약을 맺을 분위기가 무르익었지. 상대를 믿는 법을 겨우 배우기 시작한 거였어. 하지만 용들이 아무나 함부로 공격함으로써 두 부족 사이에 불신을 키우고 말았지. 서로 연합하지 않은 종족들은 그만큼 겁먹기가 쉬운 법이니까. 그런데 너는 군에 있었다고 했다. 군사 전략에 대해서는 아무것도 배운 게 없느냐?"

리르는 불타는 다리를 생각했다. 그러자 알아보기 힘든 시뻘건 글자 모양을 그리며 모든 것을 집어삼키는 강물 속으로 곤두박질하는 불타는 밀짚 더미가 선명하게 떠올랐다.

그리고 자신이 돌아오길 기다리며 무언가를 마무리했을 캔들을 생각했다. 캔들은 리르가 자기를 원한다고 생각하고 있을까? 하지만 그가 어떻게 그 사실을 확신할 수 있겠는가? 그는 그녀를 안을 수 없었다. 대안이 있을 때까지 그럴 수는 없었다.

"보세요." 리르가 입을 열었다. "다 허황한 얘기들이에요. 저는 더 이상 날지 못합니다. 빗자루를 잃어버렸거든요. 저는 얼굴이 벗겨질 위험을 각오하고 쿰브리시아 협곡만큼이나 먼 절망의 땅을 건너서 혼자 걸어왔어요. 아무래도 제가 여느 때처럼 잘못 생각한 것 같습니다. 비록 저는 인간이지만 여러분을 위해 할 수 있는 일이 없어요. 저는 아무런 재능도 없습니다. 하늘을 나는 재능을 가진 것은 제가 아니라 빗자루예요! 빗자루가 설령 제 것이라 해도 지금은 저한테 없습니다. 용들이 가져갔거나 아니면 그냥 잃어버린 모양입니다. …… 제 말을 잘 들으세요. 그렇게 기분 나쁜 표정을 짓지 마시고요. 부탁입니다. 여러분이 무리를 지어 날아가는 건 어떻습니까? 거대한 덩어리가 되어 하늘을 멋지게 날아가세요. 용들이 여러분을 모두 해칠 수는 없습니다. 여러분 중에서 일부는 충분히 빠져나갈 수 있을 거예요."

"좋은 생각입니다." 몸집이 작은 올빼미가 말했다. "아주 멋진 생각이에요. 나는 왼쪽 날개가 정상이 아니라서 날 때마다 자꾸만 공중제비를 하게 됩니다. 그래서 속도를 낼 수가 없어요. 아마도 저는 처음 당하는 축에 속할 거예요. 하지만 위대한 새들의 연맹을 위해서라면 기꺼이 이 한 몸을 희생할 수 있습니다." 그러나 올빼미는 진심으로 말하는 것 같지 않았다.

"여기 쿰브리시아 협곡에는 우리가 먹을 벌레들이 많이 있고 용들도 우리의 은신처를 찾아낼 수 없지만, 우리는 이곳에 꼼짝 없이 갇혀 있는 셈이다." 키노트가 말했다. "하지만 이곳을 떠나면 단 한 새라도 위험한 일을 겪을지 모른다. 그것은 결코 우리가 감당할 수 있는 일이 아니지. 절대 안 될 일이야. 가장 작은 앵무새가 추락한다 해도 우리 모두에게는 큰 타격이 돼. 자네도 잘 아는 일이잖은가."

"그렇습니다. 저는 신앙심이 약합니다."

"나는 지금 비유적으로 말하는 게 아니라 군사 전략을 얘기하고 있어. 그런데 리르, 너라면 용들에게 접근할 수 있겠지? 한때 군인이었던 마녀의 소년이니까. 우선은 그놈들이 빗자루를 가지고 있는지 볼 수 있겠지. 그리고 그것을 다시 빼앗아 올 수 있을 게다. 너는 우리의 대변자, 사절이 될 수 있다. 우리의 인간 대표, 우리의 대리자, 우리의 대리인……."

리르가 끼어들었다.

"설령 제가 빗자루를 되찾는다 해도 제가 무엇을 할 수 있을까요? 용들은 다시 저를 공격할 것입니다. 지난번에는 빗자루와 망토로 만족했지만, 이번에는 제 얼굴을 벗겨 갈 테지요."

"누구의 얼굴을 벗길지를 결정하는 건 네 소관이 아니라고 하지 않았느냐?" 절벽독수리가 말했다. "네가 정녕 그리 생각한다면, 얼굴을 그놈들 가까이 들이대고 무슨 일이 벌어질지 운을 걸어 볼 수 있지 않느냐."

"소용 없는 말씀입니다." 리르가 말했다. "여러분을 위해 저는 아무것도 해 줄 수 없습니다. 저는 새가 아닙니다. 마녀의 소년도 아닙니다. 저에게는 이제 빗자루도 없는걸요. 빗자루가 있다 해도 날 수 있을지도 모르겠어요. 아마도 그런 자유를 가지고 있지 못할 거예요."

"우리에게도 그런 비행의 자유는 더 이상 없다. 곧 알게 되겠지만 우리는 여기에 계속 머물 수밖에 없는 처지다. 하지만 네가 우리를 도와서 용의 위협을 물리친다면 우리도 네가 부탁한 일을 해 줄 생각이다. 우리도 네가 찾고 있는 인간 여자를 찾아 나설 거란 말이다."

굴뚝새가 다시 앞으로 폴짝 뛰어 나와서 리르에게 말했다.

"젊은이는 그렇게 할 거지? 분명 그렇게 할 거라고 믿어요."

"당신은 미래를 봅니까?" 리르가 말했다.

"뭐라고요, 실례지만 다시……."

"얼간이! 실례한다는 말을 하지 말라고 했잖아." 키노트가 버럭 소리를 질렀다.

"아이구머니나, 죄송합니다." 굴뚝새가 말을 이었다. "이봐요, 빗자루 청년, 당신은 아주 이기적인 이유로 우리 일을 도와줘도 되요. 젊은이가 찾는 그 여자를 우리가 찾아 주면 되지 않겠수? 어때요? 그런 조건이라면 할 만하지 않아요?"

새들은 조용히 침묵했다.

"젊은이는 이미 경험이 있어요." 그녀가 좀 더 부드러운 목소리로 말했다. "그런 경험을 가진 사람은 많지 않지만 젊은이는 경험이 있어요. 날아 보려는 적이 있잖수? 그런데 이제는 그걸 포기한다니."

그녀는 더 가까이 다가왔다.

"한 번 포기해 보시구료. 미안한 얘기지만 그럴 수 없을 거요."

새들은 날개를 펄럭이기 시작하더니 마지막 결론을 시위라도 하듯 한 마리씩 하늘로 날아올랐다. 그들은 죽은 호수 주위를 시계 반대 방향으로 돌았는데, 아마도 날개가 비정상이어서 자꾸 한쪽 방향으로 기울어지는 올빼미를 배려하는 듯했다. 리르가 처음 생각했던 것보다 새들의 숫자가 많았다. 수백 마리는 될 것 같았다. 소심한 새들은 높은 가지에 몸을 숨긴 채 숨을 죽이고 대화에 귀를 기울인 게 분명했다. 이제 그들은 하늘을 날았고 하늘을 나는 그들에게 지도자나 추종자는 있을 수 없었다. 그들은 하늘에서 같은 궤도를 따라 점점 더 빠르게 날았다. 새들이 율동감 있게 펄럭이는 날갯짓에 호수에 물결이 일었다. 호수 주위를 회오리 바람처럼 빠르게 날고 있는 그들 아래로 마치 살해당한 새들의 유령처럼 하얀 포말이 부글부글 끓어오르고 희미한 거품 덩이가 솟구쳤다. 그러나 목소리가 없는 유령은 도대체 무엇이란 말인가?

새들은 침묵했다. 날아오르며 소리를 지르길 좋아하는 거위나 오리조차 감히 자신들의 은신처를 사방팔방에 알리는 짓은 하지 못했다.

"그만 해요." 리르가 손을 들어 올리며 크게 외쳤다. 연민도, 공포도, 새삼 느낀 어떤 도덕적 확신 때문도 아니었다. 단지 더 이상 참아 낼 이유가 없었기 때문이다.

눈먼 절름발이 왜가리가 비틀비틀 걸어 나와 부리로 리르의 다리를 쪼아 대며 말했다.

"나는 이제 날지 못해, 눈도 보이지 않아." 왜가리가 말했다. "그렇다고 내가 새가 아닌 것은 아냐, 그렇지?"

쿰브리시아의
요람

1

농장으로 돌아오는 걸음은 더 빨랐다. 이제 뼈들도 단단히 붙었고 도보 여행을 하는 동안 근육도 다시 불어났다. 여전히 몸이 아프기는 했으나 회복의 기운은 완연했다.

절망의 땅은 숨을 곳이 많지 않았기에 리르는 용들이 날아다니지 않기를 바라며 주로 밤에만 이동했다. 엄폐물은 없지만 다니기가 좀 더 수월한 오솔길과 시냇가로만 걸음을 옮겼다.

동트기 한 시간 전에 애플 프레스 농장에 도착한 그는 어둠 속에서 불쑥 나타나서 캔들을 놀라게 하고 싶지 않았다. 과수원 가장자리의 늙은 나무에 맺힌 조그마한 기형 열매를 보고 손수 아침을 차리면서 손을 겨드랑이에 낀 채 몸을 덜덜 떨었다. 태양이 지평선 위로 솟아나자 따뜻한 기운을 느끼려 애를 썼지만, 성치 않은 몸으로 그런 미묘한 날씨 변화를 감지하는 일은 아직 무리였다.

그때 당나귀가 울음을 토해 냈고 수탉이 안개 사이로 어색하게 목청을 뽑아 냈다. 캔들은 수탉을 어디서 얻은 것일까? 여전히 주변 농장에서 들키지 않고 동물들을 풀어 주고 다니는 모양이었다. 당나귀나 수탉이 스스로 제 행방을 감출 까닭은 없었기에 아직 잡히지 않은 것은 행운이었다. 수탉의 울음 소리는 테너 가수의 노래처럼 들렸다.

이렇게 농장 가득 시끄러운 소음이 울리고 있다면 캔들도 깨어나서 부산하게 몸을 움직이고 있을 게 분명했지만 리르는 부엌 굴뚝에서 연기가 피어나고 덧문이 쿵 하고 열리는 소리가 들릴 때까지 잠자코 기다렸다. 리르는 가까이 다가가서 캔들을 부르려 했지만, 그녀는 이미 현관에 나와 한 발로 서 있었다. 나머지 한 발로는 송아지 등을 문지르고 있었다.

"뭘 기다려요?" 캔들이 얼굴을 앞으로 내밀며 말했다. "거기는 춥지 않아요?"

"풀을 깨끗이 밀었군요."

"당나귀가 한 일이에요. 당나귀가 채마밭을 정리해 준 덕분에 일이 수월해졌어요. 이제 나무만 몇 그루 더 없애면 널찍하고 비옥한 텃밭을 얻을 수 있을 거예요. 왜 거기서 꾸물거려요? 이리 들어와요, 몸이 얼음장처럼 차갑겠어요."

리르는 '당신을 놀라게 하고 싶지 않았다.'는 말을 하려 했지만, 그 순간 그녀에게는 현재를 읽는 재주가 있다는 사실이 기억 났다. 아마도 그가 농장에 도착한 일을 알고 있었을 터였다. 실제로 그가 물어보자 그녀는 알고 있었다고 대답했다.

이제 잠자리에서 나온 캔들의 따뜻한 몸을 껴안고 자신의 차가운 손가락을 그녀의 잠옷 사이로 밀어 넣을 생각을 하면서 리르는 주먹을 쥐었다 폈다. 하지만 캔들은 미처 그가 포옹도 하기 전에 어두운 문간 안으로 들어갔다. 마치 얼마 동안 떠나 있던 그가 다시 낯선 이가 된 것처럼.

집 안은 예전보다 말끔하게 정리되어 있었다. 캔들이 바쁘게 지낸 게 틀림없었다. 말린 꽃을 금 간 화병에 수북이 꽂아 두었고, 줄에 걸어 말리는 목초에서 풍기는 향기가 부엌에 가득했다. 구석에 자리한 벽난로의 장작 받침은 반질반질 윤이 났고, 쇠고리에 걸어 둔 산뜻한 주전자에서 향긋한 물이 끓었다.

"내가 오늘 돌아올 줄 어떻게 알았어요?"

"수탉 울음 소리가 평소와는 달랐어요. 그래서 곁에 누가 있는가 보다 생각했죠. 아무튼 당신인 줄 눈치 챘어요. 희망 사항이었는지도 모르죠. 하지만 무슨 차이가 있겠어요? 피곤해 보여요. 편히 쉬어요, 리르. 아래층 냉방에서 굳은 우유 푸딩 좀 가져올게요."

"가만 있어요. 여기 앉아요." 리르는 가까운 곳의 의자를 손으로 툭 치며 미소를 지었다. 캔들의 손이 리르의 손가락 끝으로 다가왔다. 두 사람의 손끝이 부드럽게 닿았다가 떨어졌다. 그녀는 푸딩을 가지러 가기 위해 뒤로 물러섰다.

"먼저 뭘 좀 먹고 그 다음에 잠을 자요." 캔들은 엄마처럼 말했다. "당신이 밤에만 걸어왔다는 것쯤은 점쟁이가 아니라도 알 수 있는 일이에요."

캔들은 더 이상 아무 말도 들으려 하지 않았다. 리르는 캔들이 부엌을 가로질러 햇살이 비치는 바깥으로 날렵하게 뛰어 나가는 모습을 지켜보는 것으로 만족해야 했다. 리르는 캔들이 새 같다는 생각을 했다. 그리고 자신이 무언가를 기대한다는 느낌이 들었지만 음식을 먹자 마음이 가라앉았다. 리르는 고개를 떨구고 꾸벅꾸벅 졸기 시작했다. 캔들의 생각이 옳았던 것이다. 그녀는 그들이 예전에 순결하게 잠을 잔 적이 있는 방으로 그를 부축해서 데려갔다. 그녀가 리르의 옷을 벗기고 목덜미까지 길게 자란 숱 많은 머리카락과 팔 아래에 깔린 젖은 시트를 가볍게 빼내서 바닥에 떨어뜨리고는 심장 박동의 신비로운 언어를 해석하기라도 하듯 벗은 가슴을 손으로 문질렀다.

"나중에요." 그녀가 얼굴을 찡그리며 말했다. 그러고는 그가 고개를 돌려 베개에 얼굴을 파묻지 않았더라면 그의 입술이 있었을 공간에 대고 입을 맞추었다.

그는 아무 특징 없는 잠을 잤다. 말 그대로 단잠.

리르는 초겨울인데도 볕이 따사로운 오후에 잠에서 깨어났다. 캔들이 셔츠와 새 바지를 마련해 두었다. 참으로 솜씨 좋은 넝마주이가 아닌가. 바지는 그보다 좀 더 마른 사람에게 맞는 치수여서 허벅지를 조였지만 깨끗했고, 셔츠에서는 향긋한 기름 냄새가 풍겼다. 그는 새옷을 입고 새 사람이 된 기분이었다. 그는 창밖을 내다보며 그녀를 찾았다.

캔들은 먼저 말한 적이 있는 텃밭에서 열심히 땀을 흘리고 있었다. 인쇄기의 휠에서 떼어낸 날카로운 쇳조각으로 사과나무 밑뿌리를 파헤치고 있었다. 캔들은 깨끗한 리르와 달리 몸에 얼룩이 잔뜩 묻어 있었다. 그녀는 손등으로 얼굴을 닦고 땀냄새에 꾀어든 때늦은 모기 떼를 쫓아내려고 헛되이 손을 놀렸다. 리르가 부르자 그녀가 손을 흔들었다. 그러다가 갑자기 뿌리가 들려 나오는 바람에 쿵, 하고 무릎을 꿇고 넘어졌다.

"내가 하죠." 리르가 말했다.

"다 했어요. 잠시 쉬어야겠어요. 이리 와요."

그들은 과수원 가장자리로 걸어가서 달콤한 우물물을 들통 하나로 번갈아 마셨다.

"많은 일을 했군요." 리르가 신중한 목소리로 말했다.

"이유가 있었으니까요." 캔들이 작은 손가락으로 한쪽 귀에서 먼지를 파내며 말했다. "당신도 돌아왔으니, 이제 한 사람만 더 오면 돼요."

리르는 체리스톤 사령관이 된 것처럼 눈썹을 추켜올렸다.

"손님이 옵니까?"

"그렇게 말해도 틀린 건 아니에요."

이렇게 햇살이 밝은 날에 캔들이 무슨 생각을 하는지 리르는 알수가 없었다. 그러다가 갑자기 그는 무언가를 깨달았다.

"그럴 리가 없어요. 당신은 아직 어려요."

"당신과 마찬가지로 저도 제 나이가 몇인지 몰라요, 하지만 생각보다 어리지는 않아요, 리르."

캔들은 편안하면서도 다소 싫증이 섞인 목소리로 말했지만, 리르는 그녀가 약간 겁을 집어먹고 있다는 사실을 눈치 챘다.

군대에서 많은 동료들이 이런 문제를 얘기한 기억이 났다. 군인들은 허구한 날 여자에 대한 생각들을 떠들어 댔으니 말이다. 여자들은 언제나 직감으로 임신 사실을 알게 되며 막상 일이 닥치면 다른 세속적 고려 따위는 집어치우고 이상한 침묵 속으로 빠져 든다고. 하지만 캔들은 아직 성숙한 여인이 아니었다! 적어도 그녀를 신비한 일로 인도한 사람은 그가 아니었다.

"나는 겨우 몇 주 동안 떠나 있었을 뿐이에요."리르는 냉정하게 보이지 않으려 애쓰면서 말했다. "아니면 내가 집 안에서 몸을 추스르고 있을 때 도밍곤으로 인근의 농부를 유혹한 겁니까? 염소와 수탉과 암탉을 그런 식으로 얻은 거였어요? 필요한 농가 물품을 당신의 재주와 바꾼 거로군요? 그래서 그렇게 새들을 찾아가라고 나를 떠밀었던 거로군요?"

"그렇게 안달하지 말아요."캔들이 입술을 깨물고 침착하게 그를 바라보았다. "다른 남자는 아니에요, 리르."

"절대 나는 아니오, 캔들!"리르는 순간 쿼아티로 욕설을 내뱉었다. "내가 바보에다 멍청이, 거기다 냉혈한이라는 얘기군요. 그래도 여자가 어떻게 임신하는지도 모르는 얼간이는 아닙니다. 절대로 내가 한 일은 아니에요. 쓸데 없는 거짓말로 나를 난처하게 하지 말아요. 내가 그 일 때문에 당신을 버릴 거라고 생각합니까?"

"아니, 그렇게 생각하지는 않아요."

"아니면 내가 당신을 버리기를 바라는 겁니까? 그럴 생각은 없어요. 나는 그렇게 속 좁은 사람이 아닙니다. 거짓말은 하지 말아요, 그건 참을 수 없어, 캔들! 당신이 한 말은 모두 믿기 어려운 얘기야."

"리르, 당신에게 아무것도 바라지 않아요. 우리는 결혼한 사이도 아니에요. 당신도 나를 선택하지 않았고 나도 당신을 선택하지 않았어요."

"당신은 내가 죽을지도 모를 때 나를 구했어요."리르가 풀이 죽은 목소리로 말했다. "당신은 내게 좋은 일을 해 줬어요."

"나는 누군지도 모르는 사람을 구하려고 했을 뿐이에요. 아픈 사람이 진료소에 누워 있었고 그 사람이 누구인지는 몰랐어요. 당신을 몰랐던 때인걸요. 지금도 당신이 누군지 몰라요."

"아무튼 나는 '아빠'가 아닙니다." 리르가 소리를 높였다. "임신이 어떻게 되는지 다시 말해 줘야 하나요? 나는 늘 당신과 거리를 두었어요, 캔들. 당신과 잠을 자거나 당신의 소중한 곳을 건드린 적이 없어요. 그래요, 그런 생각이 없지는 않았어요. 하지만 생각이랑 행동이랑 같습니까? 혼자 자는 남자가 밤에 무슨 생각을 했다고 아이가 생기지는 않아요."

"하지만 당신이 한 일이에요." 캔들이 어깨를 구부정하게 늘어뜨리며 말했다. "안 그런 척하기가 마음이 편하겠지요. 하지만 그건 상관 없어요. 어쨌든 태아는 자랄 테고 아이를 지금 당장 어찌 할 생각은 없으니까요."

"아무튼 나는 안 그랬소!" 리르가 고집을 꺾지 않자 캔들은 그가 언제, 어떻게, 그리고 왜 그런 짓을 했는지 이야기했다.

과수원에 가는 비가 내리기 시작했고 쌀쌀한 기운에 빗방울은 곧 눈송이로 변했다. 순식간에 계절이 몇 단계나 변했다.

그들은 더 이상 아무 말도 하지 않고 집 안으로 들어갔다. 캔들은 부엌 일에 매달렸다. 손대중으로 두 줌 가량의 거친 밀가루를 천으로 싸서 흔들었다. 햇빛이 흐려지자 그는 덧문을 단단히 걸어잠그고 불을 피웠다. 이제 수탉과 암탉을 집 안으로 들여놓고 당나귀를 축사로 끌고 갈 일과 장작을 옮기거나 깨끗한 짚을 바닥에 깔거나 선반을 정리하는 따위의, 리르 생각에 자신이 할 만한 일들이 남았다. 손잡이나 주둥이가 달린 주방 물건들은 도대체 무슨 쓸모인지 리르는 상상이 되지 않았다. 그는 아무것도 상상할 수 없었다.

그들은 저녁을 먹었다. 저녁을 먹고 나서 캔들이 부드럽게 말했다. "좋은 일이에요, 리르."

"그렇다면 나와는 상관 없는 일이겠군."

캔들이 조곤조곤 말을 하는 동안 리르는 기분이 풀렸기에 새들의 회의와 자신을 짓누르는, 아니 이날 아침까지 자신을 짓눌렀던 빗자루를 찾아야 할 일에 관해 이야기했다.

캔들은 날아 다니는 용이라는 말을 듣고도 놀라지 않는 눈치였다. 리르가 이유를 묻자 그녀는 몇 년 전에 그런 소문을 들은 적이 있다고 말했다. 용들은 쿼들링 나라의 수도에서 벌어진 어떤 사건에 관련돼 있다는 이야기였다.

"당연히 쿼이어겠군요." 리르가 말했다.

"무슨 말썽이 생기는 곳은 쿼이어라고 생각해도 좋아요." 그녀도 수긍했다. "애초에는 세금 폭동 같은 걸로 일이 시작됐어요. 쿼들링 사람들이 에메랄드 시민군 요새를 급습해서 거의 전멸시켰어요."

"거의 전멸시킨다는 게 말이 됩니까? 전멸이거나 아니거나 아닌가요?" 리르는 세련되고 품위 있는 체리스톤 사령관을 생각했고 그도 살해당한 자들 가운에 한 명이기를 바랐다.

"내게 정확한 걸 바라지 말아요. 나는 영혼이 단순한 여자예요. 삼촌이 해 준 말을 그대로 들려줄 뿐인걸요. 우리가 떠난 이유이기도 해요." 캔들이 말을 이었다. 임신 얘기를 피하자 두 사람 모두 마음이 차분해졌다. "삼촌은 에메랄드 시가 분노로 끓어올라 복수를 했다고 말해 줬어요. 과잉 대응이었죠. 하늘을 나는 드래곤 부대가 쿼이어의 쿼들링 사람들에게 덤벼들었어요. 끔찍한 일이었어요. 살아남은 사람은 얼마 안 되는 데다, 누가 겁에 질린 그 불쌍한 촌뜨기들의 말을 믿을 수 있었겠어요? 나는 용이라고요? 쿼들링 사람들은 그렇게나 미신이 강하다고요. 삼촌은 아무도 무엇을 믿어야 할지 모른다, 그러니 여기서 빠져나가자고 말했어요." 그녀는 무릎에 손을 가지런히 놓았다. "그게 사실로 밝혀져도 저는 놀라지 않아요."

리르는 손으로 머리를 감쌌다. 부대의 다른 동료들은 어떻게 되었을까? 살아남은 동료가 한 명이라도 있을까? 앤손비, 키퍼, 솜즈는? 버니와 미블은? 얼간이라고 불렀던 또 다른 동료는 어떻게 됐을까? 그들의 여자친구들은 협력자라는 오명을 뒤집어썼을까?

불타는 다리에서 내던져진 소녀만이 문제가 아니었다. 그들 전부가 관련돼 있었다. 소녀의 부모와 이웃과 고향 사람들. 점령군의 장교와 장병과 지원 부대, 대사들도. 사건의 영향은 일파만파로 번졌고 잦아들 기미 없이 영향력과 의미가 커지기만 했다.

캔들은 리르의 표정을 살폈다. 그녀가 리르의 손을 잡았고 그는 그것을 뿌리치지 않기 위해 애를 써야 했다.

"당신이 왜 회의에 참석했는지 기억해 봐요." 캔들이 말했다. "다른 사람을 구하기 전에 먼저 당신 자신을 구해야 해요, 리르. 그렇지 않으면 당신은 우연과 보이지 않는 바람에 휘둘리는 꼭두각시나 다름없는 존재예요."

"당신이 여러 남자와 자고 돌아다닌 게 사실이든 아니든 나는 여기 머물겠어요. 우리는 신의 수족입니다."

"그런 경건한 말이 당신 입에 붙었군요, 리르. 하지만 당신이 스스로를 구하지 않으면 당신은 악의 수족이 될 수도 있어요."

"운명이라면 따라야겠지요."

"그렇게 말한다고 이름 없는 신의 의지가 당신의 운명이 되지는 않아요. 게다가 그건 일종의 자화자찬이에요."

그들은 처음으로 같은 침대에 누웠다. 이번에는 욕망에 시달리지
않았지만 두 사람 모두 잠을 이루지 못했다.

2

그들은 아직 날이 어둡고 수탉이 새벽 울음을 울기 전에 잠자리
에서 일어났다.

금이 간 컵에 담긴 차에서 반짝 빛이 났고, 조그마한 찻잔들이 구
슬처럼 꿰여 수직으로 매달려 있었다. 리르는 새로운 언어를 배우고
싶다는 생각을 하며 그것들을 지긋이 바라보았다.

"누구를 구하기로 선택할 거예요?" 햇빛에 방 안이 밝아지는 찰
나에 캔들이 말했다. "나는 그 소녀가 아니에요. 불타는 강에 던져
진 그 쿼들링 소녀 말이에요. 당신이 아무리 나를 위해 노력한다 해
도 내가 그 소녀가 될 수는 없어요. 그 소녀 대신 나를 고를 수는 없
는 노릇이에요."

"어쩌면 나는 아무도 구하지 못할 겁니다." 리르가 말했다. "엘파
바 아줌마가 죽은 이후로 얼마나 많은 노력을 했는지 몰라요. 감옥
에 갇힌 노르도 있었고 임종을 앞둔 나스토야 여왕도 있었지요. 하
지만 나는 누구에게도 도움이 되지 못했습니다. 길에서 노파가 내
빗자루랑 교환하자고 했던 불쌍한 소년도 만났지만 나는 무심히 지
나쳤습니다. 내가 왜 새들의 말을 따라야 하는 거지요? 낡은 빗자루
를 찾아라? 세상에 위험을 경고하라? 나 자신을 위해서도 아무 말
못하는 위인인 내가 어찌 그들을 위해 대변자로 나설 수 있을까요?"

"당신은 선택한 일을 할 수 있어요. 죽음의 문턱도 넘어섰잖아요." 캔들이 상기시켰다. "그러니까 일단은 고비를 넘겼단 말이죠."

"당신은 내가 동정을 잃었다고 믿게 했어요. 나는 기억조차 없는데. 혼수상태였으니 당연하지 않아요? 그래도 당신 말을 믿겠어요. 당신은 아무튼 나를 정확하게 읽었으니까."

"당신은 내게 아무것도 빚지지 않았어요." 캔들이 일어나서 손을 허리 뒤에 갖다 댔다. "이곳엔 음식과 장작이 충분하니까 몇 개월은 버틸 수 있어요. 아기는 봄이나 되어야 나올 거예요. 젖이 마르면 염소 젖으로 충당하면 되겠죠. 아니면 해산하기 전에 수녀원으로 돌아가면 되요. 수녀들은 그런 일에 능숙하고 또 그런 일을 한두 번 겪은 게 아닐 테니까요."

"만약 내가 '당신'에게 아무것도 빚진 게 없다면, 어느 누구도 '아무'에게 빚진 게 없는 셈이겠군요."

"아마도 그럴 거예요."

"이름 없는 신을 제외하고."

"우리는 이름 없는 신에게도 빚진 게 없을지도 몰라요." 캔들이 조용히 말했다. "이름 없는 신에게는 헌신도 감사도 찬양도, 아니 주목조차 할 필요가 없을 거예요. 오히려 이름 없는 신이 우리에게 빚을 졌는지도 몰라요."

리르는 그녀의 신성모독을 타박했다. 캔들이 헛구역질을 했다. 입덧을 하는 게 틀림 없었다. 캔들이 그런 모습을 보이지 않으려고 서둘러 밖으로 나갔다. 바깥 뜰은 서리로 하얗게 덮였고 햇빛이 쓸쓸하게 마당을 비추었다. 리르는 자기에게서 멀어져 가는 그녀를 곁눈질로 지켜볼 도리밖에 없었다.

캔들은 몸을 와들와들 떨었다. 겨울이 다가오면서 바닥엔 얼음이 얼었고 그녀는 더욱 무거워진 몸을 이끌고 천천히 바깥 변소를 출입해야 했다. 리르는 막대기에 밀짚을 묶어 눈을 치울 빗자루를 만들기로 했다.

밀짚을 모으고 그것을 마당에 던져 놓고는 묶을 끈을 찾아다녔다. 바닥에 떨어진 밀짚은 또다시 불타는 글자, 그가 읽을 수 없는 불타는 글자 모양이 되었다.

드래곤 부대

1

이제 리르도 경험이 쌓일 만큼 많은 곳을 돌아다녔다고 할 수 있을까? 아니면 단지 나이가 든 것일까? 에메랄드 시가 정말로 변한 것일까? 아니면 그의 식견이 깊어진 것일까?

대도시 자체는 언제나 자부심을 과시하는 데 부끄러움이 없는 장소이며 리르도 그것만은 기억했다. 이제 그가 새삼 깨달은 사실은 에메랄드 시가 대규모로 성장하고 번창한 점이었다. 무엇보다 건물의 변화가 눈에 띄었다. 예배당은 교회 같았고 교회는 대성당 같았다. 정부 건물들은 더 거대한 주랑과 더 위압적인 층계참과 더 높은 첨탑으로 대성당을 압도했다. 여염집들도 건축 중인 궁궐이라 해도 손색이 없었다.

리르가 없는 동안 에메랄드 시는 많은 변화를 겪었다. 벽에 함부로 새긴 낙서를 지우려고 다량의 백도제를 뿌렸고 운하를 따라 늘어선 나무들은 몸통만 남기고 가지를 깨끗이 쳤으며 병충해를 막기 위해 석회수로 세례한 상태였다. 더러운 대로는 나무를 새로 심어 군사 훈련용으로 잘 닦인 길과 부자들이 보기도 하고 보이기도 하는 구불구불한 산책로로 쓰이고 있었다.

리르는 에메랄드 시가 더 이상 오즈의 수도인 게 아니라 오즈 자체라는 생각이 들었다. 도시는 자신의 생존만을 유일한 목적으로 삼아 살아남은 거대한 생물처럼 보였다.

대도시란 언제나 그런 모습이겠지만, 이제는 다른 티를 내지 않고 본격적으로 생존만을 목적으로 모든 것을 집어삼키며 성장한 듯했다. 예전에도 이렇게 많은 정부 조직이 있었던가? 아니면 이제는 좀 더 눈에 띄게 표시가 나는 것일 뿐일까? 빈민들을 구조하는 구빈원. 시민군 본부. 정직성.(공식적으로는 '언론국'이라는 표시가 아래에 적혀 있었다.)

그리고 예술가 허가청. 이제는 예술가가 되기 위해서도 허락을 받아야 했다.

방첨탑, 기념비, 대리석 조상, 펄럭이는 깃발과 현수막들, 길거리 매점에서 파는 기념품마다 '오즈' 일색이었다. '나는 오즈를 사랑해!' 열쇠 고리, 호루라기, 손가방, 레터 나이프, 손잡이 안경 케이스에도 '오즈', '오즈'뿐이었다. 반 마일마다 군악대가 음악을 연주했다. 마치 에메랄드 시에 주제곡이 따로 있다는 듯이.

하지만 무엇을 위해? 리르는 의구심이 들었다. 단순한 배경 음악? 전시 효과? 사람들 모두가 그가 기억하는 것보다 더 바삐 움직였다. 카페는 성업 중이었고 노면 전차는 승객으로 미어 터졌으며 광장은 관광객으로 가득 찼고 박물관은 인파로 북적거렸다. 공공 게시판마다 처프리 경 전시관에서 열리는 「사도의 힘」 공연 선전물이 붙어 있었다. 리르는 선전물의 그림이 근사하다고 생각했다. 가죽 샌들을 신은 남자의 발이 구름 속에서 나오는 그림이었는데, 지평선 너머로, 사도가 발을 디딘 곳마다 발꿈치와 발가락이 선명하게 찍힌 발자국 안에 에메랄드 시의 축소 모형 같은 도시들이 솟아나는 풍경이 펼쳐졌다.

리르는 남쪽계단을 보지 않으려고 줄곧 등을 돌리고 있었지만 굳이 그럴 필요는 없었다. 에메랄드 시는 이미 높고 웅장한 건물로 채워진 터라 남쪽계단은 눈에 잘 띄지도 않았다. 궁전의 웅장한 반구 천장과 뾰족탑이 도시 중앙에 우뚝 솟아 있도록 궁전 주위는 건물을 낮게 지어야 한다는 포고령이 내려졌음에도 도시 자체가 크게 번창하고 성장한 탓이었다.

2

에메랄드 시민들은 살림살이가 많이 핀 듯했다. 치마가 두꺼워졌고 옷자락은 길어졌으며 숙녀용 모자에서 마차의 장식품에 이르기까지 모든 물건에 모피 장식이 달렸다. 남성용 조끼는 불룩 튀어나온 배에 맞게 큼지막하게 재단되었다. 직물 제조업자들이 사용하는 직물은 진하게 물을 들여 멀찌감치서 보는 무대 의상용으로 보였다. 이 모든 상황이 예전에 에메랄드 시를 전염병처럼 휩쓴 구두쇠 심보가 없었다면, 아주 우스꽝스러운 효과를 냈을 터였다.

리르는 이곳에 머물러도 괜찮겠다 싶었다. 다른 곳에서는 보통 사람들이 그렇게 웃음을 터뜨리는 것은 그들이 소심하기 때문이다. 쿼이어에 머물 때 우리는 바보처럼 웃어 댔지, 그런 게 아주 많이 도움이 됐어. 덕분에 친구들도 사귈 수 있었지. 하지만 빼앗긴 걸 되찾고 불안감이 가시면 굳이 웃을 필요는 없어. 영리하고 신중하게 처신하고 점잖은 말만 골라 하고 낮은 목소리로 말할 수 있으니 말이야.

물론 예전처럼 하층민들도 살고 있었는데, 그것도 리르에게는 좋은 일이었다. 그렇지 않았다면 금방 눈에 띄었을 테니 말이다. 동물은 별로 보이지 않았다. 서비스업에 종사하는 몇몇 동물이 눈에 띄었을 뿐이다. 늙은 멧돼지 보모가 앞치마를 두른 채 유모차를 밀고 있었고 몇몇 코뿔소가 경호원으로 일하고 있었다.

그리고 아이들, 아주 늙어 보이는 아이들이 눈에 띄었다. 약간 나어린 축들은 도둑고양이 짓을 하고 다니는 듯했다. 좀 더 나이 든 아이들이 눈꼬리를 치켜뜨며 리르가 뜯어먹을 봉인지, 구역을 놓고 다툴 경쟁자인지, 힘을 합칠 협력자인지를 알아보려는지 그를 째려보았다.

혈색이 불그레한 쿼들링 사람들은 가족끼리 무리를 지어 살았고 대합 색깔의 피부를 가진 유나마타 족 빈민들은 적선과 공짜 술에 의존해 근근이 연명했다. 드와프 족은 뻔뻔하고 교만해 보였다. 교활하고 간사한 족속이니 그런 인상을 주는 것도 당연했다. 몸집이 크거나 작은 먼치킨 사람들도 자유로운 조국에서 이주해서 에메랄드 시에 살고 있었는데, 어쩌면 비밀 정보를 흘리거나 암시장에 관여한 죄로 조국에서 쫓겨났는지도 모른다. 그리고 굳어 버린 맨발로 자갈길을 밟는 더러운 몰골의 튀기들이 곤봉을 쥔 모종의 위원회 소속 사람들이 달려들 때까지 구걸을 하고 다녔다.

엘파바도 젊은 시절에 에메랄드 시에 온 적이 있었다. 아마도 지금 리르 나이 때가 아닌가 싶지만, 그도 정확히 알지는 못했다. 언젠가 "뚜쟁이와 수상 사이에는 아무 차이가 없지."라고 투덜거린 적이 있었을 뿐 그녀는 그런 얘기는 전혀 입밖에 내지 않았다. 엘파바는 초록색 피부 때문에 사람들의 눈길을 끌었을까? 아니면 그때는 사람들이 지금보다 더 관대했을까? 어쨌든 리르는 말썽 없이 거리를 지나갈 수 있었다.

리르는 하루가 가기도 전에 자신이 남쪽계단에 갇힐지도 모르겠다는 생각을 했다. 그래도 상관없다, 차라리 그게 나을지도 모르겠다는 생각도 들었다. 그렇다면 눈에 띄는 걸 두려워할 이유가 없지 않은가? 몰래 다닐 곳에서는 몰래 다니고 그럴 필요가 없는 곳에서는 당당하게 어깨를 펴고 걸어 다녀야 하는 게 아닌가? 어쩌면 사람들이 곰 덫에 걸린 저 늙은 짐승에게 잘해 주는 데는 더 깊이 숨겨진 의도가 있는지도 모른다는 추측을 했다. 그를 남의 이목을 두려워하는 겁쟁이로 아는 불량배들조차 숨을 고르며 머뭇거렸다.

도시의 번영에 따른 건축 붐에도 불구하고 에메랄드 시는 리르에게 낯설지 않았다. 그럭저럭 마법사의 홍예문으로 가는 길을 찾아냈고 오즈마 제방을 따라 메니핀 광장 오른편의 사치스러운 골드헤이븐 지구를 통과해서 그곳 끄트머리에 우뚝 솟은 처프리 경의 저택에 닿았다. 리르는 자신이 무엇을 할 수 있을지 확신이 서지 않았지만 일단은 어디에서라도 시작은 해야 했다. 업랜드의 글린다, 아니 글린다 처프리 부인은 에메랄드 시에서 그가 아는 유일한 사람이었다. 비록 지금은 공직에서 물러났지만 전임 수상으로서 군대에 접근할 권한이 있을지도 모른다. 군대 막사나 용 조련사나 그 패거리에 접근할 권한 말이다.

그러나 이렇게 오랜 세월이 흐른 뒤에도 그녀에게 도와달라고 말해도 괜찮은 것일까? 메니핀 광장은 그가 이곳을 떠난 후에도 예전의 위용을 잃지 않았다. 저택 정면은 푸른색과 금색의 화환으로 장식되어 있었다. 럴라인마스가 코앞이었다. 광장의 개인 정원들을 둘러싸고 있는 쇠 울타리에 초록빛과 금빛의 화려한 꽃장식이 엮여 있었다.

예전에 한 번 그가 모습을 드러낸 적이 있는 채마밭으로 가기 위해서는 저택 정문을 지나서 모퉁이 하나를 돌아야 했다. 정문 입구에 닿은 후에 그는 잠시 멈춰 섰다. 자갈이 깔린 마찻길 뒤편으로 화강암 층계가 떡하니 나타났다. 층계참 꼭대기의 장식문 앞에서 커다란 호랑이 한 마리가 몸을 늘어뜨린 채 공을 핥는 중이었는데, 목에 감긴 쇠줄이 현관을 받치는 대리석 기둥에 연결되어 호랑이를 묶어 두고 있었다. 그러나 쇠줄의 길이는 호랑이가 몸을 뻗쳐 달려들 수 있을 만큼 충분히 길었다. 리르는 영리하게도 호랑이와 일정한 거리를 유지했다. 그러면서도 시선을 놓치지 않았다. 리르는 부자 동네에서 이렇게 사슬에 묶인 야생 동물을 본 적이 없었다.

호랑이는 순간 하던 짓을 멈추고 고개는 들지 않은 채 눈알을 굴리며 리르를 쏘아보았다.

"무엇을 보는 거냐?" 놈이 낮게 으르렁 댔다.

호랑이였다. 농가에서 키우는 개처럼 침입자를 쫓아내는 말하는 동물.

리르는 그냥 뛰어가고 싶었지만 호랑이가 시비조로 던진 질문을 묵살하는 것은 비겁함을 내보이는 게 아닌가 싶었다. 엘파바라면 문제 없이 난관을 헤쳐 나갔을 성싶었다.

"나는 호랑이를 보고 있어." 마침내 리르가 대답했다.

"정답이군." 호랑이가 흐뭇한 목소리로 가르랑거렸다. "너는 영리하거나 운이 좋구나."

"나는 그저 용감할 뿐이지." 리르가 말했다. "아니 용감해야 해. 나는 글린다 부인을 만나러 왔어."

"그렇다면 별로 운이 안 좋군." 호랑이가 대답했다. "지금 안 계신다."

리르의 어깨가 축 늘어졌다.

"목베거홀에 가셨지. 켈스워터 쪽에 있는 처프리 경의 영지. 한 달째 상중이시다."

"상중?"

"어디서 양배추 짐차라도 끌었어? 그렇게 보이는군. 남편이 사망했지. 정말 몰랐어? 처프리 경 말이다. 그는 황제에게 많은 돈을 기부했지만, 그 은행가의 수표도 나라 빚을 깨끗이 갚기에는 부족했던 모양이야. 처프리 경이 마지막 숨을 거둘 때까지 그랬어. 다시는 돈으로 그렇게 비싼 명예직을 살 생각은 말아야겠다고 후회했을걸. 아니면 그 자리로 자기 이익을 취하는 게 차라리 낫겠다는 생각을 했거나. 아무튼 글린다 부인은 이제 미망인이시다."

"유감이군." 리르가 말했다.

"그럴 필요 없다. 거지 과부가 된 건 아니니까. 게다가 부인은 단지 서류상의 부인일 뿐이니 그다지 애닳아하지도 않을 거야. 물론 처프리 경을 그리워는 하겠지. 그건 우리도 마찬가지다. 어쨌든 좋은 분이셨어. 오지에 사는 내 가족을 보살펴 주시거든. 아니, 보살펴 주셨거든."

리르는 돌로 만든 문기둥에 털썩 몸을 기댔다.

"알았어. 그래, 그것 말고 다른 얘기는 없어?"

"내가 너라면 너무 가까이 오지 않을걸." 호랑이가 말했다. "나는 사는 게 지루하면 말이 많아지지. 아니 말을 많이 해서 식욕을 돋운다고나 할까." 그가 리르에게 윙크를 했다.

리르는 몇 발짝 뒤로 물러섰다.

"가만히 있는 이유는 뭐지?"

"이건 쇠줄이 분명 아니지. 멋으로 걸치고 있을 뿐이니까." 호랑이가 말했다. 그가 머리를 들어 올렸다. 눈빛이 분노로 이글거렸다. "내 스타일이라는 얘기야, 알겠어? 아니면 너 정말 머리에 양배추만 든 바보냐?" 호랑이가 몸을 일으키며 으르렁거렸다. 문설주가 부르르 떨렸고 리르는 메니핀 광장을 반쯤 통과한 후에야 자신이 뛰고 있음을 깨달았다.

처음 떠올렸던 생각은 무용지물이 되었다. 이제 리르는 사교계의 여신인 글린다 부인의 도움은 포기하고 일을 진척시켜야 했다. 더 힘든 일을 치르려면 배도 든든히 채워 둘 필요가 있었다. 하지만 그는 캔들이 억지로 손에 쥐어 준 마른 열매와 빵 부스러기만을 가지고 있을 뿐이다.

지난번에 에메랄드 시에서 이렇게 빈털터리가 되었을 때 리르는 시민군에 입대했다. 이번에도 즉흥적으로 해결책을 찾아낼 요량으로 궁전이 화려한 자태를 뽐내고 있는 언덕의 한쪽 기슭에 자리한, 먼치킨 쥐구멍 근방의 병영을 향해 발길을 돌렸다.

소년들과 몇몇 소녀들이 그가 예전에 무료한 병사들과 구스볼 놀이를 했던 바로 그 잔디밭에서 뜀박질을 하고 있었다. 아직 럴라인

마스 전인데도 잔디는 갈색으로 물들었고 납작 엎드렸으며 겨울 날
씨에 이미 시들했지만, 아이들이 외치는 소리는 그에게 싱싱하게 들
렸다. 앞으로 뛰어들거나 공을 잡거나 재빠른 몸놀림으로 눈에 띄지
만 않는다면 아이들 사이에 가만히 묻혀 있을 수도 있을 것 같았다.
리르는 키가 큰 편인 데다 아이들과 어울려 노는 늘씬한 병사들보
다 몸도 말랐고 나이도 들었고 인상도 초라했다. 당연히 눈에 띄는
차림이었다.

리르는 아이들의 눈으로 자신을 보았다. 끈으로 묶은 머리카락,
초록빛 눈, 팔꿈치를 긁으며 고개를 숙이는 버릇 등이 유별나게 보
일 게 분명했다. 어쩌면 생김새가 말짱한 거지로 보일지도 모르지만
그래도 거지는 거지일 뿐. 물론 그가 배곯는 아이들에게 공짜로 빵
을 던져 줄 만한 나이가 된 것도 사실이다. 이곳에 아직 자선의 의
미가 살아 있다면 말이다. 하지만 그는 지금도 자선의 의미가 그대
로인지 아직은 알 수 없었다.

아이들은 놀이에 열중했다! 아이들을 지켜보는 게 그는 즐거웠
다. 처음 에메랄드 시에 왔을 때 교회 층계참에서 그가 노래를 불러
준 아이들이 생각 났다. 그들에게 미소를 짓기도 했고 동정심도 품
었지만 결코 친하게 지내지는 않았다. 인생의 매 시기는 감옥, 휴대
용 감옥이다. 이 온실 같은 터에서 뛰노는 아이들, 그들과 어울리는
병사들은 리르와 닮은 점이 하나도 없었다. 호랑이나 요정도 마찬가
지였다.

"오랜 친구를 모른 체하고도 눈도 깜박 안 하는군. 뻔뻔하기는."

리르는 고개를 흔들며 정신을 차렸다. 한 병사가 그의 왼쪽 어깨
를 잡고 숨을 거세게 몰아쉬었다. 구스볼 놀이를 하던 무리에 있던

병사인 듯했는데, 뒤에서 그를 뒤따라 달려온 모양이다. 하, 무리에 어울리지 못하는 자를 알아보는 녀석은 어디에나 있군.

"내가 네 이름을 기억하지 못하듯 너도 내 이름을 기억하지 못하는구나." 그는 땀에 젖은 이마 위로 축축한 금발을 쓸어 넘겼다. "그렇게 일찍 퇴역해서 무엇을 하려고 했지? 우리의 복무 기간은 항의해 볼 틈도 없이 한정 없이 늘어나기만 했어."

리르는 듣지 못한 체하거나 사람을 잘못 봤다는 흉내를 낼까 하면서 고개를 저었다. 전투에서 부상당했다고 할까? 아무튼 잠시 시간을 벌어야 했다. 미리 무슨 특별한 대응 방침을 생각해 둔 것은 아니었다.

"본 카발리쉬야. 트리즘. 너는 바로 이곳에서 군에 들어왔지. 내가 바로 입대 방법을 일러 준 사람이지."

리르는 억지로 미소를 지어 보이며 어깨를 으쓱했다. 이렇게 되면 어쩔 수 없는 일이지. 트리즘. 소메나시에…… 그리고 기억이 맞다면 용을 조련하는 일을 맡았던 바로 그 사람. 리르가 냉정하게 말했다.

"멀리서도 알아보니 시력이 참 좋구나. 나는 우리가 서로에게 얼마나 눈이 먼 존재인지 생각하는 중이었어. 너를 전혀 못 알아보았어."

"나는 금방 넌 줄 알았어. 하지만 이름은 기억나지 않더군."

"코. 보통은 리르라고 부르지."

"맞아, 리르 코. 몇 년 전에 어딘가로 사라졌던 친구."

"그랬지." 리르가 말했다. "하지만 별로 말하고 싶지 않은 얘기야. 지금도 마찬가지고."

"그래?" 트리즘이 말했다. "그렇군. 탈영병인가? 설마."

"너는 여기서 나를 본 일로 말썽을 겪게 될 거야."

"말썽이라. 재밌겠군." 트리즘이 이리저리 시선을 돌렸다. "아무
튼 네가 자발적으로 군에 복귀하지 않으면 여기 나타난 것은 큰 실
수야. 아니, 차라리 잡히기를 '바라는' 건가? 아니면 우리의 적을 위
해 염탐을 하는 중?"

"나는 누가 우리의 적인지 모르겠어." 리르가 말했다. "예전에도
몰랐어."

"글쎄, 네가 정말 그렇게 달아난 것이라면, 자네도 적인 셈이지.
그러니 여기서 사라지는 게 좋을 거야. 하지만 아주 가지는 마. 군은
어떤 사안에 관해서는 예전보다 더 관대해졌으니 말이야. 우리를 영
원히 군에 붙잡아 두려고 규칙을 좀 완화해야 했거든. 너도 내 말뜻
을 알겠지만, 이제 우리는 시내에서 좀 더 자유를 누리게 됐어. 오늘
은 자정까지 군무에서 해방되었지. 근처를 좀 돌아다니다 술이나 한
잔 걸치세. 잊지 말게. 나를 잊지 마." 그가 갑자기 리르의 옷깃을 잡
았다. "나는 자네를 잊지 않았어."

3

트리즘은 약속을 지키고 허름한 번포크 지구에서 리르를 기다리
고 있었다.

"'버찌와 오이'에 온 걸 환영하네." 트리즘은 리르가 의자에 앉기
도 전에 큼지막한 맥주잔을 들어 올렸다. "이 집은 매년 열리는 성
전(聖戰) 축제를 후원하기 때문에 진짜 맥주를 취급할 수 있지."

"뭐라고?"

"너는 세상 물정에 어둡구나. 차차 나아지겠지. 자, 건배."

술집 안에는 사람이 너무 없었기 때문에 리르는 자신에게 가장 화급한 문제를 꺼내기가 부담스러웠다. 둘이 나누는 얘기가 주변에 다 들릴 게 분명했다. 바텐터 근처의 흑판에 분필로 휘갈겨 쓴 공연 안내 문구가 보였다. "오늘 밤 9시 30분, 실리피드의 네 번째 컴백 공연. 화끈한 무희는 없음." 많은 손님을 유혹하는 문안은 아니지만 리르는 그러기를 바랐다. 그렇지 않으면 차라리 다른 데로 가는 게 나을 것 같았다.

리르는 자신에 대해 많은 얘기를 떠드는 성격이 아니었는데, 억지로 입을 다물 필요는 없었다. 트리즘도 별반 묻지 않았다. 그는 오랜만에 긴장을 풀고 두 사람이 예전에 가장 친한 사이였다는 듯 군생활에 대해서 이런저런 얘기를 늘어놓았다. 규정이 이러저러하게 바뀌었다는 얘기며 건방진 상관을 놀려먹은 얘기를 시시콜콜하게 떠들어 댔다.

"체리스톤 사령관은 어떻게 됐어?" 리르가 되도록 가볍게 물었다. 그는 자기를 감옥에 가둘 권한이 있는 사람에게 탈영병으로 낙인 찍히고 싶지 않았다.

"몰라." 트리즘이 몸을 돌려 술집 안을 둘러보았다. 술집에 시끌벅적한 손님들이 들어차고 있었다. 물론 두 사람이 도착하기도 전부터 술을 마시고 있던 패들도 있었다.

"이런 곳에서 장군을 만날 일은 없겠군." 리르가 말했다.

"불가능한 일은 없어. 취향은 변하는 법이니까. 하지만 그럴 리는 없을 거야."

세 번째 술잔이 돌았을 때 리르가 하고 싶은 말을 꺼냈다.

"그 당시에 특수 부대에 있었지?"

"이름 없는 신에게는 우리 모두가 특별한 존재야." 트리즘이 말했다.

"넌 소메나시에였잖아." 리르는 이 말에 빈정대는 뜻이 담겨 있는지 감이 오지 않았다. "조련 부대 말이야."

"보기보다는 날카롭군. 맞아. 한동안 조련 부대에 있었지."

"지금은 아니라는 말?"

"놀 때는 일 얘기는 하고 싶지 않은데."

"궁금해. 나한테는 중요한 일이거든. 우리가 새 건물을 짓는 공사를 했어. 그 축사 말이야."

"대성당이지."

"그래. 이제 기억 난다. 지금은 그 아래에 축사가 없다는 뜻?"

"저기 봐, 실리피드야. 살아 있는 전설이지. 아흔 살은 되었을 거야."

뼈만 남은 아주 늙은 여자가 작은 무대로 올라왔다. 실리피드 뒤에는 황금빛 어깨 장식 말고는 거의 아무것도 걸치지 않은 젊은 여자가 버드나무 플루트의 마우스피스에 묻은 타액을 씻어 내며 서 있었다. 곰 한 쌍이 상자에서 악기를 꺼내 줄감개를 돌려 조율을 하기 시작했다. 우가부 기타와 바이올린이었다.

"동물이 직업다운 직업을 가진 경우란 거의 없어. 하지만 음악계에서 동물을 아예 추방하면 아무도 음악 따윈 듣지 않겠지."

실리피드가 노래를 부르기 시작했다. 나이가 너무 많아서 남자인지 여자인지 분간이 되지 않았다. 여가수는 콧소리 섞인 허스키한 목소리로 좌중을 압도했고 술집 안은 차츰 조용해졌다. 리르는 노래가 끝나기를 기다려서 말을 이었다.

"용을 조련하는 드래곤 부대." 리르는 손님들이 박수를 보내는 사이에 말했다.

"쉿, 조용히 해. 자네는 예의도 없군." 트리즘이 말했다. "정말 대단하지 않아?"

"그렇거나 말거나 내 취향은 아냐. 그만 나가자."

"이 좋은 자리를 놔두고? 딱 한 잔만 더 하자. 아무튼 첫 공연은 끝까지 보자고."

실리피드는 노래를 부르기보다는 말을 하면서 약간 어려운 대목을 더듬더듬 이어 갔다. 그녀는 노래 중간쯤에 담배에 불을 붙였고 손가락을 데였으며 그녀 뒤에서 코러스를 넣는 백업 가수에게 조용히 하라고 말했다.

"오늘 밤은 내가 실리피드답지 않네요." 실리피드가 손님들에게 말했다. "빌어먹을 이교도의 축일인 럴라인마스가 다가오네요. 여러분은 황제가 선의에서 그런 태곳적 미신의 잔재를 허락했다고 믿습니까? 여러분은 그가 선의를 가지고 있다고 믿나요? 그의 선의를 믿을 수 있어요? 정말 그럴 수 있습니까? 여기서 여러분에게 묻고 싶군요."

사람들은 조용해졌다. 우스운 얘기를 늘어놓을 셈인가, 아니면 지금 제정신을 잃은 것인가? 그녀는 담배를 한 모금 빨았다.

"나를 이상하게 생각하지 말아요. 여러분 얼굴에 컴백 공연이 아니라 비밀 집회에 들어온 게 아닌가 걱정하는 빛이 보이는군요. 제발 긴장 풀어요. 경찰이 들이닥치면 우리 모두 남쪽계단에 갇히겠죠. 그러면 내가 주말마다 노래 잔치를 열게요. 분명히 약속하죠."

플루트 연주자가 한쪽 어깨 장식 아랫부분이 가려운지 손으로 긁었다.

"나는 여러분에게 무슨 설교를 하려는 게 아닙니다. 이름 없는 신을 '영접'해야 한다거나 '배척'해야 한다는 말을 하려는 게 아니에요. 그런 말은 노골적인 선동에 불과하지요. 솔직히 말하면 내 나이에 그런 일이 가당키나 하겠어요?" 그녀가 얼굴을 찌푸렸다. "선동은 생각도 못 할 일이에요. 물론 '생각도 못 할' 일이라고 해도 이미 생각은 해봤던 일이겠죠. 게다가 나는 말을 새로 배우는 속도보다 잃어버리는 속도가 더 빠른 나이예요. 선동이 무슨 뜻인지도 모릅니다. 그런 단어를 입밖에 낸 적도 없어요. 내가 언제 '터무니없는' 말을 한 적이 있나요? '음모'라는 말을 입밖에 낸 적이 있어요?"

뒤쪽에서 누군가 투덜대는 소리가 들여왔다. 실리피드가 말을 이었다.

"뒤에서 구시렁거리는 사람도 있군요. 이봐요, 거기, 당신의 찡그린 얼굴은 여기서도 똑똑이 보여요. 설마 밖에 나가 떠들지는 않을 테지요? 당신은 누군가를 떠올리는군요. 그는 아주 성가신 사람이었어요. 도대체 그렇게 안달하는 이유가 뭐예요? 나는 잠시 담배를 태우면서 시시한 얘기나 늘어놓는 중이에요. 내가 너무 거리낌 없이 말한다고 생각해도 조금만 참아 줘요. 나도 이제 누구 눈치 볼 나이는 지나지 않았나요?"

"도대체 무슨 말을 하고 싶은 거야?" 리르가 중얼거렸다.

"주책 없는 늙은이라고 해서 곧 감옥이나 병원에 끌려가겠군." 트리즘이 말했다. 그는 얼굴이 벌써 붉으락푸르락 했다. "네 말이 맞았어. 나가는 게 좋겠다."

그러나 실리피드가 독백을 하는 도중에 일어나는 게 부담스러웠다. 실리피드의 눈에 띄어 무슨 야단을 들을지 몰랐다. 그녀에게는 그들 모두를 압도하는 카리스마가 있었다.

실리피드는 사람들 사이로 걸어다녔다. 짙게 화장한 늙은 남자로도 보이고 젊게 보이려고 애쓰는 늙은 여자로도 보였다. 그래서 좀 더 사람처럼 보이기는 했으나 그렇다고 해서 용모가 뛰어나지는 않았다.

리르는 그녀가 자기한테 와서 말을 걸지 않기를 마음속으로 빌었다. 어쩐지 그럴 것만 같았다.

트리즘이 테이블 아래로 리르의 손을 잡고 세게 눌렀다. 그는 리르보다 더욱 안절부절하지 못했다. 이곳은 시민군이 장악하지 못한 장소인 모양이라고 리르는 추측했다. 만약 사태가 걷잡을 수 없이 커지면 트리즘은 심각한 곤경을 겪을 가능성이 컸다. 리르는 슬며시 손을 뺐다.

"나는 어리석은 늙은이에요. 그러니 내 말에 신경 쓰지 말아요." 실리피드가 말했다. "젊은 여러분은 너무 심각해요. 하지만 마법사가 다스리던 저 우울한 시기는 기억하지 못합니다. 그 지독한 가뭄. 그런 시절을 우리가 어떻게 살아남았는지. 얼마나 웃어 댔던지. 농담이에요. 촌구석의 바보 멍청이들을 빼고는 그에게 맞서는 이조차 거의 없었지요. 그리고 우리는 모두 마녀들에게 무슨 일이 벌어졌는지 잘 알고 있지 않나요?"

누군가 야유하는 소리를 냈다.

"요즘에는 상황이 좀 나아졌어요. 실리피드에게 물어봐요. 실리피드는 다 알아요. 나는 오즈마 섭정이 나라를 다스리던 시절, 아기 오즈마가 옹알이를 하던 시절도 기억할 만큼 나이가 많아요. 마법사가 도착해서 오즈를 손아귀에 넣은 시절에 이미 은퇴했을 만큼 나이가 많은 늙은이랍니다. 그때는 정말 힘든 시절이었어요! 지금은 사정이 많이 좋아졌지요, 그렇지 않나요? 물론 여러분 생각은 다를 수 있겠죠. 사정이 나아진 게 아니라 해도 분명 조금쯤은 괜찮아졌어요."

실리피드는 계속 말을 이었다.

"세상은…… 뭐랄까, 더 깐깐해졌더군요! 모두가 도덕군자가 되었어요. 그리고 처녀는 그 알몸뚱이에 옷을 좀 더 걸쳐야 할 거야. 그러지 않으면 못난 놈들이 우리를 욕하겠지. 아니, 그렇게 빤히 그들을 쳐다보면 처녀는 또 무슨 욕을 들을지 몰라."

플루트 연주자는 손님들만큼이나 당황해서 어쩔 줄을 몰라했다.

"자기 가치는 자기가 지켜야지." 여가수가 계속 말했다. "자기 가치가 필요하다면 그걸 사든가 빌리든가 훔치든가 알아서 해. 그리고 세태가 변하면 비싼 값으로 팔아넘기라고. 뭐든 통하겠지. 내 말을 늙은이의 흰소리로 흘려듣지 마."

실리피드는 작은 무대로 다시 올라갔다. 눈이 부신지 손으로 눈을 가렸다.

"나는 여러분을 볼 수 있어요. 다들 거기 있지요." 그녀가 말했다. "여러분이 거기에 앉아 있는 줄 잘 알아요. 기다릴 수 있습니다." 그녀는 곰에게 연주를 시작하라는 신호를 보냈다. "잃어버린 희망에 관한 슬픈 사랑 노래입니다. 옛날을 추억하는 곡이지요. 해리킨, E 코드라고 했잖아. B가 아니라 E, 엘파바의 E 말이야. 하나, 둘, 셋."

곰이 느릿하게 베이스 기타를 퉁기기 시작했지만 실리피드는 한숨을 내쉬더니 서주를 중단시키고는 다시 입을 열었다.

"다른 문제가 또 있군요. 낙서 말이에요! 여기 오는 길에 도서관 벽에 휘갈겨 쓴 그 낙서를 또 보았어요. '엘파바는 살아 있다.' 도대체 무슨 짓인지 모르겠어요. 여러분한테 묻고 싶어요. 왜 그렇게 낡고 감상적인 구호를 가슴속에만 품고 있지 못하는지! 정말 엘파바가 살아 있기라도 한답니까?" 그녀는 담뱃재를 아무 맥주잔에 털었다. "여러분 모두 흥분하는 게 느껴집니다. 내 나이가 두 자리 수를 넘은 이래로는 한 번도 겪지 못한 일이군요. 이 점을 증명하기 위해 아름다운 옛 송가를 한 번 불러 보겠어요. 황제를 지지하는 사람이라면 누구라도 나와 함께 그 노래를 부를 수 있을 거예요. 우리가 여기 앉아 지루하게 하품이나 하고 있으면 안 되지 않겠어요? 안 그래요, 여러분?"

곰 악단이 서주를 다시 연주하고 실리피드가 귀에 익은 선율을 부르기 시작했다. 손님들은 공연에 조금씩 짜증을 내고 화를 내기 시작했다. 도대체 누구를 엿먹이는 짓이란 말인가? 황제? 이름 없는 신? 실리피드 자신? 아니면 그들 모두? 어쩌면 황제의 궁전에 적대적인 바보 같은 사람들 모두? 그러나 노래 자체에는 사람들의 마음을 한없이 위로하는 면이 있었다. 경건하고 감미로운 데다 귀에 익었다. 복잡한 생각은 단순한 감상에 굴복했다. 사람들은 실리피드의 애매한 태도는 아랑곳하지 않고 자리에서 일어나서 노래를 따라 불렀다. 이 소동을 틈타 리르와 트리즘은 슬며시 술집을 빠져나왔다. 트리즘은 리르가 달아나기라도 할까 봐 그의 손을 꽉 쥐었다. 리르 역시 손을 놓지는 못했다. 리르는 한껏 흥분한 상태였다. '엘파바의

E 말이야.' 요 몇 년 동안 신산한 시절을 보냈던 그는 마침내 엘파바가 다시 깨어나는 장소에 참석한 듯한 기분이 들었다.

4

그들은 아래쪽 선창가를 따라 걸어갔다. 오즈의 다른 지역에서는 아마도 눈이 내리고 있었을 테지만, 천 개나 되는 석탄 난로에서 뿜어 대는 열기로 대기는 비와 안개가 절반씩 섞여 축축하고 텁텁했다. 가로등에서 너울너울 멜론 색 불꽃이 일었다.

"늦지 않았을까?" 리르가 말했다.

"도시 전역에서 대성당의 종소리를 들을 수 있어. 요즘처럼 새로운 신앙의 시절에는 반시간마다 종을 울려. 아직 시간은 충분해."

"술집 일로 많이 긴장한 것 같아. 지금 어디로 가는 중이지?"

"전에도 간 일이 있지만 오늘처럼 반역의 밤은 아니었어."

"그런 게 반역?" 리르는 간담이 서늘해졌다. "내 생각에는……." 리르는 자기 생각에 맞는 단어를 찾아냈다. "다 바보 같은 짓이었어."

"실리피드는 자기 생각을 속에 감추는 게 나았을 거야. 아니면 먼저 할 말을 조리 있게 정리하든가. 도대체 무슨 말을 하고 싶은 건지 모르겠어. 하지만 사도 황제에 대해 그런 의혹을 내비치다니 취하지 않고는 못 할 대담한 일이지. 황제는 좋은 양반이야. 백성은 그를 사랑한다고. 나는 영광스럽게도 직접 그를 만난 일도 있어."

"정말? 어떻게 생겼어?"

트리즘이 리르를 날카롭게 쏘아보았다.

"물론 본 일이 있지. 처음에는 너도 함께였잖아. 네가 출정하기 전날 밤이던가? 기억나지? 우리에게 마차를 내주려고 했었지. 그때 만 해도 그는 한없이 수상쩍은 인물에 불과했어. 길 잃은 영혼이라고나 할까. 아직 깨달음을 얻지 못했을 때였지."

"오즈의 황제가…… 셸이라고? 설마. 그 빌어먹을 셸 트롭?"

"자칭 제1의 창이지. 너 정말 몰랐어? 그동안 어디 있었던 거야? 달나라?"

선창가의 포석은 더 미끄러워 보였다.

"이해할 수 없어. 모든 사람이 황제의…… 덕에 관해 얘기해. 하지만 셸은 결코 덕이 있는 사람이 아냐. 그는 밀정이었어. 몰랐어? 누군가 그렇게 말하지 않았나? 아무튼 그는 남쪽계단에서 양귀비꽃으로 젊은 여자들을 마취시키고 능욕을 일삼은 불한당이었어. 내 눈으로 똑똑히 본 일이라고."

"글쎄, 지독한 죄를 저지른 사람만큼 이름 없는 신을 간증하는데 적당한 사람도 없을 듯한데. 네가 어떻게 깨어났는지 생각해 봐. …… 어쨌든 거듭난 게 아닐까? 그는 자신을 인도하는 이름 없는 신의 음성을 들었어. 그의 누이들이 마녀라는 얘기는 알고 있지? 네사로즈와 엘파바 말이야."

"너무…… 으스스한 얘기군. 도저히 믿기 어려워." 리르는 욕지기를 느꼈다.

"그 정도로 불가능한 일은 아니야. 구원받지 못할 사람은 없으니까. 지은 죄가 클수록 구원받을 가능성도 큰 법이지. 그의 아버지는 유일교 목사였어. 선교사."

"셸은 사기꾼이었어."

"한때는 그랬는지 모르지. 지금은 아냐. 그는 이 절망의 시대에 오즈를 올바로 다스리기 위해 자신이 거듭났다고 믿고 있어."

"그런 사람이 필요할 만큼 우리가 절망적인 상황에 처해 있나?"

"글쎄, 그 점은 자네도 잘 알지 않나?" 트리즘이 말했다. 목소리가 점차 낮아지고 은근해졌다. 그는 뺨이 리르의 어깨에 닿을 정도로 몸을 가까이 붙였다. "우리가 얼마나 절망적이냐고? 밤에 변변찮은 무기도 없는 시골 정착촌을 급습해서 마을을 불태워 멀쩡한 사람을 강물에 집어 던져야 할 만큼 절망적이지." 리르는 트리즘을 날카롭게 쏘아보았다. 트리즘은 손을 뻗어 리르의 오른팔을 등뒤로 꺾어 잡았다. "요 맹랑한 녀석!"

"놔줘. 무슨 짓이야? 1인 법정? 피의 복수? 제발 놔줘. 왜 이래?" 리르는 중심을 잃고 휘청였다. "네가 나에 대해 뭘 어떻게 안다는 거야? 그게 너랑 무슨 상관이지? 나는 황제의 '사역'을 도왔을 뿐이야, 트리즘. 너의 훌륭하신 지도자 말이야. 그의 명령을 받았다고. 제발 놔줘."

"네 머리통을 깨뜨리고 네 가엾은 시체를 강물 속에 던져 넣겠어." 이제 트리즘은 리르의 두 팔을 모두 등뒤로 꺾어 잡은 채 머리통을 으깰 만한 돌멩이를 찾으며 아무 자갈이나 발에 걸리는 대로 걷어차고 있었다.

리르는 트리즘의 손아귀에서 벗어나려고 버둥거렸지만 말끔한 군복 차림의 트리즘을 당해 낼 수가 없었다. 몸이 더 건장하고 재빨랐다. 소리를 질러도 소용이 없었다. 경찰도 트리즘 편을 들 게 분명했다. 리르가 겁먹지 않은 것처럼 보이려고 애쓰면서 말했다.

"나는 몹시 지쳤어. 네가 쿼이어 남쪽에서 벌어진 일에 신경 쓰는 이유가 뭐야? 너는 정부 편 아니야? 군 본부가 순식간에 상황을 정리했다고 들었어."

"나는 네가 한 짓에 관해 들었지. 군인들의 수다도 아줌마들 수다에 못지 않거든. 그 공격 때문에 쿼이어 주변의 쿼들링 사람들이 체리스톤의 요새를 급습했지. 자네 동료들도 희생되었어. 그러자 황제는 새로운 방어 시스템을 가동해서 원주민들을 공격했지."

리르는 이제야 상황이 이해되었다.

"그랬군. 그런데 그건 네 전문 분야였잖아? 네가 키운 용들을 말하는 게 아냐?"

"나는 팀의 일원이었을 뿐이야. 수석 메나시에였지. 그리고 용들은 성전 축제 퍼레이드에서 선보이기 위해 출동시키지 않기로 했다고 들었어. 사기 진작을 위해 매년 열리는 군대의 밤 행사지. 폭도들을 겁주고 시민들의 불안감을 잠재우는 일. 밤에 시민이 편안하게 자도록 하는 데는 튼튼한 방어력을 과시하는 것만 한 일이 없으니까."

"너는 귀에 들어오는 말은 다 믿는군. 파리 한 마리 해칠 생각이 없었다 이거지? 뻔한 이야기야. 이제 그만 놔 줘, 트리즘. 제발, 놔 줘. 아파 죽겠어."

"아프라고 잡은 거야. 참아. 네 놈들의 멍청한 짓거리 때문에 용들을 지하 요새에서 출동시켰지. 그 짐승들이 하는 짓을 보았다면 무자비하다는 게 무슨 뜻인지 알았을 거야."

리르는 거의 침을 뱉을 뻔했다.

"나는 무자비한 짓을 겪었어, 트리즘. 우연히도 네가 훈련시킨 용들에게 공격을 받았지."

트리즘이 말할 차례였지만 리르는 트리즘이 입을 여는 순간을 이용해서 몸을 빼냈다. 그는 가까스로 몸을 빼내는가 싶었지만, 결국 다시 뒷덜미를 붙잡히는 바람에 둘이 길바닥에서 엉겨붙어 치고받는 지경이 되었다. 그들은 진흙과 말 배설물 사이를 한데 엉겨 뒹굴다가 결국 트리즘이 무릎으로 리르의 가슴을 찍어 누르며 위에 올라탔다.

"너를 죽이겠어. 운동장에 서 있는 너를 보면서 생각했지. 이름 없는 신은 분명 살아 계시는구나, 내가 죽일 수 있게 나한테 너를 보내신 거라고. 네놈들의 잔혹한 짓 덕분에 내 인생은 비참한 나락으로 떨어졌어. 일단 전략관들이 용의 능력을 본 이상 당연히 다시 투입할 거야. 더 엄격한 훈련을 시킬 테고. 내 인생은 그놈들의 살생 능력을 키우는 일에 '묶이게' 되고 만 거야." 트리즘은 거의 울부짖으며 말했다.

리르는 지금까지 자신이 아직 몰라봤던 사실, 트리즘 본 카발리쉬가 아주 '맛이 간' 사내라는 것을 알아차렸다.

"그렇다면 나를 죽여." 리르가 말했다. "네 마음이 편해질 수 있다면 그렇게 해. 세상 돌아가는 꼴을 보니 나도 별로 살고 싶지 않아. 하지만 먼저 내 얘길 좀 들어 봐. 이 모든 일을 시작한 사람은 다름 아닌 황제야. 그가 체리스톤에게 사고를 일으키라고 지시했어. 용을 풀 만한 무슨 빌미를 만들고 싶었던 거지. 나는 군 사령관의 지시를 따랐을 뿐이야."

"나도 그랬을 뿐이야. 하지만 우리가 저지른 일 때문에 수백, 수천 명이 목숨을 잃었고 또 다른 수백, 수천 명이 겁에 질린 삶을 살고 있고 그보다 더 많은 사람들은 우리를 죽일 기회를 엿보고 있어."

리르는 트리즘이 흐느껴 우는 모습을 가만히 지켜보았다. 그로서도 다른 선택이 있기 어려웠을 것이다. 트리즘의 콧물이 리르의 얼굴 위로 떨어졌지만, 리르는 그것을 닦아 내려고 손을 올리지 않았다.

"우리는 같은 배에 탄 운명이야." 트리즘이 어느 정도 냉정을 되찾자 리르가 다정하게 말했다. "우리 둘 다 지독한 짓을 저질렀으니까."

트리즘은 한숨을 깊이 내쉬면서 고개를 끄덕이고는 리르의 몸에서 내려갔다. 리르는 몸을 일으켜 앉고 조심스럽게 이마에 묻은 콧물을 닦아 냈다.

5

그들은 재판소 다리를 건너서 하층 구역의 뒷골목 안으로 들어갔다. 사기꾼, 마약 중독자, 도망자 등이 우글대는 곳이었는데, 야식용 소시지를 굽는 냄새와 하수구에서 나는 악취가 코를 찔렀고 광인들의 웃음소리가 들려왔다. 달리 갈 곳도 없잖아. 익숙해지는 수밖에. 리르는 생각했다.

그들은 누가 엿들을지 걱정하지 않고 마음껏 이야기를 나눌 수 있었다. 트리즘 본 카발리쉬는 수석 용 조련사였다. 용 조련부의 최고 책임자는 아니었지만, 그가 바로 숙달된 손과 엄정한 눈으로 용을 훈련시킨 장본인이었다. 그는 용 조련 부서에서 가장 오래 재직했다. 직무상 당연히 용의 출정 소식을 잘 알고 있었을뿐더러 훈련 과정을 조정하는 권한도 가지고 있었다. 그는 용 한 무리가 서쪽에서 빗자루와 망토를 가지고 돌아온 사실을 알고 있었다. 비록 그 전리품을 어디서 얻었는지는 알지 못했지만 말이다. 물론 그것은 리르에게서 나온 물건이었다. 그리고 트리즘은 용들이 저지른 다른 여러 일들과 함께 수녀들의 얼굴을 벗긴 짓에 대해서도 잘 알고 있었다.

"얼굴을 벗기는 짓이라니." 리르가 몸서리를 치며 말했다. 캔들도 그런 일을 언급한 적이 있었다. "나는 무슨 뜻인지조차 잘 몰랐어······."

용의 발톱은 면도날처럼 날카롭고 사람의 엄지와 검지처럼 집게 모양으로 생겼다고 트리즘이 설명해 주었다. 사람은 빈 술병 안에 모형 배를 만들어 넣을 수 있고, 용은 단 아홉 번의 베기로 얼굴을 벗길 수 있다고.

"나한테 이유 따위일랑 묻지 마. 용들은 오직 젊은이들만 쫓아다닌다는 걸 나도 잘 알아. 그렇게 훈련받았지." 트리즘이 퉁명스럽게 말했다. "'내'가 바로 그렇게 훈련시켰어. 한창 때의 젊은이를 죽이는 게 늙은이를 해치우는 것보다 가공할, 아니 유용한 일이지." 그는 어깨를 폈다.

용들은 어째서 리르의 얼굴은 벗기지 않았을까? 그도 한창 젊은 나이가 아닌가? 빗자루와 망토를 더 귀중하게 여긴 것일까? 아니면 리르에게서 그런 짓을 못 하게 할 어떤 징조를 보았는지도.

"하지만 그들은 수녀들이었어!" 리르가 말했다. "이름 없는 신에게 평생을 바칠 젊은 여인들이었어. 이해할 수 없어."

트리즘은 오래전부터 독립의 전통을 지켜 온 수녀원은 이름 없는 신의 사도인 황제의 통치 방식에 맞지 않는다고 설명했다.

"사도라는 건 도대체 무슨 뜻이지?"

"황제 스스로 자신을 그렇게 부르지. 이름 없는 신은 겸허한 자중에서도 가장 겸허한 자를 귀히 여기시니 사도 황제는 자신에게 그런 권한이 있다고 생각해."

오즈 주변의 몇몇 수녀원은 고대의 스콜라 전통에서 훈련 받은 늙은 여인들이 다스렸다. 수녀원장들은 무모하게도 보통 사람들의 요구를 외면했고 황제의 영적 권위를 인정하지 않았는데, 그렇게 불온한 행동은 나라의 안녕을 해친다는 것이었다.

"그래?" 리르가 물었다. "그게 불온한 짓인가?"

"나는 그런 생각을 굳이 숨길 마음이 없네. 정보란 알 필요가 있는 사람들과 함께 나누어야 하지. 그런데 서쪽 부족들이 서로 협약을 맺어 그들의 땅에 존재하는 에메랄드 시의 이익을 침해하려 한다고 들었어. 용의 공격은 부족들을 혼란시키고 그들이 서로 믿지 못하게 하는 효과를 냈지. 공격의 배후에 누가 있는지 모를 테니."

"네가 말한 젊은 수녀들의 얼굴은······." 트리즘이 냉정하게 말했다. "소금에 절여서 저장해 두었어. 다음번 성전 축제 때 전시될 거야."

이게 전부가 아니었다. 더 끔찍한 일도 있었다. 수십 마리가 넘는 용들에게 신선한 인간의 시체를 먹였고, 이 피비린내 나는 포식으로 용들은 서쪽으로 수마일이나 날아갈 수 있는 힘을 얻었다는 얘기, 시체는 지하 시장(市長)의 도살 정책 덕분에 늘 신선한 재료가 풍부한 남쪽계단의 사형방에서 직접 들여왔다는 얘기.

"샤이드." 리르가 말했다. "손가락에 반지를 주렁주렁 끼고 있는 사내."

"셸이 아니라 네가 밀정 같군." 트리즘은 당황했다.

"가 본 적이 있어. 찾아야 할 친구가 있었어. 계속 말해 봐."

"아무튼 그런 법석을 떨면서 사람의 시체에서 피를 빼내고 그것을 커틀릿으로 만들지. 자네 생각에는 내가 구제 불능의 폐인 같지? 용을 훈련시키는 건 내 생각이 아니었어. 하지만 내가 승진해서 그 직책을 맡는 바람에 지금은 내가 용들을 관리하게 됐지."

"그럼 누구의 생각이란 말이지? 셸은 그렇게 머리가 좋진 않아."

"이젠 아무도 못 믿어. 1년쯤 전에 셸을 다시 만났지. 황제가 된 지 오래지 않을 때였는데 내가 비밀리에 접견을 했어." 트리즘이 리르를 우울하게 쳐다보았다.

리르는 팔짱을 풀고 난간에 몸을 기댔다. 그들은 길이 오르막이 되어 하층민 구역을 벗어날 때까지 줄곧 걸어왔다. 번포크 구역의 가로등 불빛이 까마득한 내리막길 아래에서 반짝였다.

"듣고 있어."

"그는 겸손이 몸에 밴 사람이었어, 리르. 자네가 그런 표정을 지어도 할 수 없네. 허리에 군살이 좀 올랐지만 여전히 기지가 넘쳤지. 그리고…… 꽤 다정했어. 깨달음은 그에게 은혜와 열정을 주었던 거야. 자신이 지도자가 못 될 이유가 없다고 말했어. '우리 중에서 가장 비천한 자를 택하신 것'이라고도 했는데, 자신을 가리키는 말이었지. 내가 '간음자와 주정뱅이'를 말하는 거냐고 묻자 그는 꽤 놀라는 눈치더군. 그러고는 '내가 이름 없는 신의 성령으로 채워질 껍데기 셸(shell)이 아니면 무엇이겠느냐?'라고 말했지."

"그가 어떻게 깨달음을 얻었는지 궁금해. 신의 음성을 듣는 사람들은 미치광이가 아닌가?"

"누가 알겠어? 그래도 그는 신앙이 풍부한 환경에서 자랐지, 그렇지 않아? 게다가 힘센 누이가 둘이나 있었어. 그런 누이들 곁에서 자신을 한심한 멍청이로 느끼지 않았을까?"

"우리가 도대체 같은 인물을 두고 하는 얘기인지 도통 모를 지경이야. 말도 안 돼!"

"너나 잘하시지! 네 가족이 모두 사악한 존재로 취급받는다고 생각해 봐. '사악한 자'라고 불리는 것조차 참기 어려울걸."

하지만 그들은 실제로 사악해. 게다가 그들은 진짜 내 가족, 아니 가족이나 마찬가지지. 리르는 생각했다.

"네가 셸 입장이라면 무엇을 했을까? 그러니까⋯⋯ 그런 난처한 입장을 견디기 위해 말이야. 아니, 자신의 불운한 생애를 보상하기 위해. 어쩌면 다가올 위험을 대비하기 위해. 빌어먹을, 아마도 그는 다음 번에 날아올 집이나 물 한 동이는 자기가 맞을 차례라고 생각했겠지. 네가 셸이었다면 더 높은 존재에게 손을 내밀었을 거야, 아닌가?"

"내가 본 셸은 결코 자신을 낮출 인물이 아니었어. 놀랍군, 정말 놀라워. 이제는 자신의 열등함을 이용해 오즈의 지배자로 군림하게 되었다는 말이니까."

"그는 그게 자신의 운명이라고 생각해. 내게 마법책에서 찢어 낸 한 페이지를 보여 주었어. 마법사가 퇴위한 후에 허수아비가 그의 방에서 찾아낸 책인데, 판독할 수 없는 문자로 쓰인 책을 겨우 해석해 냈지. '용 조련에 관해'라고 쓰여 있더군."

리르는 모골이 송연해졌다. 그는 마법사가 엘파바의 『그리머리』를 원한 사실을 알고 있었다. 엘파바는 결코 그런 일을 허용하지 않겠다고 단언했었다. 이제 보니 헛된 공언인 듯했다. 마법책이 어떻게 그의 손에 넘어가게 된 것일까?

"황제는 그게 옳은 일이라고 나를 설득했어." 트리즘이 말을 이었다. "나는 그를 믿어. 그가 자신을 믿기 때문에 나도 그를 믿는 거야. 그는 거짓말을 하지 않아. 마법사처럼 사기꾼도 아니고 가는 곳마다 도서관이나 세우는 아름다운 글린다처럼 엉뚱한 일을 벌이지도 않아. 허수아비처럼 은행가 패거리의 무능한 얼굴 마담에 그칠 인물도 아니야. 그는 거짓이 없는 사람이야."

"거짓이 없는 사람? 말이 되는 소리를 해라." 리르가 비웃었다. "너를 유혹해서 극악한 일을 하게 했겠지."

"내게 부탁하더군. 내가 무슨 말을 할 수 있었겠어? 마치 이름 없는 신이 지상에 임재한 듯했는데……."

"이름 없는 신은 정말로 이름이 없어. 셸 트롭과 이름 없는 신을 혼동할 리는 없겠지?"

"네가 물으니 대답은 해 주지. 우리는 시즈의 은행가들이 독립국 먼치킨랜드에서 투자금을 회수하고 있다는 소문을 들었어. 처프리 경이 그런 전략을 짠 핵심 브레인이었어. 먼치킨에 대한 제재 조치였지. 그들은 이미 에메랄드 시에 무릎을 꿇기에는 너무 커 버렸어. 용의 위력을 과시하는 건 먼치킨랜드 서부의 레스트워터를 병합하는 데 필요한 사전 정지 작업이었어. 너도 잘 알겠지만, 에메랄드 시는 물이 필요하거든."

"하나같이 지겨운 소리군. 네가 용에게 무슨 훈련을 시켰는지 몰라?"

"물론 알고 있지." 트리즘이 말했다. "용들은 제2의 창이야."

제7의 창이 뱅다를 초토화할 정도라면, 제2의 창은 도대체 무슨 일까지 할 수 있단 말인가? 그리고 제1의 창이라는 황제는?

"임무를 바꿔 달라고 요구할 수는 없어?"

"수석 조련사 본 카발리쉬가 직위를 옮긴다? 어리석은 소리. 아무도 내 일을 대신하지 못해. 이 일에서 나만큼 가치 있는 사람은 없지. 내 조수들은 단기간 윤번제로 돌아가면서 일하기 때문에 많은 걸 배울 시간이 없어. 내 자리를 차지할 만큼 잘 아는 친구가 없지. 아무튼 지금까지는 그래. 워낙 새로운 일이니까. 아직 개발하고 시험하는 단계지."

"그냥 떠나도 되잖아. 나처럼 도망이라도 쳐."

"그렇게 하면 한 시간 동안만 기분이 좋겠지. 그 다음은 재미없어. 용들은 여전히 그곳에 있을 거야. 누군가 다른 사람이 용을 달래서 또 다른 임무를 맡기겠지. 내가 유능한 건 사실이지만 특별나지는 않아. 꼭 필요한 사람도 아니고. 게다가 나한테는 가족이 있어. 내가 몰래 사라지면 그들은 대단한 굴욕감을 느끼고 보복 대상으로 지목받겠지."

"가족." 리르는 '화약'을 뜻하는 단어이기라도 하듯 속삭였다. 그리고 자신을 죽일 뻔했던 사람이 이제는 별로 그럴 가치를 못 느낀다는 사실에 기분이 상하고 맥이 풀렸다. 또다시 아무 예고 없이 하늘에서 추락한 듯한 기분이 들었다. 맙소사, '가족'이라니.

"그런 표정은 뭐야? 내 말은 부모님을 뜻한 거였어. 고명하신 분들이야. 집안도 좋으시지. 그리고 머리가 텅 빈 바보 형도 하나 있는데, 좋은 혈통이 제대로 유전되지 못한 것 같아."

이 대답은 땅에 곤두박질하던 리르를 구해 냈다.

그들은 엷은 안개 속에서 같은 자리를 빙빙 돌았다. 거리를 걸어 다니기에는 차고 습한 밤이었지만, 둘 다 다른 곳에 들어가고 싶지는 않았다. 안개는 더욱 짙어졌고 종소리가 울려퍼졌다. 10시 30분이었다. 위쪽 창문에서 누가 요강을 비웠고 그들은 오물을 뒤집어쓰지 않기 위해 동시에 문간 안으로 뛰어들었다. 리르는 두 사람이 갑작스럽게 내린 폭우를 피해 아치길로 허겁지겁 뛰어들던 때가 기억났다.

쿼들링 나라를 떠난 후에 처음으로 리르는 페르구엔 시가를 피우고 싶었다.

그들은 용에 관한 얘기를 계속 떠들었다. 전설과 신화에나 나오는 이 무시무시한 생명체는 어디서 온 것일까? 스칼프스 계곡의 흙더미나 쿼들링 불모지의 진흙밭에서 알이 무더기로 껍질을 깬 것일까? 트리즘은 알지 못했다.

리르는 더 중요한 '왜'라는 질문을 할 필요가 없었다. 황제의 목적이 쿼들링의 촌놈들을 굴복시키는 것이라면 더욱이 그럴 필요는 없었다. 그리고 용이 실제로는 하늘을 나는 도마뱀이라면 최초의 오즈 도마뱀은 타임 드래곤이었다. 오즈의 창조 신화에 나오는 타임 드래곤. 남쪽계단보다 더 깊은 곳에 있는 지하 동굴에서, 지진과 산사태로 가로막힌 지하 동굴에서 타임 드래곤은 잠을 자고 있었다. 타임 드래곤은 매순간 전 세계의 역사를 꿈꾸었다.

트리즘도 비슷한 생각을 하고 있었다.

"너에게 멋진 시를 들려주지." 그는 자못 의기양양하게 익명의 오지아드 시인이 남긴 시구를 읊기 시작했다.

아무 운율도 없이 고요히 가라앉은 돌바닥을 보라, 시간이
동굴 속에서, 한 줄기 빛조차 없는 암흑 속에서

솔기도 꿈도 없는 깊은 잠을 자고 있다
시간은 붉은 용이다

돌을 깨뜨리고 불꽃을 튀길 수도 있으나
아무것도 움켜쥐지 않으려는 타임 드래곤의 발톱
이제 그것이 시간의 입에 불을 붙이니,
시간의 입은 뜨겁게 타오른다.

그리고 다시 차갑게 식어 우리의 지리멸렬한 나날들을 먹어 치우는구
나……

네가 바로 시간의 입을 차갑게 식혔다.
그러나 그것은 멈추지 않고……

어느새
백색 유황의 불꽃을 일으키니 도화선에 불이 붙는다
용의 화덕이 끓어오르기 시작한다
그러자 안에서 꿈꾸어진 시간이 바깥으로 퍼져 나간다

"군에 들어가기 전에 꽤 공부를 했군." 리르는 깜짝 놀랐다.
"세인트프로즈 학교에서 「오지아드」를 달달 외워야 했어." 트리
즘이 말했다. "장학생이었어. 최우등상도 탔지."
"그렇다면 정말 대단하군." 리르가 말했다. "우리가 언제 태어나
고 언제 죽는지, 점심으로 세인트프로즈 학교에서 크림 바른 굴을

곁들인 피닉스 불고기를 먹을지, 아니면 촌로나 거리 청소부의 값싼 식사를 먹을지가 모두 타임 드래곤의 꿈이라는 얘기니까."

"먼치킨랜드의 무식한 농부와 길리킨의 공장 일꾼들이 타임 드래곤이 꿈꾸는 대로 자신들의 운명이 결정된다고 믿는다면, 제 행동에 책임을 지려 하지 않겠지. 신분 상승을 꾀하려고 노력할 리도 없을 테고."

"너도 다를 바 없어." 리르가 말했다. "학교를 졸업하자마자 군에 불려 왔으니까. 타임 드래곤은 네가 이 끔찍한 용 조련소의 책임자가 되는 꿈을 꾼 거야. 하지만 타임 드래곤이 앞으로 네가 하는 일에 대해 어떤 꿈을 꿀지 너는 모르잖아. 어쩌면 용들을 제 운명에 맡기고 군에서 달아나는 꿈을 꿀지도."

"이미 안 되는 이유를 말했잖아, 가족 때문이라고."

그들은 셔터를 내린 신문 판매소로 왔다. 게시판에 '엘파바는 살아 있다.'는 문구가 시꺼먼 숯으로 쓰여 있었다. 가족이라니! 어이없군. "자기들이 엘파바를 소유한다고 생각하는 모양이야." 불연듯 그가 메스꺼움을 느끼며 말했다. "마녀는 입에 거품을 물 거야. 그녀는 불꽃 같은 정열을 지닌 괴짜 은둔자였어." 낙서는 일기장에 혼자만 읽게 쓴 것처럼 보였다.

"네가 무슨 상관이지?"

"용을 죽이는 게 네 임무가 아닐까? 네가 그곳에 있는 이유가 바로 그런 게 아닐까? 지금 우리의 길이 다시 만나게 된 이유도." 리르는 화제를 바꾸었다.

"자네 지금 제정신이야? 그럴 수 없어."

"너는 나를 죽일 수도 있었어. 적어도 죽이겠다는 말은 했어. 하지만 나는 예전에 너를 화나게 한 일이 없어. 퀴어가 아니었어도, 그리고 일이 그런 식으로 풀리지 않았어도, 네 상관들은 뭔가 다른 거짓 위협을 꾸며냈을 거야. 지금 너처럼 나도 이용당했을 뿐이야. 하지만 나는 떠났어. 군에서 도망쳤어. 너도 그럴 수 있어."

"이미 말했어. 부모님 때문에 나는 꼼짝할 수 없는 처지야."

"어떻게 하면 좋을까?" 리르가 말했다. "단숨에 끝장을 보려면 어떻게 해야 할까? 축사를 모두 불사를까? 아니면 용들의 머리를 베어 버릴까?"

11시 30분을 알리는 종소리가 들려왔다. 막사로 돌아가기에는 이미 늦은 시각이었다.

"독약?"

"내 말 못 들었어?" 트리즘이 말했다. "그들은 내 가족을 죽일 거야."

"네가 한 일이 아니면 그렇게 안 할 거야." 리르가 말했다. "내가 하지. 내가 일을 저질렀고 널 인질로 납치했다는 메모를 남겨 두겠어. 너는 아무 책임도 질 필요가 없어. 게다가 나는 가족이 없으니 아무도 못 죽일 거야."

리르는 더 이상 아무 말도 덧붙이지 않았다. 소문에 의하면 신성한 황제 셸이야말로 그의 가장 가까운 피붙이였다. 굳이 리르의 가족을 좇고 싶다면 제1의 창인 황제를 좇으라지.

6

"용에게 최면을 거는 방법을 일러 줘." 리르가 말했다. 그들은 용기를 내서 초병이 지키는 병영 입구에 다가섰다.

"정확히 말하면 그건 최면이 아니야. 정신을 집중해서 나직히 읊조리는 거지."

"사랑의 밀어처럼 감미로운 말?" 리르는 눈썹을 추켜올렸다.

"감미로울 건 없어."

"그러지 말고 정확히 말해 봐."

트리즘은 주저했지만 리르는 재촉했다. 지금 그들은 기지 안으로 들어가는 위험한 순간을 피하는 중이었다.

"알았어." 트리즘이 차갑게 말했다. "터무니없게도 내 성(姓)에 '본'이 끼어 있기는 하지만 우리 집안이 그렇게 대단한 집안은 아냐. 몇 세대 전에는 길리킨에서 취미로 농사를 질 정도로 괜찮았지만, 기근이 닥치면서 취미가 생업이 되었지. 입에 풀칠하려면 농사라도 지어야 했으니. 나는 몇 차례 고함 지르기 대회에서 우승도 했는데, 가족들은 오히려 부끄럽게 여겼어. 나는 양치기 개 대회에서도 우승했지. 그런 데 소질이 있는 모양이야. 손톱에 때가 빠질 날이 없었어. 가족들은 실망을 금치 못했어. 그들은 내가 좀 더 유망한 사람이 되길 바랐으니까."

그러고는 용에 대해 말하기 시작했다.

"대충 사정을 말하면 이래. 하지만 네게 전부를 말하진 않겠어. 필요한 얘기만 골라서 하지. 대체로 이런 식이야. 우선 용에게 가까이 접근해. 이것 자체도 어려운 일이지. 우리가 조련할 용들은 성질이 사납거든. 시간이 좀 걸리는 일이지. 용들이 긴장을 풀 때까지 죽은 듯이 가만히 있어야 해. 얼마 지나면 숨소리가 느리게 변해. 나는 더 가까이 접근해서 용의 몸에 올라가지. 올라탄다는 얘기는 아냐.

아무도 그렇게는 못 해. 날개 깃을 타고 올라가 목에 내 가슴을 밀착시킨 채 겨우겨우 양다리를 걸쳐 놓는 거지. 앞 날개뼈 근처에 무릎을 꽉 붙이고 사람의 목을 조를 때처럼 양팔로 용의 목을 슬며시 감싸 안아. 이렇게 하면 귀에 피가 몰리면서 귀가 쫑긋 서는데, 암시가 잘 먹히게 용을 자극하게 돼. 용은 암시에 잘 걸리지만 아주 똑똑해서 조심해야 해. 나는 용의 귀에 대고 나직하게 흥얼거려. 보통은 왼쪽 귀에 대고 해. 이유는 나도 몰라. 왼쪽 귀가 약간 더 뒤로 붙은 편이지."

"사랑의 밀어로군!"

"닥쳐. 나는 노래를 불러 주는 거야. 잠을 자라고 흥얼거리면 용은 잠이 들어. 그러면 나는 용을 깨우지 않고도 그 민감한 날개를 올라갔다 내려갔다 하게 할 수 있어. 내가 노래를 흥얼거리면서 녀석들에게 하늘을 날고 숨고 사냥하고 혼자 행동하고 한 무리로 행동하고 위험한 발톱을 드러내고 자르고 벗기고 보관하고 귀환하라는 따위의 암시를 주는 거지……."

"빗자루를 타고 하늘을 나는 소년에게 빗자루를 빼앗으라고 시키진 않았겠지……."

"안 했어. 바로 그 점이 골칫거리야. 나는 그런 적이 없거든. 용들이 그런 소년을 거기서 만날 줄 어떻게 알았겠어? 내가 어떻게?"

"그건 그렇고." 리르가 말했다. "내가 지금 너무 서두르는 건지는 몰라도, 네가 용을 온순하게 만들 수는 없는지 묻고 싶어. 아니, 차라리 스스로 목숨을 끊게, 켈스워터에 몸을 던지게 할 수는 없을까?"

"그럴 수 없어. 용들은 타고난 싸움꾼이라 전열을 지어 날아가는 것보다 적을 공격하는 습성이 더 강해."

"노력은 해볼 수 있잖아."

"지금은 안 돼. 오늘 밤은 안 돼." 트리즘이 리르를 곁눈질로 쏘아보았다.

"정신을 마음먹은 대로 집중할 자신이 없어. 한순간만 방심하면 나는 밤참 거리가 되고 말아."

"알았어, 오늘 밤은 그만두기로 해." 리르가 서둘러 동의했다.

트리즘은 자신의 군인 망토를 리르의 어깨에 걸쳐 주면서 대충 변장을 끝마쳤다. "일단 둘러보고 상황을 파악해 보자."

초병은 하품을 하며 교대병이 오기를 기다리고 있었다. 그는 꾸벅꾸벅 졸면서 무슨 책자를 들여다보고 있었는데, 애플 프레스 농장에서 인쇄된 '사도의 경건함' 같은 팸플릿이 아닌가 싶었다. 아무튼 조잡하고 지루한 주장을 하는 글인 모양이었다. 그는 초소 안에서 리르와 트리즘을 자세히 살피지도 않고 손짓으로 통과시켰다.

시간이 시간이니만큼 연병장은 텅 비어 있었다. 리르와 트리즘은 아무 제지도 받지 않고 용의 축사가 그 아래에 있는 대성당 주위를 빙빙 돌았다.

용은 축사에 가두어서 관리할 필요가 있는 데다 그 발톱을 군사용으로 손질해야 했으므로 축사는 늘 청결하게 유지해야 했다. 용의 배설물은 발톱을 부식시킬 수 있었다. 몇 달 전에는 빙충맞은 축사 일꾼이 바닥을 청소하는 데 쓰는 소독제 한 통을 놓아 두고 나온 일이 있다고 트리즘이 얘기했다. 용 한 마리가 1리터가량을 마시고 한 시간 후에 잠을 자다가 사망했다.

그리고 청소실에는 살포하기 위해 이미 마개를 딴 살균제 몇 통이 보관되어 있었는데, 트리즘이 청소방 열쇠를 가지고 있었다.

리르는 용을 보고 싶지 않았다. 오랫동안 혼수상태에 빠져 있었기 때문에 용에게 당한 끔찍한 일은 거의 잊어버렸으니 이제 와서 특별히 마음이 쓰이지는 않았다. 그러나 눈으로 보이지는 않아도 축사에 가득한 황금색 오물이며 난로가 뿜는 뜨거운 열기, 용이 내뿜는 숨결에 뒤섞인 지독한 암모니아 냄새, 살갗에서 풍기는 고약한 정액 냄새, 용이 목구멍 깊은 곳에서 가르랑거리는 소리에 숨이 막힐 지경이었다.

첫 번째 용이 위험한 액체를 담은 양동이에 코를 갖다 댔다.

"목 마르지 않니?" 트리즘의 얘기를 들으며 리르가 속삭였다.

"용은 영리해." 트리즘이 말했다. "그래서 훈련시키기가 용이하지. 가르치는 걸 금방 배우고 잘 기억하거든. 다른 놈이 죽거나 죽은 냄새를 맡으면, 소독제 탓이라고 생각할 거야. 아무래도 다른 걸로 위장해야겠어."

새벽 1시를 알리는 종이 울렸다. 제시간에 빠져나가려면 서둘러야 했다.

"마시지는 않아도 먹기는 하겠지." 트리즘이 말했다. "이쪽으로 와. 식량 창고는 여기 아래에 있어."

그들은 싸늘한 저장실로 허겁지겁 내려갔다. 돌판에 올려놓은 얼음 벽돌로 고기를 냉동 보관하고 있었는데, 고기는 낡은 신문지로 싸서 끈으로 묶어 두었기 때문에 그들이 자세히 들여다볼 필요는 없었다. 두툼한 고기 꾸러미는 안장 주머니만 한 크기로 엉성하게

싸 놓은 채였다.

"그만. 구역질은 안 돼." 트리즘이 거칠게 말했다. "네 냄새가 배면 녀석들이 먹지 않으려 들 거야. 이걸 사람의 살덩어리라고 생각하지 마. 필요한 약을 배달한다고 생각해. 이름 없는 신이 갈기갈기 찢긴 이 불쌍한 영혼과 우리에게 은총을 베푸시기를!"

"용에게도." 리르가 덧붙였다. 그는 이제 용을 보고 싶었다. 지난번에 용에게 습격받은 일을, 용이 그에게 보여 준 무시무시한 힘을 기억하고 싶었다. 그들이 지금 한아름씩 품에 안고 층계를 올라가는 꾸러미를 생각하지 않으려면 그렇게 해야 했다. 하지만 그게 불가능하자 갑자기 매운 눈물이 흘러나왔고 그는 억지로 마음을 다잡았다.

너는 샤이드에게 잡혀 의미 없이 죽을 운명이라고 생각했지만 다행히 그렇게 되지 않았어. 이제 너는 셸의 정부를 무너뜨리려 하고 있어. 선한 일을 가장 불경한 방법으로 행하는 셈이군. 맙소사.

리르와 트리즘은 고기 꾸러미에 독약을 발랐다. 그러고는 용 축사의 중앙 복도와 성당 회랑을 따라 재빠르게 올라가서 마치 불에 달군 석탄을 휘발유에 던지듯 튼튼한 돌문 너머로 용들의 야식을 집어던졌다. 선잠을 자던 용들이 깨어나서 날카로운 이빨로 겉포장을 찢어내고는 희미한 빛이 나는 작은 살덩어리를 게걸스럽게 먹어치웠다.

마지막 용에게 먹이를 던져 준 후에야 리르는 의자 위로 올라가 축사를 내려다보았다.

그 용에게서 희미한 구릿빛이 났다. 놈은 코를 킁킁대며 허겁지겁 배를 채웠다. 뒤엉킨 앞다리에서 무시무시한 힘이 느껴졌다. 녀석은 발톱을 숨겼다가 드러내고는 알맞은 자세로 서로 맞부딪쳤는데, 무슨 뿔인 것처럼 거기서 푸르스름한 빛이 났다. 녀석이 고개를 돌려 리르를 바라보았다. 먹이를 씹는 속도가 느려지면서 턱에서 침이 질질 흘러내렸다. 총명해 보이는 눈은 검은색과 황금색을 띠었고 꽁깍지처럼 길쭉하게 생긴 홍채가 가로 누워 있다가 모로 세워지면서 넓어졌다.

리르를 알아보는 것 같았다. 리르를 공격한 놈들 중 하나인 게 분명했다.

녀석은 몸을 일으키더니 육중한 날개를 뒤로 젖혔다가 앞으로 내밀어 뒷벽을 때렸다. 그리고 주둥이를 들어 올리고 피 묻은 이빨을 드러내고는 으르렁거리는 소리도 콧김 소리도 아닌, 우렁차게 포효하는 소리를 연달아 냈다.

"빌어먹을, 이건 좋지 않은 징조야." 트리즘이 리르의 어깨를 잡으며 말했다. "여기서 나가자."

"녀석들이 경보를 울리는군." 리르가 말했다.

"죽어 가는 중이야. 녀석들도 그걸 알고 있지. 적어도 한 놈은 그 이유도 알고 있어."

7

트리즘과 리르는 층계참에 멈춰 섰다. 한쪽 방향에 대성당으로 올라가는 계단이 보였다. 그들이 들어온, 밖으로 통하는 문이 조금 열려 있었다. 무슨 일인지 알아보려고 쿵쿵거리며 달려오는 발소리는 들리지 않았다. 밤새 콧김을 뿜으며 으르렁거리며 잠을 자는 게 용의 습성인지 오늘 밤의 소동이 새삼스럽지 않았던 것이리라.

리르가 트리즘을 잡았다.

"왜 그래?" 트리즘이 말했다.

"빗자루를 놓고 나갈 수는 없어. 그건 나 자신에게 한 약속이야."

"네가 버려 두고 가야 할 이유는 없어. 하지만 서둘러야 해." 트리즘이 열쇠로 층계참에 면해 있는 또 다른 문을 열었다. "여기서 기다려. 안에는 끔찍한 것들 투성이니까."

리르는 개의치 않고 그를 따라갔다. 두 사람은 함께 역모를 꾀한 셈이었으니 적어도 오늘 밤에는 같은 배를 탄 운명이었다. 리르는 공모자를 시야에서 놓치고 싶지 않았다.

천장이 아래로 비스듬하게 비탈진 것으로 보아 좁고 길쭉한 이 방은 대성당에 부속한 창고인 듯했다. 성스러운 장소에서 떼어 놓으려고 일부러 이렇게 낮게 지은 모양이군. 리르는 생각했다. 이 시간에는 난방 장치를 가동하지 않아서 음식을 절이고 말리는 데 쓰는 독한 식초즙 냄새가 가득했다.

트리즘이 부싯돌로 휴대용 기름 램프에 불을 밝혔다.

"나를 따라오려면 발밑을 조심해야 해." 그가 한 손으로 램프 빛을 막으면서 중얼거렸다. "빗자루는 벽장 안에 처박혀 있어. 자물쇠를 여느라 꽤 고생해야겠군."

트리즘은 무슨 작업을 하는지는 모르겠으나 일감이 그대로 쌓여 있는 경사진 작업대 사이로 서둘러 지나갔다.

"우리가 지금 얼마나 심각한 위험에 빠진 거지?" 리르가 물었다.

"앞으로 5분 이내를 말하는 거야, 아니면 짧고 별 볼 일 없을 우리의 나머지 인생 전부를 말하는 거야? 어차피 답은 마찬가지야. 아주 심각한 위험이지."

조그만 불빛이 트리즘을 따라 벽장 앞으로 멀어지자 어두운 그림자 속에서 조심스럽게 뒤를 따라가던 리르가 직경이 30센티미터가량인 나무 고리를 건드렸다. 그것들이 바닥에 떨어지며 요란한 소리가 났다.

"쉿, 되도록 조용히 해." 트리즘이 저음으로 윽박질렀다.

리르는 떨어진 물건을 주워 올리며 가만히 숨을 죽였다. 용들이 콧김을 내뿜고 으르렁거리며 날개를 거대한 풀무처럼 펄럭이는 소리가 아래에서 들려왔다. 트리즘의 낡고 묵직한 쇠 열쇠가 조그마한 유리 보석함 열쇠에 부딪혀 쨍그랑거렸다. 자물쇠를 낚아채고 열쇠를 꽂는 소리, 마른 사초잎과 밀짚이 바스럭거리는 소리가 들렸다. 빗자루, 엘피의 빗자루가 분명해. 여기서 다시 만나는구나.

리르는 트리즘이 돌아서야 빗자루를 보게 될 터였다. 그는 마치 사랑에 빠진 사람처럼 천장을 올려다보았다. 트리즘은 마녀의 망토를 대충 팔에 말아 걸고 빗자루를 겨드랑이에 낀 채 벽장 문을 닫고 자물쇠를 잠갔다. 그리고 돌아서서 램프를 높이 들고 리르가 있는 쪽을 비추었다. 그는 웃고 있었다. 그리고 어쩐지 내벽에 드리운 그림자에서 불쑥 나타난 얼굴들도 웃는 표정이었다. 열 개, 내지 열두 개의 얼굴들. 섬뜩한 부두교 인형 같군, 리르는 생각했다. 벗긴 얼굴 가죽들을 손상된 부분은 수선해서 아까 리르가 건드린 것과 비슷한 나무 고리 안에 소가죽 끈으로 매달아 놓은 것이었다.

"쉿, 아무 말도 하지 마." 트리즘이 말했다. "내가 안 보는 게 좋다고 했지."

8

잠시 후 두 사람은 열두어 개의 얼굴을 벽에서 떼어 내서 두 개의 가방에 집어넣었다. 리르가 그렇게 하자고 고집을 부렸다.

"자네 짓이라는 메모를 남긴다는 말이 진심이었다면 지금 그렇게 해. 잉크와 펜을 다룰 줄은 알지?" 트리즘이 말했다.

"물론이지." 리르가 말했다. "세인트프로즈에 다닌 적은 없지만 쓸 줄은 알아."

"입 닥쳐. 펜을 잡은 네 손이 떨릴까 봐 한 소리야."

리르는 두어 번 고쳐써야 했다. 양피지에 세 번째로 쓴 글이 그런 대로 놓아 둘 만했다.

내가 그대들의 겁쟁이 용 조련사를 납치해서 이 참혹한 짓을 멈추게 했다. 조련사는 고립된 여행자들에게 못된 짓을 한 대가를 치를 것이다.
엘파바의 아들 리르

"엘파바의 아들?" 트리즘이 말했다. "설마 그 엘파바?" 그는 새삼 경의로운 표정으로 리르를 쳐다보았다. 어쩌면 전혀 믿지 않는 표정, 아니 두려움이 움트는 표정이었을까?

"아닐 거야." 리르가 말했다. "하지만 아무도 증명할 수 없는 만큼 반박도 못 하겠지."

"겁쟁이라는 말은 지나친 거 아냐?" 트리즘이 메모를 다시 쳐다보았다.

"이제 가자."

"내가 대가를 치른다는 말은 그냥 한 말이겠지?"

"너는 대가를 치를 거야. 우리 모두 그럴 거야. 너는 대가를 치르겠지만 나한테는 빚이 없어." 그는 빗자루를 손으로 꽉 쥐었다. "나한테는 이미 값을 치렀지."

그들이 서둘러 밖으로 빠져나갈 때쯤 시끄러운 소리가 들려왔다. 독약을 먹은 용들이 발작을 일으키고 몸부림을 치며 대성당이 흔들릴 정도로 제 몸을 축사 벽에 마구 부딪히고 있었다.

9

밤이었지만 그들은 감히 여인숙이나 여관에 들어갈 생각을 못 했다. 에메랄드 시의 성문은 모두 닫혀 있었다. 짙은 안개 속에서 한참 동안 몰래 돌아다니던 그들은 어느 사설 묘지의 담장을 뛰어넘어 손수레와 흙 파는 기구 등을 보관하는 간이 창고에 들어갔다. 자욱한 안개는 어느새 천둥과 번개를 동반한 폭우로 변했다. 그들은 추위를 막으려고 망토를 뒤집어쓰고 가까이 몸을 붙여 앉은 채 부들부들 떨었다. 잠이 들기 전에 리르는 나직하게 중얼거렸다.

"콧노래는 안 돼, 지금은."

그들은 동트기 전에 깨어났다. 트리즘은 주머니에 돈이 넉넉했는지 처음 만난 행상인에게서 따뜻한 우유와 비스킷을 샀다. 두 사람은 발각되지 않고 에메랄드 시를 빠져나갈 가장 좋은 길에 관해 의견을 나누었지만 애초에 품었던 용기는 점차 사라졌다. 마침내 그들이 고른 길은 시즈 관문이었는데, 에메랄드 시와 길리킨 지방은 경제적으로 아주 밀접한 사이이고 그래서 사람들의 통행이 가장 왕성한 곳이었기 때문이다.

신의 섭리가 달리 섭리겠는가. 그들은 자갈에 바퀴가 깨진 짐마차를 힘들게 몰고 가던 늙은 상인을 도와주는 척하며 겨우 시즈 관문을 빠져나갔다. 초병들은 전날 밤의 대성당 습격 사건에 대해 떠드느라 그들에게 별반 주의를 기울이지 않았다. 소문이 벌써 여기까지 퍼진 것이다.

그들은 일단 관문을 통과하고는 목수를 찾아야 할 처지인 불쌍한 노인을 버려두고 길이 유턴 지점에 닿을 때까지 북쪽으로 터덜터덜 걸어갔다. 그들은 모자도 쓰지 않은 민간인 복장 차림으로 희미하게 빛나는 에메랄드 시를 왼쪽 어깨 너머로 보며 서쪽으로 걸어갔다. 태양이 솟았지만 금방 구름 속으로 사라졌다. 땅거미가 질 무렵에 그들은 서문의 외곽 지대에 도착했다. 리르는 두 호수 사이로 떡갈나무 숲을 지나 애플 프레스 농장으로 이어지는 남동쪽 방향의 길을 알아볼 수 있을 때까지 셰일샐로를 향해 계속 걸어가고 싶었다.

하지만 몸이 더는 움직이지 못할 듯하여 그들은 가진 돈을 셌다. 밤이 되자 전날보다 날이 추웠다. 그들은 켈스워터 도로변에 위치한 다 쓰러져 가는 여인숙 문간에 도착했다. '웰컴 암스'라는 간판이 가로등 기둥의 망가진 경첩에 대롱대롱 매달려 있었다. 바로 옆에서 길리킨 강이 힘차게 흘렀고 헐벗은 버들가지가 유령의 하프처럼 강 위로 드리워져 있었다.

"오늘 밤은 방이 많지 않구려. 겨우 두 개밖에 없다우." 헝클어진 머리카락이 보닛 아래로 흘러내린, 키가 크고 호리호리한 여주인이 말했다. "간밤에 마을 사람들이 신혼 부부를 축하하느라 법석을 떨었거든. 제일 좋은 방이 아주 엉망이 됐수다. 지긋지긋한 내 어머니도 그 방엔 들이고 싶지 않을 정도라우. 그건 천벌을 받을 일이지.

아무튼 지금은 방이 부족하우. 그래도 큰 방을 두 양반에게 내주고
싶진 않수. 성문이 닫히고 한 시간 후면 에메랄드 시에서 손님들이
몰려올지 모르니까. 정부 돈으로 값을 치르는 나리들이지. 혼자 사
는 과부에게는 쏠쏠한 일이라우. 아무튼 그 방 위에는 별로 쓰지 않
는 공간이 있수. 미안하게도 난로는 없지만 내가 담요는 잔뜩 넣어
드리지. 혈기 넘치는 젊은이들이니 추위는 그다지 못 느낄 거유."

그녀가 저녁이랍시고 내온 음식은 먼지가 잔뜩 묻은 질긴 양고기
였는데, 그나마 온기가 남아 있어서 먹을 만했다. 여주인은 마음이
외로웠는지 노란색 와인을 따라 주고 두 병을 비울 때까지 곁에서
놔주지 않았다. 그때 마당에서 말 울음 소리가 들렸고 그녀는 자리
에서 벌떡 일어났다.

"내가 기다리던 사람들이구먼. 괜찮다면 두 양반은 이제 잠자리
에 드시우."

트리즘과 리르는 올라가는 계단을 찾았다. 계단은 그들이 묵기로
한 방으로만 이어졌다. 아래층의 커다란 객실 위에 남는 공간의 구
조를 변경한 다락방이었는데 상태는 변변치 않았다. 일단 몹시 추웠
다. 손님에게 내줄 방이라기보다는 깃털 침대를 구색이나 맞출 요량
으로 갖다 놓은 창고라고 해야 적당했다. 경사진 벽마다 아치형 창
이 나 있었다.

리르는 여행가방 위에 털석 주저앉았다. 몸이 천근만근 같았다.
가방에는 먼지가 덕지덕지 붙어 있었다. 단 한 푼을 내는 것도 아까
운 방이었다.

트리즘은 몸을 씻으러 층계참 세면대로 나갔다. 리르는 가만히
어둠 속을 바라보았다. 그는 아무것도 보지 않았다. 용을 죽일 때의

냄새와 장면, 용을 죽이는 의미 등이 두서 없이 떠올랐다. 엘파바라면 어떻게 생각했을까?

하지만 그는 엘파바가 아니었다. 아니, 리르 자신으로 살아온 나날도 거의 없었다.

리르는 다만 빗자루를 찾고 그리하여 새들을 위해, 새들의 대변자로서 하늘을 날기 위해 그곳에 갔었다. 그렇게 하면 새들도 노르를 찾는 일을 도와주겠다고 약속하지 않았던가. 그런데 노르를 알아볼 수 있을까? 시간이 오래 흐른 지금 그는 노르가 어떤 모습일지 상상이 되지 않았다.

그러나 그는 더 많은 일을 해냈다. 용들을 몰살시킨 것이다. 새들은 이제 자유로이 하늘을 날아다닐 것이다. 그는 이제 새들을 위해 하늘을 날아야 할 필요가 없었다. 그가 하늘의 훼방꾼들을 제거했으니까.

"앉은 채로 자는 중인가?" 트리즘이 방으로 들어왔다.

트리즘의 금빛 허벅지 털에서 물기가 번들거렸다. 향긋한 비누 냄새가 나지는 않았고 시큼한 냄새가 다소 가셨을 뿐이었다. 목 단추를 끄른 채 레깅스 위로 꺼내 입은 그의 초록색 튜닉은 제법 길이가 길어서 수수한 잠옷용 셔츠로도 썩 어울렸다.

"아래층에서 나는 소리를 들어 보니 주인이 기다리던 단골들이 온 모양이야. 술깨나 마시겠군. 우리 잠이나 깨지 않았으면 좋겠어. 이 방 바로 아래에서 자야 할 사람들인데."

창문마다 오즈마 섭정 시대만큼이나 오래전에 만들어진 누추한 비단 커튼이 두툼하게 접힌 채 양쪽에 걸려 있었다. 리르는 북쪽과 남쪽, 동쪽, 서쪽의 밤 풍경을 차례로 보았다.

"침대로 와." 트리즘이 말했다. "더럽게 춥군."

리르는 대답을 하지 않았다.

"이리 와. 왜 그래?"

"달빛이…… 참 볼 만해." 리르가 말했다.

"자네가 침대에 눕지 않으면 나도 잘 수 없어. 내가 돌아누우면 자네가 칼이라도 쑤실지 누가 아나? '그는 대가를 치를 것이다.'라는 글귀를 똑똑히 기억하고 있다고."

"말이 그렇다는 거지." 리르가 몸을 덜덜 떨었다. "달빛이 기막히군."

트리즘이 화를 내며 자리에서 일어나 리르 곁으로 다가갔다.

"집착이야. 그런데 정말 아름답긴 하군. 이렇게 높은 데서 창밖을 내다볼 사람이 과연 얼마나 있을까? 자네를 위해 달빛을 막아야겠어."

2미터가량의 두툼한 커튼이 바닥에서 1미터 정도 높이인 창턱까지 드리워져 있었다.

"비켜 봐." 리르는 여행 가방을 창가로 끌고 와서 그 위에 앉아 있었는데, 트리즘이 리르를 가방에서 밀어내며 말했다. 그러고는 가방을 밟고 창턱에 올라가서 깨끗이 씻은 맨발로 창턱에 쌓인 먼지와 모래알을 훑어내며 자리를 잡았다.

트리즘이 발끝을 세우고 손을 뻗었다. 수십 년 동안 움직인 적이 없는 커튼은 꿈쩍하지 않았다. 그가 투덜거렸다. 달빛이 그의 귓바퀴와 왼쪽 어깨에 떨어졌다. 그는 손으로 커튼 봉 중앙을 가볍게 쥐고 양옆으로 슬었다.

"젠장, 군인들이 왔어." 트리즘이 말했다. "마당에 말이 다섯 마리가 있어. 황제의 마갑(馬甲)이야. 여기는 군인들의 아지트군."

"그럴 줄 알았어. '군인 환영'이라더니." 리르가 트리즘 뒤로 다가
와서 밖을 내다보았다. 트리즘이 손을 뻗어 올리자 셔츠 자락이 들
리면서 균형 잡힌 엉덩이가 드러났다. 창턱이 좁은 데다 트리즘의
자세가 불안했기 때문에 리르는 그가 아래로 떨어지지 않게 손을
내밀어 그의 엉덩이를 받쳐 주었다. 트리즘이 끙, 하며 신음소리를
냈다.

그가 겨우 비단 커튼의 첫 번째 소용돌이꼴 장식을 일이 인치 떼
어 내자 동전만 한 크기의 꽃봉우리처럼 생긴 푸른색 좀나방 서식
지가 불쑥 드러나더니 그들에게 떨어져 내렸다. 손가락도 없는 놈들
에게 천 번이나 꼬집힌 느낌이었다.

비단 커튼이 조금 더 움직였다. 낡은 태피스트리에서 잘라내서
창에 걸어 놓은 것이었는데 한때는 분홍색과 노랑색, 장밋빛으로 화
사한 빛깔이었을 테지만, 지금은 먼지와 때만 잔뜩 묻어 있었다. 그
래도 색실로 화사하게 표현한 아름다운 상류층 여성들의 얼굴이 손
상된 채로나마 흐릿하게 모습을 보였다. 좀나방은 권세가와 여주인,
아름다운 별관과 장미꽃이 만발한 정자, 그리고 상상의 바다 위에
떠 있는 섬을 갉아먹는 사신(死神)이다. 좀나방은 얼굴들을 산 채로
뜯어먹는다. 그들은 사람의 얼굴 위로 돌아다닌다. 그들에게 팔뚝은
반도이고 가슴뼈는 곶이며 가슴은 모래톱이다. 가까이서 들으면 북
처럼 울리며 굉음을 내는 바람에 좀나방으로서는 아무 소리도 듣지
못하는 가슴은 모래톱이다.

"이제 됐군." 트리즘이 가래 끓는 목소리로 중얼거렸다.

"제발." 리르가 말했다. "목소리를 낮춰. 군인들이 우리를 찾는

게 아닐지도 몰라. 주인 할멈은 취해 버려서 우리가 여기 있는지도 모를 거야. 하지만 도망갈 방법이 없어. 놈들이 잠들 때까지 조용히 하는 게 좋을 거야."

"창문에서 강으로 뛰어내리면 돼."

"우리는 이미 뛰어내린 셈이야." 리르가 말했다. "이제 그만하고 침대로 가자. 너를 먼저 뛰어내리게 할 거야. 그러면 역사에 남을 일이겠지, 안 그래? 어차피 발각될 바에는 그들이 열심히 찾게 하는 게 나을 거야."

10

몸이 무겁고 피곤했지만 쉽게 잠을 이루지는 못했다. 그들은 서로를 꼭 끌어안고 최대한 숨을 죽였다. 그런 상태를 더 이상 참을 수 없게 되자 그들은 얼굴을 베개에 묻었다. 몸이 지친 나머지 잠깐이나마 눈을 붙였는데, 리르가 잠들기 직전에 한 생각은 이러했다. 사람의 몸은 참으로 신기하구나, 다른 누구도 아닌 용 최면술사가 내 옆에 이렇게 누워 있다니. 내 가슴 위에 누워 있는 이 살덩어리로 채워진 세상에 대해 내가 무엇을 알겠는가.

앤손비와 버니가 (여자 말고) 사람에 대해서 알았던 모든 게 이런 걸까? 서로 옷보다 더욱 가깝게 붙어 지내던 그들은 어떤 기분이었을까? 얼마나 은밀하고 얼마나 평온한가. 그것은 대담하고 결정적인 결합이었다. 이거야말로 새로운 앎의 방식, 공기를 가르며 떨어지는 불타는 새로운 글자들이 아닌가? 그러나 입밖에 낼 수 있는 말은 그렇게 비참한 것이 아니었다.

마침내 죽음처럼 고요한 한밤이 되자 그들은 침대에서 기어나와 옷을 주섬주섬 걸치고 계단을 내려갔다. 저장실에서 햄 한 덩이를 훔쳤고 풀밭에 매어 있던 말 두 마리를 훔쳤다. 용을 다룰 줄 알았던 트리즘은 말을 달래는 방법도 잘 알았다.

그들은 말을 끌고 물소리가 다른 소리를 모두 파묻을 강가로 갔다. 숙소에서 2킬로미터쯤 벗어난 후에 트리즘이 리르에게 안장에 오르는 법을 가르쳐 주었다. 리르는 말을 타 본 적이 없었다.

"오늘 밤에 이런 걸 배워야 하다니." 리르가 투덜거렸다. "아야."

"그것도 역사가 되겠지. 이제 어디로 갈까?"

"함께 가려고?"

"아무래도 그래야겠지. 지금으로서는."

리르는 어깨를 으쓱했다.

"먼저 길리킨 강을 건너야 해. 그리고 켈스워터를 오른쪽에 끼고 떡갈나무 숲을 거쳐 남쪽으로 갈 거야." 애플 프레스 농장이 나올 때까지는. 그는 그렇게 생각했지만 그 말을 입밖에 내고 싶지는 않았다.

"이 지역은 잘 몰라. 하지만 우리가 강을 건너야 한다면 다리가 나올 때까지 기다려선 안 돼. 여기서도 충분히 건널 수 있어. 게다가 군인들이 말을 찾으러 돌아다닐 때 그들을 헷갈리게 할 수 있지."

달은 거의 땅으로 내려왔지만 말이 강물을 건너면서 안전한 길목을 고를 수 있을 만큼 충분히 밝았다. 그들은 두드러지게 우뚝 솟은 강둑에 닿았다. 뒤를 돌아보니 웰컴암스 여관이 보였다. 2층이 약간 작았기 때문에 한쪽이 주저앉은 장화처럼 보였다.

"사도의 장화로군." 리르가 말했다.

"사도는 샌들만 신는 줄 알았는데. '사도의 힘' 선전물을 보면 그렇잖아."

그들은 새벽까지 낡은 길을 따라 천천히 말을 몰았다. 하늘이 서서히 밝아졌으나 우유에 당밀을 섞은 것처럼 여전히 어둡고 음침해서 아무것도 뚜렷이 보이지 않았다. 그들은 눈발이라도 날려서 그들의 발자국을 덮기를 바랐지만 눈은 내리지 않았다.

그들은 입으로 내쉰 숨이 뽀얗게 보이는 추운 새벽녘에 셰일샐로 가장자리에 닿았다. 그들은 더 빨리 움직이기 시작했다. 이제는 서로의 모습이 더욱 분명하게 보였지만, 대낮에 눈을 마주치기는 곤혹스러웠다. 그들은 거의 말을 하지 않았다.

포위

1

약제사 수녀가 수건으로 머리를 말리고 있을 때 의사 수녀가 세면실로 허겁지겁 뛰어 들어왔다.

"그가 돌아왔어요."

약제사 수녀는 '그'가 누군지 물을 필요가 없었다.

"소녀도 함께?"

"아냐. 어느 소년과 함께였어. 아니, 청년."

"자매님, 베일 쓰는 걸 좀 도와줘. 급해요."

그들은 계단에서 요리사 수녀를 만났다.

"내가 의사는 아니고 겨우 요리사에 불과하지만 둘 다 배를 곯은 게 분명해요. 한 명은 지독한 영양실조에 걸렸더군요." 그녀가 청년들의 상태를 전해 주었다. "둘 다 소시지와 콩 요리를 세 그릇째 비웠어요. 원장 수녀님께서 원장실에서 기다리고 계십니다."

실제로 원장 수녀는 두 수녀를 기다리고 있었다. 양손을 무릎 위에 올려 놓은 채 눈을 감고 기도를 올리는 중이었다.

"기다리게 해서 미안합니다." 두 수녀가 가까이 다가오자 원장 수녀는 그렇게 말했다. "믿음이 강해서가 아니라 내 의무라서 그래요. 거기 앉아요."

"리르가 돌아왔다는 얘기를 들었습니다." 의사 수녀가 말했다. "그를 보러 가고 싶군요."

"상태를 살펴봐야 하니까요." 약제사 수녀가 조급하게 말했다.

원장 수녀가 눈살을 찌푸렸다. 약제사 수녀가 얼굴을 붉혔다.

"아니, 제 말은 청년이 앓은 특이한 병의 원인을 알아내는 게 우리의 직무상 꽤 도움이 된다는 뜻이었어요. 캔들이 그의 병을 고치는 데 어떤 요법을 썼는지 우리는 전혀 모르잖아요."

"물론 그렇겠지." 원장 수녀가 말했다. "나도 정말 알고 싶은 일이에요. 하지만 아침에 따로 할 일이 있어요. 불쑥 청년들이 찾아와서 식당에서 아침을 먹는 줄은 알고 있지만, 내 조언을 구하는 손님이 예배당에서 기다리고 있어요. 약속을 깰 수는 없어요. 그러니 두 사람이 젊은이들을 만나 보고 사정을 내게 말해 줘요."

"네, 원장님."

원장 수녀는 그들을 내보냈다. 하지만 금방 다시 불렀다.

"수녀님들."

그들이 돌아섰다.

"너무 많은 질문을 퍼붓는 건 두 사람의 나이와 지위에 어울리지 않는 일이에요. 청년들을 떠나게 해서는 안 돼요."

"무슨 말씀이세요?" 의사 수녀가 물었다. "지난번에 우리가 그를 찾을 때는 그가 스스로 떠났습니다."

"아직 별 말은 안 했지만 피난처가 필요해서 이곳으로 왔을 겁니다." 원장 수녀가 말했다. "오히려 금방 가지 않을까 봐 걱정이지. 시간은 많아요. 관심은 많겠지만 지나친 건 금물입니다."

"네, 알겠습니다."

"가 보세요."

그들은 가만히 서 있었다.

"그만 가 보라고요!" 원장 수녀가 피곤한 목소리로 되풀이했다.

그녀는 다시 눈을 감았지만 이번에는 기도를 하는 게 아니었다. 겨울이 다가오고 있었다. 세인트글린다 수녀원에 다시 겨울이 찾아오고 있었다. 난로도 그녀의 얇은 살갗을 데우지는 못하고 과일들은 식품 저장실에서 파리하게 익어 갈 터였다. 정원에서 할 일이 줄어들면서 재봉실에서 잡담이나 불평을 늘어놓는 수녀들이 많아질 테고 그러면서 수녀원에는 새로운 동요가 일 게 뻔했다. 건물마다 땜질이 필요한 구멍도 생길 것이고 몇몇 늙은 수녀들을 무덤으로 데려갈 오한 증상도 다시 찾아올 것이었다. 원장 수녀는 이번에는 자기 차례가 아닐까 생각했다.

그러나 그런 건 바랄 수는 없었다. 원장은 그것을 바라지 않았다. 그녀가 아직 이 따분한 여인들을 다스리기 한참 전인 유년 시절에는 겨울철도 풍요로운 계절이었다. 교단에 들어온 엄격한 정식 수녀들조차 즐겁게 기억하는 럴라인마스의 들뜬 분위기며 세탁물을 푸르스름하게 물들이듯 자작나무 그늘을 새하얀 눈밭에 드리우는 햇빛, 바람에 따라 아래위로 흩날리는 눈발, 그리고 다시 돌아와서 즐겁게 지저귀는 새들의 합창 소리에 깨어나는 신선한 봄기운까지.

그녀가 가장 선명하게 기억하는 것은 첫 꽃봉우리가 터지는 정원이었다. 노랑수선화와 필라르테와 아네모네는 그녀 어머니의 화장대에 놓여 있던 딕시하우스의 사기 장식품처럼 아름다웠다. 그녀는 오랫동안 필라르테를 보지 못했고 오직 마음속으로만 그려 보았을 뿐이다.

그녀는 겨울을 버틸 수 있는 힘을 달라고 기도했다. 요즘에는 그녀가 그렇게 좋아하던 기도문을 채 넉 줄도 외기 전에 마음은 이미 어린 시절에 놀던 풀밭이나 정원으로 미끄러지곤 했다.

원장 수녀는 정신을 차리고 자신을 꾸짖었다. 그러나 서 있기조차 힘들었다. 벌써부터 추운 날씨가 관절에 영향을 미치고 있었다. 내방객을 맞으러 갈 채비를 갖추는 내내 몸이 삐걱거렸다. 이마를 닦는 데 쓴 수건이 낡은 것을 보니 지금 맞으러 가는 손님이 상당한 액수, 아니 적은 액수라도 기부금을 내러 온 것이었으면 좋겠다는 생각도 들었다. 하지만 원장 수녀는 그런 일을 바라고 기도를 하는 건 적절치 못하다는 느낌이 들어서 그런 쪽으로는 기도를 하지 않았다.

지혜란 기적을 이해하는 게 아니지. 그녀는 새삼 그런 말을 중얼거렸다. 지혜란 기적이 인간의 이해를 초월해 있음을 그대로 수긍하는 거야. 그런 게 바로 기적이지.

두 청년은 커피잔을 거의 쏟을 뻔했다.

"밤새 돌아다니느라 한숨도 못 잔 모양이구나." 의사 수녀가 퉁명스럽게 말했다. "길도 모르면서 함부로 돌아다니는 건 위험하고 바보 같은 짓이야. 에메랄드 시에서 오는 길이지?"

"좀 헤맸어요." 리르가 말했다.

의사 수녀는 그래스 트레일 마차대의 오치 맹글핸드가 그를 데려 왔을 때 약제사 수녀랑 그를 돌본 일이 있다고 말해 주었다.

"그때 기억이 좀 있어?"

"저는 아는 게 거의 없어요. 전혀 쓸모 없는 사람입니다."

"치즈 좀 더 있나요?" 트리즘이 맥주를 들이키면서 말했다.

"유감스럽게도 너는 이곳에서 몇 주 동안 머물렀지." 의사 수녀가 리르를 보며 말했다. "우리가 돌보지 않았으면 너는 아마 죽었을 게다."

"그런 소리 하지 마세요. 나는 어쨌든 살아남았어요. 그게 잘된 일인지는 모르겠지만."

"의사 수녀님은 캔들이 어떻게 너를 살려 냈는지 알고 싶으신 게야." 약제사 수녀가 끼어들었다. "그 애는 라일락처럼 말이 없었는데 어딘지 모르게 신비한 힘을 가진 듯했어. 그 애가 너에게 기적을 일으켰지."

"직업적 호기심 때문에 묻는 거다." 의사 수녀가 말했다.

"직업적 질투심이기도 하지." 약제사 수녀가 솔직하게 인정했다.

"모릅니다." 리르는 비밀스러운 표정을 지었다. "아무튼 나와 상의한 적은 없었으니까요."

"그 애는 독을 걸러낸 거야, 칼로 상처를 내서 피를 빨아 냈지. 아주 잘한 일이었어." 근처의 의자에 앉아 있던 늙은 수녀가 불쑥 말했다. 그들은 누가 거기에 있는 줄도 몰랐다.

"어머, 야클 수녀님!" 의사 수녀가 점잖게 외쳤다. "오늘은 말씀이 많으시네요!" 그녀는 약제사 수녀와 눈짓을 교환했다. 실성한 노인네. 노망난 다른 노인네들이랑 햇빛이나 쬐고 있을 일이지.

"캔들은 비상한 직감을 타고난 아이야." 야클이 말했다. "바보 녀석들이야 그저 침대에서 뒹구는 걸로 만족하지만, 진짜 남자들이 만들 수 있는 정액을 짜내려면 럴라이나의 딸은 돼야 할걸……."

"수녀원에서 그런 말씀을 하시다니 부끄러운 줄 아세요." 약제사 수녀가 말했다. "젊은이들이 이해하게. 저 나이가 되면 정신이 오락가락 하고 할 말 안 할 말을 가리지 못하는 법이라네."

리르는 고개를 돌려 노파 수녀를 바라보았다. 베일을 앞으로 내리고 있었는데도 흉측하게 생긴 길쭉한 콧구멍이 보였다.

"나무들이 무성한 과수원으로 우리를 보내신 분이죠?"

"그럴 리 없어!" 약제사 수녀가 말했다. "리르, 늙고 노망 든 노인네야. 신경 쓰지 마."

"내 일은 내가 알아서 해." 야클 수녀가 남자처럼 걸걸하고 낮은 목소리로 느릿하게 말했다.

"어련하시겠어요." 의사 수녀가 말했다.

"내가 자네들이었다면 그 군인들의 말을 돌려보냈을 거야." 야클 수녀가 말했다. "너희들도 그곳에서 말이 발견되는 걸 바라진 않았겠지."

리르는 어깨를 으쓱하고는 고개를 끄덕였다.

"잠깐!" 의사 수녀가 말했다. "여기는 잡담하는 곳이 아니야. 그만들 하지, 젊은이들. 우리는 좀 더 솔직해질 필요가 있어."

하지만 트리즘은 의자 등받이에 기대 잠이 들었고 리르도 눈꺼풀이 무겁게 내려앉았다. 수녀들은 그들을 손님 방의 간이 침대로 데려가서 담요를 내주고 물러가는 수밖에 다른 도리가 없었다.

2

리르는 딱딱한 밀짚 침상에서 몸을 이리저리 뒤채면서 잠을 잘
이루지 못했다. 전에도 와 본 곳 같았다.

실제로 그러했지만 기억은 희미했다. 어린 시절에는 엘파바의 치
맛자락이나 나무 주발에 담긴 음식에만 정신이 팔려 있었다. 옥수
수 죽을 많이도 먹었다. 그리고 얼마 전에는 다치고 정신을 잃은 혼
수상태에서 열에 들떠 과거를 헤매었다. 그와 캔들이 수녀원을 떠난
밤에도, 캔들이 그를 등에 업고 계단을 내려가던 날 밤에도 홀은 어
두웠다. 그는 당나귀가 끄는 수레에 실려서 순식간에 잠에 빠져 들
었는데, 그것은 과거를 헤매는 잠이 아니라 피곤에 절어 곯아떨어진
진짜 잠이었다.

그때가 캔들의 존재를 처음 느낀 순간이었다. 당나귀 한 마리의
힘과 의지에 운명을 내맡기고 속옷만을 걸친 채였다. 거의 알몸이었
던 캔들의 어깨에 야클 수녀가 망토를 걸쳐 주었을 뿐이었다. 다시
이 수녀원으로 돌아온 리르는 최근의 기억을 더듬었다. 그때 캔들의
음악을 들으며 과거의 기억을 찾았듯이. 어쩌면 자기가 정말로 캔들
과 잠을 잤고 그래서 임신을 시켰는지에 관해, 아니 자기가 그녀를
사랑했는지에 관해 좀 더 알아볼 일이 남아 있을지도 모른다.

리르는 동쪽으로 1미터 옆에서 코를 굴며 잠들어 있는 트리즘으
로부터 수천 킬로미터나 멀리 외로이 떨어진 느낌이었다. 리르는 그
에게서 돌아누워 벽을 바라보았다. 캔들은 리르에게 간단하면서도
종잡기 힘든 요령부득의 암호나 다름없었다. 기억은 희미하기만 했
다. 기억에서 뭔가 쓸 만한 내용을 끄집어낼 수가 없었다. 어수선한
마음을 달래기 위해 그는 기억을 더듬어 마음속으로 마치 유령처럼

돌아다니며 수녀원을 살펴보았다.

원래는 성채로 지어진 게 분명했다. 셰일샐로에서 보기 드문 녹지의 언덕에 세워진 일종의 요새였는데, 맨 아래층에는 창이 없었고 정문은 철제 가새를 보강해서 튼튼하게 만들어 놓았다. 도개교가 달랑 하나 걸린 해자(垓字) 건너에 취사장이 있었고 그 너머에 채마밭과 소 축사가 있었다.

포위 공격에 오래 버틸 재간은 없어 보였다. 높이가 우뚝하지만 요즘처럼 어수선한 시절에는 오랫동안 불안한 나날을 겪은 탓이었다. 경찰 병력이 강제로 진입을 시도하면 늦출 수는 있어도 멈출 수는 없을 듯했다.

그래도 마음만 먹으면 암소 몇 마리쯤은 실내로 들여놓을 수 있었고 층계 아래에는 건초 더미가 쌓여 있었다. 선반에는 수확한 과일이 가득했고 치즈는 물론이고 선지 소시지와 말린 양고기, 아홉 종류의 살라미 소시지 등이 여물통을 가득 채우고 있었다. 그리고 버섯을 쌓아 둔 저장실과 말린 생선을 쟁여 둔 창고가 하나씩 있었다. 게다가 이런 시골 구석에는 귀하고 드문 와인이, 가히 실내의 샘이라고 해도 좋을 만큼 풍부하게 저장되어 있었다.

꿈속에서 그는 라이플총을 찾으려고 벽장을 샅샅이 뒤졌고, 창문에 밀어 놓을 만한 옷장을 찾아 방마다 돌아다녔다. 그러나 그는 원장 수녀가 귀한 손님에게 기부금의 지출 예정표에 관한 질문을 하는 장면은 보지 못했다. 야클 수녀가 아침에 햇빛을 쬐며 꾸벅꾸벅 조는 모습도 보지 못했다. 의사 수녀와 약제사 수녀가 그들의 작은 방에서 앞으로 해야 할 일에 관해 가벼운 말다툼을 하는 소리도 듣지 못했다. 어느 방에도 수녀나 손님, 거미, 쥐, 빈대 등은 없었고,

그가 알아볼 수 있는 이름 없는 신도 존재하지 않았다.

리르는 아파서 누워 지냈던 꼭대기 방에서 골풀로 바닥을 댄 의자에 양손을 비튼 채로 빛을 피해 앉아 있는 어떤 여자의 형상을 보았다. 말쑥하고 단정해 보이기 위해서가 아니라 머리카락이 거추장스러워서 검은 머리를 둥글게 말아 올린 모습이었다. 여자는 눈을 감고 있었지만 그는 그녀가 기도를 하는 중이라고는 생각하지 않았다. 그는 그녀가 무엇을 하는지 알지 못했다. 그녀의 발 옆에는 어린 나뭇가지로 엮어 만든 큼지막한 바구니가 놓여 있었는데, 그는 바구니 안을 들여다보지 않았다. 아니, 그럴 수가 없었다. 가끔 그녀는 검정색 치맛단 밑에서 슬며시 맨발을 꺼내 바구니를 살짝 건드렸다. 바닥이 둥근 바구니는 한동안 좌우로 흔들렸다. 그렇게 간혹 가다 녹색 발이 나타나서 바구니를 뒤흔들곤 했다.

리르는 별안간 잠에서 깼다. 벌써 한낮이었고, 수녀원은 점심거리로 마련된 따끈한 부추와 양배추국 냄새로 가득했다. 트리즘은 여전히 베개에 머리카락을 흐뜨린 채 잠을 자고 있었다. 말발굽 소리가 점점 커졌다. 리르는 트리즘에게 입을 맞추어 그를 깨우고 싶었지만, 그런 짓을 할 시간은 지난 느낌이 들었다.

그래도 그는 그렇게 했다. 트리즘은 신음 소리를 내며 자리에서 일어났다.

"우리 서클에서는 그런 짓을 하지 않아."

우리 서클이라니, 세인트프로즈 학교를 말하는 건가? 아니면 가족? 시민군? 상관없었다.

"그래? 네 서클은 점점 커진 것 같군, 안 그래?"

"형편 없이 오그라들었지." 트리즘이 손을 뻗어 구두를 잡으며
말했다.

3

"그들은 두 젊은이를 찾고 있어요." 의사 수녀가 말했다.

"그래요." 원장 수녀가 대답했다.

"한 사람이 다른 사람을 납치했다고 합니다."

"우리 손님들은 인질과 납치범보다는 더 허물 없는 사이처럼 보
여. 안 그래요?"

"그렇긴 합니다만……."

"군인들에게 그들이 찾는 사람은 없다고 하고 그만 가 보라고 전
해요."

"아주 위험한 자들이라고 합니다, 이 젊은 친구들이 말입니다. 안
그래도 성질 사납기로 유명한 용들을 흥분시켜서 에메랄드 시의 대
성당을 파괴했답니다. 신성을 짓밟았다는 게지요."

"끔찍하군. 하지만 내 눈에는 두 젊은이가 그렇게 위험해 보이지
않아. 영양이 부실하고 기분이 오락가락 하기는 하지만 그리 위험한
친구들은 아냐."

잠시 후 의사 수녀가 돌아왔다.

"그들이 찾는 두 사람 중에 한 명이 리르라고 합니다."

"그렇군. 아무튼 그는 여기 없다고 말해요."

"원장님. 적당한 처사인지 여쭙고 싶네요. 거짓말이 아닌가요?"

"그들이 찾는 둘 중 한 명이 리르라면, 한 명은 리르가 아니지. 바로 그 친구에 대한 대답인 셈이에요. 그러니 그는 여기에 없다고 말해요."

"그건 교묘한 변명 같습니다만."

"나는 정신이 흐리멍덩한 늙은이예요. 쓸데없이 고민하지 말고 시키는 대로 해요." 원장 수녀가 퉁명스럽게 대답했다. "책임은 내가 질 테니, 내가 시키는 대로 전해요."

잠시 후에 의사 수녀가 돌아왔다.

"이번엔 더 확실하게 얘기하더군요. 사악한 서쪽 마녀의 아들인 리르 트롭을 찾는다고 사령관이 말합니다."

"의사 수녀, 내가 살아서 숨을 쉬고 있는 한, 자네는 쓸데없는 일에도 내 권위에만 의존하려 들겠군요. 굳이 내가 모든 대답을 해야 하나? 자네는 혼자 생각할 줄 몰라? 내가 아는 한 리르가 마녀의 아들인지 아닌지는 아무도 몰라요. 다시 말하지만 그들이 찾는 사람에 대해 우리는 분명한 대답을 해 줄 수 없어요. 다른 곳에서 찾아야 할 거야. 그들에게 내 축복을 전하고 서두르라고 전하게. 이 말도 내가 직접 해야 하나?"

의사 수녀는 필사실 창문 밖으로 원장의 말을 큰소리로 전했다.

"죄인을 숨기고 있지 않다면 문을 열어 주지 못할 이유가 무엇입니까?" 사령관이 물러나지 않고 버텼다.

"봄맞이 청소 중이요."

"아직 초겨울 아닙니까?"

"예정보다 늦은 거요. 그래서 아주 바쁩니다."

"범인을 숨기느라 바쁘신 게지요."

"무례하게 굴고 싶지는 않지만, 지금은 할 일이 많소. 잘 가시오."

늦은 오후가 되자 그들이 문에 던지는 돌멩이 소리가 참을 수 없는 지경이 되었다. 원장 수녀가 직접 창가에 모습을 드러냈다. 무장한 군인들은 원장 수녀의 떨리는 목소리를 듣기 위해 잠시 공격을 멈추어야 했다.

"지금은 여러분을 맞이하기가 적당하지 않은 때요." 그녀가 말했다. "공동체 생활을 하는 여인들은 달거리도 동시에 하는 경향이 있다오. 다들 기분이 언짢고 시무룩한 상황이오. 아무리 무례하게 문을 두들겨도 우리는 군인들을 안에 들일 생각이 없소. 제발 부탁이니 그만 가 보시오."

"원장 수녀님, 이 수녀원은 애초에 궁전에서 설립 인가를 받았습니다." 사령관이 말했다. "제가 문을 열어달라는 것도 궁전의 허가를 받은 일입니다. 여러분이 고집스럽게 저항하는 것은 죄인을 숨기고 있다는 증거입니다. 간밤에 그들이 어느 여관에 묵은 사실을 알고 있습니다. 하룻밤 만에 여기보다 더 멀리 갈 수는 없습니다."

"권한 문제는 보기보다 복잡하오." 늙은 원장이 대답했다. "나도 차가운 바람을 맞으며 이곳에 서서 그 문제를 충분히 논하고 싶지만 내 낡은 폐는 그것을 견디지 못할 거요. 물론 우리 수녀원이 애초에 에메랄드 시 대성당을 통해 궁전으로부터 설립 인가를 받은 것은 사실이오. 하지만 그 궁전은 여러 세대 전에 오즈마가 다스릴 때의 궁전이었소. 게다가 우린 이미 자치권을 얻었소."

"오즈마 궁전은 오래전에 없어졌습니다. 지금은 황제의 궁전입니다. 황제는 모든 유일교도들의 찬사를 받고 있습니다. 황제는 신의 사도이기 때문에 원장님도 그의 명령을 따라야 합니다."

"그는 벼락출세한 황제에 불과하오. 그리고 내 눈에는 그가 이름 없는 신을 증거하는 사람으로 보이지 않군요." 원장 수녀가 말했다. "그가 바라지 않는 한 나도 그에게 이름 없는 신에 관해 말해 줄 생각이 없소. 그는 제멋대로 믿음을 독점한 사람이므로 나는 그를 인정하지 않소. 우리는 비록 동상에 걸릴지라도 우리 자신의 발로 굳건히 서 있을 작정이오. 아무에게도 머리를 조아리거나 굽신거릴 생각이 없소."

"이것은 세인트글린다 수녀원이 황제의 영적 권위를 부정하는 유인물이 나도는 상황을 묵인한다는 뜻입니까?"

원장 수녀는 아주 모호한 몸짓을 했다.

"훌륭한 원장 수녀님, 그건 궁전에서 알아듣지 못할 대답입니다. 지금 여기서 사치스러운 신학 논쟁을 할 여유는 없습니다."

"내게는 사치가 아니오."

"여러분이 그 소년을 숨기고 있다는 것을 알고 있습니다. 내가 켈스의 키아모코에서 만났을 때 그는 아직 어린 소년이었어요. 운명이 우리를 한 번도 아닌 두 번씩이나 만나게 했을 때도 그에게 선동자의 자질이 있다는 것은 생각도 못해 봤습니다. 그에게 에메랄드 시의 올바른 대의를 일러 주는 게 제 일입니다. 어쩌면 그는 엘파바나 엘파바의 잃어버린 마법책 『그리머리』에 대해 알고 있을지도 모릅니다. 퀴어어에서는 그를 개인 비서로 임명하기도 했습니다. 내가 그 아이를 출세시킨 셈이지요. 나는 힘이 닿는 대로 그를 아버지처럼 보살폈습니다. 엘파바랑 비교할 아이는 못 됩니다. 엘파바의 아들일 리도 없어요. 그러기엔 너무 고분고분하고 얌전합니다. 이제 그만 포기할 때입니다. 그는 황제의 병사 한 명을 납치하고 대성당을 파괴했습니다."

"사령관, 말을 삼가시오." 원장 수녀가 입을 열었다. "일단 그 옛 날식 석궁부터 내려놓으시오. 당신들이 방해해서는 안 될 손님이 와 있소."

그녀는 뒤로 돌아서서 손짓을 했다. 누군가 창가에 모습을 드러 내더니 자기 이마에 얹힌 숄을 걷어냈다. 햇빛에 비친 눈썹이 반짝 거렸다. 원장 수녀가 말을 이어 가는 동안 체리스톤 사령관이 신호 를 보내자 군인들이 무기를 내려놓았다.

"처프리 경의 미망인이자 오즈의 전 수상이 자신과 이름이 같은 수녀원으로 피정(避靜)하기로 했소. 글린다 부인이 와 있소."

4

한 수녀가 리르에게 문을 열어 주고 나무 판자로 벽을 두른 응접 실을 가리켰다. 그러고는 뒤에서 소리 없이 문을 닫았다.

"시골에 계신다는 말을 들었어요." 리르가 말했다.

"그랬지." 글린다가 대답했다. "지금도 그래. 우리의, 아니 내 목 베거홀에서 나와 여행을 하다가 이 수녀원에 재산을 기부하려고 올 생각이었다. 처프리 경이 많은 재산을 남기셨고 나는 그걸로 좋은 일을 하는 여인들을 도와주기로 했지."

"그런데 간밤에 집사가 대성당이 공격당했다는 소식을 갖고 찾 아오는 바람에 예정을 바꾸고 이곳으로 직접 왔어. 나는 이 수녀원 과 특별한 관계가 있지. 체제가 바뀌기 전에 어떻게든 상속받은 재 산을 정리하고 싶구나."

이런 상황에선 우스운 얘기지만 글린다는 한층 더 매혹적이었다.

"친숙한 얼굴을 뵈니 기분이 좋네요."

"너를 이런 곳에서 보게 될 줄은 정말 몰랐구나. 엘파바도 이곳에 머문 적이 있지. 내가 이곳을 후원하기로 한 이유이기도 해."

"알고 있습니다."

"죽음을 앞둔 사람들을 보살폈지."

"그리고 살아 있는 사람들도요." 리르가 바구니 꿈을 떠올리면서 말했다. "아저씨 일은 유감입니다."

"괜찮아." 글린다는 그렇지 않다는 듯 손을 내젓고는 끈 달린 둥근 장식물로 콧구멍을 토닥거렸다. "우리는 각자 제 삶을 살았어. 그런 결혼 생활이었지. 이제 그는 영원히 자기 길을 간 거야. 살아 있을 때보다 지금이 더 그립기는 하지만, 금방 나아질 거야."

글린다는 곧 쾌활해졌다.

"이제 네 얘기를 해보렴. 지난번에 너를 봤을 때는 어린 꼬마 친구를 찾으러 씩씩하게 남쪽계단으로 갔었지. 그런 다음에는 네 소식을 듣지 못했구나. 궁전에 할 일도 많았고 정부를 전복하려는 음모를 억누르느라 바빴다." 그녀는 리르를 똑바로 쳐다보았다. "그래도 네가 떠나자마자 널 잊어먹은 일은 좀 가혹했어. 나는 언제나 사람들을 제대로 챙기질 못했어. 아무튼 미안하구나."

리르는 가끔 글린다가 엄마였으면 하고 바라던 일이 생각났다. 그는 그런 생각을 떨쳐냈다.

"황제가 누군지 아시죠? 다름아닌 셸이더군요. 엘파바의 막내 동생 말이에요."

"동생이 마법사의 뒤를 이었다는 소식을 알게 되면 정말 놀라겠구나!"그녀는 침울한 표정이었다.

"놀란다는 말도 틀린 말은 아니겠지요."

"그래, 그래. 실은 화를 내겠지. 네가 무슨 말을 하려는지 알아. 신앙은 새로운 정치적 최음제라는 거지."

리르는 어깨를 으쓱했다.

"엘파바의 죽음에 대해 사람들이 무엇을 느끼든 저하고는 상관없어요. 시간이 가면 사라질 그림자이고 메아리일 뿐이에요."

글린다는 기도서를 닫았다. 그녀는 결코 열성적인 신자는 아니었다.

"네가 사방에서 본 구호는 틀린 말이 아냐. 그녀는 살아 있어. 엘파바는 살아 있어."

리르가 말을 가로막았다.

"저는 그런 감상이 싫습니다. 그런 의미라면 학살자나 얼간이도 모두 '살아 있는' 셈입니다."

글린다가 턱을 추켜세웠다.

"아냐, 리르. 그녀가 살아 있는 거야. 사람들이 엘파바에 관해 노래를 부르고 있어. 너는 생각도 못 해 본 일이겠지만, 그들은 분명 노래를 부르고 있어. 그녀의 이름 주위에는 언제나 음악이 들려. 그만큼 사람들은 그녀에 관해 기억하고 싶은 게 있는 거야. 그걸 다른 사람들에게 전하고 있는 거지."

"추억만이 아니라 거짓말과 희망도 전하는 겁니다."

"너는 위로받고 싶지 않은 모양이로구나. 그게 바로 네가 엘파바의 피붙이라는 증거야. 그녀도 비슷했지. 아주 비슷했어."

428

5

그날 저녁 상황은 급박하게 돌아갔다. 수녀들은 가장 높은 창문에서 사방을 살펴보고는 수십 명의 무장 군인들이 셰일섈로에 막사를 세우고 있다는 소식을 알렸다. 군인들은 채마밭으로 난입해서 과즙 따위를 얻으려고 헛간을 뒤졌다.

"군인들에게 식사를 대접하지 않는 건 너무 인정머리 없는 처사일지 모르겠어. 하지만 그렇게 하면 엉뚱한 생각을 하겠지."

리르와 트리즘은 원장 수녀와 얘기하고 싶었다. 그들은 계단에 놓인 의자에 앉았다.

"저희 때문에 수녀원을 위험하게 할 수는 없습니다." 리르가 말했다. "트리즘과 저는 시민군에서 복무할 때 많은 생명을 희생한 책임이 있습니다. 용들이 대성당을 파괴한 사실은 몰랐어요. 그럴 의도도 없었고요. 인명 피해가 있었는지도 모릅니다. 더 이상은 폐를 끼치고 싶지 않습니다. 저희가 스스로 밖으로 나가겠습니다."

"인명 피해는 없으니까 그 점은 안심하게." 원장 수녀가 말했다. "한밤중이었던 게 다행이었어. 헛간과 저장실도 쏟아지는 파편에 무너졌지만 사람은 없었다고 하더군. 그런데 자네들을 잡으러 온 자들은 대성당을 파괴하는 게 자네들의 진짜 목적이었다고 생각하는 모양이야. 용들은 성당이 무너지는 바람에 덩달아 죽었다는 게지. 그리고 자네들을 내보내는 문제는 회의를 열어서 의논을 해봐야겠어. 그 다음에 결정해도 늦지 않아."

"회의라니요?" 리르가 말했다.

"나도 몰라. 일단 해봐야 알지."

그들은 예배당에 모였다. 수녀원에서 유일하게 손님과 수녀들이 모두 모일 수 있는 장소였다. 주방에서 설거지를 하거나 노인들을 돌보거나 아니면 혼자 조용히 기도를 올리거나 일찍 잠자리에 드는 수녀들도 있었기 때문에 저녁 예배는 보통 돌아가면서 참석을 했지만, 오늘 밤 원장 수녀는 노망기를 보이는 야클 수녀 등 은퇴한 수녀들까지 한 사람도 빠짐 없이 모두 참석하라고 명했다.

글린다 부인은 후원자였는데도 귀빈석을 사양하고 늘 걸고 다니던 다이아몬드 목걸이 대신 수수한 리넨 주름 옷깃을 목에 두른 차림이었다. 이런 관행에 익숙지 않은 리르와 트리즘은 멀뚱멀뚱 서 있을 뿐이었다. 나이 든 수녀들은 휠체어를 타거나 부축을 받고 예배당에 들어왔고, 젊은 수녀들은 원장 수녀가 앉으라고 말하기 전까지 무릎을 꿇은 채 기다렸다.

"기도를 하려는 게 아냐. 그와 비슷하긴 하지만 기도는 아냐." 원장 수녀도 힘들게 자리에 앉았다.

잠깐 침묵이 흐른 뒤에 찬송 수녀가 찬송을 하자고 말했는데, 음색은 종소리처럼 맑았지만 목소리는 가늘게 떨리고 있었다. 모두가 초조하고 신경이 곤두선 상태였다.

"자매 여러분. 간단히 요지만 말하겠어요. 우리가 마음속에 굳게 서약한 이웃 사랑이라는 우리의 전통 미덕은 오늘 밤 우리에게 커다란 갈등을 주었어요. 아무도 예견하거나 경험한 일이 없는 그런 커다란 갈등입니다. 글린다 부인이 많은 액수를 수녀원에 기부했지만, 황제의 군대가 그것을 약탈한다면 수녀원 재건에 별 도움이 되지 않을 겁니다."

"우리는 작은 수녀원입니다. 에메랄드 시 대성당과 나머지 세계를 이어 주는 선교의 전초기지나 다름없는 곳이지요. 이렇게 한갓진 곳에 있는 덕분에 때로는 고독했지만 그만큼 평화롭고 안전했습니다. 물론 이런 점이 어쩌면 그들을 도발한 원인인지도 모르지만, 지금은 더 이상 언급하지 않겠어요. 오늘 밤 우리는 고립되지도 평화롭지도 않습니다. 이것이 우리가 받아들여야 할 진실입니다."

"나는 늙었습니다. 견습 수녀 시절에는 유서 깊은 복종의 교리를 배우며 성장했습니다. 나는 언제나 우리 수녀회의 규정을 충실하게 따랐습니다. 죽을 때까지 이 수녀원을 책임 지고 다스리기로 서약했습니다. …… 지금도 나는 복종의 교리를 믿고 있습니다. 군인들이 수녀원 담장 밖에 캠프를 치고 증원군을 요청하고 있는 지금 이 순간에도 나는 나를 이곳으로 보낸 권력자에게 복종할 의무가 있습니다. …… 사랑하는 자매 여러분, 지금 이 말을 하는 와중에도 황제의 말이 귓전에 울립니다. 그는 이름 없는 신의 고결한 목적과 의도에 헌신하기로 맹세합니다. 신은 그의 대변자이고 그는 신의 강력한 무기, 제1의 창입니다. …… 나는 황제를 만날 일도, 앞으로 만날 생각도 없어요. 나를 초대해도 거절하겠어요. 황제는 에메랄드 시의 번영과 지배를 위해 신의 위대한 힘을 제멋대로 사용하고 있습니다. 누가 감히 이름 없는 신의 목소리를 듣는 자와 다툴 수 있을까요? 나는 아닙니다. 나는 한 번도 그런 목소리를 들은 적이 없어요. 이름 없는 신이 더 이상 말을 하지 않고 세상이 제 멋에 겨워 굴러가기 시작한 이후로는 지금도 귓전에 울리는 그 메아리만을 들었을 뿐입니다. …… 우리 수녀회에서는 이름 없는 신이 그분의 형상대로 우리를 만들었노라고 고백합니다. 그러므로 우리는 반드시 그분을 닮기 위해 노력해야 합니다. 내가 에메랄드 시를 두려워하는 것은 그들이 자기들의 모습대로 이름 없는 신을 다시 만들었기 때문입니다. 그것은 신성을 모독하고 배신하는 짓입니다. 이름 없는 신을 누가 감히 모욕할 수 있습니까? 절대로, 아무도 그렇게는 하지 못합니다. 하지만 아무도 신을 알아보지 못하고 신은 다시 신비한 존재가 될지도 모릅니다."

수녀들은 동요했다. 많은 수녀들은 황제가 사도 행세를 한다는 사실을 몰랐고 복잡한 교리 문제는 그들이 감당할 수 있는 영역이 아니었다. 원장 수녀도 그 점을 눈치 챘다.

"의자 두 개를 가져와서 하나는 내 오른쪽에, 다른 하나는 왼쪽에 놓거라." 그녀는 꼿꼿이 서 있었다. "이름 없는 신은 신비한 존재가 되시고 더 이상 내 마음속에만 거주하시지 않습니다. 황제의 마음속에만 계신 것도 아닙니다. 신비는 내 마음속에도, 여러분 마음속에도, 그리고…… 이름 모를 나무의 정령이나…… 흘러가는 시냇물 소리에도 있습니다. 그런 셈이지요. 우리 늙은 수녀들의 기억에도, 갓난아기에게 느끼는 희망에도 신비는 존재합니다." 원장 수녀가 말을 이었다. "오늘 밤 나는 수녀원의 오랜 전통과 결별할 생각입니다. 그 결정은 나의 삶과 여러분의 삶에 커다란 영향을 미치겠지요. 나는 늙었어요. 만약 오늘 밤 황제의 진짜 창이 나를 겨냥한다면 나는 기쁜 마음으로 그것을 받아들이겠어요. 여러분에게도 똑같은 걸 바랄 수는 없어요. 그러니 수녀원은, 비록 새벽까지 버틸지도 의문이지만, 어쨌거나 한 사람이 아니라 세 사람이 다스리도록 하겠어요. 담장 밖에 못마땅한 이들만 없다면, 여러분 의견도 듣고 투표도 하겠지만, 그럴 시간이 없습니다. 만일의 사태에 대비해서 우리 수녀원은 이제부터 세 사람의 지도를 받는 게 마땅해요. 의사 수녀,

앞으로 나와 주겠어요?"

의사 수녀는 입을 떡하니 벌린 채 가만히 있었다. 그녀는 잠시 약제사 수녀의 손을 잡았다. 약제사 수녀는 몸을 부르르 떨면서 의사 수녀가 다가올 수 있도록 의자 끝으로 몸을 움직였다.

"나는 두 번째 의자에 앉겠어요. 늙었지만 아직 죽지는 않았으니까." 원장 수녀가 말했다.

예배당은 쥐 죽은 듯 조용했다. 말 울음 소리와 말발굽 소리가 예배당의 차가운 공기를 뒤흔들었다.

"세 번째 의자는 캔들이라는 견습 수녀를 위해 남겨 놓겠어요." 원장 수녀가 말했다. "나는 캔들을 다시 보게 되리라는 확신이 있어요. 언제 만나게 될지는 모릅니다. 하지만 우리는 늙은이의 지혜와 유능한 자의 힘과 젊은이의 진취성이 필요합니다. 지금 이 순간 이후로는 수녀원에 대한 나의 절대적인 권한은 없습니다. 은퇴하기 전에 수녀원 일지에 내가 직접 이 사실을 기록하겠어요. 이제 우리가 얼마나 잘해 낼지 두고 보는 일만이 남았군요."

약제사 수녀는 입술을 깨물고 모욕감보다는 겸허함을 느끼려고 애를 썼다.

수녀들이 움직이자 치맛자락이 바스락거리는 소리가 예배당을 울렸다. 예배당 곳곳에서 나직하게 수군대는 소리가 들렸다. 멀리서 부는 바람 소리 같았다. 원장 수녀는 고개를 떨구고 손으로 이마를 짚은 채 깊은 한숨을 내쉬었다. 세상이 너무 급격하게 변한다는 느낌이 들었고 자신이 이번 결정을 얼마나 빨리 후회하게 될지 두려웠다.

정적이 감도는 가운데 글린다 부인이 자리에서 일어섰다. 과묵함은 그녀의 천성이 아니었고 지금까지도 그녀는 충분히 할 말을 참았던 터였다. 게다가 원장 수녀는 서로 힘을 합쳐야 한다고 말하지 않았는가?

"제가 말해도 된다면……." 그렇게 글린다가 입을 열었는데, 아무도 제지할 리 없다는 확신이 배어 있는 어조였다. "군대가 이 수녀원의 방어벽을 뚫고 들어온다 해도 착한 여러분에게 해를 끼칠 리는 없습니다. 유혈 사태나 강간 따위는 벌어지지 않을 것입니다. 적어도 내가 이곳에 있는 한 그런 일은 없습니다. 내가 비록 공인의 자리에서는 물러났지만 나는 여전히 친정부 인사로 통합니다. 여러분이 원하는 대로 나를 이용하세요. 나는 지금도 이 나라 권세가들에게 말이 통합니다. 내가 목격자로 이곳에 남아 있는 한 군대는 여러분을 함부로 해치지 못하고 내 손끝 하나 건드릴 수 없습니다. 감히 그럴 수는 없을 거예요." 그러고는 몇몇 젊은 수녀들이 자신을 알지 못할까 봐 이렇게 덧붙였다. "나는 글린다 부인입니다."

"그들이 원하는 건 여자들이 아닙니다." 의사 수녀가 말했다. "그들은 청년들을 원해요."

"격정에 사로잡힌 자들은 무슨 짓을 할지 몰라요." 원장 수녀가 말했다. "우리의 엄격한 규칙은 담장 밖 세계에서는 별 의미가 없고 우리의 헌신적인 삶은 들판에 버려진 곡식마냥 값싸게 여겨질 뿐이죠. 어쨌든 의사 수녀님 말이 맞아요. 군대는 두 젊은이를 찾고 있어요. 하지만 그들도 젊은이들이 여기 있는지 확실히 알지는 못하죠."

리르가 입을 열었다.

"빗자루에 두 사람이 모두 탈 수는 없어요. 트리즘이 밤 늦게 성벽에 올라가 안전하게 빗자루를 타고 날아가는 게 좋겠어요. 그러면

저만 남게 되겠지요. 저에게 닥칠 운명은 제가 자초한 것이니 저 혼
자 감당하겠어요."

예배당 안이 서늘해졌다.

"빗자루에 대한 소문은 사실이었군?" 의사 수녀가 말했다.

원장 수녀는 입술을 적시며 숨을 들이쉬었다. 리르는 움찔했지만
의사 수녀의 말을 부인할 수는 없었다. 한쪽에서 야클 수녀가 끼어
들었다.

"물론 소문은 사실이지. 빗자루는 바로 이 수녀원에서 나왔어. 내
가 몇 년 전에 성 에이엘파바 수녀에게 그것을 주었어. 나만 알고
있는 일이었나?"

야클 수녀는 한 시간 전만 해도 입을 다무는 게 상책이었겠지만
지금은 아무도 말리는 사람이 없었다. 원장 수녀가 입을 열었다. 하
지만 의사 수녀가 손을 들더니 야클 수녀의 말을 걸고 넘어졌다.
"야클 수녀님, 10년 동안 침묵을 지키시더니 이제야 입을 여시는군
요. 우리가 알아야 할 게 또 있습니까?"

"할 말이 없을 때는 말하지 않아." 야클 수녀가 대답했다. "한마
디 덧붙인다면, 엘파바가 지금 여기서 우리를 지켜본다는 거지."

"수녀님은 서쪽 마녀와 특별한 인연이라도 맺으신 모양입니다."

"물론이지." 야클 수녀가 말했다. "그녀의 삶 한켠에, 뭐랄까, 잠
시 목격자로 끼어든 적이 있지. 나는 정신이 오락가락 하는 미친 늙
은이야. 그러니 아무도 내 말에 신경 쓸 필요는 없어. 하지만 나는
그녀의 힘을 느껴. 엘파바는 분명 여기 있어."

"야클 수녀님, 그러니까 수호천사라는 말씀인가요?" 약제사 수녀
가 말했다.

"글세, 수호마녀겠지." 늙은 수녀가 대답했다.

리르는 몸을 부르르 떨었다. 다시 한번 자신의 무력함과 이 벽 안에서 몽상에 빠졌던 나날에 생각이 미쳤다. 이제 그는 예전에 자신이 보지 못했던 장면이 무엇인지 기억했다. 방 한쪽 구석에서 피부가 초록색인 수녀가 요람을 흔들며 앉아 있었고 빗자루가 서랍장에 기대어 세워져 있었다.

"다른 하실 말씀은 없습니까?" 의사 수녀가 물었다.

수녀들은 돌아가는 상황에 다소 충격을 먹은 듯 나직하게 수군거렸지만, 약제사 수녀가 일어나서 말을 할 때까지 입을 다물고 있었다.

"원장 수녀님의 용기와 지혜로움에 박수를 보내고 싶습니다."

늙은 수녀의 눈에서 갑자기 눈물이 흘러내렸다. 모두가 그녀에게 경의를 표하고 있었다.

예배당 바깥에서 말들이 뒷걸음질을 쳤고 병사들은 갑자기 예배당 창문에 대고 떠들썩한 고함을 지르기 시작했다.

빗자루는 트리즘을 태우지 않으려 했다. 트리즘의 손에서 그것은 평범한 빗자루나 마찬가지였다.

"아무래도 나는 재주가 없는 모양이야." 트리즘이 실망했다.

"빗자루가 힘을 잃었는지도 몰라." 리르가 말했다. 그러나 그가 손에 들자 빗자루는 망아지처럼 튀어오르며 생명을 되찾았다.

"한 사람 정도는 어떻게든 숨겨서 나갈 수 있을 것 같구나." 글린다 부인이 입을 열었다. "알다시피 그들이 찾는 것은 너희 두 사람이다. 트리즘은 내 경호원으로 위장하면 될 것 같다. 어쨌든 나 같은 사람이 이런 곳에 올 때는 경호원 한 명쯤은 데려오는 게 정상이겠지. 나는 그렇게 하지 않았지만 말이다. 가끔은 이렇게 정신 없는 짓을 한다니까."

"우리를 포위하고 있는 군인들이 에메랄드 시의 병영에서 도망친 트리즘을 알아보면 그를 체포할 거예요." 의사 수녀가 말했다.

"저는 화장을 아주 잘해요." 글린다가 대답했다. "브러시만 있으면 마술을 부릴 줄 알지요. 트리즘은 수녀로 보기엔 어깨가 너무 넓지만, 예쁘장하게 생겨서 머리카락을 조금만 표백해도 금발 미인처럼 보이겠는걸요." 글린다는 자신의 곱슬거리는 머리카락을 흔들어 보였다. "나는 여행을 할 때는 항상 이렇게 해요."

"제 생각은 다릅니다." 트리즘이 냉정하게 말했다.

"그렇다면 너를 내 하인으로 변장시키는 수밖에 없겠군." 글린다 부인이 말했다. "리르는 오늘 밤 빗자루를 타고 떠나면 되고, 내일 아침에는 내가 트리즘을 데리고 아무 말 없이 여기서 나가겠어요. 여러분이 군인들에게 문을 열어 줘도 수상한 낌새는 찾지 못할 겁니다. 나는 그들이 수녀원을 조사할 동안에 문 밖에서 눈을 똑바로 뜨고 기다리겠어요. 그들이 피에 굶주린 자들이면 여기서 노닥거리는 대신 다른 곳을 습격하겠지요."

"자네는 어디로 갈 텐가?" 원장 수녀가 물었다. 그들은 이제 원장실에 들어와 있었다. 원장은 닳아빠진 가죽 의자에 축 늘어진 몸을 기대었다.

리르는 트리즘을 바라보았다. 말 없이 표정만으로도 그들 사이에는 통하는 게 있었다. 또 한 가지 가능성이 사라진 것이다.

437

"트리즘이 무사히 빠져나가면 애플 프레스 농장을 찾아가야 해요." 리르가 말했다. "그런 다음에 캔들을 안전한 곳으로 몰래 데려 갔으면 좋겠어요. 황제의 군인들은 대강이나마 그쪽 길을 알고 있을 거예요. 전에도 악당들이 그곳을 발견해서 묵사발을 만들어 놓은 적이 있거든요. 아마도 반정부 유인물을 인쇄하는 비밀 장소였던 모양입니다."

"그래." 원장 수녀가 나직하게 말했다. "나도 그런 얘기를 들은 적이 있네."

"너를 위해서 내가 그 농장을 찾아볼게." 트리즘이 말했다. "그리고 군인들이 이곳을 수색해도 발견하지 못하도록 벗긴 얼굴들을 내가 가져가지."

"너한테 많은 걸 배웠어." 리르는 눈이 반쯤 감겨서 졸기 직전인 원장 수녀를 바라보았다. "제가 끝내기로 약속한 일이 있어요. 우선은 여행자들을 위협하고 여러 부족들 사이에 공포와 의심을 퍼뜨리는 용들을 하늘에서 몰아내는 데도 힘을 보태 주었습니다. 무슨 일이 생기기 전에 먼저 그 일부터 끝내야겠어요. 회의를 열었던 새들에게 자유롭게 하늘을 날 수 있다고, 이제는 아무런 위험 없이 살아갈 수 있게 되었다고 알려 줘야 하거든요. 마녀의 빗자루가 제 손에 있고 하늘에는 훼방꾼 용들이 없을 테니 금방 마칠 수 있을 거예요. …… 그리고 저는 치러야 할 빚이 또 있어요. 여러 해 전부터 어린 시절을 함께 보낸 노르라는 소녀를 찾아 다녔어요."

"하지만 리르, 나스토야 여왕은 네가 돌아오길 바라고 있다." 의사 수녀가 말했다.

"저는 여왕이 오래전에 죽은 줄 알았어요." 리르는 깜짝 놀랐다.

"여왕은 마음이 복잡해서 죽으려고도, 죽지 않으려고도 애를 썼지." 의사 수녀가 말했다. "리르, 그녀가 너에 관해 얘기하더구나."

"여왕을 위해 제가 무얼 해야 할지 모르겠어요. 저에겐 엘파바의 재능이 없어요. 그런 걸 물려받지도 않았고 노력해서 얻지도 못했어요."

그들은 조용히 앉아 있었고 리르는 머리가 복잡했다.

"어느 쪽을 먼저 해야 할지 모르겠어요. 나스토야 여왕은 늙고 병들었으며 죽기를 바라고 있어요."

"그래." 원장 수녀가 우울하게 말했다. "나도 그런 기분을 알지."

"반면에 노르는 젊고 앞날이 창창해요. 먼저 노르를 돕는 게 훨씬 낫다는 생각이 들어요."

그들은 기다렸다. 굴뚝에서 나직히 바람 소리가 났다.

"나스토야 여왕에게 돌아가겠어요." 리르가 말했다. "본성이 코끼리인 여왕에게서 인간의 변장을 벗겨 내는 데 제가 별 도움이 안 되리라는 것쯤은 저도 잘 알아요. 저는 그럴 만한 능력이 없는 사람이죠. 하지만 신의는 지켜야 해요, 꼭 그러겠어요."

"사라진 소녀 대신에 늙은 할망구를 돕겠다는 말이냐?" 의사 수녀가 말했다. 그녀는 새삼 의학 윤리가 솟구쳤다.

"노르는 혼자 힘으로 남쪽계단에서 빠져나왔어요." 리르가 말했다. "몸이나 마음에 뭔 일이 생겼더라도 제 정신을 차리고 지혜롭게 헤쳐 나갔을 거예요. 그리고 지금은 제 도움이 필요하지 않을지도 몰라요. 이 점을 확실히 알 때까지는 저도 마음이 편치만은 않겠지만 말이에요. 그리고 의사 수녀님, 나스토야 여왕이 저를 찾는다고 말씀하셨죠. 10년 전에 그분을 돕겠다는 약속을 했어요. 그렇게 하지 못한 저간의 사정에 대해 변명이라도 해야 해요. 최소한 스크로 부족에게 고립된 여행자들의 얼굴을 벗긴 건 유나마타 부족이 아니라는 사실은 말해 줄 수 있겠죠. 두 부족이 서로를 믿게 하는 데 도움이 될 거예요."

"그렇게 큰 기대를 하는 건 오만 아닐까?" 의사 수녀가 물었다.

"그렇지 않아." 이제는 눈을 감고 있던 원장 수녀가 말했다.

"그렇지 않습니다." 리르가 말했다. "원장 수녀님이 오늘 밤 제게 모범을 보이셨습니다. 우리가 가진 지식과 책임을 서로 공유할 수만 있다면 기회는 얼마든지 있어요. 이 수녀원은 성소(聖所)로서 살아남을 겁니다. 이 나라와 백성들도 살아남을 거예요."

"나라라." 원장 수녀가 말했다. 그녀는 잠이 오고 있었다. "그래, 맞는 말이지, 이름 없는 신의 나라……."

"오즈의 나라라고 해야 할지도 몰라요." 리르가 말했다.

원장 수녀가 코를 골기 시작하자 그들은 상상의 샴페인 잔을 들어 올리며 희망을 기원하는 축배를 드는 시늉을 했다.

자정이 지나고 얼마 후에 약제사 수녀가 리르와 트리즘을 다락방으로 안내했다. 창문이 나 있는 장소는 편리하게도 두 개의 경사진 지붕 꼭대기가 골짜기 모양을 이룬 곳이었다. 벽 받침대가 지붕의 이쪽 부근을 땅에 서 있는 사람들이 볼 수 없게 막아 주었다.

약제사 수녀가 입을 열었다.

"리르, 의사 수녀님이 네 의도를 내게 말해 주었어. 의사 수녀님이 잊은 일을 네게 덧붙일 기회가 있어서 마음이 놓이는구나. 여왕은 네게 전할 메시지를 우리한테 일러 주었는데, 너는 우리가 이곳에 도착했을 때 이미 사라지고 없었지. 여왕은 노르와 노르에 관해 거리에 나돌던 소문도 이야기해 주었다. 지금은 정확히 기억나지 않지만 분명 네게 전할 말이 있었어."

리르는 마녀의 망토 안을 뒤졌다. 안주머니에 접어서 넣어 둔 노르의 아버지가 그린 노르의 얼굴이 손에 느껴졌다. 아래로 뭉툭하게 휘갈겨 쓴 유치한 필체 생각에 그는 잠시 주춤했다. 약제사 수녀는 망토가 바람에 펄럭이다가 감시꾼들의 주의를 끄는 일이 없도록 그것을 허리춤에 더 단단히 묶어 주었다. 그녀는 여분의 빵덩이와 견과류 꾸러미를 옷깃 사이로 쑤셔 넣어 주며 얼른 출발하라고 일렀다. 그러고 나서 두 사람이 작별 인사를 하도록 자리를 비워 주었다.

"우리 둘 다 성공하지 못할 거야." 트리즘이 말했다. "내일 정오가 되기 전에 죽고 말겠지."

"지금까지 살아남은 게 좋지 않았어?" 리르가 말했다. "그럭저럭 살아왔잖아."

"너를 이 일에 끌어들여서 미안해." 트리즘이 말했다. "운동장에서 너를 보고 네게 복수를 하겠다고 생각했지. 이런 복수는 아니었어. 네가 죽거나 우리가 이렇게 헤어지길 바랐던 건 아냐."

"굳이 말하자면 나도 너를 찾고 있었어. 네가 먼저 나를 봤을 뿐이야." 리르가 말을 받았다. "다른 식으로 일이 풀렸을 가능성도 있었지. 하지만 무슨 상관이야? 우리는 지금 이곳에 있어. 어쨌든 좀 더 오랫동안 함께 있었잖아."

잠시 후에 트리즘이 가까스로 입을 열었다.

"이 상황에서도 날 수 있으리라고 확신해?"

"무슨 상황? 나는 평생 이런 상황에서 살아왔는걸." 리르가 대답했다. "나는 이런 상황밖에 몰라. 쓰라린 사랑, 외로움, 타락에 대한 경멸, 눈먼 희망. 내가 살던 곳은 늘 그랬어. 이별의 연속이었지. 새로운 건 없어."

그들은 마지막으로 서로에게 키스를 했다. 리르는 서쪽의 사악한 마녀의 빗자루에 올라탔고 빗자루가 솟아오른다는 느낌을 받았다. 그는 트리즘이 서 있는 뒤쪽으로 고개를 돌리지 않았다. 그에겐 재능이 별로 없었다. 할 줄 아는 거라고는 빗자루를 타고 하늘을 나는 것뿐인데, 그나마 연습을 충분히 하지 않은 터라 고개를 돌렸다가는 자칫 목을 부러뜨릴 위험이 있었다.

그러나 리르에게는 기억을 증류시켜 더욱 풍부하고 긴급한 것으로 만드는 데에도 재능이 있었다. 리르는 앞으로 남은 나날 동안 자기가 트리즘의 영향을 분명히, 조금의 손상도 없이, 마치 심장 뒤편의 어느 주머니에 은밀하게 넣어 둔 맥박처럼 기억할 것이라고 생각했다.

그러나 트리즘의 정확한 생김새, 그의 냄새와 무게감, 그리고 그에게서 나는 분위기 등은 보이지는 않고 상상만 할 수 있는 그림자처럼 흐릿하게 사위어 갈 것이다. 골짜기 모양을 이룬 수녀원의 기와 지붕 위로 불쑥 솟아난 굴뚝이 그러하듯이.

마녀의 눈

1

야간 비행

처음에 리르는 낮게, 제일 높은 나무의 키보다 높이가 두 배가 채 안 되는 고도로 낮게 날았다. 바람이 구름 아래로 마치 그를 떨어뜨리려는 것처럼 사납게 불어왔다. 겨울의 칼바람에 떡갈나무 숲이 몸서리를 쳤는데, 먹이나 교미 상대를 찾아 어슬렁거리는 거대한 짐승의 털가죽처럼 보였다.

구름은 얇아지고 공기는 더욱 차가워졌다. 그는 용들의 공격을 받은 일이 그가 원하는 것 이상으로 생생하게 기억났다. 비위가 상했다. 그는 지금보다 더 높이 날아갈 수 없었다. 신속하게 좌우를 살피면서 켈스워터 남단의 만과 빈쿠스 강이 레스트워터로 흘러나오는 만을 향해 겨우 나아갔다. 하늘에서 보는 두 호수는 슬레이트처럼 딱딱하고 생명이 없어 보였다.

이제 그는 쿰브리시아 협곡으로 이어지는 여정의 중간쯤에 이르렀는데, 그렇다면 바로 아래에 애플 프레스 농장이 있다는 얘기였다. 캔들은 어찌 지내고 있을까? 그는 내려가서 살펴볼까 하는 생각을 했다.

그것도 괜찮겠지, 그는 중얼거렸다. 이제는 내가 한밤중에 갑자기 나타난다고 해도, 그녀는 미리 마음의 준비를 하고 있을 것이고 현재의 상황을 정확히 꿰뚫고 있으니 내가 다가오는 것을 눈치 채고는 차라도 내올 테니까, 캔들을 겁먹게 할 일에 관해서는 걱정할 필요가 없어. 담요와 난로, 그리고 침대도 준비해 놓겠지. 비록 아직은 순결한 마음가짐으로라도 그녀의 침대로 또다시 기어 들어갈 염치는 없지만.

하지만 아냐, 아직은 아냐, 그는 계속 중얼거렸다. 다른 사람이 곁에 있다면 어떡하지? 아니 그녀가 이곳에서 떠났다면? 혹은 체리스톤 사령관이 트리즘을 알아보고 그를 체포해서 리르의 은신처를 털어놓도록 고문을 했고 그래서 캔들을 발견했다면? 아니 예전에 노르를 잡아 갔던 것처럼, 용 부대를 몰살시키고 대성당을 파괴한 일을 앙갚음하기 위해 이번에는 캔들을 납치했다면?

리르는 결과를 염두에 두고 생각하는 법을 배우고 있었다. 그는 황제의 전략과 계략을 무시해서는 안 된다는 것을 알고 있었다. 하지만 그렇게 캔들만 걱정하다 보면 전에 그녀에게 약속했던 대로 자신의 임무를 끝마치지 못할 가능성이 컸다. 트리즘이 안전하게 농장에 가서 그녀를 돌봐주도록 놔두는 게 낫겠지. 그가 그렇게 할 수 있고 또 그러길 바란다면. 미안한 뜻을 전하고 그런 다음에 무슨 일이 생길지 알아볼 시간은 아직 많아.

지금으로서는 애초에 마음먹은 일을 끝내기로 했다. 이번만큼은 그래야 했다.

리르가 농장 지붕에서 깜박이는 불빛을 보았는지도 모른다. 아니면 벌써 농장에서 멀리 떨어졌는지도. 어느 쪽인지 그는 알지 못했고, 아무래도 상관은 없었다. 그는 그레이트 켈스의 기슭에서 눈을 떼지 않았다. 이 높이에서도 그레이트 켈스는 벌써부터 부풀어 오르기 시작했는데, 그림자 색깔이 짙어진 탓이었다.

오즈의 등뼈를 이루는 산맥의 동쪽 기슭으로 내려갈수록 바람은 더욱 거세졌다. 속도가 느려졌고, 빗자루를 똑바로 조종하기가 힘겨웠다. 물살이 거센 강에서 말을 타고 가는 느낌이었다. 그래서 리르는 이젠 말을 타는 경험도 한 셈이라는 생각이 들었다. 마침내 그는 녹초가 되어 땅에 내려왔다. 그는 지금은 비워진 어느 목동의 여름철 간이숙소를 발견하고 바닥에 망토를 펼쳐 놓고는 눕자마자 빗자루를 깡마른 연인처럼 품에 안은 채 곯아떨어졌다.

2

새벽녘에 바람이 누그러지고 산은 주홍빛으로 물들었다. 리르는 약제사 수녀가 챙겨 준 음식으로 간단히 배를 채우고 길을 재촉했다.

쿰브리시아 협곡은 빈쿠스 강 유역의 널찍한 평원 방향으로 앞치마처럼 넓어지는 산골짜기답게 푸르고 싱싱한 기운이 가득했다. 양옆으로 깎아지른 듯 솟구친 절벽은 매우 불길한 느낌을 주었다. 주위 풍광은 예전에 리르가 생각했던 것보다 훨씬 많은 요새를 안에 감추고 있는 듯했다. 그러니 유나마타 부족과 스크로 부족, 그리고 아르지키 부족 등이 길리킨의 공업력과 에메랄드 시의 군사력에 굴복하지 않은 것도 놀라운 일은 아니었다. 또한 황제가 용 부대를 그토록 긴요하게 키운 사실도 놀라운 일이 아니었다. 용들이 바람이 거센 협로를 통과하려면 날개를 힘차게 퍼덕여야 했겠지만, 그래도 못 지나갈 정도는 아니었을 것이다. 용 부대의 규모가 커지고 그들이 총공격을 감행했다면, 드넓은 빈쿠스 지역의 부족들을 초토화했을 수도 있었다.

그러나 리르도 알고 있었을 것이다. 트리즘이 배신을 하고 대성당이 파괴되었다고 해서 에메랄드 시가 용들을 공격 수단으로 사용하려는 전략을 포기하지는 않으리라는 것을. 아무 일도 생기지 않았다면, 그것은 또 다른 트리즘이 황제의 명령에 따라 더 강력한 부대를 키울 시간이 충분하지 않은 탓이었다.

오늘은 동이 텄지만 내일 일은 아무도 알 수 없었다. 리르가 아는 한 세상의 어떤 마법사도 예언에 통달하지는 못했다. 신하고 통하는 훌륭한 주교도, 섬세한 이해력을 갖춘 정교한 기계 장치도, 예리한 내면의 눈을 가진 뛰어난 마법사도, 비 때문에 소풍을 연기해야 하는지에 관해 정확히 예측한 적은 없었다. 세상에서 가장 강한 것, 켈스 자체보다도 더욱 강력한 마술, 푸르른 오즈의 모든 것보다 더욱 푸르른 마술을 소유한 것은, 아직 오지 않은 시간이었다. 그것은 불가해하고 무시무시하며 또한 신명 나는 것이었다.

✦✦✦

리르는 쿰브리시아 협곡 위로 날아갈 수 없다는 사실을 깨달았다. 빗자루가 좌우로 흔들리며 덜컹거렸다. 마치 위험천만한 다리를 건너라는 명령을 받은 말에 올라탄 느낌이었다. 단지 빗자루가 지쳐서인지, 자신의 의지가 약해져서인지, 아니면 그가 알지 못하는 다른 어떤 마술적인 이유나 자기장의 혼란 때문인지 알지 못했다. 리르는 서서히 물결 모양을 그리며 하강을 했고 마침내 빈 공간을 찾아 발을 내려놓고는 걸음을 재촉했다.

무뚝뚝한 절벽독수리 키노트 장군을 만났던 호수 안의 작은 섬을 발견하기까지 약간의 시간이 걸렸다. 장소는 텅 비어 있었다. 어지럽게 떨어진 깃털과 배설물 말고는 아무것도 없었다. 새들은 더 깨끗한 장소를 찾아 이동한 듯싶었다.

리르는 시간 감각을 잃어버린 채 서쪽을 향해 걸어갔다. 빗자루를 타고 하늘을 날면 코가 얼어 버린다는 게 단점이었다. 일정 고도에 이르면 대기는 먼지 하나 없이 깨끗했고 기이할 정도로 냄새가 나지 않았다. 그러나 쿰브리시아 협곡은 온갖 냄새로 가득했다.

그는 망토를 뒤집어쓰고 잠깐 동안 낮잠을 청했는데 일어나 보니 새벽이었다. 이날 새벽인지 며칠 후의 새벽인지는 알 수 없었다. 그러나 충분히 휴식을 취한 터라 잡목림 사이에 떨어진 겨울철 액과와 콩깍지, 그리고 땅바닥에 듬성듬성 흩어져 있는 호두를 좀 더 자세히 살펴볼 수는 있었다. 계곡 양편에서 여남은 개의 개울이 흘러나와 서로 교차하면서 골바닥에 섬 모양의 둔덕을 만들어 냈다. 그는 갈증을 느끼지 않았다. 목표를 향해 흔들림 없이 나아갈수록 자신이 더욱 강해진다는 느낌이 들었다.

마침내 쿰브리시아 협곡의 마지막 굽이를 돌자 천년 초원의 드넓고 황량한 평지가 펼쳐졌다. 깊지 않은 동굴들과 켈스의 서쪽 경사면에 불쑥 튀어나온 암붕에서, 리르는 끊임없이 불어오는 거센 바람에 거의 귀가 멀어 버린 채, 회의에 참석했던 새들 가운데 살아남은 일행을 만났다.

리르가 쿰브리시아 협곡을 떠나 있는 짧은 기간에 새들의 숫자는 턱없이 줄어들었다. 키노트 장군이 리르를 발견하고는(파수꾼들의 경계심은 그만큼 대단했다!) 날개를 퍼덕이면서 엄숙한 고갯짓으로 동료들에게 간단한 회의를 열겠다는 신호를 보냈다.

몇몇 새들이 장군의 의향을 파악하고 대화에 참여하기 위해 거센 맞바람을 이기고 날아왔다. 얼간이로 불리던 굴뚝새를 비롯해서 수십 마리가 장군 주위로 모여들었다. 굴뚝새는 눈먼 절름발이 왜가리에게도 신호를 보냈다.

"빗자루를 다시 찾았구나." 장군이 인사도 없이 말문을 열었다. "빗자루가 하늘을 나는 데 쓸모가 없어졌다고 생각했지. 자네가 걸어올리는 만무라고 생각했으니 말이야. 더 빨리 왔어야 하지 않은가?"

"최대한 빨리 온 거예요." 리르가 말했다. "무슨 일이 있었습니까?"

"절반을 잃고 말았어." 장군이 말했다. "거의 절반쯤 되지. 유나마타 부족이 우리를 급습했지. 하늘 높이 날기가 두려웠기 때문에 그들이 쿰브리시아 협곡의 좁은 구역에 설치한 그물과 덫에 많이들 걸려들었어. 우리 중에 친척이나 동료를 잃지 않은 이는 거의 없네."

"그들답지 않은 짓이군요." 리르가 말했다. "아니, 그들의 평판과는 어울리지 않는 짓이에요. 그들은 온순한 부족입니다."

장군은 리르를 노려보았다.

"그런 일을 다시는 겪고 싶지 않아서 협로를 떠날 수밖에 없었네. 여기 와서도 용들의 공격을 받을까 봐 하늘을 나는 일은 엄두도 내지 못하고 먹이도 변변치 않은 이 구석에 처박혀 있을 뿐이야."

"유나마타 부족의 공격을 받은 일은 유감이에요. 그게 황제의 전략이지요. 그의 적들끼리 서로 물어뜯게 만드는 거예요. 이제 그런 일은 멈추어야 해요. 우리들이 평화롭게 지내지 못하면 살아남을 방법이 없어요." 리르가 말했다.

"선생님, 무슨 말씀이신지요?" 굴뚝새가 리르에게 새된 목소리로 말했다. 장군은 너무나 참담한 심정이었기에 굴뚝새가 리르의 호칭을 잘못 부른 일을 지적하지 않았다. "어떤 부족도 다른 부족에게 평화를 강요할 수는 없어요."

"가능성은 있지요." 리르가 말했다. "용의 시대는 끝났어요, 적어도 당분간은 용을 걱정할 필요가 없어요. 여러분은 다시 하늘을 날아도 됩니다. '우리'는 다시 날 수 있어요. 그러나 용이 다시 위협을 가하기 전에 무슨 수를 써서라도…… 서로 연합을 해야 합니다. 아니, 나라를 만들어야 해요."

"나라라니?" 장군이 퉁명스럽게 내뱉었다.

"마녀의 나라!" 도도새가 킥킥거렸다.

"장군님이 회의를 소집한 건 용의 공격에 대해 대책을 마련하기 위해서였어요." 리르가 과거를 상기시켰다. "드래곤 부대는 궤멸됐습니다. 그러나 그 용들도 비록 축사에 갇혀서 함부로 공격을 가하게끔 훈련을 받은 사악한 종족이지만 분명 하나의 종족입니다. 저와 여러분의 동족을 공격하고 살해하긴 했지만 용을 독살하는 일은 하나도 즐겁지 않았어요. 어쨌든 지금은 다시 날 수 있어요. 아직은 안

전하지 않습니다, 폭풍우를 뚫고 나는 셈이지요. 이미 황제는 군인
들에게 저를 잡으라고 시켰습니다. 황제나 황제의 수하들은 누구든
걸리적거리면 깔아뭉갤 겁니다. 에메랄드 시에서는 아무도 황제를
거역하지 못해요. 그는 자신이 백성이 아니라 이름 없는 신에게 선
택받은 자라고 주장하고 있기 때문이에요. 누가 감히 그 주장을 반
박할 수 있겠어요? 그러나 우리도 역시 모두 선택받은 자들입니다.
지금 이곳에 있기 때문이지요. 그러니 우리는 우리의 생명을 위해
반드시 날아야 합니다. 우리의 단결된 힘을 보여 주어야 합니다. 황
제는 용 부대를 내보내 하늘을 위협했습니다. 우리는 자유롭게 하늘
을 날아서 그에게 받은 수모를 그대로 돌려줘야 합니다."

키노트 장군은 가슴살에 박힌 벌레를 쪼는 시늉을 했다. 그가 고
개를 들었을 때는 눈에 물기가 없었다.

"인간의 지혜를 믿기란 힘든 일이지. 많은 인간들처럼 너도 거짓
말을 하고 있을지도 몰라. 우리를 함정에 빠뜨리려는 수작일 수도
있지. 우리에게 자유를 약속하고는 매복 중인 용들에게 넘기려는 거
겠지. 하지만 너를 믿는 것 외에 다른 선택의 여지가 없군. 어찌 됐
든 너는 마녀의 아들이니까."

"잘못된 전제로 결정을 내리지 마세요." 리르가 말했다. "저는 죽
을 때까지 부모님에 대해 확실히 알지 못할 겁니다. 설령 장군님 말
씀이 사실이더라도, 마녀의 아들도 다른 누구처럼 틀릴 수도 있어
요. 여러분은 제가 말했기 때문이 아니라 제 말에 설득당했기 때문
에 날아야 합니다."

"찬성합니다." 굴뚝새가 말했다.

"나도 찬성." 왜가리가 말했다. "비록 나는 날 수 없지만."

"나는 투표하라고 하지 않았어." 키노트가 말했다.

"그래서 투표한 거예요." 굴뚝새가 대답했다.

"마녀의 나라! 마녀의 나라!" 도도새가 말했다.

그들은 정오에 하늘로 날아올랐다. 아흔 마리의 새들이 사정없이 불어오는 거센 맞바람을 뚫고 서쪽을 향해 날아갔다.

그 순간 그들은 사방으로 흩어지고 말았다. 굴뚝새들은 핀로블 껍질처럼 공중제비를 그리며 추락했고, 오리들은 바보처럼 설사똥을 내질렀으며, 야행성 로크들은 대낮의 밝은 빛에 눈이 멀어 우왕좌왕하다 산봉우리에 머리통을 으깰 뻔했다.

리르는 눈앞이 핑핑 돌고 어지러웠다. 빗자루는 바위투성이 풀밭 위를 낮게 날아갔는데, 너무나 낮아서 고지대의 야생 염소들의 표정까지 볼 수 있을 정도였다. 그런가 하면, 또 어느 때는 키아모코의 가장 높은 탑보다도 높이가 족히 열다섯 배는 되는 고도로 날아가는 바람에 아래로 흐르는 은빛 강줄기가 마치 구두끈처럼 조그맣게 보였다.

악전고투하며 대열을 겨우 유지하는 데만 거의 반나절을 허비하고 말았다. 마침내 나무가 무성한 산기슭을 벗어나서 끝없이 초원지대가 펼쳐지는 지점 위로 바람의 세기가 약해지는 대기층에 닿고서야 그들은 한숨을 돌리고 배를 채운 다음 자신들의 숫자를 셀 수 있었다. 네 마리가 보이지 않았다. 고지대의 쿰브리시아 협곡에서 최초로 강하를 시작한 시도에서 넷을 잃은 것이다.

그러나 초원에는 유충과 벌레가 적지 않았고 산에서 흘러나온 실개울이 졸졸 흐르고 있었다. 거기서 그들은 첫 번째 야영지를 세웠다.

  야행성 로크들이 대낮의 빛에 적응하는 데는 며칠간의 연습이 필
요했지만, 천년 초원은 실수 투성이 로크들을 너그럽게 품에 안았다.
몇 시간째 아무런 방해를 받지 않고 접근하는 용들도 없는 걸 확인
하자, 새들은 더욱 대담해졌고 대열이 다소 흐트러진 채 날아갔다.
  그들은 당분간 다른 종족은 피하려 했지만, 저 아래 멀리 초원에
서 야생 얼룩말 떼가 겨울나기를 위해 갈색 초원 위에 흰색과 검정
색의 먼지바람을 일으키며 남쪽으로 이동하는 장관을 보며 즐거워
했다. 그것은 마치 얼룩말 떼의 이동을 기록하는 알파벳처럼, 아니,
신비한 이야기를 노래로 찬미하는 음표처럼 보였다.
  기린들은 긴 황갈색 목을 뒤흔들며 높고 날카로운 소리로 새들에
게 인사를 건넸다. 리르는 그 소리를 듣지 못했지만, 키노트는 말하
는 기린들이 야생 기린들과 사이 좋게 사는 모양이라고 말했다.
  소규모의 블렉마시들이 하늘로 날아와 새들의 회의단을 맞이했다.
(키노트는 도도새의 간청에도 불구하고 회의에 참가한 새들이 마녀의 나라
라고 부르는 것을 허락하지 않았다.) 블렉마시들은 빗자루를 타고 있는
리르를 보고 새들의 무리에 합류했다.
  보통 때라면 품위와 자부심으로 함부로 나서지 않는 순백의 천사
백조들도 날개를 펼쳤다. 매년 다른 장소에 나타났다 사라진다고들
하는 이름 없는 겨울철 호숫가에서 겨울을 나며 시끄럽게 꽥꽥거리
는 잿빛거위 무리도 대열에 합류했다.
  새들은 무리를 지어 파도처럼 하늘을 날아갔다. 덩치가 큰 새들이

앞장서서 맞바람을 막아 주었고 작은 새들은 바람에 튕겨 나가지 않도록 낮은 고도로 기압이 낮은 대열의 꽁무니에 붙어서 날아갔다. 고립무원의 지상에 여느 때처럼 엄밀한 기하학적 무늬로 배열된 스크로 부족의 천막을 발견한 것은 굴뚝새였다.

리르는 아직은 스크로 부족의 야영지에 가까이 가고 싶지 않았다. 그러나 키노트 장군은 스스로 사절 역할을 맡아서 대열에서 빠져나와 지상으로 급강하해서는 나스토야 여왕이 있는 천막을 찾을 때까지 야영지 주위를 맴돌았다.

그날 밤, 회의단은 바람가시 울타리 안에 자리를 잡았고 키노트가 리르를 보며 말문을 열었다.

"말이 통하는 신사를 만났네. �솀 오토코스라는 나이 든 학자였지." 장군이 말했다. "너도 날아왔다는 얘기를 하니까 그런 말은 할 필요 없다더군. 희부연 저녁의 대기 사이로 새까맣게 펄럭이는 망토를 이미 보았기 때문이라지. 그가 여왕의 천막을 걷어 올렸어. 여왕은 거의 장님 신세가 됐는데도 하늘에 떠 있는 너를 볼 수 있다고 했네. 아마도 회의단 일행 전부를 본 거겠지. 오토코스는 여왕이 너를 보고 싶어 한다고 말했네. 너한테 할 말이 있다고 했어. 네가 여왕을 도울 수 있건 없건 말이야."

"저를 나중에 봐도 된다고 하셨으면, 그때 말씀하셔도 될 텐데요." 리르가 말했다. "혹시 그러셨나요?"

"지금은 스크로 부족이 나돌아 다니는 철이 아니지. 그들은 유나마타 족과 아무런 평화 협정도 맺지 못했어. 오토코스는 천막을 걷고 용감하게 쿰브리시아 협곡으로 들어가자고 장로들을 설득할 자신이 없어. 이 문제를 백성들에게 어찌 말해야 할지 모르는 것 같아.

그래서 내가 용의 전멸 소식을 알려 주었지. 오토코스도 무슨 말인지 알아들었을 거야."

"나스토야 여왕에게 아직 시간이 남아 있다면, 우리에게도 그런 셈이에요." 리르가 말했다. "지금 중요한 건 여왕에게 남은 시간입니다."

　어떤 종족들이 '쿰브리시아의 방귀'라고도 부르는 얼음장처럼 차가운 겨울 바람을 맞으며 그들은 북쪽으로 향했다. 북쪽으로 올라갈수록 천년 초원은 바람에 날리는 서릿발로 하얗게 뒤덮였다. 바람에 날리며 물고기 비늘 모양으로 변한 눈발이 차갑게 입술에 닿았다. 이제는 뒤를 돌아보아도 켈스는 더 이상 보이지 않았다. 500마리가 넘는 눈거위 무리가 대열에 합류했고, 영묘한 분위기를 풍기는 순백의 두루미도 제 짝과 늙었지만 원기 왕성한 어머니와 함께 무리에 들어왔다.

　작은 새들이 동사를 두려워하고 식량도 바닥나자 회의단은 남쪽으로 방향을 틀었다. 키노트는 아르지키 부족이 마을을 세운 지점을 거치는 게 켈스를 가장 안전하게 통과하는 길이라고 생각했다. 하룻밤 신세 질 헛간이나 빙 둘러앉아 몸을 데울 화톳불이라도 있지 않을까 해서였다. 그러나 사정은 녹록치 않았다. 켈스의 산 중턱을 때리고 튕겨나온 소용돌이 바람에 고생하던 새들은 고도를 더욱 낮게 잡았다. 시간은 더 걸렸지만 폭풍우가 몰아칠 경우에는 더 빨리 대피할 수 있었다.

　적어도 날씨는 그들 편이었다. 추위 때문에 오들오들 떨어야 했지만 날이 갈수록 하늘은 구름 한 점 없이 맑아졌다. 짙은 진눈깨비와 비구름을 만났다면 갈 길이 더욱 험난했겠지만, 날씨가 도와주는 바람에 거침 없이 날아갈 수 있었다. 덕분에 몸집이 작은 새들도 한 층 대담해졌다.

마침내 그들은 고지 계곡과 키아모코의 아르지키 성채에 이르렀다. 리르는 그곳에 발을 내릴 마음이 없었지만, 점점 더 밤이 일찍 찾아왔고 성채를 만난 게 차라리 반가웠다.

그는 엉덩이가 알알했는데 빗자루를 타고 날아갈 때의 활처럼 굽은 자세에서 허리를 펴지 못한 채, 220마리의 작은 새들과 함께 안마당의 자갈밭에 착지했다. 큰 새들은 따로 부를 때까지 바깥에서 기다렸다. 원숭이들이 비명을 질렀는데, 두려워서 외친 소리인지 반가움의 표시인지 리르는 알 수가 없었다. 치스터리가 성채의 정면 현관으로 들어가는 계단 꼭대기에서 리르를 맞이했다.

"옛날을 기억하는 의미에서 네가 나도 참가하라는 뜻인 줄 알았어." 치스터리가 말했다. "나도 그럴 수 있기를 바라. 하지만 날개가 아직은 시원치 않아서."

"우리 뜻이 어떤지 네가 어떻게 알아?"

"네가 온 걸로 알지." 치스터리가 대답했다. "산악 공기를 휘젓고 오는 너를 보면 누구라도 리르가 모습을 보이겠거니 생각할 거야. 네가 가까이 올수록 가슴이 두근거려서 혼났어. 엘파바가 오는 거라고 생각했거든."

"안됐지만 나만 왔어." 리르가 말했다. "유모는 어때?"

"벌써 40년째 내리막이지, 뭐. 달걀샌드위치랑 말린 생선을 먹고 있어. 올라가 볼래?"

"그러는 게 좋겠어. 우리 여기 머물러도 되지?"

"물어볼 필요도 없지." 치스터리는 서운함을 느꼈다. "어떤 사람이 자기 집이라고 주장하기 전까지 여긴 네 집이야."

유모는 빵 껍질을 바라보며 침대에 얌전히 앉아 있었다. 그녀는 미소를 지으며 손으로 이부자리를 탁탁 두들겼다.

"걱정 마, 이불을 적시진 않을게." 유모가 말했다. "이미 갔다 왔어."

"제가 누군지 아세요?" 리르가 물었다.

"내가 알아야 해?" 유모는 무심한 목소리로 말했다. "셸이니?"

"아네요."

"그럼 괜찮아. 나는 셸을 별로 안 좋아했어." 유모는 빵 한 덩이를 내밀었다. "새들이 날아오는 걸 봤어. 먹을 걸 좀 남겨 두었어."

"친절하시네요."

"사실 빵이 좀 굳었어. 하지만 모를 거야. 너를 다시 보니 반갑구나, 네가 누군진 몰라도. 옛날이랑 똑같지." 유모는 리르의 손을 가볍게 두드렸다. "옛날에도 뭐가 뭔지 몰랐지만 지금은 아예 신경도 안 써."

"유모?"

"으음?" 유모는 잠이 쏟아지기 시작했다.

"야클이라는 분에 대해 들어 보신 적이 있어요?"

유모의 한쪽 눈꺼풀이 올라갔다.

"그랬던 것도 같고." 유모는 섣불리 속을 드러내지 않았다. "누가 알고 싶은 게야?"

"제가요."

"나는 요즘보다 오래전 일이 더 생생해. 지금은 내가 남잔지 여잔지도 모르겠어. 하지만 열 살 때 받은 럴라인마스 바구니에 뭐가 담겨 있었는지도 똑똑히 기억나. 오색 구슬이 가득 담긴 깡통이었지."

"유모, 야클이라고요."

"야클이라는 사람을 만난 적이 있지." 유모가 말했다. "이름이 자칼과 비슷해서 잊어먹질 않았어. 자칼의 달 알지?"

"어디서요?"

"에메랄드 시에서 조그만 가게를 열었지. 남쪽계단 내리막길의 하층 구역이었는데, 너도 알고 있니?".

"알아요."

"찻잎 점도 치고 멜레나에 관해 뭣 좀 물어보려고 갔었지. 네 할머니 말이다."

리르는 굳이 틀린 말이라고 하지 않았다.

"야클은 살 날이 얼마 안 남은 늙은이었어. 그래도 용한 할망구였지. 나한테는 좀도둑질한다고 타박을 놓더니 엘파바는 앞으로 역사에 남을 거라고 했어. 정말 대단하지!"

"엘파바에 대해서는 어떻게 알았대요?"

"멍청하긴. 내가 말해 줬으니까 알지. 멜레나가 초록색 딸을 낳았다고 했거든. 둘째는 초록색으로 안 낳게 해 준다는 약은 죄다 사 왔단다. 야클도 줄 수 있는 약은 다 내줬어. 덕분에 네사로즈는 초록색이 아니었지. 셸도 아니었고. 엘피만 그랬어. 역사라! 그 말을 믿을 수 있어?"

"유명한 분이군요."

"야클 말이냐? 그건 모르겠다. 두 번 다시는 소식을 못 들었어.

그런 건 왜 묻는 거지?"

"정말 엘파바가 역사에 남을 거라고 생각하세요?"

"바보야, 이미 그렇게 됐지. 나는 엘파바가 구름처럼 계곡을 덮으며 하늘을 날아가는 모습을 보았어. 망토를 펄럭이며 봉우리 사이를 날쌔게 날아갔지. 그런 게 역사가 아니면 뭐란 말이냐?"

치스터리가 리르를 배웅했다.

"언제든 환영이야. 여기는 네 집이니까."

"아줌마는 너를 제일 사랑했어." 리르가 망토의 죄임끈을 졸라매며 씩 웃었다.

"아줌마가 어땠는지 생각해 보면, 그게 칭찬인지 욕인지 모르겠어." 눈원숭이가 대답했다. "잘 가."

보름 후에 에메랄드 시에 다다른 새들의 회의단은 6000마리나 되었다. 수가 불어날수록 공중 충돌의 위험 때문에 속도를 늦춰야 했지만, 켈스 동쪽은 바람이 좀 더 약하게 불었다. 길리킨 강을 건너자 깔끔하게 정돈된 조그만 마을과 둔덕과 벽돌 공장, 그리고 완만한 길리킨 언덕에 자리한 제분소 등이 시야에 들어왔고, 날이 갈수록 회의단이 드리우는 그림자는 짙어졌다.

리르는 에메랄드 시를 공격할 의사가 없었다. 새들은 전사가 아니었고 회의단, 아니 마녀의 나라는 군사 조직이 아니었다. 리르는 셸을 보고 싶지 않았다. 지금쯤은 겨울을 보내기 위해 메니핀 광장의 저택으로 돌아왔을 글린다 부인도 만나고 싶지 않았다.

리르는 단지 자신들의 모습을 보이고 싶었을 뿐이다.

새들은 저녁 무렵에 에메랄드 시의 북쪽 성벽에 닿았다. 멀리 뭉게뭉게 떠 있는 구름 사이로 태양이 핑크빛을 뿌리며 이울다가 지평선 너머로 사라졌지만, 서녘 하늘은 반시간 남짓 환할 것이다.

일꾼들이 궁전에서 퇴근하고 저녁 먹거리를 찾는 사람들로 거리가 붐비기 시작했다. 가난뱅이들이 동전 한 닢을 구걸하러 돌아다녔고 회의단은 궁전을 향해 날아갔다. 길리킨 강변의 웰컴암스 같은 곳에서 북쪽에서 다가오는 새들의 모습을 본 사람은 누구나 구름이 몰려온다고 생각하고 침략이나 역병이나 재난 따위의 전조를 느꼈다. 도시의 북서쪽에서 새들이 해일처럼 날아가는 모습을 본 사람도 비슷한 인상을 받았다.

그러나 에메랄드 시에서는, 서쪽을 바라보는 궁전의 모든 창문에서는, 그들의 의도가 무엇인지 불가사의하게 느껴졌다. 새들의 회의단은 이미 완벽한 모습을 보이기 위해 훈련을 마친 터였다. 그들은 동쪽에 있는 시선들을 겨냥해서 일정한 대형을 유지하며 날아왔다. 그들은 마녀였고, 모자와 망토였으며, 치마와 빗자루였고, 바람에 숙인 그늘진 얼굴이었으며, 밝게 빛나는 작은 눈동자였다. 빗자루를 타고 있는 리르는 뛰어난 비행 감각으로 위치를 정확히 파악할 줄 아는 키노트 장군의 뒤를 따르고 있었다. 그는 마녀의 날카로운 검은 눈이었다.

셸도 우리를 보고 있었을까? 리르는 궁금했다. 어느 대리석 창턱에 손마디를 올려놓은 채, 자칭 신의 고귀한 사도이자 제1의 창이며 오즈의 황제이고 이름 없는 신의 화신인 빌어먹을 셸 트롭도 우리를 보고 있었을까? 창밖으로 몸을 내밀어 누이의 거룩한 영령이 그에게 항의의 뜻을 표하는 장면을 바라보면서 눈이라도 비비고 있었을까?

6000마리나 되는 새들은 세상과 절연된 남쪽계단의 가장 어두운 감방 안에서도, 황제의 궁전의 가장 높은 집무실 안에서도 그들이 전하는 메시지의 메아리를 들을 수 있도록 한목소리로 외쳤다. "엘파바는 살아 있다! 엘파바는 살아 있다! 엘파바는 살아 있다!"

목소리를
높여라

1

회의단은 하나의 대표자가 그들의 뜻을 전부 대변할 수 없을 만큼 규모가 커졌다. 이튿날 아침 그들은 해산했고, 종족별 대표들이 굴뚝새와 도도새, 가장 기세등등한 잿빛거위 등으로 구성된 대표단과 키노트 장군을 만났다.

리르 역시 초대를 받았다. 그는 새들에게 노르를 찾아 달라고 부탁했다.

"여러분은 어디든 갈 수 있으니 모든 걸 보겠지요."

"우리는 되도록 사람을 멀리합니다." 잿빛거위가 대답했다. "이 자리에 있는 분은 빼고요. 당분간은 그렇습니다."

"그럼, 소용이 없겠군요." 리르도 동의했다. "그래도 한 번 보세요." 그는 피예로가 그린 노르의 스케치를 들고 다녔다. "이렇게 생겼어요. 물론 지금은 나이를 더 먹었지만요."

"나한테는 사람들이 모두 비슷하게 보여요." 블렉마시가 투덜거

461

렸다.

"예쁘군요." 눈먼 왜가리가 말했다.

"아무튼 고맙습니다." 리르가 종이를 주머니에 넣으면서 말했다.

키노트 장군은 두서 없이 말을 늘어놓는 바람에 자기를 포함해서 모두를 어리둥절하게 했다.

"여기서 끝내지 말고 새로운 일을 시작합시다. 새들은 다시 예전 처럼 쓸모 없는 행동을 할 위험이 있습니다. 시큼한 모래밭에서 오신 훌륭한 타조님들의 명성을 해칠 생각은 없습니다만, 그분들은 날 지 못하기 때문에 아직 우리 회의단의 일원이 아닙니다. 하지만 타 조들은 위기를 맞으면 행동에 앞장서는 걸로 알고 있습니다. 우리는 결코 예전처럼 각자의 파벌과 패거리로 흩어져서는 안 됩니다. 사람 들에 대해서는 조심해야 합니다, 네, 그렇습니다, 조심해야 하고 말 고요. 사람들을 믿는 멍청한 짓은 하지 맙시다. 하지만 우리끼리도 서로 조심해야 할까요? 되도록 안 그랬으면 좋겠어요."

"우리들 사이에는 좀 더 많은 대화가 필요해요." 얼간이 굴뚝새가 말을 보탰다. "우리가 이제 겨우 이해한 대로라면, 우리는 오즈의 눈입니다."

"마녀의 나라는 언제 재결합하나요?" 도도새가 물었다. "신나고 재미있었어요."

"빗자루 청년은 이제 제 둥지로 돌려 보냅시다. 나요? 나도 가족 한테 돌아갑니다." 장군이 말했다. "아내와 지난 봄에 낳은 알들이 기다리고 있어요. 하지만 유나마타 부족의 악랄한 덫에 걸려서 살해 당한 새들의 가족도 있습니다. 어떻게든 그 가족들과 연락을 취해야 합니다."

"명심하겠습니다, 장군님." 굴뚝새가 말했다.

"아줌마는 아줌마 일에나 신경 써."

"매년 이런 행사를 벌이는 겁니까?" 도도새가 물었다. "메모를 남겨 둬야 하나요? 적어도 기억에는 새겨 두어야겠죠?"

하지만 장군은 갑자기 불어온 따뜻한 미풍에 몸을 싣고 날아올랐고, 그가 어깨 너머로 던진 말은 그에게 작별을 고하는 환호 소리에 묻히고 말았다.

2

리르는 잿빛거위에게 동행을 부탁하지 않았지만, 거위는 뒤를 따라왔다. 곤란했다. 거위는 성질이 괄괄해서 자세를 낮추는 법이 없었고 지나치게 아름다웠다. 그래서 리르는 한 달 동안 욕조 구경을 못한 굴뚝 청소부가 된 느낌이었다. 거위는 자신을 이스키나리라고 소개했다.

그들은 에메랄드 시의 남쪽 끝에서 날아올라 두 호수 사이의 지협 동쪽으로 레스트워터를 곧장 가로질렀다. 세인트글린다 수녀원이 화염에 휩싸였다 해도 리르는 신경 쓰고 싶지 않았다.

그들은 빈쿠스 강이 납작한 자갈이 깔린 계단식 강둑을 따라 레스트워터로 흘러 나가는 곳에서 멈추어 숨을 돌렸다. 덤불숲에서 갑자기 여우가 뛰쳐나왔다. 여우가 이스키나리에게 달려들어 날개를 낚아챘지만, 리르가 빗자루로 여우를 때리며 쫓아냈다. 날개에 피가 흥건하게 젖은 이스키나리는 자신의 추한 꼴에 부끄러워할 여유도 없이 눈물을 흘렸다. 자세히 살펴보니 심각한 상처는 아니었다. 그러나 둘이 같이 움직이려면 걸어가는 수밖에 없었다.

"다리 운동 하는 셈 치지." 리르가 말했다.

"들어 본 말 중에서 제일 심한 거짓말이군." 이스키나리가 대답했다. "네 다리는 별로 튼튼해 보이지도 않아."

"그래도 네 다리보단 나을걸."

"빨리 가려면 나를 들고 가야 할 거야."

이스키나리는 무거웠고, 아름다웠지만 보통 거위처럼 냄새가 지독했다. 리르는 좀 더 시간이 걸려도 상관없다고 생각했다. 이미 많은 일을 겪은 터였다. 생각할 시간을 갖는 것도 괜찮겠다 싶었다.

이제 그는 나름대로 할 일을 마치고 돌아가는 중이었다. 그는 용부대를 절멸시켰다. 후회스러운 면도 있었지만 할 일은 한 셈이었다. 그는 자신이 한 일이 가정을 이루는 데 어울리는 일인지 정말 알고 싶었다. 이제 그와 캔들은 어떻게 되는 것일까? 지금까지 그는 행복하게 집으로 돌아간 적이 단 한 번도 없었다. 무슨 말을 해야 할지, 어디서 미소를 지어야 할지 알 수 없을 것 같았다. 차라리 그런 걸 모르는 게 낫기를 바랄 뿐이었다.

리르는 트리즘에게서 인간의 따뜻함을 배웠다. 그 앎이 캔들 앞에서는 어떻게 나타날지 생각하자 가슴이 설렜다.

마침내 그들이 빈쿠스 강 남쪽 절망의 땅에 도착했을 때는 해 질 녘이었고 싸늘한 저녁 날씨에 몸을 와들와들 떨었다. 하지만 새터 아이스라는 조그마한 꽃이 눈에 띄었다. 초록빛 잎새 사이로 피어난 네 송이의 푸른빛 꽃잎은 이제 음울한 겨울이 지나고 따뜻한 봄이, 아무리 더딜지라도, 오기 시작한다는 증거였다.

애플 프레스 농장을 안에 감추고 있는 숲이 무성한 언덕에 닿았을 때 이스키나리의 날개도 어느 정도 치유되었다.

"너는 어딘가에 정착해서 정 붙이고 살 생각이 없을 거야." 리르가 말했다. "네가 우리 집 풀밭에서 편히 지내는 걸 보고 싶지만, 너한테는 만족스럽지 않겠지."

"나한테는 야망이 있어." 이스키나리가 말했다. "나는 똑똑하고 욕심도 많아. 내가 알아서 할게."

"더 분명히 말하면……." 리르가 조심스럽게 입을 열었다. "네가 우리랑 영원히 같이 살았으면 좋겠다는 말을 하려는 건 아니었어. 별 뜻은 없었어."

이스키나리는 거위가 할 수 있는 만큼 어깨를 으쓱했다.

"어차피 마찬가지야. 무슨 초대장을 바라고 있지는 않아. 내 본능을 따를 뿐이지. 우리 동물들은 여전히 본능에 충실하거든."

"한 방 먹었군. 네 본능이라면?"

"입 다물고 내 할 일을 하는 거지."

그들은 눈발이 흩날리는 축축한 언덕을 거쳐 숲 속으로 들어갔다.

"본능이 풍부한 이스키나리 씨, '내' 본능에 대해서는 어찌 생각하지?"

"넌 재능이 없지 않아." 이스키나리가 리르의 야유하는 듯한 말투를 무시하며 대답했다. "너는 영리한 편이야. 인간치고는. 훌륭한 친구를 뒀잖아."

"너?"

"물론이지. 게다가 내가 지켜본 바로는 너는 과거를 읽는 재능도 가졌어."

"무슨 말이지?"

이스키나리가 목청껏 울어 댔다.

"소리 멋지지. 미래를 읽을 줄 아는 자는 아주 드물어. 너는 캔들이 현재를 읽을 줄 안다고 말했지. 하지만 과거를 읽는 것도 재주는 재주야. 과거를 느끼고 과거에서 새로운 힘과 지식을 얻는 거지. 언제나 과거로부터 배우는 것이라고나 할까. 내 생각으로는 이름 없는 신이 너에 대해 알게 되면 그것도 인간의 커다란 힘이 될 거야. 슬프게도 다른 많은 좋은 생각들처럼 아직까지는 현실에서 실현되지 않았지만."

"고마운 말이군."

"모욕할 뜻은 없었어."

"네가 이름 없는 신을 믿는 줄은 몰랐어."

"나는 그저 비유로 말했을 뿐이야. 네가 알아들었을 거라고 생각했는데. 여기가 네가 찾던 곳이야?"

그랬다. 부속 건물의 낮은 지붕, 본채, 그리고 고장난 인쇄기가 안에 그대로 있을 커다란 헛간. 인쇄기는 다시 쓸 수 있을 것 같았다.

그들은 길을 빙 둘러서 정문 옆의 확 트인 초지를 통해 들어갔다. 그곳에서 그들은 리르의 초대가 받아들여진 것을 알았다. 초지에는 아홉 개의 천막이 구불구불한 울타리를 따라 세워져 있었다. 여덟 개의 보조 천막이 정방형으로 정렬했고 나스토야 여왕의 천막이 그 한가운데에 자리했다.

이렇게 스크로 부족이 미리 와서 앞날을 경고하고 있었다면, 신기한 능력도 갖고 있는 캔들이 리르가 오는 것을 모른다는 것은 이상했다. 하지만 그녀는 놀라는 표정이었다. 놀라고 당황해서 얼굴이 붉게 물들었는데, 자연스러운 혈색이라 볼 수 없을 만큼 색깔이 짙었다. 혈압에 문제가 있는 것일까? 아니면 스크로 부족의 연지를 볼에 찍어 바른 것일까?

리르는 조심스럽게 캔들에게 접근했다. 마치 그녀가 농장의 신부가 아니라 어린 수녀인 것처럼. 그는 그녀의 손을 잡았다. 아직도 자기의 감정이 무엇인지 알지 못했다.

"세상을 날아왔어요."

"세상으로부터 집으로 온 걸 환영해요." 그녀는 부끄러운 듯 얼굴을 숙였다. 새삼 수줍어하는 모습이었다.

"캔들." 그가 입을 열었다. "혹시 트리즘이라는 사람이 오지 않았어요?"

캔들은 눈썹을 찡그린 채 그를 올려다보았다.

"당신이 부탁해서 왔다고 했어요. 하지만 믿을 수가 없었어요. 무슨 군인처럼 보였거든요. 이제 당신 말을 들으니 맞았군요. 하지만 먼저 제가 잘 있는지 물어봤어야 하는 거 아닌가요? 이렇게 불청객이 난입한 어수선한 상황을 보고도 말이에요!"

"그래요, 그래. 하지만 당신이 잘 있는 줄은 눈으로 확인해서 그런 거예요. 하지만 트리즘은 아직 살아 있는지조차 내가 모르잖아요."

"살아 있어요." 캔들은 간결하게 대답했다. "오, 리르." 마치 리르가 겨우 한 시간 동안만 외출했다가 돌아왔고 그를 한 시간 내내 기다린 듯한 목소리로 캔들이 말을 이었다.

"무슨 일이 벌어졌는지 봐요, 나는 오붓하게 당신을 맞이하고 싶었단 말이에요." 그녀는 팔을 벌려 풀밭을 가리켰다.

"알아요." 그가 말했다. "내가 초대한 거예요."

"그렇다면 다행이군요. 저이들을 무사히 맞이했으니. 여기 온 지 일주일 됐어요. 덕분에 식량 창고는 바닥이 났어요. 나이 든 사람 한 명만 쿼아티 비슷한 말을 더듬거리지만, 다른 이들이 하는 말은 전혀 못 알아듣겠어요."

스크로 부족은 코를 움켜쥔 채 사과나무 껍질과 단풍나무 수액에서 찻물 같은 것을 우려내는 중이었는데, 리르가 온 것을 알아채지 못한 듯했다.

"어째 새 식구가 생긴 것 같군." 이스키나리가 무심결에 쿼아티로 정곡을 찔렀다. "아니면 단지 뼈대가 굵은 건가요, 귀여운 아가씨?"

리르가 거위를 가리키며 캔들에게 말했다.

"이쪽은 내……." 그는 머뭇거렸다. '친구'라는 단어를 쓰기가 어색했다.

"친구입니다." 이스키나리가 덧붙였다.

"오, 제발!" 리르가 말했다. "네가 그런 말을 할 줄 몰랐어!"

"신경 쓰지 마, 나는 여기서 멍청한 암탉들과 지낼 테니까." 이스키나리가 퉁명스럽게 말을 받았다.

"나는 마녀가 아냐, 비슷한 점도 없어." 리르가 말했다. "너는 소문을 제멋대로 지껄이고 있어."

"너는 네 일이나 하지, 판단은 내가 할 테니." 거위는 한쪽 옆으로 10센티미터가량 위치를 옮기고 우아한 자태로 몸을 돌렸는데, 그런 모습이 엿들을 건 다 엿들으면서도 시치미를 뚝 떼고 있는 조각상 같은 인상을 주었다.

리르는 다시 캔들의 손을 잡았다. 그는 그녀에게 더 많은 것을 원했고, 더 많은 것을 바랐다. 그녀는 리르가 잠시 동안 자신의 손바닥을 만지도록 놔두다가 손을 뺐다.

"트리즘은 무사히 도착했어요?" 리르가 물었다.

"용 조련사 말이죠? 무사해요." 그녀는 다시 고개를 돌렸다.

"지금 어디 있어요?"

"여기 머물 수 없었어요."

그가 조심스럽게 다가섰다.

"왜요? 캔들, 어째서 머물 수 없었지요?"

그녀는 마당에 놓인 탁자에서 커다란 물 항아리를 들어 올리려 했다. 리르가 그것을 받아 들었다.

"캔들, 무슨 일이 있었던 겁니까? 그는 정말 무사한가요?"

갑자기 리르는 아무것도 믿을 수 없었다. 트리즘을 걱정하는 자신의 마음도, 트리즘도…… 심지어는 캔들도 믿을 수 없었다. 어쨌든 트리즘은 자신을 죽이려 하지 않았던가.

"혹시 그가 당신을 함부로 대했어요?"

"이걸 여왕에게 가져가야 해요." 그녀가 대답했다. "쉴 새 없이 몸을 씻어야 한대요. 저 제사장이 일러 준 대로 식초 원액으로 만든 물이에요."

"정말 아무 일 없었어요? 트리즘과 당신 사이에 무슨 말이 오간 거예요? 캔들!"

"리르. 대체 우리가 무슨 말을 했겠어요? 그는 쿼아티를 할 줄 몰라요. 그리고 나는 그가 한 말을 이해했지만 대답은 안 했어요. 나는 그처럼 우악스러운 언어로는 말하지 않아요. 당신도 잘 알잖아요. 나는 목소리가 작아요."

리르의 마음속에는 여러 가지 생각이 떠올랐다. 캔들은 내가 그를 사랑하는 줄 알고 있어. 내가 그를 사랑하는 줄…… 아니 그가 나를 사랑한다고 생각하는 걸까? 어쩌면 그가 그녀를 사랑하는 줄로?

그녀가 그를 사랑하는 건 아닐까?

어느 방향으로 튈지 모르는 이 '사랑한다'는 동사는 도대체 뭐란 말인가?

그가 그녀에게 상처를 주었을까?

"캔들. 제발 부탁이야."

"부탁 같은 건 하지 마." 한쪽 발로 서 있던 이스키나리가 끼어들었다. "키노트 장군의 말을 기억해. 부탁 같은 건 하지마, 절대로."

"나중에 얘기해요." 캔들이 말했다. "당신이 직접 당신 손님에게 이 물을 갖다주겠어요? 그 다음에 당신이 여기 와서 하려는 일을 하면 되겠네요."

"나는 당신을 보러 이곳에 온 거야!"

"그리고 당신보다 먼저 온 이 부랑자 집단을 보러 온 거겠죠? 뭐 하는 사람들이에요? 친척들인가요?"

찔끔 눈물이 나왔다.

"말도 안 되는 소리 하지 말아요. 그렇게 야박하게 굴지도 말고. 캔들, 나는 이곳을 떠나 있었어요. 당신이 원하는 대로 해서 할 일을 마쳤어요. 그러다가 내가 있고 싶은 곳을 알게 되었고요."

"나도 힘든 시간을 보냈어요." 캔들이 얼굴에서 물기를 닦아내며 말했다. "쉽진 않았어요. 그만 얘기해요. 이제 당신 일이나 봐요, 저 늙은 암퇘지를 도와주라고요."

"코끼리예요."

"무슨 짐승이든 상관없어요."

"캔들!"

"그런 뜻이 아니에요. 놀랐잖아요, 리르. 애 가진 게 얼마나 힘든 줄 알아요? 내가 내가 아니란 말이에요."

리르는 이해할 수 있었다.

"트리즘이 내게 무슨 꾸러미를 남겨 두었죠?"

"꾸러미 두 개를 쥐가 접근하지 못하게 헛간 천장에 끈으로 매달아 놓았어요. 쥐들이 대단한 흥미를 보이더군요. 그나저나 이걸 병자에게 갖다줄 거예요, 말 거예요? 내가 해요? 지금 다른 일도 해야 해요. 빨랫감이 쌓였어요. 저 늙은 여자는 하루에 수건을 열두 장도 더 써요."

캔들은 젖은 빨래 바구니를 집어 들고 늙은 사과나무가 서 있는 곳으로 비틀거리며 걸어가서는 늘어진 가지에 빨랫감을 걸기 시작했다. 마음이 아픈 거야, 리르는 생각했다. 나처럼 둔한 사람도 느낄수 있지. 하지만 무엇 때문에? 내가 오랫동안 집을 비워서? 내가 트리즘을 너무 좋아해서? 아니면 뱃속의 아이가 그녀의 피를 빨고 간을 먹어치우고 뒤꿈치로 골반뼈를 걷어차서 캔들을 아프게 하는 걸까?

3

리르는 아직 나스토야 여왕 앞에 나설 마음의 준비가 되지 않았다. 스크로 부족은 무리 없이 이곳에 정착한 듯 보였다. 빌어먹게도 여왕은 10년째 죽어 가고 있었고, 그러니 리르가 마침내 그녀와 재회하기 전에는 10분쯤 더 죽어 간다고 해도 상관은 없을 것 같았다.

캔들의 침묵에 마음이 상한 리르는 꾸러미를 찾으러 헛간 안으로 허청이며 들어갔다. 트리즘이 저것들을 이곳으로 안전하게 가져왔 다면 체리스톤 사령관을 어떻게든 따돌렸다는 얘기였다. 글린다의 매력이 이번에도 통한 셈이고, 트리즘은 그녀의 하인으로 위장해서 몰래 수녀원을 빠져나왔음이 틀림없었다.

하지만 이곳에서는 무슨 일이 벌어졌던 것일까? 트리즘은 리르 가 부탁한 대로 이곳에 와서 아름답고 말이 없으며 아이를 가져 배 가 부른 캔들을 만났을까? 그런데 막상 캔들이라는 여자를 보니 불 쾌해졌던 것일까? 리르가 한 번도 캔들의 임신 사실을 언급하지 않 은 데 화가 난 것일까? 아이 아빠가 리르라고 생각했을까?

그래서 트리즘은 캔들에게 매정하게 대했을까?

리르는 꾸러미를 내려놓고는 사람의 마음이란 게 사람들의 집단 만큼이나 다양하고 냉정하다는 생각에 정신이 아득해졌다. 리르는 사랑을 비교하고 선택하고 희생하고 후회할 만큼 여러 형태의 사랑 을 겪어 보지 못했다. 트리즘의 손에 이끌려 군인이 되었을 때도 그 는 강해졌고, 캔들의 애정어린 간호를 받았을 때도 그는 강해졌다. 이제 그를 잡고 있는 것은 마녀의 망토뿐이었다. 마녀의 참회와 고 독의 망토가 이제는 그의 것이 된 것일까?

리르는 눈을 비비고 꾸러미를 열었다. 헛간 문으로 비스듬하게 들어오는 빛을 받으며 조심스럽게 얼굴들을 꺼냈다. 그는 그것들이 무엇인지 알고 있었다. 누군가의 그림이나 꿈보다 덜 기괴하고 덜 끔찍하게 보였다. 거울을 닮은 평평한 원반. 저들에게도 인생이 있었을 것이다. 그의 인생만큼이나 곡절 많은 인생이. 그러나 이젠 아무도 그들의 인생이 어떠했는지 알지 못하리라.

리르를 따라 헛간 안으로 들어온 이스키나리가 입을 열었다.

"이거 참 놀랍군! 이게 바로 인간 방패라는 건가?"

"죽은 사람들의 얼굴이야."

"바깥 천막에는 죽어 가는 여자가 네 도움을 기다리고 있는데 너는 고작 여기서 그런 거나 구경해?" 이스키나리가 벌컥 화를 냈다.

리르는 얼굴 가죽들을 바라보며 고개를 저었다. 멀리서 어떤 선율이 들려왔다. 캔들이 다시 도밍곤을 집어 든 모양이었다. 도밍곤으로 누구를 부르고 있는 것일까? 배 속의 아기? 어서 나오너라, 어서 나오너라? 아니면 마음의 갈피를 못 잡고 있는 우유부단한 리르?

"나는 절대음감을 가지고 있어서 음악에는 전문가나 다름없어. 거위치고는 드문 일이지." 이스키나리가 말했다. "악기 다루는 솜씨가 보통이 아닌걸. 엄마 거위에게 금방이라도 알을 낳게 할 수 있겠어."

"안뜰의 동물들한테 노래를 부르게 한 걸 본 적이 있어." 리르가 말했다. "그냥 맴맴 울거나 꼬꼬댁 한 게 아니라 정말로 노래를 불렀어."

"노래를 부르면 마음의 짐을 덜 수 있지." 이스키나리 자신도 노래를 한 곡조 뽑아 내려고 준비했다. 그는 목청을 가다듬었다. 하지만 리르가 갑자기 땅바닥에서 고리를 집어 들더니 몸을 휙 돌렸다.

"캔들을 잘 설득하면 짐을 덜게 도와줄 거야. 몸이 무겁긴 하지만 친절하고 착한 사람이니까. 좋은 생각이야!"

"고맙군." 이스키나리가 말했다. 그는 화가 나서 깃털이 곤두섰다. 관객에게 거부당한 그는 풀이 죽어서 입 속으로만 노래를 흥얼거리다가 곧 리르를 쫓아갔다. 좋은 생각이 무엇이었는지 알아보기 위해.

리르는 오토코스 경이라는 남자에게 자신을 소개했다.

"우리는 만난 적이 있지." 쉠 오토코스가 말했다. "그때 이후로 자네는 어른이 됐고 나는 늙은이가 되었지만."

리르는 캔들이 해 줬으면 하는 일을 말했다. 물론 캔들도 그러길 원해야 한다는 전제 아래.

쉠 오토코스는 리르의 제안에서 특별히 새로운 면은 찾지 못한 듯했다.

"자네 부인은 몸이 무거운데도 우리에게 무척 친절했네, 자네 남편도 마찬가지고."

"그녀는 제 아내가 아니고, 저에게는 남편이 없습니다." 리르가 말했다. "이런 생각을 하는 것 말고는 특별한 재주도 없고요. 잘될지도 모르겠어요."

"나스토야 여왕님께 자네가 왔다는 말씀을 드리겠네." 오토코스가 말했다. "크나큰 상심에 빠지셔서 그 이상의 말씀을 드리기는 힘들어. 하지만 말귀를 알아들으실 수는 있다네. 그건 내 일이라고 생각해."

리르는 지난겨울에 내린 눈으로 여전히 땅은 축축했지만 나무들에서 갓 싹이 트기 시작한 과수원에 희생자들의 벗겨진 얼굴을 가져갔다. 그는 살아 있는 몸뚱아리에 붙어 있었다면 그 얼굴들이 있을 만한 높이를 어림짐작해서 사과나무 가지에 열세 개의 고리를 걸었다. 그 아래로 축축한 침대보와 수건들이 젖은 팔다리처럼 퍼덕거렸다.

4

캔들은 리르가 도움을 청하러 다가오자 도밍곤을 한쪽으로 치워 놓았다.

"나를 위해서 해달라는 말이 아닙니다." 리르가 말했다. "여왕을 위해서예요."

"이미 여왕을 위해서 빨래를 해 줬어요." 캔들이 대답했다. "더 이상은 힘이 없어요."

"당신은 사람에 대해 잘 알아요. 그리고 당신은 친절합니다. 당신의 음악은 나에게 생명을 주었어요. 당신에겐 그런 재주가 있어요. 현재를 읽는 재주라고나 할까요. 당신은 앞뜰의 동물들로 하여금 노래를 부르게도 했어요. 내가 바라는 건 당신이 나스토야 여왕의 현재를 알아내서 그녀의 참다운 본성이 제자리를 찾게 해 주는 거예요."

"당신은 마녀처럼 생각하는군요. 나는 마녀가 아니에요, 리르."

"나는 마녀가 아닙니다. 마녀처럼 생각하는 것도 아닙니다. 나는 그저 역사에서 배우려고 노력할 뿐이에요. 과거에 무슨 일이 있었는지 알려고 노력하고 그것을 다시 한 번 유용하게 써먹으려고 애를 쓸 뿐입니다. 당신은 음악으로 나의 과거를 일깨웠고 내게 생명을 찾아 주었어요. 당신은 여왕을 평안하게 죽음으로 인도할 수 있어요."

"몸이 별로 안 좋아요." 캔들은 집게손가락으로 눈을 비볐다. "사실 잠을 별로 못 잤어요. 임신한 게 잘못된 건 아닌지 불안해요. 물어볼 사람도 없고."

"나스토야 여왕만큼 나쁘지는 않겠지요."

"리르!"

리르는 캔들의 팔꿈치를 잡았다.

"무슨 일이 있었는지 말해 봐요." 리르가 사납게 다그쳤다. "트리즘과 무슨 일이 있었는지 말해요!"

"날 좀 내버려 둬요, 리르." 캔들은 눈물을 흘렸다. 하지만 그가 팔을 더욱 세게 잡자 말을 이었다. "내게 같이 떠나자고 했어요. 당신 두 사람을 쫓는 이들은 결코 포기하지 않을 거랬어요. 수녀원은 불에 타고 수녀들은 이곳의 위치를 말할 때까지 고문을 당할 거라고 했어요. 오, 나를 그런 눈으로 보지 말아요, 리르. 물론 수녀들은 이곳의 위치를 잘 알고 있어요! 야클 수녀님이 우리를 이곳으로 보낸 이유가 뭐겠어요? 당나귀만 길을 알고 있을까요? 생각을 해봐요, 리르!"

"자기와 떠나자고 말했다고?"

"안전을 위해서는 자기랑 가야 한다고 했어요. 당신도 바라던 일이라면서."

리르는 어안이 벙벙했다.

"그럼, 왜 그렇게 하지 않았소?"

"당신을 믿었으니까." 캔들은 다소 신경질적으로 말했다. "내가 다른 군인을 어떻게 믿을 수 있어요? 나를 유괴해서 나와 내 아기를 죽이려 들지도 모르잖아요. 거짓말일 수도 있고. 당신을 해치려고 하는 수작일지도 모르고. 지금 생각하니 그는 제가 생각했던 것보다 당신에게 더 중요한 사람이었군요."

리르는 '우리 아기'가 아니라 '내 아기'라는 표현만이 귀에 들어왔다.

"그런데 그는 결국 떠났군요." 캔들만큼 작은 목소리로 리르가 힘없이 말했다.

"아니에요." 캔들이 대답했다. "사람들은 떠나지 않아요. 오고 갈 뿐이에요. 그는 떠났고 스크로 족이 왔어요. 조만간 체리스톤 사령관도 차를 마시러 이곳에 올 테고 야클 수녀님도 설거지를 하러 오시겠죠."

5

스크로 부족의 수행원들이 여왕을 과수원으로 데려와서 담요 위에 눕혔다. 여왕의 혈색이 창백했다. 다리는 베개처럼 부어올랐고 머리엔 술이 거의 없었다. 눈썹과 속눈썹도 거의 사라져서 잘 보이지도 않는 눈은 썩은 달걀처럼 보였다. 다만 턱에는 농부의 신발도 깨끗하게 닦을 수 있을 만큼 억센 털이 가득 솟아 있었다.

리르는 엘파바가 죽은 지 하루이틀 후에 만난 나스토야 여왕에 대한 기억을 이 기괴한 뼈와 근육과 역겨운 냄새의 집합체와 연결시키기 어려웠다. 그런 엄두도 나지 않았다. 여왕은 말을 잃은 채 지독한 고통으로 끙끙 신음 소리만을 내뱉고 있었는데, 그 모습이 과수원 전체를 음울하게 물들였다. 그는 오랫동안 여왕과 한 약속을 지키지 못한 것에 대해 사과하지 못했다. 여왕 또한 그에게 해 주기로 한 말을 할 수 없었다. 모든 게 너무 늦어 버린 것이다.

오토코스 경은 태연했다. 그는 여왕에게 팔다리를 움직이거나 베개를 놓을 때마다 자세하게 상황을 일러 주었다. 여왕의 입에 물 몇 방울을 억지로 떨어뜨렸지만, 이미 모든 게 늦어 버린 지금도 여왕이 인간의 모습에서 벗어나기도 전에 여왕을 익사시킬지도 모른다는 두려움을 느꼈다. 이번 일이 잘된다면, 차라리 마른 몸으로 고요히 죽음을 맞이하는 게 나을 것 같았다.

여왕은 머리를 뒤로 젖힌 채 땅바닥에 누워 있었는데, 그런 자세였기에 10년 만에 처음으로 턱이 도드라지게 눈에 띄었다.

"우리는 준비가 됐네." 오토코스가 말했다. 그는 철가시를 박아 놓은 낡은 지팡이를 짚고 서 있었다. 지팡이는 마치 왕홀처럼 보였다. 오토코스 경은 이미 스크로 부족의 지도자가 될 준비를 마친 것으로 보였다.

리르는 캔들을 향해 고개를 끄덕였다. 그녀는 우유를 짤 때 앉는 의자를 가져와서 주춤주춤 자리를 잡았다. 다리를 벌린다고 벌렸지만, 무릎 위로 악기를 올려놓을 만한 공간이 생기지는 않았다. 그녀는 빨래통을 뒤집어 그 위에 악기를 올려놓고 균형을 맞춰야 했다. 캔들은 복잡한 표정으로 나스토야 여왕을 바라보고는 이내 연주를 시작했다.

다른 이들은 아무도 초대받지 않았지만, 그들은 과수밭 가장자리에 일렬로 무릎을 꿇고 있었다. 그것은 스크로 부족이 여왕에 대한 존경을 나타내는 자세였다. 거위는 리르의 한두 발짝 뒤에 서 있었다. 둘 다 공손하고 심각한 표정이었는데, 그가 리르의 친구인지 아니면 리르가 그의 통역자인지 알 수 없는 모습이었다.

캔들은 화음들을 쪼개서 아르페지오로 펼치면서 연주를 시작했다. 처음에는 가벼운 선율로 시작했으나 이내 더욱 미묘한 변주로 옮아갔다. 여왕은 불편하게 바닥에 누워 있었고 담요는 이미 눈에 흠뻑 젖어 있었다.

"죽음을 키우려면⋯⋯." 캔들의 어깨를 잡고 있던 리르가 무심결에 중얼거렸다. "생명을 심어야 해요."

캔들은 몸을 흔들어서 그를 떨쳐냈다. 리르는 다른 각도에서 이 장면을 보기 위해 과수밭 주위를 돌기 시작했다. 그것 말고는 할 수 있는 일이 없을까? 뭐라도 해야 하지 않을까? 캔들은 연주에 열중했고 나스토야 여왕도 자기 일에 집중했지만, 한갓 연민에서 우러나온 이런 일에는 더 큰 도움이 필요했다.

리르는 과수원의 한쪽 구석에 이르렀다. 그리고 다른 쪽 구석에.

"리르." 그가 근처에 오자 캔들이 속삭이는 목소리로 불렀다. "이곳이 많이 불편해요. 6개월 전과는 달라요. 오래는 못 하겠어요."

캔들은 악기를 4분의 1가량 돌리고 손가락을 옆으로 벌려 현란한 봄의 무곡 카드리유를 연주하며 알토 부분을 투박하게 쳤다.

리르가 과수밭의 세 번째 구석에 이르렀을 때, 이스키나리는 유명 화가의 최근작을 기리는 축하연에 온 것처럼 주변을 어슬렁거렸다.

"과거에 집중하는 건 어떨까?"

"나는 캔들의 과거를 몰라." 리르가 대답했다. "그녀가 엘파바를 안다는 것 말고는 그녀의 과거에 대해 아는 게 하나도 없어."

"캔들의 과거를 말한 게 아냐." 이스키나리가 말했다. "자기 과거는 자기가 잘 알겠지. 다른 사람들의 과거를 말한 거였어. 어쨌든 우

479

리는 죽어서도 하나의 공동체의 일원이니까."

리르가 고개를 돌려 멀찌감치 서 있는 스크로 부족을 바라보았다. 그 순간 그는 이스키나리가 한 말의 뜻을 알아차렸다. 살아 있는 자들이 할 수 있는 일이 아니었다. 나스토야 여왕에게서 인간의 변장을 벗기는 역할을 할 수 있는 적임자는 바로 죽은 사람들이었다. 캔들이 그들에게 노래를 부르게만 할 수 있다면 그들은 나스토야 여왕에게서 인간의 변장을 벗겨 낼 수 있을 터였다.

그러나 캔들은 오직 연주에만 재능이 있었고, 노래를 부르는 것은 그들의 일이었다. 리르는 듣는 것 말고는 할 일이 없었다. 그들의 사연을 들어주고 그것을 기억에 새기는 것만이 그가 할 수 있는 일이었다. 그는 자신과 아무 상관이 없는데도 마녀의 수정 구슬을 들여다보며 그녀의 과거를 본 적이 있었다. 수정공의 도움 없이도 자신만의 공상에 빠져 허우적거리던 때도 있었다. 다른 사람들의 이야기에 귀를 기울이는 것만이 그가 가진 유일한 재능인지 모른다. 그것만큼은 그도 할 수 있었다.

6

나는 다섯 아이 중 넷째였고 따사로운 햇빛이 돌을 데우는 모습을 보는 걸 좋아했어요. 점심을 먹기 바로 전이면 테라스 포석 위에서 엄마랑 맨발로 춤을 추곤 했답니다. 엄마가 좋아했거든요.

결혼 생활은 행복했어요. 남편과 사별한 후에는 더욱 행복했지요. 그러나 행복이란 멋진 인생에서 자연스레 따라오는 부속물에 불과합니다.

아빠가 회초리를 드는 게 싫었어요. 나는 그걸로 아빠의 코를 부러뜨렸어요. 아빠는 크게 웃다가 그만 우물에 빠지고 말았답니다.

나는 색실로 이런저런 물건을 만들었어요, 작은 새라든가 뭐 그런 것들.

몇몇 친구들처럼 시즈 대학교에 가는 게 언제나 꿈이었지만, 나 같은 소년들은 입학이 거부당했습니다.

나는 이름 없는 신을 믿었고 그래서 내게 주어진 임무를 받아들였어요. 신은 모든 걸 돌보신다, 황제는 그렇게 말씀하셨어요.

나는 옷을 모두 벗어 던지고 고사리 밭에서 뒹굴었어요. 그리고 아무에게도 말하지 못할 경험을 했답니다.

회오리 바람에 날려 온 집이 네사로즈를 덮쳤을 때 나는 먼치킨 센터에서 열리는 행사에 참석하고 있었습니다. 내 눈으로 그 장면을 똑똑히 보았어요. 그러나 집에 오는 길에 리본을 잃고 말았어요.

나는 우유와 뭉게구름에 언덕이 푸르게 물드는 광경과 머리 색깔이 딱정벌레처럼 까만 내 갓난아기 여동생을 사랑했어요.

살아 있을 때는 사랑했어요.

나도 살아 있을 때는 사랑을 했어요.

우리를 잊어요, 우리 모두를 잊으세요, 아무것도 달라지지 않아요. 하지만 살아 있을 때는 우리도 사랑을 했다는 사실은 잊지 마세요.

리르는 얼굴들이 들려주는 갖가지 사연을 들었다. 캔들이 반주를 하자 얼굴들은 모두 노래를 불렀다. 혀도 입술도 없었고, 입술 사이로 들어와 입을 플루트로 만들어 줄 바람도 불지 않았지만, 갓 싹이

트기 시작한 나뭇가지들은 그들이 내는 소리에 몸을 떨었다.

사람들의 사연을 듣자 나스토야 여왕의 육신은 눈 속으로 녹아 사라졌다. 인간의 모습 중에 남은 부분은 부들부들 떨었고 목탄 냄새가 피어 올린 향처럼 공기를 떠돌았다. 그 부분도 잠시 동안 발로 서 있다가 흔적도 없이 사라졌다. 목소리들도 이제는 침묵 속에 빠져들었다.

담요 위에는 거대한 암컷 코끼리만이 남아 있었다. 스크로 부족은 모두 눈을 감고 흐느끼기 시작했다. 그녀는 눈을 멀건히 뜬 채 고개를 뒤로 젖히고 있었다. 한순간 여왕의 눈이 리르의 눈과 마주쳤다. 고개가 모로 꺾였다.

내 집과 같은 곳이 있으랴

한 시간 후에 오토코스 경은 아무 외과 의사나 톱을 가지고 앞으로 나오라고 말했다. 배불뚝이 여자가 코끼리의 오른쪽 엄니로 다가서서 몇 분 만에 그것을 잘라 냈다. 그녀는 엄니의 넓은 쪽 끝에서 1인치 가량 떨어진 곳을 톱으로 썰었다. 그쪽은 속이 텅 비었기 때문에 잘라 낸 부분은 손가락 몇 개가 들어갈 만한 반지 모양이 되었다. 의사는 이것을 엄니의 다른 쪽 끝에 끼웠다. 그녀는 여왕의 유물을 오토코스에게 건넸다.

오토코스는 절을 하고 그것을 받았다. 그리고 그것을 자신이 가져온 지팡이에 부착했다. 그러자 지팡이는 활처럼 휘어진 코끼리 엄니(이것은 뭐랄까, 얼굴 없는 상아의 미소라고나 할까.)를 머리에 씌운 2미터가량의 말뚝이 되었다.

"나스토야 여왕의 영향력으로 다스리겠습니다." 그가 나직하게 말했다. 흐느껴 울던 스크로 부족이 조용해졌다.

무슨 영향력? 리르는 생각했다. 뼛조각 하나? 급조한 토템?

그것, 그리고 여왕에 대한 기억. 아마도 모든 영향력이 필요하겠지.

스크로 부족은 너무 오랫동안 나스토야 여왕의 영도 아래 살아왔기 때문에 막상 여왕이 세상을 떠나자 어떻게 해야 할지 몰랐다. 모두가 한꺼번에 달려들어서 가까스로 여왕의 시체를 캔들과 리르를 애플 프레스 농장에 싣고 온 수레에 옮겨 실었다. 그러고 나서 그들은 멀리 있는 고향을 향해 터덜터덜 걸음을 옮기기 시작했다. 그곳에 도착하면 장작더미에 여왕을 올려놓고 벗겨진 얼굴들도 그 옆에 두고 불에 태워 버릴 것이다. 다소 늦은 감이 있지만, 너무 늦은 일은 아니었다. 나스토야는 살아 있을 때도 향긋한 냄새를 풍기지 않았지만, 이제는 스크로 부족의 건강까지 위협할 지경이었다.

오토코스 경은 리르에게 동행을 요구했다. 중간에 유나마타 부족을 만나서 말썽이 생기게 될 경우를 대비해서 쿰브리시아 협곡을 통과할 때까지는 그렇게 해야 한다고 고집했다.

"여왕을 위해 마지막으로 좋은 일을 해 주게나. 마녀가 죽었을 때 여왕께서 자네한테 부탁하신 일을 마무리짓는다고 생각하게. 유골이라도 안전한 곳에 모셔야 하지 않겠나."

리르는 빗자루와 망토를 남겨 두고 가기로 마음먹었다. 스크로 부족과 함께 가는 동안에는 날아갈 필요가 없었고 돌아올 때도 날지 못할 가능성이 컸다. 쿰브리시아 협곡 위를 나는 것은 불가능했기 때문이다.

리르는 나스토야의 시체와 함께 얼굴들을 상자에 넣은 후에 캔들과 이스키나리에게 작별 인사를 했다.

"서로 잘 지내. 이스키나리, 부탁해."

"내 몸은 내가 알아서 건사해요." 캔들이 말했다. "내가 현재를 읽을 줄 안다는 걸 잊었군요."

"내 마음도 읽을 줄 알아요?" 리르가 물었다. 안다면 말해 봐요, 그러면 나도 대답하겠소, 그는 속으로 생각했다.

캔들은 그의 손을 잡았지만 눈은 맞추지 않으려 했다. 아마도 아기가 태어날 날이 다가올수록 아기 아빠가 리르라고 말한 일이 더 부담스러운 모양이었다. 리르가 어찌 그녀의 비밀스러운 마음속을 알겠는가?

이번에도 리르는 불길한 예감을 느끼며 길을 떠났다. 출발할 때는 풍요로운 삶을 꿈꾸지만 집으로 돌아올 때는 가난한 삶이 기다릴 것이라는.

고지대에서 작은 드라마가 펼쳐졌다. 어느 날 저녁 새들처럼 벌거벗은 유나마타 족이 몸에 문신을 새긴 모습으로 불현듯 나타났다. 그들은 부족 장례식에서 하던 대로 불을 붙인 해그투스 나무 뿌리를 들고 나스토야 여왕의 시체에 접근했다. 거기서 그들은 노래를 부르고 순식간에 사라졌다.

새들의 회의단이 서부 오즈의 주위를 선회하기 위해 출발한 장소인 마지막 골짜기에서 리르는 쉠 오토코스 왕에게 건성으로 작별 인사를 했다. 그리고 그는 무거운 마음으로 집으로 향했다.

지난 반년 동안의 성취는 나스토야 여왕의 문제를 제외하고는 별

볼 일 없는 것이었다. 그렇다면 그게 유일한 성취란 말인가? 고작 보기 흉한 임종을 면한 일이? 그 밖에 어른이 되고 나서 그가 겪은 일은 하나같이 시시하고 무의미했다. 열정, 그래, 열정은 느꼈지만, 꼴사나운 것이었고 보람 있는 성과를 얻지 못했다.

용들은 죽었다. 아마도 어떤 사람들은 지치고 힘든 그들의 인생이 얼굴이 벗겨지면서 끝나게 될 수도 있었다는 사실을 모른 채 그럭저럭 살아가고 있을 것이다. 그것도 나쁘진 않다. 나날이 자신들의 죽음을 떠올리며 살아야 했고 벵다의 불타는 다리에서 목숨을 잃어야 했던 저 쿼들링 사람들의 저주받은 인생에 비한다면 말이다. 불길에 휩싸여 강물 속으로 떨어지는 초가 지붕, 알파벳 글자.

물론 남쪽계단의 절망적인 죄수들과 그릇된 생각을 주입받은 병영의 군인들, 더러운 거리의 소탕 작업에서도 살아남은 인간 말종들도 빼놓을 수 없다. 그리고 할머니가 좋은 암소나 빗자루 하나, 화로 하나 값에 팔아먹으려고 했던 팁이라는 소년도.

새들의 공중 회의단이 대단한 쇼를 벌인 것은 틀림없지만, 거기에 무슨 의미가 있단 말인가? 눈 하나라도 껌벅한 사람이 있었던가? 리르가 보기에 그런 유치한 짓은, 황제에게 병사를 추가로 징집하고 새로운 무기 조달에 필요한 세금을 징수하고 에메랄드 시의 통제력을 더욱 강화하라는 명령을 내릴 빌미를 주고 말 것이었다. 새들로 이루어진 하늘을 나는 마녀라니! 예전 같았으면 쾌락 신앙의 선전 쇼로 취급받았을지 모른다. 그런 장관을 보여 주는 것만으로도 신도를 모을 수 있다면.

그러나 세상은 그 자체가 하나의 장관이니 오래전부터 되풀이해서 써먹은 주장을 또다시 펼쳐 보일 것이다. 새로 돋아나는 잎새와 가지, 쾌활한 웃음소리와 갓 태어난 새끼양, 그리고 신선한 빵과 비옥한 땅으로 끊임없이 제 존재를 설명할 것이다. 분명 세상에는 홀로 있음의 끔찍함을 상쇄할 만큼 사랑스러운 '무언가'가 있지 아니한가? 야망에 휘둘릴 일 없고 재능에 재갈을 물릴 일도 없으며 언제 무슨 빌어먹을 일을 당할지 모르는 고독한 영혼의 외로움을 달래 줄 누군가가?

악의 거대한 힘? 셸? 이름만 들어도 몸이 오들오들 떨리는 자칭 이름 없는 신의 창?

엄청난 악의 힘이지, 그는 생각했다, 우리는 너무나 쉽게 그런 건 다른 곳에 있다고 생각해. 하지만 우리 대부분은 아침부터 저녁까지 많은 악덕을 저지르지.

나스토야 여왕을 생각해 봐, 그는 생각했다, 우리에게 변장을 벗겨 주소서. 그는 구역질을 느끼며 움찔했다. 내가 방금 기도를 한 것일까?

리르는 약제사 수녀가 일러 준 대로 코끼리 여왕이 자신에게 전할 말을 해 줄 수 있었으면 얼마나 좋았을까, 하고 생각했다. 또다시 가냘픈 희망 하나가 사라지고 다른 가냘픈 희망들이 떠올랐다.

노르에 관한 메시지, 그리고 거리에서 보던 글귀. 나스토야 여왕은 그 거대한 귀로 정말 노르의 행방에 대해 들을 수 있었을까? 그에게 그런 소문을 전해 줄 방법을 찾을 수 있었을까?

노르, 사랑스러운 노르. 리르는 그녀가 어디에 있는지 알지 못했고 앞으로도 영원히 알지 못할 것이다. 노르는 다른 모든 사람들처럼 오직 그의 기억에만 남아 있었다. 거기에, 그리고 마녀의 망토 안 주머니에 몰래 감춰 둔 종이에. 그는 대낮처럼 밝은 마음의 눈으로 그것을 보았다. 커피 색깔을 얇게 덧칠해 놓아서 어린 노르의 싱싱한 피부가 돋보였고 노르 특유의 꼬불꼬불한 글씨가 선명하게 떠올랐다.

마치 불타는 글자가 검은 강물 속으로 떨어지기 직전에 어떤 마법의 주문을 외는 듯한 느낌이 들었다. 그런 생각은 발작처럼 갑자기 떠올랐는데, 리르는 그 생각이 사라지기 전에 허겁지겁 마음속에 담아 두었다. 리르는 나스토야 여왕이 남긴 선물 꾸러미를 열었다.

거리에 나돌던 글귀였다. 엘파바는 살아 있다!

노르의 필체였다.

일주일쯤 후에 어스름이 깔리고 나서 농장에 도착한 리르는 아무도 없다는 걸 단번에 알아차렸다.

이스키나리도 보이지 않았고 당나귀와 암탉들도 어딘가로 사라졌다. 잠깐 동안 리르는 트리즘이 캔들을 찾아 돌아왔고 캔들은 리르의 어정쩡한 태도에 화가 났거나 잘생긴 트리즘에게 반해서 그에게 운명을 맡기기로 마음을 바꾼 게 아닐까 생각했다.

아니, 트리즘의 경고는 정확했고 체리스톤 사령관과 그의 부하들이 애플 프레스 농장을 찾아낸 것일지도 모른다. 용을 학살한 일을 복수하기 위해.

그렇다면 문제였다. 내일은 더 심각해질 것이다. 이제 리르는 예전처럼 혼자였다. 여느 때처럼. 이제는 그가 익숙해져야 할 상황이었다. 아니, 결코 익숙해질 수는 없기에 견뎌 내야 하는 상황. 예전보다 더 안쓰러운 상황.

리르는 집안을 걸어다녔다. 도밍곤이 보이지 않았기에 차분하게 농장을 떠난 듯했지만, 설거지를 하지 않아 오트밀 자국이 그대로 엉겨 붙어 있는 접시들을 보니 서두른 기색이 역력했다. 빗자루도 가져갔을까? 아니었다. 빗자루는 망토 위에 얌전하게 놓여 있었다.

리르는 추위를 쫓기 위해 부엌에서 난로를 피웠다. 음식을 만들 만한 재료가 거의 없었다. 가만히 서서 생각을 하려고 애를 쓰고 있는데, 그 순간 농장 남쪽의 습지에서 울부짖는 소리가 들려왔다. 그는 덤불 사이로 몸을 헤집고 나가 나무에 묶여 있는 염소를 발견했다. 염소는 젖통이 퉁퉁 부어서 몹시 괴로워하며 화를 내고 있었다.

리르는 염소를 끌고 헛간으로 돌아와서 기술 하나라도 제대로 배워 둔 걸 기뻐하며 고장난 인쇄기의 그림자 속에서 염소의 젖을 짜 주었다.

잠시 후에 리르는 그들이 과수원 바깥의 쓰레기장에 버리려고 모아 둔 쓰레기가 쌓여 있던 계단실의 어두침침한 구석에서 마녀의 망토에 발이 걸려 넘어질 뻔했다. 그는 망토를 집어 들어 한 번 털고는 고리에 걸었는데, 죽은 살덩어리가 망토 자락에서 쏟아졌다.

놀랍게도 그것은 아기, 아기였다. 아기가 예정보다 일찍 나온 것이다. 리르는 출산 예정일에 대해서는 아는 게 별로 없었지만, 너무 일찍 나온 것만은 분명했다. 너무 일찍 죽어서 태어났거나, 태어난 후에 이내 사망한 모양이었다. 그런 상황에서 캔들은 혼자였다. 불쌍하게도, 허영기만 가득한 거위 말고는 아무도 없이 혼자 남겨진 처지였다. 나스토야의 시체에 예를 표하기 위해 아이를 낳을, 아니 죽은 아이를 낳을 캔들을 버리고 떠난 일이 바보스럽게 여겨졌다. 도움을 청하려면 꽥꽥거리기나 할 뿐인 거위만을 곁에 남기고 그렇게 떠난 일이 정말 바보 같은 짓으로 느껴졌다.

리르는 코끼리의 시체를 수레에 싣고 산을 넘었고, 얼굴이 벗겨진 사람들의 증언을 들으려고 애를 썼으며, 용과 사람들을 죽이기까지 했다. 죽은 아기의 시체에 손을 대는 것을 저어할 리 없었다.

리르는 아기의 시체를 들어 올렸다. 멀찌감치 손에 들었다. 눈물이 흘러내렸다. 하지만 왜? 예전에도 자기 아이라는 확신이 없었고 지금도 그렇게 믿을 만한 이유는 없었다. 그냥 아기, 어차피 죽을 목숨, 처음도 아니고 마지막도 아닌 세상에 널리고 널린 또 하나의 비극일 뿐이었다.

리르는 차가운 아기의 시체를 좀 더 가까이 들여다보았다. 차가웠지만 아직 얼어붙지는 않았다. 죽은 지 얼마 안 된 것 같았다. 벗겨진 얼굴들이 나스토야 여왕에게 한 것처럼 태아를 죽음으로 인도하는 노래를 부른 것일까?

아기는 그가 한참 농장으로 오고 있던 이날 아침에 죽은 채 태어난 듯했다. 화창한 아침, 햇살이 더욱 강해지고 세상이 다시 버릇처럼 푸른빛으로 물들 무렵. 그는 노래를 읊조리기까지 했다. 평상시와는 전혀 다르게! 아무 의미 없는 음절을 요들송처럼 읊조리며 생각했다. 다 잘될 거야. 캔들도, 트리즘도. 무슨 좋은 일이 생길 거야.

시체는 차가웠다. 보통 아기만 한 크기인가? 더 작은가? 리르는 사람의 아기에 대해 아는 게 없었다. 그는 아기의 시체를 어깨 위로 둘러메었다. 아기의 입이 움직인다는 느낌이 들었다.

리르는 계단실에서 나와 부엌으로 들어갔다. 아까보다 따뜻했다. 어쩌면 그의 몸속 열기가 거꾸로 그에게 따뜻한 기운을 옮긴 탓인지도 모른다.

리르는 새로 피운 난로에서 희미한 불빛을 받으며 다시 아기 위치를 옮겨서 양팔로 안아 들었다. 예쁘게 생긴 아기였는데 이제 보니 딸이었다. 탯줄을 끊은 자리는 상태가 엉망이었다. 이스키나리가 자르는 걸 도와준 모양이었다. 생각하면 끔찍했다.

갑자기 시체가 경련을 일으키고 울음을 터뜨리며 기지개를 켰다. 그는 아기의 코가 막히지 않게 유의하면서 머리에서 발끝까지 온몸을 품에 안았다. 아기를 난로 근처로 안고 갔다. 마치 시체들도 우유를 먹여 주기 전에는 몸을 따뜻하게 해 주기를 바란다는 듯이.

엘파바는 바구니를 발로 흔들고만 있었다. 그녀에게 바구니는 그냥 물건이었다. 아래층 거실 어딘가에 낡은 양파 바구니가 있었던가? 리르는 바구니를 찾아 나섰다.

바구니를 찾았다.

리르는 염소 젖을 무명천을 통해 걸러서 아기의 오므린 입술 사이로 떨어뜨렸다. 아기는 엉뚱한 곳을 빨아 댔다. 아기는 벌써부터 캔들을 닮아 퀴들링 사람의 얼굴을 하고 있었는데, 광대뼈가 도톰하게 솟아난 마름모꼴의 예쁘장한 모습이었다.

물론 캔들은 아기를 낳은 후에 아기가 죽었다고 생각해서 달아났을 것이다. 얼마나 무서웠을까? 정말 무서웠을 것이다. 어쩌면 원장 수녀의 예상대로 수녀원으로 되돌아갔을지도 모른다. 적어도 당분간은 몸을 추스를 필요가 있었으니 말이다. 얼마나 힘들었을까? 홀로 임신해서 홀로 아기를 낳았다. 트리즘과 무슨 일이 있었는지는 모르지만 그 모든 고초를 리르가 곁에 없는 동안에 겪은 것이다. 당연히 달아나고도 남았다.

다시 돌아올지도 모른다. 어쩌면. 리르는 아기 옆에 앉아서 거의 밤을 새웠다. 잠시 망토를 펼쳐서 잠을 청하는 동안에는 실수로 아기를 덮칠까 봐 아기를 바구니 안에 눕혔다.

어둠이 걷히는 첫 새벽에 리르는 한 가지 다른 생각에 안도하며 잠에서 깨어났다. 캔들은 분명히 현재를 보는 능력을 가지고 있었다. 그렇다면 리르가 거의 집에 도착한 줄도 알았을 것이다. 그녀가 그냥 달아난 게 아니라, 체리스톤 사령관의 부대원이 농장을 찾아냈기 때문에 그들의 주의를 다른 곳으로 돌리기 위해 달아났다면 어떨까? 그들을 따돌리기 위해. 엄마 새는 위험이 닥치면 날개가 부러진 것처럼 시늉하며 포식자를 유인해서 알을 보호한다. 캔들 역시 본능적으로 엄마 새와 똑같은 일을 한 것이다.

캔들은 리르가 때마침 집에 도착해서 아기를 구하리라는 사실을 알았을 것이다. 이미 죽었으면 땅에 묻거나 그렇지 않으면 먹이기라도 할 테니까. 그래서 염소를 그렇게 숨겨 둔 것이리라.

캔들은 리르가 아니라 아기를 보호하기 위해 달아난 것이다. 리르가 제 아이로 믿건 말건 아기를 구해 주기를 바라면서.

어쨌든 이런 상상을 하자 리르는 눈을 뜨기가 쉬워졌다.

아침부터 세찬 비가 내리고 있었다. 구름이 낮게 깔렸고 사방이 축축한 잿빛 투성이었다.

리르는 아기가 시체가 아님을 인정해야 했다. 아기는 살아 있었다. 어쩌면 처음부터 돌처럼 차가운 몸으로 태어난 것인지도 모른다. 아기는 분명히 살아 있었다.

아기는 여전히 태어날 때 묻은 피와 제가 싸 놓은 물똥으로 온몸이 범벅이 되어 있었다. 리르는 아기를 안고 문간으로 나가서 따뜻한 비를 맞았다. 아기는 깨끗이 씻기어 초록색 피부를 드러냈다.

『위키드 : 글린다와 엘파바』에서

그들은 동쪽에서부터 가을 날씨가 찾아올 무렵 버려진 곡물 거래소 위층 방에서 사랑을 나누었다. 하루는 따뜻했다가, 하루는 해가 들었다가, 나흘간 내리 찬바람이 불고 가는 비가 내렸다.

———

어느 날 저녁 천창을 통해 보름달의 달빛이 잠든 엘파바 위로 묵직하게 쏟아져 내렸다. 피예로는 잠에서 깨어나 요강에 소변을 보러 갔다. 몰키는 계단에서 쥐를 쫓고 있었다. 피예로는 돌아와 연인의 모습을 보았다. 그날 밤따라 초록색이라기보다는 진줏빛에 가까워 보였다. 피예로는 빈쿠스 전통 술이 달린 검은 바탕에 장미가 새겨진 비단 스카프를 갖고 와 그녀의 허리에 묶어 준 적이 있었다. 그때부터 스카프는 그들이 사랑을 나눌 때 걸치는 의상이 되었다. 오늘 밤은 잠결에 스카프가 좀 젖혀 있었다. 그는 그녀의 옆구리의 곡선, 보드랍고 연약한 무릎, 뼈가 앙상한 발목을 보며 경탄했다. 공기 중에는 아직도 향수 냄새와 끈적끈적한 동물적인 냄새, 신비로운 바다 냄새, 섹스를 하며 풀어헤친 머리카락에서 풍기는 달콤한 향내가 감돌았다. 그는 침대 가장자리에 앉아 그녀를 바라보았다. 반작이면서 곱슬한 그녀의 음모는 검은색보다 자주색에 더 가까워 보였다. 사리마의 것과는 모양이 달랐다. 사타구니 부근에 뭔가 이상한 그림자 같은 것이 있었다. 그는 졸음에 겨운 와중에도 자신의 푸른 다이아몬드 일부가 성행위를 할 때의 열기로 그녀의 피부에 옮겨 박힌 것이 아닌가 싶었다. 아니면 흉터일까?
그러나 그때 그녀가 깨어 달빛 속에서 담요를 끌어당겨 몸을 덮었다. 그녀는 그에게 졸린 미소를 지으며 "피예로, 나의 영웅."이라고 불렀다. 그 말에 그의 가슴이 녹아내렸다.

조금만 더 인내하면 마녀의 시대는 가고 그들이 걸어 놓은 주
문도 풀립니다. 그리고 국민은 자신들의 진정한 영혼을 되찾
고 참된 원칙에 따라 정부를 수복할 것입니다.
―미국의 3대 대통령 토머스 제퍼슨(1798)

내 어머니는 마술(그래머리)에 통달한 서쪽의 여인이라네.
―K. 에스트미어(1470), 『고대 영시 모음집』(1765)

옮긴이의 글

이 작품은 장르를 따지자면 수정주의 판타지 소설(revisionist fantasy novel)이라고 할 수 있다. '수정주의'라는 말이 좀 딱딱한 단어라는 느낌이 들어 그냥 동화 재창조 소설로 부르면 어떨까 싶은 생각도 든다. 그리고 이 소설만 콕 짚어 말하면, 고전 동화 후일담이라고 불러도 무방하지 않을까 싶다. 그렇다고 이 작품이 동화라는 얘기는 아니다. 차라리 판타지 알레고리 소설이라고 부르면 어떨까?

『위키드』가 독특하고 기발한 상상력으로 미국의 국민 동화라 할 만한 『오즈의 마법사』의 전사(前史)를 그려 냈다면, 그 후속편인 『위키드: 리르 이야기』는 『오즈의 마법사』 직후의 이야기를 판타지 색채를 더 짙게 가미해서 들려 준다. 더 정확히 말하면, 오즈 시리즈 1권인 『오즈의 마법사』와 2권인 『환상의 나라 오즈』 사이 어디쯤에 낀 이야기다. 도로시가 서쪽 마녀를 엉겁결에 죽이고 에메랄드 시로 돌아올 때부터 도로시와 동행한 바로 그 허수아비(이 소설에서 잠깐 권좌를 차지한 허수아비는 다른 허수아비다.)가 오즈의 권좌에 오르기 전까지를 다루고 있으니 말이다.

머과이어는 이미 전편에서 선을 보인 못 말리는 입담을 이 작품에서도 유감 없이 발휘한다. 속된 말로 머과이어의 '설'을 푸는 솜씨는 보통이 아니다. 어느 정도냐 하면, 허구에 허구를 덧씌운 '곱빼기' 허구인데도 워낙 천연덕스럽게, 입에 침 한 방울 안 묻히고 거짓말을 늘어놓는 타고난 거짓말쟁이처럼 이야기를 풀어 가다 보니, 이 작품이 기반하고 있는 고전(『오즈의 마법사』) 자체는 허구가 아니라 역사적 사실이라는 느낌마저 들 정도이다.

큰 줄기는 마녀의 아들 리르가 진정한 자아를 찾아 가는 여정이다. 그 리르를 작가는 "언제쯤 변소에 가야 할지조차 미리 생각하지 못하는 팔푼이"라고 부른다. 그런 팔푼이가 불청객 도로시의 출현 때문에 졸지에 고아가 되어 자신의 이복 누이일지도 모르는 노르를 찾아 가는 게 첫 번째 모티프이다.

리르는 노르를 찾아 에메랄드 시의 지하 감옥에 들어가지만 노르는 찾지 못하고 마녀의 아들답게 빗자루를 타고 감옥에서 빠져나온다. 거리를 방황하다가 군에 들어간 리르는 쿼들링 마을을 불사르는 잔혹한 임무를 수행하고는 군에 환멸을 느껴 탈영하고 고향 키아모 코로 돌아온다. 거기서 용들의 공격을 받아 만신창이가 된 백조 여왕을 만나 최근 오즈의 하늘을 공포에 몰아넣은 용들의 소행에 대해 알게 된다. 리르는 여왕 대신 새들의 회의에 참가하기 위해 다시 빗자루에 올라타지만 빗자루를 타고 날아가다가 불시에 용들의 공격을 받아 사경을 헤매게 된다.

여기까지가 소설 전반부이다. 그리고 전반부는 의식을 잃은 리르가 캔들이라는 신비한 쿼들링 소녀의 음악 연주를 들으며 과거의 기억을 더듬는 플래시백으로 이루어져 있다. 물론 현재 시점에서도 이야기가 번갈아 이어지니 의사 수녀와 약제사 수녀, 스크로 부족, 나스토야 여왕, 유나마타 부족, 트리즘 등 전편에 나오지 않는 새로운 인물군이 소개된다.

후반부는 도밍곤이라는 신비한 악기를 연주하는 캔들 덕분에 혼수상태에서 깨어난 리르가 자신을 공격한 용들의 정체를 파악하고 이 모든 잔혹 행위의 배후에 자칭 '이름 없는 신의 제1의 창'인 사도 황제가 있음을 깨닫는다. 결국 리르가 트리즘, 수녀들, 그리고 무엇보다 새들과 힘을 합쳐 황제에 저항하는 이야기로 이루어져 있다. 바로 여기에 이 소설의 두 번째 모티프가 있다.

전반적으로는 다소 어둡고 무거운 분위기다. 그러다 보니 판타지 문학 특유의 공상적인 기발함보다는 현실적인 무게감이 더 느껴진다. 미국 어느 서평자의 말을 빌리면 "배경은 환상적이지만 인물은 현실적"이라고나 할까. 한마디로 스스로를 아둔하고 멍청하며 쓸모없는 인간이라 생각하는 소년이 자신의 참다운 가치를 찾아가는 이야기다. 이런 면에서는 판타지 성장 소설이다.

그리고 그 이야기의 배후에서 은근히 건드리고 있는 것이 최근에 '신정 국가'라고 불릴 정도로(케빈 필립스, 『미국의 신정 정치』) 종교적 영향력이 커진 미국이다. 게다가 저자가 인용해 놓은 토크빌의 발언이 예사로만 들리지 않는다. 민주 국가의 백성들이 지나치게 공상적인 이야기에만 탐닉할지 모른다는 것이 두렵다는 발언 말이다. 전후 맥락을 살피면, 민주 국가에 사는 사람들은 생활이나 현실 자체가 하찮고 지리멸렬하기에 더욱 거대하고 과장되고 환상적인 이야기에 매달리게 된다는 뜻 같다. 작가도 아마 그 점이 두려웠으리라. 자신의 소설이 순전한 공상으로만 읽힐 수 있다는 점이. 그러므로 사도 황제가 동물을 적대시한다거나 오즈의 가장 가난한 지역인 쿼들링을 묵사발로 만든다는 이야기가 그저 공상의 산물만은 아니리라.

물론 그 알레고리를 해석하는 것은 독자의 몫이고 굳이 현실적인 연관성을 찾지 않더라도 이 소설을 읽는 재미가 줄어드는 것은 아니다. 앞에서도 잠깐 언급했듯이 머과이어의 고전 동화 재창조 소설을 읽는 재미는 신기하고 황당한 이야기를 정색을 하고 자못 진지하게 늘어놓는 입담에서 나오기 때문이다. 빗자루를 타고 하늘을 날아다니고 동물이 말을 하고 자칼의 달이니 필우드니 스카크니 진주열매 나무니 장미고사리니 도밍곤이니 하는 오직 '머과이어의 우주'에만 존재하는 상상의 사물들이 등장하는 판타지 세계가 대단히 침착하고 어쩌면 심술궂다 싶을 정도의 냉정한 현실 감각을 갖춘 작가의 시선을 통해 묘사되는 재미가 쏠쏠하다. 그 묘한 균열이 자아내는 긴장감이 아찔한 재미를 선사한다.

그리고 마지막 남은 질문. 리르가 찾던 소녀 노르는 어떻게 됐을까? 리르와 캔들이 낳은 초록색 아기의 운명은? 그리고 아기를 남기고 어디론가 사라진 캔들은?

아마도 L. 프랭크 봄이 그러했듯이, 머과이어도 오즈를 배경으로 한 방대한 이야기 세계를 구축하고 있다. 봄의 오즈와는 전혀 다른 머과이어의 방대한 오즈가 바야흐로 우리 눈 앞에 펼쳐져 있다. 이미 수백만 미국 독자를 매료시킨 바 있는 그 세계를 한국의 독자들도 재미 있게 즐기시기를 바란다.

옮긴이   임재서

서울대학교 수학과를 졸업하고, 같은 학교 대학원 국문학과에서
박사과정을 수료했다. 옮긴 책으로는 『iCon 스티브 잡스』, 『크라카토아』,
『지식인』, 『열정과 기질』, 『차이의 존중』, 『사랑의 문화사』 등이 있다.

위키드 3

리르 이야기

——

1판 1쇄 펴냄   2008년 1월 15일
2판 1쇄 펴냄   2012년 3월 30일
2판 9쇄 펴냄   2020년 4월 8일
3판 1쇄 펴냄   2024년 11월 30일
3판 2쇄 펴냄   2024년 12월 16일

지은이 · 그레고리 머과이어
옮긴이 · 임재서
발행인 · 박근섭, 박상준
펴낸곳 · (주)민음사

출판 등록 · 1966. 5. 19. 제16-490호
서울특별시 강남구 도산대로1길 62(신사동)
강남출판문화센터 5층 (우편번호 06027)
대표전화 02-515-2000 · 팩시밀리 02-515-2007

www.minumsa.com

한국어 판 ⓒ (주)민음사, 2008, 2012, 2024. Printed in Seoul, Korea

ISBN 978-89-374-2841-8 (04840)
ISBN 978-89-374-2820-3 (세트)